LABYRINTHES

Jean d'Aillon est né en 1948 et vit à Aix-en-Provence.
Docteur d'État en sciences économiques, il a fait une grande partie de sa carrière à l'Université en tant qu'enseignant en histoire économique et en macroéconomie, puis dans l'administration des Finances.
Il a été responsable durant plusieurs années de projets de recherche en économie, en statistique et en intelligence artificielle au sein de la Commission européenne.
Il a démissionné de l'administration des Finances en 2007 pour se consacrer à l'écriture.

Du même auteur

Aux éditions Le Masque

Attentat à Aquae Sextiae
Le complot des Sarmates
L'archiprêtre et la cité des Tours
Nostradamus et le dragon de Raphaël
Le mystère de la chambre bleue
La conjuration des Importants
La lettre volée
L'exécuteur de la Haute Justice
L'énigme du clos Mazarin
L'enlèvement de Louis XIV
Le dernier secret de Richelieu
La vie de Louis Fronsac
L'obscure mort des ducs
La conjecture de Fermat
Marius Granet et le trésor du palais comtal

Aux éditions Jean-Claude Lattès

La conjecture de Fermat
Le captif au masque de fer
Les ferrets de la reine
Les rapines du duc de Guise
La guerre des amoureuses
La ville qui n'aimait pas son roi

www.lemasque.com

JEAN D'AILLON

LE DUC D'OTRANTE
ET
LES COMPAGNONS
DU SOLEIL

ÉDITIONS DU MASQUE
17, rue Jacob 75006 Paris

ISBN : 978-2-7024-3539-7

LES PRINCIPAUX PERSONNAGES

Capéou, Diou-me-Dame, Jesu, L'abé, Estrillo : brigands « blancs » des Compagnies du Soleil

Joseph d'Arbaud, *baron de Jouques, sous-préfet d'Aix*
George Canning, *responsable du Secret Department*
Ernestine de Castellane, *fille d'Aglaé de Varadier*
Fortuné Civaire, *compagnon de Camille de Clapiers*
Antoine Cazelle, *compagnon de Camille de Clapiers*
Camille de Clapiers, *seigneur de Collongues, Compagnon du soleil*
Félix de Clapiers, *seigneur de Collongues, frère de Camille*
Honoré de Cotignac, *baron de Carcès, Compagnon du soleil*
Charles de Coriolis, *poète, Compagnon du soleil*
Pierre-Marie Desmarets, *chef de la police secrète impériale*
Grace Elliot, *agent secret anglais, ancienne maîtresse du duc d'Orléans*
Alexandre Fauris de Saint-Vincens, *riche collectionneur aixois, ancien maire d'Aix*
Louis Féraud, *compagnon de Camille de Clapiers*
Auguste de Forbin, *comte et baron d'Empire*
Clotilde de Forbin-Tonnerre, *cousine éloignée d'Auguste de Forbin*
François de Fortis, *maire d'Aix*
Joseph Fouché, *duc d'Otrante, ministre de la Police, puis sénateur d'Aix*
Fulques Gaillard, *ancien soldat de La Fayette*
Louis de Galliffet, *seigneur du Tholonet*

Pierre Gaudin, *jacobin, puis policier et commissaire*
Fassy Gaudin, *épouse d'Antoine Gaudin, maîtresse de Capéou*
Antoine Gaudin, *frère de Pierre, époux de Fassy*
Jacques Gibelin, *médecin, bibliothécaire de la bibliothèque Méjanes*
Narcisse Guitton, *chef de bande*
Guillaume Hyde de Neuville, *chef des services secrets royalistes français à Londres*
Jean-Baptiste Lafon, *prêtre, agent des Chevaliers de la Foi*
Gabriel de Montfort, *Compagnon du soleil*
Matthieu de Montmorency, *grand maître des Chevaliers de la Foi*
Jean Étienne Marie Portalis, *conseiller d'État*
Antoine de Puylaurens, *médecin*
Alice de Puylaurens, *sa sœur*
Spencer Perceval, *Premier ministre anglais*
Gautier du Poët, *chevalier de Vernègues, agent secret*
Pascal Roman, *métayer de Gabriel de Montfort*
Estienne Sicard, *Compagnon du soleil*
Antoine Clair Thibaudeau, *comte d'Empire, préfet des Bouches-du-Rhône*
Aglaé de Varadier, *comtesse de Castellane*
Eugène-François Vidocq, *ancien bagnard, alias Vautrin*

1

Du 9 thermidor 1794 à la fin de l'année 1795

En Provence, dans les jours qui suivirent la mort de Robespierre[1], la peur de la dénonciation, l'angoisse de l'arrestation, l'épouvante de la prison, l'horreur des exécutions s'effacèrent des esprits et les malheureux qui se cachaient dans leur cave ou dans leur grenier retrouvèrent la lumière et le chaud soleil de l'été.

Avant le 9 Thermidor, les sections et les comités révolutionnaires faisaient régner la terreur. Dans la rue, dans les ateliers, dans les commerces ou sur les marchés, chacun, par son attitude ou par ses paroles, risquait la dénonciation. Dans ce cas, c'était la visite domiciliaire menée par une patrouille de jacobins brutaux. Les suspects, qui ne pouvaient prouver être de bons citoyens, partaient, sous bonne garde, pour Marseille où ils étaient promptement jugés et, parfois, exécutés dans l'heure par le *rasoir national*, comme on nommait la guillotine.

La rumeur de l'exécution du tyran déferla sur l'ancienne capitale provençale comme un de ces

1. Le 10 thermidor : 27 juillet 1794.

violents orages qui purifient tout sous des trombes d'eau.

Dans la vieille cité parlementaire – toujours royaliste –, à peine la mort de Robespierre fut-elle confirmée que les rues désertes s'emplirent à nouveau.

Chacun sortait pour commenter ce formidable événement et s'en féliciter. Le Cours à Carrosses s'anima et les cafés et cercles qui le bordaient retrouvèrent leur clientèle.

En quelques semaines, à Aix, de la même façon que la vie renaît au printemps, toute une population qui se terrait réapparut.

Parmi ces revenants il y avait de véritables révolutionnaires, des jacobins parfois, qui s'étaient opposés à la *Terreur* des sans-culottes. Il y avait, bien sûr, des girondins, ces fédéralistes qui avaient payé un lourd tribut pour avoir participé à l'armée départementale qui voulait renverser la Convention montagnarde[1].

Il y avait aussi des constitutionnalistes de la première heure, des royalistes certes, mais épris d'un idéal de justice et de liberté. Il y avait également, et c'était la majorité, une multitude de petites gens qui avaient, à un moment ou à un autre, avoué regretter l'Ancien Régime : des boutiquiers sans acheteurs, des perruquiers sans aristocrates à coiffer, des artisans sans clients, des domestiques sans maîtres. Ceux-là se souvenaient que, sous la royauté, ils avaient du travail et mangeaient à leur faim.

Enfin, parmi ceux qui ne se dissimulaient plus désormais, il y avait les nobles, les seigneurs, les gentilshommes, les aristocrates, les monarchistes, les anciens parlementaires fieffés. Bref, ceux que la Révolution

1. Voir *Marius Granet et le trésor du Palais Comtal*, même éditeur.

avait longtemps désignés sous le terme arrogant de *ci-devant*.

Peu à peu, des gens que l'on croyait disparus, ou émigrés, réapparaissaient. Dans un premier temps, ils restèrent discrets, car la Révolution n'était peut-être pas terminée. Ils savaient que ceux qui dirigeaient désormais la France avaient tous voté la mort de leur roi. Les audacieux qui avaient renversé Robespierre se nommaient tout de même Barras, Fouché, ou encore Fréron. C'étaient eux qui, l'année précédente, avaient mené de sanglantes répressions à Marseille, à Lyon ou à Toulon.

Pourtant, durant l'automne 1794, les craintes s'atténuèrent, puis se dissipèrent. Les cafés rouverts se remplirent progressivement et la liberté de parole revint.

À Aix, au *Cercle de Guion*, le lieu de rendez-vous des royalistes[1], on remarqua de plus en plus souvent une insolente bande de jeunes messieurs qui n'avaient pas rejoint l'armée de Condé, comme l'avaient fait bon nombre d'aristocrates. Ceux-là étaient restés cachés pour défendre les possessions de leur famille, car ceux qui quittaient la France voyaient leurs biens confisqués ou vendus par l'administration jacobine.

Au *Cercle de Guion*, ces rejetons des familles de parlementaires aixois ou d'aristocrates provençaux tentaient d'oublier l'effondrement de leur vieux monde. Certains, plus chimériques, envisageaient même le retour de cette société de privilèges qui avait disparu.

On croisait là-bas Joseph d'Arbaud de Jouques, dont le père, ancien président du parlement d'Aix, avait été guillotiné à Lyon avec son beau-frère, le comte de Forbin. Joseph était le dernier représentant des Arbaud

1. L'actuel café des *Deux Garçons*.

de Jouques à Aix, car ses deux frères étaient partis à Coblence s'engager dans l'armée de Condé.

Les malheurs de sa famille avaient marqué ce jeune homme à la mâchoire volontaire, à la tête haute et altière, mais aux traits fins et doux qui masquaient son tempérament passionné et hardi. Joseph parlait peu et observait beaucoup, son regard profond s'attardait sur ceux qui exposaient leurs idées au *Cercle*. Souvent, d'un geste de la main, il repoussait une mèche de ses longs cheveux bouclés pour se donner une contenance.

On rencontrait aussi, au *Cercle*, les deux frères Clapiers de Collongues, Camille et Félix, petits-fils adoptifs du marquis de Vauvenargues. Ils s'installaient toujours à la même table que leur ami Honoré de Cotignac.

Si tous les muscadins du *Cercle* étaient d'une extrême élégance, Cotignac attirait les regards par son originalité vestimentaire. Grand coureur de jupons et descendant d'une des plus honorables familles de Provence, les Carcès, il ne quittait l'hôtel familial de la rue de la Plateforme que ses *oreilles de chien*[1] parfaitement poudrées et couvertes d'un chapeau droit à large bord et rubans flottants, légèrement incliné sur l'oreille. Ses préférences vestimentaires allaient aux culottes sans poches et à la redingote à basques de couleur verte, en satin ou en velours. Cotignac, par son caractère fougueux et chaleureux, suscitait l'amitié et l'estime de tous.

Quelquefois, François de Fortis rejoignait les trois amis. Fortis, le plus âgé de ces jeunes gens avec ses trente et un ans, était trapu, discret, taciturne. Avec ses traits grossiers, burinés avant l'âge, ses lèvres char-

1. Coiffure des muscadins.

nues, son front lourd, ses mains épaisses et calleuses, il faisait penser à quelque solide paysan. Son regard, pourtant, démentait cet aspect. Un regard grave, à la fois calculateur et généreux, audacieux et circonspect. On murmurait qu'il était en relation étroite avec Bertrand de Molleville, le principal conseiller du comte d'Artois, le frère du régent réfugié à Venise[1]. C'était peut-être vrai, car Fortis avait quelquefois de discrets conciliabules avec Gautier du Poët, le fringant chevalier de Vernègues, jeune aristocrate considéré comme un agent du comte d'Artois. On racontait aussi que Fortis et Vernègues travaillaient pour la *Manufacture*, une agence de renseignements dirigée par le comte d'Antraigues.

Plus rarement, on apercevait Charles de Coriolis à la table de ces jeunes muscadins. Coriolis était un poète dont les œuvres anti-révolutionnaires étaient appréciées par l'aristocratie provençale. Charles était maigre, longiligne et se tenait rarement droit. Son visage spirituel quoique émacié, son humour cinglant et ses reparties cyniques en faisaient un homme fort apprécié de la gent féminine malgré son physique. Mais cette vivacité ne pouvait cacher le feu anti-jacobin qui le consumait et la haine qu'il vouait à la Révolution.

À dix-sept ans, Gabriel de Montfort était le plus jeune de ces ci-devant. Montfort avait passé sa jeunesse dans le grand château templier de la seigneurie familiale, à quelques lieues de Cotignac. Tout petit, il avait joué dans les falaises et les souterrains du village avec Honoré. L'année précédente, ses parents avaient rejoint le comte de Forbin à Lyon, mais avaient été arrê-

1. Le comte de Provence, futur Louis XVIII.

tés comme lui. Le père de Gabriel avait été guillotiné et sa mère emprisonnée. Solitaire et sans famille, Gabriel avait réussi à revenir à pied en Provence, chez les amis de sa famille : les Clapiers de Collongues. Il avait alors appris la libération de sa mère, mais celle-ci, désespérée et croyant son fils mort, était partie avec d'autres malheureux pour l'Italie. Là-bas, pour survivre, elle fabriquait des paniers d'osier, comme tant d'autres aristocrates ruinés.

Lorsqu'il passait devant le *Cercle*, le jeune Marius Granet entendait ces muscadins rire et brocarder la Révolution. Parfois, il les voyait parader sur le Cours, arborant bouquet de lilas à la chemise, large ceinture de soie verte et ganse blanche serrée autour de leur chapeau anglais à bord plat. Des signes de leur engagement royaliste, comme la cocarde tricolore sur le tricorne restait celui des sans-culottes. Chaque fois, le cœur de fervent jacobin du jeune peintre se serrait en constatant que la réaction monarchiste devenait de plus en plus arrogante dans l'ancienne capitale du comté de Provence.

L'été et l'automne passèrent. Un jour de novembre 1794, nos jeunes *aristos* se réunirent au *Cercle de Guion* à la demande de leur aîné, François de Fortis, qui souhaitait leur soumettre une proposition.

Quand la joyeuse bande de muscadins fut au complet dans un salon du premier étage, Fortis prit la parole. Il y avait autour de lui le chevalier de Vernègues, les deux frères Clapiers, le sérieux Joseph d'Arbaud, le sombre Coriolis, le petit Montfort et l'élégant Cotignac en habit gris à grand collet et cravate de soie blanche.

— Mes amis, commença Fortis après que la porte fut soigneusement fermée, nous n'aurons pas toujours la possibilité de nous réunir ainsi. Cette révolution n'est pas terminée et demain, peut-être, tout recommencera. J'ai entendu dire que l'on parle de nous renvoyer Fréron pour nous mettre au pas !

Il y eut un bruissement d'émotion. Fréron ! Le jacobin massacreur qui avait tant tué à Marseille et à Toulon !

Tout avait commencé un an et demi plus tôt.

Les Marseillais s'étaient toujours méfiés de Paris, aussi l'arrivée au pouvoir de Brissot et des girondins fédéralistes avait-elle été saluée avec soulagement par les négociants ruinés à cause du blocus de la flotte anglaise. Pour une population affamée et lasse de la dictature des sans-culottes, ce nouveau gouvernement était enfin un espoir de paix.

Durant l'été 1793, la municipalité marseillaise avait décidé la fermeture des clubs les plus violents et les plus sanguinaires, mais le gouvernement de Brissot et de ses amis n'avait pas duré. Les Enragés d'Hébert et de Marat, c'est-à-dire les représentants de la commune de Paris, avaient repris le pouvoir dans la capitale et mis en place un Comité de Salut Public avec le soutien d'un obscur député nommé Maximilien Robespierre.

Pour Marseille, ce coup d'État était la certitude du retour du désordre. La municipalité et le département avaient donc levé une armée de volontaires afin de délivrer les girondins emprisonnés.

Le Comité de Salut Public avait réagi à la décision des Provençaux en envoyant les Allobroges du général Carteaux. Ces soldats, révolutionnaires de la première heure, constituaient une troupe de deux mille vétérans aguerris, violents et sans pitié. Ils avaient rétabli l'ordre révolutionnaire en écrasant l'armée départementale à Salon le 19 juillet 1793.

Plutôt que de se soumettre, Marseille, comme Toulon qui avait demandé l'aide de la flotte anglaise, était entrée en rébellion.

Si Toulon n'avait été reprise par le capitaine Bonaparte qu'à la fin de l'année 1793, Marseille était tombée au mois d'août. Le pouvoir était revenu aux commissaires Fréron et Barras, envoyés par la Convention.

Ces deux conventionnels avaient été d'une rare férocité. Il y eut des centaines d'exécutions et Marseille perdit jusqu'à son nom.

Au printemps 1794, pour consolider leur victoire, les jacobins marseillais avaient organisé une fête de la Raison pour laquelle une fanatique au corps plantureux, la Fassy, avait été choisie pour personnifier la déesse révolutionnaire. Les sans-culottes marseillais se faisaient une surprenante idée de la déesse Raison.

Mais revenons au *Cercle de Guion*. François de Fortis poursuivait, plus bas :

— J'ai reçu des nouvelles de Vendée…

Ses compagnons tendirent l'oreille.

— … La guerre se rallume, là-bas. Nos frères se sont à nouveau soulevés et ils mènent la vie dure aux jacobins ; comme à Paris d'ailleurs, où de petites compagnies de braves se sont constituées et rossent les terroristes lorsqu'ils en rencontrent. Pourquoi ne pas faire de même ? Le peuple serait avec nous.

— Mais la répression a été effroyable l'été dernier à Marseille, s'inquiéta Charles de Coriolis. Nous n'avons rien pour nous battre, à peine quelques fusils et des sabres. Que pourrions-nous tenter contre l'armée de la Convention ? Souvenez-vous de ce qu'ont fait Carteaux et ses Allobroges !

— C'était une grave erreur de les affronter militairement, lui expliqua Fortis les yeux mi-clos. Nous ne devons pas agir comme ces exaltés de girondins. Nous pourrions constituer de petites compagnies de partisans insaisissables et redoutables. Aussitôt qu'une occasion se présenterait, nous interviendrions pour disparaître ensuite. Nous pourrions ainsi défendre nos proches. Et peut-être, pourquoi pas, un jour libérer notre roi de sa prison du Temple[1] ?

Le ton de Fortis était tellement convaincant que plusieurs des jeunes gens se signèrent en murmurant une courte prière à l'attention du pauvre enfant.

— Il faudra de l'argent pour s'équiper et acheter des armes, hésita encore Coriolis, qui n'était pas un lâche mais plutôt l'un des plus raisonnables des jeunes messieurs.

Le jeune poète avait dix-sept ans quand la Révolution avait commencé. Il vivait alors à Marseille et avait assisté à bien plus d'atrocités que ses camarades aixois.

— C'est facile, lui expliqua Cotignac avec suffisance. Faisons comme les Chouans : nous attaquerons les diligences et nous dépouillerons la République de son or.

Il en parlait avec d'autant plus de haine que la Révolution lui avait pris tous ses biens.

— Moi, ça me plairait d'attaquer des diligences, jubila le tout jeune Montfort qui avec ses dix-sept ans

1. Louis XVII, bien sûr.

n'avait peur de rien et idéalisait les périls. Tu te souviens, Honoré, quand nous jouions aux brigands dans les falaises de Cotignac ?

— Alors, organisons-nous sans attendre ! Chacun de nous devra trouver quelques compagnons de confiance. Nous devrions pouvoir constituer trois ou quatre bataillons, décida Fortis. Nous aurons toute l'aide nécessaire du régent. J'en fais mon affaire.

Enflammés par l'idée d'une telle guerre de partisans, ils se regroupèrent en quatre compagnies. La première autour de Fortis et du chevalier de Vernègues, la seconde avec les frères Clapiers auxquels se joignit naturellement le jeune Montfort. La troisième serait conduite par le marseillais Coriolis. Joseph d'Arbaud de Jouques et Honoré de Cotignac acceptèrent de mettre en place la dernière. Restait à trouver un nom à leur petite armée.

— Autour de Lyon, expliqua encore Fortis, ceux qui se battent pour notre roi se nomment les *Compagnons de Jéhu*.

Excités comme des enfants qu'ils étaient encore, chacun y alla de sa proposition : les *Chevaliers du Roi*, les *Croisés de la Foi*, les *Sabreurs de la Monarchie,* les *Compagnons du Roi*, les *Brigands Blancs*… mais aucune de ces dénominations n'emportait la majorité.

— Puisque nous sommes dans le Midi, suggéra finalement Gabriel de Montfort, moi, je vous propose les *Compagnons du soleil*.

Ce titre plut à tous et fut finalement adopté.

— Il faut aussi choisir pour chacun de nous un surnom, un sobriquet qui sera notre patronyme de guerre. Ainsi nos véritables identités resteront secrètes pour les autres.

La proposition de Fortis était encore plus excitante et chacun proposa un pseudonyme. Le plus croyant se surnomma *L'abé*. Un autre, grand jureur, fut baptisé *Dioume-Dame*. Le troisième, fort querelleur, devint *Estrillo*, et le plus aimable, *Jesu*.

L'intrépide de la bande fut nommé *Capéou*.

Le cœur empli de projets et d'espérance, ils se séparèrent pour recruter et armer leur petite compagnie.

Devant la porte du cercle, Gabriel de Montfort abandonna un instant les Clapiers pour s'approcher de François de Fortis qui conversait avec Cotignac.

— Je crois que vous vous rendez à Venise. Pourriez-vous faire parvenir ce pli à ma mère ?

Fortis lui sourit, prit la lettre que lui tendait l'adolescent et l'accola. Il connaissait les épreuves par lesquelles était passé le jeune garçon. Un jour où il s'était arrêté à Vérone, il avait croisé Mme de Montfort. Elle l'avait reconnu et il lui avait appris que son fils était sauf. La pauvre femme avait voulu rentrer, mais c'était impossible ; on était alors en pleine Terreur. Depuis, elle correspondait avec son fils par l'intermédiaire de Fortis qui venait souvent rencontrer le régent ou Bertrand de Molleville à Vérone. Dans chacune de ses lettres, elle suppliait Gabriel de la rejoindre.

Seulement il ne voulait pas quitter la France. Certes, il adorait sa mère mais, adolescent fougueux et romantique, il préférait cent fois une vie périlleuse en France à la vente de paniers d'osier dans les rues de Vérone. Et puis, il avait trouvé une seconde famille chez les Clapiers et il voulait maintenant se battre pour son roi, le jeune Louis XVII emprisonné au Temple.

Après avoir remis sa lettre, Gabriel rejoignit en courant les frères Clapiers qui s'étaient éloignés et ils se dirigèrent ensemble vers l'écurie où ils avaient laissé leurs chevaux. Ils logeaient tous à Vauvenargues, dans la demeure du vieux marquis.

Les deux frères Clapiers étaient fort différents : Félix, l'aîné, marchait sur ses vingt ans. Officier aux Gardes, c'était un garçon réfléchi et méthodique. Chez lui, la stratégie et la prudence primaient sur l'aventure. Son frère Camille, à peine plus âgé que Gabriel, était étourdi, joyeux, impétueux et poète à ses heures, il s'entendait parfaitement avec le jeune Montfort qui avait le même tempérament fougueux, imprudent et passionné.

— À qui demanderons-nous de nous rejoindre ? demanda impatiemment Camille à son frère, tandis qu'ils sellaient leurs chevaux.

— J'ai pensé à Louis Féraud, notre garde-chasse, proposa l'officier. Antoine Cazelle aussi, peut-être. Son père a été guillotiné et il hait les conventionnels.

— Pascal Roman, le fils de notre métayer de la ferme des Grands Bois, ferait un bon compagnon, proposa Camille.

Roman était un ami d'enfance. Ensemble, ils avaient passé leur jeunesse à courir dans le bois de Vauvenargues, jusqu'au jour où le père de Roman, girondin convaincu, avait été arrêté puis transféré à Marseille où il était mort en prison. Depuis, Roman vivait seul dans la ferme de son père.

— Effectivement… ça en fait déjà trois. Il ne sera pas nécessaire d'être très nombreux. Une dizaine de braves suffiront si ce sont des hommes d'honneur.

De son côté, Cotignac fit un bout de chemin avec son ami Fortis.

L'agent du régent occupait la maison familiale, à l'angle de la rue Saint-Sulpice et de la rue Saint-Laurent, alors que Cotignac habitait un grand hôtel délabré, bâti en 1590, rue de la Plateforme.

Honoré de Cotignac était le dernier rejeton d'une branche cadette issue du célèbre Gaspard de Pontevès, chef de file des catholiques de Provence durant la Ligue et mort en 1610. Gaspard avait eu trois enfants dont un adultérin à qui il avait transmis le titre de seigneur de Cotignac.

Quant à Charles de Coriolis, il habitait chez Joseph d'Arbaud, sur le Cours à Carrosses, dans un hôtel déserté et vide de meubles. Ces deux-là rentrèrent ensemble, sans beaucoup parler. Ils formaient un curieux couple : Arbaud, de petite taille, marchait la tête haute et raide, fier de sa race et de sa caste, alors que Coriolis, plus grand et plus maigre, restait perpétuellement voûté. D'Arbaud songeait à ses frères et se demandait s'ils auraient approuvé sa décision de commander une troupe de partisans, tandis que Coriolis tentait de combattre la jalousie qui l'avait étreint quand le jeune Camille de Clapiers lui avait amicalement montré la pièce en vers qu'il écrivait. Cet impudent garçon ne doutait de rien ! Espérait-il vraiment faire mieux que lui-même dans ce domaine, alors que le nom de Charles de Coriolis commençait à émouvoir et à susciter une réelle admiration dans le petit milieu littéraire provençal ?

Il tenta d'oublier son irritation en méditant sur la compagnie qu'il allait mettre sur pied.

Durant les semaines qui suivirent, chacun des quatre chefs constitua sa troupe. Ils trouvèrent facilement des paysans, des ouvriers, des artisans au chômage ou encore des boutiquiers monarchistes prêts à les rejoindre.

Ensuite, chacun agit à sa guise. *Capéou, Jesu* et *Dioume-Dame* se lancèrent dans les attaques de diligences et de coches de poste, alors que *L'abé et Estrillo* décidèrent de punir les révolutionnaires qui avaient accusé ou fait exécuter leurs proches. Leur pratique consistait à assassiner ces jacobins puis à jeter leur cadavre, parfois mutilé, devant la maison de ceux qui n'avaient pas encore été châtiés, dans le but de les terroriser.

Leur butin – l'or de la République, quand ils parvenaient à s'en emparer – était ensuite expédié, par différents intermédiaires, jusqu'à l'armée des Princes ou sinon à la Cour, aux proches du comte d'Artois ou de son frère le prétendant, le comte de Provence.

Leur terrain de chasse s'étendait d'Arles à Toulon. *Capéou*, lui, s'était réservé les alentours de Marseille car il en profitait pour rencontrer la jolie Fassy, une jeune femme, révolutionnaire féroce, qui était pourtant devenue sa maîtresse.

L'histoire mérite d'être contée.

Arrêté en mai 1794, comme bien d'autres suspects, *Capéou*, que nous connaissons sous un autre nom dans ce chapitre, nom que nous tairons provisoirement, avait été enfermé dans l'abbaye Saint-Victor dont le cloître servait de cantonnement aux Allobroges. La section révolutionnaire qui devait le juger était dirigée par deux impitoyables jacobins : Antoine et Pierre Gaudin. Antoine et sa femme, Fassy, avaient en outre la garde des cellules où *Capéou* avait été enfermé avec une dizaine de ci-devant.

Malgré la promiscuité, la saleté et la vermine, *Capéou* avait réussi à conserver une étonnante prestance. Beau parleur et vil flatteur, il était parvenu à fasciner Fassy qui, chaque soir, distribuait soupe et pain aux prisonniers.

Fassy était une très belle femme. Brune comme seules le sont les véritables Marseillaises, vive et effrontée, elle avait un corps plantureux et potelé. C'était d'ailleurs pour ses avantages que les sections l'avaient choisie, l'année précédente, pour représenter la déesse Raison lors des fêtes du même nom. Cette distinction l'avait tellement enivrée qu'elle s'était crue investie de la justice divine et avait, sans pitié, envoyé bien des femmes aristocrates au *rasoir national* ou *à la lanterne* quand elle ne s'était pas chargée elle-même de les massacrer avec ses propres instruments de cuisine.

Lorsqu'elle portait leur soupe aux prisonniers, la Fassy était accompagnée de gardes chargés de la protéger. Mais la jeune femme savait qu'elle fascinait les captifs par sa vivacité et ses appas et qu'aucun n'aurait l'idée de la maltraiter. Ils attendaient chaque soir sa visite avec une impatience mêlée d'une étrange extase.

Pourtant, ils le savaient, Fassy n'était ni douce ni bonne. Aucun n'ignorait qu'elle avait participé à des boucheries d'une rare horreur. Mais pour ces pauvres gens qui attendaient leur exécution, seuls ses charmes, qu'elle ne dissimulait guère, comptaient.

Mise en confiance par les flatteries de *Capéou*, Fassy restait chaque jour un peu plus avec les prisonniers qui appréciaient ses propos. C'est que toute révolutionnaire qu'elle fût, Fassy aurait eu bien des reproches à adresser aux sections marseillaises. Un soir, après avoir distribué les rations de soupe, elle avait aigrement déclaré à *Capéou* :

— Vous me trouvez mal faite ?

Il lui avait jeté un regard passionné.

— Comment pouvez-vous dire ça ! Je n'ai jamais rencontré beauté plus exquise. Je peux vous assurer que, si vous aviez connu la cour de Versailles, personne ne vous aurait disputé la place de reine de beauté. N'est-ce pas, mes amis ?

Il y avait eu un brouhaha de murmures approbateurs.

— Je vous avais dit que j'avais été choisie pour représenter la déesse Raison l'année dernière ? avait demandé la Fassy en se rengorgeant.

— Oui. Vos amis des sections ont beau être des brutes, ils n'auraient pu faire un meilleur choix. J'ignore s'il existe une déesse Raison quelque part là-haut mais, en vérité, si c'est le cas, elle ne peut qu'être jalouse de vous.

— On vient de me voler ce rôle ! avait-elle répliqué en tapant du pied.

— Comment ? C'est impossible !

— Parfaitement ! Je viens d'apprendre que, désormais, la déesse Raison sera la Rivière. Une traînée qui se vend à n'importe qui ! Et pourquoi ? Parce que la Rivière à de plus grosses mamelles que moi !

Le regard de *Capéou* s'était égaré un instant sur les susdites mamelles qui lui avaient paru pourtant de bonne taille.

— Je ne sais que vous dire, Fassy. Ces gens sont des rustres, tout simplement. Ils ne vous méritent pas. Non seulement vous avez le corps idoine pour représenter la déesse Raison, mais vous en avez aussi l'esprit. N'est-ce pas, mes amis ?

Murmures approbateurs.

La Fassy les avait quittés ce soir-là dans une certaine allégresse. Eux, au moins, savaient ce qu'elle valait.

Les jours suivants, *Capéou* avait rallongé ses compliments. Que l'on ait choisi cette bagasse de la Rivière, expliquait-il à une Fassy enchantée, le choquait profondément, et il lui détaillait combien elle serait adorable dans une robe à l'anglaise, en taffetas, avec un corsage à compères lacé sur le devant. Quant à sa coiffure, il lui affirmait que le bonnet *dormeuse* serré par un ruban lui allait bien mieux que son fichu, n'hésitant pas à joindre le geste à la parole en la recoiffant de ses mains douces et habiles qui s'égaraient parfois.

Elle se laissait faire.

Au 9 thermidor, *Capéou* n'avait pas encore été jugé et exécuté. Fassy avait tout fait pour repousser cette échéance auprès du chef de la section.

Le 15 thermidor, les frères Gaudin avaient été arrêtés avec d'autres montagnards et avaient remplacé *Capéou* dans la prison. Fassy s'était donc retrouvée seule.

Bien qu'en vérité le comportement sanguinaire de la jeune femme lui fît horreur, *Capéou* était attiré par son corps. Il était venu la voir dans son logis, lui avait proposé de l'aider durant l'emprisonnement de son mari et lui avait offert des cadeaux.

Il était rapidement devenu son amant alors même qu'une fiancée l'attendait à Aix, puis il avait continué à la rencontrer après être devenu l'un des chefs des *Compagnons du soleil*.

En janvier 1795, lors d'une visite qu'il lui fit, après avoir attaqué une diligence près de Trets, il apprit qu'elle avait à son tour été arrêtée et qu'elle devait être jugée pour les crimes qu'elle avait commis.

Dommage, se dit-il, et il n'y pensa plus.

Au début de l'année 1795, la Provence commença à trembler au nom des *Compagnons du soleil*. Car ce qui aurait pu être une guerre dans l'honneur – mais en existe-t-il ? – tourna rapidement au banditisme le plus sordide et au brigandage le plus féroce. Des bandes armées rejoignirent les premiers compagnons ou déclarèrent en faire partie. Leurs raisons n'étaient pas toujours aussi honorables que celles des jeunes aristocrates qui avaient déclaré la guerre à la Révolution.

Il faut dire que la misère était extrême, tant dans les villes que dans les campagnes. Il n'y avait plus ni argent ni travail. L'hiver 1795 avait été aussi terrible que celui de 1709, le *grand hyver*[1]. Le pain manquait, la disette était générale. Les plus affaiblis succombaient de faim, de froid ou de maladie.

L'attaque de diligences ou de voyageurs isolés devint un simple gagne-pain. Sous le prétexte de se venger des révolutionnaires, de petites meutes féroces attaquaient les fermes, tuaient les hommes après les avoir atrocement torturés, violaient femmes et filles, puis emportaient leurs biens sans oublier de mettre le feu à ce qui restait. Parfois, c'étaient même des bandes de femmes, dont les *terroristes* avaient exécuté les époux, qui s'attaquaient aux logements de jacobins. Alors, les atrocités étaient pires. À Arles, la bande de la femme Colon était

1. Sur le *grand hyver*, le lecteur intéressé pourra lire : *Récit des aventures de Trois-Sueurs*, même éditeur.

crainte pour sa férocité, ses membres découpant leurs victimes vivantes avant de les manger. D'autres s'amusaient à les lapider avant de les pendre.

Très vite, les *Compagnons du soleil* furent appelés les *égorgeurs*, et personne ne fut à l'abri de leurs exactions.

Quant aux autorités, elles étaient paralysées. Il faut préciser que beaucoup de notables, toujours monarchistes, souscrivaient aux idées des *Compagnons du soleil* même s'ils en blâmaient les violences. Ainsi la municipalité d'Aix les soutenait contre le département qui avait chargé les gardes françaises d'agir avec sévérité contre les *brigands royaux*. Mais comme les magistrats, les juges de paix ou même les tribunaux criminels étaient royalistes, aucun brigand royal n'était condamné ! Rien ni personne n'était capable de faire cesser les crimes et les atrocités des égorgeurs.

En vérité, c'est dans la France entière que régnait le désordre depuis la chute de Robespierre. Partout les royalistes organisaient des insurrections et terrorisaient les anciens montagnards. En avril, à Paris, la Convention fut envahie par des sans-culottes exigeant du pain et l'arrestation des royalistes qui assassinaient dans la plus totale impunité. Ils furent violemment chassés par la garde nationale réactionnaire et, à compter de ce jour, il fut clair pour chacun que le pouvoir n'était plus hostile à un retour de l'Ancien Régime.

Dans le midi, pour éviter la justice sommaire des *Compagnons du soleil*, les autorités judiciaires préférèrent arrêter et juger les sans-culottes les plus coupables. Au printemps, deux d'entre eux, le père et le fils

Frégier, écroués près de Manosque, furent conduits à Aix pour être jugés. Ce n'étaient que des jacobins ordinaires, mais le fils Frégier rassemblait toutes les haines des royalistes : membre du comité révolutionnaire et prêtre avant la Révolution, il s'était marié un Jeudi saint !

Les *Compagnons du soleil* s'étaient concertés. Allait-on juger, et peut-être acquitter, ces deux hommes ? Les jeunes gens étaient d'un avis partagé, mais finalement les extrémistes l'emportèrent. Ils soulevèrent une foule de plus de cinq mille Aixois pour arrêter le convoi des deux prisonniers, qui furent massacrés à coups de bâtons et de sabres.

Forts de cette victoire, les *Compagnons du soleil* envisagèrent alors de punir pareillement tous les sans-culottes incarcérés.

À Aix, en effet, le tribunal criminel départemental instruisait une procédure contre des jacobins qui avaient prononcé des condamnations à mort iniques. La plupart étaient marseillais.

Antoine Gaudin, responsable de la section la plus violente de Marseille, devait faire partie du lot mais, pour des raisons que l'on ignore, il fut enfermé au fort Saint-Jean et seuls dix-sept prisonniers furent conduits à Aix, dont trois femmes accusées d'avoir commis diverses atrocités. Parmi elles se trouvait la déesse Raison déchue : Fassy Gaudin.

Ce transfert effectué, l'agitation devint extrême à Aix, où beaucoup s'insurgeaient contre un tel procès. Ces accusés, on connaissait parfaitement leurs crimes, certains avaient même été reconnus pour avoir participé à l'atroce pendaison de l'avocat Pascalis ! Il y avait aussi des acolytes de l'abbé Rive, des Anti-Politiques[1]. Il fallait qu'ils payent, et d'aucuns proclamaient que le plus simple était de les pendre eux aussi *à la lanterne*.

Capéou restait à l'écart de cette fièvre car de profondes angoisses l'obsédaient. Il était sur le point de se marier avec Pulchérie de Vidauban, une jeune femme certes moins jolie et moins plantureuse que Fassy, mais bien plus riche, quand il avait appris le transfert à Aix de son ancienne maîtresse.

Foutredieu ! songeait-il, que la Fassy parle, qu'elle implore pitié en le nommant, et son avenir était ruiné !

Il était dans cet état d'esprit quand, un soir, un pauvre hère vint le voir et lui remit un billet tout froissé :

Mon amour,

Sauve-moi et sauve ton fils. Il y a deux mois, j'ai accouché en prison d'un garçon aussi beau que toi.

Je t'en supplie,

Ta Fassy

L'homme était employé aux prisons, dans la caserne, et lui expliqua où se trouvait la cellule de la pauvre femme. *Capéou* lui remit quelque argent en lui demandant de se taire.

Après le départ du messager, *Capéou*, terrifié et bouleversé, songea à émigrer et à tout abandonner. Rien de pire ne pouvait lui arriver ! Mais, une fois calmé, comme son tempérament naturel le portait plutôt à la

1. Sur Pascalis, Rive et les Anti-Politiques, voir : *Marius Granet et le trésor du Palais Comtal*, même éditeur.

lutte, quitte à ce que celle-ci se déroule dans l'ombre, il se raisonna pour trouver une solution.

Le soir même, il fit le tour de ses amis compagnons pour leur proposer de se retrouver afin de prendre une décision quant au sort des terroristes prisonniers.

Les *Compagnons du soleil* se réunirent finalement à Saint-Marc le samedi 9 mai.

— Ils sont cinquante dans les casernes transformées en prisons, leur expliqua *Diou-me-Dame*, et ils sont protégés par des hussards et des dragons. Je ne pense pas que nous puissions franchir un barrage de soldats bien armés seulement avec des sabres et des bâtons.

— Je sais que le tribunal se réunira sur le Cours à Carrosses lundi et que les juges ont l'ordre d'être bienveillants et de prononcer des acquittements, fit sombrement remarquer *L'abé*. Il est bien possible que ces criminels échappent à leur châtiment.

— Il nous faudra donc faire justice nous-mêmes, décida celui qui s'était surnommé *Estrillo*. Ces gens sont coupables, c'est au peuple de les exécuter.

— Nous pourrions entrer par-derrière les casernes, proposa *Diou-me-Dame* qui méditait depuis un moment. Je crois savoir que c'est ainsi qu'Antoine de Puylaurens a délivré son épouse et sa mère, Mme de Forbin[1].

— Non ! intervint *Capéou* avec noblesse. Nous n'avons pas à nous cacher. Il y aura des centaines de partisans derrière nous. Nous prendrons les prisons comme des soldats du roi, nous saisirons ensuite les plus coupables et nous les jugerons nous-mêmes, dans les règles.

1. *Marius Granet et le trésor du Palais Comtal*, même éditeur.

— Ce serait dangereux, objecta le jeune Camille de Clapiers. Il y a des femmes là-bas. Quoi qu'elles aient fait, elles ne doivent pas subir le sort des Frégier! Comment éviter que la populace ne les écharpe? Nous ne devons plus nous comporter comme ces sans-culottes. Je propose plutôt que nous défilions demain sur le Cours, tous bien armés pour montrer notre force. Les magistrats ne pourront acquitter ces terroristes quand ils sauront que nous veillons à ce que justice soit rendue!

Le panache d'une telle action les enthousiasma. Ils avaient déjà oublié le massacre des Frégier.

Combien pouvaient-ils être, ces furieux, à enfoncer les grilles des prisons? Plusieurs milliers, certainement!

La foule avide de sang et de violence déferla dans la cour des casernes. C'était une masse hurlante et déchaînée que rien ne pouvait arrêter.

Tout avait commencé le dimanche.

Le défilé avait été acclamé par une foule en liesse. Le cortège des *Compagnons du soleil*, en grand équipage, avec ceintures vertes, pistolet et sabre à la taille, avait attiré toute la ville.

Le lundi matin, les terroristes avaient été conduits à l'hôtel de Mons pour être interrogés. Partout en ville, les *Compagnons du soleil* montaient la garde au su et au vu des gendarmes et des dragons. Les jeunes gens s'étaient juré de n'intervenir qu'en cas d'acquittement.

Mais ceci ne faisait pas les affaires de *Capéou*. Fassy ne devait être interrogée que le mardi et il fallait qu'elle disparaisse avant. Vers midi, alors qu'on ramenait des prisonniers aux casernes, le jeune aristocrate expliqua insidieusement à l'un de ses lieutenants, Estienne Sicard, un maigrichon sournois qui avait une forte ascendance sur la populace :

— Foutredieu ! Je viens d'apprendre que le tribunal va libérer tout le monde dans la soirée, ils seront acquittés !

Par Sicard, la nouvelle de l'acquittement à venir se répandit comme un incendie. Chacun ajouta ses propres informations. Ne disait-on pas qu'une fois libérés, les terroristes se vengeraient ? Que des soldats de la Convention seraient appelés en renfort, que tous ceux qui avaient été vus dans le cortège de dimanche seraient arrêtés, que leurs familles seraient décimées.

Les esprits s'échauffèrent. *Capéou* expliqua autour de lui comme il serait facile de pénétrer dans les casernes et de rendre justice. Les quelques dragons qui s'y trouvaient laisseraient faire, refusant certainement un combat perdu d'avance. Beaucoup hésitaient, mais il leur rappelait comment l'avocat Pascalis avait été pris et pendu par ces mêmes meurtriers emprisonnés actuellement.

— Souvenez-vous, disait-il, déjà, pour Pascalis, l'armée n'avait pas bougé.

À quatre heures, la populace, échauffée par les paroles et quelques bouteilles d'eau-de-vie habilement distribuées, se saisit de canons qu'elle tira jusqu'aux casernes. Sous la menace d'un tir meurtrier, les dragons se rendirent sans combattre. Alors la foule déchaînée, enflammée par quelques meneurs, pénétra dans les lieux.

Capéou connaissait la place, et le messager de Fassy lui avait indiqué où sa maîtresse était enfermée. Il jeta son chapeau à plume blanche, se débarrassa de sa veste et de son gilet qui auraient permis de le reconnaître trop facilement, puis, dans le tumulte, il récupéra un chapeau de paille tombé au sol. Sabre en main, il se précipita vers le bâtiment où les trois femmes étaient emprisonnées. Il avait avec lui deux de ses fidèles à qui il avait expliqué son plan.

Quand ils pénétrèrent dans le bâtiment, une longue salle le long de laquelle s'ouvraient deux cellules dont l'une était vide, la porte avait déjà été forcée. Quatre ou cinq brutes avinées étaient là. Elles avaient tiré les prisonnières de leur logement et les maintenaient vigoureusement en riant comme des démons. L'un avait arraché la robe de Fassy, la laissant presque nue, tandis que les autres s'occupaient des deux femmes qui hurlaient. Le nourrisson pleurait par terre.

Capéou se jeta sur la brute et lui sabra la tête. Occupés avec les femmes, les autres assassins ne purent réagir rapidement et tombèrent sous les coups des séides qui accompagnaient le chef des *Compagnons du soleil*.

Épouvantée, tremblante, mais sauve, Fassy ramassa son enfant qui n'avait rien, le serra contre ses seins nus puis se jeta dans les bras de son amant en sanglotant :

— Je savais que tu viendrais, bredouilla-t-elle en l'embrassant et en pleurant à la fois. Ton fils, tu as sauvé ton fils !

Les deux autres femmes, accablées par les outrages qu'elles avaient subis, s'étaient jetées aux genoux de leurs sauveurs.

Capéou repoussa alors Fassy avec violence et déclara froidement à ses hommes qui attendaient :

— Personne ne doit échapper au châtiment.

Leurs sabres percèrent les trois femmes. Alors que Fassy s'écroulait, d'un revers de sa lame ensanglantée, *Capéou* tua son fils.

Au sol, Fassy n'était pourtant pas morte. Dans un mélange de stupeur et d'horreur, elle considérait son amant de ses yeux vitreux, ne comprenant pas pourquoi il la tuait et tuait son enfant.

— Achevez-les ! ordonna *Capéou* en reculant.

Les deux hommes, ivres de carnage, s'acharnèrent sur les corps à coups de sabre.

Alors qu'ils agissaient ainsi, *Capéou* les frappa dans le dos. Ses deux comparses tombèrent, sans un mot.

Le silence revint dans la pièce où le sang coulait à flots. *Capéou* examina rapidement les corps ; il n'y avait aucun survivant.

Il remit son sabre dans son étui et sortit. Dans la cour, les massacres se poursuivaient avec une sauvagerie infernale. Jugeant qu'on ne faisait pas attention à lui, il quitta les lieux rapidement.

Dans la caserne, le carnage était épouvantable. On s'arrachait les corps encore en vie pour se les partager et les démembrer, certains en mangeaient même des morceaux. La fête dura plusieurs heures bien qu'il n'y eût que dix-sept prisonniers ! En traversant cette joyeuse et épouvantable boucherie, *Capéou* ne remarqua pas une brute qui l'avait vu sortir : Narcisse Guitton. C'était un tonnelier d'une force herculéenne, qui avait rejoint sa bande de compagnons pour tuer et violer à l'envi.

Le tonnelier, intrigué par le sang qui coulait du fourreau du sabre de *Capéou*, alors même que son chef ne paraissait pas participer aux réjouissances, se dirigea vers le bâtiment d'où il l'avait vu sortir. Il y pénétra et découvrit les corps dénudés des femmes mutilées.

Alors Fassy, agonisante, l'appela.

Deux dimanches plus tard, musique en tête, les *Compagnons du soleil* qui avaient pris part au massacre firent bénir leurs drapeaux et leurs poignards à peine nettoyés dans l'église des Oblats par un prêtre non assermenté. Ironie des monarchistes, l'église, située en haut du Cours, avait été, un temps, transformée en temple de la Raison. Ce même jour, un grand défilé fut, à nouveau, organisé sur le Cours. Un représentant de la Convention venu de Paris – un royaliste – demanda aux *Compagnons du soleil* de marcher sur Toulon et d'agir comme ils l'avaient fait pour égorger tous les terroristes. Il précisa même : « Si vous n'avez pas d'armes, arrachez les os de vos parents assassinés et, avec, vous serez invincibles contre ces monstres (les sans-culottes). »

Ainsi, absous et légitimé, l'abominable massacre d'Aix devait être suivi de quantité d'autres tout aussi effroyables. Les égorgeurs frappaient partout. Il semblait que rien ne pouvait retenir la fureur des contre-révolutionnaires, même si beaucoup de *Compagnons du soleil* avaient été horrifiés par l'assassinat des femmes et du nourrisson.

Ce carnage restait un mystère. D'aucuns expliquaient qu'un compagnon, qui n'avait pas voulu se faire connaître, avait découvert les brutes en train d'abuser et de mutiler les femmes. Il avait alors rendu justice en châtiant lui-même les monstres.

Mais comment était-il venu à bout de cinq hommes ? rétorquaient d'autres plus dubitatifs.

Certains proposaient alors que le justicier n'était pas venu seul, il avait été accompagné de quelques camarades qui comptaient parmi les tués de l'affrontement. D'ailleurs, la preuve en était que deux des victimes appartenaient à la bande de *Capéou*. On interrogea ce dernier mais il affirma tout ignorer de l'affaire, ayant quitté les lieux du massacre des prisons très vite, écœuré par ce qui s'y passait.

Malgré ses dénégations, quelques-uns restaient persuadés que le mystérieux justicier, c'était lui ! Cette rumeur lui conféra une prodigieuse notoriété.

Entre-temps, la contre-révolution se poursuivait. À Marseille, les royalistes se saisirent du fort Saint-Jean et égorgèrent ou fusillèrent tous les montagnards emprisonnés. À Tarascon, on précipita soixante jacobins du sommet d'une tour du château devant une assistance tranquillement assise sur des chaises et appréciant le spectacle ! À Sisteron et à Avignon, on « nettoya » les geôles de la même façon.

On nomma cette effroyable période la Terreur Blanche. La Provence s'embrasa pour devenir une seconde Vendée. En quelques mois, des centaines de victimes tombèrent sous les coups des égorgeurs quand elles n'étaient pas pendues aux arbres devant leur logis.

La violence et la rage des *Compagnons du soleil*, ou tout au moins de ceux qui se prétendaient tels, augmenta encore quand ils apprirent la mort de leur jeune roi au Temple, en juin 1795. En même temps, de nouvelles bandes se constituaient, souvent formées de déserteurs et de véritables brigands. Ainsi, la bande d'Aubagne attaquait les voyageurs dans les bois de Cuges, violait les femmes après les avoir attachées aux arbres et tuait les hommes dans d'abominables supplices. La bande de Pourrières était tout autant crainte, et plus encore celle de Pont-Royal qui était redoutée pour sa sauvagerie, égorgeant femmes et enfants après leur avoir fait subir les pires atrocités.

Finalement, la Convention s'émut de tant de crimes, d'autant qu'à Paris, les royalistes devenaient aussi trop entreprenants.

Le 5 octobre (13 Vendémiaire), l'agitation royaliste ayant gagné la rue, Barras, sur les conseils de Fréron, alors entiché de la belle Pauline Bonaparte, fit appel au frère de Pauline, ce jeune général qui avait déjà écrasé la révolte de Toulon. Ce dernier fit mitrailler la foule au canon.

Quelques jours plus tard, de nouvelles élections permirent le vote de la constitution de l'an III. C'était une construction sur mesure pour réduire la réaction royaliste. Au conseil des Cinq-Cents, dont les deux tiers des membres devaient avoir fait partie de la précédente Convention, les monarchistes furent en minorité alors qu'ils étaient majoritaires dans le pays.

Barras se fit nommer Directeur. Restait à réduire la Provence, ou tout au moins à la pacifier. Pour cela, il envoya à Aix son ami Fréron, lui donnant les pleins pouvoirs pour rétablir l'ordre.

Cet ancien partisan de Marat, détesté de Robespierre pour ses crapuleries, n'avait participé au complot du 9 Thermidor que pour sauver sa vie, car Maximilien avait décidé de le faire raccourcir par le *rasoir national*. Plus tard, vendu aux royalistes, Stanislas Louis Fréron avait ouvertement retourné sa veste en soutenant les Parisiens monarchistes contre ses anciens amis. Vénal, corrompu et débauché, on disait de lui : « Il sue le crime. »

En Provence, l'envoyé du Directoire ne s'embarrassa ni de scrupule ni de justice. Il ordonna que tout membre des *Compagnons du soleil* pris les armes à la main soit sur-le-champ fusillé.

Mais l'hiver, la faim, la cherté du pain, la chute des assignats et l'insécurité croissante ne pouvaient qu'alimenter la haine des Provençaux envers l'ancien conventionnel devenu un satrape tout-puissant. Installé à Marseille où il vivait entouré d'un harem de courtisanes, Fréron s'enrichissait en dirigeant toutes sortes de trafics.

Aussi, l'envoyé du Directoire eut beau s'agiter, multiplier les arrestations, fermer les cafés, interdire le port d'arme, les *Compagnons du soleil* faisaient toujours la loi dans les campagnes. Les courriers de la République étaient arrêtés, les maisons des jacobins pillées, les convois militaires attaqués et les transports de fonds volés.

2

1796-1798

Gabriel de Montfort et Camille de Clapiers avaient changé. Ils s'étaient avilis. En quelques mois, les deux enfants innocents qu'ils étaient s'étaient métamorphosés en d'impitoyables machines à tuer. Ils avaient vu la mort de près, ils avaient assisté à d'abjects massacres. Parfois même, dans le feu de l'action, ils y avaient pris part.

Comme tant d'autres, sous l'étendard des *Compagnons du soleil*, ils avaient tué, torturé et rançonné. Mais leur propre violence et les effroyables crimes des bandes de brigands qui se prétendaient compagnons leur avaient fait prendre conscience que la voie qu'ils avaient choisie n'était pas honorable.

De plus en plus souvent, dans les Alpes, dans le Vaucluse et autour de Marseille, des criminels se disant compagnons attaquaient fermes isolées et diligences. Chaque fois, les hommes étaient battus, mutilés et tués, puis les femmes étaient outragées par toute la bande.

Au début de cette année 1796, beaucoup d'aristocrates ressentirent l'ignominie de leur lutte et décidèrent de l'abandonner pour un combat plus respectable. Les uns après les autres, ils choisirent de rejoindre l'armée du prince de Condé en Allemagne et de se battre sous un uniforme.

Les prétextes de leur départ étaient souvent les mêmes : cet or qu'ils volaient à la République, il fallait le convoyer jusqu'à l'armée des Princes qui en avait tant besoin. Et on ne pouvait confier de telles sommes à des courriers ; aussi, ceux qui préféraient désormais combattre sous les ordres du prestigieux prince de Condé se portaient-ils volontaires pour assurer les transferts.

Généralement, ils ne revenaient pas de ces voyages et restaient en Allemagne.

Parmi les premiers départs, il y eut celui de Félix, le frère de Camille, que les crimes et les atrocités auxquels il avait assisté, ou qu'on lui avait rapportés, révulsaient. Il confia sa compagnie à son frère en l'exhortant à poursuivre leur combat uniquement dans l'honneur.

Joseph d'Arbaud suivit rapidement Félix. Le carnage des prisons d'Aix avait profondément affecté le beau jeune homme sensible qu'il avait été. Avant de quitter la France, il était allé saluer Camille, et ce dernier avait eu du mal à le reconnaître. Ses trais fins et réguliers étaient désormais sillonnés de plis amers, et ses nuits emplies d'épouvantables cauchemars.

François de Fortis partit à son tour quand il apprit l'invasion de l'Italie par l'armée de la République. Sa place, se justifia-t-il, était près du comte d'Artois qui avait besoin de lui ; mais personne ne fut dupe : il avait lui aussi, durant quelque temps, dirigé un groupe de *Compagnons du soleil*, et s'il avait été moins choqué que d'autres par des massacres qu'il considérait – hélas – comme inévitables dans toute guerre, beaucoup savaient qu'il avait été reconnu par nombre de victimes et qu'il n'était plus à l'abri d'une dénonciation.

Quant à Cotignac, que l'on avait trop souvent vu caracoler fièrement à la tête de sa bande, le jour où il apprit que la police de Fréron allait le faire saisir pour plusieurs crimes qu'il avait commis, il décida de gagner Paris pour se faire oublier.

D'autres commandants remplacèrent ces chefs historiques. D'un commun accord, pour faire reculer le désordre et les exactions, ils se réunirent à Rians afin de désigner un unique général.

C'était une époque où les jeunes officiers pouvaient avoir une carrière fulgurante dans les armées de la République. Davoux avait été nommé général à vingt-trois ans, Desaix à vingt-six, et bien d'autres avant trente ans. Il ne fut donc pas étonnant que les *Compagnons du soleil* choisissent eux aussi un très jeune chef.

Ils élirent comme général le plus audacieux, le plus courageux et le plus loyal d'entre eux : Camille de Clapiers, marquis de Vauvenargues.

Cependant, cette apparente unanimité ne cachait pas les profonds désaccords qui se faisaient jour entre les anciens compagnons. Il faut dire que, partout en France, les mouvements insurrectionnels royalistes marquaient le pas. En Vendée, Charette, le chef chouan le plus vénéré, avait même été fusillé.

En Provence, si certains voulaient poursuivre leur action de brigands royaux en attaquant les diligences et les transports de fonds de la République, d'autres souhaitaient utiliser les armes de leurs adversaires : les élections. Après tout, expliquaient-ils, la constitution de l'an III pouvait leur faciliter une prise de pouvoir légale.

Le moment était d'autant plus favorable qu'en avril 1796, le féroce et corrompu Fréron avait été rappelé à Paris par le conseil des Cinq-Cents pour s'expliquer sur ses exactions et ses détournements de fonds. Évidemment, après son départ, de nouvelles violences opposèrent les sans-culottes *terroristes* aux muscadins *égorgeurs.* Ces actes de barbarie ne se limitaient plus désormais aux campagnes. Avec la misère et la famine, le brigandage gagnait les villes, où les autorités paraissaient impuissantes. Un peu partout des maisons étaient mises au pillage, leurs habitants étaient torturés à mort quel que soit leur âge ou leur sexe.

L'insécurité n'était plus supportable.

Or, la nouvelle constitution avait prévu la mise en place dans les villes d'une garde nationale formée de citoyens élus qui serait chargée du maintien de l'ordre et du respect des lois. Le besoin était si pressant que les élections furent organisées dans les sections au mois de mai 1796.

À Aix, Camille de Clapiers, le général des *Compagnons du soleil*, ainsi que son ami Gabriel, tous deux révulsés par les massacres auxquels ils avaient assisté ou participé, décidèrent de s'y présenter et d'abandonner leur sanguinaire guerre de partisans. Leurs trois plus fidèles camarades, Antoine Cazelle, Louis Féraud et Pascal Roman, firent de même.

Populaires et respectés, ils furent facilement élus et Camille de Clapiers fut même nommé lieutenant.

Les cinq anciens *Compagnons du soleil* pouvaient désormais ouvertement afficher leur fidélité envers le nouveau roi en exil, Louis XVIII. Les autorités avaient d'ailleurs décidé que les chasseurs de la garde nationale – c'était le nom de leur régiment – porteraient un uniforme aux couleurs royalistes : ganse blanche au chapeau, ceinture verte à la taille.

Cependant, comme les élections du printemps avaient amené des monarchistes au pouvoir dans plusieurs administrations urbaines, les autorités départementales – républicaines – décidèrent de les annuler et d'en préparer d'autres. Malgré cette décision, les nouvelles élections confirmèrent les choix populaires et, en avril 1797, les royalistes devinrent partout majoritaires.

On pourrait penser que Camille de Clapiers et ses amis voyaient l'évolution de la situation politique en France avec une certaine allégresse. Il n'en était rien. Certes, ils étaient satisfaits d'assister à ce partage du pouvoir entre républicains et monarchistes, mais ils s'interrogeaient aussi sur leur engagement. Après la mort de Louis XVI, l'héritier du trône avait été le jeune Louis XVII, qu'ils avaient idolâtré. Mais l'enfant était mort au Temple en juin 1795 et le frère de Louis XVI, le comte de Provence, jusque-là régent, était devenu leur nouveau roi Louis XVIII.

S'il était facile de se ranger sous la bannière de l'adorable fils de Marie-Antoinette, il était plus difficile de le faire sous celle du frère de Louis XVI, gros bonhomme réactionnaire déformé par la goutte et méprisé par toutes les cours européennes.

Le *prétendant*, comme on nommait Louis XVIII dans les chancelleries, n'avait pas caché sa satisfaction à la mort du petit prisonnier du Temple. Ensuite, son premier acte de roi – en exil – avait été un manifeste d'une sévérité telle, tant envers les jacobins et leurs complices – *la corde pour tous* ! – qu'envers les acquis de la Révolution, que le maréchal de Castries lui avait déclaré tristement :

— Votre Majesté a porté le dernier coup à la monarchie. Tout accès au trône va vous être interdit.

Certes, Camille de Clapiers et ses amis ne voulaient plus de cette révolution et de ses excès, mais, confusément, ils savaient aussi qu'ils ne souhaitaient plus revenir en arrière. Les élections libres, les assemblées où chacun s'exprimait, l'abandon de privilèges iniques leur paraissaient des acquis intouchables. Hélas, ce n'était pas l'opinion de Louis XVIII et de ses conseillers qui avaient dû quitter Venise, où ils résidaient, par crainte de l'arrivée prochaine des troupes françaises.

En effet, la France républicaine avait décrété de libérer l'Europe de la tyrannie des rois. Au printemps 1796, l'audacieux général Bonaparte, à la tête d'une armée confiée par Barras, avait déferlé sur l'Italie, repaire de contre-révolutionnaires.

Un peu partout dans le nord de la péninsule, des convois d'émigrés terrorisés par l'arrivée des troupes françaises étaient partis sur les routes du sud. Ce nouvel exode devait les conduire vers Rome, puis Naples.

À Aix, nos amis suivaient ces événements, avec passion pour Camille, avec crainte pour Gabriel. Ils n'avaient, bien sûr, que des informations fragmentaires sur l'avancée de l'armée de Bonaparte et sur l'exode des émigrés. Quelques lettres arrivaient parfois à l'un ou l'autre des anciens *Compagnons du soleil*, mais elles étaient rares et dataient souvent de plusieurs semaines. La dernière reçue venait de Fortis qui avait suivi Louis XVIII jusqu'en Allemagne. Depuis, il ne savait plus rien.

On racontait maintenant que le roi avait quitté l'Allemagne pour la Prusse ou peut-être la Russie. On disait aussi que les combats faisaient rage en Italie, que l'armée française se comportait comme une horde de sauvages. Les soldats en guenilles de la République n'étaient que des soudards, pillant les villes de leurs trésors, forçant femmes et filles et massacrant sans pitié les populations. Que ce soit dans le Piémont, le Milanais ou la Vénétie, Bonaparte faisait des ravages.

Ces dernières rumeurs étreignaient Gabriel de terreur. Il avait eu connaissance de l'ordre de Bonaparte à Masséna : « Le premier village qui s'insurgera, faites-le livrer au pillage et brûler. »

Sans aucune nouvelle de sa mère, il regrettait amèrement de ne pas l'avoir rejointe pour la défendre. Si Venise avait été prise, Vérone, toute proche, avait aussi certainement été pillée. Si sa mère était encore vivante, elle se trouvait peut-être sur les routes avec ces milliers d'autres pauvres gens en fuite.

En septembre 1796, il apprit effectivement la prise et le sac de Vérone. Un peu plus tard, en décembre, ce fut la funeste annonce de la décisive victoire d'Arcole.

L'Italie était désormais tout entière à Bonaparte.

L'année 1797 débuta donc dans l'amertume et l'inquiétude pour nos deux amis. Un soir glacial de janvier, alors qu'ils étaient à Vauvenargues où ils logeaient quand ils n'étaient pas en service, un visiteur se présenta.

Le château était vide et abandonné depuis des mois. Seul un couple de vieux domestiques s'en occupait. Les cinq gardes nationaux qui avaient été *Compagnons du soleil* logeaient là depuis quelques jours. Féraud, l'ancien garde-chasse, un homme noueux et maigre, taciturne et solitaire, passait son temps dans les bois environnants, quelquefois en compagnie de Cazelle, le seul compagnon qu'il appréciait, pour son silence. Ensemble, ils chassaient, mais surtout ils surveillaient les abords du château. Certes, ils étaient désormais du côté de la loi, mais pouvaient-ils avoir confiance dans les autorités du département ? Pouvaient-ils être certains que demain, un des directeurs, à Paris, ne réclamerait pas leur tête ? Tout le monde savait qui étaient Camille de Clapiers et Gabriel de Montfort. On n'ignorait pas que le frère de l'un était officier dans l'armée des émigrés et que le père de l'autre avait été guillotiné comme ci-devant. Dans le doute, Camille avait demandé à ses amis d'être vigilants. Et puis, il y avait les bandes de brigands, se disant aussi compagnons et voulant se venger d'un général d'une sévérité exemplaire en matière de discipline.

À tour de rôle, les cinq compagnons assuraient une garde, sauf au plus profond de la nuit où ils se barricadaient dans leur demeure.

Féraud était le guetteur idéal. Rapide, souple, silencieux, il pouvait s'approcher aussi bien d'un homme que d'une bête sans que sa victime s'en aperçoive, puis l'égorger d'un coup de couteau. Lorsqu'il était de garde, personne n'aurait pu surprendre son seigneur et maître.

Ce soir-là, sur une crête, complètement immobile, il surveillait le principal chemin d'accès alors que Cazelle faisait des rondes dans les jardins. Cazelle avait toujours été au service des Clapiers, comme l'avait été avant lui son père, guillotiné par les conventionnels pour avoir crié « Vive le roi ». Il était prêt à mourir pour Camille.

C'est Féraud qui prévint Cazelle, en se glissant près de lui en silence, qu'un homme seul chevauchait en direction du château. Ils se cachèrent en l'attendant, puis le laissèrent entrer dans le jardin. Les grilles étaient arrachées depuis que le château avait été pillé.

Le cavalier, couvert d'une longue houppelande-cape à trois épaisseurs et d'un vieux tricorne de voyage, paraissait connaître parfaitement les lieux et conduisit directement son cheval à l'écurie. Il neigeait faiblement et la lune, à son premier quart, fournissait une maigre luminosité. Aussitôt qu'il fut dans l'écurie, Féraud murmura à Cazelle qu'il allait prévenir Roman, puis qu'il retournerait guetter. Rien ne prouvait que cet homme était seul ou n'était pas suivi.

Cazelle se coula dans l'écurie, son fusil à la main. Le visiteur ôtait la selle de sa monture, signe qu'il comptait rester. Soudain, sans même se retourner, le voyageur lui déclara :

— Je sais que tu me tiens en joue, mais rassure-toi, tu ne risques rien, je viens pour parler à Camille et à Gabriel.

Il se retourna et, dans un rayon de lune, Cazelle le reconnut :

Chevalier…, s'étonna-t-il.

L'homme leva les deux mains en signe de paix :

— Peux-tu me conduire à eux ? Je sais qu'ils sont ici.

Cazelle opina et lui fit signe de passer devant lui. Le voyageur se saisit des deux grosses sacoches fixées derrière la selle. Cazelle observa qu'il laissait derrière lui ses deux pistolets d'arçon. Ils sortirent et gagnèrent le bâtiment principal. Cazelle restait sur ses gardes mais le visiteur paraissait détendu, presque paisible. La porte d'entrée du château était entrebâillée, elle s'ouvrit à leur approche : Roman attendait, lui aussi armé d'un fusil.

Quand Féraud l'avait prévenu, il était aux cuisines à se réchauffer. Lui aussi fut surpris par ce visiteur qu'il connaissait et fronça les sourcils.

— Salut et Fraternité, Roman ! Comme disent les jacobins, ironisa le visiteur. Je vois qu'on ne peut pas vous surprendre. Je viens parler à mes amis.

Roman fit signe à Cazelle qu'il s'occupait du chevalier et qu'il pouvait retourner à sa garde.

— Ils sont là, dit-il simplement en lui montrant une porte qui donnait sur le vestibule où ils se trouvaient.

Il s'avança vers elle, frappa, et quand on lui dit d'entrer, il ouvrit.

— Un visiteur pour vous, déclara-t-il seulement en laissant entrer le nouveau venu, mais en le gardant discrètement en joue.

— Vernègues ! s'exclama Camille en se levant de sa chaise.

Il était en train de corriger un recueil de poésies qu'il envisageait de publier.

Gabriel, lui, était assis dans un vieux fauteuil percé et parcourait quelques vieux numéros du *Républicain, journal des hommes libres*, de Duval. Il se leva de même, tout aussi stupéfait.

Gautier du Poët, chevalier de Vernègues, secoua son manteau enneigé, fit quelques pas et serra Camille, puis Gabriel dans de vigoureuses brassées. Ils ne s'étaient plus revus depuis le massacre des prisons d'Aix.

Quelques jours après l'effroyable carnage, Gautier avait annoncé qu'il ne pouvait rester plus longtemps en Provence, ayant été reconnu lors d'une calamiteuse attaque de diligence.

Roman attendait, tenant son fusil à deux mains, ne cachant pas sa méfiance. Camille le remarqua et lui assura en souriant :

— Nous ne risquons rien, Pascal. Ramène-nous plutôt un peu de vin cuit et viens le boire avec nous.

Roman sortit et Camille ajouta une bûche dans le foyer en déclarant à Vernègues :

— Le château a été mis à sac, il n'y a plus beaucoup de sièges. Prends donc ma chaise et réchauffe-toi. Tu arrives d'Aix ?

— Vous êtes bien gardés… On ne peut pas vous surprendre… Je repartirai demain, précisa ensuite Vernègues sans répondre à la question et restant debout. Je peux dormir dans un coin, j'ai ce qu'il faut ici, ajouta-t-il en désignant sa sacoche.

Il se tourna alors vers Gabriel pour lui déclarer d'un ton égal :

— C'est pour toi que je suis venu.

— Moi ? s'étonna le jeune Montfort.

— Tiens.

Vernègues fouilla à l'intérieur de sa houppelande et en sortit une lettre qu'il lui tendit.

— C'est ta mère qui me l'a remise, il y a un mois, à Londres. Elle allait bien, précisa-t-il avec un sourire chaleureux.

— Ma mère, trembla Gabriel… à Londres ?

Le cœur battant à tout rompre, il se saisit du pli en tremblant, brisa le cachet et le lut sous les regards attentifs de Gautier et de Camille.

Le papier avait encore l'odeur du parfum de sa mère. Un flot de souvenirs le submergea.

Mon fils adoré,

J'ai quitté Vérone il y a six mois avec mes maigres biens alors que les jacobins de Bonaparte arrivaient. Nous étions deux ou trois cents, tous déjà chassés de notre patrie et ne sachant plus où aller.

Terrorisés, ayant abandonné nos maigres possessions, nous avons fait route vers le sud en un misérable cortège.

Après un atroce voyage interminable dans des charrettes tirées par des mules ou dans des coches cahotants loués à prix d'or, nous avons finalement rejoint Rome. Rassure-toi, je n'ai pas été la plus malheureuse. J'étais avec une vingtaine de compatriotes dont la plupart étaient des femmes accompagnées de leurs enfants, mais nous avons eu la chance d'avoir avec nous quelques officiers du comte d'Artois ainsi que des gentilshommes de la cour qui nous ont assuré gîte et sécurité.

Hélas, à Rome, nous avons appris que cet affreux Bonaparte arrivait sur nous à bride abattue avec ses hordes d'assassins et sa guillotine dans ses bagages. Nous sommes alors descendus jusqu'à Naples en sachant cependant que nous ne pourrions aller plus loin.

Dans cette ville, par une heureuse décision divine, la flotte anglaise faisait relâche depuis quelques jours.

Aussitôt qu'il eut connaissance de notre arrivée, le vice-amiral Pelham-Martin a eu pitié de nous et a accepté de nous prendre sur ses navires.

Il y avait dans la rade une dizaine de grands vaisseaux de ligne, ils les nomment des « soixante-quatorze », car ils ont autant de canons. Ce sont de véritables châteaux forts flottants. Je n'avais jamais vu pareils navires, même à Marseille.

*Je t'écris cette lettre à bord de l'un d'eux : l'*Impulsive, *dont le commandant FitzMaurice est un homme charmant et fort attentionné envers moi. Il a organisé quelques dîners avec les autres capitaines et je dois t'avouer que pour la première fois depuis deux ans,* *j'ai ressenti une certaine tranquillité et même un peu d'espérance. Il y avait là le commandant de l'*Hypérion, *un brillant jeune homme qui vient de Cornouailles, un peu triste peut-être, ainsi qu'une quantité d'officiers tous plus élégants et attentionnés les uns que les autres envers moi.*

Le capitaine FitzMaurice m'a fort aimablement proposé de me loger dans son hôtel à Londres sitôt qu'il débarquerait. Je te donnerai des nouvelles de là-bas en priant chaque jour pour que tu me rejoignes.

Ta mère qui t'aime.

En lisant cette lettre, les larmes aux yeux, pour la première fois, Gabriel songea à émigrer. Mais pouvait-il abandonner son ami, son frère ? Car il considérait Camille comme tel. Le destin se chargea, hélas, de la réponse.

— Comment va-t-elle ? demanda finalement Camille.

Gabriel lui tendit la missive, les yeux dans le vague.

— J'ai appris que vous étiez désormais officiers de la garde nationale, fit le chevalier de Vernègues pendant que Camille lisait.

Il y avait un mélange de reproches et d'étonnement dans le ton de sa voix.

— En effet… Camille avait été nommé général en chef des *Compagnons*, mais nous ne pouvions plus continuer avec eux. Trop d'horreurs, trop de massacres, trop de crimes ont été commis au nom de notre foi. Nous devions choisir un autre chemin. Nous faisons désormais respecter l'ordre. La nouvelle constitution protège la propriété, nous l'appliquons. Certes, il n'est pas question pour nous d'approuver les lois de cette république, mais les gens ont faim, jamais la misère n'a été aussi grande, il n'y a plus rien à acheter et de toute façon les assignats n'ont plus aucune valeur ; sans nous, il y aurait à Aix le même désordre et le même brigandage que dans les campagnes. Je crois que nous nous rendons enfin utiles.

En effet, les deux amis étaient maintenant des officiers respectés qui prenaient leur tâche à cœur. Évidemment, d'aucuns savaient qu'ils avaient dirigé une bande de *Compagnons du soleil*, mais les mêmes rappelaient aussi que c'était une compagnie honorable qui ne s'était attaquée qu'aux courriers et aux transports d'assignats. Ils n'avaient rien à voir avec ces brigands et ces égorgeurs encore en action autour d'Aubagne et de Pertuis ; ces bandes d'assassins qui torturaient leurs victimes en leur brûlant les pieds.

— Je comprends, fit lentement Vernègues, le visage inexpressif. Mais votre position sera de plus en plus difficile à tenir. Si les jacobins reviennent au pouvoir par un coup de force ou par des élections, que deviendrez-vous ?

— Nous verrons ! déclara Camille avec insouciance en rendant sa lettre à Gabriel. Il y aura des élections en mars, si effectivement nous les perdons, peut-être devrons-nous émigrer comme toi…

— Tu me le reproches ? demanda Vernègues, cette fois sur la défensive.

— La plupart d'entre nous sont partis, lui rappela Gabriel. Nous sommes restés seuls. Si nous avions été plus nombreux, nous aurions pu juguler les massacreurs et empêcher ces horreurs…

— Tu sais bien que je ne pouvais rester. Surtout après les meurtres de cette pauvre femme et de son nourrisson. Au fait, a-t-on découvert le mystérieux justicier ?

— Non, déclara Camille d'un ton neutre, encore que j'aie ma petite idée sur lui.

— Vraiment ?

— Parle-moi plutôt de ma mère, intervint alors Gabriel. Où vit-elle, que devient-elle, comment l'as-tu rencontrée ?

— Elle loge chez Lord Cavendish. Un lointain cousin du roi George.

— Elle me parle d'un capitaine FitzMaurice dans sa lettre, cet homme lui proposait un logement à Londres, s'étonna Gabriel.

— C'est lui. FitzMaurice a hérité du titre de son père. Il est désormais lord de l'Amirauté, déclara simplement Vernègues.

Il y eut un silence un peu pénible. Quel était le rôle de Mme de Montfort auprès du lord ? Était-elle sa maîtresse ? Camille et Gabriel savaient que beaucoup de femmes émigrées s'étaient vendues pour survivre, et ils n'osaient poser la question.

— Rassure-toi, dit Vernègues en prenant la main de Gabriel. Il n'y a aucune compromission et aucune médisance ne circule. Ta mère occupe son propre appartement dans la demeure de Lord Cavendish. Il la présente comme une amie qu'il héberge. Ce gentilhomme est d'une telle droiture que personne n'oserait médire dans son dos.

— Mais toi, que faisais-tu là-bas ? demanda alors Camille. Nous pensions que tu étais en Allemagne.

Vernègues soupira :

— Je ne peux vous répondre, mes amis. Sachez simplement que je fais partie d'une des agences de renseignements du comte d'Artois.

— Il y en a donc plusieurs ? s'enquit Gabriel.

— Oui, mais je ne les connais pas toutes. Pour ma part, je suis au service du comte d'Antraigues qui, bien que français, est officier du roi d'Espagne.

— Mais que faites-vous exactement? demanda Camille.

— Antraigues dispose de nombreux agents comme moi. Il collecte des informations qu'il transmet au comte d'Artois. Vous comprendrez que je ne puisse vous en dire plus. Pour ma part, je suis aussi parfois chargé des courriers entre Londres et Paris. C'est ainsi que j'ai rencontré Mme de Montfort, il y a un mois. Je devais venir à Aix pour un problème familial et j'ai bien volontiers accepté de porter sa lettre. Mais je ne peux rester, la police me recherche et je repartirai demain à la première heure.

— La police? s'inquiéta Gabriel.

— Oui, la police du Directoire. Barras, un de nos anciens amis, précisa-t-il avec ironie, a confié la police secrète à Joseph Fouché. Vous vous souvenez certainement de lui : ce conventionnel qui a commis ces effroyables massacres à Lyon et qui, pour se sauver des poursuites, a participé au renversement de Robespierre. Il n'en a pas moins été condamné pour ses atrocités, seulement il avait disparu. Il s'était caché, protégé par son ami Barras. Ce dernier l'a rappelé aux affaires.

» C'est un ancien oratorien défroqué et un redoutable adversaire. Il veut détruire toutes les agences royalistes. Il me connaît et des hommes à lui me pistent jour et nuit. Je les ai semés provisoirement, mais je sais qu'ils retrouveront bientôt ma trace…

À cet instant, Roman entra et Vernègues se tut brusquement. Pascal apportait des verres et un flacon. Camille tira un tabouret en laissant sa chaise à Vernègues, et Roman s'appuya sur un mur. Gabriel fit le service. Visiblement, Vernègues avait décidé d'être muet en présence de Pascal Roman. Se méfiait-il de lui ou se gardait-il de tout le monde ? Camille n'insista pas. Ils échangèrent quelques banalités, puis se rendirent ensemble aux cuisines pour un repas frugal.

Jusqu'au départ du chevalier, le lendemain, ils n'eurent aucune autre information. Pour quelle raison trouble le chevalier était-il venu à Aix ? Préparait-il quelque action avec cette étrange agence royaliste ? Nos amis ne le surent point et ces questions sans réponses obsédèrent longtemps Camille, d'autant qu'il n'avait aucun moyen pour vérifier les dires de Gautier du Poët.

La famine, le dénuement et le brigandage, tant dans les villes que dans les campagnes, faisaient regretter le passé à beaucoup. Les gens se souvenaient du bon vieux temps de l'Ancien Régime, une heureuse époque où ils travaillaient et mangeaient à leur faim et où la loi était respectée.

En réalité, ils avaient vite oublié les exactions et les injustices de la royauté ; ce bon vieux temps qu'ils regrettaient n'avait jamais existé !

Mais la grogne contre le régime n'avait pas seulement pour causes la pénurie et l'insécurité. La corruption et la licence des mœurs choquaient aussi beaucoup les gens. Ainsi, le directeur Barras, l'homme fort du pays, personnifiait la décadence de l'État. Que ne racontait-on pas sur sa richesse, son avidité, et surtout sur ses débauches avec ces *merveilleuses* courtisanes qu'étaient Mmes Tallien et Récamier, ou encore Joséphine de Beauharnais dont les lascives représentations circulaient librement !

Un peu partout, affamée et démoralisée, la population redevenait royaliste. Les élections de mars 1797 ne pouvaient qu'amplifier les précédentes et apporter une majorité réactionnaire au conseil des Cinq-Cents. Effectivement, sur deux cent dix-sept sièges, deux cents revinrent aux royalistes. Pichegru, chef de la faction monarchiste, en devint président.

Au printemps, puis durant l'été 1797, les royalistes ne cachèrent même plus qu'ils œuvraient pour le retour de l'ordre ancien. Pichegru rétablit la liberté du culte et autorisa le retour des émigrés. Les cinq directeurs vacillaient chaque jour un peu plus sous ses attaques. On parlait désormais ouvertement de l'arrestation de ceux qui avaient voté la mort du roi, de leur procès et de leur exécution.

Aux abois, le directeur Barras demanda à nouveau l'aide de Bonaparte. Celui-ci venait justement de capturer le comte d'Antraigues, le chef de ce mystérieux réseau d'espionnage que l'on appelait la *Manufacture*. Parmi les papiers de l'espion, Bonaparte découvrit un document mettant en cause Pichegru dans une conspiration visant à ramener Louis XVIII sur le trône. Le général Augereau reçut aussitôt l'ordre de se rendre à Paris pour réprimer cet éventuel complot contre la République.

Le 18 Fructidor (4 septembre), l'armée fut chargée d'épurer par la force les conseils des Anciens et des Cinq-Cents. Les députés monarchistes – ou simplement modérés –, comme l'avocat aixois Portalis, furent exilés pour les plus chanceux, déportés pour ceux que l'on désirait faire disparaître.

Ce fut le cas de Pichegru, qu'on envoya pourrir en Guyane.

Le pouvoir revint donc aux directeurs jacobins. Les lois d'exception contre les émigrés et les prêtres réfractaires furent réactivées.

Barras resta le maître du pays. Seulement, il était devenu le fragile débiteur du général Bonaparte. Et ce dernier commandait l'armée.

En Provence, cette période avait été vécue à peu près de la même façon qu'à Paris. Jusqu'au coup d'État de Fructidor, les monarchistes avaient repris les rênes du pouvoir dans les villes et on avait vu revenir des ci-devant jusque-là réfugiés dans les campagnes ou dans la capitale. Les plus éminents de ces aristocrates étaient le jeune Auguste de Forbin et l'élégant Honoré de Cotignac.

Évidemment, après Fructidor, tout bascula et les républicains retrouvèrent leur autorité. Cependant, dans certaines villes où les monarchistes étaient trop nombreux, les révolutionnaires restèrent écartés de l'administration et ne purent qu'organiser tumultes et échauffourées durement réprimés par la garde nationale.

Parmi les sans-culottes que nous avons croisés au début de cette histoire, deux d'entre eux avaient particulièrement souffert de la réaction contre-révolutionnaire : c'étaient les frères Gaudin.

Après le 9 thermidor 1794, ces jacobins, membres de la section la plus impitoyable de Marseille, un temps geôliers de la prison de Saint-Victor, avaient été à leur tour enfermés dans l'abbaye. Un rapide interrogatoire n'ayant pas fait apparaître de charges lourdes contre Pierre, celui-ci avait été libéré, tandis que son frère Antoine, dont le cas était plus grave, avait été transféré au fort Saint-Jean. Lorsqu'il en avait été libéré, grâce aux démarches de son frère, il avait appris que son épouse Fassy avait subi l'affreuse destinée que nous avons relatée.

Antoine Gaudin avait accueilli avec un calme effroyable la mort de son épouse et de son fils. Cependant, emprisonné en juillet 1794, il n'avait jamais revu Fassy ni connu son enfant, né deux mois avant la mort de la mère. Il doutait donc d'en être le père, d'autant qu'il savait que sa femme avait la cuisse légère. Néanmoins, il l'aimait, et apprendre qu'on l'avait retrouvée dévêtue, violée peut-être, baignant dans son sang et entourée des cadavres de plusieurs brigands blancs l'avait accablé et révolté.

Il voulait connaître la vérité. Que s'était-il passé ? Qui était le mystérieux justicier qui avait exécuté les agresseurs ?

Curieusement, Pierre Gaudin avait été beaucoup plus ébranlé par la mort de Fassy et de son neveu. Il avait juré à son frère qu'il trouverait les assassins et qu'il les châtierait. Après avoir interrogé des témoins du massacre des prisons ainsi que ceux qui avaient trouvé les corps, il en avait conclu qu'il n'y avait pas de justicier, mais un seul assassin. C'est ce qu'il avait expliqué à son frère :

— Imagine, lui avait-il dit la voix tremblante, qu'un ou plusieurs honnêtes hommes aient découvert ces brutes en train de violenter les femmes, imagine qu'il y ait eu combat entre eux. Pourquoi auraient-elles été tuées ? Surpris, les misérables gredins qui abusaient d'elles n'auraient pas eu le temps de les tuer *avant* de se défendre.

— Ces brigands les avaient déjà tuées quand les autres sont arrivés ? avait proposé Antoine mal convaincu. Les justiciers sont peut-être malheureusement arrivés trop tard ?

— Dans ce cas, les autres auraient pu se justifier, inventer une fable, expliquer qu'ils venaient de découvrir les femmes mortes, par exemple. Il n'y aurait eu aucune raison de les tuer ainsi, aussi sauvagement.

— Si tu as raison… Que s'est-il passé ?

Pierre haussa les épaules :

— Tu sais bien que l'enfant n'était pas de toi ! Tu étais en prison depuis des mois et la Fassy aimait trop les hommes. Son assassin, c'est le joli cœur qui l'a séduite et qui lui a fait un petiot. C'est pour ça qu'il a aussi tué le marmot. Il est venu avec des complices et a découvert les brutes en train d'abuser des filles. Il les a tuées avec ses compagnons, puis ils ont assassiné les femmes, et celui qu'on appelle le justicier s'est ensuite débarrassé des témoins gênants.

— Si tu es dans le vrai, cet assassin est un monstre abominable…, avait murmuré le pauvre Antoine.

— En effet, c'est un monstre et je vais le retrouver. Je te le jure. Moi aussi, j'aimais bien Fassy et j'aurais bien accepté l'enfant. Je crois que j'aurais fait un bon oncle.

On le voit, si Pierre Gaudin eût peut-être fait un bon oncle, il était surtout perspicace puisqu'il avait tout deviné. Mais comment envisageait-il de retrouver l'assassin ? Pierre et Antoine ne pouvaient demander une enquête, puisque les monarchistes faisaient la loi. De surcroît, les Gaudin étaient des jacobins, donc suspects.

— Celui qui a tué Fassy était un aristocrate, poursuivit Pierre. Il l'a tuée pour qu'elle ne le dénonce pas et parce qu'il ne voulait pas d'un bâtard.

Il trembla de rage à ce mot.

— Seul un des chefs des *Compagnons du soleil* a pu organiser ces crimes. Il y avait à Aix une dizaine de jeunes seigneurs capables de séduire une fille facile comme Fassy. C'est de ce côté qu'il faut chercher. Je pense à Gabriel de Montfort, à Camille de Clapiers, à François de Fortis, au chevalier de Vernègues, à Joseph d'Arbaud de Jouques, à Honoré de Cotignac et à Charles de Coriolis. Renseigne-toi de ton côté, je ferai pareil à Marseille.

On était alors à la fin de 1795, époque où Fréron était arrivé à Marseille pour rétablir l'ordre. Pierre Gaudin vint immédiatement le trouver. Il lui raconta la mort de la femme de son frère et les massacres des prisons d'Aix.

Cette histoire, mélange de stupre et de sang, fascina le jouisseur qu'était Fréron. Il connaissait déjà Antoine Gaudin qui avait été l'un des sans-culottes les plus sévères lors de la répression qu'il avait conduite à Marseille, deux ans plus tôt. Il écouta les hypothèses de Pierre et fut impressionné par la capacité de raisonnement du garçon. Et puisque Pierre Gaudin pensait que le coupable était un des chefs des *Compagnons du soleil*, il lui offrit un poste de policier dans la police départementale.

Astucieux, tenace et sans pitié, Pierre Gaudin fut chargé de la traque des *Compagnons* qui n'avaient pas rendu les armes, pendant que son frère surveillait deux jeunes muscadins qui s'étaient fait élire à la garde nationale d'Aix et qui paradaient dans la ville dans leur costume d'officier.

Ces deux-là se nommaient Camille de Clapiers et Gabriel de Montfort.

Après le rappel de Fréron à Paris, les deux frères durent retourner quelque temps dans l'ombre, mais le coup d'État de Fructidor leur rendit confiance. De nouveau, les vrais républicains relevaient la tête et la chasse aux *aristos* et aux ci-devant fut rouverte.

Le 7 septembre 1797, Camille de Clapiers et ses hommes se trouvaient place des Tanneurs. Antoine Gaudin était devant la porte de sa maison où il attendait son frère.

Clapiers remarqua que Gaudin était armé d'une longue lame. C'était interdit, sauf pour la garde nationale.

— Donnez-moi ce sabre, lui ordonna-t-il, s'approchant de lui.

L'autre le dévisagea avec un rictus ironique.

— J'en ai besoin pour me protéger des tueurs d'enfants, dit-il doucement.

Camille devint livide et répliqua, la main crispée sur la poignée de son sabre :

— La garde nationale protège le peuple et n'a jamais touché à une femme ou à un enfant.

— Ah oui ? ricana l'autre dans une sorte de sanglot étouffé. Tu oublies ma Fassy que tu as violée et mon fils que tu as égorgé. Mais tu as fait cela tant et tant de fois que tu n'y penses même plus, citoyen ci-devant !

Camille ne se maîtrisa pas et le souffleta. L'autre recula pour dégainer son sabre de son baudrier.

Gabriel se mit devant eux pour les séparer, mais ce fut en vain car son ami ne se dominait plus.

Un attroupement se fit et quelques coups de lame s'échangèrent. Soudain, Gaudin, haletant, se jeta en avant pour fracasser de son fer le crâne du garde national. Clapiers, bon escrimeur, se déroba, doubla, contre-dégagea et perça la poitrine de son adversaire.

À cet instant fatal, Pierre Gaudin déboula avec deux sergents de police pour découvrir l'horrible spectacle de son frère agonisant aux pieds de Camille, le sabre encore ensanglanté à la main.

— Que s'est-il passé ? demanda le policier, livide, à quelques témoins.

— Lui (un spectateur désigna le mourant) a traité Clapiers de tueur de femmes et d'enfants. Il l'accusait d'avoir tué son fils.

Pierre Gaudin considéra Camille avec stupeur avant de rugir :

— Citoyen, je t'arrête ! Tu paieras cher cet assassinat.

À cet instant, Gabriel comprit qu'ils étaient perdus s'ils restaient sur place. Il bouscula Camille, toujours figé, et fit à ses compagnons :

— Filons !

Ils s'enfuirent en courant.

Le crime inexplicable de Camille de Clapiers sur Antoine Gaudin marqua le début d'une répression sans pitié contre les derniers *Compagnons du soleil*. Camille et les hommes qui l'accompagnaient ce jour-là, Gabriel de Montfort, Louis Féraud et Antoine Cazelle, furent traqués sans relâche dans toute la Provence. La poursuite fut d'autant plus rude qu'elle était conduite par Pierre Gaudin.

Le policier ne s'était pas effondré après la mort de son frère. Au contraire, sa fureur tourna à la démence, mais c'était une folie maniaque, méthodique, glaciale qui faisait même peur à ses subordonnés. Il avait désormais trois personnes à venger et se promit de capturer Camille de Clapiers et d'assister à sa mort. Pour lui, il n'y avait aucun doute, Camille était le séducteur et l'assassin de Fassy puisqu'il avait aussi tué son frère.

Gaudin avait installé des *mouches*, des espions, un peu partout autour des lieux où vivaient les amis de Camille. En octobre, un messager le prévint qu'on avait aperçu Antoine Cazelle près de Vauvenargues ; le proscrit prenait un sentier qui grimpait dans la montagne. Gaudin se renseigna : le sentier se dirigeait vers une ferme ruinée. Il rassembla un détachement d'une dizaine d'anciens Allobroges du général Carteaux qui, déguisés en paysans ou en bergers, s'installèrent en surveillance.

Leur tentative faillit réussir. Ils investirent la ferme un matin à l'aube, armés jusqu'aux dents et persuadés de saisir toute la bande. Mais seuls Cazelle et Féraud étaient à l'intérieur où ils attendaient Camille et Gabriel. Le combat fut bref et violent. Cazelle fut blessé au bras et les deux fugitifs se rendirent.

Aussitôt transférés à Aix, rapidement jugés, Cazelle et Féraud furent fusillés, l'un en décembre, l'autre en janvier 1798. Camille et Gabriel n'avaient rien pu faire pour les sauver.

Pour aggraver les choses, plusieurs bandes d'assassins semaient la terreur dans le Var en torturant affreusement leurs victimes à qui ils enfilaient des culottes de paille avant d'y mettre le feu. Une fois maîtres des richesses des victimes, ces chauffeurs tuaient les enfants et abusaient des femmes et des servantes dans de sataniques bacchanales. Partout, la maréchaussée et l'armée traquaient sans relâche ces criminels d'une sauvagerie peu commune.

Les deux amis sentaient l'étau se resserrer. Ils étaient seuls, abandonnés, oubliés de leurs anciens compagnons. La plupart des chefs des *Compagnons du soleil* avaient émigré, d'autres avaient été capturés par la gendarmerie départementale. Seul Coriolis restait dans la région, mais les talents de poète de Camille provoquaient une telle jalousie chez le jeune muscadin que celui-ci n'avait jamais répondu aux missives des fugitifs.

Pascal Roman, bien que non recherché par la police, les avait rejoints par fidélité. Ensemble, les trois hommes décidèrent de rassembler quelques partisans et de reprendre leur ancien combat pour porter haut l'étendard des *Compagnons du soleil* en se différenciant des bandes de chauffeurs.

Ils réussirent ainsi à rassembler une poignée d'hommes, des proscrits comme eux et dont la tête était mise à prix. Ces nouveaux compagnons, souvent anciens déserteurs de l'armée d'Italie, venaient de bandes décimées par la police. Ils avaient rejoint Camille pour sa réputation de hardiesse.

Leur domaine était l'attaque de diligences sur la route de Saint-Maximin ou dans l'Esterel. Entre deux agressions, ils quittaient la Provence pour se réfugier dans les massifs alpins où ils vivaient dans des grottes, comme des bêtes, vêtus de hardes, pas rasés et pas lavés. Ce n'est que lorsqu'ils avaient décidé d'attaquer une diligence que tout changeait. Alors, chaque homme devait faire sa toilette. On sortait des sacs jaquettes, chapeaux droits et ceintures vertes. Les cheveux, poudrés à l'ancienne, étaient recoupés en oreilles de chien, et Gabriel et Camille attachaient une cocarde blanche à leur chapeau.

Depuis quelques jours, ils avaient deux nouvelles recrues : Estienne Sicard, un gringalet racorni au visage de fouine, et Narcisse Guitton, ce farouche tonnelier d'une taille colossale qui avait aperçu *Capéou* le jour du massacre des prisons. Les nouveaux venus avaient été acceptés quand ils avaient expliqué être des anciens de la bande de *Capéou*.

Ce jour-là, on était en août 1798, la chaleur était écrasante. La bande s'était postée à la Calade, à peine à quelques kilomètres au nord d'Aix, et attendait le passage de la malle venant de Lyon qui devait transporter vingt mille francs en or pour l'expédition d'Égypte. C'était une information que l'un des compagnons avait obtenue quelques jours auparavant à Toulon.

Le coche arriva à grand bruit. C'était une lourde berline à six chevaux. En tête galopaient deux hussards d'escorte. Camille avait placé ses meilleurs tireurs au bord de la route, chacun avec un fusil. Les coups de feux claquèrent et les deux hussards s'écroulèrent ainsi que le postillon.

Deux cavaliers s'élancèrent et arrêtèrent la voiture. Ensuite, la bande entoura le véhicule.

Camille s'approcha à cheval de l'une des portières. Il l'ouvrit de la main gauche en conservant son pistolet dans l'autre. À l'intérieur se trouvaient six femmes terrorisées. Il fronça les sourcils, déconcerté et vaguement inquiet. On leur avait affirmé que deux commis de la banque devaient se trouver à bord avec la caisse contenant l'or de Bonaparte.

— Mesdames, veuillez descendre, ordonna-t-il sèchement.

Gabriel, lui, s'était approché du postillon qui n'était que blessé. Le second cocher, sur le siège à côté, tremblait comme une feuille en claquant des dents.

— Descendez les bagages, commanda le jeune Montfort.

L'autre s'exécuta.

Les unes après les autres, les femmes se rassemblèrent devant la voiture. Il y avait là une toute jeune fille de douze ou treize ans, serrée contre une jeune femme, elle-même accompagnée d'une seconde, plus âgée, visiblement sa mère compte tenu de leur étonnante ressemblance. Derrière elles, une petite fille de dix ans environ restait blottie dans la robe d'une femme brune d'une trentaine d'années, vêtue avec une grande élégance. La dernière passagère était une jeune fille aux formes avantageuses et rebondies, mises en valeur par sa robe serrée sous les seins, comme c'était la mode.

Les hommes de Camille s'approchèrent des femmes avec une sorte d'appétit violent et vulgaire qui déplut fortement à Gabriel.

— Qui êtes-vous, mesdames ? demanda finalement Camille aux femmes en ôtant courtoisement son chapeau entouré d'une ganse blanche.

— Et vous, citoyen ? répliqua insolemment la dame élégante en s'avançant d'un pas comme pour protéger sa nichée.

Elle avait un visage légèrement anguleux, au menton pointu, aux lèvres fines et ses yeux foncés ne marquaient nulle peur.

Camille la salua à nouveau puis se présenta :

— Camille de Clapiers, marquis de Collongues et de Vauvenargues. À votre service, madame.

La femme sourit légèrement, s'inclina à son tour et déclara :

— Aglaé de Varadier, comtesse de Castellane et marquise de Majastre. Ma fille, Ernestine (elle montra l'enfant de dix ans serrée contre elle) avec sa gouvernante, Pulchérie.

— Et vous ? s'enquit Camille en examinant les autres femmes.

— Je suis Mme de Forbin-Tonnerre, expliqua la plus âgée, voici ma fille Clotilde de Puylaurens et sa belle-sœur, Alice.

Le chapeau à la main, Camille les salua elles aussi, puis considéra le postillon blessé.

— Où est l'or de la République que vous devez transporter ? lui demanda-t-il.

L'autre secoua la tête et bredouilla :

— Il n'y en a pas. Le transport a été annulé. Ordre du Directoire.

Il y eut un silence, puis Mme de Forbin-Tonnerre demanda à Camille d'une voix triste :

— Vous êtes donc le fameux général des *Compagnons du soleil* ?

— En effet, madame. Je suis le fameux général, soupira ironiquement Camille. Voici toute mon armée.

Il fit un ample geste de la main.

— Nous ne sommes que des femmes, laissez-nous repartir. Je vous en supplie, demanda craintivement Mme de Forbin-Tonnerre.

Camille opina lentement.

À ce moment, Narcisse Guitton, qui était descendu de cheval, s'approcha de la gouvernante et l'enlaça, tentant de l'embrasser et de lui baisser son corsage. La jeune fille se dégagea avec violence et le souffleta.

La brute sortit alors un couteau, le regard fou, et menaça :

— Toi, on va pas te reconnaître après ce que je vais te faire…

Il y eut le claquement du chien d'un pistolet qu'on armait et la voix glaciale de Camille :

— Jette cette arme, tu nous déshonores.

— Jette la tienne ! fit la voix d'Estienne Sicard dans le dos de Camille. Hier soir, on en a parlé ensemble, c'est désormais Narcisse notre chef et on va garder les filles. On en a assez de tes ordres de grand seigneur.

En parlant, Sicard, armé d'un pistolet, s'était rapproché des femmes et, avisant soudainement un pendentif en or au cou d'Alice de Puylaurens, il l'arracha.

Gabriel, qui était de l'autre côté de la voiture pour vérifier qu'aucune malle n'avait été oubliée par le postillon, entendit les éclats de voix et se rapprocha. Il vit le geste d'Estienne Sicard et comprit ce qui se passait. Il tira immédiatement et Estienne Sicard s'écroula, atteint en plein cœur.

L'affrontement n'avait duré que quelques secondes.

Camille n'avait pas perdu son sang-froid. Il répéta au colosse décontenancé par cet enchaînement de violences inattendues :

— Jette ton couteau !

Guitton ne bougea pas, déclarant même dans un rictus de haine :

— J'ai jamais reçu d'ordre d'un ci-devant…

Alors, Clapiers s'approcha de lui et, du haut de son cheval, le souffleta avec son arme. Narcisse Guitton s'écroula, le visage en sang.

— Moi qui t'ai accepté parce que je croyais que *Capéou* avait de l'estime pour toi ! lui cracha Camille avec mépris.

Le colosse se releva lentement, essuya le sang qui coulait de sa joue, regarda à tour de rôle ses compagnons figés, cherchant auprès d'eux un vain soutien, puis il se rapprocha de son cheval et jeta dans un mélange d'arrogance et de malveillance :

— Dans les prisons, *Capéou* faisait pas tant de manières avec les filles. La Fassy et son fils, il leur a bien réglé leur compte !

Constatant que Narcisse ne se laissait pas faire, il y eut quelques murmures et grondements approbateurs parmi les hommes de la bande. Deux s'avancèrent vers Camille en le menaçant avec leur pistolet.

Le chien du tromblon de Pascal Roman claqua :

— Qui désire subir le sort de Sicard ? demanda le fidèle compagnon.

Guitton considéra lentement ses camarades. Menacés par Roman, aucun ne bougeait. Alors le misérable comprit qu'il avait perdu, il cracha aux pieds de Roman et s'apprêta à sauter sur son cheval quand Camille se plaça entre lui et la monture. Clapiers avait gardé son pistolet chargé à la main, l'arme était rougie par le sang de Narcisse.

— Retire ce que tu as inventé sur *Capéou*, ordonna-t-il d'une voix métallique.

Narcisse Guitton eut un regard de haine, puis d'inquiétude et enfin de terreur. Il comprit que Camille allait le tuer et bredouilla :

— J'ai pas menti. Je l'ai vu !

— Qu'as-tu vu ? intervint Gabriel en s'approchant.

— J'ai vu *Capéou* entrer dans la prison des femmes avec deux compagnons et en sortir tout seul.

— Et alors ?

— Je m'y suis rendu à mon tour… La Fassy n'était pas encore morte. Elle m'a vu et a murmuré quelques mots avant de passer.

— Qu'a-t-elle dit ? demanda Camille en réprimant un frisson.

— Que *Capéou* l'avait tuée ainsi que son fils. Que c'est lui qui avait massacré tout le monde !

Camille resta paralysé autant de stupeur que de honte. Gabriel aussi. En revanche, leurs compagnons, les soldats déserteurs d'Italie, ignoraient qui était *Capéou* et ne comprenaient pas ce à quoi ils assistaient. Quant à Roman, stupéfait lui aussi, son tromblon en main, rien ne lui échappait.

Guitton devina qu'il avait sa chance. Il contourna Camille, monta sur son cheval, puis mit la bête au galop. Roman voulut tirer dans son dos mais Camille l'en empêcha :

— Non ! Il y a eu assez de morts.

Ensuite, calmement, mais toujours aussi livide et bouleversé, Camille s'approcha de la comtesse de Castellane, le teint crayeux elle aussi, pour la rassurer :

— Madame, vous pouvez remonter dans votre voiture, il ne vous sera fait aucun mal.

Gabriel fit avancer sa monture près du corps de Sicard : le brigand mort tenait encore à la main la chaînette qu'il avait arrachée. Il sauta au sol, se baissa et saisit le bijou. En se relevant, il le tendit à Alice de Puylaurens, toujours figée par la frayeur.

Il se produisit alors un étrange incident. La jeune fille de treize ans prit le bijou et le conserva quelques secondes dans son poing serré pendant que Gabriel ne la quittait pas des yeux. Puis elle ouvrit la main et lui tendit à son tour la chaîne et le pendentif en murmurant dans un léger zozotement :

— Conservez-le, monsieur. En souvenir de moi.

Gabriel hésita, mais prit finalement le bijou qu'il glissa dans son gilet.

Mme de Forbin-Tonnerre avait regardé la scène en désapprouvant par une grimace, mais sa fille Clotilde lui fit signe de ne pas intervenir. Elles remontèrent finalement dans la voiture, les unes après les autres. Pendant ce temps, l'aide du postillon replaçait n'importe comment les bagages sur le toit. La dernière à remonter fut la comtesse de Castellane qui interrogea Camille :

— Qui était ce *Capéou* ?

— Personne, madame, répliqua Camille d'une étrange voix. Personne.

Il lui prit la main, l'aida à monter et ferma la porte. Après quoi il fit un signe à l'assistant du postillon qui aidait le blessé à s'installer sur le siège extérieur. L'homme comprit et n'hésita pas : il saisit les rênes et hurla après les bêtes. La voiture s'ébranla, abandonnant les corps des deux dragons.

Les brigands restèrent face à face avec leur chef, gênés.

Camille les considéra dans un mélange de haine et de mépris. Anéanti par la révélation de Guitton, il était aussi fort secoué par la perfidie de ses hommes ; une félonie qu'il n'avait jamais soupçonnée ou même envisagée. Il leur déclara finalement, la voix serrée par l'émotion :

— Nos routes se séparent ici. Nous n'avons plus rien à faire ensemble.

Il fit un signe à Gabriel, qui sauta à cheval ainsi que Roman, et ils s'enfuirent tous trois par le chemin de Puyricard.

Sans doute pour s'étourdir, ils galopèrent ainsi durant plusieurs minutes. En vérité, c'était Camille qui était en tête. Les autres suivaient simplement. Finalement, Gabriel rattrapa son ami et lui cria :

— Nous allons tuer nos montures si nous continuons ainsi !

Camille opina et fit ralentir sa jument. Ils avaient presque rejoint la belle route qui menait à la Durance. Une route dangereuse pour eux, car souvent fréquentée par des pelotons de dragons.

Ils arrêtèrent finalement leurs chevaux au bord d'un bosquet.

— Je suis recherché, leur fit brusquement Camille d'une voix rauque, cassée par l'émotion. Après cette attaque, ils n'auront de cesse de me retrouver. Roman, rentre chez toi, je ne crois pas que la police te cherche. Tu en as assez fait pour le roi. Toi, Gabriel, retrouve ta mère à Londres. Pour ma part, je vais tenter de rejoindre mon frère en Allemagne.

Roman ne disait rien. Gabriel comprit qu'il souhaitait effectivement les quitter. Il lui déclara :

— Camille a raison, mais ne t'inquiète pas. Nous partirons tous les deux pour l'Allemagne.

Roman parut soulagé. Ils se séparèrent en s'embrassant. Roman savait qu'il ne les reverrait jamais.

Trois heures plus tard, Gabriel et Camille arrivaient au bord de la Durance. À travers les bois, sans échanger un mot, ils avaient pris des sentiers qu'eux seuls connaissaient.

— Allons jusqu'à la source, décida Camille sombrement.

Dans ces bois de Cadarache coulait une petite source auprès de laquelle ils avaient plusieurs fois bivouaqué avec leurs compagnons de brigandage. Ils prirent le sentier qui y conduisait.

L'eau jaillissait dans un vieux bassin de pierre. Tous deux sautèrent au sol. Ils firent boire les bêtes et se désaltérèrent à leur tour. La chaleur était de plus en plus lourde et un orage se préparait.

Gabriel s'allongea sur la mousse et sortit le pendentif d'Alice pour l'examiner.

— Il nous faudra au moins huit ou dix jours pour gagner l'Allemagne, fit-il en considérant le bijou.

Le pendentif s'ouvrait et contenait un portrait miniature de la jeune fille.

— Oui, approuva Camille, s'asseyant à côté de lui. En vérité, je songeais qu'il serait préférable de passer par la Suisse. La traversée des Alpes sera plus longue, mais on se cachera plus facilement.

En même temps, à son tour, il examinait la miniature que Gabriel lui avait tendue.

— Comment allons-nous faire ? demanda ce dernier d'un ton découragé. Nous n'avons que les vêtements que nous portons, pas d'argent, pas de carte. Comment manger ? Nous équiper ? Éviter de nous perdre ?

Ils étaient habillés d'une jaquette à la française et d'une culotte collante. Un habit de ci-devant qu'ils ne revêtaient que pour attaquer les diligences et marquer leur appartenance à l'Ancien Régime. Seulement ce n'était qu'un déguisement, une sorte d'uniforme particulièrement repérable dans les campagnes.

Camille lui rendit le médaillon avec ce sourire ironique qu'il avait quand il était enfant.

— On pourrait vendre ton médaillon ? Il est en or !

Devant le regard fâché de son ami, il lui fit une grimace espiègle pour le dérider, puis se leva, saisit les sacoches de sa selle et se dirigea vers un petit sentier qui partait de la clairière. Gabriel le suivit, intrigué. Arrivé près d'un arbre brisé par la foudre, Clapiers franchit plusieurs résineux. Ils marchèrent ainsi une centaine de mètres dans le bois. Gabriel suivait toujours, mais avec de plus en plus de perplexité.

Ils débouchèrent sur une sorte d'éboulis de gros rochers que Clapiers examina un moment.

— Aide-moi à pousser celle-là, demanda-t-il en désignant une énorme pierre.

Gabriel s'exécuta. Lorsque le rocher fut bougé d'un mètre environ, Clapiers se mit à quatre pattes et creusa avec un morceau de bois. Très vite une pièce de cuir apparut. Il la dégagea : il y avait deux grosses bourses qu'il sortit. Il creusa encore et tira une sorte de sacoche, elle aussi en cuir, mais rongée par l'humidité. Il s'accroupit et expliqua :

— Tu te souviens que nous nous sommes arrêtés ici, avec Félix, il y a trois ou quatre ans, peu de temps après avoir organisé notre compagnie. Nous venions d'attaquer la diligence de Manosque. Nous y avons trouvé une caisse d'assignats, que nous avons brûlée, et six mille francs en écus d'or de six francs destinés au payeur général. Félix a donné sa part à chacun et décidé que le reste servirait à la cause. Je peux te le confier, mon frère a toujours pensé que notre lutte était sans espoir et, ce soir-là, il m'avait dit que, tôt ou tard, nous aurions à nous enfuir. Je l'avais accompagné jusqu'ici pendant que tu étais resté avec les autres. Tu sais comme il était prévoyant. Il avait déjà préparé cette sacoche et il l'a enterrée avec le reste du butin au lieu de l'envoyer à l'armée des Princes. Nous en aurons besoin un jour, m'avait-il assuré. À cette époque, je n'étais pas d'accord avec lui, j'ai été contrarié durant longtemps. J'avais l'impression d'avoir volé notre roi. Mais c'est Félix qui avait raison : avec l'or dans ces sacs, nous allons nous procurer des vêtements de paysans, changer de chevaux et nous rendre en Suisse sans nous presser. Nous n'avons pas besoin de cartes, il suffira de passer les Alpes et d'aller droit vers l'est. Tôt ou tard, nous quitterons la France.

Il déchira alors la sacoche dont le cuir pourri était devenu friable. Il en sortit deux pistolets enveloppés dans une peau huilée. Il y avait aussi une poire à poudre d'assez grande contenance et un sac de balles. Enfin, dans un autre petit portefeuille, hélas tout rongé, il tira plusieurs papiers.

— Ils sont en mauvais état, fit-il dans une grimace. Évidemment, depuis quatre ans…

Gabriel regarda une des feuilles : c'était un passeport au nom de Lenoir.

— Ce sont des papiers que nous avions pris à des voyageurs. Ils seront utiles si la police ne les regarde pas de trop près. Choisis celui qui te convient le mieux. Pour moi, il y a ces deux-là.

Il les déplia tous. Il y en avait cinq, mais deux étaient en partie illisibles. Sur chaque passeport étaient non seulement portés le nom, la filiation et l'adresse, mais aussi une description du visage et des signes particuliers : la couleur de cheveux, la forme du nez, du front, des oreilles.

— Celui-là pourrait faire l'affaire, bien qu'il soit abîmé, fit Gabriel en s'asseyant sur une pierre.

Il glissa le passeport dans une poche puis se saisit d'un des pistolets pour le charger.

— Je suis d'accord pour passer en Suisse, mais puisqu'on en est aux explications, il faut aller au bout.

— Tu veux qu'on parle de ce qu'a dit Guitton ? demanda Camille en vidant les pièces d'or des bourses pour les transférer dans une de ses sacoches de selle.

— Oui. Moi, j'ai besoin de comprendre.

— De comprendre quoi ? répliqua son ami d'un ton aigre en s'arrêtant de ranger les pièces. Je crois qu'il a été clair. D'après lui, c'est *Capéou* qui a tué cette fille et son enfant dans les prisons.

— Pourquoi aurait-il fait ça ? *Capéou* était un homme bien. C'était notre ami. Comment aurait-il pu tuer un nourrisson ?

Camille haussa les épaules.

— Je ne sais pas. Peut-être Guitton a-t-il menti ?

Ils restèrent silencieux un moment. Gabriel chargea l'autre pistolet en méditant avant de reprendre :

— Hélas, je ne crois pas qu'il ait menti. Je me souviens qu'un peu avant la chute de Robespierre, *Capéou* avait été arrêté comme suspect et enfermé à Marseille. Les frères Gaudin étaient ses geôliers, là-bas, et Fassy, la déesse Raison des Marseillais, était la femme d'Antoine. Ils se connaissaient donc bien tous les quatre.

Il se tut un moment, les yeux dans le vague.

— Quel secret, ou quelle haine, les liait ?

— Pourquoi parler de haine ? remarqua Camille. *Capéou* était un sacré coureur de jupons. Il a pu conter fleurette à la Fassy. Je crois savoir qu'elle était belle femme et fille facile.

— Et il l'aurait tuée ? Pourquoi ? On ne tue pas sa maîtresse, on l'abandonne ! s'étonna Gabriel.

— *Capéou* devait se marier. Peut-être a-t-il voulu la faire taire avant son procès…

— Mais pourquoi avoir tué l'enfant ? s'interrogea alors Gabriel d'une voix étranglée.

Brusquement, ils échangèrent un regard d'horreur. Ils venaient de deviner l'abominable vérité.

— Son fils ! murmura Gabriel en frissonnant. C'était son fils ! C'est pour être sûr qu'elle se taise qu'il l'a tuée et il voulait être certain que cet enfant disparaisse !

Ils restèrent figés, pâles et bouleversés. Gabriel ajouta au bout d'un instant :

— Voilà pourquoi Gaudin t'a accusé. Il était persuadé que c'était toi le père, que tu avais séduit et tué Fassy, puis assassiné l'enfant. On ne peut pas en rester là ! Il faut faire éclater la vérité.

— Que veux-tu que je fasse ? s'emporta Camille avec désespoir. Que j'aille trouver *Capéou* ? Que je l'accuse de ces crimes, que je le défie ! Ou alors que j'aille trouver Gaudin et que je lui explique ce qui s'est vraiment passé ? Je suis en fuite, tu sembles l'oublier. Je suis recherché pour des dizaines de meurtres. Si *Capéou* est l'assassin de cette femme, nous réglerons ça un jour, mais pas maintenant.

Gabriel de Montfort secoua la tête négativement :

— Non. Nous allons régler ça maintenant. Nous n'allons pas fuir. Nous allons instruire le jugement de *Capéou*.

Dans la diligence qui filait à grands rênes, les femmes choquées et terrorisées étaient restées un long moment silencieuses. Ce fut finalement Aglaé de Varadier qui parla la première :

— Mon époux connaissait bien Camille de Clapiers et son frère. Ils étaient à notre mariage et je me souviens vaguement du visage de Camille enfant. À la fois si ressemblant à celui de cet homme, mais aussi si différent. Comment Camille a-t-il pu devenir un tel brigand ?

— Nous avons tous changé, remarqua sourdement Mme de Forbin-Tonnerre. Camille n'a pas eu plus de choix que nous, que toi non plus, fit-elle en faisant allusion au divorce de Mme de Castellane. Je prierai pour qu'il parvienne à s'échapper. Nous leur devons la vie, et sans doute bien plus.

Aglaé se tut, serrant machinalement sa fille contre elle. Elle avait divorcé en 1794 de son cher époux, le comte de Castellane, parti se battre dans l'armée de Condé. C'était le seul moyen pour ne pas être inscrits sur la liste des émigrés et perdre tous leurs biens. Grâce à ce subterfuge, elle avait pu conserver une maison à Versailles et surtout l'hôtel des Castellane à Aix, rue Saint-Michel, ainsi que quelques terres qui lui permettaient de vivre correctement avec ses filles.

— Ma tante, demanda alors Alice, avez-vous remarqué l'autre beau jeune homme qui était avec M. de Clapiers et qui nous a si bien défendues ? Il ne nous a pas dit son nom. Le connaissez-vous ?

— Son visage ne m'était pas inconnu, fit Clotilde en fronçant le front pour tenter de se souvenir. C'est vrai qu'il ne s'est pas nommé.

— Je le connais aussi, leur déclara Aglaé. C'est le marquis Gabriel de Montfort et il est vaguement parent avec Clapiers. Sa mère, la pauvre femme, a perdu son époux, guillotiné à Lyon en même temps que le comte de Forbin. Je crois qu'elle vit désormais à Londres et je lui souhaite du plus profond de mon cœur de revoir un jour son enfant.

3

Fin 1798-1799

C'est le soir de leur premier jour de fuite qu'ils avaient échafaudé un véritable plan. Ils bivouaquaient au bord de la Durance, non loin du village de Jouques, sous les ruines d'un ancien aqueduc romain. Ils avaient eu la chance de tuer une perdrix et l'avaient fait cuire sur des pierres plates. À peu près rassasiés, assis sur des souches de peupliers, ils tentaient d'envisager un avenir qui s'annonçait sombre.

— Il y a eu quatre commandants pour les compagnies créées au *Cercle de Guion*, expliquait Gabriel à un Camille quasiment prostré : ton frère, que tu as remplacé après son départ pour l'armée des Princes, Fortis, suppléé quelquefois par Gautier du Poët, Arbaud de Jouques, dont Cotignac a ensuite pris la place, et enfin Coriolis. Ce ne peut être qu'à eux de juger le crime de *Capéou*.

— Mais *Capéou* est l'un d'eux, lui objecta Camille après un silence.

— Il sera ainsi jugé par ses pairs. Il faut les retrouver et leur demander qu'on se réunisse pour juger une affaire d'honneur.

— Ils vont nous demander pourquoi ! Face à *Capéou*, comment dissimuleras-tu ce que tu sais de lui ? Pour ma part, j'en serai incapable. Malgré ce que nous avons vécu ensemble, je crois que si je le vois, je le tuerai.

— Nous ne devons pas tenter de les rencontrer. Nous leur écrirons pour organiser un jury d'honneur et *Capéou* viendra comme les autres, dans l'ignorance des raisons de cette assemblée. Alors, c'est ensemble que nous ferons justice.

— Cotignac est à Paris. Mon frère est en Allemagne, ou peut-être en Autriche, j'ignore où se trouvent Arbaud et Fortis, il n'est pas impossible qu'ils aient suivi l'armée de Condé en Russie. Seul Coriolis est encore à Marseille. Quant au chevalier de Vernègues… qui diable pourrait savoir où il demeure ! Tu te rends compte de ce que tu veux faire ? Traverser l'Europe, les retrouver – comment ? – et les convaincre, par une simple lettre, de revenir à Aix. Et où nous réunirions-nous, d'ailleurs ?

— Nous n'avons plus que ça à faire, lui répliqua sombrement Gabriel. *Capéou* a tué cette pauvre fille et son enfançon. Il nous a déshonorés et, le pire, c'est que c'est toi qui es le coupable aux yeux des autorités. Je te le répète, nous n'avons plus qu'une chose à faire sur cette terre : laver cette flétrissure et te rendre ton honneur.

Clapiers médita un instant pour finalement l'approuver :

— Tu as raison. Nous allons le faire. Après tout, ce ne doit pas être si difficile de les retrouver. Je préparerai une lettre pour chacun et nous la leur ferons parvenir sitôt que nous saurons où ils résident. Le jugement devra effectivement avoir lieu en Provence.

— Chez toi, à Vauvenargues ?

— Non. Ce serait trop dangereux. Mon frère et moi avons une maison à Aix, rue Bellegarde. Elle est vide. C'est là qu'on se réunira.

Ayant désormais un but, ils repartirent avant le lever du jour, pleins d'assurance. Ils avaient abandonné leur chapeau, coupé leurs cheveux, et leur jaquette était attachée à leur selle. Leurs armes étaient dissimulées dessous. Il faisait chaud mais il leur faudrait bientôt d'autres vêtements, surtout si le temps changeait.

Durant plusieurs jours, ils évitèrent fermes et villages, se contentant de chasser. Ils avaient chacun une carabine et savaient l'utiliser.

Un peu avant Sisteron, ils jugèrent qu'ils risquaient moins d'être arrêtés ou interrogés par la maréchaussée. Dans cette ville, ils se rendirent sur un marché pour y acheter du pain, quelques vêtements chauds, des blouses de paysans, de solides chaussures et des pèlerines de pluie ainsi que des couvertures. Ils y échangèrent aussi leurs chevaux contre des roussins ayant un pied sûr dans les chemins de montagne.

La traversée des Alpes devait leur prendre quatre mois.

Ils avançaient lentement, restant en altitude dans les alpages, choisissant les chemins de crête les plus éloignés des grandes voies, se dirigeant seulement au soleil ou aux étoiles. Ils rencontraient parfois des bergers, achetant ainsi de la viande et du lait. Vêtus de vestes de drap et de culottes de serge brune déchirées, barbus et les cheveux hirsutes, ils se faisaient passer pour des colporteurs, mais ceux qui les croisaient devinaient en eux des brigands.

Un jour d'octobre, au détour d'un sentier non loin de Grenoble, ils se trouvèrent soudainement face à face avec deux gendarmes à pied en habit bleu, culotte en peau et chapeau à cocarde. Clapiers réagit le premier. Sortant un pistolet de sa fonte, il tira, tuant net le premier soldat. Avant que le second n'ait pu se défendre, ils l'avaient abattu à coups de sabre.

Le massacre fini, ils regrettèrent leur emportement et leur violence instinctive. Peut-être auraient-ils pu s'expliquer, montrer leur passeport…

Maussades et honteux, ils dissimulèrent les corps autant qu'ils le pouvaient et décidèrent de s'éloigner encore plus de la capitale du Dauphiné, en restant toujours dans les alpages.

Le temps devint mauvais, la pluie se mit à tomber de façon continue. Le lendemain soir du jour où ils avaient tué les gendarmes, Clapiers se mit à grelotter de fièvre.

Ils s'arrêtèrent dans une grotte. Ce n'était en vérité qu'un simple renfoncement dans une falaise. Gabriel allongea son ami au fond de la cavité et le couvrit avec les couvertures qu'ils possédaient. Il n'osait allumer un feu, trop facilement repérable à l'odeur. Toute la maréchaussée de la région devait être à leurs trousses après le meurtre des gendarmes, qu'on avait certainement retrouvés. Gabriel songea, amer et découragé, qu'ils seraient pris tôt ou tard. La guillotine les attendait et il ne reverrait jamais sa mère.

Le matin, une première neige avait recouvert les prés. Clapiers, brûlant, grelottait toujours. Pour la première fois, Gabriel envisagea la mort de son ami. Que pouvait-il faire ? Il se rendit près des chevaux serrés dans un renfoncement de la muraille rocheuse. Ils rongeaient des lichens et avaient faim, eux aussi. Plus bas, dans la vallée, il voyait monter des fumées. C'était un gros risque à prendre de descendre, mais s'ils ne bougeaient pas, ils mourraient de froid.

C'est alors qu'il entendit les vaches. Des tintements de cloches, pas très loin. Sans doute un troupeau qui descendait pour l'hiver. Il décida d'aller parler au berger.

C'était un tout jeune garçon. Serré dans sa pèlerine rugueuse, les pieds nus dans ses sabots, il tentait de rassembler ses bêtes et parut étonné de voir ce voyageur, à pied, dans les alpages.

— Salut et fraternité, compagnon, fit Gabriel. Je me suis égaré.

Il s'était exprimé en français et l'adolescent ne comprenait pas, aussi répéta-t-il sa phrase en provençal, plus lentement. Cette fois, le berger sourit et répondit en désignant une châlée[1] :

— Tu devrais descendre dans la vallée, citoyen, le temps se gâte.

Gabriel avait décidé d'être franc. D'ailleurs, avait-il le choix ?

Garçon. Je suis en fuite et je veux gagner la Suisse ou l'Italie. Je peux te donner dix louis d'or si tu m'aides.

Il ouvrit sa main et montra les pièces.

L'adolescent ouvrit la bouche de stupéfaction, ne sachant que dire.

— Alors ? insista fébrilement Gabriel.

— Je veux bien t'aider, citoyen. Mais avant, je dois descendre mes vaches des alpages.

1. Chemin dans la neige.

— Je t'attendrai. Mais si tu me dénonces, tu n'auras rien. Ne l'oublie pas.

L'enfant secoua la tête avec une expression vexée.

— Je ne te dénoncerai pas. Je remonterai dans l'après-midi.

— Je ne peux repartir tout de suite, expliqua Gabriel. Apporte-moi seulement à manger, ainsi qu'un peu d'avoine ou de fourrage pour mon cheval que j'ai laissé plus bas. Je suis fiévreux et il faut que je me repose quelques jours.

— Il y a une bergerie, là-haut. Elle est bien couverte et pleine de paille. Allez vous y réfugier avec le cheval. Je vous retrouverai.

Le gamin finit de rassembler ses vaches et ses veaux et prit le sentier qui descendait. Quand il se fut éloigné, Gabriel revint vers sa grotte. Camille s'était réveillé. Il grelottait.

— Nous allons nous installer dans une bergerie, un peu plus haut. Je vais t'aider à y aller. On va nous porter de la nourriture.

Les yeux vitreux, Camille opina doucement. Gabriel parvint à le faire monter sur sa selle. Le ciel restait gris et bas, mais la neige avait cessé. Ils prirent la direction indiquée par le berger.

Ils faillirent rater la bergerie tant elle était basse. Sa toiture de lauze prolongeait la pente d'un pâturage. Il n'y avait pas de porte dans le bâtiment de pierre sèche, simplement une sorte de voûte.

L'intérieur était vaste, sombre, et puait le crottin de mouton. Les chevaux furent installés dans un coin et Gabriel fit un lit de paille pour son ami. Puis il attendit dehors, près d'un rocher, tout en ayant préparé ses armes. Quoi qu'il arrive, on ne les prendrait pas vivants.

En début d'après-midi, le gamin revint chargé d'un sac de toile. Il paraissait seul. Gabriel s'avança à découvert.

L'enfant était rouge et tout excité.

— J'habite en bas avec ma grand-mère. Je lui ai dit ce que tu désirais, citoyen, et elle m'a préparé tout ça pour te rebioler[1].

Il vida le sac. Il y avait une bonne quantité d'avoine et, au-dessus, des morceaux de pain très dur – des crochons, expliqua-t-il –, quelques fruits, des petites saucisses sèches, des noix et des pois secs ainsi qu'un sac d'herbes avec un pot de terre.

Ce n'était pas grand-chose, songea Gabriel, mais ces gens n'avaient sans doute rien de plus. Il fouilla sa poche et sortit dix pièces d'or.

— Voilà pour toi et ta grand-mère. Faites attention en les dépensant, car on pourrait se demander où vous les avez eues. Reviens dans trois jours, tu me montreras le chemin pour la Suisse. Et tente d'avoir un autre pain.

L'enfant prit l'argent, les yeux brillants. Avant de partir, il expliqua :

— Les herbes, c'est pour la fièvre. Il y a une source plus haut (il montra une direction), fais-les infuser longtemps dans le pot.

Il partit en courant.

Gabriel revint à la bergerie avec son chargement. Une faible neige recommençait à tomber. Dans la bâtisse, il remarqua les plaques de bouses et de crottes séchées, près d'un âtre. Il prépara un maigre feu avec les bouses et installa Camille devant les flammes bien claires. Il fit

1. Reprendre des forces.

ensuite chauffer un peu d'eau qu'il était allé chercher et y jeta les plantes à infuser après avoir calé le pot sur des pierres. Puis il prépara une sorte de bouillon avec les pois et la viande. Ils mangèrent à tour de rôle en trempant le pain dans le liquide brûlant.

— Raconte…, demanda finalement Camille dans un sourire.

Gabriel narra la visite du pâtre et l'aide qu'il en espérait.

Ils restèrent ainsi à l'intérieur deux jours. Le troisième, la robuste constitution de Camille avait repris le dessus. Il était amaigri, mais prêt à repartir. Les bêtes aussi semblaient vaillantes quand le jeune berger revint avec de nouvelles provisions. C'était un matin sans brume.

Il fut surpris en voyant Camille, mais ne posa pas de questions.

— J'ai demandé autour de moi si on pouvait aller en Suisse par la montagne. Tout le monde m'a dit que c'était impossible à l'approche de l'hiver. Il vous faudra redescendre dans la vallée avant Chambéry.

— D'accord, dit Gabriel, mais nous le ferons le plus tard possible.

— Suivez cette direction. (Il désigna un massif au loin.) Vous n'avez qu'à rester sur le flanc de la montagne, dans les alpages. Évitez les villages. Quand vous croiserez les bornes de la Savoie, il faudra redescendre dans la vallée. Je vais vous accompagner un moment, jusqu'à midi. Ma grand-mère vous a préparé ça.

Ça, c'était une tunique, une grossière veste en peau de mouton avec des moufles dans la même peau. Camille s'en vêtit et Gabriel prit les vêtements de son ami. Ainsi équipés, ils partirent, tenant leurs chevaux en longe.

À midi, comme convenu, ils se séparèrent. Gabriel donna dix autres pièces d'or à l'enfant qui les prévint avant de les quitter :

— D'ici deux semaines, vous pouvez être en Suisse. Mais attention, il y a des soldats partout jusqu'en Savoie. On recherche des brigands, paraît-il. Vous aurez du mal à passer en Suisse.

Ce fut le mauvais temps et la perte d'une de leurs bêtes qui les sauva.

En effet, quelques jours plus tard, sur un sentier escarpé, alors qu'ils tenaient chacun leur bête en longe, la monture de Gabriel glissa. Il ne pouvait la retenir et elle tomba au fond d'un ravin, entraînant une partie de leurs bagages et de leurs armes.

Sur le coup, le découragement les saisit. Depuis trois nuits, ils dormaient dehors, au mieux dans un renfoncement rocheux. Ils avaient froid et faim et, maintenant, leurs maigres provisions disparaissaient.

Ils durent continuer à pied dans un silence désespéré.

C'est un peu plus tard, et le même jour, qu'ils découvrirent le corps d'un homme à moitié mangé par les loups. Apparemment, c'était un pauvre colporteur. Il y avait encore sa malle près de lui. Gabriel la retourna pendant que Camille examinait le cadavre.

La malle avait trois pieds de haut et était garnie de lanières de cuir usées. Il y avait cinq rangs de tiroirs contenant encore de la mercerie, des almanachs et des brochures savoyardes. On avait volé tout ce qui avait de la valeur, car il n'y avait ni montres, ni boucles, lunettes ou ciseaux.

— Des brigands sans doute, fit Camille. La balle lui a traversé le front et ils lui ont pris ses chaussures et une partie de ses vêtements.

— Regarde si on ne lui aurait pas laissé son passeport, proposa Gabriel.

Effectivement, le précieux passeport était sous le corps, glissé dans sa culotte. Camille le lut : l'homme s'appelait Maillard. Il avait quarante ans et était bien colporteur. S'il était plus âgé que Gabriel, il avait à peu près les mêmes traits et la même couleur de cheveux. Aucun autre signalement n'était inscrit sur le document.

— On va emporter la boîte et l'attacher au cheval, proposa Gabriel. Tu as déjà un passeport, alors je prendrai celui-là, on pourra ainsi se faire passer pour des colporteurs d'almanachs.

— Et les armes ? demanda Camille.

— Tant pis, on les abandonne. Si des gendarmes les découvrent sur nous, on est perdus. Ne garde que deux pistolets au fond de la boîte.

Ils descendirent dans la vallée lorsqu'ils virent les premières bornes de pierre gravées de fleurs de lys et de croix de Savoie. Ils avaient depuis longtemps dépassé Grenoble et se trouvaient maintenant non loin de Chambéry, mais ils savaient aussi que la Savoie avait demandé son annexion en 1792 et constituait maintenant le département du Mont-Blanc. C'est dans cette vallée de Chambéry, près de la frontière, qu'ils risqueraient le plus d'être pris.

En bas, dans un petit village, ils achetèrent une autre boîte de colportage et quelques marchandises pour la remplir, ainsi que des vêtements usagés. Puis, pour la première fois depuis trois mois, ils s'arrêtèrent dans une auberge.

Ils soupèrent d'une soupe chaude avec du pain trempé. Jamais un repas ne leur parut plus délicieux.

L'auberge n'avait pas de chambre, seulement des paillasses dans un dortoir. Mais après tant de nuits dans la neige, ils dormirent tout leur soûl.

On était fin novembre. Le lendemain, alors qu'ils allaient repartir – cette fois, ils savaient où était la frontière –, ils furent arrêtés par un peloton de gendarmes.

Le brigadier les examina longuement, sans cacher sa suspicion. Hirsutes, barbus, ils avaient revêtu de vieilles houppelandes par-dessus leur peau de mouton car le froid était terrible. Qui aurait reconnu le marquis de Clapiers de Vauvenargues et le marquis de Montfort dans ces deux trimardeurs ?

Gabriel tendit ses papiers et s'expliqua humblement : ils étaient des colporteurs qui venaient de là-haut (il désigna vaguement la montagne), ils passaient de village en village vendre leurs almanachs.

En parlant, il n'arrivait pas à détacher son regard des boutons de métal de l'habit de l'officier sur lequel était écrit : *Force à la loi* ! Ce dernier tentait de lire les passeports humides et presque illisibles. Couleur de cheveux, front, nez, oreilles, en gros, cela correspondait à peu près. Il les considéra encore un moment avec une certaine condescendance.

— Vérifie le contenu des hottes, ordonna-t-il à un de ses hommes.

Les hottes étaient déposées au sol, droites ; le gendarme farfouilla un moment dans chacune, puis secoua négativement la tête.

Encore un peu hésitant, malgré sa quasi-certitude que ces deux-là n'étaient que de pauvres gens, l'officier demanda sévèrement :

— Dans la montagne, avez-vous rencontré des hommes armés ?

— Il y a quelques jours, oui… vers Grenoble, reconnut Camille avec une mine apeurée. Nous nous sommes cachés.

Enfin une piste ! se dit le soldat en marquant son intérêt par une expression d'autorité paternelle.

— Combien étaient-ils ?

— Au moins deux ! Citoyen officier.

Camille tendit deux doigts en avant en faisant une grimace particulièrement niaise. En même temps, il les décrivait avec force détails. Au final, il conclut sur un ton catégorique :

— … C'étaient des ci-devant avec des têtes de brigands !

— C'est eux, décida un soldat en crachant au sol.

On leur rendit leur passeport et on les laissa passer.

Ils entrèrent en Suisse à la mi-décembre.

Depuis cinq siècles, la Suisse fournissait des gardiens et des concierges aux nobles familles françaises. C'est dire que ses habitants avaient mal accepté la fin d'un régime qui les avait enrichis. Aussi, dès le début de la Révolution, les Suisses avaient accueilli favorablement les émigrés. Ceux-ci étaient arrivés par vagues successives. En 1789, ce furent les aristocrates les plus hostiles aux événements révolutionnaires, comme le comte d'Artois et ses proches ; ensuite arrivèrent les libéraux, tel Lameth, qui rejoignirent les Suisses favorables aux nouvelles idées, comme Necker ou Mme de Staël.

Enfin, ce furent les petites gens, les industriels, les artisans, fuyant les massacres de Lyon organisés par Fouché, ou encore tous ceux jetés sur les routes après l'invasion de la Savoie par l'armée républicaine.

Beaucoup de ces émigrés vivaient désormais à Genève, mais c'était Fribourg qui restait le centre de la vie française. Là, des centaines de Français s'étaient installés. Pour beaucoup, définitivement.

Camille avait expliqué à Gabriel que, dans cette ville où vivait la plus importante colonie française, ils pourraient obtenir beaucoup d'informations, d'autant plus que s'y trouvait aussi l'évêque de Digne, un ami de sa famille.

Désormais, ils se sentaient en sécurité, ils pouvaient dormir dans des auberges et ne plus monter la garde à tour de rôle. Ils avaient coupé leur barbe et leur chevelure, acheté de nouvelles montures et quelques vêtements de voyage confortables, car le froid restait extrême dans ce pays montagneux.

Ils devaient mettre trois jours pour atteindre Fribourg.

Sur leur route, à quelques lieues de la ville, ils rattrapèrent un vieux vagabond à pied et en guenilles. La température était excessivement basse et l'homme les héla :

— Vous êtes français ? s'enquit-il d'une voix éraillée.

— Oui, monsieur, répondit Camille en saluant poliment le vieillard.

— Accepteriez-vous de m'emmener à Fribourg sur votre cheval ?

Gabriel l'examina. Le misérable avait les pieds nus dans ses sabots, il n'était pas bien gros et sa monture était vigoureuse. Montfort l'aida à monter en croupe derrière lui. En trottant, il le questionna :

— Connaissez-vous la ville de Fribourg ?

— Je connais tout et tout le monde ici, fit le vieux aigrement. Que désirez-vous savoir ?

— Nous recherchons des membres de notre famille qui ont émigré. Nous arrivons de France.

— Vous arrivez bien tard, remarqua l'homme. Beaucoup commencent à rentrer en France, avec le Directoire qui accepte plus volontiers de rayer les nobles des listes d'émigrés. Vos proches sont en Suisse ?

— Nous l'ignorons, avoua Camille qui faisait avancer sa monture côte à côte avec celle de Gabriel. Mon frère, le chevalier de Collongues, était à Munich la dernière fois que j'ai eu des nouvelles de lui. Je suis aixois et je voudrais aussi retrouver M. de Fortis ainsi que trois frères : les Arbaud de Jouques.

— Ces noms ne me disent rien. Étaient-ils à l'armée des Princes ?

— Sans doute.

— Alors, allez à l'*Hôtel de l'Aigle*. L'un des serveurs est le colonel marquis de Roussillon. Il connaît tout le monde dans l'ancienne armée de Condé.

— Un colonel, devenu un simple valet ? s'offusqua Camille. Vous devez vous tromper.

— Hélas non, nous en sommes tous là, soupira sombrement le mendiant. Au fait, je ne me suis pas présenté. Je suis le duc d'Ayen. Grand-croix de Saint-Louis.

— Vous… vous vivez ainsi ? bredouilla Gabriel, déboussolé.

— Vous le voyez bien, je mendie, et parfois je casse un morceau de ma plaque de Saint-Louis. Il ne m'en reste plus beaucoup. Elle est en or et cela me permet de survivre. Mais je ne suis pas le plus à plaindre car ma sœur, la marquise de Créquy, possède un château à Fribourg et me loge gratuitement bien que nos relations soient médiocres.

Camille n'osait ouvrir la bouche. Il n'avait jamais songé à la misère des émigrés.

— Vous ne dites rien ? Vous êtes peut-être surpris, poursuivit aigrement le duc. Ignorez-vous l'état dans lequel nous nous trouvons ? Remarquez qu'en Suisse, la plupart d'entre nous ont un métier honorable : répétiteur, maître d'armes, danseur, valet ou servante. C'est plus dur en Allemagne. En quelques années, nos préjugés ont disparu avec notre richesse. Il n'est pas rare de voir ici quelque comte ou marquis curer les fosses à merde, fabriquer des paniers ou vendre des boîtes peintes sur les marchés. J'ai même connu un petit marquis, proche de Mme de Lamballe et jadis riche à millions, qui était devenu montreur d'ours. Les plus adroits sont désormais artisans ou commerçants, et ont pignon sur rue. Quant aux femmes, celles qui vivent seules, celles dont l'époux a été guillotiné, elles louent leur corps à bas prix à ces gros Allemands pleins de bière qui aiment bien les Françaises. Évidemment, pour celles qui avaient les mêmes pratiques à Versailles, ça ne change rien !

— Nous ignorions tout cela ! murmura Gabriel dans un mélange de dégoût, de surprise et d'horreur. Nous étions en Provence où nous poursuivions la lutte en armant de petites compagnies.

— *Compagnons de Jéhu* ? ricana le duc.

— Non. Nous, nous étions des *Compagnons du soleil*, mais tous nos gains, toutes nos rapines, devrais-je plutôt dire, étaient envoyés à Coblence, à l'armée des Princes ou à la cour.

— À la cour ? aux princes ? ricana le vieux. Vous savez ce qu'ils ont fait de votre argent, nos princes ?

— Ils ont armé des hommes pour revenir un jour en France, répliqua martialement Gabriel.

L'autre s'esclaffa méchamment :

— Il n'y a plus d'armée des Princes ! Condé n'avait jamais d'argent. Tout ce que vous donniez allait dans les bordels, dans les tripots, sur les tables de jeux ou pour payer des soupers galants et s'offrir des maîtresses. Les princes et leur cour de débauchés ont tout dilapidé. Voilà pourquoi chacun tente maintenant de rentrer en France. Dix ans de misère nous ont suffi ! Nous préférons la République à dormir sous les ponts et à prostituer nos femmes.

Ce vieux est fou, songea Gabriel. Il n'est ni duc ni même français, sinon il ne parlerait pas ainsi. Il décida de ne pas poursuivre la discussion. Apparemment Camille en était arrivé aux mêmes conclusions.

Ils firent le reste du trajet dans un silence pénible. Un peu avant Fribourg, le vieillard grogna :

— Laissez-moi là, j'aperçois le château de ma sœur. Mais n'oubliez pas : allez à l'*Hôtel de l'Aigle* et demandez Roussillon.

L'*Hôtel de l'Aigle* était une massive auberge, vaste et cossue, avec une grande façade de pierre couverte de lierre poudré de neige. Ils laissèrent leurs bêtes à un palefrenier en culotte de cuir et demandèrent une grande chambre pour deux. Suspicieux, l'hôtelier leur réclama de la payer immédiatement mais, à la vue de leurs louis d'or, il s'excusa dans un sourire obséquieux.

— Vous voulez peut-être souper ? s'enquit-il avec prévenance.

Il n'avait plus l'habitude de Français capables de payer leur écot si facilement et s'était promis de tirer de ces deux-là autant qu'il le pourrait.

Il était cinq heures. La nuit était tombée et Camille accepta l'idée d'un repas chaud.

— Avez-vous un serviteur du nom de Roussillon ? poursuivit-il ensuite.

— Ah ! Le colonel ? Je lui demanderai de vous servir si vous voulez.

Tous deux se regardèrent avec inquiétude. Le duc mendiant leur aurait-il dit la vérité ?

On les installa dans une grande salle, encore vide de clients, dont les tables étaient couvertes de jolies nappes à carreaux. Une robuste Suissesse les servit, et ce n'est qu'à la fin du repas qu'ils virent arriver un homme maigre et sec pour débarrasser leurs couverts.

— Je suis Roussillon, déclara-t-il abruptement. Le patron m'a dit que vous m'aviez demandé.

— Je… je ne sais comment vous dire… on m'a rapporté que vous étiez à l'armée des Princes.

Camille ne fit pas allusion à un prétendu grade. Sans doute l'homme n'était que simple fantassin.

— Oui, monsieur, fit le domestique. Colonel Charles de Roussillon, marquis de Vervèze, et présentement valet d'auberge.

Camille déglutit, plein de confusion.

— Je… je suis désolé.

— Vous n'avez pas à l'être, répliqua sèchement le marquis. En dix ans, j'ai eu le temps d'apprendre l'humilité et la soumission. Mais à qui ai-je l'honneur de parler ?

— Camille de Clapiers, seigneur de Collongues. Mon camarade est Gabriel de Montfort. Nous arrivons de France.

— Clapiers ? J'ai connu un Clapiers : le chevalier de Collongues, à Coblence.

— C'était sans doute mon frère Félix. Je le recherche.

— L'armée de Condé gênait ; aussi a-t-elle été envoyée en Russie. Les officiers qui n'ont pas voulu s'y rendre ont alors tenté de survivre. Vous voyez, c'est tout ce que j'ai trouvé pour manger à ma faim. (Il soupira.) J'ai entendu dire que votre frère était entré au service du duc… à Munich.

— Nous allons nous y rendre. Nous cherchons aussi d'autres amis…

— Je ne peux pas vous parler plus longtemps ici. Sinon, on ne me gardera pas, le coupa le colonel. Je passerai vous voir ce soir, après mon service, dans votre chambre.

Le colonel les rejoignit effectivement plus tard. Ils avaient fait monter une bouteille de porto et le soldat apprécia l'attention. Calé dans un fauteuil, le verre à la main, les pieds allongés devant l'âtre, il attendait béatement leurs questions.

— Trois de nos amis, trois frères, les enfants du marquis d'Arbaud de Jouques, sont partis à l'armée des Princes : Joseph, Augustin et André. Les avez-vous vus ?

Après avoir médité un instant, le colonel opina lentement :

— Je crois les avoir effectivement croisés. Mais j'ignore où ils se trouvent en ce moment.

— Nous cherchons aussi François de Fortis. Il était très proche de Bertrand de Molleville.

— Un homme du comte d'Artois, c'est ça ? Non, je ne le connais pas. Le comte d'Artois est installé maintenant près de Berlin. C'est un long chemin, surtout en hiver.

— Que nous conseilleriez-vous pour les retrouver ?

Le colonel médita à nouveau un instant, puis proposa après s'être resservi un peu de porto :

— D'abord allez à Munich. Vous aurez ainsi des nouvelles de votre frère. Ensuite, il vous faudra tenter toutes les villes libres, les principautés, les landgraviats et les margraviats où se trouvent des Français : Brunswick, Münster, Bayreuth, Hambourg, Berlin… et bien d'autres.

— Nous en avons pour des mois ! protesta Camille.

— Sans doute. Je serais vous, je commencerais par Bayreuth ; c'est là que se sont installés beaucoup de ceux qui étaient à Coblence. Il y a nombre de Français là-bas. Enfin, vous pouvez aussi vous rendre à Weimar. Une partie de ce qui reste de la cour s'y est établie.

Le silence se fit un instant, puis Gabriel posa une question qui lui brûlait les lèvres :

— La cour, justement. Que peut-on attendre d'elle ?

— Rien ! répliqua sèchement le colonel. Ce n'est qu'un lieu d'intrigues et de coucheries. La sottise et la mauvaise foi y règnent. Les seules activités de ses membres sont la débauche et le jeu. Ils ont dépensé en putains et en soupers fins tout ce dont le prince de Condé avait besoin.

Il se tut un instant avant de reprendre :

— Savez-vous que Condé en était à mendier pour nourrir ses hommes ? Pendant que l'argent allait à la création de charges et d'uniformes de pacotille pour le prince d'Artois et le régent, les soldats n'avaient qu'un repas par jour et dormaient au froid dans la paille. Alors que Condé suppliait, le régent créait un corps de gentilshommes d'opérette : les *grenadiers d'ordonnance de la maison du roi* !

Il se leva et les salua :

— Je vais vous quitter, je dois me lever tôt.

— Où puis-je trouver l'évêque de Digne ? demanda encore Camille en l'accompagnant.

— Dans cette même rue, un peu plus bas.

Ils virent l'évêque le lendemain, et celui-ci leur apprit enfin une bonne nouvelle :

— Le baron de Galliffet s'est installé à Bayreuth. Vous vous souvenez de lui ?

Camille hocha la tête.

— Il sait certainement où se trouvent les frères d'Arbaud, car ils étaient très proches de lui. Vous pouvez aussi vous rendre à Münster où se trouve Mgr de Villedieu. Il pourra vous renseigner sur vos amis.

— Merci, fit Camille. Nous partirons aujourd'hui même.

— Vous ne pouvez pas vous en aller si vite, objecta l'évêque. Avez-vous seulement des passeports ?

— Oui, nos passeports de France.

Le digne évêque secoua la tête comme s'il s'adressait à des enfants :

— Cela ne suffira pas, les mit-il en garde. L'Allemagne est constituée de centaines de principautés et de villes farouchement indépendantes. Vous allez sans cesse traverser des frontières surveillées par des fonctionnaires tatillons. Sans passeport valable, vous serez refoulés ou emprisonnés. Il est indispensable que vous ayez des papiers en règle délivrés par les autorités de Fribourg.

Devant l'expression inquiète de nos amis, il poursuivit en levant une main pour les rassurer :

— Ne vous inquiétez pas, j'en fais mon affaire : je vais vous accompagner à l'hôtel de ville et nous allons faire le nécessaire immédiatement. Il serait aussi judicieux que vous achetiez une voiture. Votre voyage sera long, alors autant qu'il soit confortable.

Tout cela leur prit la journée et ils passèrent une nouvelle nuit à l'hôtel. Comme la veille, ils reçurent le soir le colonel et l'interrogèrent longuement sur l'Allemagne, ses mœurs et ses coutumes, mais aussi sur les émigrés. Avant de le quitter, Camille lui proposa vingt louis d'or.

L'autre refusa avec hauteur.

— Considérez ça comme un prêt d'honneur. Vous me le rembourserez quand vous rentrerez en France, insista le général des *Compagnons du soleil*.

Le soldat les prit finalement. Il en avait tant besoin !

Le lendemain matin, avant le lever du soleil, ils prirent la route pour Munich.

Ils arrivèrent dans la capitale de la Bavière en janvier. Là, ils apprirent que Félix avait bien habité dans la ville quelque temps, mais qu'il venait de partir pour Vienne où le frère de l'empereur d'Autriche lui avait proposé un poste d'aide de camp. Ils n'obtinrent hélas aucune autre information et se dirigèrent donc finalement vers Bayreuth.

Ils appréciaient leur petite voiture tirée par un robuste cheval. Ils se serraient tous deux sur le seul siège, mais une capote de cuir les protégeait un peu du froid particulièrement vif. Malgré tout, ils mirent cinq semaines pour gagner la principauté. Il est vrai que les routes étaient difficiles et qu'ils étaient sans cesse arrêtés à des frontières d'opérette ; ils en traversaient jusqu'à cinq par jour. Chaque fois, des officiers chamarrés leur réclamaient un droit de passage, étudiaient longuement leur passeport puis les obligeaient à changer de fortes sommes en monnaie locale, sommes qu'ils devaient changer à nouveau – mais à perte – quelques lieues plus loin !

Les villes et les villages qu'ils traversaient ainsi – certains villages étant en réalité des principautés indépendantes ! – étaient presque toujours de petits bourgs gothiques aux maisons à colombages serrées les unes contre les autres. La population leur marquait une défiance qui frôlait souvent l'hostilité. Depuis dix ans que les Allemands côtoyaient des Français ruinés, ils avaient plus appris à connaître leurs défauts que leurs qualités. Pour eux, les émigrés impécunieux étaient au mieux des vagabonds, au pire des chenapans faméliques ou des voleurs. Heureusement pour Camille et Gabriel, ils avaient de l'or et parlaient leur langue, surtout Gabriel qui l'avait apprise, comme l'anglais, quand il était enfant.

À Bayreuth, ils descendirent dans une petite auberge à l'entrée de la ville. Là, ils s'enquirent auprès de leur hôte de M. de Galliffet, mais l'aubergiste ne le connaissait pas.

— Si vous cherchez des Français, leur conseilla-t-il, allez voir le cordonnier, plus bas dans la rue. Lui pourra vous aider.

N'ayant pas d'autre solution, ils s'y rendirent, un peu intrigués : en quoi un cordonnier pouvait-il leur apporter quelque secours que ce soit ?

Le cordonnier en question était un vieil homme avec une sorte de boutique ambulante, une charrette à bras, qui contenait tout son équipement.

Clapiers se présenta à lui en expliquant qu'il recherchait des Français émigrés et que leur aubergiste leur avait conseillé de s'adresser à lui.

— Je suis effectivement le mieux placé pour vous renseigner, expliqua l'homme auquel manquaient presque toutes les dents, car je répare les chaussures de toute notre communauté.

— Vous êtes donc français ? demanda Gabriel en changeant de langue.

— Marquis de Beaumont, fit l'artisan en le saluant d'une inclinaison de tête. Jadis, un des meilleurs amis de notre roi Louis – que Dieu ait son âme – et présentement cordonnier.

Une fois de plus, nos deux amis ne savaient que dire.

— Vous paraissez surpris, messieurs… Sans doute arrivez-vous de France et ignorez-vous nos mœurs. Ici, toute l'aristocratie est au travail. Rares sont ceux qui disposent encore de quelques rentes. Qui recherchez-vous donc ?

— Le baron de Galliffet, un ami d'Aix d'où nous arrivons.

— J'ai justement ses chaussures ici, fit le cordonnier en montrant des souliers percés. Je dois y placer des semelles de bois. Je connais un peu le baron, il n'est pas trop mal loti car il dispose encore de quelque fortune qui lui permet de vivre dans une pension pas trop misérable. Je vais vous indiquer comment y aller…

Galliffet, la cinquantaine, grassouillet et souriant, était dans sa chambre et travaillait à sa correspondance lorsqu'il reçut ses visiteurs accompagnés par sa logeuse. Il ne cacha pas sa joie, mais aussi sa stupéfaction, quand il découvrit ses amis aixois :

— Gabriel ! Camille ! Quelle heureuse surprise ! Je ne sais que dire… Vous arrivez d'Aix ? Que se passe-t-il là-bas ? Savez-vous que je vais rentrer ? C'est la fin de ces années d'errance avec ma femme et mes enfants. L'Italie, la Suisse, l'Allemagne, tout cela sera bientôt terminé ! Je prépare en ce moment une dépêche pour demander ma radiation de la liste des émigrés. Le Directoire serait sur le point de nous autoriser à revenir. Mais dites-moi, quelle est réellement la situation en France ? Quantité de rumeurs circulent ici, certains affirment que ce général Bonaparte – qui pourtant à Toulon s'est comporté comme un scélérat – serait favorable à la restauration des Bourbons. Foudre de Dieu ! J'ai tant et tant de questions à vous poser que je ne sais par où commencer ! Mais d'abord, assoyez-vous. Installe-toi sur mon lit, Camille, et toi, Gabriel, prends ce tabouret. Je n'ai, hélas, rien de mieux à vous proposer.

Pendant près d'une heure, ils se racontèrent mutuellement leur existence. Celle du baron était plutôt terne et il fut encore plus stupéfait quand il apprit que ses amis, les derniers *Compagnons du soleil* qu'il avait lui-même fréquentés quelque peu avant de quitter la France, étaient des proscrits et des criminels.

Ensuite ils parlèrent du retour des émigrés. Camille préféra prévenir Galliffet :

— Ceux qui se font connaître sont souvent emprisonnés. Ils doivent prouver qu'ils n'ont jamais quitté la France pour obtenir un passeport.

— Je sais, mais un ami m'a conseillé de m'adresser directement à M. Fouché. Cet homme qui a commis tant de crimes au nom de la Révolution serait désormais favorable à la monarchie. Ce n'est pas la première fois qu'apparaît une certaine complicité entre les sans-culottes et les émigrés.

— Une complicité ? s'étonna Gabriel.

— Bien sûr. Lors des batailles entre l'armée de Condé et les armées de la République, les chefs se sont souvent rencontrés et ont parfois fraternisé. Certains, comme le général Moreau, ont proposé aux officiers de Condé de rentrer en France.

— C'est impensable ! balbutia Camille.

— L'armée de la République va de victoire en victoire, mon ami, et nous, la noblesse de France, devrions-nous rester aux ordres des Autrichiens ou des Anglais, nos ennemis héréditaires ? Nous sommes tous français et je suis persuadé que la réconciliation est proche.

Le sujet contraria Camille et il préféra l'abandonner pour revenir aux raisons de sa visite. Il expliqua au baron qu'il devait retrouver plusieurs des anciens chefs des *Compagnons du soleil* pour leur faire connaître les événements qui s'étaient produits durant ces deux dernières années.

— … Arbaud et Fortis, médita le baron à voix haute. Je les ai certainement vus deux ou trois fois, mais j'ignore où ils demeurent en ce moment. Je sais pourtant comment vous pouvez les retrouver : allez jusqu'à Hambourg. C'est là que les Français qui n'ont pas rejoint la cour, à Berlin, se sont installés. Et surtout, c'est le siège de l'*Œuvre des Émigrés.*

— L'œuvre... ?

— C'est une société charitable qui apporte aux nôtres une aide matérielle. Ceux qui s'en occupent connaissent tous les émigrés vivant en Europe. De plus, c'est aussi à Hambourg que vous avez le plus de chances de rencontrer notre ami le chevalier de Vernègues. Il n'y réside habituellement pas, mais il y passe très souvent car c'est là qu'il a son quartier général, entre ses missions à Londres, à Berlin et à Paris.

— À Paris ? s'étonna Camille. Ce serait surprenant ! Nous l'avons rencontré l'année dernière et il nous a affirmé que la police du Directoire était à ses trousses…

— Possible, mais Vernègues est un véritable renard. Ce n'est pas demain qu'il sera pris ! Je sais qu'il est en étroite liaison avec l'agence anglaise du baron Hyde de Neuville et avec le marquis de la Maisonfort qui travaille pour Monsieur. Par l'agence, Vernègues sait beaucoup de choses et certainement où se trouvent ceux que vous cherchez.

— Mais s'il n'est pas à Hambourg ? objecta Gabriel. C'est un bien long chemin pour nous rendre là-bas, peut-être pour rien…

— Ne vous inquiétez pas, s'il n'y est pas, vous n'aurez qu'à l'attendre. Pendant ce temps, vous vous rendrez à l'*Œuvre des Émigrés*, dont je viens de vous parler. L'*Œuvre* centralise tous les courriers pour l'émigration. De là-bas, vous pourrez expédier des dépêches dans toute l'Europe et peut-être découvrirez-vous des lettres qui vous attendent…

À ces derniers mots, le cœur de Gabriel de Montfort se serra : depuis près de deux ans, il n'avait aucune nouvelle de sa mère. L'idée d'avoir peut-être une lettre d'elle, à Hambourg, le décida. Il fit signe à Camille qu'il était d'accord.

Ils restèrent toute la journée à Bayreuth sans quitter le baron de Galliffet. Pourtant, malgré le plaisir d'être avec un compatriote, ils repartirent dès le lendemain. Hambourg était loin, et le temps désormais exécrable.

Il leur fallut en effet cinq semaines pour gagner le port de la Baltique.

L'*Œuvre des Émigrés* était installée dans le château de Wittmold et dirigée par la comtesse de Tessé. Sous un ciel gris et bas, la voiture pénétra dans la cour du château, au fond d'une longue allée gravillonnée.

Toutes sortes de véhicules et d'animaux de trait y étaient rangés : des carrosses dorés, de lourdes berlines, des demi-fortunes à deux roues, des charrettes et des carrioles bringuebalantes. Quant aux animaux, il y avait de tout : des pur-sang et des mules, des chevaux de trait et des ânes. Quelques bœufs même, attelés à de gros chariots de bois aux roues pleines.

Un peu étonnés par une telle affluence, ils laissèrent leur voiture au soin d'un palefrenier et montèrent les marches du perron pour pénétrer dans un vaste hall où se tenaient, sagement assises sur des bancs, une cinquantaine de personnes. Camille et Gabriel balayèrent la salle d'un long regard. Attendaient là de vieux aristocrates en perruque poudrée à l'ancienne, quelques élégants en jaquette anglaise, mais surtout de pauvres gens en sarrau de laine, parfois même couverts de peaux de loup. De nombreuses femmes aussi, la mine modeste et la tête coiffée d'un bonnet de toile. Certaines étaient en manteau – il faisait très froid dans le vestibule –, d'autres n'avaient qu'un simple châle sur les épaules. Plusieurs tenaient des enfants ou des nourrissons serrés contre elles. Et tous ces gens, pourtant si différents, partageaient la même expression, la même attitude : la posture des vaincus, de ceux qui ont enduré trop de malheurs, de souffrances, d'humiliations. Ils ne savaient pas ce qu'ils allaient devenir, mais ils étaient fatigués de fuir et, visiblement, ils désiraient abandonner la lutte.

Une jeune femme en robe droite et en chignon sévère entra par une porte latérale. Par son maintien altier, elle contrastait étonnamment avec la masse des malheureux affalés sur leur banc. Elle eut un regard circulaire, les aperçut, fronça son petit nez pointu et, l'air interrogateur, s'approcha d'eux. Elle tenait une tablette d'ardoise à la main.

— Gabriel de Montfort, fit Camille en lui baisant la main et en présentant son ami. Je me nomme Camille de Clapiers. Nous sommes des proscrits qui arrivons de France.

— Mme de Montaigu, se présenta à son tour la jeune femme. Je suis la nièce de Mme de Tessé. Vous avez bien fait de venir nous trouver. De quoi avez-vous besoin ?

— Juste de rencontrer Mme de Tessé, expliqua Camille. Nous venons de Suisse et nous sommes à la recherche d'amis. On nous a dit que Mme de Tessé pourrait nous aider à les retrouver.

— Donnez-moi leur nom.

— Joseph d'Arbaud de Jouques, François de Fortis et Gautier du Poët, chevalier de Vernègues. Nous sommes tous originaires de la ville d'Aix.

Elle nota les noms et ajouta les leurs à cette liste. Ensuite, elle les salua simplement et s'éclipsa par la porte latérale par où elle était arrivée.

Ils s'assirent et attendirent plusieurs heures.

Parfois Mme de Montaigu, parfois une autre femme venaient chercher tel ou tel qui attendait.

Ce fut finalement leur tour.

La comtesse de Tessé les reçut avec beaucoup de cordialité dans une sorte de grand bureau mal meublé et glacial. Elle se tenait debout, près d'une desserte, et rangeait des lettres. Ils se présentèrent à nouveau et lui expliquèrent les raisons de leur présence à Hambourg.

— Avant tout, expliqua la comtesse après les avoir écoutés, j'ai ici une dépêche que vient de retrouver ma nièce : une lettre de Londres pour M. de Montfort.

Gabriel saisit le pli qu'elle lui tendait dans un mélange de joie et d'appréhension. Il reconnut immédiatement l'écriture de sa mère.

— Pour ceux que vous recherchez, poursuivit la comtesse en s'adressant à Camille, je les connais vaguement : je crois savoir que M. de Fortis se trouve actuellement à Weimar. Quant à M. de Jouques, il réside à Hambourg mais je n'ai pas sa dernière adresse. En ce qui concerne M. de Vernègues, je le vois assez souvent et je sais qu'il doit passer dans quelques jours. Je peux vous conseiller un hôtel où l'attendre. Avez-vous de l'argent ?

— Suffisamment, madame. Pouvons-nous laisser des courriers chez vous, à faire parvenir à nos amis ?

— Sans difficulté. Nous avons un petit service de poste avec la plupart des villes allemandes.

L'entretien se termina très vite. Gabriel avait hâte de sortir pour lire sa lettre, et Mme de Tessé avait tellement d'autres visiteurs à satisfaire.

À peine dehors, Gabriel décacheta le pli en tremblant. La lettre était encore parfumée du jasmin qu'utilisait sa mère. La fragrance fit jaillir des milliers de souvenirs qu'il croyait oubliés. Ignorant Camille, il se mit à lire avidement.

La lettre était datée de janvier 1798. Plus d'un an !

Mon fils,

Je suis certaine que tu es toujours vivant mais j'ignore où tu es et ce que tu fais. Ici, ma vie vient de basculer. Je t'ai raconté, dans la lettre que M. de Vernègues t'a remise, comment j'avais fui Naples avec la flotte de Pelham-Martin. Arrivée à Londres, et ne sachant où loger – les pensions sont terriblement chères –, le capitaine FitzMaurice me proposa un appartement vide dans son hôtel particulier. Avec un peu de confusion, j'acceptai et il me conduisit chez lui. Là une terrible nouvelle l'attendait : son père, Lord Cavendish, venait de mourir. En tant que fils unique, le capitaine lui succédait comme quatorzième duc de Cavendish. Il ne pouvait plus être question pour lui de reprendre la mer. Il obtint une charge de lord à l'Amirauté et je le voyais donc tous les jours, bien que je disposasse chez lui d'un vaste logement indépendant.

Je ne t'ai pas encore parlé de lui ; il est vrai qu'il y aurait tant à dire tellement son caractère est vertueux. Sache seulement que c'est un homme bon, plus très jeune certes, mais un véritable gentleman.

Il y a plusieurs mois déjà, il m'avait demandé de l'épouser et j'avais refusé pour ton père et pour toi. Mais je me suis rendu compte que je ne pouvais toujours demeurer dans le passé, et la présence d'une veuve chez lui entraînait bien des médisances.

La semaine dernière, j'ai finalement accepté et je suis devenue Lady Cavendish dans une cérémonie affreusement triste car tu n'étais pas présent.

Il me supplie désormais chaque jour de te convaincre de rentrer. Lord Cavendish t'aime déjà comme un fils.

Lady Cavendish,

Ta mère qui t'aime.

Gabriel se mit à pleurer.

— Les nouvelles sont bonnes ? s'inquiéta Camille alors que Gabriel s'essuyait discrètement le visage.

— Je pense… Je crois. (Il bredouillait, étreint par l'émotion.) Ma mère vient de se remarier.

— Avec qui ? s'étonna Camille.

— Un lord anglais. Elle me demande de la rejoindre.

— Que vas-tu faire ? demanda gravement Camille.

— Tu le sais bien. Nous avons encore une dernière affaire à traiter. La plus pénible sans doute. Mais après, je partirai pour Londres et tu viendras avec moi.

Quelques jours plus tard, ils reçurent une étrange invitation pour une réception. Elle provenait du comte de Stolberg, ministre de Hambourg ; un homme réputé fort favorable aux émigrés français. Mais l'invitation du ministre contenait un petit mot insistant particulièrement sur leur présence. Ce mot était signé par Mme la comtesse de Genlis.

Félicité du Crest, comtesse de Genlis, ancienne maîtresse du duc d'Orléans, préceptrice de ses enfants et auteur prolifique, avait vécu plusieurs années à Hambourg qu'elle venait de quitter pour Berlin d'où il lui était plus facile de faire éditer sa féconde production littéraire. Elle revenait pourtant régulièrement dans le grand port du Nord pour voir sa fille qui y résidait. C'est tout au moins l'information que nos amis obtinrent car, ne connaissant ni le comte de Stolberg ni la comtesse, ils ne comprenaient absolument pas les raisons de cette surprenante invitation.

Ils s'y rendirent pourtant, empreints à la fois de curiosité et de perplexité.

Dans l'hôtel du comte de Stolberg, le majordome les attendait sans doute car, à peine se présentèrent-ils, qu'il fit signe à un valet poudré de les conduire. Celui-ci les guida dans un grand salon envahi par une foule d'hommes et de femmes dont la plupart parlaient français. Beaucoup, nota Gabriel, étaient vêtus de vêtements élimés et les fards et poudres ne pouvaient masquer des visages ravagés par les privations.

Le valet s'arrêta auprès d'une femme, certes plus très jeune – elle avait visiblement dépassé la cinquantaine – mais au maintien étonnant, à la gorge encore fort ronde et au visage délicat, charmeur et attirant. Elle était entourée de toute une escorte de jeunes soupirants à l'expression passionnée. Lorsqu'elle vit nos amis, conduits par le valet, elle chassa sa cour en riant et se tourna vers eux. Les adorateurs s'éloignèrent, non sans jeter des regards furibonds à Camille et à Gabriel.

À cinquante-cinq ans, Félicité de Genlis était encore une très appétissante et très piquante femme que beaucoup d'hommes continuaient à poursuivre de leurs assiduités.

— Vous êtes messieurs Clapiers et Montfort, sans doute ? leur fit-elle en s'approchant d'eux.

Elle avait des dents fort blanches et un sourire enchanteur sur un visage lisse et non maquillé, pétillant de bonne humeur.

— Oui, madame, répondit timidement Camille, impressionné par l'insolente beauté de Mme de Genlis.

— Vous devez vous demander quelle sorte de femme je suis pour vous inviter aussi cavalièrement. En vérité, je ne suis qu'un intercesseur. Il s'agit d'une personne qui désire vous parler, mais qui ne voulait pas que cela se sache !

Elle mit un index devant sa bouche et fit rouler ses yeux avant d'éclater de rire.

— C'est un ami et je lui ai volontiers rendu ce service qui me permet de faire votre connaissance. On m'avait déjà parlé de vous et de vos mystérieuses aventures. Je brûle d'en savoir plus pour en tirer un roman. Je vais vous conduire à lui.

Encore plus surpris, ils la suivirent.

Ils traversèrent le grand salon encombré de monde et se dirigèrent vers une sorte de boudoir, dans lequel se tenaient quelques invités. L'un d'eux prit conscience des nouveaux venus, il fronça alors le front comme s'il avait une mauvaise vue, puis reconnut Mme de Genlis ; aussitôt, il abandonna ses compagnons pour s'avancer vers eux.

— Monsieur Portalis ! s'étonna Camille en le reconnaissant. Quel plaisir de vous retrouver ici !

— Je ne sais pas si ce mot convient, maugréa le célèbre avocat aixois[1]. Disons pourtant que j'ai eu

1. Jean Étienne Marie Portalis, un des rédacteurs du Code Civil.

la chance, après Fructidor, de ne pas être déporté en Guyane comme ce pauvre Pichegru. Moi, au moins, on m'a laissé choisir mon exil…

» … Mais vous devez vous demander à quoi correspond cet étrange jeu. Voici les raisons de ma manœuvre : j'ai appris votre présence à Hambourg par Mme de Tessé et j'avais envie de vous voir, tant j'ai besoin de nouvelles sur la Provence et sur notre ville. Mais comment faire ? Vous l'ignorez peut-être mais notre communauté à Hambourg est surveillée par nombre d'agents de la police de M. Fouché. Il était inutile, et peut-être dangereux, qu'il ait connaissance de notre rencontre, aussi ai-je utilisé ce subterfuge en demandant à madame la comtesse de vous inviter. (Il prit une des mains de la comtesse et la baisa.) Il est peu probable qu'un agent de M. Fouché soit présent ici !

— Je ne suis pas certain d'être bien placé pour vous donner des nouvelles fraîches, s'excusa Camille. Nous sommes en fuite depuis des mois…

Et, s'écartant d'oreilles indiscrètes, Camille raconta sommairement leurs aventures, sans toutefois parler de l'ignominie de *Capéou*. Portalis écouta avec attention avant de questionner :

— Je ne voudrais pas être indiscret, mais que cherchez-vous ici ?

— Nous avons un courrier à faire parvenir à nos anciens compagnons, Arbaud de Jouques et Fortis. On nous a affirmé que nous aurions plus de facilité à les joindre d'ici, en particulier avec l'aide du chevalier de Vernègues.

— Vernègues ?

Le visage de Portalis devint inexpressif.

— Vous semblez réticent, suggéra Camille à qui ce changement d'attitude n'avait pas échappé.

Portalis parut embarrassé. Il regarda Mme de Genlis qui restait de marbre. Alors il s'expliqua dans un soupir :

— Laissez-moi vous dire ce que tout le monde sait ici. Vernègues travaillait principalement pour le comte d'Antraigues. Celui-ci, officiellement diplomate au service de l'Espagne, disposait de quantité d'agents de renseignements tant en Italie qu'en France. Cette organisation occulte qu'on surnommait la *Manufacture*, ou encore l'agence de Venise, fournissait de l'information à l'Angleterre, à nos princes Provence et Artois, mais aussi à l'Espagne et à la Russie. Pour parler vrai, personne ne savait pour qui travaillait Antraigues. Le savait-il lui-même ?

» Mais il restait incontournable. Il avait la confiance, et surtout les subsides, des Anglais. En 1796, il fut le principal interlocuteur du comte d'Artois auprès des chefs vendéens, en particulier Charette avant qu'il ne soit fusillé. Seulement, en mai 1797, Antraigues a été capturé par les troupes françaises à Trieste. Emprisonné, il aurait été interrogé personnellement par Bonaparte et aurait beaucoup parlé. Beaucoup trop ! Ce sont ses confidences et ses papiers qui sont sans doute la cause du coup d'État de Fructidor qui m'a conduit ici !

Portalis soupira à nouveau avant de poursuivre :

— Antraigues s'est finalement évadé de sa prison de Milan, mais pour beaucoup, il a trahi. Et ses agents ont sans doute été retournés. Alors… que dire de Vernègues ? Vous le connaissez certainement mieux que moi, mais quelques bruits fâcheux ont couru sur lui et sur ses relations avec le ministre de la Police, Fouché. Soyez particulièrement prudents.

Il regarda à nouveau Mme de Genlis, qui opina, avant de proposer :

— Je vous aiderais volontiers si je savais où sont Arbaud de Jouques et Fortis, mais je l'ignore. Néanmoins, si Vernègues ne peut vous assister, venez me voir, je verrai ce que je peux faire. Maintenant, j'ai beaucoup de questions à vous poser sur ce qui s'est passé à Aix depuis deux ans…

Deux jours après cette rencontre, ils reçurent, à leur hôtel, la visite du chevalier de Vernègues. Entre-temps, Camille et Gabriel avaient préparé les lettres à faire parvenir aux anciens chefs des *Compagnons du soleil*. La rédaction en avait été difficile, car il fallait les convaincre sans donner d'inquiétude ou d'alerte à celui d'entre eux qui avait balayé tout honneur en assassinant Fassy et son enfant.

Les deux amis avaient aussi profité des services de l'*Œuvre* en préparant des courriers personnels. Gabriel avait ainsi écrit à sa mère pour lui annoncer qu'il viendrait la rejoindre d'ici un an. Camille, lui, avait écrit à son frère.

Ils furent surpris par la visite du chevalier qu'ils n'espéraient pas si vite. Camille, méfiant depuis les propos de Portalis, fut particulièrement froid avec lui, tout juste poli. Il lui remit la lettre le concernant en lui demandant de ne la lire qu'une fois rentré chez lui, puis il lui tourna le dos et ce fut Gabriel qui expliqua à Vernègues les raisons de ces missives :

— Tous ceux qui ont commandé un groupe de *Compagnons du soleil* en recevront une. Elles sont prêtes et il n'y a plus que Cotignac dont nous ignorons l'adresse.

— Je peux distribuer vos dépêches, proposa jovialement Vernègues qui fit semblant d'ignorer la réserve de Camille. Je porterai sa lettre à Arbaud de Jouques et je ferai parvenir, par un de mes amis, celle destinée à Fortis. Enfin, je dois être à Paris d'ici deux semaines et je donnerai votre courrier à Cotignac, car nous devons nous rencontrer avec quelques compagnons de l'agence anglaise.

— L'agence anglaise ? Galliffet nous en a déjà glissé quelques mots… Toi-même, il y a deux ans, tu nous avais parlé d'une agence royaliste du comte d'Artois ? Est-ce la même ? demanda Gabriel alors que Camille conservait un visage impassible.

— Oui et non. En 1797, la police a arrêté presque tous les membres de l'agence royaliste de Paris. Elle a alors été réorganisée par l'un d'entre nous, Guillaume Hyde de Neuville ; c'est un garçon extraordinaire, à peine plus âgé que vous. En 1792 – il n'avait que seize ans –, il avait déjà tenté de faire évader la reine du Temple ! Mais il a obtenu ses galons l'année dernière, quand le commandant en chef de la flotte anglaise de la Manche, l'amiral Smith, a été capturé après le naufrage de son navire. Smith avait été enfermé au Temple. Un beau jour, Hyde de Neuville et ses hommes se sont présentés au guichet avec un faux ordre de transfert. Ils sont partis avec le prisonnier et la police du Directoire n'a connu l'évasion que lorsque la presse anglaise en a parlé ! Dès lors, Hyde a obtenu de très gros moyens financiers de M. Pitt, le Premier ministre anglais. L'année dernière, nous avons reçu grâce à lui soixante et quinze mille livres et plus de vingt mille fusils pour la Vendée.

— C'est pour ça qu'on l'appelle l'agence anglaise ? demanda Gabriel qui avait noté que le chevalier ne faisait pas allusion à l'arrestation du comte d'Antraigues.

— En vérité, ce n'est nullement une agence anglaise, mais uniquement un groupe de Français patriotes. C'est M. Fouché qui a qualifié ainsi notre association, pour nous déconsidérer. Nous sommes une centaine aux ordres de Neuville, qui reçoit directement ses instructions du comte d'Artois et de M. Pitt. On murmure que le seul qui connaisse le fonctionnement complet de l'agence est sir Francis Drake, l'ancien ambassadeur d'Angleterre en France, car il serait un des chefs des services secrets anglais. Drake avait déjà créé un premier réseau de renseignements en Italie avec le comte d'Antraigues, réseau dans lequel j'ai travaillé quelque temps et que l'on nommait la *Manufacture*. Mais notre agence est autrement plus puissante, elle est désormais en liaison permanente avec la noblesse de Vendée ainsi qu'avec quelques ministres du Directoire.

— Avec ces gens ? Ces assassins ? s'offusqua Camille en se retournant, presque en colère.

— Je vais vous confier un secret, mais gardez-le pour vous. Le directeur Barras, lui-même, travaille à la restauration de la royauté[1]. Ce n'est plus qu'une affaire de quelques semaines. Par l'intermédiaire de M. de La Maisonfort, il a accepté de remettre le pouvoir à notre roi Louis.

— Cela ne m'étonne pas ! laissa tomber Camille avec écœurement. Cet homme est tellement corrompu qu'il est capable de vendre ses amis.

— Mais les jacobins le laisseront-ils faire ? Depuis Fructidor ils ont repris une influence déterminante..., s'inquiéta Gabriel.

1. C'était alors l'opinion de Hyde de Neuville. Malheureusement, le retour imprévu du général Bonaparte en octobre modifia la donne !

Le chevalier prit son air de conspirateur pour préciser à voix basse :

— Le ministre de la Police, Fouché, dont je vous ai déjà parlé, est maintenant dans notre camp. Il s'active à contrôler les jacobins. Leur club doit être prochainement fermé. Je vous le dis, la police est désormais notre alliée. Voilà pourquoi je peux circuler librement en France.

— Quel est le rôle de Cotignac dans tout ça ?

— Un rôle très actif ! Cotignac est non seulement en contact avec l'agence, mais il est aussi très lié à Ferdinand de Bertier. Bertier est le fils de l'intendant de Paris. Je ne sais pas si vous vous en souvenez, mais ce pauvre intendant a été massacré dans des conditions abominables dans les premiers jours de la Révolution. Son fils a émigré, puis est parvenu à se faire rayer des listes et à conserver la majeure partie de sa fortune. J'ai cru comprendre que Bertier et Cotignac participaient à un groupe plus ou moins occulte, une sorte de société secrète fort influente dans les sphères du pouvoir. Quant à nos amis, Joseph d'Arbaud et François de Fortis, comme beaucoup d'émigrés, ils sont aussi en relation étroite tant avec notre agence qu'avec Ferdinand de Bertier et nous fournissent parfois de précieux renseignements.

— Ainsi, d'après toi, nous pourrions rentrer librement en France dans quelques semaines ? s'enquit Camille sans cacher son scepticisme.

— Certainement ! Le Directoire sera renversé d'ici la fin de l'année. M. Fouché s'en occupe et Louis XVIII fêtera Noël en France, je vous le garantis !

Toujours incrédules, mais malgré tout un peu rassérénés, nos deux amis confièrent leurs lettres au chevalier qui les quitta ensuite.

Après son départ, Camille fit à Gabriel :

— Il nous faut quitter Hambourg sur l'heure. Je n'ai aucune confiance dans son discours et je crains fort qu'il ne nous vende à quelque agent du Directoire. Tu sais que Hambourg est un nid d'espions.

— Crois-tu qu'il pourrait ne pas transmettre nos dépêches ? s'inquiéta Gabriel.

— Non. Au pire les lira-t-il, mais puisqu'elles ont le même contenu, cela ne lui apprendra rien. Et avec la promesse qu'il nous a faite de les porter personnellement, il risquerait trop à ne pas être de parole.

Les craintes de Camille n'étaient pas totalement vaines. Ils l'ignoraient, mais le chevalier de Vernègues avait bien été arrêté par la police de Fouché après la trahison d'Antraigues et, comme des dizaines d'agents royalistes dans son cas, il avait été « retourné ». Désormais, Vernègues transmettait tout ce qu'il savait et une copie de la correspondance dont il avait la charge au cabinet noir du ministre de la Police.

4

1799 (suite)

Un mois plus tard, rue des Saints-Pères, le ministre de la Police, Joseph Fouché, avait sous les yeux un mémoire écrit par un de ses commis sur deux *Compagnons du soleil* recherchés pour de nombreux crimes : Gabriel de Montfort et Camille de Clapiers. Au document étaient jointes des fiches sur trois autres aristocrates : Fortis, Cotignac et Arbaud. Le mémoire avait été rédigé à partir de courriers envoyés par le chevalier de Vernègues et de documents de la police départementale des Bouches-du-Rhône.

Prêtre défroqué et conventionnel ayant voté la mort du roi, Joseph Fouché avait commencé sa carrière comme représentant en mission du Comité de Salut Public. D'abord à Nantes, où il avait organisé d'épouvantables massacres, il avait ensuite été envoyé en mission à Lyon pour faire appliquer le décret d'octobre 1793 du Comité prévoyant la destruction de cette ville qui, comme Marseille et Toulon, s'était révoltée contre la République.

Après la prise de la ville par l'armée, des centaines de Lyonnais avaient été arrêtés et condamnés à mort.

Dès lors, Fouché s'était trouvé face à une difficulté : comment faire passer à trépas près de deux mille condamnés ? La guillotine s'avérait un outil bien lent pour des exécutions collectives. Le représentant en mission du Comité de Salut Public inventa alors *la mort sous le feu de la foudre*. Dans la plaine des Brotteaux, les prisonniers étaient alignés devant des canons ; des fosses avaient été creusées derrière eux. On tirait alors à mitraille et les survivants étaient achevés à la baïonnette ou enterrés vivants.

Avant leur mort, les condamnés devaient quand même remettre bijoux et argent au comité de surveillance du district qui les confisquait en échange d'un honnête reçu. Ces gains entraient ensuite dans la poche de Fouché.

Il y eut mille six cents victimes, principalement des artisans, des boutiquiers et des domestiques.

L'efficacité sanglante de Fouché fit peur, même à Robespierre. D'autant que ces boucheries s'associaient à un enrichissement vertigineux. Le représentant en mission fut donc rappelé à Paris pour s'expliquer, puis mis en accusation.

Fouché ne se laissa pas faire, il écrivit à la Convention pour se défendre et justifier son activité d'assassin :

...On ne conçoit pas aisément jusqu'à quel point la mission que vous nous avez confiée est pénible et difficile...

Hélas, ses explications ne satisfaisant pas l'Incorruptible, celui-ci décida de mettre en accusation l'ancien oratorien. Une telle mise en cause signifiait une exécution prochaine.

Pour sauver sa vie, Fouché s'empressa donc de rejoindre les conjurés du 9 Thermidor.

Malgré cette preuve de bonne volonté envers les Thermidoriens, le régicide continuait à faire horreur. Il fut donc jugé et condamné par les conventionnels. Étrangement, il gardait pourtant quelques camarades, à moins que ce ne fussent des complices. Barras était l'un d'eux. Pour éviter le *rasoir national* à son ami, il le cacha et le sauva. Plus tard, maître du Directoire et appréciant ses méthodes, il lui confia la police du régime.

Fouché était un homme maigre, au visage cadavérique, inexpressif, émacié et grêlé de taches de son. Particulièrement doué dans l'organisation de machinations, de coups montés, de chantages, de provocations et de perfidies diverses, il accumulait des dossiers compromettants sur toutes et tous. Totalement immoral, corrompu jusqu'au vice, dénué de scrupule, capable de toutes les félonies, il se considérait comme étant à son propre service et non à celui du pays.

Oui, songea-t-il en ayant terminé la lecture de son mémoire, ces deux *Compagnons du soleil* pourraient certainement être utilisés avec profit.

Il médita un instant, échafaudant quelques scélératesses fructueuses. Mais finalement, aucune des intrigues qui lui venaient à l'esprit ne lui apparut satisfaisante. Il referma donc le dossier pour s'intéresser à un problème plus immédiat.

En effet, la situation en France demandait désormais toute son attention et toute sa perspicacité. En ce moment, il lui fallait trouver un moyen pour éliminer ce dépravé de Barras. Un homme qu'il avait longtemps soutenu mais qui n'était finalement plus bon à rien. Fouché se demanda un moment si le courrier qu'il avait fait parvenir à ce petit général corse, en Égypte, allait enfin le décider. Sinon, il devrait trouver un autre général, Moreau peut-être, ou Joubert. Mais il préférerait malgré tout que ce soit Bonaparte, car il était certain de pouvoir manipuler ce nabot. De plus, il disposait d'un nouvel agent secret qui pourrait particulièrement l'aider. Un bien joli agent, fort dépensier cependant. Dépensière, se corrigea-t-il, car c'était une femme. Il eut un sourire sarcastique en songeant aux fêtes – aux orgies en vérité – qu'elle organisait, grâce à l'argent qu'il lui remettait, avec ses amies libertines, Mmes Tallien et Récamier. Oui, il appréciait la nommée Joséphine de Beauharnais – madame Bonaparte –, qui aimait danser nue devant Barras et qui trompait son époux avec tout le Directoire pendant que le petit Corse bataillait en Égypte !

En mai 1799, Gabriel et Camille traversèrent les Alpes et entrèrent en Italie. Ils avançaient avec la plus grande prudence car le péril était partout.

C'est que les armées de la République, victorieuses quelques mois plus tôt, battaient désormais en retraite. Le général Suvorov[1], qui commandait les troupes autrichiennes et russes, venait d'écraser les généraux français près de Milan et les forçait à se réfugier dans Gênes.

Gabriel et Camille, qui descendaient le long du lac de Garde, avaient décidé d'aller jusqu'à Florence attendre que les combats cessent. Mais ils durent patienter plus d'un mois car les troupes françaises, qui occupaient le bas de l'Italie, remontaient dans le plus grand désordre vers le nord. Les Français étaient désormais pris en tenaille entre Suvorov et les troupes anglaises de Nelson débarquées à Naples.

1. Ou Souvarow.

Le désordre était total chez les Français. Nelson s'étant allié aux brigands calabrais, ces derniers massacraient les soldats de la République avec la plus grande sauvagerie.

Entre Milan et Florence, ce n'étaient qu'engagements, escarmouches, pillages et atrocités. Nos amis avançaient fort lentement, se faisant passer pour des Italiens. Finalement, Suvorov écrasa l'armée de Macdonald le 17 juin et une certaine accalmie eut lieu, d'autant plus que le général russe reçut l'ordre de gagner la Suisse.

La route étant enfin libre, nos amis s'installèrent à Florence où ils restèrent deux mois. C'est de cette ville qu'ils firent parvenir la lettre à Charles de Coriolis. Seul Félix, le frère de Camille, n'avait pu être retrouvé.

À Aix, *Capéou* relisait chaque jour la lettre reçue de Camille de Clapiers :

Mes chers compagnons,

À mon tour, j'ai dû quitter notre pays, pourchassé par les terroristes jacobins. Mais moi aussi, je poursuivrai fièrement notre combat pour que notre roi retrouve son trône. Cependant, cette lutte, pour être admirable, doit être irréprochable et se faire dans l'honneur.

J'ai de graves révélations à vous faire, révélations qui entachent l'image des Compagnons du soleil et les déshonorent. Je ne pourrai vous les faire connaître que tous réunis à nouveau et je vous supplie, pour notre foi et notre roi, d'accepter ce rendez-vous.

Il m'est difficile de savoir quand j'aurai réussi à transmettre ce courrier à chacun d'entre vous, aussi ai-je fixé le jour de notre rencontre suffisamment longtemps à l'avance. Ce sera le 7 septembre, dans ma maison de la rue Bellegarde, à midi.

Ce courrier obsédait le meurtrier. Il savait que Clapiers, alors officier de la garde nationale, avait dû s'enfuir après avoir tué un nommé Gaudin. Or, il savait que ce Gaudin était son ancien geôlier et l'époux de sa maîtresse, la jolie Fassy. Pourquoi Clapiers avait-il tué cet homme ? Et si c'était parce que Gaudin avait proféré des accusations telles que le jeune Collongues n'avait pu se maîtriser ? Et si Gaudin l'avait accusé d'être l'assassin de Fassy ?

Dans une telle conjecture, Clapiers pouvait bien avoir découvert que lui, *Capéou*, avait eu Gaudin comme geôlier et Fassy comme geôlière. Dans ce cas, n'avait-il pas aussi deviné leur liaison ? Clapiers et Montfort étaient là lors des massacres des prisons d'Aix. Se pouvait-il qu'ils l'aient vu ? Ou qu'on leur ait dénoncé son crime ?

Cette réunion ressemblait trop à une assemblée de juges. Je n'irai pas, décida-t-il finalement.

Mais ne pas y aller, n'était-ce pas reconnaître sa culpabilité ?

À moins… à moins que… Une fourberie ignoble surgit alors dans son esprit de renégat.

L'abé, après avoir reçu sa lettre, se rendit auprès de *Diou-me-Dame*. Tous deux, fort hésitants sur la marche à suivre, décidèrent de venir à Aix comme le leur demandait leur compagnon, mais d'arriver ensemble et de ne se présenter à la maison de Clapiers que l'après-midi du jour du rendez-vous.

Quant à *Estrillo*, il déchira la lettre.

Le cinquième chef, lui, avait déjà décidé qu'il ne viendrait pas.

Au début du mois de septembre, nos deux amis rentrèrent en France en passant par Nice. Le 7 septembre 1799 à l'aube, Camille et Gabriel arrivèrent aux environs de la ville d'Aix pour mettre à exécution leur plan.

Sur une butte surmontant la cité, vers le nord, se dressait alors un moulin abandonné entouré de quelques ruines. Ce moulin se trouvait à environ deux cents mètres de la porte Bellegarde.

C'est le père de Camille qui avait révélé à ses fils le secret du moulin et celui de leur maison de la rue Bellegarde. Une maison que la famille Clapiers n'utilisait pas, mais qu'elle n'avait pourtant jamais vendue.

— Ce secret, expliquait Camille à Gabriel alors qu'ils s'approchaient du moulin par des sentiers venant de la route de Pertuis, avait été découvert par le père de mon père à partir de vieux plans de la ville datant de 1721[1].

» En 1740, mon grand-père étant alors premier consul d'Aix, de nouvelles adductions d'eau avaient dû être réalisées, autant pour des hôtels de la ville que pour de nouvelles fontaines. Habituellement, les terrassiers utilisaient des galeries existantes dans les sous-sols. Il y en a partout qui courent sous les rues.

» L'origine de ces tunnels est mal connue ; les plus larges étaient utilisés pour faire communiquer discrètement des hôtels particuliers et, encore aujourd'hui, plusieurs maisons disposent d'un accès, à partir de leur cave, vers ce réseau de galeries.

1. Ces plans existent et l'auteur les a eus en main.

» Donc, pour le passage de grosses tuyauteries en terre sous la rue Bellegarde, mon grand-père avait fait percer une ouverture dans une vieille galerie qui permettait de rejoindre une captation de source à l'extérieur de la ville. À cette occasion, il avait exploré ce souterrain et ses ramifications. C'est alors qu'il avait découvert que l'une d'entre elles aboutissait, après un passage assez difficile, sous le vieux moulin de cette butte. Un escalier enfoui sous une grosse pierre plate en marquait l'issue. Il avait aussi découvert plusieurs passages murés dans des caves de la rue Bellegarde. Aussi, peu de temps après, il achetait une des maisons qui possédaient un tel passage, songeant qu'un logis avec une issue discrète à l'extérieur de la ville pouvait présenter bien des avantages. Le secret a ensuite été transmis à mon père, puis à mon frère et à moi-même.

Ils laissèrent leurs chevaux pas très loin du moulin. Le matin se levait, mais il faisait encore sombre. Camille avait apporté deux lanternes.

Le moulin tombait en ruine. Il n'avait plus de toiture et le sol était encombré de gravats et de vieilles poutres au milieu desquelles poussaient des ronces.

— Il faut tout dégager, expliqua Camille.

À la lumière des lanternes, le travail dura jusqu'au jour. Finalement un sol empierré apparut. Camille désigna l'une des grosses dalles et ils dégagèrent son contour avec un couteau. Quand ce fut terminé, Camille prit la barre de fer qu'il avait apportée. Ensemble, ils la coincèrent dans le joint et, s'appuyant sur une pierre pour faire levier, ils la soulevèrent. Un trou sombre se révéla.

Ils pénétrèrent dans le souterrain. Étroit et abrupt, l'escalier débouchait dans un conduit voûté où une seule personne pouvait avancer de front à condition de rester courbée. Le passage descendait assez rapidement, puis le sol devenait plat et s'élargissait. L'endroit dégageait une odeur de pourriture.

— À partir d'ici, expliqua Camille, qui était en tête, nous sommes sous la porte Bellegarde. Regarde à ta droite, tu verras les grosses conduites de captation de source.

Ils pouvaient maintenant marcher à deux de front. En levant sa lanterne, Gabriel examinait la voûte constituée de grosses pierres bien assemblées. Ce passage avait été solidement réalisé. Mais pour quel usage? Son ami devança ses interrogations :

— D'après mon père, le souterrain conduit au couvent des dominicaines. Il a dû être creusé par les moines car le couvent était en dehors des murailles au Moyen Âge.

En parlant, il examinait régulièrement des pierres et des marques sur sa gauche.

— Voilà, c'est ici ! Il faut lever ces pierres, mais ça ne devrait pas être trop difficile, elles ne sont qu'empilées.

Ils déplacèrent les pierres et découvrirent derrière une porte de fer très basse.

Camille la poussa avec difficulté. Finalement, un entrebâillement fut suffisant pour qu'ils puissent s'y glisser en se baissant.

Derrière, des caisses vides avaient été entreposées pour masquer le passage.

— Avant d'aller plus loin, expliqua alors Camille à Gabriel, il faut que je te montre le verrouillage que mon grand-père avait prévu. Tu vois cette barre de fer.

(Il désigna une lourde traverse posée par terre.) On peut la placer, dans ces gros crochets, d'un côté ou de l'autre de la porte. Lorsque la porte est fermée – tu notes qu'elle n'a pas de verrou – la barre la condamne du côté où on l'a mise. Il est alors impossible de la forcer, si ce n'est après des heures de travaux de terrassement.

» Si nous avions à fuir, le dernier d'entre nous replacerait la barre et nos poursuivants ne pourraient savoir où nous allons. Maintenant, montons. L'escalier là-bas débouche dans le couloir d'entrée.

La bâtisse était silencieuse et dégageait une sourde hostilité. Gabriel en fut mal à l'aise, mais Camille ne paraissait pas impressionné.

Il s'engagea le premier dans l'escalier de pierre et Gabriel le suivit en s'efforçant de ne faire aucun bruit. Tenant la lanterne, il examinait soigneusement les lieux.

La porte d'en haut grinça légèrement quand ils la poussèrent. Ils entrèrent dans une sorte de petit vestibule vide, poussiéreux, empli de toiles d'araignée. Le jour s'était levé et la lumière sourdait par l'oculus, au-dessus de la porte d'entrée.

— Je vais monter seul au premier, décida Camille en sortant sa montre de son gousset. Nous avons rendez-vous à midi, mais il est bien possible que certains de nos amis fassent une reconnaissance plus tôt. Reste ici à surveiller l'entrée. Quand il faudra ouvrir la porte, tu trouveras une clef dans cette niche. L'autre est à Vauvenargues.

Camille se méfiait de ses visiteurs et avait envisagé un piège ou une trahison. Gabriel l'approuva. Ils sortirent leur pistolet de leur jaquette. C'étaient les seules armes qu'ils avaient prises car, en cas de danger, ils avaient décidé de fuir sans combattre.

Montfort regarda son ami grimper les marches de l'escalier de bois qui grinçait. Après qu'il eut passé le palier, il entendit une porte s'ouvrir.

C'est alors que la terreur se déclencha.

Un coup de feu retentit, puis deux, trois, et en même temps ce furent des cris et des sommations :

— Citoyen ! Rends-toi !

Il y eut un grand fracas, Camille redescendait. Gabriel s'apprêtait à le couvrir quand il s'aperçut que ce n'était pas son ami qui apparaissait en haut des marches, c'était un gendarme !

Il tira et l'homme s'écroula.

Gabriel n'avait qu'un coup à son pistolet. D'autres soldats arrivaient à leur tour. Il hésita une seconde, puis prit la lanterne et se précipita vers la cave, la traversa, se saisit de la barre de fer, passa la porte, la ferma et installa la barre au moment même où plusieurs hommes pénétraient dans la cave et tiraient sur la porte de fer.

Il entendit les coups contre le vantail et s'immobilisa, haletant et désemparé.

Un piège ! Ils étaient tombés dans un piège !

Et qu'était-il arrivé à Camille ? Avait-il été abattu ? Était-il blessé, prisonnier ?

On tapait violemment sur la porte. Ils allaient certainement essayer de la desceller. Que pouvait-il faire ?

Rien ! Il ne pouvait qu'abandonner son ami, son frère.

Il se décida à partir et fit le chemin du retour dans un état second, bouleversé par ce qui venait de se passer, à la fois angoissé pour Camille, qu'il avait l'impression d'abandonner, et en même temps empreint d'une rage folle envers celui qui les avait trahis.

Car il y avait eu trahison, et elle ne pouvait venir que de celui qui avait deviné la raison de leur réunion : *Capéou*.

Seulement bien des questions restaient sans réponse : pourquoi les autres chefs des *Compagnons du soleil* n'étaient-ils pas venus ? Comment *Capéou* avait-il pu convaincre les autorités de saisir Camille, longtemps considéré comme le chef des royalistes de Provence, alors que le Directoire, sous la conduite de Barras, s'engageait dans une politique qui visait au rétablissement de la royauté ?

Des ennemis puissants et inconnus étaient intervenus contre eux. Et si Camille n'était pas mort, il était entre les mains de ses pires ennemis.

En sortant du moulin, Gabriel récupéra les deux chevaux et détala au galop. Il savait où aller. Il n'y avait qu'un homme à qui il pouvait demander de l'aide : Pascal Roman.

Roman avait repris la ferme des Grands Bois dont son père était le métayer, non loin de Vauvenargues. Il y vivait la dure vie d'un paysan avec sa compagne, la fille d'un berger dont les moutons paissaient paisiblement sur les coteaux de Sainte-Victoire.

En fin de matinée, il réparait un abreuvoir dans la cour de sa vieille ferme quand il entendit un galop. Un visiteur à cheval ? Peut-être des gendarmes, s'inquiéta-t-il. Il abandonna son travail et revint à la ferme, entra, et saisit son fusil. Il demanda ensuite à sa compagne, qui était dans la cuisine, de ne pas sortir.

Le cavalier apparut dans la cour et Roman le reconnut. Il sortit en agitant les bras.

— Gabriel ! Où est Camille ?

Gabriel, livide, sauta au sol et Pascal comprit.

— Camille ? Que lui est-il arrivé ?

— Ils l'ont pris, ce matin.

— Raconte-moi.

Ils s'éloignèrent et Gabriel expliqua tout à son ami. Non, en vérité, il ne dit pas tout. Il ne lui donna pas le nom du traître, de l'assassin de Fassy.

— Pourquoi ne veux-tu pas me le dire ? insista Roman.

— C'est une affaire entre lui et moi.

— Comme tu veux. Que doit-on faire ?

— Je ne sais pas. Il faudrait que tu ailles à Aix, que tu te renseignes. Camille est-il vivant ? Blessé ? Que vont-ils faire de lui s'il est prisonnier ? J'ai besoin de savoir.

Roman hocha la tête. Une heure après, il était sur la route d'Aix.

Il fut de retour le soir avec deux informations : Camille était vivant, seulement légèrement blessé, mais il n'était déjà plus à Aix. Le guet-apens avait été organisé par un policier marseillais, Pierre Gaudin, celui-là même dont Camille avait tué le frère, et Gaudin avait fait transférer Camille dans une prison militaire du fort Saint-Jean. On parlait déjà d'un prochain procès : Camille serait jugé pour avoir déserté la garde nationale et avoir attaqué des diligences.

Laissons Gabriel un moment pour reprendre le fil de la Grande Histoire.

Le mois suivant l'arrestation de Camille, le 9 octobre précisément, le général Bonaparte débarquait d'Orient avec quelques fidèles dans la baie de Saint-Raphaël ; il avait abandonné ses troupes en Égypte dès qu'il avait reçu le courrier de Fouché. Il s'arrêta à Aix dans l'*Hôtel des Princes* pour une nuit, et, le 16 octobre, il était à Paris.

La seconde quinzaine d'octobre ne fut que conciliabules entre lui, son frère Lucien, président du conseil des Cinq-Cents, Fouché et les directeurs Barras et Sieyès.

Le 9 novembre, sous prétexte d'un vague complot, Bonaparte fut nommé commandant des troupes de Paris par les présidents des conseils qui décidèrent de se réfugier à Saint-Cloud. Les directeurs Barras, Ducos et Sieyès démissionnèrent de leurs fonctions, tandis que les deux autres étaient placés en garde à vue.

Le 10 novembre[1], les Cinq-Cents refusant d'abroger la constitution malgré les vœux de Bonaparte, celui-ci ordonna à ses troupes de chasser les députés de la salle des séances. Aussitôt après, deux commissions nommèrent trois consuls provisoires : Bonaparte, Sieyès et Ducos.

Le lendemain, Fouché fut nommé ministre de la Police et Lucien Bonaparte ministre de l'Intérieur. Le 12 décembre, une nouvelle constitution fut adoptée et le général Bonaparte devint Premier consul.

1. 18 Brumaire.

5

De la fin 1799 à 1801

À Marseille, Gabriel s'installa dans un sordide taudis sur la butte aux Moulins. Pour ne pas être repéré, il se fit passer pour un Italien ayant fui les combats du Piémont. Il parlait bien cette langue et, étant resté quelques mois dans le nord de l'Italie, il pouvait faire illusion. Fréquentant quelques cabarets malfamés du port, il parvint à acheter un passeport avec une description lui ressemblant vaguement ; à Marseille tout s'achète et tout se vend. Il obtint ainsi un travail intermittent de portefaix et la maréchaussée ne l'inquiéta pas.

De là, il put suivre avec angoisse la préparation du procès qui devait avoir lieu à Marseille, dans l'enceinte d'un tribunal militaire. Pierre Gaudin, toujours commissaire, se dépensait sans compter pour obtenir la condamnation à mort de l'assassin de son frère. La tâche lui était facilitée par les derniers crimes de brigandage commis en avril dernier. En effet, le 2 Floréal, un habitant du Var, François Aillaud, avait été assailli par six scélérats. Pendant que deux d'entre eux abusaient de sa femme et que les autres tuaient leur servante, Aillaud avait été pendu et brûlé aux cris de « *Ounté es toun argen? Douno toun argen!* ». La sauvagerie de ces crimes avait été telle qu'un châtiment exemplaire était réclamé par la justice envers le brigand Camille de Clapiers, qui pourtant n'y était pour rien !

Sans ami, sans soutien, Gabriel ne pouvait rien faire. Le 10 février 1800, il apprit avec effroi que le conseil de guerre avait jugé Camille de Clapiers coupable de meurtre, de brigandage et de désertion. L'ancien général des *Compagnons du soleil* était condamné à être fusillé.

Par une chance inexplicable, un conseil de révision, devant lequel Camille avait fait appel, cassa le jugement. Un nouveau procès fut décidé, celui-ci devant avoir lieu à Aix quelques mois plus tard, dans le cadre d'un tribunal criminel. Camille fut alors sorti de sa prison marseillaise pour être transféré dans une prison aixoise.

Seul un procès impartial pourrait sauver son ami, songea Gabriel désespéré. Mais comment obtenir un tel jugement équitable dans le climat de haine qui régnait alors ?

Pour la première fois, Gabriel envisagea l'intervention d'une personnalité influente qui demanderait une grâce.

Mais vers qui pouvait se tourner un proscrit comme lui ? Qui l'écouterait ?

Il se souvint alors d'un de ses derniers amis, Auguste de Forbin. Auguste connaissait Camille depuis l'enfance, et on murmurait à Aix que Forbin avait croisé la route du Premier consul.

Gabriel savait qu'à la mort de son père, Auguste – qui n'avait pourtant que seize ans – s'était engagé dans l'armée du prince de Condé, puis était venu faire le coup de feu à Toulon avec les insurgés royalistes. Là, en fuite et recherché, alors même qu'il allait être arrêté et fusillé, il avait rencontré le féroce capitaine – pardon, général ! – Bonaparte qui lui avait laissé la vie sauve[1]. Bonaparte était désormais le maître de la France. Auguste pourrait peut-être lui demander la grâce de Camille.

Gabriel se rendit d'abord à Vauvenargues et demanda à Roman d'aller voir la sœur de Forbin qui vivait à Aix. Celle-ci lui communiqua l'adresse de son frère à Paris. Seulement, elle précisa qu'il était à l'armée et ne reviendrait dans la capitale qu'en mai.

C'était un bien long délai, mais Gabriel savait aussi que le voyage lui prendrait des semaines. Il avait décidé de voyager comme un colporteur, utilisant le passeport de Maillard déjà utilisé pour passer en Suisse. La maréchaussée était partout, et contrôlait particulièrement les vagabonds.

Il partit début mars et parvint à Paris à la mi-mai, voyageant le plus souvent à pied, quelquefois sur des charrettes de paysans et plus rarement en diligence. Après avoir trouvé un taudis où loger, il se rendit régulièrement dans la rue où habitait Auguste, guettant à sa porte.

Fin mai, il put enfin l'aborder un matin où il sortait de chez lui en compagnie d'un jeune homme au visage émacié. Ils se rendaient ensemble à l'atelier de David où Auguste suivait les cours de peinture du maître. Gabriel était toujours barbu, vêtu de pauvres

1. Cette histoire est contée dans *Marius Granet et le trésor du Palais Comtal*, même éditeur.

hardes et transportait sa hotte d'osier de colporteur. Malgré cela, dès qu'il le vit s'approcher, Auguste le reconnut.

— Gabriel ? s'enquit-il, interloqué.

— C'est moi.

Il eut un regard méfiant envers le compagnon d'Auguste.

— Je pourrais te parler un instant seul à seul ? poursuivit-il.

Auguste, que Gabriel avait toujours connu souriant et badin, opina de façon réservée, voire réticente.

Forbin porta un regard circulaire et suspicieux autour de lui, tentant de repérer quelque mouche de la police de Fouché. Mais la rue paraissait déserte.

— Allons dans le jardin, un peu plus bas, proposa-t-il à voix basse. Tu peux parler librement devant mon compagnon. Marius Granet est resté un jacobin endurci, mais c'est aussi mon ami et tu peux lui faire confiance comme à moi-même.

Il eut alors un bref plissement des yeux, tout empreint de drôlerie, faisant comprendre à Gabriel qu'il ne devait pas tenir compte de l'attitude sévère qu'il affichait.

Gabriel acquiesça. Lui aussi était inquiet. Il ne tenait pas à ce qu'on le vît avec Forbin, et l'existence qu'il avait menée depuis trois ans dans la clandestinité l'avait rendu particulièrement circonspect. Il laissa passer Forbin et son ami Granet avant de les suivre.

Ils s'installèrent près d'un bosquet d'où Gabriel pouvait observer la rue. Là, il raconta sommairement ses derniers mois avec Camille et les raisons de leur fuite à l'étranger. Puis leur retour à Aix. En parlant, il avait sorti des almanachs de sa hotte et feignait d'en vanter la qualité, ainsi un policier en observation n'aurait nullement prêté attention à cette scène si naturelle.

Alors qu'il se comportait comme un vrai colporteur, sa jaquette élimée s'entrouvrit et Forbin aperçut les deux pistolets à crosse de noyer, glissés à sa ceinture, et le poignard sous son épaule.

— Nous ne sommes rentrés que pour régler une affaire d'honneur, conclut Gabriel en resserrant sa veste après avoir surpris le regard d'Auguste de Forbin. Tu sais que Camille s'est toujours comporté comme un gentilhomme, mais nous savions qu'un des chefs des *Compagnons* avait commis une ignominie. Nous leur avions demandé de nous retrouver. C'était mon idée, je pensais qu'on pourrait ainsi juger solennellement ce renégat. J'étais un imbécile. Il a éventé le piège et nous a dénoncés.

— Qui est-ce ? demanda Forbin sèchement.

— C'est une affaire que je réglerai seul, répliqua sombrement Gabriel.

— Soit. Que veux-tu que je fasse ?

— Camille a eu un sursis mais il doit de nouveau être jugé. S'il pouvait avoir un jugement équitable, il ne serait pas condamné à mort. J'espérais que tu pourrais peut-être intervenir…

— Auprès de qui ? s'enquit Auguste, légèrement sur la défensive.

— Je ne sais pas… on murmure à Aix que tu connais bien Bonaparte…

Forbin ouvrit de grands yeux et eut un soupir désabusé.

— Personne ne connaît Bonaparte. Je ne suis rien pour lui. Il ne me recevrait même pas.

Le silence tomba entre eux. Gabriel se sentait désemparé : tout ce chemin pour rien !

— Moi, je sais qui peut intervenir, proposa alors Granet.

Forbin le considéra avec étonnement : le jacobin Marius Granet, défendre un royaliste ?

— J'aurai tout vu ! persifla-t-il. Et qui donc ?

— Portalis. Il vient de rentrer en France et j'ai entendu dire qu'il avait été nommé conseiller d'État. C'est un avocat qui s'est toujours posé en défenseur de l'injustice.

— J'ai rencontré Portalis en Allemagne, expliqua Gabriel plein d'espoir. Il se souviendra certainement de moi.

Forbin médita un instant, pesant les risques, non pour lui, mais pour Portalis.

— Marius a raison, comme toujours. J'irai le trouver, décida-t-il. Portalis connaît bien Fouché, il pourra peut-être intervenir… mais je ne veux pas te donner trop d'espoir. Sais-tu ce qui se passe ici ?

— Non, je cherche surtout à éviter la police ! Je sais seulement que ce Bonaparte a pris le pouvoir et s'est fait proclamer Premier consul de la République.

— C'est vrai, c'est une étonnante carrière. Mais ce n'est pas à ça que je fais allusion. Voilà ce qu'il en est : à peine revenu d'Égypte et après avoir fait démissionner les directeurs par la force, Bonaparte a été approché par des amis du comte d'Artois. L'entrevue s'est mal passée, ces émissaires pensaient que ce petit général serait un nouveau Monk[1] qui replacerait le roi sur son trône. Ils n'avaient pas compris que Bonaparte désirait garder le pouvoir pour lui seul.

1. Monk, général successeur de Cromwell qui remit Charles II sur le trône d'Angleterre.

— En quoi les ambitions de ce Corse ont-elles de l'importance sur le sort de Camille ?

— J'y viens. Il existerait ici une organisation royaliste que certains surnomment l'agence anglaise…

— J'en ai entendu parler en Allemagne.

— Bien. Je ne perdrai donc pas de temps à te donner des détails. Cette agence dispose d'importants moyens financiers venant d'Angleterre et ce terme d'agence anglaise n'est qu'un sobriquet méprisant inventé par Fouché. Pour les Anglais, c'est seulement l'agence de Paris. Il s'agit d'un service de renseignements et d'action dirigé par un homme hors du commun : le baron Guillaume Hyde de Neuville.

» Neuville était justement un des émissaires du comte d'Artois pour traiter avec Bonaparte. Il était persuadé de pouvoir compter sur Fouché, le ministre de la Police. Mais qui peut deviner les intentions de ce défroqué corrompu ? En vérité, Hyde de Neuville a été abusé par plus fort que lui. Dépité par le refus de Bonaparte de donner le pouvoir au comte de Provence, le baron de Neuville s'est moqué du Premier consul : le 21 janvier dernier, dans la nuit, il a fait draper de noir les portes de la Madeleine. C'était une taquinerie innocente pour rappeler aux Français la mort de Louis XVI. Seulement Bonaparte n'a aucun sens de l'humour. Par représailles, il a fait fusiller plusieurs amis de Hyde de Neuville qui étaient emprisonnés. Depuis, on ne parle plus que de la vengeance que prépare le baron, qui s'est réfugié à Londres. Aussi, tu te rends bien compte que les royalistes activistes comme Camille ne sont pas bien vus par le Premier consul, et il n'est pas certain que Fouché veuille se compromettre pour le sauver.

Gabriel opina lentement, le cœur serré.

— Pourtant, il reste malgré tout un espoir. Bonaparte cherche à rallier la noblesse ancienne à sa cause, il en a besoin autant comme officiers pour ses armées que pour diriger le pays.

— C'est ce que tu as fait, le coupa sobrement Gabriel.

— Je le reconnais, mais ne me juge pas mal, déclara Forbin d'un ton égal. J'ai approché plusieurs fois le prétendant, ainsi que son frère. Crois-moi, ces deux hommes sont incapables de reprendre leur trône. Ils vivent dans un monde qui n'existe plus et n'ont même pas le courage de se battre. Ils nous ont abandonnés. Il n'y a aucun avenir avec eux. Tandis que Bonaparte… si tu le rencontres, il te fascinera. C'est un brillant stratège à qui tout réussit… Je dois avouer que je l'admire.

Il se tut un instant alors que Gabriel ne savait que dire. Ce n'était pas la première fois que l'on dénigrait ainsi le prétendant et son frère. Lui et Camille se seraient-ils trompés, se seraient-ils battus pour rien ?

Forbin poursuivit :

— Je vais tenter de savoir où loge Portalis depuis son retour, ensuite j'irai le voir. As-tu de l'argent ? Où habites-tu ?

Gabriel lui mit fraternellement la main sur l'épaule.

— N'aie pas de crainte pour moi. J'ai tout ce qui m'est nécessaire et, depuis des années, j'ai l'habitude de vivre caché.

Il replaça dans la hotte l'almanach qu'il avait montré et Forbin distingua deux autres pistolets dans le panier d'osier.

— Attache un foulard blanc à l'une de tes fenêtres quand tu auras une réponse, poursuivit Montfort, en jetant un bref regard circulaire autour de lui. Quand je l'aurai vu, je t'aborderai comme ce matin et tu me diras où tu en es.

Il se tourna vers Marius :

— Merci à vous aussi. J'espère que nous nous reverrons dans des circonstances plus heureuses.

Il saisit sa hotte et s'éloigna de sa démarche de colporteur.

Auguste resta un moment à l'observer. Il avait peu approché Montfort lorsqu'il vivait à Aix, car Gabriel était plus jeune que lui de deux ans. Mais il se souvenait d'un enfant doux, toujours joyeux et insouciant. Le Gabriel qu'il venait de voir était complètement différent. C'était un combattant endurci comme il en avait rarement connu, même à l'armée de Condé.

Cette Révolution les avait tous changés. Il en resta amer durant plusieurs jours.

Début juin, le foulard fut accroché comme convenu. Ce jour-là, un colporteur passa à côté d'Auguste de Forbin qui lui glissa un billet :

Portalis se rend en voiture tous les matins vers huit heures au Palais Royal. Il habite rue Saint-Jacques, en face de la rue des Ursulines. Il est d'accord pour t'aider, aborde-le quand il montera dans sa voiture. Vous pourrez parler durant le trajet.

Détruis ce billet.

— Hier, j'ai approché Joseph Fouché au sujet de Camille de Clapiers…

Ils étaient dans la voiture de Portalis et c'était l'avocat aixois, désormais conseiller d'État, qui s'exprimait.

Gabriel s'était présenté habillé de vêtements simples et discrets. Il pouvait aisément passer pour le secrétaire de Portalis si quelques mouches de la police les surveillaient.

— … Je dois reconnaître que le ministre m'a paru attentif et plutôt conciliant. Pourtant, il m'a très vite interrompu quand je lui ai parlé de vous : il veut vous rencontrer seul à seul et ne désire pas de tiers mêlé à cette affaire.

— Moi ? Rencontrer le ministre de la Police ? Mais je suis recherché tout autant que Camille. Arrêté, je peux être fusillé dans l'heure. Pense-t-il que je vais me livrer comme un mouton ? protesta Gabriel avec véhémence.

Portalis leva une main pour le calmer.

— Je le lui ai fait remarquer, mais il m'a assuré que vous ne risquerez rien. Il est même prêt à vous remettre un passeport en bonne et due forme pour rentrer en Provence quelle que soit l'issue de sa discussion avec vous.

— Comment pourrais-je faire confiance à un tel scélérat, murmura alors le jeune homme.

— C'est un risque à prendre. Je connais un peu Fouché, et son passé me fait horreur autant qu'à vous. Cependant, il est ministre et désire obtenir une véritable respectabilité. Je puis vous le confier, son plus cher désir est le retour du roi.

— On me l'avait rapporté, mais on m'a dit aussi que ce n'était qu'une fourberie de plus de sa part.

— Je ne crois pas. Simplement, c'est plus compliqué. En vérité, Fouché désire le retour de la royauté, non parce qu'il est royaliste – cet individu n'a aucun idéal – mais parce qu'il ambitionne un titre et une position. Croyez-le si vous voulez mais cet homme, qui a envoyé tant de ci-devant à la mort, ce régicide, ce prêtre défroqué, ne désire rien de plus que devenir duc et pair de France !

— Que feriez-vous à ma place ? demanda Gabriel, désemparé et hésitant.

— J'irais.

Portalis avait demandé à Gabriel de repasser chez lui huit jours plus tard. Il lui confierait alors la date et l'heure de l'audience.

Ce fut le 18 juin à huit heures. Fouché recevrait le dernier *Compagnon du soleil* au siège de son ministère, rue des Saints-Pères.

Le ministre de la Police n'avait guère été surpris quand le conseiller d'État Portalis lui avait demandé une audience pour un jeune aristocrate proscrit qui désirait une grâce. Tous les jours de telles suppliques lui parvenaient et, si cela pouvait lui apporter quelque avantage, le ministre intervenait favorablement. Mais lorsque le conseiller lui parla de Gabriel de Montfort et de Camille de Clapiers, Fouché lui prêta une oreille particulièrement attentive.

Il faut dire qu'en ce mois de juin 1800, la situation du ministre de la Police restait délicate et il s'interrogeait même sur son avenir.

À ses yeux, trois factions pouvaient se saisir du pouvoir en France : les jacobins – ses anciens amis qu'il avait abandonnés et trahis –, les royalistes, qu'il soutenait en sous-main, et enfin le Premier consul,

Bonaparte, une marionnette en qui il fondait beaucoup d'espoir.

Alors que le régime corrompu et dépravé des directeurs allait s'effondrer, plongeant sans doute le pays dans une guerre civile entre révolutionnaires et monarchistes, Fouché avait fait appel au jeune général corse. Cependant, à ses yeux, le général ne devait revenir que pour assurer l'ordre. Fouché avait tout prévu, tout organisé : une fois l'armée maître du pays, c'est lui, Fouché, qui rappellerait personnellement Louis XVIII, lequel le récompenserait royalement en le nommant duc et pair de France.

Mais les événements ne s'étaient pas déroulés comme il l'avait prévu. Bonaparte s'était révélé bien plus adroit qu'il ne l'avait estimé. Maintenant, le général corse disposait de tous les pouvoirs et, si sa nouvelle campagne d'Italie s'avérait un succès, ce serait lui qui deviendrait le maître de Fouché.

En revanche, si le Corse était battu par les Autrichiens, Louis XVIII serait à Paris en une semaine. Voilà pourquoi le régicide désirait ménager les royalistes. Or, il venait d'être contraint à agir contre eux, à contretemps et à contrecœur, à cause de cet imbécile de Lucien, le frère de Bonaparte, ministre de l'Intérieur. Fouché avait de nombreux mouchards au sein de ce qu'il appelait, en plaisantant, l'agence anglaise. Il n'ignorait rien des intentions de Hyde de Neuville, aussi quand il avait eu connaissance d'un projet du baron pour enlever Bonaparte et organiser un débarquement des troupes anglaises durant l'été – une entreprise conduite par le général chouan Cadoudal –, il avait laissé faire, désirant n'intervenir qu'au dernier moment et à bon escient.

Seulement, Lucien, par malchance, avait aussi été informé de quelques bribes de ce complot et était persuadé qu'il s'agissait d'un projet de jacobins ! Il avait alors inventé une fumeuse conspiration qu'il avait dénoncée à son frère. Le Premier consul l'avait cru et, le mois précédent, au cours d'un conseil préparant la campagne d'Italie, Bonaparte avait ironisé sur son incompétent ministre de la Police, incapable de savoir que les jacobins préparaient son propre enlèvement.

Alors Fouché, rageur d'être contraint à abattre si tôt ses cartes, avait sorti les papiers qu'il possédait : oui, il y avait complot, mais c'était un complot royaliste ! Et il avait expliqué aux ministres éberlués ce qu'était l'agence anglaise, un service aux ordres du comte d'Artois, financé par M. Pitt. Il avait aussi détaillé le plan d'invasion de Hyde de Neuville.

Bonaparte avait aussitôt fait arrêter tous les membres de l'agence présents dans la capitale, et publier des documents compromettants, en particulier les preuves que l'agence royaliste était financée par l'or anglais. C'était à ses yeux une officine de traîtres et de renégats.

Hyde de Neuville était désormais discrédité.

Lucien Bonaparte était certes vaincu, mais Fouché avait perdu une inestimable source d'informations. Plus de mouchards, plus d'espions, il était désormais aveugle quant aux projets futurs de Hyde de Neuville et de son complice, le redoutable général chouan Cadoudal.

Maintenant, on était le 8 juin et Bonaparte avait rejoint son armée d'Italie depuis trois semaines. Qu'allait-il advenir de cette seconde campagne ?

Le ministre en était là de ses doutes et de ses incertitudes quand Portalis était venu lui parler de Gabriel de

Montfort et de Camille de Clapiers, ces brigands royalistes, fondateurs des *Compagnons du soleil*, dont les amis avaient fait partie de l'agence anglaise ou de celle du comte d'Antraigues. Il y avait là une piste intéressante à suivre.

En attendant son visiteur, Fouché avait donc ressorti ses dossiers sur ces *Compagnons du soleil* qui avaient semé la terreur dans le Midi. Par le chevalier de Vernègues, il savait que Camille de Clapiers et Gabriel de Montfort, proscrits et en fuite, avaient écrit à plusieurs de leurs anciens compagnons d'armes. Mais Vernègues avait refusé de dire pourquoi : une affaire d'honneur, lui avait-il affirmé, sans rapport avec la politique et qu'il ne pouvait révéler.

Il y avait là un désagréable mystère pour un ministre qui se targuait de tout savoir. Quelle était la raison du retour de ces deux jeunes gens à Aix, alors même qu'ils risquaient ainsi leur vie ?

Il avait dans son dossier une copie de la lettre anonyme qui avait révélé leur présence, ce 7 septembre, dans la maison où ils attendaient leurs amis. Il la relut, mais cette dénonciation ne parlait pas. Qui les avait trahis ?

Cette méchante affaire l'amusait et l'excitait à la fois. Il était convaincu qu'il y avait un félon chez les anciens compagnons. Clapiers et Montfort l'avaient identifié et désiraient le dénoncer aux autres. Mais ce renégat, particulièrement adroit, les avait devancés par cette lettre anonyme.

Il était possible que ce traître ait fait partie de l'agence anglaise. Dans un tel cas, ce serait une recrue de choix ! Il lui fallait juste l'identifier.

Il étala les cinq dossiers devant lui : était-ce l'un de ces hommes ?

François de Fortis venait de demander à bénéficier de l'amnistie proposée par Bonaparte pour les émigrés se mettant au service du nouveau régime. Fortis, ancien agent secret du prétendant, aurait fait un excellent agent infiltré. Pouvait-il être ce félon qui avait dénoncé son ami ?

Fouché passa au dossier suivant, Joseph d'Arbaud de Jouques, qui était tout autant intéressant. Voilà un homme qui s'était battu avec une telle audace contre les armées de la Révolution – on rapportait qu'il ne tenait plus à la vie depuis qu'il avait assisté aux massacres des *Compagnons du soleil* – qu'il avait obtenu la Croix de Saint-Louis des mains même du comte d'Artois. Pourtant, ce héros royaliste venait lui aussi de demander sa radiation de la liste des émigrés !

Honoré de Cotignac était également un personnage curieux. Réfugié à Paris à partir de 1796, il s'était étrangement enrichi et avait quelque peu côtoyé Hyde de Neuville ainsi que les milieux royalistes de Paris. Qu'avait-il fait avec eux ?

Sur Charles de Coriolis, le ministre ne savait que peu de choses. L'homme se disait poète, tragédien même, mais une rumeur – non vérifiée – rapportait qu'il avait été approché par des émissaires du comte d'Artois. Voilà un dossier à compléter, songea Fouché.

Enfin, restait la chemise sur Gautier du Poët, la plus épaisse, car le chevalier de Vernègues avait travaillé pour lui avant de s'éloigner. Il venait d'épouser une riche aristocrate russe et faisait croire qu'il menait une carrière de diplomate. En réalité, Fouché savait qu'il était toujours un espion.

Comment savoir qui était ce félon ? Un peu à contrecœur, Fouché rangea les dossiers alors qu'une autre idée tortueuse se faisait jour dans son esprit infernal : pourquoi ne pas proposer à Gabriel la vie de son ami Camille en échange d'une trahison à sa cause ? Gabriel de Montfort, avec son passé chevaleresque de fidèle royaliste, pourrait être recruté par Hyde de Neuville et ferait un bon espion.

C'est alors qu'on lui annonça son visiteur. Il plia ses derniers dossiers et donna l'ordre de le faire entrer.

Fouché l'examina un moment. Gabriel de Montfort avait un visage ferme, bien dessiné, avec une expression volontaire dans laquelle passaient toutefois quelques éclairs de douceur, voire de naïveté. Le ministre jugea qu'il n'en ferait qu'une bouchée.

— Assoyez-vous, citoyen Montfort, déclara-t-il sobrement.

— Je vous remercie de me recevoir, citoyen ministre, répondit Gabriel. Vous n'ignorez pas que je suis recherché par vos services…

Fouché leva une main bon enfant.

— Tant et tant de gens sont recherchés… Je pense qu'il est temps de pardonner et que tous, royalistes ou jacobins, nous devons ensemble désormais travailler à la grandeur de la France. D'ailleurs, en signe de bonne foi, j'ai demandé à mon secrétaire, qui vous a introduit, de préparer un passeport vous permettant de circuler librement. Il n'est pas à votre nom mais détaillera toutes vos particularités physiques. C'est un homme très observateur, il le rédige et vous le remettra en sortant.

— Merci, citoyen ministre. Je… je suppose que vous ne savez pas pourquoi j'ai demandé cette audience…

Fouché leva un sourcil de fausse surprise.

— Vous venez me demander la grâce de votre ami Camille…

— Vous le savez ?

— Je sais tout, ou presque tout. En vérité, il y a quelques informations que je n'ai pas mais que vous pourriez certainement me donner.

— Si je les connais, et si le fait de vous les fournir n'est pas contraire à l'honneur de mon engagement, répliqua Gabriel un peu trop sèchement, je le ferai de bonne grâce.

Fouché ignora les deux conditions pour se saisir d'un de ses dossiers, qu'il ouvrit. Il fit semblant de le parcourir.

— Vous avez été trahi, à Aix…

— Comment le savez-vous ?

Le ministre fit un geste vague, montrant que la question ne présentait pas d'intérêt.

— Savez-vous qui vous a trahi ? précisa-t-il en levant les yeux.

— Oui, citoyen ministre.

— Qui ?

— Je n'ai pas le droit de vous le dire. C'est une affaire d'honneur que je réglerai seul.

Le silence tomba entre eux.

Fouché hésitait sur sa prochaine question, cet homme avait une fierté bien mal placée, mais il en avait déjà connu comme lui. En général, on n'obtenait rien d'eux par la force ou la menace et ils se laissaient fusiller sans parler. En revanche, ils étaient faciles à berner.

— Pouvez-vous au moins me dire pourquoi cette personne vous a trahi ?

Gabriel hésita. Était-ce important de le dire ? Et surtout, pouvait-il refuser ? Il savait bien qu'il devrait donner quelque chose en échange de la vie de Camille. Finalement, il jugea qu'il pouvait expliquer les raisons de son retour à Aix avec Camille.

— L'homme qui nous a trahis a tué une femme, il l'a assassinée alors qu'elle était en prison. Cette femme était sa maîtresse et elle avait eu un enfant de lui. Il a aussi tué l'enfant. Avec Camille, nous voulions organiser son jugement, il l'a compris et nous a dénoncés.

Fouché resta silencieux, légèrement ébranlé par ce crime abominable. Mais il était aussi fort satisfait : s'il pouvait connaître le nom de ce répugnant renégat, quel prodigieux moyen de pression il aurait sur lui ! Le mieux, songea-t-il, serait de garder ce Montfort sous surveillance. Quant à ce Clapiers, il resterait en prison. Ainsi, il aurait prise sur ces deux royalistes.

— Votre ami Camille est, lui aussi, poursuivi pour de terribles crimes, déclara alors suavement le ministre. Il a même tué un homme, Antoine Gaudin, devant de nombreux témoins.

— J'étais là, moi aussi, répliqua Gabriel avec fougue, Camille n'a fait que se défendre. Cet homme était l'époux… de la maîtresse de celui qui nous a trahis. Gaudin avait accusé Camille d'être l'amant de sa femme et l'assassin de son enfant. Il a tenté de donner un coup de sabre à Camille qui n'a fait que riposter ; c'est la fatalité qui a tué Gaudin.

— Hum… vous êtes un avocat émouvant. S'il n'arrive pas de nouvelles charges contre lui, il sera peut-être possible d'arranger votre affaire. Je verrai ce que je peux faire. Je ne vous promets rien, mais je tenterai au moins d'obtenir pour votre ami un procès équitable… Je peux effectivement demander à faire modifier l'acte d'accusation, pour qu'il soit jugé seulement comme déserteur. Il serait alors peut-être condamné, mais pas à mort. Après tout, Bonaparte, lui-même, a déserté en Égypte ! Ensuite, nous verrons… si vous-même et Clapiers acceptiez de vous mettre au service du Premier consul, je pourrais certainement obtenir de lui une grâce.

— Quand ce procès aura-t-il lieu ?

— Vous le savez, citoyen, le Premier consul est en Italie pour diriger la campagne contre l'Autriche. Tout dépendra des fortunes de la guerre. Je pense pouvoir faire repousser le procès jusqu'en fin d'année…

Il agita une petite clochette et son secrétaire entra par une porte latérale.

— Pierre, remettez au citoyen Gabriel le passeport que vous avez préparé.

Gabriel rentra à Marseille sans chercher à revoir Forbin ou Portalis. De plus, il n'utilisa pas le passeport de Fouché, dont il se méfiait, et il replongea dans la clandestinité, redevenant un inoffensif colporteur.

C'est sur le chemin du retour qu'il apprit l'éclatante victoire de Marengo. Quelques jours plus tard, un aubergiste lui déclara même que le Premier consul marchait sur Vienne. Les Autrichiens étaient sur le point de capituler.

Gabriel se consola en songeant que ces victoires, si elles repoussaient le retour de la monarchie en France, allaient certainement favoriser la grâce et la libération de son ami.

L'été passa. Gabriel, qui vivait à Marseille sous une fausse identité, reprenait espoir. Roman et lui se voyaient de temps en temps et le fils du métayer des Clapiers l'informait de l'état de Camille. Plusieurs proches étaient allés le voir, il allait bien, écrivait une pièce de théâtre intitulée *Mes Adieux* et révisait une autre pièce qu'il avait écrite quelques années plus tôt : *La Mort d'Adonis*.

Il espérait bien les faire jouer en public dès qu'il sortirait.

Roman apprit aussi à Gabriel plusieurs étonnantes nouvelles : François de Fortis et Joseph d'Arbaud étaient de retour à Aix, ils avaient demandé à bénéficier de l'amnistie proposée par Bonaparte et s'étaient mis au service du nouveau régime ! Fortis, l'ancien agent secret du prétendant, visait même un poste de sous-préfet dans le nouveau régime !

Cotignac avait été, lui aussi, amnistié et était rentré dans son hôtel de la rue de la Plateforme, étonnamment enrichi par les opérations qu'il avait menées à Paris. Il était désormais très discret sur ce qu'il avait fait là-bas et n'abordait jamais le sujet de l'agence anglaise dont pourtant il avait été proche, tout comme sans doute François de Fortis et Joseph d'Arbaud. Quant à Coriolis, il était maintenant devenu un familier de Cotignac et avait cessé d'écrire contre le régime. Il s'était également plus ou moins rallié.

Enfin, Vernègues avait épousé une riche héritière russe et vivait désormais près du tsar. Pourtant, il était venu discrètement à Aix durant l'été pour rencontrer Cotignac et Joseph d'Arbaud. Il leur avait même promis de revenir à l'automne car il visait un poste de diplomate en Italie.

Gabriel savait qui de ces cinq hommes était *Capéou*. Il avait un moment songé à dénoncer les crimes du félon aux quatre autres. Mais dans leur nouvelle position sociale, l'auraient-ils écouté ? Et puis, un doute lancinant le rongeait : il ne comprenait pas pourquoi aucun d'entre eux n'était venu au rendez-vous ! Et s'ils étaient tous complices ?

Par un magistrat ami, *Capéou* apprit que le ministre de la Police s'intéressait à Camille de Clapiers avec une évidente bienveillance. Il paraissait certain que le nouveau procès se déroulerait plus équitablement que le premier et que la condamnation de Clapiers serait simplement de principe. Il pourrait même être gracié s'il acceptait de rejoindre les officiers du Premier consul.

Il fallait empêcher ça !

L'infâme songea un moment à préparer de faux documents dans une dénonciation anonyme, mais cela serait-il suffisant ? Sans doute pas, il lui fallait trouver autre chose…

Narcisse Guitton, ce farouche tonnelier de taille colossale qui avait reconnu *Capéou* le jour du massacre des prisons, celui qui avait défié Camille de Clapiers, avait réussi à échapper à la maréchaussée malgré ses innombrables crimes.

Il avait tout simplement quitté la Provence pour l'Ardèche, où il avait vécu en se livrant à une activité sporadique de brigandage avec deux compagnons aussi sanguinaires que lui.

En 1799, il avait rejoint une bande de crapules qui attaquaient les diligences sur la route de Montpellier.

Mais, après quelques succès sanglants, les autorités envoyèrent plusieurs colonnes de gendarmes et de gardes nationaux pour faire rendre gorge aux détrousseurs.

Comprenant qu'il risquait d'être pris, Narcisse revint en Provence où on l'avait un peu oublié. Là, il tomba dans une misère totale. Un jour pourtant, il apprit que *Capéou* vivait à nouveau à Aix. La brute se renseigna et découvrit où il logeait.

Narcisse aborda l'ancien chef des *Compagnons* un matin où il sortait de chez lui. D'abord *Capéou* crut que son solliciteur était un mendiant, puis il le reconnut et son visage se ferma.

— Vous me reconnaissez, citoyen ? demanda le gredin.

— Que veux-tu ?

— Un peu d'argent pour vivre, monseigneur. Pour survivre… quelques francs…

— Je n'en ai pas.

— Pauvre Fassy, fit alors sournoisement le misérable en plissant les yeux, elle n'a pas eu de chance avec vous. Elle était pourtant jolie…

— Que signifie…

— J'étais là, citoyen, j'ai tout vu… Je lui ai parlé avant sa mort. Et elle aussi.

Capéou resta hébété un bref instant, n'ayant jamais songé qu'un témoin puisse l'accuser. Pourtant, son esprit infernal lui permit d'entrevoir une solution au désastre qui venait de se produire. Il se reprit rapidement ; finalement, cet homme était peut-être la chance qu'il attendait.

— Monte dans ma voiture, ordonna-t-il sèchement. Nous avons à parler.

La canaille s'exécuta. *Capéou* donna l'ordre au cocher de sortir de la ville et de prendre la route de Paris. Cela lui donnerait du temps pour réfléchir.

Ils roulèrent un moment en silence ; finalement, *Capéou* déclara :

— Veux-tu entrer à mon service ? J'ai besoin d'un homme prêt à tout, que je paierai royalement.

— Oui, citoyen, opina le tonnelier un peu surpris.

Il avait espéré obtenir quelques francs, et on semblait lui proposer une fortune.

— Très bien, voici ce que j'attends de toi : tu n'as pas oublié tes anciennes habitudes de brigand ?

L'autre resta silencieux.

— Voici cent francs. Reviens demain propre et correctement vêtu. J'aurai un travail facile à te proposer.

Le tonnelier prit l'argent et *Capéou* frappa à la vitre pour ordonner à son cocher de rentrer.

Alors que le procès de Camille se préparait et que Gabriel, toujours portefaix sur les quais de Marseille, se rassurait peu à peu sur le sort de son ami, Narcisse Guitton avait, sur les conseils de *Capéou*, rassemblé une petite bande de trois ou quatre scélérats dans le Vaucluse. En Vendémiaire de la même année, ils s'attaquèrent à une ferme isolée : armés de gourdins, ils massacrèrent tous les habitants, y compris un enfant de trois ans ainsi que sa mère, ne laissant vivante qu'une servante à qui ils confièrent, après lui avoir fait subir les derniers outrages : « On est les hommes de Clapiers et on va bientôt le libérer. »

Au même moment, les bagages du général Bonaparte, restés à Fréjus depuis son retour d'Égypte, furent envoyés à Paris. Le 17 Vendémiaire, une trentaine de brigands attaquèrent cet équipage près de Châteauneuf-le-Rouge, au pied de Sainte-Victoire, et se saisirent des caisses d'or et d'argenterie. Une voyageuse – fort jolie, rapporte-t-on – fut mise nue et *maltraitée* par la bande entière[1].

À la suite de ces brigandages, l'émotion fut telle qu'aucun magistrat ne pouvait, devant l'opinion, prendre la décision d'acquitter Camille de Clapiers, ou même proposer une condamnation indulgente.

Seul Fouché aurait pu agir. Il ne le fit point car, par une effroyable coïncidence, un attentat sanglant eut lieu fin décembre contre le Premier consul. À la sortie de l'Opéra où Bonaparte s'était rendu, une bombe explosa dans la rue Nicaise. Il y eut vingt-deux morts et une cinquantaine de blessés. Seul le Premier consul en sortit indemne.

L'atroce attentat suscita une vague de réprobation unanime. Persuadé de tenir sa vengeance contre Fouché, le ministre de l'Intérieur, Lucien, frère du consul, accusa aussitôt du crime les terroristes jacobins, suggérant même à son frère que le ministre de la Police, ancien jacobin, avait trempé dans le complot.

Bonaparte, presque convaincu, envisagea de faire fusiller son ministre de la Police. Or, Fouché savait parfaitement qui avait organisé l'attentat : c'était Georges Cadoudal, le général chouan qui avait rejoint l'agence anglaise. L'attentat avait d'ailleurs obtenu le soutien matériel de l'agence, bien que le baron de Neuville eût refusé de participer à une opération sanglante qu'il désapprouvait.

1. Relaté par la Société d'études scientifiques et archéologiques de Draguignan.

Ainsi acculé par Lucien, Fouché n'arracha son salut qu'en fournissant à Bonaparte des preuves irréfutables quant au rôle de l'agence anglaise dans l'attentat. Ce n'était pas ce qu'il désirait puisque, au contraire, il souhaitait ménager les royalistes pour mieux les manipuler.

La fureur de Bonaparte fut terrible. Des ordres parvinrent à tous les préfets d'être sans pitié pour les brigands royalistes. Un décret consulaire promit une récompense de cinq cents francs pour tout brigand tué. Le Premier consul donna l'exemple en faisant fusiller quelques prisonniers, membres présumés de l'agence anglaise.

Le terrorisme des royalistes, le vol des bagages du Premier consul, la présence de trop nombreux monarchistes à Aix, amis présumés du comte d'Artois, décidèrent le préfet des Bouches-du-Rhône à demander aux magistrats la plus extrême sévérité envers les brigands royaux.

Le 16 janvier 1801, la commission militaire extraordinaire se réunit à Aix dans l'ancien hôtel d'Albertas, en présence de Camille de Clapiers. Constatant que le prévenu, âgé de vingt-deux ans, avait déjà été condamné à la peine de mort par le conseil de guerre le 21 Pluviôse de l'an VIII – pour cause d'assassinat commis à Aix le 27 fructidor de l'an V –, le président ordonna que le jugement rendu par le conseil de guerre à Marseille soit exécuté dans les vingt-quatre heures.

— Marchons ! s'écria Camille d'une voix forte en comprenant qu'il n'y aurait pas d'autre jugement.

Il fut aussitôt conduit sur la lice extérieure des remparts, entre les portes Saint-Jean et d'Orbitelle, et passé par les armes.

Son dernier cri avant de s'effondrer fut : *Vive le Roi !*

C'est le soir de l'exécution que Gabriel apprit par Pascal Roman, qui s'était rendu à Marseille à bride abattue, que son ami avait été fusillé.

Mais en vérité, depuis quelques jours, Gabriel n'avait plus d'espoir. Le matin du 17 janvier, il embarqua sur une petite felouque que son capitaine tenait toujours prête pour des opérations de contrebande. Se faisant passer auprès de lui pour un Piémontais rentrant au pays, il se fit débarquer dans des calanques, non loin de Gênes, encore occupée par les Français.

De là, vêtu de ses hardes de portefaix, il gagna la ville à pied. Il ne transportait qu'un maigre sac de bagages contenant quelques vêtements de rechange et un pistolet. Serrée contre sa taille, il gardait une large ceinture pleine de pièces d'or, les restes de la fortune déterrée avec Camille deux ans auparavant.

À Gênes, il passa inaperçu et retrouva un travail de portefaix durant quelques semaines. Finalement, il put embarquer sur un second navire qui le transporta jusqu'à Naples avec toute une population de Siciliens qui rentraient au pays.

Les Français, commandés par le général Macdonald, avaient abandonné Naples en mai 1799. Désormais, la ville, libérée avec l'aide de l'armée anglaise, abritait la flotte britannique dans sa rade.

Aussitôt déposé sur le quai central, il avisa le premier officier anglais qu'il rencontra, un jeune homme boutonneux et timide.

— Monsieur, je désire rencontrer l'amiral commandant la flotte. Pouvez-vous me dire comment m'y prendre ?

— Vous êtes français ? s'enquit l'Anglais avec une évidente suspicion.

Pour lui, tous les Français étaient des jacobins, et même si Camille parlait anglais, il ne pouvait dissimuler son accent. Tout en le questionnant ainsi, il l'examinait avec un évident dégoût : Gabriel était sale, pas rasé et vêtu d'immondes hardes pleines de vermine.

— Français et émigré, je me nomme Gabriel de Montfort et j'arrive de France à l'instant.

— Hum, je peux vous faire rencontrer le premier lieutenant de mon vaisseau, l'*Indefatigable*. Vous lui exposerez votre problème. Je ne suis que quatrième lieutenant et je ne peux prendre la décision de vous conduire à bord. Voulez-vous me suivre jusqu'à l'arsenal où il m'attend ?

Gabriel le remercia et ils se dirigèrent ensemble vers les hangars de l'arsenal.

Le premier lieutenant, un homme blond, au visage sévère et étroit, n'avait pas de temps à gaspiller avec des inconnus sales et sentant mauvais. Son capitaine lui avait demandé de ravitailler le navire et il n'était pas d'humeur à discuter, qui plus est avec un Français, un sans-culotte qui sortait d'on ne sait où et qu'il avait bien envie de faire jeter à la mer.

Devant son attitude glaciale, Gabriel lui demanda calmement :

— Connaissez-vous Lord Cavendish, monsieur ?

Le premier lieutenant se tourna pour la première fois vers lui et l'examina plus longuement tout en gardant un visage inexpressif.

— Ma mère est Lady Cavendish, poursuivit Gabriel. Lord Cavendish m'attend.

Son interlocuteur eut un rictus, mélange de scepticisme et d'humour devant une telle audace dans le mensonge.

— Pouvez-vous prouver vos dires ? demanda-t-il sèchement.

— J'ai sur moi une lettre de ma mère. J'arrive de Gênes, et auparavant de Marseille, ce qui explique ma tenue.

— Très bien. Monsieur Fox… (Gabriel comprit que c'était le quatrième lieutenant boutonneux qui l'avait conduit jusqu'à l'officier.) Trouvez une chaloupe et faites conduire ce… monsieur à bord de l'*Indefatigable*. (Il ajouta presque aimablement :) Le capitaine Sutton était troisième lieutenant de Lord Cavendish lorsque celui-ci n'était encore que le capitaine FitzMaurice. Il saura quoi faire de vous, mais si vous mentez, il vous fera pendre à la grande vergue sans hésitation.

Une demi-heure plus tard, Gabriel posait les pieds sur le pont de la frégate.

Le marin dirigeant la chaloupe, un premier maître, dit quelques mots à l'aspirant qui tenait le quart. Celui-ci parut surpris en voyant le nouveau venu. Il n'avait visiblement pas plus de seize ans et salua solennellement Montfort en lui demandant de le suivre.

Ils traversèrent le pont parfaitement briqué et se dirigèrent vers la plage arrière. Gabriel n'était jamais monté sur une frégate et examinait tout avec intérêt et curiosité. Ils passèrent une porte basse et suivirent un couloir humide pour s'arrêter devant le soldat d'infanterie de marine en uniforme écarlate. L'aspirant le salua et lui demanda de le faire annoncer au capitaine.

À cet instant, la porte s'ouvrit et un officier courtaud, d'une trentaine d'années, en sortit. Il était en chemise et culotte blanches, sans chapeau ni jaquette, mais, à l'air terrorisé du fusilier et de l'aspirant, Gabriel comprit qu'il s'agissait probablement du capitaine de la frégate.

— Qui êtes-vous ? gronda le nouveau venu, à la fois intrigué et stupéfait devant cet inconnu sur son bateau.

Le capitaine avait une tête ronde, au visage massif et épais, mais au regard vif et inquisiteur.

— Mon nom est Gabriel de Montfort. Je désire vous parler en privé.

— À quel titre, monsieur ?

Sa question ne recelait aucune inimitié, juste une sorte de curiosité tranquille.

— Je suis en fuite. J'ai quitté la France il y a deux mois ; j'y suis recherché comme brigand royaliste.

Le capitaine le considéra un long moment avec un sourire d'abord dubitatif, puis ironique. Un autre homme s'approcha par-derrière lui. Le nouveau venu était sans doute en conférence avec le capitaine. C'était un individu assez âgé, maigre et sec avec de grosses lunettes de chouette. Pas rasé, sa perruque était posée au travers de sa tête et lui conférait un air ridicule.

— Ma mère vit à Londres, insista Gabriel, ne sachant que rajouter pour convaincre le capitaine.

— Et alors ? fit le nouveau venu dans un rictus dévoilant une denture jaunie.

— Elle se nomme Lady Cavendish.

Le sourire du capitaine disparut brusquement et il recula d'un pas en fronçant le front et en ouvrant une bouche ébahie :

— Entrez ! décida-t-il finalement. Et vous, ne laissez passer personne ! ajouta-t-il à l'attention du fusilier de marine, en le désignant d'un doigt.

La chambre arrière de l'*Indefatigable* occupait toute la largeur de la frégate. Elle parut immense à Gabriel malgré les deux pièces de chasse, en cuivre, qui trônaient au centre. Le capitaine se dirigea vers la fenêtre de poupe alors que l'homme maigre s'installait confortablement dans un fauteuil. Sutton regarda un instant la mer et les mouettes qui piaillaient, en se frottant le menton de la main gauche, puis il se retourna et fit brusquement :

— Mais assoyez-vous donc !

Il lui désigna une chaise d'acajou.

— Au fait, vous avez devant vous le docteur Banks. C'est le médecin de ce navire et c'est aussi mon ami. Vous avez une preuve de vos dires ?

Gabriel sortit un portefeuille de cuir de sa jaquette fatiguée et en tira la dernière lettre de sa mère. Il la tendit au capitaine en silence.

L'autre la prit et fronça le front.

— Elle est en français !

— Je peux vous la traduire.

— Non, inutile, je pense que je peux la comprendre.

Il la lut avec attention, puis il leva les yeux vers Gabriel et le considéra un moment. Ensuite, il se tourna vers Banks en déclarant :

— Je sais que Lord Cavendish a épousé une Française émigrée. Comment pourriez-vous être son fils ?

— Nous avons été séparés alors que j'avais quinze ans. Mes parents ont été emprisonnés à Lyon en 1793 et je suis resté seul. Je suis rentré à Aix où j'ai vécu avec des amis de notre famille. Mon dernier compagnon vient d'être fusillé. Tenez, voici toutes les lettres de ma mère.

Il les tendit au capitaine qui les prit et ne chercha pourtant pas à les lire. Sutton se frotta à nouveau le menton sans cacher sa perplexité, puis demanda :

— Que voulez-vous exactement de moi ?

— Je désire embarquer pour Londres. Je souhaite retrouver ma mère et… plus tard, reprendre la lutte.

L'autre le considéra un instant en silence, puis lui déclara :

— Je lève l'ancre demain. Êtes-vous prêt ?

— Je le suis, j'aurais juste besoin de retourner à terre pour me procurer quelques vêtements corrects.

Banks et Sutton sourirent.

— Très bien. Sid !

Un homme entra par une porte latérale de la chambre.

— Sid est mon valet. (Il se tourna vers lui.) Sid, vous conduirez M. de Montfort au carré pour qu'il s'installe. Vous lui ferez connaître les règles de vie sur ce navire. Ensuite, vous demanderez à mon chef de nage de mettre la yole à la mer et de le conduire en ville.

Il s'adressa alors à son visiteur :

— Monsieur de Montfort, quand vous aurez terminé, revenez à l'arsenal et faites-vous ramener par une chaloupe. Il y en a plusieurs qui font les allers-retours. Je vous retiens à dîner ce soir. Vous nous raconterez votre vie. J'ai l'impression qu'elle est intéressante…

— Voilà, termina Gabriel, un verre de porto à la main. Camille, mon meilleur ami, mon frère, a été fusillé il y a deux mois. Je connais celui qui nous a trahis et que je considère comme son assassin. Quoi qu'il arrive, je vengerai Camille de Clapiers. Mais pour l'instant, j'ai besoin d'une pause. Je dois lécher mes plaies…

Il venait durant deux longues heures de raconter sa vie de *Compagnon du soleil*. Les espoirs, les certitudes, et aussi les crimes de ses camarades d'armes et de lui-même. Il n'avait rien caché sinon le nom de *Capéou*. Il avait raconté l'ignoble assassinat de Fassy et de son fils. La mort de Gaudin, l'attaque de leur dernière diligence à la Calade, leur fuite en Allemagne. Tout y était passé.

Le capitaine Sutton et le docteur Banks ne l'avaient interrompu que deux ou trois fois pour des précisions.

— Qu'allez-vous faire, maintenant ? demanda Banks en vidant son porto.

— Retrouver ma mère. La dernière fois que je l'ai vue, j'avais quinze ans. J'en ai vingt-deux. Je vais tenter de réapprendre à vivre, puis poursuivre le combat pour mon roi. Dès que la royauté sera rétablie en France, je reviendrai et je ferai condamner *Capéou*.

— Vous croyez vraiment au retour de votre roi ? ironisa le capitaine.

— Oui. Pour ce que j'en sais, l'aide de l'Angleterre et de M. Pitt ne nous fera pas défaut.

— Je crains que vous ne soyez déçu. Je ne crois pas qu'il sera facile aux Français, comme à nous-mêmes d'ailleurs, de se débarrasser du général Bonaparte. Les Autrichiens viennent de capituler, et pour ce qui est de

M. Pitt[1], il est en grande difficulté au Parlement. Les Anglais aussi souhaitent la paix.

— Alors, je poursuivrai le combat seul et le général Bonaparte me trouvera devant lui.

— Seriez-vous prêt à travailler avec le gouvernement anglais pour l'abattre ? demanda alors le docteur Banks.

— Certainement.

— Très bien, nous en reparlerons un de ces jours.

— Savez-vous quand nous serons à Londres ? demanda Gabriel.

— Pas avant deux mois, je le crains, répliqua Sutton. Nous devons faire escale à Gibraltar où nous resterons deux ou trois semaines.

Le voyage fut en effet assez long. C'est à Gibraltar qu'ils apprirent que Pitt avait été renversé par le Parlement. Ce fut Banks qui l'annonça à Gabriel.

— Le nouveau Premier ministre, Lord Addington, n'est pas de la même trempe que Pitt. Il recherchera la paix avec Bonaparte, soyez-en sûr !

— Peut-être pourrais-je être utile au comte d'Artois, proposa Gabriel. J'irai le voir en arrivant pour me mettre à son service.

Banks ne répondit pas. Ils se tenaient sur la dunette arrière, dans le port, et les mouettes couinaient autour d'eux. Tous deux, appuyés au bastingage, les observaient, ou faisaient semblant.

1. William Pitt, dit Pitt le Jeune. Premier ministre durant plus de vingt ans et initiateur de la *Terreur de Pitt* : consacrer tous les moyens de l'Angleterre pour lutter contre la Révolution française. Il fut renversé en mars 1801 sur la question irlandaise.

— Connaissez-vous le comte d'Artois ? demanda encore Gabriel.

— Mon jeune ami, fit Banks en se tournant finalement vers lui. Vous permettez que je vous appelle mon ami ? Peut-être ai-je tort de vous parler franchement, mais il vaut mieux que je vous mette en garde : Artois est un imbécile doublé d'un poltron. Il a toujours refusé de venir en France pour défendre le trône des Bourbons. Si vous vous placez entre ses mains, vous serez joué.

— Que puis-je faire d'autre ? demanda Gabriel, désemparé.

— Quand vous verrez votre beau-père, Lord Cavendish, dites-lui qu'il vous présente à sir Francis Drake à Whitehall. C'est un ami. Drake était notre ambassadeur en France durant la Terreur. Il connaît bien votre pays. Il vous proposera certainement quelque chose. Vous lui direz que vous venez de ma part.

Pendant qu'ils conversaient ainsi, le capitaine Sutton, dans la grande chambre, terminait son courrier pour l'Amirauté, qu'un sloop rapide allait emmener le soir même. Il y racontait l'existence de son passager et demandait qu'on vérifiât ses dires.

Début mai, l'*Indefatigable* remonta la Tamise pour s'arrêter dans le port de Greenwich.

Gabriel avait beaucoup appris durant ces huit semaines de navigation. Il avait d'abord été malade, puis avait tenté de se rendre utile en assistant le major commandant la troupe de fusiliers de marine. Il avait assisté à la poursuite d'un brick français que la frégate n'avait finalement pu rattraper.

Durant des heures, il avait fini par apprécier le capitaine Sutton, et plus encore l'étrange Banks qui semblait connaître tout le monde à l'Amirauté et au parlement. C'est lui qui lui avait expliqué la différence entre les aristocratiques Whigs et les Tories de M. Pitt. Banks paraissait aussi très lié à Lord Liverpool, le secrétaire d'État aux Affaires étrangères. Il était incollable sur la situation politique en Europe et, en arrivant à Londres, Gabriel commençait à penser comme un véritable Anglais.

6

1801

Greenwich est à la fois une grande boucle de la Tamise en aval de Londres, une ville portuaire et administrative et une grande foire durant les fêtes de Pentecôte.

Au début du dix-huitième siècle, la flotte anglaise s'était tellement accrue que Portsmouth et le chenal entre l'île de Wight et la terre, habituels lieux de relâche pour les navires de guerre, étaient devenus insuffisants. Comme de grands chantiers navals existaient près de Greenwich, la boucle de la paresseuse Tamise avait été transformée en un immense port de guerre. Ici, rares étaient les bateaux amarrés à quai ; il y avait trop de vaisseaux et insuffisamment de place. La plupart des navires restaient à l'ancre, au milieu du fleuve, dans sa partie la plus profonde.

Alors même que la brume se levait peu à peu sous une légère brise, la frégate émergea soudainement dans l'immense rade au milieu de bâtiments innombrables qui dansaient dans la houle. Gabriel de Montfort, installé sur les passavants, découvrit une forêt de coques, de mâts et de vergues qui surgissait et disparaissait dans la nébulosité ouateuse.

Combien y avait-il de navires ? Gabriel tenta vainement de les dénombrer. Des myriades de mâtures apparaissaient pour devenir aussitôt invisibles entre les écharpes de brume.

Pendant que leur bâtiment remontait le cours du fleuve pour trouver une place libre, Montfort observait que tous les genres d'embarcations de guerre semblaient réunis ici. Leur trois-mâts glissait entre de gigantesques vaisseaux de ligne à six ponts, qui portaient jusqu'à un millier d'hommes d'équipage, de petits bricks meurtriers, des sloops rapides ou encore d'élégantes frégates comme la leur.

L'état des navires était aussi très différent : certains vaisseaux paraissaient prêts à prendre la mer, d'autres étaient démâtés, d'autres encore étaient en cours de réapprovisionnement ou en réparation.

Gabriel prit subitement conscience du vacarme des marteaux de charpentier qui couvrait maintenant le criaillement des mouettes. Car, si ces navires étaient à l'ancre, la scène n'était pas inanimée. Entre les majestueux vaisseaux de haute mer glissaient des allèges de ravitaillement, des chaloupes, des pinasses, des galiotes et de petits canots. Contemplant ce prodigieux spectacle, Gabriel songeait qu'un pays disposant d'une telle puissance ne serait jamais vaincu par Bonaparte.

Manœuvré par son premier maître et guidé par une barque de l'Amirauté qui pilotait les arrivants, l'*Indefatigable* évita une allège chargée à ras bord de tonneaux et trouva finalement sa place entre deux autres frégates. Sous son manteau boutonné jusqu'au col, Gabriel frissonna. Il pleuvait et il faisait froid. Il était pourtant resté sur le pont, car il ne voulait rien perdre du monde qu'il découvrait.

Le navire positionné et ses ancres jetées, le capitaine Sutton cessa de s'occuper de la manœuvre et quitta la dunette pour s'approcher de lui.

— Vous voici rendu, monsieur de Montfort, dit-il. Ce long bâtiment que vous apercevez en face est l'hôpital de Greenwich. À côté, ce sont les bureaux de l'Amirauté. C'est là que se réunissent Leurs Seigneuries, les lords. Là-bas, malgré la brume, vous pouvez distinguer l'arsenal et les entrepôts. Je vais me rendre à terre signaler mon arrivée et chercher les ordres qui m'attendent. Il est possible que je reste quelques semaines à Londres. Je tenterai de vous voir chez Lord Cavendish.

» Ah, vous voilà, monsieur Banks, vous descendez avec nous ?

— Oui, capitaine, j'ai aussi quelques affaires à traiter.

Sutton se tourna alors vers le quatrième lieutenant qui approchait avec déférence et lui lança un regard interrogatif.

— Canot paré, capitaine, répondit Fox.

Au moment où l'on jetait les ancres, l'une des embarcations rangées au milieu du pont supérieur avait été mise à l'eau à l'aide de palans manœuvrés par les hommes d'équipage.

— Monsieur Fox, avez-vous fait porter les bagages de M. de Montfort dans la chaloupe ?

— Oui, capitaine.

Ils se dirigèrent vers l'échelle de coupée qui ouvrait dans le pont inférieur. Gabriel se trouva un instant à côté du docteur pendant qu'une garde de fusiliers rendait les honneurs au capitaine avant qu'il ne quitte le navire.

— Comme je vous l'avais dit hier, lui expliqua Banks, une fois à terre vous pourriez prendre un canot et remonter la Tamise jusqu'aux degrés de Whitehall. De là, il vous serait facile de prendre un cab. Seulement avec ce temps, le trajet ne serait pas très agréable. De plus, il vous faudra attendre le flot qui est sur le point de s'inverser. Je serais vous, je me rendrais plutôt à l'hôtel *George*, un peu en aval, à Deptford.

— Est-ce loin ?

— Assez, mais au débarcadère, vous trouverez des voitures qui pourront vous y conduire. De l'hôtel *George*, une diligence part pour Londres toutes les deux heures. Ainsi, vous voyagerez au sec.

— Je vais suivre votre conseil, approuva Gabriel alors qu'il se faisait aider pour descendre la raide échelle de coupée.

Ils s'installèrent au fond de la chaloupe. Gabriel se trouva à côté du capitaine, qui ne perdait rien de la manœuvre.

— Arrivé à Londres, descendez au terminus, lui précisa Sutton avec un étrange sourire. S'il fait beau, vous pourrez marcher jusqu'à Kensington où se trouve l'hôtel de Lord Cavendish, mais pour ma part je vous conseillerais plutôt un fiacre.

Le capitaine fit un signe au maître de la chaloupe.

— Avant partout ! cria aussitôt le chef de nage à l'adresse des vingt rameurs qui pesèrent de toutes leurs forces sur les avirons.

Au rythme des rames blanches qui montaient et descendaient en cadence, la chaloupe se mit à glisser de plus en plus vite et passa avec grâce devant l'étrave de leur frégate.

Soudainement, la brume se déchira complètement et disparut. Gabriel distingua alors à perte de vue l'étendue du plus grand port de guerre du monde. En vérité, c'étaient des centaines de navires de toutes tailles qui avaient jeté l'ancre ou qui s'activaient dans la boucle de la Tamise. Il resta émerveillé alors que leur chaloupe se frayait un passage dans un encombrement d'embarcations de toutes sortes. Ils longèrent un instant des pontons pleins de boulets de neuf livres attachés dans des filets, puis ils croisèrent des péniches couvertes de tonneaux de poudre et d'autres transportant des canons de trente-huit livres qui les faisaient s'enfoncer jusqu'à la ligne de flottaison.

Plus loin, le capitaine Sutton lui montra du doigt le monstrueux navire devant lequel ils allaient passer.

— Le *Caligula*, navire amiral de la flotte de la Manche. J'y ai servi en tant que quatrième lieutenant. Et là-bas, dans la brume, c'est le *Justinian*, un autre vaisseau de ligne.

— Si vous l'écoutez, persifla Banks, il va tous vous les montrer et vouloir vous les faire visiter.

— Pourquoi pas ? riposta Sutton d'un ton vif. Notre jeune ami va vivre chez un lord de l'Amirauté. Il est bon qu'il connaisse nos bâtiments. Voyez, nous allons maintenant contourner la frégate *Cassendra*, et juste à côté, celle-ci est la *Lydia*.

Les avirons grinçaient dans leurs tolets. L'eau clapotait doucement et exerçait un effet hypnotique sur Gabriel qui n'écoutait guère les commentaires du capitaine. Parfois un coup de sifflet retentissait, ou alors c'étaient des cris de manœuvre. Allait-il reconnaître sa mère ? Quelle existence allait-il vivre ici ? De toute façon, il n'envisageait pas de rester. Bonaparte passerait, comme avant lui Barras et Robespierre. Dès qu'il le pourrait, il se mettrait au service du comte d'Artois et rentrerait en France poursuivre la lutte. Il reviendrait à Aix dès que le roi remonterait sur son trône.

Alors, il châtierait *Capéou*.

Il fut interrompu dans ses projets et ses songes par Banks qui lui secouait l'épaule.

— Si vous rêvez ainsi, on aura vite fait de vous voler sur le quai, mon garçon. Avez-vous pris la monnaie que je vous ai donnée pour le fiacre ?

— Oui, merci. Excusez-moi, mais je n'avais jamais rien vu de tel.

— C'est à Greenwich que s'arrêtent la plupart des vaisseaux de guerre pour se ravitailler… C'est un port plus facile d'accès que Portsmouth, et puis, c'est là que se trouvent les bureaux de l'Amirauté, poursuivait encore Sutton.

Il y eut un léger choc.

— Nous voici arrivés, dit-il d'un ton bourru.

Le chef de nage sauta sur le quai et amarra la chaloupe avec l'aide de quelques marins. Sutton passa le premier et jeta un regard circulaire, comme s'il espérait quelqu'un. Puis il vit celui qu'il attendait et cria :

— Foster !

Gabriel tourna la tête dans la direction de l'appel du capitaine. Un homme s'approchait en se balançant d'une jambe sur l'autre. Une sorte de colosse court sur pattes, presque chauve, avec des mains couvertes de poils, mais fort bien vêtu d'une jaquette et d'une culotte serrée ainsi que d'un chapeau plat à bord rond. Un marin ? Sans doute pas. Ni un envoyé de l'Amirauté. Un ami de Sutton, plus probablement.

— Capitaine, fit le nouveau venu en ôtant son chapeau avec respect, je suis bien content de vous voir enfin. Je suis ici depuis une quinzaine !

— Nous avons été retardés par le mauvais temps et le vent de noroît. Voici votre homme…

Il désigna Gabriel qui marqua sa stupéfaction. Que lui voulait cet individu ?

— Désolé, j'aurais dû vous prévenir, s'expliqua Sutton d'un ton bourru. À Gibraltar, j'avais prévenu l'Amirauté que j'avais un passager à bord. J'avais aussi écrit à Lord Cavendish pour lui raconter vos aventures. Foster est son ancien chef de nage, c'est son homme de confiance. Je me doutais qu'il viendrait vous chercher, ou alors… c'est que Cavendish ne croyait pas que vous étiez le fils de son épouse.

— Excusez-le, sourit Banks, c'était mon idée. Nous sommes obligés d'être un peu méfiants. Après tout, nous sommes en guerre avec la France et l'*Alien Act*[1] nous impose quelques obligations.

Gabriel se détendit.

— Je crois que j'aurais agi comme vous. Et tout sera plus facile avec Foster. Je vais le laisser me guider.

— C'est inutile, monsieur, fit Foster. La voiture de mylord nous attend à l'hôtel *George*.

Banks l'accompagna jusqu'à une voiture découverte et demanda au cocher de conduire son passager à l'hôtellerie. Puis il lui souhaita à nouveau bonne chance en lui rappelant une dernière fois d'aller voir sir Francis Drake et Lord Liverpool.

1. Loi décidée par W. Pitt pour surveiller les étrangers à travers l'*Alien Office*. L'*Alien Act* suspendait l'*Habeas Corpus* pour les étrangers qui pouvaient être arrêtés ou expulsés sans explication.

Des dizaines de portefaix s'activaient devant l'hôtel *George*, certains avec des charrettes à bras pour porter les bagages des voyageurs vers les deux diligences qui attendaient.

— Je vais faire préparer la voiture, dit l'ancien chef de nage. Vous pouvez vous restaurer à l'auberge en m'attendant, monsieur.

— Je préfère rester avec vous, si ça ne vous ennuie pas.

— Comme vous voulez.

Ils se dirigèrent vers la grande écurie. Foster était connu. Il donna quelques ordres avant de se rendre dans une remise où attendaient plusieurs voitures. L'un des cabriolets était armorié, Foster y posa le sac.

— Quel genre d'homme est Lord Cavendish ? demanda finalement Gabriel.

— Le meilleur. J'étais avec lui durant dix ans, sur tous les navires qu'il a commandés.

Gabriel de Montfort avait toujours vécu dans la petite capitale provinciale qu'était Aix, et il découvrit Londres avec effarement. Dans ses voyages, il avait connu Paris, Hambourg, Gênes ou Turin, mais jamais il n'avait été dans une ville pareille.

La capitale de l'Angleterre était immense. Les rues y étaient toujours bouchées par un grouillement de voitures, de piétons et de cavaliers. Le vacarme était infernal. Le long de la Tamise, l'activité semblait en ébullition, et tant les quais de bois que les débarcadères regorgeaient de monde.

Après avoir longé la rivière, leur voiture traversa la ville en suivant le Mail avant de pénétrer dans un immense parc de haute futaie où se promenaient des cavaliers sur des allées sablées. Après le tumulte de la ville, le silence se fit. Dès lors, ce ne fut plus que tranquillité et sérénité.

Le cœur battant à tout rompre, Gabriel observait les lieux avec avidité et impatience. Il allait revoir sa mère après huit ans. Allait-elle le reconnaître ? Il lui avait encore écrit de Florence, puis deux fois de Marseille pendant qu'il attendait le verdict sur Camille. Elle savait donc qu'il voulait la rejoindre.

Le cabriolet ralentit pour tourner dans une allée sablonneuse. Au bout, il s'engagea sous un porche à colonnade et s'arrêta dans une cour carrée.

Deux jeunes valets se tenaient en haut d'un perron de marbre.

— Vous voici arrivé, mylord, déclara Foster. Je vais conduire la voiture aux écuries. Vous êtes sûrement pressé de voir milady, je vous rejoindrai, si vous avez besoin de moi.

Gabriel descendit de la voiture, un des valets avait pris son sac. Il le lui abandonna et grimpa quatre à quatre les marches du perron. On avait dû prévenir de l'arrivée de la voiture car la porte s'ouvrit et un homme chauve, assez âgé, avec deux profonds plis dédaigneux de part et d'autre d'une bouche sévère, apparut. Sans doute le majordome de l'hôtel.

— Je désire voir Lady Cavendish, lui déclara Gabriel.

L'autre le considéra de haut en bas avec un certain étonnement. Cet individu, vêtu comme il l'était, ne pouvait être le fils attendu de Lady Cavendish, décida-t-il.

— Lady Cavendish ne reçoit pas les solliciteurs, répliqua-t-il en tentant de fermer la porte.

Gabriel glissa un pied et repoussa le battant. Le valet parut horrifié par un tel sans-gêne. Il ouvrit la bouche pour appeler à l'aide.

— Je suis son fils, monsieur ! insista Gabriel.

Le majordome resta un instant la bouche ouverte, paraissant manquer d'air.

Gabriel en profita pour le bousculer et entrer dans un immense vestibule. Une soubrette, au pied d'un grand escalier à double révolution, considérait la scène avec intérêt et ironie.

Le valet se tourna vers elle.

— Ne restez pas ainsi ! Allez donc chercher miss Fancy, vite ! lui bredouilla-t-il d'une voix tremblante et affolée.

La fille disparut et Gabriel resta impassible, les mains dans le dos. Le laquais ne bougeait pas plus que lui.

Quelques secondes s'écoulèrent et une femme d'une quarantaine d'années arriva, suivie de la soubrette qui ne voulait rien perdre de l'affaire. Elle fronça les sourcils en considérant le visiteur. Cet inconnu était basané, ses cheveux sales flottaient dans son dos et sa jaquette n'avait pas souvent été brossée. Plus étonnant, il portait un chapeau à la française agrémenté d'une ridicule ganse verte !

— Qui est ce monsieur ? demanda-t-elle sèchement, pensant qu'il s'agissait d'un boutiquier ou d'un fournisseur qui aurait dû prendre l'entrée réservée au personnel.

— Marquis Gabriel de Montfort, déclara Gabriel en s'avançant d'un pas. Je suis le fils de Mme FiztMaurice.

Le plafond se serait écroulé que le choc n'aurait pas été plus violent pour miss Fancy. Elle aussi ouvrit plusieurs fois la bouche pour reprendre sa respiration. Finalement, elle déglutit et bredouilla :

— Nous vous attendons depuis plus d'un an, monsieur le marquis. Je vais vous conduire aux appartements de milady.

Elle lui fit un signe et il l'accompagna vers le grand escalier de marbre à double volute. En haut, elle s'engagea dans une immense galerie aux murs couverts de toiles représentant des scènes de chasse. Elle ouvrit la troisième porte et entra. Ils pénétrèrent dans un grand salon doré, luxueusement meublé d'acajou et dont l'immense lustre de cristal brillait de mille feux.

— Je vais avertir milady, fit miss Fancy.

Elle se dirigea vers une porte au fond et frappa de petits coups. Elle resta attentive, puis dut entendre une réponse car elle poussa la poignée.

Dans l'entrebâillement, Gabriel aperçut une femme élégante qui lisait sur un grand sofa. Celle-ci leva les yeux, eut un regard d'effarement, puis se leva et courut vers lui. Il avait reconnu sa mère qui avait si peu changé.

Gabriel de Montfort tomba dans ses bras sans pouvoir retenir ses larmes.

Ils restèrent ainsi de longues minutes alors que miss Fancy s'était éclipsée. Lorsqu'on avait emprisonné ses parents, Gabriel avait pensé ne jamais les revoir. Huit ans s'étaient écoulés et il ne restait rien du garçon qu'il était, en novembre 1793, quand les hommes de la section révolutionnaire avaient emmené sa mère. Maintenant, elle levait les yeux vers un fils devenu un homme vigoureux et imposant.

Finalement, ils s'assirent sur le sofa et, la main dans la main, il fit le récit de son voyage. Ensuite, ce fut le tour de Mme de Montfort.

Elle lui raconta longuement son emprisonnement avec son père, dans des conditions de promiscuité effroyables. Puis, en sanglotant, elle lui parla de cette terrible matinée où on était venu chercher M. de Montfort pour le juger. Son père était parti avec celui d'Auguste de Forbin et elle ne l'avait plus revu. C'est le geôlier qui lui avait appris la nouvelle, le soir : la sentence avait été exécutée deux heures après la condamnation.

Elle était alors tombée dans un tel abattement qu'on l'avait transférée dans une autre cellule, pour la libérer quelques jours plus tard sans explication.

Rentrée chez elle, elle avait trouvé leur logement désert. Son fils avait disparu. Elle était restée à pleurer plusieurs heures quand un voisin était venu la prévenir. On revenait la chercher, car sa libération n'avait été qu'une erreur !

Elle ne se souvenait plus des détails. Deux amies étaient venues pour la cacher. Elles étaient ensuite parties ensemble en voiture pour Grenoble.

Elle s'était laissé faire. Quelques jours plus tard, elle s'était retrouvée à Turin, dans une sordide pension où s'entassaient une trentaine d'émigrés français. Là, elle avait tenté de survivre en confectionnant des paniers d'osier. Puis elle était partie à Vérone où elle avait retrouvé des cousins. C'est là qu'elle avait rencontré Fortis et appris que son fils était toujours vivant.

La suite, il la connaissait plus ou moins.

Elle fut interrompue par l'arrivée d'un homme en uniforme de marine qui pénétra dans la pièce sans frapper. La soixantaine. Petit, avec un visage tanné et une mâchoire carrée, barrée d'une cicatrice. Le nouveau venu paraissait dans un état d'agitation extrême. Il se précipita pour étreindre Gabriel, qui s'était levé. C'est seulement à cet instant que l'ancien *Compagnon du soleil* se rendit compte qu'il manquait un bras au nouveau venu.

— Mon époux, fit sa mère fièrement en prenant à nouveau une main de son fils pour le présenter. (Elle précisa :) Lord Cavendish est second lord de l'Amirauté.

— Il y a un couple d'heures, j'ai été avisé du débarquement du capitaine Sutton, fit Cavendish encore essoufflé. J'ai quitté mes bureaux aussitôt.

Il ajouta dans un sourire bourru :

— Nous avons tant à nous raconter.

Cette première journée passa comme un rêve. Gabriel découvrit un nouveau monde. On le conduisit à ses appartements, enfilade d'immenses chambres et d'antichambres, toutes couvertes de tableaux, de tapis et meublées avec un goût exquis. On lui présenta ses domestiques : laquais, soubrettes et valets. On fit venir coiffeuse, tailleurs, chausseurs et chapeliers. Dès le lendemain, il dut consacrer de longues heures à des essayages.

En même temps, Lord Cavendish et sa mère ne le quittaient pratiquement jamais et il devait sans cesse apporter des détails sur sa vie passée.

C'est le lendemain de son arrivée qu'il leur raconta la constitution des *Compagnons du soleil*, les massacres des prisons d'Aix, leur dernière attaque de diligence et la terrible accusation proférée contre *Capéou* par un de leurs hommes.

— Tu ne nous as pas dit qui était *Capéou*, demanda alors sa mère. Le sais-tu ? Je suis persuadée qu'il ne peut être de notre monde. Un gentilhomme ne pourrait ainsi assassiner son propre fils !

— Je sais qui il est, mère, et tu le connais aussi, car il est d'une très ancienne et très honorable famille. Mais je ne dirai son nom à personne. J'ai un terrible compte à régler avec lui et nul ne s'en mêlera.

Il raconta ensuite leur fuite avec Camille, leur projet de traquenard envers le renégat qui avait failli à l'honneur de leur cause, puis la trahison qui avait conduit à la mort de son ami.

— De plus, je soupçonne *Capéou* d'avoir manigancé les derniers massacres de l'année dernière en Provence, expliqua Gabriel. Ces brigandages étaient le fait d'une bande qui déclarait à ses victimes que leur chef était Camille de Clapiers. C'était bien un coup monté pour le faire condamner.

Sa mère l'avait écouté avec attention. Elle paraissait convaincue.

— Qu'allez-vous faire maintenant ? lui demanda alors Cavendish avec un regard appuyé, à la fois admiratif et affectueux.

— Dès que je le pourrai, je rentrerai en Provence et je châtierai ce criminel.

Peu à peu, Gabriel s'installa dans sa nouvelle vie. Il découvrit la totalité de Cavendish House, puis ses environs ainsi que les hôtels particuliers du voisinage, enfin le parc tout proche où il se promenait chaque jour, à pied ou à cheval, en songeant uniquement à son retour en France.

Quelques jours après son arrivée, Lord Cavendish lui fit une proposition :

— J'ai pris quelques contacts avec des amis qui tiennent à vous connaître. Je pensais les inviter demain, si vous êtes d'accord.

— Je les rencontrerai avec plaisir, répondit prudemment Gabriel.

— Je sais à quel point vous désirez revenir en France, aussi les ai-je choisis parmi ceux qui pourraient faciliter un tel retour, bien que la situation politique actuelle sur le continent ne soit guère favorable.

Lady Cavendish essuya une larme alors que son époux poursuivait :

— Il y aura l'ambassadeur sir Francis Drake. Sir Francis est de retour à Londres et doit prochainement partir pour Vienne. Mais Drake n'est pas seulement diplomate, il dirige les agences de renseignements sur le continent.

— J'ai entendu parler de lui par le chevalier de Vernègues, un *Compagnon du soleil* proche du comte de Motteville et du comte d'Antraigues, fit Gabriel.

— Ah ! Drake a effectivement été choisi directement par M. Pitt, il y a une dizaine d'années, pour s'occuper du renseignement en Italie. M. Pitt avait une grande ambition qu'il présentait ainsi : *Pas un coup de feu ne doit être tiré dans le monde sans que je sache pourquoi.* Notre Premier ministre y avait mis des moyens immenses, consacrant cinq millions de livres pour que les services secrets anglais soient les meilleurs du monde. C'est sir Francis Drake qui a financé la *Manufacture* du comte d'Antraigues, puis qui a aidé M. de Neuville dans ses tentatives contre le Directoire. C'est lui aussi qui s'occupait de l'envoi d'armes aux chouans de Vendée. Cela se poursuivra-t-il avec M. Addington ? J'ai peur que non.

Il resta songeur un instant avant de poursuivre :

— M. Drake sera accompagné de Mme Elliot. Lady Elliot est divorcée et a été durant dix ans la maîtresse du duc d'Orléans à la demande de M. Pitt. Emprisonnée plusieurs fois sous la Terreur, Lady Elliot nous a fait parvenir des renseignements de très grande importance sur ce qui se disait au Comité de Salut Public, car elle était très proche de quelques-uns de ses membres. Vous verrez, c'est une femme charmante, très douce et pourtant tout à fait redoutable.

» Nos autres invités seront des Français : M. et Mme de Neuville.

— Hyde de Neuville ? Le chef de l'agence anglaise ? s'étonna Gabriel.

— Ah ! Je vois que vous le connaissez ! Hyde de Neuville est d'origine écossaise, comme Lady Elliot. C'est un homme d'une audace inimaginable et, ce qui ne gâche rien, d'une loyauté à toute épreuve. On l'apprécie fort ici depuis qu'il a fait évader l'amiral Smith de la prison du Temple. Vous connaissez l'histoire ?

— Un peu… on m'en a parlé…

— Vous lui demanderez qu'il vous la raconte. C'est une aventure étonnante. Enfin, notre dernier convive sera sans doute le plus utile pour votre retour en France, il s'agit de Lord Auckland.

Il se tut une seconde, comme hésitant, avant de lâcher :

— Lord Auckland, ministre général des Postes, est le principal chef du renseignement dans notre pays. Il travaille sous les ordres de Lord Portland qui dirige l'*Alien Office*, le bureau chargé de la surveillance des étrangers.

» Tous sont non seulement des amis, mais des compagnons d'armes. Vous pourrez parler librement avec eux lorsque les domestiques seront absents de la pièce. Ils vivent avec tellement de secrets qu'ils garderont les vôtres sans embarras.

Gabriel pénétra dans le grand salon avec quelques minutes de retard. Son valet avait dû l'aider à serrer sa cravate : une large bande de soie enroulée plusieurs fois autour du cou qui l'empêchait presque de tourner la tête. Les invités étaient déjà là, avec sa mère et Lord Cavendish.

Gabriel les considéra rapidement : un jeune homme au regard perçant et aux cheveux longs plaisantait avec une femme plus âgée que lui, très mince, presque maigre, au nez pointu, au front dégagé et à la poitrine plate. Deux autres hommes, la cinquantaine, conversaient avec Lord Cavendish. Deux femmes, une très jeune, piquante, et une autre de l'âge de sa mère, étaient avec Lady Cavendish.

Dès qu'elle le vit, sa mère fit un signe à ses invités et s'avança vers lui en déclarant, sans cacher sa fierté :

— Mon fils, Gabriel, qui combattait les terroristes jacobins depuis sept ans. Son dernier compagnon vient d'être fusillé. Désormais seul, il m'a rejointe pour poursuivre la lutte d'ici.

— Ma mère exagère, sourit tristement Gabriel. J'étais effectivement dans une compagnie qui combattait la Révolution, mais depuis deux ans, nous étions pourchassés comme des renards et nous cherchions surtout à sauver notre vie !

— C'est tout de même plus courageux que de se mettre au service de ce Bonaparte, comme le font beaucoup trop de nos compatriotes, déclara le jeune homme aux cheveux longs.

» Je me nomme Hyde de Neuville, ajouta-t-il en s'avançant pour lui serrer la main, et j'ai hâte de connaître vos aventures. Puis-je vous présenter Lady Grace Elliot ?

Gabriel s'inclina profondément devant la femme au nez effilé, observant qu'elle le considérait avec une certaine ironie.

Lord Cavendish prit ensuite Gabriel par l'épaule et l'entraîna vers les deux femmes qui étaient avec sa mère.

— Puisque nous en sommes aux présentations, mon cher Gabriel, laissez-moi vous faire connaître Lady Auckland et madame la baronne de Neuville.

Gabriel s'inclina profondément devant chacune d'elles et leur baisa la main qu'elles tendaient.

Lord Cavendish poursuivit en désignant les deux derniers hommes, Lord Auckland et sir Francis Drake.

Sir Francis Drake serra la main de Gabriel en déclarant :

— J'ai vu le docteur Banks, aujourd'hui. Il m'a parlé de vous et de vos projets.

— J'ai hâte, en effet, de reprendre la lutte, déclara Gabriel.

Il remarqua que les trois hommes opinaient sombrement.

Lady Cavendish prit alors le bras de son fils et proposa à ses invités de passer dans la salle à manger.

La table était ronde et Lady Cavendish l'avait composée suivant les règles de bienséance de l'Ancien Régime. À sa droite – la place d'honneur – se tenait la baronne de Neuville, elle-même à côté de Grace Elliot. À gauche de Lord Cavendish – autre place d'honneur – étaient installés Lady Auckland et son époux. Les femmes se trouvaient ainsi le plus près possible du maître et de la maîtresse de maison. Gabriel se trouva entre Drake et Hyde de Neuville.

Il se sentait oppressé et mal à l'aise. Durant sept ans, il avait mené la vie rude d'un combattant, d'un brigand en réalité. Curieusement, il s'était battu pour défendre un monde dont il avait oublié tous les usages. Il observait discrètement ses voisins pour éviter de commettre une erreur de bienséance.

Les plats circulèrent, servis par une quantité impressionnante de domestiques. Les conversations restaient générales et policées. Drake parla de l'Italie et de l'Allemagne avec Gabriel, qui ne faisait que répondre aux questions qu'on lui posait. Cavendish, comprenant son malaise, raconta quelques anecdotes navales fort longues et embrouillées.

Enfin, ce fut le pudding de dessert. Lady Cavendish dit quelques mots au majordome, qui surveillait le personnel, et tous les domestiques quittèrent la salle.

— Mon cher fils, déclara alors Lord Cavendish en s'adressant à Gabriel, car j'espère que vous me considérerez désormais comme un père, nos amis attendent maintenant le récit de ces dures années que vous avez passées en Provence, à lutter contre les terroristes révolutionnaires. Il n'y a plus aucune oreille indiscrète, vous pouvez parler librement.

Gabriel narra une nouvelle fois son histoire depuis qu'il avait quitté Lyon, puis la constitution des *Compa-*

gnons du soleil, sa vie de brigandage pour le roi et comment Camille avait été nommé général des *Compagnons*. Il ne cacha rien des crimes et des massacres auxquels il avait participé ou assisté, et qui lui faisaient maintenant horreur.

Les convives l'écoutaient en silence, émus par son récit.

Puis il raconta sa vie de garde française, les espoirs que Camille et lui avaient, avant le coup d'État de Fructidor, et leur fuite après la mort de Gaudin. Il parla de cette attaque de diligence, où ils avaient appris le crime monstrueux de *Capéou* – dont il tut la véritable identité –, de leur voyage en Allemagne, de leur retour en France et, finalement, de la trahison qui avait entraîné la mort de Camille.

Quand il eut terminé, tous paraissaient consternés par cette effroyable destinée. Il y eut quelques secondes d'un silence lourd, finalement interrompu par le baron de Neuville :

— Connaissez-vous le nom de celui qui vous a trahi ?

— Oui.

— Que comptez-vous faire ?

— Dès que je le pourrai, je rentrerai en France et je le confondrai.

— Ce ne sera pas pour bientôt, mon ami, intervint sarcastiquement sir Francis Drake. Je crains que Boney[1] ne soit là pour un moment. Ce Corse a une chance incroyable. L'avez-vous déjà rencontré ?

— Jamais, mais mon ami Forbin l'a vu à Toulon. Il m'a même dit qu'il lui avait sauvé la vie.

1. Surnom de Bonaparte en Angleterre.

— C'est peut-être la seule bonne action qu'il ait faite, intervint sombrement Neuville.

— Neuville n'aime guère Boney, ironisa Lord Auckland dans une pirouette. Avez-vous suivi les événements de l'année dernière à Paris ?

— Vaguement, répondit Gabriel. Je me suis rendu à Paris pour demander l'aide d'un ami, Auguste de Forbin, qui m'a permis de rencontrer M. Portalis, lequel m'a à son tour introduit auprès de Fouché, le ministre de la Police. Mais celui-ci n'a rien fait pour sauver Camille.

— Fouché vous aurait fait payer très cher son aide, déclara Neuville. C'est un rude adversaire qui a réussi à déjouer nombre de mes opérations. Il a des agents infiltrés partout.

— Nous aussi, nous avons nos agents, plaisanta Auckland en regardant Grace Elliot, qui lui rendit son sourire.

— C'était vrai jusqu'à l'année dernière, lui reprocha Neuville. Mais j'ai bien peur que Fouché ne soit maintenant le plus fort.

— On m'a dit que vous dirigez l'agence anglaise, intervint Gabriel qui brûlait d'en savoir plus.

— Je dirigeais… mais il n'y a plus d'agence.

— Racontez donc à notre ami ce que vous a fait Boney, proposa Auckland.

Neuville opina.

— Tout a commencé fin 1799, quand Bonaparte est rentré d'Égypte. M. Talleyrand avait organisé une réunion entre moi-même et le général. Je ne lui ai posé qu'une seule question : allait-il se mettre aux ordres de notre roi Louis XVIII ?

» Monsieur, je ne suis pas royaliste ! m'a-t-il répondu.

» Nous nous sommes quittés froidement. Je songeais alors à me moquer de ses ridicules ambitions et à lui montrer que l'agence anglaise, comme la surnommait Fouché, n'était pas à négliger. Le 21 janvier, date de la mort de notre roi, dans la nuit, je fis tendre de noir la façade de la Madeleine…

— J'ai entendu parler de ce défi, sourit Gabriel.

Neuville, lui, ne souriait pas en évoquant ce souvenir :

— Bonaparte n'a aucun sens de l'humour. Dans les jours qui suivirent, il a fait fusiller quelques hommes à moi qu'il gardait en geôle. C'étaient tous des amis… C'est alors que j'ai décidé de l'abattre…

Gabriel remarqua à quel point Neuville serrait le verre qu'il avait à la main. Ses phalanges étaient blanches et crispées. Le verre était prêt à se rompre quand il se ressaisit et poursuivit d'un ton égal :

— Georges Cadoudal est un chef chouan que j'estime particulièrement. Je lui ai fait plusieurs fois parvenir des armes dont il a fait bon usage. Lorsque Bonaparte est devenu Premier consul, il a tendu la main aux Chouans en leur proposant une amnistie. En vérité, il avait surtout besoin de paix en France pour mener sa campagne en Italie, car il ne pouvait se permettre d'avoir un second front à l'intérieur. Bref, il a rencontré Cadoudal et lui a proposé de devenir un de ses généraux. Malgré les avantages de la proposition, Georges a poliment refusé et m'a rejoint. Avec ses partisans, je disposais ainsi d'une véritable armée pour abattre le Premier consul. Nous avons organisé notre affaire avec l'accord de Lord Auckland et de M. Pitt. Nous devions rentrer en France avec une petite troupe, surprendre Bonaparte lorsqu'il se rendait à la

Malmaison, le capturer, puis le conduire en Angleterre. Il était hors de question de le tuer ou de le blesser. Au même moment, des troupes alliées auraient débarqué en Bretagne.

— Joli plan ! approuva Gabriel. J'aurais aimé en être !

— Vous auriez bien été le seul, laissa tomber Neuville. Avec Georges, nous sommes allés voir le comte d'Artois pour lui demander de se placer à la tête des troupes qui débarqueraient. Nous ne voulions pas que notre affaire ait l'air d'un débarquement anglais. Savez-vous ce qu'Artois nous a demandé ?

— Non…

— *Répondez-vous de ma vie* ? Alors Georges, pourtant simple roturier, lui a rétorqué royalement : Non, monsieur, mais je réponds de votre honneur !

Gabriel remarqua que tous les convives gardaient un visage figé à cette évocation qui accusait Artois de lâcheté.

– Nous sommes donc partis sans le frère du roi, poursuivit Neuville avec insouciance C'était en juin de l'année dernière. Malheureusement, il y a eu des imprudences, sinon des trahisons, et le frère de Bonaparte, Lucien, qui était ministre de l'Intérieur, a réussi à se saisir de quelques-uns de mes hommes. Comme Lucien est un imbécile, il a cru à un complot jacobin et l'a dénoncé à son frère. Ç'aurait pu être amusant. Malheureusement pour nous, il a accusé son vieil ennemi Fouché d'être l'instigateur de l'entreprise. Or – et nous l'ignorions –, Fouché connaissait nos affaires. Pour se défendre, car Lucien proposait qu'on le fusille, l'infâme régicide a dénoncé notre agence de Paris. Le complot a donc été abandonné.

— Peut-être est-ce à cause de cette affaire que Fouché n'est pas intervenu pour aider votre ami, fit Auckland. En tout cas, la suite de cette histoire n'a pas arrangé les choses.

— En effet, approuva Neuville avec un sourire factice. Vous savez, j'avais déjà connu bien des échecs et ils ne m'ont jamais découragé. J'avais pu rentrer en Angleterre avec mes agents qui avaient échappé au coup de filet de Fouché. Nous aurions pu préparer une seconde tentative. Cela n'a pourtant pas été possible car le régicide a joué d'une arme de scélérat : il a fait publier plusieurs documents qui montraient que nous étions financés par M. Pitt. Ainsi Bonaparte nous faisait passer pour des traîtres, des agents à la solde de l'Angleterre ! Cette méthode infâme a fait enrager Cadoudal. Il brûlait d'en découdre immédiatement, alors que je préférais reconstituer mon organisation. De plus, Cadoudal voulait tuer Bonaparte, quand moi je désirais seulement le capturer.

» Finalement, et sans m'en informer, Georges a préparé un attentat et a fait exploser une bombe, en décembre de l'année dernière, rue Nicaise. Il y a eu un nombre effroyable de victimes innocentes, mais Bonaparte n'a même pas été blessé.

— Ce Corse a une chance du diable, confirma flegmatiquement Drake en vidant son verre.

— Cet attentat est certainement une des raisons de la condamnation de Camille, fit sombrement Gabriel. Mais ne parlons plus du passé. Que puis-je faire pour vous aider ? Je suis prêt à rentrer en France, j'ai l'habitude de la clandestinité, vous pouvez compter sur moi…

— C'est trop tôt – ou trop tard –, répliqua cyniquement Neuville. Je vous l'ai dit, je dois d'abord reconstituer mes services. Quant à rentrer chez vous, je vous le déconseille. Fouché doit certainement savoir que vous êtes à Londres. À peine aurez-vous mis le pied en France que vous serez pris et fusillé.

— Et si je me mettais aux ordres d'Artois ? proposa alors Gabriel.

— Je vous le déconseille aussi, plaisanta ironiquement Mme Elliot d'une voix claire et pétillante. L'entourage d'Artois est un nid de traîtres et d'opportunistes, tous prêts à l'abandonner pour rentrer en France. J'ai eu la copie des noms de ceux qui supplient Fouché d'être rayés de la liste des émigrés. Vous seriez consterné en la consultant.

— En outre, le gouvernement Addington ne suivra pas la ligne de Pitt, intervint sombrement Auckland. Avec la victoire de Marengo, Bonaparte a changé la donne en Europe. La paix est en préparation…

— La paix ! s'exclama Gabriel.

— C'est ma foi vrai, la paix. Oh, rassurez-vous, elle ne durera pas. Mais dans l'immédiat, je n'ai qu'un conseil à vous donner : profitez donc de la vie, de votre mère et reposez vous. Lorsque nous le jugerons utile, nous ferons appel à vous.

Gabriel comprit qu'il devrait être patient. Pourtant, il bouillait intérieurement et se demandait s'il n'allait pas rentrer tout seul à Aix pour terminer son affaire avec *Capéou*. Chaque fois qu'il y réfléchissait, il sortait le médaillon d'Alice de Puylaurens et restait longuement à contempler le portrait de la jeune fille.

Un jour, sa mère le surprit ainsi. C'était une semaine après le repas avec Lord Auckland.

— Quel est ce médaillon que tu contemples si souvent, mon fils ?

Il le décrocha de son cou et le lui tendit.

— Je t'ai parlé de la dernière attaque de diligence à laquelle j'ai participé. C'est là qu'un de nos hommes a accusé *Capéou*. J'ai défendu une jeune fille qui était dans la voiture, et elle m'a offert son portrait.

— Elle est très jolie, déclara Mme de Montfort en examinant le portrait. Comment s'appelle-t-elle ?

— Alice de Puylaurens.

— J'ai connu des Puylaurens avant la Révolution. Un médecin fort brillant, je me souviens de lui.

— C'est certainement son père. Camille m'a un peu parlé d'eux. Son fils Antoine est lui aussi médecin. Il a fait évader des prisons d'Aix une cousine d'Auguste de Forbin. Je crois qu'elle était dans la diligence que nous avons attaquée, ainsi que Mme de Castellane et sa fille.

— Ce matin, j'ai eu la visite de Mme Elliot, poursuivit Mme de Montfort en changeant de sujet. Elle avait des reproches à me faire…

— Des reproches ? fit-il en considérant sa mère qui paraissait contrariée.

— Gabriel, tu as vécu des années très dures. Tu as certainement beaucoup appris dans le domaine de la guerre et de la survie, mais tu ignores trop de choses sur des sujets qui te paraîtront futiles, mais qui sont importants à Londres, la ville la plus civilisée du monde. C'est sur ces sujets que tu seras jugé et que tu te feras une place dans notre société.

Il la regardait sans comprendre. Bien qu'embarrassée, elle poursuivit :

— Miss Elliot m'a conseillé de te proposer un précepteur pour te guider dans les domaines qui te font défaut.

— Tu veux dire, une sorte de répétiteur ? plaisanta-t-il, mi-surpris, mi-piqué.

— Exactement, il t'apprendrait les règles de la vie en société, comment s'habiller, comment recevoir, comment se tenir à table ou dans les réceptions. Dans quelques semaines, tu seras présenté au prince de Galles et il ne faudrait pas que tu ressembles à un sauvage.

Gabriel médita quelques secondes en replaçant le médaillon autour de son cou. Il songeait que sa mère avait raison en se remémorant combien il avait été mal à l'aise avec les invités, quelques jours plus tôt.

— Très bien, quand dois-je commencer ?

— Si tu es d'accord, aujourd'hui même. Ton précepteur s'appelle Dancer. C'est Grace Elliot qui l'a trouvé. Il a été gouverneur des enfants de Lord Addington. Pourtant, ce que t'apprendra Dancer ne sera certainement pas suffisant…

— Ah ! Il y a donc autre chose ?

— Oui, il te faut aussi améliorer ton anglais. Et il ne serait pas inutile que tu reprennes tes études. De la littérature aux sciences en passant par la musique, tu dois avoir beaucoup de lacunes.

— Rude tâche ! Je n'aurai donc guère de loisirs, sourit-il.

— D'autant moins que tes loisirs eux-mêmes seront organisés par Mme Elliot. Elle est retournée en France, mais lorsqu'elle reviendra à Londres, elle s'est proposée pour te sortir au théâtre, aux courses et un peu partout en société. Elle t'aidera à te conduire en gentilhomme et te présentera dans les cercles très fermés de la *gentry*.

— Ouf ! Ce sera tout, je suppose ?

— Pas tout à fait. Lord Cavendish s'est réservé une autre partie qui t'intéressera sans doute plus. Il te conduira à l'Amirauté et s'occupera de ta formation militaire. Il désire t'offrir un brevet de colonel ou de major.

Gabriel refusa tout brevet d'officier. Il ne désirait pas prendre d'engagement et expliqua à son beau-père qu'il rentrerait en France aussitôt qu'il le pourrait. Celui-ci ne parut pas déçu et lui proposa au moins de fréquenter les salles d'armes de l'Amirauté. Gabriel devint ainsi rapidement un tireur émérite au pistolet et un sabreur hors pair.

À quelques semaines de là, on était en septembre et la chaleur était étouffante, Lord Cavendish lui proposa de l'accompagner au palais de Saint-James pour y rencontrer Lord Auckland.

— Vous pourrez ainsi mieux appréhender les possibilités pour vous de revenir en France.

Il accepta avec enthousiasme, certain d'obtenir rapidement une mission qui lui permettrait de retourner dans son pays.

Les rues étant toutes encombrées par les calèches, les voitures et les chaises à porteurs, leur voiture mit beaucoup de temps pour arriver dans la large allée, bordée de boutiques et d'auberges, qui conduisait au vieux château de briques rouges, siège des principaux services administratifs de la Couronne.

Devant le porche de briques encadré par deux petites tours crénelées, le capitaine, qui dirigeait la garde en uniformes rouges et baudriers blancs, connaissait bien la voiture de Lord Cavendish. Il lui fit rendre les honneurs et désigna un sergent pour les accompagner.

La voiture passa le porche et pénétra dans la cour intérieure.

Ils descendirent du véhicule et, précédés du sergent d'armes, ils grimpèrent le petit escalier conduisant au hall desservant les galeries intérieures.

Se pressaient là quantité de commis affairés transportant des dossiers, de gentilshommes et d'officiers. Cavendish fit signe au sergent qu'il n'avait plus besoin de lui et prit à grands pas le corridor principal qui traversait la totalité du palais.

Gabriel restait à côté de son beau-père. Soudain, le jeune homme vit Cavendish hésiter avant de s'arrêter complètement. Un groupe de personnages s'avançait devant eux.

— Je ne pensais pas les rencontrer si tôt ici, murmura son beau-père, mais enfin… je vais vous présenter.

Un homme aux traits hautains et maussades marchait en tête. Ses vêtements de toile étaient fort simples, misérables même, tout comme ceux de son entourage. Il s'arrêta devant Cavendish, se forçant à une sorte de sourire sévère.

— Votre Altesse, fit Cavendish en s'inclinant légèrement.

Gabriel fit de même. Il venait de deviner que leur interlocuteur était le comte d'Artois. Le frère du roi.

— My lord, dit Artois assez sèchement, s'apprêtant à poursuivre son chemin.

— Votre Altesse, poursuivit Cavendish sans se démonter, puis-je vous présenter mon beau-fils, Gabriel de Montfort, qui arrive de France ?

Artois fronça le front et considéra Gabriel avec une hautaine hostilité.

— Que faisiez-vous encore en France, monsieur? lui reprocha-t-il.

— Durant sept ans, je me suis battu pour mon roi comme *Compagnon du soleil*, Votre Altesse. Je me cachais depuis deux ans et mon dernier camarade a été fusillé, il y a six mois, par la police du Consulat.

Artois eut alors un bref hochement de tête et parut satisfait.

— Passez donc me voir un jour prochain, monsieur de Montfort, précisa-t-il plus aimablement. Ou plutôt, voyez avec M. Pichegru, il a besoin d'hommes de votre trempe.

En parlant, il désigna un membre de son entourage : un homme grand, à la mâchoire volontaire et au visage de patricien buriné par le grand air.

Pichegru, ancien général en chef des armées de la République et ancien président du conseil des Cinq-Cents, déporté après le coup d'État de Fructidor, avait réussi à s'enfuir de Cayenne pour se mettre au service du Lieutenant général du royaume, titre pompeux que s'était octroyé le comte d'Artois.

Pichegru salua à son tour Gabriel, le jaugeant du regard.

Artois et Cavendish ne désirant aller plus avant dans la discussion, ils se saluèrent à nouveau, puis le Lieutenant général du royaume reprit son chemin, tentant de camoufler sa pauvreté par une majesté royale qui faisait sourire et se gausser ceux qu'il croisait.

Alors que Lord Cavendish et son beau-fils allaient à leur tour poursuivre, un des aides de camp du comte d'Artois – un homme ayant dépassé la trentaine – s'attarda volontairement et s'approcha de Gabriel en lui tendant la main :

— J'aurais plaisir à vous revoir, monsieur, fit l'inconnu. Je me nomme Matthieu de Montmorency.

Gabriel serra la main qu'il lui tendait, puis Montmorency rejoignit ses compagnons.

— Que faisait ici le comte d'Artois ? demanda Gabriel à son beau-père quand ils furent à nouveau seuls.

— Demander de l'argent. Je savais qu'ils devaient rencontrer le Premier ministre, Lord Addington. Ils obtiendront des subsides, mais Addington devait leur poser comme condition de ne plus préparer d'action contre la France. Les pourparlers de paix sont très avancés et il n'est plus possible d'autoriser des incursions qui provoqueraient de nouvelles hostilités.

Ce discours inquiétant pour les projets de Gabriel fut confirmé un peu plus tard par un Lord Auckland particulièrement sombre qui était en compagnie du premier lord de l'Amirauté, Lord Saint-Vincent. Tous deux, ainsi qu'un secrétaire, se tenaient dans le bureau du lord, au deuxième étage de Clarence Hall, le palais qui faisait corps avec Saint-James.

— Oui, la paix est en vue ! Le tiers de la flotte devra être désarmé. Près de la moitié des officiers seront mis en demi-solde. Prions pour que Boney respecte sa parole, car s'il devait s'attaquer à nous dans les semaines qui viennent, nous serions balayés.

— Dans la galerie, nous avons croisé le comte d'Artois, remarqua Cavendish.

— Ah, oui ? Savez-vous ce qu'il venait faire ? Proposer un nouveau projet d'enlèvement de Boney ! Pichegru se dit certain de convaincre le général Moreau d'organiser un renversement du Premier consul.

— Je pourrais les aider, proposa Gabriel plein d'espoir.

— Certainement pas ! Lord Addington leur a opposé un refus total. Aucune action secrète ne doit avoir lieu en France durant les négociations de paix. Le Premier ministre a précisé au comte d'Artois qu'en cas de non-respect de cet ordre, il n'hésiterait pas à faire déporter les Français récalcitrants au Canada.

— Pourtant M. de Neuville est retourné en France, insista Gabriel, presque désespéré.

— C'est différent. Neuville travaille à reconstituer des réseaux qui nous sont nécessaires. Il ne prépare aucune action contre le Premier consul. Il ne s'agit que de renseignements, de la mise en place de caches ou de refuges.

Auckland le considéra alors avec une bienveillance bourrue :

— Je sais que vous désirez rentrer en France, monsieur de Montfort, mais je dois vous le déconseiller. Neuville nous a fait parvenir des rapports très inquiétants : la police du Consulat serait d'une efficacité redoutable. Sans papiers, sans couverture, sans ami, vous serez arrêté et emprisonné comme suspect. Et si on découvre qui vous êtes, vous n'échapperez pas au peloton. Par nos agents, nous savons aussi que Fouché a été informé de votre présence à Londres. Lui aussi a ses espions ici, et en particulier auprès du comte d'Artois. Je vous en conjure, ne tentez rien, ce serait désespéré. Soyez patient, la paix ne durera pas et nous aurons besoin de vous.

Gabriel opina à regret, comprenant que Cavendish lui avait demandé de l'accompagner pour qu'il abandonne tout espoir de rentrer prochainement en France.

Après cette visite, Gabriel tomba dans une profonde apathie qui dura quelques semaines. Il en fut tiré par le retour en Angleterre de Lady Elliot qui devait rester un mois à Londres, invitée par son ancien amant, le prince de Galles. Elle passa un soir à l'hôtel de Lord Cavendish pour proposer à Gabriel de l'accompagner de temps en temps à la Royal Academy, à des *garden parties* royales ou simplement pour des promenades à cheval le long de Rotten Row, à Hyde Park.

Il accepta et ces sorties mondaines s'avérèrent moins rébarbatives qu'il ne l'avait appréhendé. Gabriel prit même rapidement goût à la présence de la charmante Lady Elliot. Certes, il y avait une grande différence d'âge et d'éducation entre eux, mais ils devinrent vite, sinon les meilleurs amis du monde, en tout cas des compagnons qui s'appréciaient. Lady Elliot savait tout sur chacun dans la société londonienne et encore plus sur les Français émigrés. Elle avait un jugement aiguisé et ne lui cachait rien, y compris sur ses relations intimes avec tel ou tel. Au début, Gabriel en était gêné, mais il se rendit vite compte que l'agent de M. Pitt avait décidé de le traiter comme un compagnon d'armes pour éviter toute ambiguïté avec lui, comme il aurait pu s'en produire entre un jeune homme et une femme encore fort séduisante.

Un après-midi où ils trottaient dans le parc, alors qu'elle lui brossait d'ironiques – et parfois vénéneux – portraits des cavaliers et des cavalières qu'ils croisaient, elle lui parla de Matthieu de Montmorency qui venait de les saluer en compagnie de quelques proches du frère du prétendant.

— Je l'ai rencontré, il y a quelque temps déjà, en compagnie du comte d'Artois, lui confia Gabriel.

— M. de Montmorency est un étonnant personnage. Il a fait la guerre d'Indépendance avec M. de La Fayette, contre nous…

Paraissant soudain changer de sujet, elle le questionna :

— Êtes-vous franc-maçon ?

— Non, répliqua-t-il, étonné.

— Je le suis, sourit-elle, j'ai été présentée à la loge *La Candeur* à Versailles en même temps que cette pauvre Mme de Lamballe à qui vos sans-culottes ont découpé les seins. J'y ai ensuite été reçue maîtresse parfaite. (Elle eut un petit rire cristallin.) Monsieur le duc d'Orléans était alors grand maître de la franc-maçonnerie française et tenait à ce que j'en sois membre. Vous l'ignorez peut-être mais la Révolution a été provoquée par des maçons. Camille Desmoulins, Danton, Marat, Robespierre en étaient. Et même M. de Montmorency, que nous venons de croiser, était membre de la loge écossaise. C'est pour cela qu'avec quelques-uns de ses amis, comme M. de Lameth, il a été parmi les premiers constitutionnalistes à réclamer l'abolition des privilèges…

— Je l'ignorais, mais j'étais bien jeune à cette époque, fit Montfort en guise d'excuse.

— Un Matthieu de Montmorency était à Bouvines aux côtés de Philippe Auguste. Un autre a fondé l'abbaye de Port-Royal et a débarqué en Palestine avec saint Louis. Sa famille est une des plus vieilles de France, et une des plus respectées de la noblesse. Notre Montmorency, choqué par des violences qu'il condamnait, a émigré et s'est finalement rapproché du comte d'Artois. Il n'a pas oublié que, de tout temps, un Matthieu de Montmorency a été présent pour défendre le Trône et l'Église.

Elle se tut un instant, tandis qu'ils croisaient un autre groupe de cavaliers. Dès qu'ils furent seuls, elle précisa.

— M. de Montmorency professe la création d'une nouvelle franc-maçonnerie, en vérité d'une société beaucoup plus secrète et qui aurait pour but la restauration des Bourbons. Je sais qu'il y travaille tant ici qu'en France, avec M. Ferdinand de Bertier et le duc de Noailles.

À l'un de ces noms, Gabriel se souvint qu'il avait déjà entendu parler d'un tel projet par le chevalier de Vernègues. Honoré de Cotignac était proche de Ferdinand de Bertier, lui avait-il affirmé. Joseph d'Arbaud et François de Fortis avaient aussi été abordés par le fils de l'intendant de Paris assassiné au début de la Révolution.

Elle se tut à nouveau et Gabriel prit conscience qu'elle l'observait. Comme il la considérait avec surprise, elle déclara, le visage inexpressif :

— Si M. de Montmorency vous proposait d'être membre de sa société secrète, j'apprécierais que vous acceptiez.

— Pourquoi me le demanderait-il ? s'inquiéta Gabriel qui venait de deviner ce qu'elle souhaitait.

— J'avoue ne pas savoir grand-chose sur leur organisation. Il semble qu'il s'agit d'un ordre de chevalerie avec plusieurs niveaux d'intronisation. J'ai besoin – non, nous avons besoin, et quand je dis « nous », il s'agit bien sûr de M. Pitt – d'en savoir plus.

— Vous voulez dire que… vous désireriez que j'espionne M. de Montmorency ? demanda-t-il, passablement choqué.

Elle interpréta parfaitement son ton et le considéra sévèrement.

— Nous aidons les Français, monsieur de Montfort. Nous les aidons de toutes nos forces, mais nous ne pouvons accepter qu'ils agissent secrètement au risque de nous placer dans des situations difficiles. M. Pitt n'est plus au gouvernement, mais il suit toujours de très près les affaires de la France. La paix ne durera pas, il me l'a affirmé. Il nous faut absolument savoir ce que trament Montmorency en Angleterre et Bertier en France. Malheureusement, aucun Anglais ne pourra pénétrer leur organisation. Vous êtes fort apprécié à Londres, en tant que dernier *Compagnon du soleil*. Il n'est pas impossible que Montmorency vous contacte et je suis certaine que M. Pitt apprécierait votre aide. Après tout, votre mère est anglaise désormais.

Gabriel médita un moment avant de dire :

— Attendons qu'il me contacte… s'il le fait.

Avec la présence de Lady Elliot, les jours s'écoulaient plus rapidement. Le matin, Gabriel suivait quelques heures de cours avec ses répétiteurs et souvent recevait des félicitations de Dancer qui était fort satisfait de son élève. L'après-midi était habituellement consacrée au tir, à l'escrime en salle d'armes, ou encore à des promenades à cheval avec Grace.

Un jour d'automne, alors qu'ils remontaient l'allée cavalière du parc, Lady Elliot lui déclara brusquement :

— Je rentre en France après-demain, envisagez-vous toujours votre retour en Provence ?

— Toujours, et le plus vite possible.

Il soupira avant d'ajouter :

— Je vous envie.

— Avez-vous une amie là-bas ? plaisanta-t-elle. C'est à la demande de votre mère que je vous ai présenté ces jeunes filles lors de la réception du prince de Galles, avant-hier. C'étaient des personnes fort intéressantes pour vous, tant par leur titre que leur fortune ou leur beauté, mais vous m'avez donné l'impression de les ignorer.

— Je ne pense pas pouvoir m'engager ici, répliqua vaguement Gabriel.

— À cause de la jeune fille du médaillon ?

— Ah ! Vous savez donc…, fit-il plus froidement.

— Par votre mère… Lui avez-vous écrit ? demanda-t-elle à nouveau à brûle-pourpoint.

— Non… Je ne vois pas comment lui faire parvenir une lettre… et d'ailleurs elle ne se souvient certainement pas de moi.

— Écrivez-lui. De retour en France, je lui ferai parvenir votre dépêche, lui assura Lady Elliot dans un sourire.

C'est un peu avant l'hiver qu'il revit plusieurs fois Hyde de Neuville, de retour à Londres. Le baron, qui paraissait fatigué, lui expliqua qu'il avait passé quatre mois en France sous les déguisements les plus divers pour reconstituer son réseau parisien. Il devait y retourner à la fin de l'hiver.

— Emmenez-moi avec vous, le supplia Gabriel.

— C'est impossible. Seul, je sais comment agir et me rendre invisible. Vous seriez une gêne, d'autant que j'ai appris de source sûre que vous êtes toujours recherché. M. Fouché connaît votre présence à Londres et votre désir de revenir en France, il sait où vous vivez et a fait parvenir votre signalement dans toutes les gendarmeries. Vous y êtes accusé de brigandage et condamné à mort par contumace.

— Mais pourquoi m'en veut-il personnellement ?

— Sans doute par la position de Lord Cavendish. Si vous étiez pris, vous seriez pour lui une formidable monnaie d'échange… ou un excellent espion…

— J'ai déjà survécu dans l'ombre et l'on ne m'a pas pris, protesta Gabriel.

— C'était différent. Vous ne pouvez savoir à quel point la situation a changé. J'en viens même à regretter la Révolution, ses jacobins fanatiques et son Comité de Salut Public. Pour nous, ces gens-là avaient trois avantages sur les maîtres de la France d'aujourd'hui : ils étaient incompétents, paresseux et idéalistes. Ce n'est plus le cas de la police de Bonaparte : elle est efficace, brutale et totalement amorale.

» Sachez qu'il existe désormais un quadrillage complet du pays par les mouchards et les informateurs de la police. Ces délateurs se retrouvent dans tous les milieux, aussi bien celui des ouvriers et des artisans que dans la bourgeoisie et l'aristocratie. Fouché est comme une araignée maléfique qui serait renseignée par des milliers de cafards. Vous ne pourriez faire quelques pas en France sans être repéré et dénoncé.

— Vous plaisantez en disant que vous regrettez la Révolution, lui reprocha Gabriel, pourtant à demi convaincu.

— Nullement, fit tristement Hyde de Neuville. Vous savez, tout n'était pas mauvais dans les événements de ces dernières années : la fin des lettres de cachet, la disparition de l'absolutisme, l'abandon des droits féodaux, les élections populaires, l'existence d'un parlement et d'une constitution. Je pense que les idéalistes qui souhaitaient un nouveau monde ne sont pas allés trop loin, ils sont seulement allés trop vite. Après tout, avec le Directoire, la France connaissait un régime, certes corrompu, mais relativement libre. Tout a changé depuis que Bonaparte est Premier consul. La police est omniprésente, discrétionnaire et sans pitié. Les polices devrais-je plutôt dire, car il y a celle du ministre de l'Intérieur, celle de Bonaparte, ou encore celle de Fouché. Presque toute liberté a disparu dans votre pays. La presse est contenue, sous contrôle, la délation est partout, les livres, les arts ou les spectacles critiques envers Bonaparte sont interdits.

Gabriel le considérait sans comprendre.

— Vous savez, je me demande parfois si, en luttant contre Bonaparte, je ne rejoins pas les révolutionnaires en défendant la liberté contre la tyrannie ! Ne serait-ce pas un paradoxe que le retour du roi soit aussi le renouveau des libertés en France ?

— Croyez-vous que ce soit vraiment ce que Louis XVIII désire ?

Hyde le considéra un long moment, puis répliqua sèchement :

— Non, hélas.

Hyde repartit à son tour et Gabriel resta seul. D'autant plus seul que durant toute la fin de l'année 1801, les émigrés français abandonnèrent Londres peu à peu. La lumière de Bonaparte les attirait comme ces insectes qui se laissent brûler à la flamme d'une lanterne. Le Premier consul avait besoin de la noblesse pour son grand projet : la création d'une nouvelle dynastie, mais bien peu s'en rendaient compte.

À la fin de l'hiver, Gabriel apprit de son beau-père que les pourparlers de paix avançaient. Le traité fut effectivement signé en mars de l'année suivante, à Amiens. La paix s'accompagna d'une amnistie pour la plupart des émigrés.

Au printemps 1802, il ne resta à Londres que ceux qui ne pouvaient accepter la soumission à Bonaparte.

7

De 1802 à 1810

La signature de la paix d'Amiens provoqua une telle liesse dans toute l'Angleterre que Gabriel comprit à quel point le pays – en guerre depuis dix ans – souhaitait cette paix.

Pourtant, il ne s'associa pas aux festivités. La paix signifiait pour lui le début d'un exil au terme bien incertain, d'autant plus que sur le continent, le nouveau régime de Bonaparte se consolidait.

Les événements de France paraissaient extravagants au jeune Montfort. Comment un petit officier artilleur corse réussissait-il à imposer sa volonté dans le plus grand pays d'Europe ? Comment cet homme pouvait-il mettre en place une dictature qui non seulement n'était pas rejetée, mais qui était acceptée par les constitutionnalistes, les jacobins, les royalistes et les catholiques ?

Nombre d'acquis de la Révolution étaient sur le point de disparaître avec le nouveau pouvoir. Les maires et les représentants du peuple étaient désormais choisis par les autorités, comme le Sénat, composé de personnalités nommées, ou le Tribunat, qui travaillait à huis clos. La presse était contrôlée et souvent interdite. Spectacles, livres, œuvres d'art étaient désormais soumis à des autorisations tatillonnes. Même l'esclavage, aboli par la Convention, avait été rétabli !

Tous les États européens, qui s'étaient opposés à l'officier corse, avaient été écrasés et ne songeaient plus qu'à panser leurs plaies. Des villes et des duchés avaient été annexés dans une république dont Bonaparte s'était proclamé président.

Le ministère Addington n'envisageait plus d'aider les émigrés dans un combat considéré comme perdu. Les agences secrètes du comte d'Artois ou l'organisation de Hyde de Neuville ne pouvaient plus espérer de subsides pour leur lutte en faveur du retour des Bourbons. À ces déboires s'ajoutait, pour les derniers royalistes restant en Angleterre, la désillusion sur la fidélité de leurs amis : Bonaparte accordait une amnistie à ceux qui rentraient, à condition qu'ils lui jurent allégeance. On assistait à une honteuse débandade d'aristocrates prêts à tout pour retrouver leurs biens.

Au printemps 1802, ne restèrent à Londres que les fidèles du comte d'Artois, ceux qui refusaient tout compromis avec Bonaparte, ou les exclus du pardon consulaire. Parmi eux, il y avait Hyde de Neuville et Gabriel de Montfort, criminel en fuite.

En août 1802, Gabriel apprit avec stupéfaction qu'un plébiscite avait nommé Bonaparte consul à vie ! On murmurait à Londres qu'il se ferait bientôt couronner roi de France.

La déception et l'incompréhension devant l'évolution de son pays, le climat anglais aussi, rendirent Gabriel mélancolique, amer et désemparé.

Cet abattement s'atténua cependant quand son beau-père lui remit une lettre arrivant de France. Elle provenait d'Alice de Puylaurens.

Gabriel avait, en effet, suivi le conseil de l'ancienne maîtresse de Philippe Égalité. Le soir même du jour où elle lui avait proposé de faire parvenir son courrier, il avait écrit à Mlle de Puylaurens une longue lettre dans laquelle il s'expliquait quant à l'attaque de la diligence à la Calade, trois ans plus tôt. Certes, il s'exprimait à mots couverts, ne dévoilant pas qu'il avait été parmi les brigands, mais il révélait qu'il était celui qui avait reçu de sa main un médaillon. Il lui racontait aussi son voyage en Allemagne avec Camille de Clapiers, puis leur retour en France et enfin son émigration après la mort de son ami.

Évidemment, il ne lui parlait pas de la trahison de *Capéou* mais, par contre, il lui donnait son nom et l'adresse de Cavendish House, à Londres où il vivait. Il avait réécrit plusieurs fois la missive pour être sûr qu'elle ne puisse incriminer la jeune fille, au cas où le pli serait lu par la police.

Par quels canaux Lady Elliot avait-elle fait parvenir cette lettre sans qu'elle soit interceptée ? Il l'ignorait. Elle lui avait seulement fait savoir que son courrier avait été remis. Mais la jeune fille répondrait-elle ? Et même si elle le souhaitait, pourrait-elle le faire ? Il en doutait, gardant quand même un faible espoir au fond du cœur.

La lettre que lui donna Lord Cavendish était particulièrement épaisse. Il s'agissait plutôt d'un petit paquet qui avait été expédié de Rome, trois mois auparavant. Il l'ouvrit fébrilement et en sortit plusieurs feuillets d'une écriture fine ainsi qu'une miniature représentant une jeune fille aux cheveux bouclés et gracieusement vêtue à l'antique. Il la reconnut immédiatement.

Alice le remerciait, se souvenait parfaitement de lui et paraissait heureuse d'avoir de ses nouvelles. Elle lui racontait sa vie à Aix, celle de sa famille, son frère qui était parti – fort mystérieusement – pour Rome avec Auguste de Forbin et Marius Granet[1]. Elle lui précisait que c'était par l'intermédiaire d'Auguste de Forbin, qui se rendait parfois à Rome, qu'elle lui répondait.

La situation, lui racontait-elle aussi, avait complètement changé dans la capitale provençale, qui avait retrouvé une partie de son lustre d'antan. Les émigrés étaient rentrés. Elle était souvent invitée chez les notables de la cité, tous d'anciens membres du parlement de Provence comme Fauris de Saint-Vincens, ou enfants de parlementaires tels Joseph d'Arbaud, Honoré de Cotignac, Charles de Coriolis ou Jean-Baptiste de Fortis. Elle lui racontait avec espièglerie et une certaine dérision quelques-unes de ces réceptions dans lesquelles ces anciens aristocrates cherchaient à s'affirmer comme les plus solides soutiens du nouveau régime.

Plus personne ne parlait ici des *Compagnons du soleil* ou même ne faisait allusion à la mort de ce pauvre Camille de Clapiers dont le frère était resté en Autriche. Cette page de l'histoire aixoise paraissait tournée, oubliée, et dans la ville, chacun se disait loyal serviteur du Premier consul.

Elle concluait en espérant qu'un jour une amnistie ait lieu et que Gabriel puisse rentrer. Et elle précisait

1. Sur cette mission à Rome, on peut lire : *Marius Granet et le trésor du Palais Comtal*, du même auteur.

qu'elle serait heureuse de recevoir régulièrement de ses nouvelles.

En ce triste jour de septembre 1802, au ministère de la Police, rue des Saints-Pères à Paris, il pleuvait à flots.

On était un mercredi. Comme tous les mercredis, le ministre Joseph Fouché réunissait les responsables de ses services. Il y avait là les trois chefs d'arrondissement du ministère : Pierre-François Réal, qui s'occupait de l'ouest de la France, Jean Pelet de la Lozère, fin connaisseur du Midi, ancien avocat au parlement d'Aix et ancien conventionnel comme Fouché, et enfin Louis Nicolas Dubois, chargé de la police dans la capitale. Dubois, ancien procureur au Châtelet de Paris, était le concurrent de Fouché, dont il espérait prendre la place de ministre. Sa réputation était tout aussi détestable que celle de son maître, voire pire car, si Fouché utilisait le chantage et la corruption pour arriver à ses fins, Dubois utilisait les filles publiques de la capitale qu'il exploitait et taxait, quand il ne les offrait pas aux proches du Premier consul.

Pour l'occasion, ce jour-là, le ministre avait aussi fait venir deux de ses chefs de division : Maillocheau et Pierre-Marie Desmarets.

Le premier était un ancien oratorien, comme Fouché, et un de ses plus proches compagnons. Il était d'ailleurs chargé de ses intérêts personnels et assurait son secrétariat.

Pierre-Marie Desmarets, lui aussi prêtre défroqué, avait de plus importantes attributions : il était le responsable de la police secrète et de la sûreté. Policier perspicace, consciencieux et surtout loyal envers le régime qui l'employait – quel qu'il soit –, Desmarets consacrait sa vie et tout son temps au renseignement.

La réunion de travail terminée, le ministre gardait souvent près de lui quelques chefs de service pour traiter soit de dossiers personnels, soit d'opérations discrètes – voire ténébreuses – dont il ne souhaitait pas que Bonaparte fût informé.

Sur un signe discret de l'ancien oratorien, ne restèrent donc ce mercredi que Pelet de la Lozère, Maillocheau et Desmarets, bien que ce dernier ne fît pas partie du cercle restreint des intimes du ministre.

Dubois, exclu du cénacle, se retira en lançant un regard noir vers le chef de la police secrète. Regard que celui-ci feignit d'ignorer.

Quand ils furent seuls tous les quatre, Fouché prit la parole à mi-voix :

— Cette réunion sera la dernière entre nous. Ce soir, je ne serai plus ministre de la Police. Lucien et Talleyrand ont finalement eu ma peau, ils ont convaincu Bonaparte que le nouveau régime qui se mettait en place était tellement apprécié du peuple que le ministère de la Police était désormais inutile. Notre pays est pacifié, lui ont-ils assuré, un ministère de la Police est donc superflu…

En parlant, il prenait le ton suave de Talleyrand qu'il abhorrait. Ses collaborateurs sourirent poliment de l'imitation qui se voulait drôle.

— Vous serez rattachés, soit à l'Intérieur, soit à la Justice, poursuivit-il plus sérieusement.

Pierre-Marie Desmarets, qui connaissait la nouvelle depuis quelques heures, resta impassible. Maillocheau aussi. Seul Pelet de la Lozère haussa un sourcil interrogateur.

— En vérité, c'est le frère du Premier consul, Lucien, qui reprendra les affaires en cours, ajouta froidement Fouché. J'espère que vous lui serez fidèles. (Il eut un sourire glacial.) Pour ma part, le Premier consul m'a promis que je serais nommé sénateur d'Aix d'ici à la fin de l'année. Voilà pourquoi j'ai encore besoin de vous pour quelques jours.

» Vous, Pelet, vous connaissez bien cette ville. Je veux un dossier sur toutes les familles qui comptent là-bas. Vous, Desmarets, préparez-moi un mémoire sur toutes les affaires insolites ou criminelles qui s'y sont produites depuis le début de la Révolution. Ce sera tout pour vous deux. Je veux tout ça pour cet après-midi.

Ils sortirent, et Fouché attendit d'être seul avec Maillocheau pour poursuivre d'un ton plus bas :

— Toi, mon ami, je te charge de la mission la plus difficile… Il y a une vieille énigme qui m'intéresse dans cette ville, elle concerne un groupe de rebelles royalistes, les *Compagnons du soleil*, qui ont été fort actifs de la mort de Robespierre à l'année dernière. Je veux en savoir plus sur sept de leurs chefs : Joseph d'Arbaud, Honoré de Cotignac, Charles de Coriolis, Jean-Baptiste de Fortis, Gautier du Poët, Camille de Clapiers et Gabriel de Montfort. Les quatre premiers vivent à Aix. Poët, chevalier de Vernègues, est diplomate au service de la Russie, il est souvent en Italie et a été un de mes agents. Clapiers a été fusillé et Montfort a émigré à Londres. Je veux connaître les liens entre ces gens et le meurtre d'une fille, nommée Fassy, qui a eu lieu en 1795 dans la prison de la ville. Voici le dossier que j'ai constitué sur eux.

» En ce qui concerne les quatre qui sont à Aix, installe des mouches chez eux. Je veux savoir avec qui ils communiquent et qui ils fréquentent.

Gabriel prépara une nouvelle lettre pour Alice de Puylaurens. Restait à la lui faire parvenir. Ce fut Hyde de Neuville qui, lors de l'un de ses passages à Londres, promit de s'en charger à la fin de l'année. Gabriel n'avait plus revu Grace Elliot depuis des mois. Après la paix d'Amiens, il savait qu'elle avait quitté les services secrets et qu'elle vivait désormais à Ville d'Avray.

En janvier 1803, un entrefilet dans un journal anglais apprit à Gabriel que Joseph Fouché était nommé sénateur d'Aix. Ainsi, une nouvelle fois, la destinée de cet abject boucher paraissait liée à la sienne, comme une effroyable malédiction. Gabriel en ressentit un profond malaise.

C'est au printemps qu'on reparla de la guerre. À travers leurs ambassadeurs, la France et l'Angleterre s'affrontaient à nouveau, sur Malte, sur la Méditerranée et sur la Hollande. Avec la paix, le commerce anglais avait périclité au profit de la France. Les marchands de Londres désiraient écarter un pays qui menaçait leur activité. En mai, la paix d'Amiens fut dénoncée et, en juin, les Français en armes entrèrent en Hollande. Bonaparte annonça alors qu'il préparait un débarquement sur l'Angleterre.

Le ministère Addington fut pris de court et se retrouva en plein désarroi. Il aurait souhaité quelques mois de calme pour se préparer à l'affrontement. Le comte d'Artois proposa alors au ministre une nouvelle tentative pour éliminer Bonaparte, assurant avoir une équipe prête et jurant qu'elle ne pouvait échouer.

Addington se laissa convaincre.

C'est ce que Lord Cavendish expliqua à son fils adoptif en lui précisant les étapes du projet du comte d'Artois. Cadoudal et ses chouans étaient chargés de la basse besogne : éliminer Bonaparte. Sitôt le Premier consul disparu, le général Pichegru et des proches du comte d'Artois approcheraient des membres influents de l'armée et du Sénat pour leur faire accepter le retour des Bourbons. Enfin, un débarquement d'Anglais et de Français émigrés, avec à sa tête Artois, ou au moins un de ses fils, aurait lieu en Bretagne.

Gabriel envisageait de rejoindre Georges Cadoudal qui, murmurait-on, était déjà en France avec ses fidèles chouans, quand il reçut la visite de Hyde de Neuville qui revenait de temps en temps en France pour ses mystérieuses activités. Neuville lui conseilla d'attendre et surtout de ne pas se joindre au groupe de Pichegru.

Jamais, lui assura-t-il, Bonaparte n'avait été aussi puissant. Malgré le départ de Fouché, les services du comte d'Artois étaient tous infiltrés par les espions du meilleur policier que l'ancien ministre avait formé : Pierre-Marie Desmarets. Ce dernier était en outre parfaitement renseigné sur l'activité du Lieutenant général du royaume par l'ambassadeur de France à Londres, le général Andréossy.

Gabriel suivit ce conseil et patienta. Il se mit pourtant à la disposition d'Artois, mais expliqua qu'il ne pouvait être dans le groupe de Pichegru, car son signalement étant connu de la police parisienne, il mettrait en péril l'opération. Les comploteurs décidèrent donc qu'il ferait seulement partie du groupe de débarquement final.

Le projet de Cadoudal et de Pichegru était de contacter le général Moreau, l'un des plus brillants officiers supérieurs de la Révolution, un homme qui avait suffisamment d'autorité et de popularité pour imposer à nouveau la monarchie, si le Premier consul disparaissait.

Cependant, en octobre, Desmarets faisait arrêter et parler les premiers compagnons de Cadoudal. Malgré cela, Pichegru débarquait secrètement en France et contactait le général Moreau. Malheureusement pour les conjurés, ce dernier refusa de participer au complot, sauf à être nommé Premier consul à la place de Bonaparte. Quant au retour des Bourbons, le général républicain l'excluait totalement.

Pire, et les conjurés l'ignoraient, Desmarets les pistait tous ! Moreau fut le premier arrêté, en février 1804.

Lorsque la nouvelle fut connue, l'armée et l'opinion publique françaises furent frappées de stupeur. Non, le général Moreau ne pouvait être l'instigateur d'un complot royaliste ! Pour la première fois depuis longtemps, les murs de Paris se couvrirent de libelles hostiles à Bonaparte.

C'était Hyde de Neuville et ses agents qui s'activaient et profitaient de l'occasion pour présenter le prétendu complot comme une machination du Premier consul visant à se débarrasser de Moreau, un concurrent qu'il craignait.

Cependant, Pichegru fut dénoncé et arrêté quelques jours plus tard au terme d'un affrontement d'une grande violence. En mars, le reste de la bande tomba, dont le marquis de la Rivière, un proche du comte d'Artois.

Enfin, ce fut le tour de Cadoudal. Avec lui, le chef de la Sûreté avait saisi toute la bande.

Entre-temps, les hommes du comte d'Artois, ignorant ces péripéties, avaient embarqué sur un navire de la Navy. Gabriel était avec eux et tous brûlaient d'en découdre. Le navire resta plusieurs jours au large de la Bretagne, attendant un vain signal. Finalement, le débarquement fut annulé, ce qui fut une chance pour eux, car Desmarets avait positionné des troupes prêtes à fusiller sur place le commando.

Devant l'ampleur du complot de Pichegru et Cadoudal, et sur les conseils de Fouché, Bonaparte décida de terribles représailles. N'ayant pu prendre Artois ou un de ses fils lors du débarquement prévu, il fit capturer le duc d'Enghien qui vivait tranquillement en Allemagne et le fit fusiller[1]. La crise connut alors son paroxysme entre la France et l'Angleterre, accusée d'avoir organisé l'opération. Le 6 mai, le roi George demandait à William Pitt de remplacer un Addington incapable de faire face à la tempête qui secouait l'Europe.

Pitt constitua aussitôt un nouveau ministère de guerre.

À la fin du mois de mai, Montfort reçut la visite d'une très piquante et élégante jeune femme en chapeau de paille fleuri et châle égyptien. Ce vivant portrait de Mme Vigée Le Brun se présenta comme étant Lady

1. On sait que Pichegru mourut mystérieusement étranglé dans sa cellule après avoir annoncé des révélations sur les contacts secrets que Bonaparte avait eus avec le comte d'Artois. Cadoudal fut fusillé avec une douzaine de ses amis. Moreau, gracié, dut s'exiler.

Jordan. Elle lui expliqua qu'elle était actrice mais ne lui précisa point – il ne l'apprit que plus tard – qu'elle était la maîtresse du duc de Clarence, le frère du prince de Galles.

— Monsieur de Montfort, lui expliqua-t-elle dans un salon de Cavendish House, à l'abri de toute indiscrétion, voici ce qui m'amène : je représente un groupe d'hommes et de femmes qui désireraient que vous les rejoigniez.

Elle se tut un instant pour laisser le jeune homme dans la confusion, puis elle lui sourit, dévoilant d'adorables dents de nacre.

— Nous travaillons sous les ordres de sa grâce, William Cavendish, troisième duc de Portland, laissa-t-elle tomber.

— Le secrétaire d'État de M. Pitt ? Le cousin de mon beau-père ?

— Effectivement, reconnut-elle avec une expression jubilatoire. Lord Portland a été chargé par M. Pitt de réunir tous les services et les agences de renseignement de l'Angleterre pour constituer un *Secret Department*[1]. Lord Auckland ayant été nommé gouverneur d'Australie, c'est Lord Portland qui dirigera ce service rattaché à l'*Alien Office*. Nous recherchons des gens audacieux et capables, et pour ne rien vous cacher, nous avons besoin de vous.

— Vous voulez dire… que je devienne un espion ?

— Si vous voulez. Je suis moi-même une espionne, sourit-elle glacialement, et je n'en ai pas honte.

— Mais, pourquoi moi ? Pourquoi m'avoir choisi ? Comment pouvez-vous me faire confiance ?

---

1. Le *Secret Department* fut l'ancêtre de l'*Intelligence Service*.

— Monsieur de Montfort, ne faites pas l'ingénu avec moi, le morigéna-t-elle. Lord Portland et Lord Cavendish m'ont souvent parlé de vous. Lady Elliot a fait un rapport élogieux sur votre comportement. M. de Neuville aussi. Ils vous jugent loyal et fidèle. Vous n'avez jamais demandé à être rayé de la liste des émigrés. En outre, vous parlez non seulement parfaitement notre langue, mais aussi le français, l'allemand, l'italien et, surtout, vous savez survivre dans la clandestinité et vous battre dans l'ombre.

Gabriel ne savait que répondre, mais il comprenait que c'était aussi une occasion inespérée de se rendre utile à son roi et de montrer ses capacités à son beau-père.

— Irai-je en France ? demanda-t-il avec espoir.

— Certainement pas ! Nous avons surtout besoin d'agents pour transporter des fonds en Allemagne ou en Russie, parfois aussi pour rechercher des documents ou encore rencontrer des intermédiaires. Si vous nous rejoignez, Lord Portland vous expliquera exactement ce qu'il attend de vous.

Gabriel accepta.

C'est à cette époque que Gabriel reçut une nouvelle lettre d'Alice de Puylaurens. La dépêche avait transité par l'Espagne. Alice y parlait du nouveau préfet des Bouches-du-Rhône, le général Thibaudeau, qui venait fréquemment à Aix, de Sallier, nommé maire de la ville, et de toute une petite série d'incidents qui l'avaient charmée ou inquiétée. Elle concluait encore en espérant une amnistie.

Mais après l'échec de la conspiration de Cadoudal et de Pichegru, une grâce en faveur des émigrés n'était plus envisageable. À Aix même, d'anciens monarchistes furent accusés d'avoir soutenu l'intrigue. Ce fut le cas de Fauris de Saint-Vincens, de François de Fortis – qui pourtant proclamait sa fidélité à Bonaparte – et même d'Honoré de Cotignac.

En juillet 1804, Lucien Bonaparte ayant suffisamment fait preuve d'incompétence, Fouché redevint le tout-puissant ministre de la Police.

Le reste de l'année 1804 s'écoula dans d'intenses préparatifs de guerre bien que celle-ci ne fût pas formellement déclarée. Chacun organisait ses alliances : autour de la France se rassemblaient les Pays-Bas annexés, l'Italie et l'Espagne. En face, l'Angleterre tentait de mettre en place une nouvelle coalition – la troisième – avec l'Autriche, la Prusse et la Russie.

Pour sa première mission au service du *Secret Department*[1], Gabriel se rendit à Hambourg. Il en ramena des documents qu'il avait dérobés dans le coffre-fort d'un imprimeur, agent double de l'Angleterre et de Fouché.

À son retour, en décembre, il prit connaissance, par les journaux, du récit de l'incroyable couronnement de l'empereur des Français. À cette lecture, il se rendit compte qu'il était en exil depuis bientôt trois ans et qu'il ne rentrerait peut-être jamais chez lui, que jamais il ne reverrait Alice de Puylaurens et que jamais justice ne serait rendue à Camille de Clapiers.

Il en fut désespéré et tomba dans un profond abattement.

1. Installé au 20, Crown Street, dans les locaux de l'*Alien Office*.

Au début de l'année 1805, la France, qui préparait activement un futur débarquement sur les côtes anglaises, instaura un blocus de l'île et rassembla cent cinquante mille hommes à Boulogne. Malgré cela, Hyde de Neuville parvint à revenir en Angleterre pour quelques jours. Il venait annoncer au comte d'Artois et à M. Pitt qu'il abandonnait la lutte. C'est aussi ce qu'il expliqua à Gabriel, juste avant de retourner en France en passant par l'Espagne :

— Il n'y a plus rien à tenter, j'ai fait tout ce que j'ai pu mais seule la Providence pourra détruire ce régime. Bonaparte a trop de chance et les Bourbons ne remonteront jamais sur leur trône.

— Allez-vous… vous rallier ? s'offusqua Gabriel.

— Certainement pas ! Simplement, je désire abandonner ce combat dans l'honneur. Mon épouse a pris quelques contacts avec des proches de… l'empereur, puisqu'il faut l'appeler ainsi. Au cours de l'année dernière, nous avons joué au gendarme et au voleur avec sa police. Il a tout tenté pour me capturer, mais il n'y est pas parvenu. Il me craint toujours, aussi est-il favorable à un accord : j'arrête de lutter contre lui, je m'exile en Amérique, mais, en échange, je désire obtenir un passeport français et la fin des poursuites contre moi et ma famille. Rien n'est encore décidé, mais j'ai bon espoir d'aboutir. Évidemment, si Bonaparte refuse, je continuerai à le harceler, mais ce sera sans espoir. J'ai aussi un conseil à vous donner, mon ami : si vous pouvez négocier, faites-le à votre tour, sinon vous finirez vos jours ici.

Apparemment, Neuville ignorait tout de l'appartenance de Gabriel au *Secret Department*.

Le baron repartit – avec une lettre pour Alice – et Gabriel en ressentit encore plus de solitude. Il n'apprit qu'un an plus tard qu'Henriette de Neuville avait réussi à rencontrer Napoléon en décembre 1805 et à obtenir le précieux passeport. Hyde lui narra cette entrevue dans une longue dépêche qui provenait d'Amérique où il s'était installé.

Gabriel, malgré sa mère et son beau-père, était désormais désespérément seul. Au sein des services secrets anglais, il n'avait que de rares relations avec la jolie Lady Jordan. C'était elle qui lui expliquait les missions qu'on attendait de lui.

L'année 1805 fut accablante pour les Français en exil : se succédèrent les victoires d'Ulm, de Friedland et surtout d'Austerlitz. L'Autriche fut écrasée et Napoléon entra triomphalement dans Vienne. Seule la victoire de Trafalgar, en octobre, permit à l'Angleterre d'éviter l'invasion de son sol en restant maîtresse des mers.

Oui, désormais, pour l'Europe entière, Boney était invincible.

Un triste jour de janvier 1806, Lord Cavendish annonça à son beau-fils que William Pitt, l'impitoyable adversaire de l'empereur, venait de succomber à la fois à la maladie, à la fatigue et au découragement depuis qu'il avait appris la victoire d'Austerlitz.

Lord Grenville fut nommé Premier ministre.

L'année 1806 ne fut pas meilleure que la précédente. En Europe, Bonaparte s'était maintenant attaqué à la Prusse. L'écrasante victoire de Iéna lui permit d'entrer dans Berlin. La Pologne tomba à son tour. Le ministère

Grenville ne cherchait plus qu'à protéger l'Angleterre et ses intérêts. Le *Secret Department* de Crown Street fut mis en veilleuse.

Vers la fin de l'année, Alice lui fit parvenir une nouvelle lettre par l'intermédiaire d'Auguste de Forbin. Elle lui apprenait que Joseph d'Arbaud avait été nommé sous-préfet d'Aix et François de Fortis maire de la ville. Honoré de Cotignac avait reçu la Légion d'honneur et un titre de baron d'Empire. Gautier du Poët était venu passer quelques semaines discrètes après avoir été emprisonné à nouveau par la police de Fouché. Il était désormais conseiller à l'ambassade de Russie à Rome. Charles de Coriolis était aussi comblé d'honneurs.

Ainsi, tous les *Compagnons du soleil* qui l'avaient abandonné connaissaient le succès et la félicité, quand lui ne reverrait sans doute jamais son pays natal.

1807 marqua la consécration des victoires de Napoléon. Eylau, Friedland, Tilsit. L'empereur allait de succès en succès et écrasait à chaque fois les armées russes et prussiennes, forçant le tsar à un armistice mais aussi à se retourner contre l'Angleterre. Le fragile ministère de Grenville ne put résister à pareils coups de boutoir d'autant que, libre sur le front de l'Est, et après avoir dépecé la Prusse, Bonaparte songeait à se tourner vers le Portugal, dernier allié de l'Angleterre en Europe.

Le duc de Portland fut nommé Premier ministre. Le cabinet Grenville avait duré moins d'un an.

Portland, de son nom de famille William Henry Cavendish, était donc un cousin éloigné de Lord Cavendish. Il était décidé à gagner cette guerre qui s'éternisait et fit appel à un jeune officier de talent,

Arthur Wellesley[1], qui s'était brillamment distingué en Égypte. Wellesley obtint rapidement d'éclatants succès au Portugal et au Danemark.

Pour le ministère des Affaires étrangères, Portland avait choisi son beau-frère, George Canning, un brillant stratège qui était aussi un fidèle de William Pitt. Canning avait l'expérience du renseignement, car il avait été chargé de nombreuses missions secrètes en France sous le Directoire. C'est donc tout naturellement à Canning que le Premier ministre confia le *Secret Department*.

Sous son égide, on fit de nouveau appel au beau-fils de Lord Cavendish, et Gabriel de Montfort repartit en mission, d'abord en Russie, puis en Amérique où il rencontra son ami Neuville avec le plaisir que l'on devine.

Quand Gabriel rentra, il apprit que le vent avait tourné pour l'empereur Napoléon Bonaparte. L'Espagne se soulevait contre lui et George Canning développait une redoutable stratégie d'encerclement en accordant une aide illimitée à la rébellion espagnole, ce qui permit aux troupes anglaises de Wellesley d'écraser l'armée française en août 1808.

Mais la fermeté du blocus maritime entre les deux adversaires empêchait désormais toute communication avec la France. Gabriel ne reçut plus de lettre d'Alice de Puylaurens ni ne put lui en envoyer.

Au début de 1809, Louis XVIII, le prétendant au trône de France, chassé par la Grande Armée qui venait d'occuper la Pologne, se réfugia à son tour à Londres

1. Plus connu ensuite sous le nom de duc de Wellington ; c'est lui qui devait écraser Napoléon à Waterloo.

sous le nom de comte de l'Isle. Le comte d'Antraigues, ancien chef de la *Manufacture*, le rejoignit un peu plus tard et prit langue avec Canning. On murmurait que les restes de son agence intégreraient le *Secret Department*.

Alors qu'il venait justement d'être présenté au prétendant, Gabriel de Montfort fut approché une nouvelle fois par Matthieu de Montmorency, qui le prit à l'écart.

— Nous ne nous sommes pas vus très souvent, ces dernières années, monsieur le marquis, lui déclara prudemment Montmorency.

— Je ne fais pas partie de l'entourage de monsieur le comte d'Artois, répliqua tout aussi prudemment Gabriel. Mon beau-père est lord de l'Amirauté et, depuis quelque temps, je me suis placé au service du duc de Portland, ce qui me permet au moins d'être utile dans notre combat contre l'usurpateur.

— J'ai entendu parler des quelques missions que vous avez effectuées pour Canning. On murmure ici ou là que vous êtes un proche de Lady Jordan, sourit-il, et on connaît son activité à Crown Street quand elle ne joue pas la comédie à Covent Garden. Je sais aussi que vous aviez été volontaire pour débarquer avec nous lors de la tentative de Pichegru. On m'a déjà raconté vos exploits en Provence, il y a quelques années. Vous êtes quelqu'un de loyal, de courageux. Quelqu'un de bien. Nous pourrions avoir besoin de vous. La situation est en train de changer en Europe. Le retour du roi devient possible, seriez-vous prêt à nous aider ?

Effectivement, la situation évoluait favorablement pour l'Angleterre, mais tout en restant bien incertaine :

en Espagne, défaites et victoires se succédaient dans les deux camps, chaque fois assorties de milliers de victimes et d'innommables atrocités. L'Autriche était rentrée dans la guerre et, à nouveau, Bonaparte venait de l'écraser. Mais les victoires de l'empereur étaient de plus en plus difficiles, de plus en plus coûteuses en vies humaines. La France s'épuisait, les soutiens de l'empereur l'abandonnaient, comme son ministre Talleyrand qui, après avoir été chassé du gouvernement, complotait désormais avec les Autrichiens. On murmurait même que le régicide Fouché avait discrètement contacté le gouvernement anglais !

— Que puis-je faire pour le roi ? répondit prudemment Gabriel.

— Il ne s'agit pas directement de lui, répliqua Montmorency d'un geste vague de la main après s'être éclairci la gorge. Je suis à la tête d'une organisation qui recrute de nouveaux sympathisants. Nous en avons déjà des milliers en France et quelques-uns en Angleterre.

— Une armée secrète ?

— Pas vraiment une armée, disons plutôt… une franc-maçonnerie qui, le moment venu, se mettra au service des Bourbons. Nos membres se répartissent en trois niveaux. D'abord les associés de charité, les plus nombreux, qui nous font parvenir de l'information et se dévoileront lorsque l'heure sera venue. Ils sont chargés de prendre le pouvoir en France quand le régime de Bonaparte s'écroulera. Les associés sont regroupés en bannières dirigées par des grands maîtres que nous nommons les cardinaux noirs. Je suis grand maître, ici. Notre grand maître supérieur[1] réside en France. Il y a aussi les chevaliers. Ce sont eux qui sont actifs. J'avais pensé que vous pourriez devenir chevalier pour une prochaine mission que j'envisage de mener en France.

— En France ? s'étonna Gabriel, plein d'espoir. Dans ce cas, je suis votre homme.

— J'ai pensé à vous car cette mission, si vous l'acceptez, et si nous obtenons l'aide nécessaire du gouvernement anglais, se déroulera en Provence. À Aix même, siège de l'une de nos bannières. Vous serez sous les ordres de notre cardinal noir, là-bas.

— Je vous l'ai dit, je suis prêt.

Montmorency lui mit une main sur l'épaule.

— Nous en reparlerons plus tard.

En octobre 1809, le duc de Portland succomba à une longue maladie. Spencer Perceval fut nommé par le roi George pour lui succéder. La réputation de Perceval était celle d'un homme énergique et prêt à tout pour écraser Boney.

Au début du mois de novembre, Gabriel fut avisé par son beau-père que le Premier ministre désirait le rencontrer à son domicile de Downing Street. Il s'y rendit empreint d'un mélange de curiosité et d'espérance. Depuis huit ans, il vivait dans une apparente oisiveté dorée, bien que ses compétences, ses capacités intellectuelles et sa forme physique fussent exceptionnelles, comme il l'avait prouvé à plusieurs reprises pour le *Secret Department*.

1. Il s'agissait de Ferdinand de Bertier.

Peut-être allait-on enfin lui confier une mission en France ?

Un officier d'état-major le fit entrer dans le bureau du ministre. Les autres participants venaient d'arriver : il y avait là George Canning – qui n'était plus ministre depuis qu'il s'était battu en duel avec le ministre de la Guerre pour un désaccord entre eux – et Matthieu de Montmorency.

Canning avait failli devenir Premier ministre, aussi n'appréciait-il guère Spencer Perceval, son concurrent. Mais sa connaissance de l'Europe, des chancelleries, ainsi que de la situation en France et surtout de la guerre de l'ombre, en faisait un homme irremplaçable. C'est pour ces raisons que Spencer Perceval lui avait laissé la direction du *Secret Department* en le dotant de moyens nouveaux et importants. Aussi Canning avait-il pu recruter le comte d'Antraigues et les nombreux agents de la *Manufacture* qui restaient sur le continent.

— Cette réunion a pour objet de discuter d'une opération secrète en France. Il n'y en aura donc aucune trace écrite, expliqua en préambule Spencer Perceval.

» Le sort des armes reste incertain, poursuivit-il. Or, le coût de la guerre est vertigineux pour notre pays. Il se trouve que M. de Montmorency est venu me présenter un projet qui, s'il aboutissait, permettrait d'abréger cette guerre. Cette fois, il ne s'agit plus d'une de ces stupides entreprises comme les avait préparées Cadoudal ou le comte d'Artois et qui visaient à assassiner Boney. Ce qu'il me propose, c'est une opération à la fois bien plus solide et bien plus habile. Je vais lui laisser la parole pour qu'il vous l'expose et que je puisse avoir votre avis.

Gabriel l'observait alors qu'il martelait ce discours. Perceval était un homme au visage franc et ouvert, aux traits énergiques à peine tempérés par ses cheveux longs déjà gris. Son attitude, son maintien, son front haut, son menton carré et volontaire faisaient ressortir sa volonté inflexible de gagner une guerre qui avait trop duré.

Montmorency les salua et commença sa présentation :

— L'année dernière, le gouverneur de Rome, un général de brigade, a été renvoyé en France et placé en demi-solde. Officiellement, il était sanctionné pour trafic avec des tenanciers de maisons de jeux. En vérité, c'est Eugène, le vice-roi, qui l'a fait chasser pour cause de propagande républicaine. Car notre officier est un homme étonnant. Il se nomme Claude-François de Malet et son père était chevalier de Saint-Louis. Lui s'affirme républicain, il a été commandant de la garde nationale. Sous le Directoire, il a même été chef d'état-major. Ensuite, sa carrière s'est mise en veilleuse tant il s'est opposé au consulat à vie, puis à l'Empire.

» Renvoyé à Paris, donc, il y attendait son jugement quand, avec quelques autres officiers aussi idéalistes que lui et compagnons d'infortune, il a mis au point un stratagème incroyable visant à renverser l'empereur.

» Cet homme a une forme de génie de l'organisation, de l'invention et surtout du théâtre. Il connaît admirablement les arcanes de l'armée et a observé à quel point le système imposé par Bonaparte repose sur l'obéissance absolue des subalternes. Il était persuadé qu'un homme revêtu d'un costume de général chamarré pouvait se faire obéir de n'importe quel officier subalterne. Pour le prouver, il a fait imprimer des milliers d'affiches d'un faux *sénatus-consulte* annonçant la destitution de l'empereur et la nomination d'un gouvernement provisoire dans lequel lui et ses amis se trouvaient. Il avait prévu, revêtu d'un uniforme d'officier supérieur, muni de faux ordres et accompagné de faux soldats, d'arrêter l'archichancelier Cambacérès qui exerçait le pouvoir durant l'absence de l'empereur. Il assurait pouvoir réaliser un coup d'État sans violence, sans même tirer un coup de feu !

— Apparemment, votre plaisantin n'a pas réussi, ou alors on a oublié de m'en informer, ironisa Canning.

— Effectivement, il est actuellement en prison à la Force pour avoir conduit cette invraisemblable opération. Il n'a pas réussi parce que la police de Fouché est admirable. Le ministre de la Police connaissait le projet depuis son début. Quand il l'a jugé nécessaire, Fouché a fait arrêter le général Malet et l'a fait interner à la Force.

— Comment avez-vous su tout ça? demanda Canning, amusé quand même par l'élégance de l'entreprise du général républicain.

— Plusieurs hommes à moi sont à la Force, ils y obtiennent des confidences des prisonniers qui peuvent nous être utiles. Malet a parlé à l'un d'eux qui a fait parvenir un *postillon*[1] à l'un de mes agents extérieurs, lequel a reconstitué toute l'histoire et m'a envoyé un mémoire.

1. Boulette de pain dans laquelle les prisonniers glissaient un message qu'ils envoyaient par-dessus le mur d'enceinte de la prison.

— Très bien, acquiesça Canning en levant une main comme s'il ne désirait pas en savoir plus. Quel est donc votre projet désormais ? Recommencer cette opération ?

— Exactement ! s'enflamma Matthieu de Montmorency. Mais à une toute autre échelle. Pour cela, il me faut approcher le général Malet et le convaincre que je suis capable de lui fournir des moyens suffisants pour que l'opération réussisse.

— Vous noterez, mon cher Canning, intervint Perceval en regardant son collègue avec un sourire pétillant de malice, que le gros avantage de cette entreprise, qu'elle réussisse ou qu'elle échoue, est qu'elle n'entraînera pas mort d'homme. Il s'agit uniquement de permettre une dynamique de destitution de Boney. Beaucoup en France en ont assez de la guerre, me répète-t-on souvent. Ceux-là sont certainement prêts à croire n'importe quoi. Laissons-les agir… ne fournissons que l'étincelle et la mèche.

— C'est fort possible, reconnut Canning après un instant de réflexion. En cas d'échec, Malet sera pris et fusillé. Mais comme il a déjà organisé un tel complot, on ne pourra en rien nous accuser. Cependant, en cas de succès, que se passera-t-il ensuite ?

— Je dispose d'une organisation bien implantée à Paris et dans les grandes villes de France, expliqua Montmorency. Elle est constituée de notables, de politiques, d'officiers. Sur un ordre de moi, ces gens réclameront le retour des Bourbons. Notre roi est prêt. Il arrivera alors en France et le pouvoir lui sera rendu par le Sénat dont beaucoup de membres sont déjà nos alliés. Quant à l'armée, elle ne bougera pas. Malet peut aisément faire nommer quelques généraux qu'il connaît bien et qui se feront obéir des hommes de troupe, lesquels en ont assez de traverser l'Europe à pied pour se faire massacrer.

— Vous paraissez oublier le ministre de la Police, M. Fouché, remarqua Gabriel qui avait écouté avec attention. S'il connaissait le premier projet du général Malet, il percera vite le second. En outre, vous et vos agents ne pourrez certainement pas obtenir la libération de Malet. N'oubliez pas qu'il est en prison, et là, il ne peut vous servir à rien.

— Vous êtes dans le vrai, lui répliqua Montmorency, les yeux espiègles. Voilà pourquoi j'ai besoin de l'aide du gouvernement anglais. Tant que Fouché sera ministre, Malet restera inabordable, mais si Fouché est écarté, nos agents à Paris devraient pouvoir obtenir du nouveau ministre de la Police son transfert, peut-être même un régime de semi-liberté. Mon objectif est donc de déconsidérer Fouché aux yeux de l'empereur, de le faire destituer, exiler ou même – pourquoi pas ? – fusiller.

Il considéra un instant ses auditeurs avant de poursuivre :

— Pour cela, je propose que le gouvernement de Lord Perceval lui fasse parvenir un émissaire. Ce représentant lui proposerait d'ouvrir des négociations secrètes et lui ferait miroiter de devenir le Premier ministre du pays si l'Angleterre l'emportait. Fouché est actuellement fort soucieux quant à son avenir : Napoléon courtise l'empire autrichien, et l'archiduc pourrait bien demander la tête du plus célèbre régicide. En même temps, la Grande Armée s'enlise en Espagne, les désertions se font de plus en plus nombreuses et Fouché – pardon, le duc d'Otrante ! – critique de plus en plus ouvertement son maître. À mon avis, il acceptera d'autant plus facilement de discuter qu'il sera flatté de votre demande.

— Ensuite ? demanda Canning en se frottant le menton dans un geste de perplexité.

— Quand Fouché sera ferré, il suffira de le dénoncer à Bonaparte. Il sera aussitôt accusé de trahison, et peut-être passé par les armes, proposa-t-il avec flamme.

— Joli ! reconnut Canning en hochant la tête. Et après ?

— J'obtiendrai le transfert de Malet dans une maison de santé. Beaucoup de militaires l'estiment et jugent qu'il est mentalement fatigué. Un médecin complaisant me fournira les certificats nécessaires.

» Après quoi, il me faudra de l'or. En effet, pour que cette entreprise réussisse, il sera nécessaire d'utiliser des moyens bien supérieurs à ceux que Malet a employés. Nous aurons besoin d'une petite troupe de fidèles, ou de mercenaires, pour investir les ministères. Il sera évidemment indispensable de fabriquer de faux papiers et des affiches. Surtout, il faudra corrompre quantité d'officiers et de gens haut placés, graisser des pattes…

— Combien vous faut-il ? trancha Canning.

— Disons, cinquante mille francs, en or bien sûr, et deux cents mille francs en billets de mille francs.

— Cela fera une charge d'une trentaine de livres compte tenu du poids des pièces d'or, médita Gabriel à haute voix. (Il avait déjà été chargé de tels transports de fonds et savait à quel point le poids était un rude adversaire.) Comment faire parvenir discrètement une telle quantité d'or en France ?

— Ce sera là votre tâche, le coupa Perceval. Nous avions tout d'abord envisagé le débarquement d'un homme en Bretagne, mais la maréchaussée est trop efficace là-bas. Après réflexion, nous avons songé à la Provence. Nos navires sont les maîtres de la Méditerranée et notre marine dépose régulièrement des agents de renseignements dans le Midi. Vous avez déjà rempli de telles missions, et toujours avec succès, m'a affirmé Canning quand je lui ai proposé votre nom. En outre, vous connaissez parfaitement le pays.

— C'est moi qui ai demandé à monsieur le Premier ministre de vous choisir, intervint Matthieu de Montmorency. Cet or que vous transporterez, il vous faudra le remettre au grand maître de notre bannière d'Aix. Il était donc indispensable que celui qui porterait cette somme fût membre de notre société.

— Je comprends, intervint Canning. Il vous fallait un Français, originaire de Provence, et membre du *Secret Department* ! M. de Montfort est le seul à satisfaire à toutes ces conditions, ironisa-t-il.

— En effet, monsieur. Après son débarquement discret, M. de Montfort ne devrait pas avoir trop de difficultés pour se rendre jusqu'à Aix avec l'or et le remettre à la personne qui l'attend. Celle-ci le fera ensuite parvenir à Paris. Après quoi, il suffira à M. de Montfort de revenir au point de débarquement où une chaloupe le reprendra.

— J'accepte, bien sûr ! décida Gabriel, enthousiaste à l'idée de revenir dans sa ville natale.

— Je suis favorable à ce plan, décida à son tour Canning après avoir médité un instant. Seulement, monsieur de Montmorency, vous ne nous avez pas tout dit. Cette organisation que vous dirigez, nous en avons déjà entendu parler dans le passé, mais nous ne savons pas grand-chose sur elle. Il est temps de nous informer un peu plus. Ce que vous nous direz ne sortira pas de cette salle.

— Il y a deux niveaux, expliqua Montmorency après une seconde d'hésitation. Mon ami, Ferdinand de Bertier, et quelques autres ont créé il y a quelques années une société visant à défendre notre religion : vous la connaissez, c'est la *Congrégation de la Foi*. Cette société comprend des milliers de membres en France, et Napoléon la tolère. Seulement, derrière elle, se cache une autre organisation, secrète celle-là, qui est structurée comme l'est la franc-maçonnerie. Dans chaque grande ville est implantée une bannière avec à sa tête un grand maître. Chaque bannière compte des dizaines, parfois des centaines d'associés. Enfin, il y a les chevaliers. Ceux-là interviennent par quelque action violente quand c'est nécessaire, font parvenir des mémoires aux maîtres et circulent dans tout le pays. M. de Montfort a accepté d'en être.

— Je rencontrerai donc le grand maître d'Aix ? demanda Montfort. Je dois certainement le connaître… Quel est son nom ?

— Aucun nom ne circule jamais dans notre société, expliqua sévèrement Montmorency. Vous l'ignorerez donc et lui-même ignorera qui vous êtes. Vous aurez simplement un lieu de rendez-vous, sans doute une hôtellerie. C'est là que vous remettrez l'or suivant une procédure que je mettrai au point avec le grand maître de la bannière d'Aix.

— Nous direz-vous au moins le nom de votre société secrète ? demanda, en plaisantant, Canning.

— Ce sont les *Chevaliers de la Foi*. C'est justement le grand maître de la bannière d'Aix qui a proposé cette appellation à Ferdinand de Bertier. Un de ses ancêtres avait fondé une société de ce nom, et cette dénomination nous a plu.

Gabriel sentit son cœur se serrer brusquement. Il devint blanc comme du marbre, mais heureusement personne ne parut le remarquer. La révélation qu'il venait d'entendre était inimaginable, terrifiante, effroyable ! Il se sentit étourdi, le souffle coupé, car il connaissait bien l'histoire de la Provence et donc celle des *Chevaliers de la Foi*[1].

Un seul homme pouvait se targuer d'avoir pour ancêtre le fondateur des *Chevaliers de la Foi*. Et cet homme était *Capéou*. C'était lui, le grand maître d'Aix ! Il en resta assommé, et ce fut dans une sorte de cauchemar qu'il entendit vaguement Spencer Perceval expliquer en riant à Canning :

— L'avantage de livrer cet or à Aix est que si la police parvenait malgré tout à le saisir, Boney serait certain que c'est un coup monté de Fouché puisque son ministre est sénateur d'Aix ! Il serait donc rapidement fusillé et nous en serions définitivement débarrassés !

1. Voir *Nostradamus et le dragon de Raphaël*, même auteur.

8

De janvier à l'été 1810

Capéou était effectivement le grand maître – le cardinal noir – de la bannière d'Aix. Quelques années auparavant, après avoir quitté la capitale de la Provence, comme d'autres responsables des *Compagnons du soleil*, il avait été approché par l'agence anglaise de Hyde de Neuville. Par son audace, son esprit tortueux et son absence de scrupule, il en était vite devenu un membre essentiel, un des rares capables de fournir des renseignements de grande valeur. Comme il excellait dans cette action discrète et ténébreuse, il avait vite été remarqué par Ferdinand de Bertier, qui recherchait de tels compagnons d'armes.

Très vite, Bertier s'était rendu compte qu'il tenait en *Capéou* une recrue de choix pour son grand dessein : développer dans toute la France une société secrète à l'image de la franc-maçonnerie et qui aurait pour objectif unique le retour des Bourbons sur le trône de France. *Capéou* s'enflamma lui aussi pour un tel projet qui, à ses yeux, lui octroierait une puissance occulte qu'il saurait utiliser à son profit.

Aussi, quand la société avait été créée par Matthieu de Montmorency, c'est lui qui en avait proposé le nom : les *Chevaliers de la Foi*, à l'imitation du groupe de fanatiques constitué par son aïeul pour chasser et décimer les protestants de Provence.

De retour à Aix, sous le Consulat, il avait été flatté d'avoir été désigné pour diriger l'une des premières bannières de la société. Celle-ci comprenait maintenant une centaine de membres dont aucun ne connaissait le grand maître, qui n'assistait jamais aux rares réunions des dirigeants.

Mais en vérité, plus le pouvoir de Napoléon se renforçait, plus *Capéou* regrettait son ralliement à la mystérieuse société.

Car, si grâce à sa place et à son influence au sein des *Chevaliers de la Foi*, il avait retrouvé cette prospérité qu'il avait perdue durant la Révolution, c'est l'Empire qui lui avait apporté fortune, charges et honneurs. Pour rien au monde, *Capéou* n'aurait souhaité la ruine de Bonaparte. Or, la disparition de l'empereur, c'était justement le but des *Chevaliers de la Foi !*

Il aurait bien quitté une société qui désormais lui faisait peur, mais il connaissait aussi Ferdinand de Bertier. Il le savait capable de le faire disparaître, sitôt qu'il aurait émis un tel vœu. Donc il restait grand maître, se consacrant uniquement à la transmission de dépêches et participant le moins possible au fonctionnement local de la bannière.

C'est au début de l'année 1810 que *Capéou* reçut un messager lui apportant une lettre chiffrée provenant de Londres et passant par Paris. C'était la procédure habituelle : tout courrier devait être crypté deux fois, et chaque fois avec un code propre à la bannière de transition.

Le déchiffrage fut assez long mais, quand il en vint à bout, *Capéou* était livide tant la terreur l'avait envahi.

Dans cette lettre, le grand maître de Londres l'informait de la venue prochaine, sans doute durant l'été ou à l'automne, d'un chevalier qui transporterait deux cent cinquante mille francs en pièces d'or et en billets. L'émissaire serait débarqué clandestinement par la marine anglaise et le grand maître d'Aix aurait pour charge de le récupérer et de le conduire jusqu'à Aix.

Un autre chevalier, arrivant de Paris, recevrait les fonds et les emporterait. *Capéou* avait seulement à organiser l'opération, par exemple dans l'hôtellerie où logerait celui qui venait prendre l'argent. Quant à l'homme qui arriverait de Londres, si par prudence Montmorency ne donnait aucun nom, il fournissait cependant une indication maladroite en précisant qu'il s'agissait d'un aristocrate aixois vivant en Angleterre depuis bientôt dix ans et qui était un ancien *Compagnon du soleil*. Montmorency avait ajouté ces précisions pour que le grand maître d'Aix sût qu'il aurait affaire à un homme qui n'avait pas froid aux yeux et à qui il pouvait faire confiance.

Capéou avait toujours été très discret sur son passé, et Montmorency ignorait donc qu'il avait été lui-même *Compagnon du soleil*. Il n'avait donc pas songé qu'avec ces précisions, le grand maître d'Aix identifierait l'envoyé du gouvernement anglais.

Ce courrier ne pouvait donc que paniquer le grand maître de la bannière d'Aix. Bien que ce ne fût pas dit, il s'agissait à l'évidence d'une nouvelle conspiration dirigée contre l'empereur, ce qui ne présentait que des périls pour lui. Soit le complot réussissait et il perdrait tous les avantages acquis sous l'Empire (certes, le retour de la monarchie pourrait lui en apporter d'autres, mais cela restait hypothétique). Soit le complot échouait et il pourrait bien être découvert, arrêté et fusillé !

Au-delà, il y avait aussi la personnalité de l'envoyé de Londres. Il n'ignorait pas que Gabriel de Montfort avait rejoint sa mère après la mort de Camille de Clapiers. Ne sachant pas exactement ce que Montfort avait deviné ou appris sur son rôle de traître, *Capéou* était discrètement intervenu auprès du préfet pour que Montfort ne fût jamais rayé des listes des criminels recherchés. Pendant des années, il avait été persuadé que Gabriel ne rentrerait jamais pour lui demander des comptes, et que s'il le faisait, il serait pris et fusillé avant d'agir contre lui.

Seulement, le courrier de Montmorency lui ouvrait d'effroyables perspectives : si, comme il en était à peu près certain, l'émissaire était Montfort, une confrontation entre eux serait inévitable, et particulièrement redoutable pour lui.

Après un temps de méditation, il se rassura quelque peu : il lui restait un avantage appréciable puisqu'il savait – ou croyait savoir – qui était l'émissaire du gouvernement anglais, alors que ce dernier ignorait forcément qu'il aurait affaire à lui, *Capéou*. Le cloisonnement était tel chez les *Chevaliers de la Foi* qu'il était invraisemblable que Montmorency eût commis l'imprudence de donner son véritable nom à Montfort.

La solution lui apparut alors somme toute assez simple : il suffisait de faire disparaître Gabriel avant qu'il n'arrivât à Aix. Pourquoi pas, même, lors de son débarquement ? Une telle disparition présenterait en outre deux avantages : la conspiration serait décapitée et l'or anglais pourrait revenir dans son escarcelle.

Diable, c'est que deux cent cinquante mille francs représentaient une somme appréciable ! Seulement, comment s'y prendre pour ne pas être soupçonné par ses complices ? Il ne pouvait tuer ou faire tuer Montfort au moment où il débarquerait, d'autant qu'il serait sans doute sous la protection de marins anglais.

En revanche, cela pourrait se faire durant son trajet jusqu'à Aix. Pourquoi ne pas proposer à Matthieu de Montmorency un voyage en malle-poste pour son envoyé… Une malle-poste pouvait être attaquée par des brigands qui assassineraient les passagers… cela n'étonnerait personne, d'autant qu'il y avait une recrudescence du brigandage en Provence, avec tous ces insoumis et ces déserteurs qui battaient la campagne…

Certes, l'insécurité avait cessé dès le début du siècle avec la création de tribunaux spéciaux. Pourtant, les agressions contre les gens et les biens avaient repris depuis quelques mois : diligences et courriers de poste étaient de plus en plus fréquemment arrêtés et volés. Cela se produisait surtout en Ardèche, dans le Var, la Drôme ou le Vaucluse.

À l'idée d'une attaque de diligence, *Capéou* se souvint avec une certaine nostalgie de ses anciennes chevauchées, lorsqu'il était *Compagnon du soleil*. Combien de fois avait-il arrêté des voitures de poste pour les rançonner !

Il sentit confusément qu'il y avait là une idée à saisir. Il médita longuement jusqu'à ce que de son esprit tortueux surgisse un plan encore plus machiavélique : pourquoi ne pas faire accuser Montfort de trahison par les *Chevaliers de la Foi* ?

Pour cela, il lui fallait d'abord ressusciter les *Compagnons du soleil*. Cette nouvelle bande devrait attaquer quelques diligences pour se faire craindre, puis un dernier guet-apens aurait lieu sur la malle-poste qui transporterait Montfort.

Mais comment reconstituer une bande de fidèles ? Et qui en prendrait la tête ? Lui-même ? Il sourit à cette idée. Non, il était trop vieux et ce serait trop dangereux.

Il songea alors à son ancien compagnon et complice, Narcisse Guitton. L'ancien tonnelier vivait désormais à Marseille où il s'occupait de la *Mounine*, un cabaret au pied de la butte aux Moulins, au fond d'une infâme impasse de la rue Bouterie, le quartier de la luxure la plus sordide. Parfois, *Capéou* lui rendait visite pour lui demander un petit service, qu'il lui payait toujours grassement, comme faire disparaître un gêneur ou voler quelque objet d'art qu'il convoitait.

Oui, l'ancien tonnelier Guitton devait être capable de mettre sur pied une petite bande de canailles prête à tous les crimes, avec les déserteurs, les réfractaires et les vagabonds qui fréquentaient son cabaret et ses filles.

Il décida de se rendre à Marseille pour rencontrer son ancien complice.

L'auberge de Narcisse Guitton n'était nullement une de ces accueillantes hostelleries comme il y en avait, par exemple, dans la rue du Panier. Non, c'était un infâme cloaque dont la minuscule salle, qui puait à la fois la sueur et le graillon, était fréquentée par la pègre la plus sordide du port.

Dans ce bouge, Narcisse ne s'occupait de rien ; il y battait sa flemme, cuvait son vin ou, plus rarement, préparait des coups véreux avec quelques comparses. C'était sa maîtresse, *La Bachasse*, une femme obèse, violente et moustachue, qui dirigeait la gargote et veillait au travail des paillasses et des calèges[1] qui s'activaient à l'étage, d'où le nom du cabaret : *La Mounine*.

Capéou se rendit à Marseille en diligence, puis suivit un moment les quais avant de pénétrer dans ce quartier livré à la crasse, à la débauche et au crime. Il traversa la rue Bouterie, hélé par toute une faune de femmes dépoitraillées, et sous leurs quolibets graveleux grimpa la traverse mi-ruelle, mi-escalier qui conduisait au bouge de son vieux complice.

Il trouva Guitton affalé dans une salle déserte. La crasse et la puanteur de la dégoûtante gargote semblaient rebuter même ses plus répugnants habitués.

Narcisse ouvrit un œil vitreux, gonflé par l'alcool, et, reconnaissant son ancien patron, le salua d'un rictus édenté en repoussant une longue mèche de cheveux gris qui barrait son visage bouffi. L'ancien tonnelier était toujours d'une taille colossale, mais l'âge, la paresse et le vice avaient transformé ses muscles en graisse, et son ventre ressemblait à l'une de ces barriques qu'il fabriquait jadis.

— Les affaires ne marchent pas fort, remarqua *Capéou*, écœuré.

— C'est la faute à *La Bachasse*, se plaignit-il. Elle a tant battu les filles qu'elles se sont presque toutes enfuies. Tu es venu pour en choisir une ? J'ai rien de bien beau pour toi en ce moment… Enfin, si tu es pas difficile…

1. Prostituées.

— Non, rassure-toi, je viens te proposer une affaire.

— Quel genre d'affaire ? bredouilla l'obèse.

— Facile, et qui rapporte gros !

À voix basse, il ajouta :

— Tu te souviens du temps où tu étais avec moi…

— C'était la bonne époque !

— Tu vas reprendre du service. Tu es capable de rassembler une dizaine de braves ?

— Pour quoi faire ? s'inquiéta Narcisse en plissant les yeux.

Capéou haussa les épaules.

— Pour attaquer les diligences, bien sûr !

— Tu veux me faire couper le cou ? marmonna l'autre.

— Mais non ! Il s'agirait juste de trois ou quatre petites agressions, seulement je les voudrais bien sanglantes.

— Je ne comprends pas…, fit la brute en secouant la tête.

— Tu te souviens de Montfort ?

— Si je m'en souviens ? Que je le voie ici et je le découpe vivant, menaça-t-il en se redressant soudainement.

— Eh bien, tu vas en avoir l'occasion. Voici mon plan : dans quelques mois, Montfort sera à Toulon. De là, il prendra la diligence pour Aix. Il aura avec lui une grosse somme dans un sac. Je veux que tu attaques la malle-poste, que tu le tues et que tu me rapportes l'argent. Mais ne t'inquiète pas, je ne garderai pas tout, tu auras ta part.

— Pourquoi trois ou quatre attaques ? demanda le tonnelier en plissant le front, l'esprit complètement embué par l'alcool.

— Tu vas comprendre. Je t'indiquerai des diligences transportant des fonds. Dans les premières embuscades, tout ce que tu voleras, tu le garderas. Simplement, toi et tes hommes vous déguiserez en *Compagnons du soleil*. Vous commettrez une agression tous les trois mois, ensuite il y aura cette dernière attaque, contre Montfort. Pour celle-là, vous le tuerez ainsi que les passagers et les postillons, puis vous habillerez Montfort en *Compagnon du soleil*. La police croira qu'il était le chef de la bande et qu'il est mort dans l'attaque. Avec un peu de chance, l'enquête de la maréchaussée s'arrêtera et tout sera terminé.

Il se tut un instant, comme si une nouvelle idée lui était venue, puis précisa dans un sourire torve :

— Ce qui serait mieux, même, c'est que quelques-uns de tes hommes soient aussi tués. La justice penserait que toute la bande a été exterminée…

— Pas mal…, grimaça la brute avec malveillance. Je pourrais recruter deux ou trois niais et les abandonner sur place… Mais dis-moi, les passagères, s'il y en a ?

— Tu en feras ce que tu veux. Je te l'ai dit, je ne veux que l'argent de la dernière attaque, pour le reste, tu agis à ta guise.

— Tope là ! Tiens, voilà la dernière calège qui me reste, si tu la veux, je te la donne ! proposa-t-il en désignant une maigre souillon aux cheveux filasse, à moitié dénudée, qui s'avançait la mâchoire tombante.

Capéou refusa d'un geste avant de se lever pour repousser la fille.

Guitton trouva vite le ramassis de crapules qu'il lui fallait.

Sa bande était constituée de Martin, un gringalet édenté se disant déserteur de l'armée d'Espagne, Gapeau, un ancien pêcheur défiguré par une balafre turgescente qui lui barrait la face et lui fermait un œil – souvenir d'une rixe d'ivrognes où il avait reçu une ancre en pleine face –, Galabon, un sergent dégradé pour avoir trafiqué des munitions – un drôle fort amateur des radasses de *La Mounine* –, et enfin de deux Italiens qui avaient été brigands près de Florence : Sergio et Francesco.

Pégon, un de ses compagnons de beuverie, un homme si petit et si laid qu'on l'appelait le *Crapaud* à cause de ses bajoues pendantes, devint son lieutenant et bras droit.

La bande commit son premier coup de main en mars. Narcisse avait été prévenu par *Capéou* que la diligence qui quitterait Aix le jeudi pour Manosque transporterait un banquier et son épouse, lequel banquier devait emporter avec lui une forte somme.

Ils arrêtèrent la voiture après la Durance. La veille, il avait beaucoup neigé.

Le déroulement de l'agression fut épouvantable. Tenus en joue, postillon et cocher ne bronchèrent pas. Le banquier fut atrocement battu par Sergio et Francesco, car il refusait d'ouvrir le coffre de fer qui contenait son argent. Un garde qui l'accompagnait fut gravement blessé. L'épouse du banquier et sa servante furent emmenées dans les bois par Martin et Gapeau où, vêtements arrachés, elles ne sauvèrent leur honneur que par l'arrivée impromptue de bûcherons attirés par leurs hurlements.

Voyant que l'affaire risquait de mal tourner, Guitton donna l'ordre de la débandade, emportant toutefois un coffre plein d'or.

L'émotion fut considérable dans les jours qui suivirent. Depuis dix ans, jamais pareilles violences n'avaient eu lieu. Certes, il n'y avait pas eu de morts dans l'agression, mais les blessures graves et les inqualifiables grossièretés commises sur les passagères ne pouvaient qu'entraîner des mesures exceptionnelles.

Dès le lendemain de l'attaque, une réunion eut lieu à la sous-préfecture d'Aix en présence d'un officier de la gendarmerie, du sous-préfet Joseph d'Arbaud, du maire François de Fortis et du président de la Cour impériale de justice, Honoré de Cotignac. Les postillons, qui n'avaient été ni molestés ni blessés, y assistaient. Ils racontèrent l'agression :

— … Il y avait un arbre en travers de la route ! J'ai cru que c'était à cause de la neige tombée la veille. Je suis descendu, expliqua l'un des cochers, et ils sont sortis des fourrés comme des démons. On pouvait rien faire ! se justifia-t-il. Ils avaient des fusils et on n'a pas bougé, comme ils nous l'ont dit. C'est alors que le garde du banquier est descendu. Lui, il a sorti son sabre, mais un des brigands l'a frappé par-derrière. Ensuite…

Il poursuivit son récit. Parfois, le second cocher apportait une précision. Parfois aussi, François de Fortis ou Honoré de Cotignac intervenaient :

— Ces bandits, vous pourriez les reconnaître ?

Le postillon eut une moue dubitative.

— Peut-être, c'est difficile, deux avaient des mouchoirs sur la bouche, les autres étaient barbus, couverts d'un manteau. Mais par contre, je peux décrire leur habillement !

— Comment ça ?

— C'étaient des *Compagnons du soleil* !

— Quoi ! s'exclama Fortis, éberlué.

— Que savez-vous des *Compagnons du soleil* ? demanda sévèrement Cotignac, le président de la Cour impériale.

— J'en sais assez pour avoir été attaqué par eux en 1795, fit fièrement le postillon. J'ai gardé cette cicatrice. (Il montra une coupure sur sa tempe.) Je vous le dis, c'étaient les mêmes. Ils avaient les cheveux coiffés en oreilles de chien et une ceinture verte autour de la taille.

— C'est ridicule ! ricana Cotignac. Plus personne ne se coiffe ainsi.

— C'étaient des déguisements ! assena le cocher.

Sur les visages, la surprise avait fait place à l'inquiétude. Mais l'affirmation du bonhomme était tellement absurde qu'elle ne pouvait convaincre. On interrogea donc le second cocher, lequel n'avait pas prêté attention aux vêtements et ne pouvait assurer qu'ils avaient aussi des écharpes blanches au chapeau.

Le banquier, questionné à son tour, précisa qu'ils ne portaient pas de chapeau anglais à bord plat, mais de vulgaires bicornes déchirés.

Tout le monde respira. Ce n'étaient donc que des brigands et, comme les bêtes malfaisantes qu'ils étaient, on les pourchassa dans tout le département. Seulement, ils avaient disparu.

La gendarmerie multiplia les patrouilles et, durant plusieurs semaines, il n'y eut plus d'autre guet-apens.

Jusqu'au mois de mai.

Le nouveau traquenard contre la malle-poste de l'Esterel eut lieu sur la route de Draguignan. Cette fois, aucun passager ne fut blessé ou molesté et il n'y avait pas de passagère. Les bagages furent simplement volés et les voyageurs purent parfaitement décrire les brigands : Oui, ils étaient coiffés en oreilles de chien. Oui, ils portaient des chapeaux anglais à bord plat. Oui, leur taille était serrée d'une écharpe de toile verte. Et surtout, tous avaient remarqué le bouquet de lilas fixé à leur redingote, une redingote à l'anglaise d'un modèle qu'on ne portait plus depuis dix ans !

Les brigands étaient bien des *Compagnons du soleil* !

La mort dans l'âme, le maire d'Aix, M. de Fortis, prévint donc le préfet.

Une réunion eut lieu deux jours plus tard à la préfecture de Marseille, l'hôtel Roux de Corse, en présence d'Antoine-Clair Thibaudeau, comte et préfet, ainsi que des responsables de la police et de la gendarmerie du département. Le sous-préfet d'Aix, Joseph d'Arbaud de Jouques, qui venait d'être fait baron d'Empire, y assistait.

— Je ne tolérerai pas le développement du brigandage dans mon département ! menaça le préfet, assis devant son grand bureau de chêne. Imaginez que nous-mêmes, nos épouses ou nos filles soyons victimes de ces brutes ; le scandale serait terrible ! Insupportable !

» J'ai déjà à faire face à des émeutes d'affamés et je ne veux plus de désordre. Où en êtes-vous ? demanda-t-il à l'officier de gendarmerie qui, sur sa chaise, tentait de se faire tout petit.

— Des patrouilles de la maréchaussée sillonnent toutes les routes, tous les grands chemins, mais cette bande est insaisissable, s'excusa-t-il, penaud.

— Ce n'est pas la bonne méthode, intervint doucement le chef de la Sûreté du département, un gros bonhomme aux triples bajoues et à l'aspect d'un doux bourgeois qu'il n'était pas.

Chef de la police à Lyon, il avait efficacement secondé Fouché dans ses massacres et n'hésitait pas, comme son illustre maître Bertrand, l'un des chefs de division de la Sûreté, à faire écraser les doigts des suspects pour les faire parler. Outre sa brutalité, sa férocité, même, c'était un homme qui, à l'école de Joseph Fouché, n'ignorait rien des procédés policiers les plus ténébreux et les moins légitimes.

— Il faut trouver qui sont ces gens, poursuivit-il, ces *Compagnons du soleil*. Ensuite, il faut se faire recruter par leur bande. Une fois leur repaire connu, la gendarmerie ou l'armée frappera sans pitié.

— Il ne peut s'agir de *Compagnons du soleil*, protesta le sous-préfet, la tête droite et le cou raide, comme pour insister sur son affirmation.

— Qu'en savez-vous ? lui répliqua Thibaudeau avec une certaine méfiance. Connaissez-vous ces fripouilles-là ?

— Non ! non ! se défendit maladroitement Arbaud de Jouques avec un affolement bien trop visible. Simplement, avec mes amis Galliffet, Fortis, Coriolis ou Cotignac, nous en avons parlé, et un tel retour d'une époque révolue nous paraît invraisemblable. Sauf s'il s'agit de tout autre chose…

— De quoi donc ? demanda le gros policier en plissant les yeux tel un gros matou prêt à attraper une musaraigne.

— Je ne sais pas… peut-être une provocation, une manœuvre ou une agitation politique… Pourquoi pas, après tout ? Aix est la sénatorerie de monsieur le duc d'Otrante… Tout est possible… Quelqu'un qui lui en voudrait… J'émets des hypothèses tant cette affaire paraît incompréhensible… Inexplicable…

Il bredouillait, ne sachant plus comment s'exprimer sur un sujet si brûlant, alors qu'il remarquait les visages fermés de ses interlocuteurs et leurs regards qui tentaient de deviner ce qu'il avait en tête. Diable ! L'accusation était gravissime, hasardeuse, imprudente même. Certes, le duc d'Otrante s'était fait beaucoup d'ennemis, non seulement à l'étranger, mais aussi en France, pourtant, de là à les accuser de brigandage !

Évidemment, songeait Thibaudeau, Fouché avait des rivaux formidables. M. de Talleyrand, l'équivoque duc de Bassano, par exemple, était un de ses adversaires les plus puissants. Était-ce à lui que le sous-préfet faisait allusion ? C'est que, en vérité, il y en avait tant et tant ! Le préfet, qui avait connu Fouché sur les bancs de la Convention, était bien placé pour le savoir !

Il soupira, pensant qu'il pouvait aussi s'agir de quelque trouble machination menée par un rival qui désirait compromettre le ministre de la Police. Pourquoi pas une opération de Louis Nicolas Dubois, le préfet de police de Paris qui haïssait son chef ?

— Vous avez peut-être raison, reconnut Thibaudeau après cette longue méditation.

Antoine-Clair Thibaudeau, ancien conventionnel devenu général d'Empire, était un soldat valeureux, mais il n'ignorait rien des coups fourrés que pouvaient préparer les hommes de l'ombre. Et dans de telles conjectures, il avait appris qu'il était prudent de rester à l'écart.

— Vous m'avez d'ailleurs donné une idée. (Il joignit l'extrémité de ses mains pour mieux se concentrer.) Je vais envoyer un mémoire sur ces… incidents, non seulement à monseigneur le duc d'Otrante, mais aussi à M. Desmarets qui a en charge la police secrète et politique. S'il s'agit d'une détestable manœuvre de provocation, d'une tentative de subversion ou d'agitation contre notre ministre de la Police, ils parviendront à la résoudre. Dans le cas contraire, qu'ils pénètrent donc cette bande, ils en ont les moyens. Ensuite, nous nous chargerons de capturer et de punir ces gredins de muscadins, vrais ou faux.

Le reste de la réunion fut consacré à la préparation du mémoire pour le ministre et à la rédaction de leur demande d'aide de la part de la police secrète. C'était un travail délicat, car tout devait être rapporté quant aux faits, mais rien ne devait être écrit sur les hypothèses, en laissant cependant sous-entendre beaucoup.

Durant ce dernier travail, le chef de la Sûreté départementale ne cessait d'observer le sous-préfet d'Aix. Joseph d'Arbaud de Jouques paraissait fort réticent à mettre des moyens importants pour arrêter ces *Compagnons du soleil*. Pourquoi ?

Il se promit d'étudier de plus près le passé de cet honorable baron.

À peu près au même moment, disons au début du mois de mai 1810, Pierre-Marie Desmarets, chef de la police secrète de l'Empire, reçut un de ses espions arrivant de Londres. Cet agent, infiltré auprès du comte d'Artois, venait le voir plusieurs fois par an en passant par la Hollande. Il lui faisait un compte rendu détaillé de toutes les rumeurs qu'il avait entendues. Parmi les anecdotes qu'il rapporta, il fit état d'une société secrète, les *Chevaliers de la Foi*, dont certains murmuraient à mi-voix qu'elle cherchait à faire tomber le ministre de la Police.

— Dans quel but? demanda Desmarets, fortement intrigué.

L'espion l'ignorait.

Cette histoire piquait la curiosité du chef de la Sûreté, car c'était la seconde fois qu'il entendait parler de cette mystérieuse société.

La première fois avait été un cocasse épisode : en septembre de l'année précédente, un de ses agents, policier en civil, avait remarqué l'étrange manège d'un homme en train de compter fort sérieusement les arbres près de la place de la Bastille.

— Que faites-vous? lui avait-il demandé.

— Je vérifie qu'il y en aura assez pour pendre Bonaparte, sa famille, ses ministres et ses amis, avait répliqué jovialement le bonhomme[1].

On l'avait arrêté, puis on avait fouillé sa maison. Et là, on avait découvert d'étranges papiers faisant état d'une société religieuse plus ou moins tolérée, la *Congrégation*, qui se proposait de diffuser une bulle d'excommunication contre l'empereur. Le fou qui voulait faire pendre Napoléon avait simplement été exalté à la suite de conférences et de rencontres avec deux aristocrates catholiques bien connus, Alexis de Noailles et Ferdinand de Bertier.

Fouché, informé de l'incident, avait décidé une surveillance de tous les gens impliqués, mais ne s'était pas

1. Authentique.

intéressé plus longtemps à une histoire qu'il jugeait à la fois ridicule et inoffensive.

Plus curieux, plus disponible ou simplement plus minutieux, Desmarets avait continué à interroger plusieurs des personnes citées dans les papiers saisis. C'est à l'occasion de l'un de ces interrogatoires que l'une d'elles avait mentionné une société secrète, les *Chevaliers de la Foi*, bien implantée dans les milieux catholiques et présente dans plusieurs villes de France. Une sorte de franc-maçonnerie religieuse.

Mais la personne n'en savait pas plus. Cette société existait-elle vraiment ? Et si oui, pouvait-elle présenter un danger ? On ne pouvait rien affirmer. Malgré cette incertitude, Desmarets, qui avait l'honnêteté de mettre tous ses dossiers sous les yeux de son ministre, lui en avait parlé. Mais Fouché, habituellement plus suspicieux, lui avait ri au nez en lui déclarant :

— Des sociétés secrètes et des cinglés, il y en a tellement ! Ce dont je suis sûr, c'est que ce ne seront pas ces gens-là qui menaceront l'Empire. Parlez-moi plutôt d'espions anglais, là, je vous suivrai !

Il faut dire que Fouché avait un certain mépris envers le *petit* Desmarets, comme il surnommait son subalterne. Un auxiliaire qu'il jugeait maladroit alors qu'il n'était que fidèle et dont il se moquait ouvertement pour sa droiture, une qualité que Fouché avait toujours trouvée inutile.

Pour tenter de comprendre, sinon de justifier, la négligence du ministre de la Police, il faut dire qu'il avait alors d'autres préoccupations, à la fois plus considérables, plus politiques mais aussi plus inquiétantes pour lui. Durant l'été 1809, Napoléon étant en Autriche, Fouché avait agi comme s'il était le chef du gouvernement français. L'empereur, plutôt satisfait de son travail, l'avait même nommé duc d'Otrante, en août.

Seulement, à son retour d'Autriche, Bonaparte avait été alerté – par les ennemis de Fouché – de l'étonnante liberté du ministre, qui s'était comporté comme un vice-empereur. C'était le genre d'attitude que Napoléon ne tolérait pas et l'algarade entre les deux hommes avait été très violente, bien que sans suite immédiate.

C'était justement à ce moment-là que Desmarets avait parlé à Fouché des *Chevaliers de la Foi*, et l'on comprend que le régicide n'eût pas eu la tête à l'écouter.

Au début de 1810, la France et l'Angleterre étant enlisées en Espagne, le Premier ministre anglais, Spencer Perceval, avait noué quelques contacts avec des proches de Napoléon dans le but de négocier une paix honorable. Il ne s'agissait que de contacts préliminaires, conduits principalement par le marquis de Wellesley – le frère du duc de Wellington –, lequel avait en charge le ministère des Affaires étrangères.

Seulement, en même temps, George Canning avait discrètement chargé quelques aventuriers, ainsi que des hommes d'affaires hollandais, d'approcher Fouché et de lui suggérer un arrangement avec l'Angleterre, arrangement que le régicide pourrait ensuite proposer à l'empereur dans le cadre d'un plan de paix général.

Si de tels pourparlers aboutissaient, faisait-on miroiter au tout-puissant ministre de la Police, celui-ci passerait pour un fin diplomate, un homme autrement plus habile que ce prétentieux Talleyrand, que le duc d'Otrante haïssait.

L'idée avait évidemment séduit le régicide et il avait entamé des négociations secrètes avec des proches de

Lord Wellesley sans prendre conscience du piège qui lui était tendu.

Le 2 juin 1810, certains documents compromettants parvinrent à l'empereur. Celui-ci, stupéfait, intervint fort violemment durant le conseil des ministres :

— Des pourparlers menés en dehors de l'action du gouvernement ont-ils été menés par monsieur le duc d'Otrante ? avait-il demandé avec colère.

» Le ministre de la Police était-il complice – ou pire, instigateur – de manœuvres inqualifiables ? avait-il poursuivi dans un silence de mort.

Fouché, surpris, hébété, désemparé même, tant l'attaque était imprévue, avait balbutié de vagues protestations qui avaient encore plus aggravé les soupçons de l'empereur, lequel avait alors parlé de forfaiture et menacé son ministre d'arrestation.

Le lendemain, Bonaparte avait convoqué tous les grands dignitaires de l'Empire – sauf Fouché – pour leur demander leur avis sur le sort du ministre félon. Curieusement, seul Talleyrand, son ennemi, l'avait défendu.

Finalement, après un débat houleux, le duc d'Otrante avait sauvé sa tête, mais avait tout de même perdu son ministère.

Aussitôt la réunion terminée, la chancellerie avait fait porter au duc sa lettre de disgrâce. Il l'avait reçue au moment où il s'apprêtait à lire un mémoire que son ami le préfet Thibaudeau lui envoyait au sujet de l'étrange renaissance des *Compagnons du soleil* en Provence.

Fouché abandonna le mémoire de Thibaudeau et lut la lettre de Napoléon :

Le 3 juin 1810,
Monsieur le duc d'Otrante,
Je connais tous les services que vous m'avez rendus et je crois à votre attachement à ma personne et à votre zèle pour mon service ; cependant, il m'est impossible, sans me manquer à moi-même, de vous laisser le portefeuille. La place de ministre de la Police exige une entière et absolue confiance, et cette confiance ne peut plus exister puisque déjà, dans des circonstances importantes, vous avez compromis ma tranquillité et celle de l'État...

Désespéré, le ministre de la Police oublia le mémoire de Thibaudeau, fit préparer les dossiers qu'il allait emporter et convoqua une dernière fois ses collaborateurs.

La réunion ressembla étrangement à celle de septembre 1802. Mais, à cette époque, Fouché avait été simplement écarté, il n'était pas suspecté de trahison et conservait sinon des amis du moins des affidés. Ce n'était plus le cas. Tout le monde, au ministère de la Police, était déjà au courant de sa disgrâce et personne ne tenait à afficher un attachement inutile envers un homme qui pouvait être fusillé le lendemain.

La rencontre rapidement expédiée, tous les collaborateurs disparurent et le duc d'Otrante resta seul avec le *petit* Desmarets.

Nous l'avons dit, les deux hommes n'éprouvaient aucun sentiment d'amitié, mais le chef de la police secrète était avant tout un homme fidèle et, curieusement, Fouché tenta de se justifier auprès de lui. Il lui expliqua qu'il avait été berné par les Anglais de façon odieuse. Que jamais il n'avait envisagé de comploter contre l'empereur, mais qu'au contraire il avait tout fait pour l'aider. Qu'enfin, il ne comprenait pas pourquoi Spencer Perceval avait agi ainsi contre lui avec tant de perfidie.

Après l'avoir écouté avec attention, Jean-Marie Desmarets lui donna sa version de sa disgrâce :

— Monsieur le duc, je vous avais rapporté, il y a quelques mois, l'existence possible d'une société secrète, les *Chevaliers de la Foi*. Vous ne m'avez pas écouté. Il y a quelques semaines, un des mes agents londoniens m'en a reparlé. Le Premier ministre, Spencer Perceval, semble être lié à cette société. Je suis persuadé que ces gens préparent quelque intrigue, peut-être un coup d'État contre l'empereur. Ils sont très puissants et j'ai l'intuition que ce sont eux qui sont à l'origine de votre destitution. Votre disgrâce n'est peut-être que le premier élément d'un plus vaste complot.

Cette fois, Fouché ne s'était pas moqué du *petit* Desmarets, néanmoins, il n'avait guère prêté foi aux sentiments de son chef de division.

Savary, duc de Rovigo, fut nommé ministre de la Police. Tout en l'assurant de son concours, Fouché refusa de lui transmettre ses dossiers les plus secrets, mais seulement ceux des affaires courantes. En particulier Fouché désirait garder des lettres compromettantes sur l'inconduite des sœurs de Napoléon ainsi que les dépêches échangées avec Lord Wellesley.

Napoléon insista pour que le ministre remît toute sa correspondance au duc de Rovigo. Fouché répliqua que c'était impossible puisqu'il l'avait brûlée.

Cette fois, l'empereur ne fut pas dupe des mensonges de son ancien ministre. Il agit avec la plus grande sévérité et lui fit parvenir l'ordre suivant :

Monsieur le duc d'Otrante, vos services ne peuvent plus m'être agréables. Il est à propos que vous partiez sous les vingt-quatre heures pour votre sénatorerie d'Aix.

En même temps, Fouché était avisé qu'il pourrait bien être arrêté et fusillé. Il s'enfuit en Italie, et ce n'est qu'une fois la crise passée, et rassuré sur sa vie, qu'il gagna la ville d'Aix, siège de sa sénatorerie.

Parmi les dossiers en attente au ministère de la Police, le duc de Rovigo prit connaissance du mémoire de Thibaudeau.

Jean-Marie Savary était avant tout un militaire. Les brigandages commis par des *Compagnons du soleil* ne l'intéressaient pas et, puisque le préfet des Bouches-du-Rhône proposait que la police secrète s'occupât de l'affaire, il transmit le dossier à Desmarets, à charge pour lui de le régler.

Pierre-Marie Desmarets étudia donc l'affaire et trouva effectivement celle-ci troublante. C'était plus qu'une coïncidence d'assister à un retour de ces bandes de muscadins qui avaient disparu du paysage policier depuis dix ans, et surtout de les retrouver justement là où avait été exilé son ancien ministre, Joseph Fouché.

Pierre-Marie Desmarets appartenait à cette race de policiers qui n'oubliaient rien. Il se souvenait que, huit ans plus tôt, au moment de sa première disgrâce, Fouché lui avait demandé de se documenter sur les événements qui s'étaient déroulés à Aix à la fin du siècle précédent. Il savait aussi que le ministre avait prié Maillocheau de se renseigner sur d'anciens *Compagnons du soleil*, dont beaucoup étaient devenus des notables de la ville d'Aix après s'être ralliés à l'empereur. Des gens comme Joseph d'Arbaud, Honoré de Cotignac, Charles de Coriolis ou encore François de Fortis.

Desmarets connaissait évidemment l'histoire du massacre des prisons et de la mort de Fassy, ou encore celle d'Antoine Gaudin, tué par Camille de Clapiers. Il savait enfin qu'une dénonciation anonyme avait provoqué la capture du général des *Compagnons du soleil*.

Une réapparition de ces brigands avait forcément une signification, d'autant que Desmarets n'ignorait nullement qu'un des anciens compagnons – justement un ami de Camille de Clapiers –, le nommé Gabriel de Montfort, vivait en exil à Londres où il avait rencontré plusieurs fois Matthieu de Montmorency. Et, encore plus étrange, le beau-père de ce Montfort était un parent du précédent Premier ministre anglais, Lord Portland. Et Lord Portland, un familier des services secrets dont le fils était le beau-frère de George Canning.

De telles coïncidences ne pouvaient être le fruit d'un hasard : il y avait un rapport entre ces gens et la révocation du duc d'Otrante.

Il fallait enquêter sur place, tenter de capturer un de ces *Compagnons du soleil* et le faire parler. Pour cela, il devait envoyer en Provence un policier habile, et surtout quelqu'un du pays. Or, il disposait justement d'un commissaire venant de Marseille et d'une redoutable efficacité : Pierre Gaudin.

Il le convoqua.

Gaudin avait en effet quitté la Provence pour Paris au début du siècle. Déjà commissaire à Marseille, il avait assez vite grimpé les échelons de la hiérarchie sous les ordres de Bertrand, redoutable chef de division de la préfecture de police. Bertrand lui avait appris à écraser les doigts des prévenus pour les faire avouer. C'est lui qui lui avait affirmé, à propos des erreurs judiciaires : *On ne se trompe ici que quand on met en liberté* !

Intègre, pugnace et perspicace, bien noté par ses chefs et considéré comme un fin limier, Gaudin avait été affecté en 1809 à la police secrète de Desmarets, qui avait besoin d'hommes de son envergure.

Desmarets le reçut et lui expliqua ce qu'il attendait de lui : trouver ces scélérats qui terrorisaient la Provence, les capturer et les faire parler, cependant de telle façon que leurs confidences ne s'ébruitent pas.

Après quoi, le policier transmettrait toutes ces informations à Paris, ainsi que ses prisonniers.

Le chef de la police secrète n'évoqua nullement devant Gaudin ses soupçons sur un hypothétique complot d'envergure fomenté par l'Angleterre, ni d'ailleurs les *Chevaliers de la Foi* ou même simplement Gabriel de Montfort.

À la fin de cet exposé, Gaudin fit la moue.

— S'il s'agit à nouveau des *Compagnons du soleil*, ce sera difficile, monsieur. J'ai passé plusieurs années à les poursuivre. Ils étaient insaisissables…

Il médita un moment à haute voix :

— En y réfléchissant bien, je ne crois pas qu'on ait affaire à des *Compagnons*… Ce ne peut être que des imposteurs. Leur chef a été fusillé en 1801, j'y ai assisté. Quant aux survivants, ils se sont rangés et sont fidèles à l'empereur. À mon avis, il doit plutôt s'agir de vulgaires brigands, certains ont peut-être été d'anciens membres des *Compagnons du soleil*… Mais pourquoi ressusciter ces bandes de muscadins… C'est étonnant…

— Pensez-vous parvenir à les prendre ? lui demanda son chef avec une teinte d'espoir.

— La Provence est vaste, je n'y ai pas d'indicateurs comme à Paris. Comment les trouver ? fit Gaudin en haussant les épaules.

— Thibaudeau propose de pénétrer cette bande, de l'infiltrer. Ne serait-ce pas une bonne idée ?

Cette fois, Gaudin grimaça.

— Difficile ! Il faudrait quelqu'un du même milieu que ces ordures.

— Et vous n'avez pas un homme comme ça ?

— Non, répliqua le commissaire. L'idéal serait un forçat repenti, un bagnard de Toulon peut-être, un ancien de la chiourme qui accepterait de travailler pour la police. Seulement, si nous trouvions l'oiseau rare, quelle confiance lui accorder ?

Desmarets se passa la main sur le menton en signe de perplexité, puis brusquement, il songea à une solution :

— J'ai peut-être celui qu'il vous faut. Un homme enfermé à la Force dont Dubois m'a parlé. Un ancien bagnard qui aurait proposé ses services à Henry… Un cheval de retour, certes, mais d'une grande audace – il se serait évadé de quantité de prisons et même du bagne !

Un véritable roi du déguisement qui, ayant rencontré un joli brin de femme, serait désireux de refaire sa vie. Un tel homme pourrait peut-être pénétrer cette bande… Je vais tenter d'en savoir plus. Revenez me voir demain matin, nous en reparlerons.

Après le départ de Gaudin et malgré la chaleur étouffante, Desmarets enfila sa redingote noire, mit son chapeau, prit sa canne et sortit. Il se rendit rue Sainte-Anne. C'est là que travaillait Jean Henry, chef de la deuxième division chargée de la répression du banditisme dans la capitale. Desmarets se fit annoncer par le sergent de garde et fut reçu aussitôt dans le petit bureau de celui qu'on appelait le *père Henry*, ou l'*Ange Malin*.

Jean Henry, policier de médiocre santé, ne quittait quasiment jamais sa table de travail ; c'est pour cela que Desmarets était presque certain de le trouver dans son bureau poussiéreux où il recevait indifféremment policiers, suspects, prostituées, indics ou politiciens. Henry était avant tout un enquêteur qui comparait, soupesait, analysait toute l'information qui lui parvenait. Son esprit clair et minutieux, ainsi que son habileté prodigieuse pour manipuler les gens, faisaient de lui un policier d'une grande efficacité.

Incapable d'aller sur le terrain, à cause de sa fragile constitution, et faisant peu confiance aux argousins, trop facilement repérables par la pègre, Henry utilisait les services d'une vingtaine d'auxiliaires, des gens que l'on appelait aussi des mouches et qui n'étaient en réalité que des délateurs ou d'anciens malfaiteurs.

Après les salutations d'usage, l'*Ange Malin*, le visage poudré de brins de tabac, écouta Desmarets lui expliquer qu'il avait besoin d'un *mouton* capable de s'introduire dans une bande de malfaiteurs du Midi de la France. Le préfet Dubois lui avait récemment confié qu'un ancien bagnard de Toulon était prêt à travailler pour lui. Dubois lui avait longuement parlé de l'étonnant sang-froid de ce mouchard et surtout de ses capacités singulières à se déguiser et à prendre n'importe quelle personnalité, y compris celle de jeunes femmes ! Pouvait-il lui confier cet homme ?

Visiblement contrarié par ce discours, Henry se moucha bruyamment dans un immense mouchoir fleuri avant de répliquer à son collègue d'une voix nasillarde :

— Vous savez certainement, mon cher Desmarets, que j'ai toujours refusé de fournir la moindre indication sur mes… auxiliaires. Qu'une seule information filtre sur leur identité, et ils seraient condamnés à mort. Mon devoir est avant tout de rester loyal avec eux. Je suis désolé que Dubois vous ait parlé de mon mouchard, mais je ne peux pas vous aider.

— Je comprends, soupira Desmarets qui s'attendait à cette réponse. Aussi, je me dois donc de vous expliquer mieux les raisons de ma demande, elles resteront évidemment entre nous. Je crois – je crains plus exactement – qu'il ne se prépare un effroyable complot contre notre empereur. Cette opération est peut-être organisée par l'Angleterre et pourrait être à l'origine de la disgrâce du duc d'Otrante. Qu'elle réussisse, et l'Empire sera balayé. Vous et moi avec. Sincèrement, Henry, j'ai besoin de votre homme…

» J'ai vraiment besoin de lui, martela-t-il.

Henry ne répliqua pas immédiatement. Il leva les yeux au-dessus de ses lunettes vertes et fixa un moment le visage presque émouvant de Desmarets. Il savait qu'il pouvait se fier à cet ancien prêtre qui jamais n'avait trahi sa parole. Après tout, pourquoi ne pas considérer cette mission comme une épreuve pour ce forçat, ce nommé Vidocq, se dit-il. S'il la réussissait, il serait effectivement digne de faire une carrière dans la police.

Il soupira.

— À contrecœur, je vais faire une exception pour vous. Mon homme est actuellement en prison à la Force d'où il m'informe sur les mauvais coups que préparent ses anciens complices de la pègre. C'est effectivement un *mouton*. Je peux le faire transférer à l'infirmerie, puis vous le confier ; mais pas trop longtemps, sinon ses compagnons pourraient se méfier. Trois mois seraient suffisants ?

— Parfaitement.

— Bien, seulement vous ne pouvez le laisser seul dans la nature, je ne veux pas le perdre. Qu'avez-vous prévu ?

— Il sera accompagné et surveillé par le commissaire Gaudin.

— Très bien. Un excellent policier. Vous me tiendrez au courant, évidemment ?

Desmarets opina du chef.

— Dans ce cas, je vous propose de revenir demain. Disons, en fin de matinée. J'aurai fait transférer Vidocq et vous pourrez partir avec lui.

Le lendemain matin, un peu avant midi, Desmarets et Gaudin pénétrèrent dans le bureau d'Henry. Ce dernier était en compagnie d'un inconnu d'une trentaine d'années affalé sur une chaise. L'homme, de petite taille, voûté, presque recroquevillé, au front bas, au menton arrondi, au visage flasque et amaigri, leur jeta un regard torve au moment où ils entraient puis baissa aussitôt les yeux. Desmarets remarqua ses anneaux de cuivre aux oreilles, son crâne presque rasé, ses vêtements sales et rapiécés, ses souliers percés, son aspect général négligé. Le bagnard fit très mauvaise impression au policier.

— Voici votre homme, déclara le *père Henry* avec bonhomie. Je lui ai un peu parlé de votre affaire et il est d'accord pour vous prêter main-forte. Je lui ai aussi précisé que, s'il réussissait, la liberté était peut-être au bout.

Desmarets s'assit sur l'unique fauteuil sans quitter Vidocq des yeux. Le forçat gardait un air à la fois humble, craintif et sournois. Gaudin s'installa sur la dernière chaise libre.

— Le commissaire Gaudin, qui m'accompagne, sera toujours avec vous, déclara sèchement Desmarets sans préambule, en désignant son compagnon.

Vidocq hocha la tête en silence sans même le regarder.

— Voici un bref résumé de ce que l'on attend de vous, reprit Desmarets, fort dubitatif quant aux chances de réussite de son opération avec un tel repris de justice. Une bande de brigands a commis deux attaques de diligences autour d'Aix. Cette bande semble sortie de nulle part et se fait passer pour des *Compagnons du soleil*. Des royalistes qui s'activaient beaucoup, il y a quinze ans. Il vous faudra trouver leur repaire et vous faire accepter comme un de leurs membres. Croyez-vous y parvenir ?

— Peut-être, répliqua prudemment Vidocq. Je serai libre d'agir à ma guise ?

— Totalement libre, mais toujours avec le commissaire Gaudin. Il se fera passer pour votre ami.

Vidocq resta les yeux baissés et murmura :

— Ça me va. J'ai encore quelques compagnons de chaîne à Toulon. Je sais où les trouver et je les ferai jaspiner. Ils me renseigneront.

Tout en faisant une grimace, Desmarets regarda Gaudin pour avoir son avis.

— Cette bande est constituée de sauvages scélérats, le prévint Gaudin.

Vidocq eut ce bizarre sourire torve qu'il avait déjà eu.

— J'ai été riffaudeur.

— Riffaudeur ? interrogea Desmarets.

— Oui, chauffeur, quoi…, intervint Henry. Vidocq était dans une de ces bandes qui écumaient le nord du pays. Ses compagnons passaient les pieds de leurs victimes à la graisse avant de les faire rôtir à petit feu.

Un silence éprouvant s'installa entre eux durant quelques secondes. Vidocq gardait toujours son rictus. Peut-être était-il un peu plus cruel ou ironique.

— On raconte que vous pouvez vous grimer magistralement ?

— On le dit, reconnut Vidocq en levant les yeux pour la première fois vers Gaudin qui venait de le questionner.

— Je vous ai apporté dans ce sac quelques vêtements propres. Croyez-vous pouvoir passer pour un policier en sortant d'ici ? Il est inutile qu'on sache que vous partez avec nous.

Le bagnard opina, ôta ses anneaux de cuivre et se leva. Il se saisit du sac et le vida sur la table : il contenait une chemise, un gilet, une culotte collante, des chaussures ainsi qu'une cravate de lin et un vieux chapeau droit.

L'ancien forçat parut réfléchir un instant en examinant le tout, puis enfila la chemise par-dessus ses hardes. Ensuite, il se saisit de quelques feuilles de papier sur le bureau d'Henry qui l'observait avec amusement. Il les découpa et les plia pour les placer dans les chaussures et ainsi les rendre à sa taille. En même temps, il mâchonnait un gros morceau de papier qu'il posa sur la table. Après quoi, il sortit d'une de ses poches un morceau de charbon de bois et le plaça à côté du papier mâchonné.

Alors, il enfila la culotte, mit les chaussures, puis le gilet qu'il boutonna.

Ceci fait, le bandit reprit son morceau de charbon, son papier mâché, la redingote et le chapeau pour se diriger vers la seule fenêtre du bureau. Il se plaça là, tournant le dos aux trois policiers, pour utiliser un des carreaux comme miroir.

Il resta à travailler en silence durant quelques minutes. Il se passait le charbon de bois sur diverses parties du visage, mâchonnait aussi son papier sans que les trois hommes ne voient ce qu'il faisait exactement. Puis il enfila la redingote qu'il avait attachée à une crémone, plaça le chapeau sur sa tête et brusquement se retourna en déclarant sèchement d'une voix dure :

— Monsieur Gaudin, voulez-vous me suivre !

Son timbre était exactement celui de Desmarets. Stupéfaits, celui-ci et le commissaire regardaient l'inconnu qu'ils avaient devant eux : il s'agissait d'un policier assez âgé, aux longs favoris, à la bouche fine, aux joues pleines, au nez légèrement épaté, au front haut. Le regard de Vidocq était désormais franc, perçant, mais avec une nuance d'ironie. Sa taille était haute et son maintien assuré. Ce n'était plus le petit bonhomme maigrelet et résigné qu'ils avaient eu comme interlocuteur.

— Par quel miracle ? murmura Desmarets, étourdi.

— Je vous l'avais dit, ricana Henry. Vidocq est fort, très fort. Vous entendrez parler de lui pendant encore bien des années !

9

Septembre 1810

Revenons quelques mois en arrière.

Gabriel de Montfort avait quitté Spencer Perceval, Matthieu de Montmorency et George Canning dans un état d'extrême agitation.

Il allait enfin se retrouver face à face avec l'assassin de Fassy et de Camille ! Empreint d'une excitation sauvage, il avait choisi de rentrer chez lui à pied pour tenter de se maîtriser. En marchant, il décida pourtant qu'il tuerait *Capéou* aussitôt qu'il le verrait.

Cette décision prise, il se calma. Néanmoins, progressivement, doutes et interrogations l'assaillirent. D'abord, que ferait-il de l'or anglais qu'il apportait, s'il tuait *Capéou* ? Il lui faudrait bien le remettre à l'émissaire venant de Paris. Comment connaître à l'avance qui serait ce messager ? Il fallait résoudre ces difficultés dès maintenant car, s'il n'accomplissait pas correctement cette mission, il passerait pour un traître aux yeux de ses amis et de sa famille.

Plus grave encore, que se passerait-il si *Capéou* l'attendait ? Ce n'était pas impossible. *Capéou* était perspicace. N'avait-il pas déjà déjoué son plan quand, avec Camille, ils étaient revenus à Aix pour l'accuser ? Or, *Capéou* connaissait certainement sa présence à Londres. Qu'il apprenne que l'émissaire de Montmorency était un Aixois, et il aurait vite fait de deviner.

Il fallait anticiper une nouvelle forfaiture de son adversaire et donc modifier le plan de Spencer Perceval. Pouvait-il s'en ouvrir à Matthieu de Montmorency ? Il décida que non. En revanche son beau-père pouvait certainement l'aider. Il se confia à lui le soir même.

Lord Cavendish l'écouta avec attention. Il l'approuva dans son idée de ne rien dire à Montmorency. Cependant, il ne fallait pas que Gabriel oubliât la mission dont il était chargé. Le succès de l'opération pouvait arrêter cette terrible guerre en Europe et des dizaines de milliers de vie étaient en jeu. Il lui promit donc d'y réfléchir et de lui en reparler.

Deux jours plus tard, alors qu'il rentrait d'une épuisante séance d'escrime en salle d'armes, son valet de chambre l'avertit que Lord Cavendish l'attendait en compagnie de George Canning.

— J'ai raconté à George toutes tes aventures, Gabriel, expliqua Lord Cavendish. Il sait désormais dans quel dilemme tu te débats. Voici ce que nous te proposons…

Ce fut le chef du *Secret Department* qui s'exprima, en joignant l'extrémité de ses doigts :

— Monsieur de Montfort, votre mission prime sur votre vengeance. Néanmoins, il est évident que votre « ami » *Capéou* peut tenter de vous abattre le premier, or je me dois de ne prendre aucun risque. Je pourrais, bien sûr, vous faire remplacer, mais d'un autre côté, si cet homme est d'une telle abjection, rien ne dit qu'il ne nous trahira pas d'une autre façon plus tard. Tout bien pesé, vous aurez donc la permission de le tuer. Je me fais fort d'obtenir de M. de Montmorency le nom de l'émissaire qui viendra chercher l'or, ainsi que celui de l'hôtellerie où il descendra.

» Lorsque vous débarquerez, l'officier qui vous conduira à terre sera accompagné de marins armés et de fusiliers. Soit votre *Capéou* sera au rendez-vous, et ils vous prêteront main-forte pour le saisir – vous en ferez ensuite ce que vous voudrez –, soit vous trouverez là un comparse avec un véhicule pour vous conduire à Aix. Nos marins saisiront alors le ou les comparses et vous vous débrouillerez avec le véhicule. Vous aurez un passeport en règle pour vous rendre au rendez-vous prévu où vous remettrez personnellement l'or à qui de droit. Ensuite, libre à vous d'agir à votre guise et selon votre morale. Ceci vous convient-il ?

Gabriel médita un bref instant, tentant d'évaluer les éventualités imprévisibles qui pourraient mettre ces combinaisons en échec. Mais en effet, ce plan paraissait sans faille sinon sans danger. Une fois l'or remis, il trouverait bien le moyen de rencontrer *Capéou* et de solder définitivement ses comptes. Il songea même qu'il pourrait ensuite aller voir Alice de Puylaurens. Peut-être n'était-elle pas mariée ?

— Ce sera parfait, monsieur Canning, répondit-il.

Une dizaine de mois s'étaient écoulés depuis cette visite. Gabriel de Montfort n'avait plus rencontré George Canning, mais Matthieu de Montmorency était venu lui rendre visite à plusieurs reprises. En juillet, ce dernier lui avait annoncé, sans cacher son plaisir, que la première partie de leur plan s'était parfaitement déroulée et que le duc d'Otrante avait été disgracié, mais, hélas, non fusillé comme il l'avait espéré.

Il lui avait précisé que Fouché, craignant les foudres de Bonaparte, s'était d'abord réfugié à Naples, d'où il avait envisagé sa fuite pour l'Amérique, puis, rassuré par sa famille sur les intentions de l'empereur, s'était finalement décidé à rentrer dans sa sénatorerie d'Aix.

Montmorency avait une autre bonne nouvelle : Savary, le duc de Rovigo, un militaire obéissant mais borné, était le successeur de Fouché au ministère de la Police. Sur la demande d'officiers d'état-major, il avait accepté de soulager les conditions d'emprisonnement de ce pauvre général Malet. Le ministre avait donc autorisé son transfert dans une prison plus douce en attendant de l'envoyer dans une maison de santé où il serait soigné et disposerait d'une certaine liberté.

Désormais, la voie était libre pour agir et, d'ici quelques semaines, la seconde partie de l'opération commencerait. Le grand maître d'Aix avait bien travaillé, lui avait aussi affirmé Montmorency : le débarquement de Gabriel était fixé pour la deuxième semaine de novembre, à une dizaine de milles de Toulon. Un homme de confiance l'attendrait dans une crique avec une carriole. Le grand maître lui-même avait jugé plus sage de ne pas venir, car les patrouilles de la maréchaussée et des douaniers restaient vigilantes. Son envoyé conduirait Montfort à Toulon et, de là, Gabriel prendrait la diligence pour Aix comme un simple voyageur. Avec un passeport en règle, il ne se ferait pas remarquer.

— Et le lieu du rendez-vous ?

— Ce sera l'*Hôtel des Princes*… vous le connaissez ?

— Parfaitement.

— Là, vous y attendrez le grand maître à qui j'ai communiqué le nom d'emprunt sous lequel vous voyagerez. Il saura donc vous retrouver. Peut-être même le connaissez-vous et ce sera l'occasion de retrouvailles, plaisanta-t-il.

— Certainement, approuva froidement Gabriel tout en songeant toutefois que, si *Capéou* connaissait le faux nom inscrit sur son passeport, il n'aurait de cesse de le dénoncer et de le faire capturer. Il se promit d'en parler à nouveau à son beau-père.

Ce qu'il fit, et Lord Cavendish lui promit de revoir Canning. Malgré cela, lorsqu'il interrogea son beau-père par la suite, celui-ci lui répondit qu'il l'avait fait mais qu'il n'avait eu aucune réponse. Toutefois, Lord Cavendish le rassura en lui rappelant que les services secrets n'avaient pas pour habitude de dévoiler leurs actions à l'avance.

Aux premiers jours de septembre, Gabriel reçut la visite de sir Francis Drake.

Drake avait quitté la diplomatie et, disait-on, les services secrets à la suite d'une affaire dans laquelle Fouché l'avait ridiculisé.

Alors qu'il était en poste à Munich, en 1804, Drake avait payé près de deux cent mille francs des documents proposés par un agent double qui, en réalité, travaillait pour la France. Non seulement l'argent avait été perdu, mais les détails de l'affaire avaient été publiés avec force railleries sur l'incompétence des services anglais.

En réalité, après cette affaire, Drake avait été réintégré à Londres et travaillait dans l'ombre à sa revanche.

À sa décharge, il faut dire que l'agent double qui l'avait berné avait des recommandations de Bertrand de Motteville, le bras droit du comte d'Artois. C'était l'une des raisons pour lesquelles le *Secret Department* se méfiait désormais de l'entourage du Lieutenant général du royaume de France.

Depuis 1805, c'est sir Francis Drake qui coordonnait l'envoi des agents secrets en France, et c'est ce qu'il expliqua à Gabriel. Il lui présenta aussi son compagnon, un petit bonhomme grassouillet au triple menton et à la voix haut perchée qui portait des cheveux bouclés, poivre et sel.

— John Stone a été un de nos meilleurs agents durant la Terreur. Il a vécu en France durant vingt ans et y retourne assez fréquemment. C'est lui qui s'est occupé de votre identité.

» Votre départ est prévu dans trois semaines de Portsmouth. Vous voyagerez sur la frégate *Cassendra* qui doit rejoindre l'escadre de Toulon et dont le capitaine est Frederick Cooke. Votre débarquement est prévu pour le 10 ou 11 novembre. Cooke a reçu des ordres écrits sur cette opération et obéira à vos directives. Voici d'ailleurs une lettre de Spencer Perceval vous accordant un grade de major. L'argent que vous devez transporter sera déjà à bord. Vous n'avez qu'à emporter avec vous ce que va vous donner Stone et, surtout, à écouter ses conseils.

Stone prit un air jovial. Il tira vers lui un gros sac de toile qu'il avait apporté, l'ouvrit et en étala le contenu sur un sofa du salon.

— Vos vêtements tout d'abord : de modestes habits de petit bourgeois, ou de commerçant, que vous aurez sur vous en débarquant. Ce sont des vêtements déjà utilisés et qui proviennent de Marseille. Je me les suis procurés il y a seulement quelques mois. J'y ai joint quelques breloques indispensables : des clefs, une montre, un peu de monnaie, un portefeuille pour votre passeport. Les souliers viennent d'Arles, ils sont à votre taille.

» Un guide vous attend dans la crique où vous débarquerez, il vous conduira en charrette à Toulon. C'est la partie la plus délicate de l'entreprise. Si vous êtes arrêté par la maréchaussée, vous aurez deux solutions : la première sera de tuer les gendarmes – voici deux pistolets pour le faire –, la seconde sera d'utiliser votre passeport pour tenter de les convaincre. Commençons par le passeport.

Il se saisit de deux feuilles de papier pliées et les lui tendit.

— En vérité, vous avez deux passeports : l'un est à l'identité de Jacques Delauney, un commerçant en déplacement pour acheter des amandes. C'est sous ce nom qu'on vous attend à Aix. Dans le second passeport, vous êtes François Viriot, magistrat en mission à la Cour spéciale de justice. Il n'y a que moi et sir Drake qui connaissons ce passeport. Pour chacun d'eux, j'ai ajouté une lettre écrite par nos services et signée de Savary, duc de Rovigo, le nouveau ministre de la Police. Ces deux lettres, identiques, certifient que vous travaillez pour la police politique de M. Desmarets. Elles sont contresignées par Jean-Marie Desmarets lui-même.

— Comment avez-vous fait ? s'ébahit Gabriel.

— Nous avons d'excellents faussaires. En principe, n'importe quel gendarme qui sait lire devrait vous obéir et vous apporter assistance avec de tels documents, mais n'en abusez pas. Vous pourriez fort bien tomber sur quelqu'un de suspicieux.

» Puisque j'en suis aux documents, voici la carte de reconnaissance actuellement en vigueur dans le service.

Il tendit à Gabriel une demi-carte à jouer représentant des fleurs de mouron rouge. Celui-ci la glissa dans sa poche de gilet sans l'examiner.

Depuis dix ans, les services secrets anglais utilisaient de tels cartons comme moyen de reconnaissance. Lorsqu'un agent rentrait en Angleterre, ou se présentait à une ambassade, la carte était à la fois un laissez-passer[1] et un signe d'appartenance au *Home Office*.

— Parlons des armes maintenant : voici deux petits pistolets, très courts et très légers, fabriqués par Eggs, le meilleur armurier de la Couronne. Chacun est à deux coups. Ce sont des armes très fiables. Entraînez-vous avant de partir. Je crois savoir que vous êtes bon tireur…

— On le dit, opina Gabriel en se saisissant des pistolets pour les examiner.

Ils étaient effectivement petits et pouvaient facilement êtes glissés dans la poche d'une jaquette sans qu'on les remarque.

— J'aimerais que vous passiez un couple d'heures avec moi à l'académie militaire. Dans la salle d'armes, je vous apprendrai deux ou trois choses que vous ne connaissez peut-être pas pour vous défendre ou surprendre un adversaire. Quelques techniques aussi pour écrire à l'encre sympathique ou ouvrir des portes fermées à clef avec des passe-partout. Encore que dans ces domaines, vous ayez déjà subi une formation pour d'autres missions, n'est-ce pas ?

1. Quelques-unes de ces cartes, saisies par la police du Directoire, sont aux Archives nationales. Elles sont à l'origine des romans de la baronne Orczy.

— En effet, mais ce sera tout de même avec plaisir. Quand commençons-nous ?

— Demain ? Encore quelques mots : j'ai noté ici des informations sur Aix et sur la Provence ; en particulier les noms des préfets et des maires des principales villes. Étudiez bien ces documents pour avoir l'air de tout savoir. J'y ai joint ceci. (Il tendit un paquet de journaux.) C'est le *Journal des Bouches-du-Rhône*, le seul autorisé par la police, il paraît trois fois par semaine. Je vous ai gardé les numéros les plus importants des derniers mois. Voici aussi un résumé des expressions à la mode.

— À la mode ?

— Oui, le vocabulaire change. En 1810, on ne parle plus comme vous vous exprimiez il y a dix ans. Il ne faudrait pas que vous attiriez l'attention.

Gabriel se saisit de la notice que l'agent secret lui tendait et la parcourut : on y proposait quelques tournures de phrases utilisées dans la bourgeoisie : « Cela est farce… Ça coûte gros… » On y expliquait que certains mots en avaient remplacé d'autres : on parlait de *castor* pour un chapeau et *d'équipage* pour une voiture. On y donnait aussi quelques conseils de comportement : le tutoiement était fréquent entre hommes ; le salut se faisait désormais avec désinvolture ; c'était la fin des révérences envers les dames ; enfin la vanité et l'étalage de ses richesses étaient désormais courants. Dans les réceptions, on devait maintenant saluer la maîtresse de maison, en arrivant et en partant, de façon ostensible, et non discrètement comme cela se faisait sous l'Ancien Régime. Les mœurs étaient beaucoup plus libres et les conversations plus animées lors des dîners.

— Je vois que vous ne laissez rien au hasard, fit-il, un peu perplexe devant tant de minutie.

Pour ses précédentes missions en Europe, il n'avait jamais reçu pareille préparation.

— Rien ! Il est fondamental que vous vous fondiez dans la population. C'est la condition du succès, et nous agissons toujours ainsi en France. Très peu de nos hommes se font prendre, mais n'oubliez pas que la police de l'empereur est la meilleure du monde.

— Je dois donc vous révéler mon inquiétude. Je ne suis pas certain de pouvoir faire confiance à celui qui me conduira à Toulon. Je crains un piège…

— Je le sais, M. Canning m'a transmis cette information. Mais ne vous inquiétez pas, tout est prévu : vous débarquerez avec un petit détachement bien armé. Il sera chargé de sécuriser les lieux et de fouiller les environs pour vérifier que votre guide est bien seul. Ensuite, les fusiliers vous suivront à distance pour vous protéger. Si l'officier qui commandera cette troupe, ou vous-même, avez le moindre soupçon sur votre accompagnateur, faites-le disparaître et votre débarquement sera déplacé d'une journée ou deux. Le capitaine Cooke tentera alors de vous déposer à un autre endroit, et plus près de la ville. Vous savez ce que vous avez à faire ensuite ?

— À Toulon, je prends la diligence pour Aix.

— Exact. Elle part vers dix heures. Si vous arrivez trop tôt dans le port, rendez-vous dans un cabaret. Surtout ne traînez pas dans les rues où on pourrait vous remarquer et choisissez une taverne à l'écart, où il n'y ait aucun risque d'être surveillé par la police. Une fois arrivé à Aix, que faites-vous ?

— Je me rends à l'*Hôtel des Princes* et je remets l'or à l'homme qui doit le rapporter à Paris, mais je ne sais pas encore son nom…

— Cet envoyé se nomme Fécamp. Une fois cette partie de votre mission terminée, vous serez libre de régler… vos autres problèmes. Vous aurez une semaine devant vous avant de pouvoir reprendre la *Cassendra*.

— Ce sera largement suffisant.

En réalité, Gabriel n'envisageait pas de suivre ce plan. Il savait à quel point *Capéou* pouvait être imprévisible. À Aix, le félon pouvait parfaitement avoir prévenu la police de son arrivée et le faire saisir comme il avait agi avec Camille. Gabriel comptait donc quitter la diligence un peu avant Aix et descendre à un relais de poste qu'il connaissait. Là, il achèterait un cheval, cacherait l'or dans la campagne, puis il se rendrait dans la ville. Il y retrouverait discrètement Fécamp et lui donnerait un rendez-vous hors de la cité pour lui remettre l'or.

Ensuite, il s'occuperait effectivement de *Capéou*, puis il tenterait de rencontrer Alice. Et, pourquoi pas, – c'était un espoir fou – de la convaincre de le suivre à Londres.

À l'hôtel Roux de Corse, en cours d'aménagement pour devenir la future préfecture, le comte Thibaudeau, préfet des Bouches-du-Rhône, fut surpris, en ce mois d'août 1810, quand on lui annonça la présence de deux policiers arrivant de Paris, qui attendaient dans l'antichambre réservée aux visiteurs. L'un d'eux s'était annoncé comme étant le commissaire Gaudin, un ancien Marseillais, l'autre était le brigadier Vautrin. Avec la présence inopinée du duc d'Otrante à Aix, une assignation qui avait tout l'air d'un exil forcé, et ces incessantes émeutes contre la cherté du pain, le comte Thibaudeau était fort occupé et aurait bien repoussé l'entretien de quelques jours, mais Gaudin avait fait passer à l'huissier une lettre du duc de Rovigo : les deux policiers devaient être reçus dès leur arrivée à Marseille. Il s'inclina donc et les fit entrer en espérant que l'entretien serait bref.

Les deux visiteurs se tenaient raides comme la justice, en redingote, cravate serrée et chapeau droit malgré la chaleur écrasante. Celui qui se présenta comme étant le commissaire Gaudin paraissait avoir à peine dépassé la quarantaine. Son compagnon était visiblement plus âgé.

— Messieurs, fit le comte Thibaudeau, je ne vous cacherai pas que je suis peu disponible en ce moment. La lettre que vous venez de me faire passer de monseigneur le duc de Rovigo m'indique que vous avez été choisis par M. Desmarets pour enquêter sur les attaques de diligences dont notre département a été la principale victime. J'en suis fort aise, car justement une nouvelle agression a eu lieu hier dans les Maures. Une malle-poste qui transportait des fonds pour l'arsenal de Toulon. Un des brigands a été tué par le garde qui se tenait à côté d'un des cochers et la bande s'est égaillée. Malgré cette demi-victoire, l'inquiétude est forte dans la population et il est temps de mettre ces gens hors d'état de nuire. Avez-vous un plan ? Quelle aide puis-je vous accorder ? Comment comptez-vous vous y prendre ?

Curieusement, ce ne fut pas le commissaire Gaudin qui répondit, mais son collègue âgé, le nommé Vautrin. Il avait une voix grave et onctueuse :

— Nous vous remercions, monsieur le préfet. Pour l'instant, nous ne désirons pas dévoiler notre plan. Sachez seulement que nous allons pénétrer cette bande. Aussitôt que nous connaîtrons leur planque et leur identité, nous vous le ferons savoir personnellement. Il sera alors nécessaire d'utiliser la maréchaussée pour les capturer.

— Ces gens doivent être pris vivants, précisa Gaudin, et ensuite immédiatement transférés à Paris. En aucun cas, ils ne doivent être interrogés ici.

Pendant que Vautrin s'exprimait, le visage d'Antoine-Clair Thibaudeau passa de la surprise à la curiosité, puis à l'inquiétude. Il tourna à l'incrédulité lorsque Gaudin intervint.

— Vous voulez dire que je vais rester en dehors de cette histoire ? Que je ne vais pas savoir ce que vous allez faire ? Que mes services de police ne seront pas informés de vos activités ? Et que si vous trouvez ces canailles – ce dont je doute, excusez-moi de vous le dire – je ne saurai rien des raisons de ces attaques ? fulmina-t-il.

La stupéfaction faisait maintenant place à la colère chez le préfet, comte, général d'Empire et ancien conventionnel.

Impassible sous l'orage, Gaudin lui tendit alors une lettre.

— Nos instructions viennent directement de M. Desmarets. Elles sont consignées dans ce pli. M. Desmarets pense que cette résurrection des *Compagnons du soleil* cache une affaire beaucoup plus grave. Une ténébreuse affaire pouvant mettre l'Empire en péril. Elle relève donc uniquement de son service.

Suffoqué, Thibaudeau resta un instant pétrifié, muet. Puis il se souvint du discours du sous-préfet d'Aix, quelques semaines plus tôt, dans ce même bureau. Se pouvait-il que d'Arbaud de Jouques ait vu juste ?

Finalement, le général qu'il était toujours bredouilla en relevant la tête :

— Bien… bien… Si ce sont des ordres. À vous d'agir comme vous le souhaitez…

— Nous allons vous remettre tous nos papiers personnels, monsieur le préfet, précisa alors le vieux policier. Il serait trop dangereux que quelqu'un en prenne connaissance dans le nouveau rôle que nous allons prendre.

— Rôle ?

— Pour devenir membres de cette bande d'assassins, nous allons devenir des gredins, sourit Vidocq.

— Vous risquez gros. Si vous êtes pris par la gendarmerie, sans moyen pour vous identifier, vous pourriez bien être fusillés.

— C'est un risque à prendre, reconnut froidement Gaudin. Nous vous demandons quand même de prévenir vos services que si des gens venaient à se réclamer de M. Desmarets, ils vous soient conduits immédiatement.

— Ce sera fait. Sachez que j'apprécie votre courage, messieurs. Vous pourrez compter sur moi.

Les deux policiers se levèrent, vidèrent leurs poches de tout document – ils ne conservèrent que de faux passeports pour leur nouvelle identité –, puis prirent congé.

Désormais, ils ne pouvaient plus compter que sur eux-mêmes.

— Maintenant que nous nous sommes engagés – peut-être un peu précipitamment – à trouver ces bandits, que faisons-nous ? demanda Gaudin à Vidocq.

— Les deux dernières agressions ont eu lieu dans les Maures et sur la route de l'Esterel. On devrait pouvoir se renseigner à Toulon, avec tous les tripots qu'il y a sur le port. Il faudrait trouver une barque pour nous y conduire. Mais avant, on va prendre une chambre sur la butte aux Moulins et je vais passer un peu de temps pour nous transformer. Si nous voulons être recrutés dans cette bande, il faut leur ressembler, non ?

Gaudin acquiesça. En vérité, depuis qu'ils avaient quitté Paris, six jours auparavant, il était tombé sous la domination de Vidocq. Pourtant, au départ, il éprouvait une forte défiance envers le forçat. Le premier jour, il ne l'avait pas quitté des yeux, inquiet qu'il ne tente de lui fausser compagnie, mais très vite, il avait compris que l'ancien chauffeur désirait vraiment tirer un trait sur son passé. Vidocq lui avait même fait quelques confidences. Reflétaient-elles la réalité ? Rien n'était moins sûr, mais Gaudin avait tendance à le croire. Oui, il avait été un riffaudeur dans une bande du Nord, mais il avait toujours refusé qu'on brûle les victimes ; lui se chargeait seulement de les effrayer. Il était très fort pour ça. De même, il s'était toujours opposé aux violences sur les femmes. Il s'était même battu parfois pour sauver des filles du déshonneur. D'ailleurs, c'est ce qui l'avait perdu. Trahi par ses complices et traqué par les *cognes*, il s'était retrouvé en prison où il n'avait eu aucun scrupule à devenir un *mouton* et à dénoncer à son tour ses anciens acolytes qu'il détestait.

Maintenant, lui avait-il juré, il désirait vraiment faire partie de la police, avoir un foyer, une famille. Il lui avait même parlé de sa fiancée qui l'attendait, Annette.

Le premier soir du voyage, le *roi de l'évasion* avait expliqué à Gaudin qu'ils devaient abandonner leur personnalité et leur comportement de policier pour de nouvelles identités. Il était indispensable qu'ils maîtrisent bien leur nouveau rôle s'ils voulaient pénétrer la bande. Le lendemain, ils n'avaient pas repris la diligence, mais avaient fait une partie du trajet dans une charrette, travestis en trimardeurs, puis un peu plus tard, en bohémiens. Le surlendemain, ils se grimèrent en prêtres, et le jour suivant en vieilles femmes ! Chaque fois, Vidocq composait un nouveau visage à son compagnon et lui faisait la leçon : comment parler, comment paraître assuré, comment s'imposer aux autres. Le bandit était un véritable artiste, capable de modifier facilement sa physionomie, sa voix, sa taille même. Il possédait une assurance, une sûreté de décision étonnantes avec, ce qui surprenait encore plus Gaudin, une douceur et une grande capacité d'écoute.

— Finalement, tu es un bandit bien étrange, en tout cas bien différent de ceux que j'ai rencontrés, lui avait confié un soir le commissaire alors qu'ils étaient attablés dans une auberge.

— Un bandit ? Sans doute… mais un brigand peut être aussi un gentilhomme… Le vol ou l'escroquerie ne doivent pas obligatoirement conduire au crime, au meurtre ou à la violence.

— Tu serais donc un gentilhomme cambrioleur, en quelque sorte ?

— Gentilhomme cambrioleur ? J'aime bien ce titre…, avait approuvé Vidocq.

À Toulon, ils s'installèrent dans un étouffoir : le *Passe-partout*.

— Un étouffoir, c'est une maison de jeux clandestine, lui avait expliqué l'ancien forçat. On l'appelle ainsi parce qu'on y plume les clients : on les étouffe.

C'est mon ami Mulot qui dirige la boutique avec sa sœur. Tu verras, ils te plairont !

Mulot était un ancien compagnon de bagne de Vidocq. En 1799, dix ans plus tôt, une chaîne de forçats était partie de Bicêtre pour Toulon. Quatre hommes s'étaient retrouvés ensemble, ferrés au cou pour le terrible trajet. Il y avait là Vidocq, Mulot, Chevalier et *Passe-partout*, un voleur qui avait beaucoup appris à ses compagnons.

À Toulon, Vidocq s'était finalement évadé, Chevalier et *Passe-partout* étaient morts et Mulot, plus sensible qu'on ne l'aurait cru, avait donné le nom de son camarade au tripot qu'il avait ouvert à sa libération, après avoir purgé sa condamnation de cinq ans.

Vidocq et Gaudin, vêtus de hardes, s'étaient présentés au *Passe-partout* à peine arrivés. Mulot avait serré son ami contre lui sans dissimuler sa joie de le revoir. L'ancien compagnon de chaîne du roi de l'évasion était un gringalet chauve, complètement édenté, avec toutes sortes de tics nerveux, séquelles évidentes de ses années de bagne. Vidocq lui avait expliqué qu'ils étaient en fuite et recherchés par les cognes. Mulot n'avait rien demandé et avait aussitôt proposé de loger, et de cacher, son ami et son compagnon. Il les avait conduits dans une chambre, en fait un cagibi, sous le toit de sa masure. Le réduit possédait seulement quelques paillasses pleines de punaises et de cafards.

— Ici, c'est une bonne planque, vous ne risquez rien, leur avait assuré Mulot. Mais il faudra pas rester trop longtemps, avec tous ces moutons prêts à nous vendre à la police pour quelques louis. Restez cachés jusqu'à ce soir. Je viendrai vous chercher après la fermeture. On se retrouvera aux cuisines avec ma sœur et on jaspinera.

— Tu crois qu'elle nous le montrera ? demanda Vidocq, le regard illuminé de désir.

— Je ne sais pas, hésita Mulot. Tu sais, elle ne le montre plus beaucoup… Elle est plus très jeune et elle a plus le goût à ça…

Que montrait-elle donc ? s'inquiéta Gaudin, qui s'attendait désormais à tout.

Ils se retrouvèrent aux cuisines vers la fin de la nuit. Le tripot venait de fermer et Gaudin découvrit Louise Mulot, une forte femme au visage chevalin, aux traits durs et à l'expression particulièrement méchante.

— Méfie-toi d'elle, c'est une raccourcisseuse, l'avait prévenu Vidocq avant d'entrer dans la pièce.

— Une raccourcisseuse ?

— Elle fait les poches des badauds sur les marchés : elle les raccourcit ! Gare à tes poches !

Aussitôt qu'il la vit, l'ancien bagnard l'attira à lui, la serra dans ses bras et l'embrassa avec force poupounes affectueuses. Pourtant, en même temps, il palpait et fouillait sans vergogne sous le tablier qu'elle portait sur sa robe.

— Laisse-moi ! cria-t-elle d'un coup en se rendant compte de son effronterie.

— Je l'ai ! s'exclama-t-il soudainement dans un sanglot de rire.

Et, sous les yeux effarés de Gaudin, Vidocq brandit un crâne humain qu'il avait sorti du tablier.

Maintenant, il riait aux larmes ainsi que Mulot, alors que la raccourcisseuse était particulièrement fâchée.

— J'étais sûr qu'elle l'avait encore ! rugissait Vidocq.

Il s'écroula sur un banc et tira Gaudin par la taille.

— Tu vois, ce crâne : c'est celui du premier homme qu'elle a tué ! Elle l'a toujours gardé en souvenir ! Elle dort même avec lui !

Il hoquetait, tant l'histoire lui paraissait drôle. Devant l'air hilare de Mulot, Gaudin s'esclaffa à son tour. Il commençait à se mettre dans la peau de son personnage.

Louise, toujours boudeuse, servit finalement à boire après avoir récupéré son crâne et l'avoir serré au plus profond de sa robe.

— Bon, assez ri, quels sont vos projets ? demanda finalement Mulot.

— Tout simple, expliqua Vidocq, je ne pouvais plus rester à Paris. J'ai réussi à prendre le large de Bicêtre, mais on m'aurait vite mis la main dessus et renvoyé au *pré*. Avec mon camarade, on s'est dit que c'est à la chiourme que les cognes songeraient le moins à nous chercher !

De nouveau, il s'écroula de rire, imité par Mulot et Gaudin. Puis il reprit un air sérieux pour annoncer :

— On va s'attaquer aux malles-poste. J'ai entendu dire que ça rapporte en ce moment…

Mulot opina lentement :

— Ouais !… Mais la *rousse* est dessus… faut faire gaffe…

— Tu les connais, ceux qui ont dévalisé la diligence, il y a deux mois ?

Mulot ne put dissimuler l'ombre d'un soupçon avant de répondre mollement :

— Non.

— Tant mieux ! le rassura Vidocq qui avait remarqué son changement d'attitude. Comme ça, chacun sera dans son coin. À partir de demain, on va surveiller les départs des berlines de Toulon et je vais trouver deux ou trois escarpes[1].

Durant quelques jours, Vidocq et Gaudin, toujours sous de nouveaux déguisements, arpentèrent le port. De cabarets louches en troquets, Vidocq retrouvait de vieilles connaissances et leur expliquait, à demi-mot, son plan d'arrêter une malle-poste et de dévaliser les passagers. Mais peu de ses interlocuteurs paraissaient intéressés à se joindre à lui. Au contraire, le plus souvent, ils le mettaient en garde : la *rousse* était partout, la tête de ceux qui avaient attaqué les dernières diligences était mise à prix et les risques bien trop grands. La gendarmerie serait sans pitié pour ceux pris en flagrant délit.

Parfois pourtant, on lui présentait une tête brûlée prête à n'importe quel crime. Alors Vidocq restait évasif et promettait à son interlocuteur qu'il le contacterait.

Car en vérité, Vidocq voulait seulement entrer en contact avec un membre de la bande des *Compagnons du soleil*. Mais, soit cette bande se tenait éloignée de Toulon, soit elle s'était dissoute après la dernière attaque. Quelle qu'en fût la raison, après une semaine de recherches, aucune piste n'apparaissait. Vidocq songea alors à quitter Toulon pour Marseille.

Comme Thibaudeau l'avait précisé, la troisième attaque de Narcisse Guitton avait mal tourné. La bande

1. Voleurs prêts à tuer.

avait même perdu ce pauvre Francesco, abattu par le cocher ou un garde armé.

Plus grave, après s'être enfuis, Martin et Gapeau avaient déclaré à leur chef qu'ils avaient la frousse et qu'ils voulaient abandonner. Ils lui rappelèrent qu'ils étaient entrés dans la bande parce qu'on leur avait promis des femmes et des gains faciles. Mais maintenant les victimes ne se laissaient plus faire, elles cherchaient même à les assassiner ! Le contrat n'était pas respecté.

Pour les convaincre de continuer, au moins jusqu'à la prochaine et dernière attaque, Guitton leur promit de recruter quelques hommes de plus. Seulement, ce n'était pas facile, les déserteurs et autres vauriens qu'il approcha refusèrent. Tous savaient qu'être pris signifiait être fusillé sur-le-champ ou raccourci dans la semaine.

Guitton, ne trouvant personne à Marseille, décida de se rendre quelques jours à Toulon. Là-bas, il était certain d'enrôler rapidement des canailles qui auraient tué père et mère pour quelques sous.

Toulon n'est pas une grande ville et les tripots autour de l'arsenal sont peu nombreux. Guitton entendit vite parler de ce Vidocq qui recherchait des comparses pour piller la malle-poste. Accompagné de Pégon, ils retrouvèrent Vidocq et Gaudin à la *Bouteille Noire,* un infâme bouge en dehors de la ville, où se retrouvaient trimardeurs, déserteurs et goupineurs.

Vidocq et Gaudin étaient assis dans un coin sombre et observaient la faune qui entrait et sortait. Malgré l'obscurité du cabaret à peine éclairé par des lanternes à huile et envahi par la fumée, le commissaire et le bagnard ne perdaient rien de ce qui se passait.

La nuit tirait à sa fin et ils avaient décidé de quitter Toulon le lendemain, quand une sorte de crapaud, foncé comme un bohémien et qui puait à dix pas, s'approcha d'eux accompagné d'un colosse adipeux dont le sommet du crâne, complètement chauve, était cerclé de mèches grisâtres qui lui pendaient dans le cou.

— C'est toi le greluchon qui s'intéresse aux diligences ? demanda le colosse d'une voix rauque en s'effondrant sur le banc devant eux, lequel émit un sinistre craquement.

— Greluchon, je l'ai été plus que toi, répliqua Vidocq en le considérant froidement. En quoi ça te regarde, le gros ?

— Je recherche deux ou trois trimars, moi aussi, je pourrais te prendre avec moi.

— Et pour faire quoi ?

— Ce que tu sais… les diligences.

— J'ai pas besoin de toi, va te faire fiche ! répliqua Vidocq en accompagnant sa réponse d'un geste injurieux.

Le *Crapaud*, qui était resté debout, gardait la main dans la poche de son manteau. Sans doute y tenait-il une arme. Gaudin, qui ne le perdait pas des yeux, fit glisser sur la table son crucifix à ressort[1], le canon pointé vers lui. Narcisse Guitton (on aura deviné que c'était lui l'interlocuteur de Vidocq) eut un geste apaisant. Il fit signe au cabaretier d'apporter du vin et déclara avec emphase :

— Moi, je sais quand partent celles qui transportent de la *graisse*. Et j'ai déjà une bonne équipe. Toi, tu n'as rien…

1. Pistolet.

Vidocq fit semblant de réfléchir et se gratta la tête. L'aubergiste apporta deux flacons de vin et des verres sales et ébréchés. Dès qu'il se fut éloigné, Vidocq fit une grimace.

— Qu'est-ce qui nous dit que t'es pas un *coqueur*[1], déclara-t-il finalement avec aplomb.

— Et toi, qui me dit que tu montes pas sur la table[2] !

— Moi, j'ai été ferré ici, tout le monde me connaît, et toi ?

— D'accord, camarade, arrêtons là, proposa Narcisse, conciliant. (Il se servit un verre de vin ainsi qu'au *Crapaud*, qui n'avait pas pipé mot.) Tu marches avec moi, ou non ?

De nouveau, Vidocq fit semblant d'hésiter, il regarda Gaudin qui restait impavide, mais finalement, il opina, comme à regret.

— Admettons, quelle sera ma part ?

— La même que les autres.

— Et toi, tu as combien ?

— Le double, mais moi, je suis le chef.

— Et moi, je suis Vidocq, déclara le bagnard avec solennité. J'ai roulé de vergne en vergne pour apprendre à goupiner, je veux aussi le double.

— On verra, décida Guitton qui ne tenait pas à perdre ses nouvelles recrues. Après la prochaine attaque, on en discutera. Et toi, comment t'appelles-tu ? demanda-t-il à Gaudin.

— Lui, c'est l'*Altèque*[3], fit Vidocq. Tu ne m'as pas dit pour quand c'est, la prochaine attaque.

1. Dénonciateur.
2. Se mettre à table.
3. Bel homme.

— Je te le dirai quand je le saurai, décida Narcisse en se levant et en vidant son verre.

— Dis-moi où je peux te trouver, alors.

— C'est moi qui te trouverai, tu restes à Toulon ?

De nouveau Vidocq hésita. Il pensait avoir suffisamment ferré Narcisse pour le faire arrêter sans aller plus loin, mais il comprit que c'était trop tôt.

— Laisse un message au *Passe-partout*, dit-il. On saura où me trouver.

Début octobre, *Capéou* reçut un message chiffré de Matthieu de Montmorency. Aussitôt après, il se rendit à Marseille où il retrouva Narcisse qui avait repris son activité dans son auberge.

— Montfort a embarqué fin septembre d'Angleterre. Il devrait débarquer à partir du 10 novembre. Dès cette date, ton homme doit être tous les soirs à la crique de débarquement prévue et tu dois avoir ta bande prête. Tu as réussi à la compléter ?

— J'ai recruté deux nouveaux, expliqua Narcisse. J'ai pas beaucoup confiance en eux, mais ils feront l'affaire. Si Montfort est du voyage, je l'abattrai dès que j'aurai trouvé l'or et ces deux-là finiront comme lui. Peut-être même que j'ajouterai Gapeau et Martin. Ça en fera moins pour le partage et ce sera suffisant pour faire croire que la bande est décimée.

10

Le samedi 10 novembre 1810

Portée par une belle brise, l'élégante frégate glissait sur une mer sereine. Au loin, quelques lumières marquaient le port de Toulon. Derrière eux, invisible, à quelques dizaines de milles, se trouvait le vaisseau de l'amiral Martin, commandant de l'escadre de blocus de Toulon. La nuit était d'encre et seule une légère luminosité paraissait percer à l'est.

Gabriel de Montfort, à la proue du navire, était appuyé sur les passavants. Le vaisseau dansait doucement dans la houle. Il était là depuis près d'une heure, tentant vainement de distinguer les côtes.

— La France est là-bas, fit une voix rocailleuse dans son dos.

Gabriel se retourna. C'était le premier lieutenant, Jackson. Un adolescent d'à peine vingt ans, mais qui avait fait ses preuves, l'année précédente, devant l'Espagne, lui avait raconté le capitaine. Jackson n'était alors que troisième lieutenant sur une frégate dont tous les officiers étaient morts durant un engagement avec deux navires français. C'est lui qui avait pris le commandement et sauvé le bateau.

En souriant, Jackson lui tendait une lunette. Gabriel la saisit avec avidité, la porta à son œil gauche et tenta de la stabiliser au-dessus des crêtes blanchâtres. Soudain, il distingua les formes sombres de la terre.

La Provence ! Une bouffée d'émotion l'envahit. Dix ans ! Cela faisait dix ans qu'il l'avait quittée. Quel pays allait-il retrouver ? Il ressentait une confuse crainte, une honte aussi, car il se sentait désormais plus anglais que français.

— La chaloupe sera prête d'ici dix minutes, major, poursuivit Jackson, impassible. Le capitaine désirerait vous voir une dernière fois avant d'embarquer.

— Je vous suis, monsieur, répondit Gabriel en pliant la lunette et en la lui rendant.

Il traversa le pont pendant que le premier lieutenant donnait l'ordre au premier maître de brasser carré. Il sentit le navire virer doucement et la *Cassendra*, vent en poupe, se rapprocha des côtes.

Il prit la porte basse dans la coursive. Le fusilier de faction en uniforme rouge lui ouvrit la porte de toile qui donnait dans la grande chambre.

Le capitaine Frederick Cooke l'attendait, debout, près des fenêtres de poupe, appuyé sur la pièce de chasse en cuivre de 12 pouces. La chambre n'était éclairée que par une seule lampe et les rideaux des fenêtres étaient tirés pour qu'on n'aperçoive pas le navire depuis la côte française. Cooke était en chemise et culotte. Il se retourna en l'entendant entrer et s'adressa à lui en anglais, bien qu'il parlât fort correctement le français. Son visage était soucieux, attentif.

— Êtes-vous prêt, major ?

— Oui, capitaine.

— J'ai fait monter votre bagage pour qu'on le charge dans la chaloupe.

Cooke l'examina longuement et fut rassuré. Gabriel était vêtu avec les vêtements que lui avait donnés Stone ; il passerait parfaitement pour un boutiquier ou un petit négociant. Un long pardessus à trois rabats sur les épaules, en lainage gris très épais, le protégerait du froid vif du matin. Au-dessous, il portait un confortable gilet jaune à rayures noires. Des culottes de laine et de solides bottes de cuir à boucles de cuivre et lanières complétaient son costume de voyage. Enfin, un chapeau haut de forme à bords abaissés, pas trop encombrant, ainsi que des gants de cuir lui conféraient un air de bourgeoise respectabilité.

— Vous êtes suffisamment armé ? s'inquiéta quand même le capitaine.

Gabriel sortit de sa pèlerine les deux pistolets à deux coups et les lui tendit. Cooke les saisit avec intérêt.

— Des armes de Eggs ? Bravo ! J'ai entendu beaucoup de louanges sur ces pistolets, deux coups chacun ! Mais avez-vous songé à une lutte rapprochée, furtive ?

— Non… Peut-être devrais-je demander un couteau à l'un de vos officiers…

— Prenez ceci !

Cooke se tourna vers sa table et saisit un étui de cuir long et effilé qu'il avait visiblement préparé.

— C'est un poignard de marine. L'amiral Martin avait décidé d'en offrir un à chacun de ses capitaines. Celui-ci était destiné au capitaine Hornblower, mais vous savez que son navire a été détruit et qu'il est prisonnier à cette heure. Je devais lui remettre ce cadeau, seulement je suis arrivé trop tard, son bateau avait déjà coulé. J'ai donc retourné ce poignard à l'amiral et, hier soir, il m'a suggéré de vous l'offrir.

Il y avait eu un repas, la veille, sur le vaisseau amiral, et Gabriel y avait été invité en tant que major.

— Attaché par ses lanières sur un mollet, poursuivit Cooke, vous le sortirez aisément. La lame est fine mais d'une solidité à toute épreuve. Elle coupe une gorge sans difficulté.

— Merci, capitaine, fit Gabriel en se saisissant de l'étui auquel pendait un triplet de lanières.

— La chaloupe vous débarquera entre le cap Sicié et les îles des Embies. Il y a souvent des rondes de gendarmes, là-haut. Il vous faudra être particulièrement silencieux.

— Je connais bien les lieux, ne vous inquiétez pas.

Un genou à terre, il fixait la lame à l'intérieur de son mollet gauche.

— Le lieutenant Jackson aura le commandement de la chaloupe, poursuivit Cooke. Il aura avec lui dix marins et six fusiliers dirigés par le sergent Brown. Mes meilleurs hommes. Ils débarqueront avant vous et ratisseront le coin. Vous pourrez tranquillement interroger celui qui vous attend. Si l'affaire vous paraît louche, n'hésitez pas à lui couper la gorge. De toute façon, Brown et ses fusiliers vous suivront un moment, tant que vous serez dans les bois. Une fois en vue de La Seyne, ils vous laisseront vous débrouiller. En principe, vous devriez être à Toulon peu après l'aube. Beaucoup de maraîchers entrent alors en ville et on ne devrait pas vous inquiéter.

— Je le pense aussi, capitaine.

— Comme prévu, je resterai au large un maximum de deux semaines. Dans sept jours et quatorze jours, à minuit, j'enverrai la chaloupe. Si vous êtes là, nous vous prendrons. Au-delà, vous devrez rentrer en Angleterre par vos propres moyens. Vous le savez ?

— Je sais. J'ai un itinéraire prévu par la Suisse.

Cooke le considéra un instant encore, se demandant visiblement s'il le reverrait. Puis il lui tendit une main calleuse mais amicale.

— Bonne chance, major, vous en aurez besoin.

Les avirons montaient et descendaient en cadence. La côte se rapprochait. À l'avant, Jackson était pâle mais attentif, prêt à se battre et même à mourir, si c'était nécessaire. Il le savait, c'était la partie la plus risquée pour lui et ses hommes. La maréchaussée française pouvait fort bien les attendre et ils n'auraient alors d'autre choix que de se faire tuer sur place. Gabriel, lui, ne s'inquiétait pas. Il songeait.

Il tentait d'analyser ses sentiments, ses motivations pour cette mission. Revenait-il vraiment pour *Capéou* ? Il n'en était plus certain. Camille et la glorieuse époque des *Compagnons* étaient si loin désormais. Étrangement, il pensait surtout à Alice. Serait-il seulement capable de la reconnaître ! Et s'il parvenait à l'approcher, l'écouterait-elle, lui, un émigré, un proscrit ?

Il y eut un léger choc quand la quille heurta le fond. Puis la chaloupe accosta dans la minuscule crique, dirigée par la faible lueur d'une lanterne. Alors qu'ils étaient encore à plusieurs mètres de la plage de roches, les fusiliers se glissèrent dans l'eau ainsi que quatre marins et un quartier-maître. Tous tenaient leurs armes au-dessus de leur tête. La plage n'était pas profonde et enserrée de rochers abrupts et coupants. Un sentier grimpait raide à son extrémité. Quand la chaloupe s'échoua, les fusiliers avaient déjà disparu. On n'entendait que le ressac régulier battant la roche.

Jackson fit un signe à Gabriel et passa devant lui. Un marin, derrière, portait son lourd sac en cuir qui contenait cinquante mille francs en or, deux cent mille francs en billets et un peu de linge de rechange. Ils prirent le sentier.

Celui-ci grimpait raide et ils débouchèrent dans une clairière, une sorte de petite plate-forme. Il y avait là un bonhomme maigrichon qui attendait à côté d'un chareton étroit et à grandes roues, attelé à un cheval blanc efflanqué. Deux fusiliers le surveillaient, les autres devaient être dans le bois.

— Dépêchez-vous ! murmura l'homme, très inquiet. Il y a souvent des rondes ici.

— Vous êtes seul ? interrogea Gabriel.

— Oui. Il faut partir, maintenant. Je prendrai un chemin dans le bois pour gagner la route. Il est difficile et il faudra aller lentement. On n'a pas beaucoup de temps.

Gabriel monta sur le siège étroit alors que le conducteur en faisait autant. Il avait pris son sac au marin et l'avait glissé à ses pieds. La voiture, au châssis bordé assez haut, ne contenait que quelques cageots de légumes et il décida d'y glisser son sac quand ils seraient en vue de Toulon.

— Le lieutenant Jackson va nous suivre avec ses hommes, expliqua Gabriel à son guide. Ça ne vous gêne pas ?

En même temps qu'il parlait, il l'observait dans la faible luminosité de la fin de la nuit, mais le conducteur ne parut nullement contrarié.

— Au contraire ! souffla-t-il. Au moins, si on rencontre des soldats, ils en feront leur affaire.

— Allons-y, ordonna alors Gabriel, rassuré.

Il fit un signe amical à Jackson et la voiture s'ébranla.

Ils traversèrent le bois de pins. Le chemin sinueux grimpait puis descendait avec des pentes telles qu'ils durent plusieurs fois mettre pied à terre et pousser la voiture. Finalement, ils prirent un chemin de terre au milieu des vignes. Le jour se levait quand la carriole atteignit enfin le grand chemin. D'autres voitures étaient devant eux, des maraîchers qui se rendaient au marché de La Seyne.

— Combien de temps mettrons-nous ? s'inquiéta Gabriel, car ils n'avançaient pas vite.

— Il y a deux bonnes lieues en tout[1], un peu plus même, il faut compter deux à trois heures. Nous irons plus vite sur le chemin d'Ollioules.

Ils avaient accosté vers cinq heures, songea Gabriel. Il serait donc à Toulon vers huit heures, peut-être un peu plus tard.

Le chemin de Sifours les fit traverser le village de La Seyne. Le petit port apparut fortement dégradé à Gabriel qui y était venu souvent dans le passé. À la sortie du village, ils longèrent les moulins pour rejoindre le chemin d'Ollioules. Autour d'eux s'étendaient des marécages et quelques marais salants peu engageants. Enfin, ils débouchèrent sur le grand chemin de La Ciotat et furent rapidement en vue des fortifications du grand port. Ils se glissèrent dans un long convoi de voi-

1. La lieue faisait environ 4 km.

tures de paysans apportant fruits, légumes et viandes aux marchés de la ville et à l'arsenal.

À la porte de France, nouveau nom de l'ancienne porte Royale, ils durent attendre près d'une demi-heure tant le nombre de voitures de maraîchers était important. Une dizaine de commis interrogeaient ou examinaient le contenu des voitures, faisant payer quelques sous d'octroi sous la médiocre vigilance de gendarmes débonnaires. Pourtant, un peloton de soldats de marine attendait non loin, sans doute pour prêter main-forte en cas de difficultés.

Ils passèrent après avoir présenté leurs passeports que le sous-officier de faction ne regarda même pas. Ce n'est qu'un peu plus loin que son guide lui expliqua, à mi-voix, qu'il faisait le trajet tous les deux jours depuis un mois et qu'on le connaissait désormais suffisamment pour ne plus s'intéresser à lui.

— Je vous conduis à la place des voitures de postes, c'est de là que partent les diligences, poursuivit-il.

En parlant, son regard vif examinait sans cesse la populace autour de lui. Ce manège n'échappa pas à Gabriel. Cherchait-il quelqu'un ? s'interrogea-t-il, ou était-ce seulement de la prudence ?

Ils longèrent la place d'Armes, puis s'engagèrent dans une ruelle, ensuite dans une autre, pour déboucher finalement sur une plus petite place[1]. Gabriel trouvait la ville bien changée. Il l'avait connue après sa prise par les jacobins de Fréron et de Barras ; c'était alors un port ruiné. Maintenant, elle paraissait d'une étonnante prospérité. Il se demandait s'il constaterait la même chose à Aix.

1. Place Pierre Puget.

— Vous êtes arrivé ! lança brusquement son conducteur, sans le regarder. Moi je dois revenir au marché. La diligence d'Aix part vers dix heures, devant cette hôtellerie.

Il désigna une grande auberge du doigt. Plusieurs voyageurs, des malles à leurs pieds, conversaient devant et, déjà, une grosse voiture de poste attendait.

Depuis quelques minutes, Gabriel avait récupéré son lourd bagage à l'arrière. Ayant hâte de marcher un peu, il sauta prestement au sol et se dirigea vers l'hôtellerie après un signe d'adieu à son guide.

Il glissa sa main dans son gousset et sortit sa montre pour la consulter : presque neuf heures. Il avait une bonne heure à patienter. Il ignora l'hôtellerie et, s'étant retourné pour vérifier que son chauffeur s'était bien éloigné, il choisit une petite rue transversale. Il n'avait aucunement l'intention d'attendre dans une auberge qui devait être surveillée par la police.

Avisant une sombre gargote surmontée d'une croix de Malte défraîchie, il y pénétra.

Quelques tables étaient occupées par des ouvriers de l'arsenal dont la plupart prenaient une soupe chaude. Il y avait des charpentiers et des cordiers reconnaissables aux outils posés devant eux. Il se dirigea vers une table vide et demanda une soupe et du pain à la fille de salle. Celle-ci, d'allure bien délurée, l'observa un moment, hésitant à lui proposer autre chose, mais devant l'air indifférent de son visiteur, elle retourna aux cuisines en se dandinant outrageusement.

Les quatre gendarmes entrèrent dans l'auberge alors qu'il avait presque terminé sa soupe. Deux se placèrent devant la porte, tenant leur fusil à deux mains, puis un homme en redingote élimée fit à son tour son entrée. La cinquantaine, les yeux plissés, le visage grêlé de tâches sombres, une canne à pommeau de fer à la main, il s'avança vers la première table, suivi de deux gendarmes. Il parla un instant aux ouvriers, puis passa à une autre table. De temps en temps, il jetait un regard furtif à Gabriel en hochant faiblement la tête. Visiblement il connaissait les habitués du lieu. Sauf ce nouveau venu dont il allait s'occuper.

Finalement, ayant jugé qu'il avait suffisamment tourmenté l'inconnu par son attitude, il se plaça devant Montfort.

— Vous êtes nouveau ici ?

— Oui.

— Oui, *monsieur le commissaire* !

— Oui, monsieur le commissaire, répéta Gabriel, les yeux baissés.

— Vous avez votre passeport ?

— Le voici, monsieur le commissaire, fit Montfort en sortant son portefeuille.

Il présenta le passeport au nom de François Viriot.

Le commissaire posa sa canne sur la table et prit le document, il commença à le lire et eut un sursaut de surprise en constatant qu'il s'agissait d'un magistrat en mission à la Cour spéciale de justice. Il replia alors le document lentement puis considéra en silence cet inconnu vêtu comme un petit boutiquier. Gabriel se taisait en gardant les yeux baissés.

— Vous seriez magistrat ? demanda alors le policier sans chercher à cacher son incrédulité.

— Oui, murmura Gabriel entre ses dents.

— Pourquoi ne vous êtes-vous pas présenté au palais de justice ou à la préfecture ?

Gabriel leva alors des yeux glacials vers le commissaire.

— Vous, ou d'autres, n'avez pas à savoir que je suis ici.

Le commissaire eut un nouveau sourire ironique. Il posa le passeport sur la table et croisa les bras.

— Qui me dit que vous n'avez pas volé ces papiers ?

— Mon signalement est écrit dessus. Vérifiez, il y a tous les détails. Je ne vais pas vous apprendre votre métier.

Le policier secoua la tête en serrant les lèvres.

— Ce peut être un faux... Vous allez me suivre, je le crains.

Gabriel soupira et sortit lentement la lettre de Savary d'une autre poche.

Il la tendit en murmurant, sans dissimuler son mécontentement :

— N'insistez pas trop... Si je dois rencontrer le préfet, je lui dirai aussi que vous avez saboté cette mission pour l'empereur. Vous désirez vraiment avoir des ennuis ?

Pendant qu'il parlait, le commissaire parcourait la lettre. Il pâlit légèrement devant les signatures puis resta silencieux un instant, se dandinant machinalement d'un pied sur l'autre.

— Excusez-moi, monsieur Viriot, murmura-t-il finalement. Je ne faisais que mon travail.

Il lui rendit la lettre, laissa filtrer un sourire contraint, puis salua avec une certaine servilité. Faisant signe aux deux gendarmes de le suivre, il sortit en reprenant sa canne.

Gabriel poussa un discret soupir de soulagement. La fille réapparut avec la soupe et le pain. Son corsage était échancré jusqu'aux aréoles de ses seins. Elle posa la nourriture sur la table et s'attarda en croisant les bras.

— Qu'est-ce qu'il vous voulait ?

— Rien… rien… j'étais en règle.

Elle cracha au sol et prit un air dégoûté.

— Sale bonhomme ! (Elle lui lança une œillade.) Vous avez un peu de temps à perdre ?

— Plus beaucoup, hélas, sourit-il. Portez-moi juste un peu de vin.

Elle s'exécuta, maussade, puis revint avec le vin et il lui glissa un franc en argent. Elle lui sourit avec un regard teinté de regret. Elle aurait pu gagner plus avec lui, si elle avait été plus séduisante, songea-t-elle.

— La diligence d'Aix part-elle à l'heure ? lui demanda Gabriel.

— Sûr ! La route est longue.

Il consulta à nouveau sa montre : c'était l'heure. Il se leva, prit son sac et sortit.

En face de la gargote, quelques affiches à moitié déchirées étaient collées sur un mur. Quelques mots en gros caractères attirèrent suffisamment son attention pour qu'il traverse la rue.

…Une récompense de mille francs est offerte pour qui apportera de l'information permettant de capturer la bande des Compagnons du soleil du brigand Clapiers…

Suivait une série de descriptions de ses membres, leur habillement et leur coiffure. La bande avait accompli trois attaques sanglantes au cours des derniers mois et son chef, masqué, se disait un ancien compagnon de Camille de Clapiers, le célèbre général des *Compagnons du soleil* fusillé à Aix en 1801.

Il resta un moment décontenancé, paralysé par la surprise.

De quoi s'agissait-il ? Qui étaient ces brigands ? Ce ne pouvait être une coïncidence… Il songea immédiatement à *Capéou*… mais pourquoi ? Il se souvint aussi des journaux que Stone lui avait donnés, il les avait lus durant le voyage sur la *Cassendra*, en effet il y avait eu un article sur quelques coupe-jarrets qui semaient la terreur vers Brignoles, il n'y avait pas attaché d'importance et ne l'avait pas terminé. Il le regrettait maintenant.

— C'est pour eux que vous êtes là ?

Il se retourna.

Le commissaire était dans son dos et hochait la tête avec satisfaction, persuadé d'avoir percé à jour la mission de ce mystérieux magistrat.

— Leur dernière attaque a eu lieu dans les Maures, il y a un mois, expliqua-t-il gravement. Un des brigands a été tué par le garde de la diligence. Toute la gendarmerie est à leurs trousses, mais comment les trouver ? Comment même les identifier ? Ils étaient masqués, ce n'est pas facile…

— Ces vêtements… l'affiche affirme qu'ils portent des habits du siècle précédent… il s'agit vraiment de *Compagnons du soleil* ?

— On le dit… Peut-être sont-ils simplement des ci-devant qui veulent se venger… Ou encore des déserteurs qui souhaitent se faire passer pour ces anciens brigands d'honneur… Tout est possible tant qu'on n'en aura pas attrapé un.

Gabriel s'était ressaisi. Il opina en simulant une certaine indifférence.

— Excusez-moi, je dois prendre la diligence d'Aix.

Il avait trop traîné et la voiture de poste pour Aix s'apprêtait à partir. Gabriel pressa le pas et fit signe aux deux postillons déjà sur le siège avant de la malle-poste de l'attendre. Il héla ensuite un des deux garçons qui étaient en train de placer les derniers bagages sur le toit à l'aide d'une échelle.

— C'est lourd, il vous faudra de l'aide ! cria-t-il en tendant son sac de cuir.

L'un des garçons, un jeune maigrelet boutonneux, se précipita et prit le sac. Il eut une grimace.

— Hé bè ! protesta-t-il. C'est de l'or au moins, pour que ce soit si lourd !

Il s'esclaffa bruyamment pendant que son compagnon, qui était sur le toit de la voiture, tendait un bras pour attraper le sac. À deux, et avec beaucoup de difficultés, ils le hissèrent. Gabriel vérifia qu'on l'attachait correctement, puis paya les vingt francs que lui demandait le commis de la messagerie. Après quoi, ayant constaté que le second compartiment de la diligence était plein de bagages et de colis de poste, il ouvrit la porte du compartiment avant, le plus grand, et chercha du regard une place vide.

À l'intérieur, et dans le sens de la marche, se tenaient deux jeunes filles en train de converser à mi-voix. L'une d'entre elles lui jeta un regard rapide et poursuivit son dialogue avec l'autre qui n'avait pas détourné la tête. En face d'elles, et au bout de la deuxième banquette, était assis un vieil homme ridé et ratatiné. Dans ce compartiment, la diligence pouvait recevoir six personnes à l'aise de chaque côté. Il y avait donc suffisamment de place mais, afin de ne pas déranger les jeunes femmes, il fit un signe de la main au vieillard pour lui indiquer qu'il allait se mettre à côté de lui. Ensuite, il se fendit d'un grand sourire envers la jeune fille avant de monter à bord.

À l'instant où il s'assit à côté de son futur compagnon de voyage, la seconde femme tourna les yeux vers lui. Gabriel eut une brusque bouffée de chaleur et son cœur s'arrêta subitement de battre. Il venait de reconnaître celle qu'il allait avoir en face de lui durant toute la journée.

La voiture de poste, tirée par ses quatre chevaux vigoureux, s'ébranla dans des grincements assourdissants et un vacarme épouvantable.

Il baissa les yeux, n'osant regarder davantage. Pouvait-il se tromper ? Oui, il se trompait certainement. Après tout, cela faisait plus de dix ans… et il ne l'avait vue qu'une fois, alors qu'elle avait seulement treize ou quatorze ans.

Seulement, il y avait aussi cette miniature, cette image de son visage qu'elle lui avait envoyée et dont il connaissait les traits par cœur. Et si ce n'était qu'une ressemblance ?

Il tenta de s'en convaincre et leva les yeux, jetant un regard furtif à la jeune femme qui n'arrêtait pas de l'observer. Ses cheveux bouclés, frisés même, son nez fin et retroussé, sa bouche rieuse : la ressemblance était trop forte. Il remarqua qu'elle le considérait maintenant avec perplexité. Il lui sourit rapidement et elle fit de même.

Et elle, pouvait-elle le reconnaître ? Il ne lui avait jamais envoyé son portrait. Et il avait bien changé en dix ans. Il se sentait complètement désemparé par ce passé qui surgissait de façon tellement inattendue : d'abord l'affiche sur les *Compagnons du soleil*, Alice de Puylaurens maintenant. Que lui arrivait-il ?

— Nous nous sommes dézà vus, monsieur ? s'enquit brusquement la jeune femme d'une voix douce, mais légèrement inquisitrice.

Damnation ! Il reconnaissait maintenant sa voix, son zozotement !

— Je ne crois pas, madame, répliqua poliment Gabriel en tentant de se maîtriser. J'arrive d'Italie.

Elle opina, mal convaincue, et détourna la tête pour regarder la rue, mais il eut l'impression qu'elle l'examinait toujours du coin de l'œil. Il se maudissait pour avoir répondu ainsi. Qu'allait-il lui dire maintenant ? Comment se présenter chez elle plus tard ? Il se mordit les lèvres de nervosité et elle le remarqua.

Il tourna ses regards vers l'autre jeune fille, qui avait ignoré la discussion et regardait à travers la vitre. Son voisin sommeillait.

Il baissa à nouveau les yeux, puis les leva avec courage. Alice le considérait toujours. Il rougit, confus et désemparé.

Croisant son regard, elle lui dit plus amicalement en penchant la tête :

— Excusez mon effronterie mais vous ressemblez beaucoup à quelqu'un que z'ai connu… Allez-vous jusqu'à Aix ?

— Oui, déglutit-il. Et vous ?

— Moi aussi, ze suis venue chercher mon amie Ernestine. Elle a passé quelques zours à Toulon chez sa tante et sa mère m'a demandé de l'accompagner. Elle n'aime pas savoir sa fille seule en voyage.

Gabriel regarda alors Ernestine, qui lui sourit. Elle était très belle et devait avoir dix-huit ans. Se pourrait-il que ce fût…

— Ernestine ? s'entendit-il questionner.

— Oui, Ernestine de Castellane. Ze me nomme Alice de Puylaurens… Et vous ?

— Je…

Il hésitait, perdant tout moyen et ayant soudaincment oublié son nom d'emprunt.

— Euh… Viriot… François Viriot.

Elle fronça son front, déçue mais peut-être aussi incrédule.

Il détourna son regard et fit semblant d'observer l'extérieur par la vitre. La diligence sortait de Toulon.

Pendant une petite demi-heure, personne ne parla. Cependant, Alice et Gabriel se jetaient mutuellement des regards qu'ils tentaient vainement de dissimuler. Au bout d'un moment, la jeune femme risqua tout de même un sourire ironique comme pour se moquer de cette attitude puérile, et il le lui rendit.

La voiture arriva au carrefour entre le chemin de Sanari[1] et celui du Bausset. Le village d'Ollioules était devant eux et ils s'engageaient dans les gorges de la Reppe.

Un endroit que Gabriel connaissait bien. Combien de voitures avait-il attaquées dans ces gorges d'Ollioules !

La voiture roulait régulièrement, sans trop de cahots, dans l'étroit défilé. Les deux femmes regardaient à travers les vitres les falaises vertigineuses qui obscurcissaient le paysage. Un vague sentiment d'oppression les envahissait peu à peu.

1. Actuellement Sanary. Nous avons gardé la plupart des anciennes appellations de lieux.

Brusquement, la voiture s'arrêta dans un épouvantable crissement de freins et Alice fut projetée sur Gabriel. Il la tint une seconde dans ses bras, puis elle se dégagea et s'excusa en bredouillant. Elle lui demanda alors avec inquiétude :

— Monsieur, que se passe-t-il ?

Il poussa la vitre de la fenêtre et se pencha dehors. Il comprit aussitôt. Un arbre mort était en travers de la route et deux hommes à pied, armés de tromblons, attendaient à quelques pas en menaçant les postillons qui se serraient sur leur banc à demi couvert par la capote de cuir.

Gabriel glissa aussitôt ses deux mains dans les poches de sa redingote et arma les chiens des pistolets. À peine avait-il terminé que la porte avant de la berline s'ouvrit.

— Descendez ! ordonna un colosse patibulaire d'une voix rauque et étouffée.

Il était à pied et tenait un pistolet à la main gauche.

C'était un individu d'allure effrayante : la cinquantaine, pour autant qu'on pût s'en assurer, car le bas de sa figure était couvert par un grand mouchoir sale. Sur ses cheveux grisonnants et clairsemés, pendant sur ses épaules, se dressait une ridicule perruque en oreilles de chien comme l'aristocratie en portait dix ans plus tôt. Au-dessus était enfoncé un chapeau droit à petit bord dont la ganse blanche des *Compagnons du soleil* flottait à la brise légère. Gabriel eut l'impression de se retrouver dans un mauvais rêve. Oui, il allait se réveiller…

En donnant son ordre, le brigand examinait les deux hommes et les deux femmes. Puis, son regard s'attarda sur Gabriel. Il fronça le front pour tenter de faire remonter ses souvenirs.

— Je te connais, toi…, dit-il enfin.

— Non, fit Gabriel de la tête.

Il mentait bien sûr, car la forme de la tête et surtout la voix, même étouffée par le mouchoir, ne lui étaient pas inconnues. Mais qui était-il ?

Le brigand désigna le sol et répéta :

— Descends, je vais revenir m'occuper de toi. Fais sortir les filles et le vieux.

Il s'éloigna à nouveau.

Gabriel s'exécuta et aida Alice et Ernestine à sortir. Le vieillard, hagard, descendit le dernier, en tremblant. Le colosse s'était dirigé vers l'arrière de la berline, pour détacher et piller les bagages. Un autre homme avait ouvert le compartiment arrière et le vidait, jetant tout ce qu'il contenait par terre, sans aucun soin.

Gabriel connaissait l'endroit où ils se trouvaient. Lui et Camille avaient arrêté la diligence d'Aix en ce même lieu. Des rochers et des buissons de romarin, à quelques pas sur sa gauche et à l'avant de la diligence, pouvaient constituer un abri provisoire pour les deux femmes. Mais comment s'y cacher ? Ils étaient sous la menace des hommes armés de tromblons qui surveillaient les postillons.

L'un des deux scélérats, un gringalet racorni, leur fit signe de s'avancer vers eux. Avant d'obéir, Gabriel se retourna et envisagea la scène d'un bref regard : il y avait cinq ou six hommes derrière eux, à une dizaine de mètres. L'un d'eux, armé d'un fusil, surveillait les opérations de pillage tandis qu'un autre, qui ressemblait à un crapaud, brisait les bagages jetés au sol avec une barre de fer. Enfin, deux ou trois autres vauriens grimpaient ou s'affairaient sur le toit de la diligence.

Il secoua la tête d'incrédulité : ces brigands étaient habillés en muscadins, mais avec des habits tachés, rapiécés, comme aucun compagnon n'en aurait porté. Il eut l'impression qu'ils jouaient une pièce. Mais une pièce qui allait devenir sanglante.

Suivi des deux jeunes femmes serrées l'une contre l'autre, il s'avança lentement, désormais parfaitement concentré sur ce qu'il allait faire. Ils dépassèrent les chevaux et s'approchèrent des deux hommes qui riaient en se poussant du coude, lançant des obscénités en patois en direction des femmes.

Les deux brigands, barbus et hirsutes, étaient répugnants de saleté. Le gringalet était édenté et l'autre avait une balafre qui lui avait fermé définitivement un œil. Tous deux avaient une ceinture rouge déchirée et une ganse tachée à leur chapeau. Gabriel remarqua alors, plus en avant, à une vingtaine de mètres, un dernier brigand assis sur le tronc d'arbre barrant la route. Celui-là tenait négligemment un fusil à silex et paraissait surveiller le postillon et son aide qui tremblaient sur leur siège.

Qui étaient ces gredins déguisés en *Compagnons du soleil*? Car on ne pouvait douter qu'il s'agissait de déguisement ! Le regard de Gabriel croisa celui de l'homme assis sur le tronc d'arbre. Lui aussi, il l'avait déjà vu… mais où ?

Il ne chercha pas à s'interroger davantage, guettant l'instant d'agir. Celui-ci arriva très vite : l'un des deux brigands, l'édenté, s'était approché d'Ernestine. Il l'enlaça en riant et tenta de l'embrasser.

C'était le moment, jugea Gabriel alors qu'Alice se serrait contre lui, terrorisée. Le regard de la jeune femme croisa le sien et elle ne reconnut plus le visage du jeune homme hésitant et malhabile qu'elle avait eu en face d'elle. Celui-ci s'était complètement transformé. Elle avait à côté d'elle un inconnu dont l'expression traduisait une férocité, une dureté, qui l'effrayèrent.

Gabriel fit semblant de trébucher, comme on le lui avait appris dans les entraînements suivis en salle d'armes. Il se baissa et tira la lame de sa botte. En un éclair, il l'enfonça dans les reins du premier bandit, distrait par l'attitude de son compagnon, la retira, et d'un geste ample, en lui tirant les cheveux en arrière, il coupa la gorge du second brigand qui importunait Ernestine. Un flot de sang jaillit. Stone lui avait fait répéter plusieurs fois ce mouvement de mort.

— Courez ! fit-il à Alice en lui montrant les rochers sur la gauche.

Sa voix claqua comme un coup de fusil.

Simultanément, il lâcha son couteau et sortit ses deux pistolets de ses poches. Nous l'avons dit, chacun avait deux canons superposés. Il visa en premier l'homme sur le tronc d'arbre, mais celui-ci avait vu Gabriel en action et, au moment où Montfort allait appuyer sur la gâchette, le brigand s'était jeté en arrière et avait disparu.

Ernestine et Alice s'enfuyaient, suivies par le vieillard qui clopinait. Gabriel se retourna alors face au reste de la bande, toujours à l'arrière de la diligence. L'un des bandits, sur le toit de la voiture, avait déjà sorti un long pistolet d'arçon de sa ceinture et le prenait pour cible. Gabriel tira le premier, sans viser, l'atteignant dans un œil, puis il abattit un second homme qui apparaissait derrière et qui le menaçait avec un fusil. Il eut un sourire en reconnaissant celui qui ressemblait à un crapaud. Les autres se dissimulèrent aussitôt derrière la malle-poste.

Pourtant, un troisième, plus courageux sans doute, se découvrit entièrement de l'arrière de la berline et s'avança, un pistolet à chaque main. Il fit feu.

Gabriel se jeta au sol juste devant les chevaux affolés, faisant en même temps tourner d'un geste rapide le canon d'une de ses armes. Les postillons s'étaient étendus sur le banc de la voiture mais avaient heureusement bloqué les freins des roues du véhicule, qui ne pouvait bouger malgré la frayeur des bêtes.

À peine le tireur avait-il lâché un deuxième coup que Gabriel l'atteignit en pleine poitrine. Le brigand s'effondra.

Gabriel roula sur lui-même pour essayer de se mettre à l'abri dans le fossé au bord du chemin. Il ne pourrait pas tenir longtemps avec un seul et dernier coup à tirer. Il avait mis hors de combat cinq adversaires. Combien en restait-il ? Peut-être encore trois ou quatre ? Il y avait aussi celui dissimulé derrière le tronc. Pourquoi ne tirait-il pas ?

De façon inattendue, il entendit le galop d'un cheval, puis un second et enfin toute une cavalcade. Effrayée par la fusillade, la troupe de brigands restant détalait !

Alors qu'il était allongé au sol, le visage de l'homme sur le tronc d'arbre lui revint en mémoire. Gaudin ! C'était Pierre Gaudin qui avait arrêté la diligence ! Le beau-frère de Fassy ! Celui qui avait pourchassé Camille jusqu'à sa mort. Que faisait-il là ? La dernière fois qu'il l'avait vu, il était policier !

Gabriel se coula sur un côté, tentant de voir ce qui se passait. En même temps, il faisait passer un des pistolets dans sa poche et, apercevant son couteau à portée de main, il le récupéra et le glissa dans sa botte.

— Ils sont partis ! lui cria d'une voix aiguë le postillon qui s'était retourné et avait regardé par-dessus le capot de cuir de la banquette.

Oui, mais Gaudin ? Était-il toujours dissimulé derrière l'arbre couché ? Que faisait-il ? songea Gabriel en rampant dans l'ornière. Il leva brièvement la tête pour regarder dans la direction vers laquelle s'étaient enfuies les deux femmes et eut un frisson de terreur en apercevant un corps étendu. Il baissa à nouveau la tête, puis, comme aucun coup de feu n'avait été tiré, il se releva légèrement et reconnut dans le cadavre le vieillard qui les accompagnait.

Alors il se leva lentement. C'est à ce moment qu'il prit conscience de la douleur et qu'il regarda son bras. Une balle l'avait touché. Il se dirigea malgré tout vers le corps étendu, restant aux aguets et prêt à tirer, son unique pistolet chargé dans la main droite.

Le pauvre homme était mort. Il avait été atteint en pleine tête lors de la fusillade.

Gabriel se dirigea alors vers le tronc, toujours prêt à tirer. Finalement, il se pencha par-dessus. Rien ! Il n'y avait plus personne derrière ! Pourquoi Gaudin n'avait-il pas tiré ? Il pouvait facilement l'atteindre.

À peine arrivée aux rochers, Alice s'était cachée derrière et avait maintenu Ernestine au sol. La jeune fille hurlait et voulait s'enfuir plus loin, mais le bruit des tirs l'avait heureusement paralysée.

Après les quelques coups de feu, ce fut le silence, puis le martèlement des sabots des chevaux qui s'éloignaient. Ensuite, elle entendit les cris de joie du postillon déclarant que les brigands étaient partis. Était-ce vraiment terminé ? Elle leva légèrement la tête et aperçut le jeune homme qui était avec elles dans la voiture. Il avait un pistolet à la main et paraissait seul. Les cochers descendaient déjà du siège. Elle se leva et fit à Ernestine :

— Va dans la voiture, tu seras à l'abri.

Gabriel vit avec soulagement Alice apparaître, suivie par son amie. Bien que couvertes de terre, de poussière et de sang, elles semblaient indemnes. Elles se précipitèrent d'abord vers lui. Ernestine sanglotait nerveusement sans pouvoir se retenir. Alice, au contraire, restait très calme, et c'est elle qui remarqua la tache rouge sur le haut de son bras.

— Dieu tout puissant ! s'inquiéta-t-elle. Ils vous ont blessé !

Elle lui saisit la main gauche pour découvrir que la manche de sa redingote était ensanglantée.

— Ce n'est rien, dit-il en se laissant faire malgré la douleur. Mais vous, d'où vient ce sang ?

Elle baissa les yeux et considéra avec effroi sa robe marquée de larges taches écarlates, puis son regard glissa vers Ernestine qui découvrait, épouvantée, sa chemise sanglante.

— Je n'ai rien, pleura Ernestine. Je te jure… que je n'ai rien. C'est le sang de l'autre…

Elle montra du doigt le cadavre du bandit que Gabriel avait égorgé. Elle n'arrivait pas à maîtriser ses sanglots.

Déjà les deux cochers les avaient rejoints, attendant les ordres de Gabriel, le considérant comme le chef de leur équipage.

— Il faut rapidement dégager la route de cet arbre, leur dit-il. Et placer ce pauvre homme (il désigna le voyageur mort) dans le compartiment arrière. Nous devons absolument partir avant qu'ils ne reviennent.

Les deux conducteurs se dirigèrent vers l'arbre qui barrait la route et, à grand-peine, le firent rouler sur un bas-côté. Gabriel s'était tourné vers Alice.

— Allez dans la voiture, mademoiselle, lui conseilla-t-il. Vous y serez plus en sécurité. Essayez de calmer votre amie.

Il les accompagna puis se dirigea vers l'arrière de la diligence. Les bagages avaient été décrochés du toit et jetés au sol. Plusieurs coffres étaient ouverts, brisés, des robes et des caleçons de femmes étaient répandus au sol. Il examina longuement le désordre et l'évidence se fit jour : son sac avait disparu. Son sac plein d'or. Il prit conscience qu'il s'en était toujours douté. C'était ça qu'ils voulaient ! Mais pourquoi cette comédie ? Pourquoi ces déguisements de *Compagnons du soleil* ? Savaient-ils qu'il en avait été un ?

Le cocher revint vers lui en courant.

— On va mettre le corps à l'arrière comme vous l'avez dit, monsieur, dit-il.

Il découvrit le désordre des bagages à son tour.

— Bon sang, il faut tout ramasser ! Les dames ne vont pas être contentes !

Puis il regarda Gabriel, la bouche entrouverte, et ajouta avec admiration :

— Où avez-vous appris à vous battre ainsi ? Je n'avais jamais vu ça !

— La chance, expliqua Gabriel en revenant, pensif, vers la malle-poste.

Le second postillon, le plus âgé, examinait les corps et, à chaque fois, récupérait leurs armes, fusils ou pistolets. Quand il vit Gabriel approcher, il lui déclara en provençal, d'un ton étrange :

— Cinq ! Vous avez tué cinq hommes en un instant. C'est impossible ! Qui êtes-vous ?

Gabriel ne répondit pas et se dirigea vers l'un des chevaux abandonné par les brigands. Il avisa une jument baie qui paraissait jeune et robuste. Il lui flatta le cou et vérifia les sangles de la selle.

— Vous n'allez pas partir, monsieur, s'offusqua le jeune postillon qui l'observait.

— Je dois les poursuivre, ils m'ont volé mes bagages.

— Mais vous êtes blessé, intervint Alice qui avait laissé Ernestine dans la voiture. Vous n'irez pas loin sans pansement.

— Et puis, que va-t-on raconter aux gendarmes du Bausset. Ils vont vous demander de témoigner, il faudra que vous vous expliquiez…

C'était le postillon âgé qui parlait d'un ton saccadé, à la fois contrarié et apeuré.

— Vous leur direz la vérité, que je suis parti à leur poursuite.

— Mais votre nom ? Qui êtes-vous donc ? insista le vieux avec irritation.

— Vous leur direz que vous n'en savez rien ! répliqua Gabriel en haussant les épaules. Allez plutôt remettre de l'ordre dans les bagages de ces dames et les rattacher sur le toit. Placez ceux qui sont brisés dans le compartiment, avec le pauvre vieux.

Ils s'exécutèrent en échangeant un long regard, mélange de mécontentement, d'inquiétude et déjà de soupçons.

Alice lui avait pris le bras non blessé et l'attirait d'autorité vers le tronc d'arbre.

— Ze dois regarder votre blessure et la nettoyer, lui fit-elle, mon frère est médecin et ze l'assiste parfois, n'ayez pas d'inquiétude, z'ai l'habitude. Z'ai pris le mouchoir d'Ernestine et le mien et z'ai un peu de liqueur dans ce flacon pour laver la plaie.

Il se laissa faire.

Arrivée devant le tronc d'arbre, elle ajouta sévèrement :

— Enlevez votre redingote et assoyez-vous.

Elle dut l'aider pour ôter le vêtement, car son bras ankylosé le faisait maintenant souffrir. Avant de poser la redingote à côté de lui, il retira les deux pistolets des poches et les plaça sur l'arbre. Puis il sortit d'un gousset de la jaquette une petite boîte de fer emplie de poudre, d'amorces ainsi que de quelques balles de plomb.

Ensuite, il desserra sa cravate avant de s'asseoir. Il avait mal.

Elle s'installa à côté de lui. Dans une sorte d'hésitation, elle examina un instant la manche de sa chemise ensanglantée.

— Pour nettoyer, il faudrait couper le tissu. Je vais aller chercher des ciseaux dans mes bagages.

— Ce n'est pas la peine, lui répondit Gabriel.

De sa main droite valide, il tira le poignard de sa botte et le lui tendit.

— Faites attention, cette lame est coupante.

Elle saisit la lame encore rouge et humide et la considéra quelques secondes dans un mélange de dégoût, de crainte et d'interrogation. Elle n'en avait jamais vu de cette sorte, elle l'examina en la faisant tourner dans sa main : une lame longue, très fine, aiguisée comme un rasoir. Une lame forgée pour tuer ! Finalement, elle se décida et l'introduisit délicatement dans le haut de la manche pour sectionner le tissu. Le bras, dégagé, était couvert de sang ; elle le nettoya sommairement avec son mouchoir et la liqueur.

— Ce n'est qu'une coupure. Ce doit être un éclat de pierre, la rassura Gabriel.

— Ne soyez donc pas stupide ! La balle est entrée dans le muscle, heureusement elle est ressortie ici.

Sa main suivit l'avant-bras jusqu'à l'épaule. La chair était déchiquetée, un peu de coton de la chemise s'était écrasé à l'intérieur de la plaie, qui n'était pas belle. Elle fit pénétrer l'alcool dans la blessure en s'efforçant de retirer les fibres de tissu. Gabriel serrait les dents tant la douleur était forte.

— L'os n'a pas été touché, mais vous avez perdu beaucoup de sang. Heureusement, l'hémorragie semble s'être arrêtée. Ze vais vous bander avec ce mouchoir, mais ce ne sera pas suffisant. Vous allez avoir une forte fièvre. Il vous faut voir un médecin rapidement.

— Je le ferai, promit-il pour la rassurer. D'ailleurs, depuis que vous me soignez, je n'ai plus mal. Mais vous-même et votre amie ne pouvez rester ainsi, couvertes de sang. Avez-vous des vêtements de rechange ?

— Oui, dans nos bagages. Nous nous changerons au Bausset.

Quand elle eut terminé, il s'occupa des pistolets ; saisissant le premier, il entreprit de le recharger.

— Qui êtes-vous ? demanda-t-elle alors d'un ton assez sec.

Il se força à lui sourire.

— Un voyageur. Un simple voyageur.

Elle eut une moue à la fois sarcastique et dure.

— Un voyazeur ayant une lame comme celle-ci glissée dans sa botte ?

Elle appuya avec sa main droite à l'endroit où il avait rangé le poignard. En même temps, elle le défiait du regard.

— Personne ne se bat ainsi ! Z'ai vu Auguste de Forbin à la salle d'armes avec mon frère. Aucun d'eux n'est rapide comme vous l'avez été. Et pourtant, ce sont des tireurs réputés. Qui êtes-vous vraiment ? Un soldat ? Un officier ? Plus, peut-être…

Il ne répondit pas, se sentant terriblement malheureux de devoir garder son secret.

Le regard d'Alice tomba alors brusquement sur un des pistolets.

— Ces armes viennent de Londres, affirma-t-elle en devenant livide.

Il leva finalement les yeux vers la jeune femme, toujours sans rien dire.

Rageusement, elle se saisit du second pistolet encore sur le tronc d'arbre.

— Il y a gravé *Eggs, London* ! Vous arrivez d'Angleterre ! l'accusa-t-elle d'une voix aiguë, presque hystérique.

C'était plus une affirmation qu'une question. Il opina lentement.

— Vous êtes un azent anglais ? poursuivit-elle plus calmement.

Il opina à nouveau, comprenant que son sort était entre ses mains.

— Mon Dieu ! Ze sais maintenant où nous nous sommes croisés, monsieur, fit-elle dans un mélange d'ironie et de menace. Nous nous sommes même écrit ! J'en ai peur… Vous êtes un espion ! ajouta-t-elle avec effroi.

Il la regarda avec attention, les yeux embués.

— C'était à La Calade. Il y a dix ans, poursuivit-elle. J'étais avec Ernestine, qui est là, zustement. Elle avait seulement dix ans. Il y avait aussi ma mère et la mère d'Ernestine dans la voiture que vous avez attaquée.

Elle se radoucit et ajouta :

— Ze crois bien que vous et votre ami nous avez sauvées.

Ainsi elle l'avait reconnu. Il nia sottement, en bredouillant :

— Vous devez vous tromper, madame. Je… n'étais pas en France à cette époque.

— Que comptez-vous faire maintenant… Gabriel ?

Ainsi elle le nommait par son prénom, montrant qu'elle n'était pas dupe de ses dénégations. Il capitula :

— Poursuivre ces brigands…

— Avec cette blessure ? Et seul ? Vous n'avez aucune chance… Au fait, que venez-vous faire en France ?

Il lui prit une main.

— Je devais me rendre à Aix, remettre mon bagage à quelqu'un… et puis je songeais à aller vous voir, après. Je suis désolé de vous avoir menti… Je ne pouvais faire autrement, cette mission devait rester secrète…

Elle lui serra la main avec une sorte de rage.

— Ze n'en parlerai pas, mais vous ne retrouverez pas ces gens et vous devez vous faire soigner. Ze peux vous conduire chez mon frère, on s'occupera de cette blessure et on vous cachera.

— Non ! C'est impossible. D'ailleurs, si je reste avec vous, je serai interrogé au Bausset par les gendarmes. Déjà les cochers se posent bien trop de questions… Je dois disparaître, ma mission passe avant tout ; mais si je la termine, je vous jure que je viendrai, je vous dirai toute la vérité.

— Mais comment ? gémit-elle. Votre signalement va être donné partout. Arrivé à Aix, vous serez aussi interrogé et forcément reconnu. M. Fouché, qui habite sur le Cours et qui est l'homme le plus perspicace que j'aie jamais rencontré, va s'intéresser à vous, il mettra des gens sur votre piste, vous démasquera… et vous serez finalement fusillé… comme votre ami l'a été…

Elle haussa le ton :

— Vous ne pouvez aller loin ainsi… vous êtes blessé… Écoutez, partez puisque vous désirez les poursuivre, mais sachez que je vous attendrai, je préviendrai mon frère… Promettez-moi de venir à Aix dès que vous aurez terminé.

— Je vous le promets.

— Quand ?

— Après-demain, peut-être.

— D'accord…

Elle réfléchit une seconde et remarqua :

— Avec votre redingote sanglante, on vous interrozera aux portes de la ville et vous ne pourrez passer par l'esplanade du Cours, on vous remarquerait et on vous dénoncerait aussitôt… Il faut nous retrouver hors des fortifications… Ze vous porterai des habits propres et vous rentrerez avec moi, on me connaît et on ne vous interrozera pas. Tous les zours à partir de demain, ze sortirai en début d'après-midi par la porte Saint-Louis et je vous attendrai sur la route du Tholonet, au pont sur la Torse. Ze prendrai la voiture que mon frère utilise pour aller voir ses malades. Ze resterai jusqu'à la tombée de la nuit.

— Seule ? s'inquiéta-t-il.

— Non. Ze serai avec quelqu'un.

Il était fâché de l'impliquer dans une affaire si grave, mais il savait qu'elle avait raison. Sans aide, il serait vite pris.

— D'accord, j'essayerai d'être là après-demain. Mais si au bout de quatre jours je ne suis pas venu, abandonnez et oubliez-moi…

— Zamais ! Promettez-moi de revenir, insista-t-elle, presque en pleurant.

— Je vous le promets, murmura-t-il.

Il se leva et l'aida à se lever à son tour. En même temps, un plan s'ébauchait dans son esprit.

— Je vais vous suivre jusqu'à la sortie des bois, expliqua-t-il en remettant sa redingote. Au Bausset, vous et Ernestine pourrez vous changer et vous laver de ce sang…

Le postillon âgé s'approchait d'eux en se dandinant d'une jambe sur l'autre, avec une certaine impatience.

— Nous sommes prêts à partir…

— Le monsieur qui nous a sauvés est blessé, mais va tenter de suivre nos attaquants. Il se rendra ensuite au Bausset, lui expliqua vivement Alice.

— Mais la police voudra l'interroger, objecta le postillon en maugréant.

— Mes bagages sont plus importants, et puis leurs traces seront fraîches, le sol est humide. Si on attend trop, il sera impossible de les retrouver. Je prendrai ce cheval… Avant de partir, il faut aussi dégager les cadavres ; transportez-les vers les arbres… Vous les avez fouillés ?

— Oui, monsieur. Ils n'avaient rien, aucun papier, aucun passeport et pas d'argent. Seulement les armes que j'ai prises pour les remettre aux gendarmes.

— Y a-t-il des gens que vous connaissez ? demanda Gabriel.

— Non, personne.

— Et vous ? demanda Montfort à Alice. Voulez-vous les regarder avec moi ? Peut-être en reconnaîtrez-vous un.

Ils passèrent entre les corps. Tous avaient la face vers le ciel. Deux étaient défigurés par les coups de feu qui les avaient atteints, mais Alice ne faiblit pas devant les faces ensanglantées.

— Non, fit-elle finalement, je ne crois pas les avoir déjà vus.

— Et si les autres nous attaquent à nouveau ? s'inquiéta le second postillon qui avait écouté à quelques pas.

— Je vous suivrai jusqu'à la sortie des gorges, expliqua Gabriel en s'approchant de la jument qu'il avait choisie.

Avec difficulté, à cause de son bras, il parvint à se mettre en selle.

— Passez-moi donc un fusil, demanda-t-il au postillon.

Toujours de mauvaise grâce, le vieux s'exécuta.

Alice, le cœur serré, lui fit un signe en plaçant sa main gauche sur sa bouche, comme pour lui envoyer un baiser, puis rejoignit Ernestine dans la voiture.

Il prit le fusil qu'on lui tendait. C'était une vieille arme d'infanterie qu'il connaissait bien : le modèle recommandé par le général Gribeauval et qui équipait l'armée française depuis 1777. Une arme médiocre, imprécise au-delà de cent mètres.

Avec le vieux fusil, le postillon lui tendit aussi une poignée de cartouches et une corne à poudre. Il les glissa dans la poche de sa redingote et mit le fusil en bandoulière sur son épaule.

Le postillon rejoignit son compagnon qui attendait. Les deux conducteurs se saisirent alors et successivement des cinq cadavres pour les jeter sans ménagement dans le fossé.

Après quoi, lançant des regards furtifs à Gabriel qui surveillait les lieux, ils grimpèrent sur leur siège.

Montfort approcha alors son cheval de la voiture pour demander au conducteur âgé :

— Vous savez lire ?

— Oui, oui, ronchonna l'autre, toujours grincheux.

Gabriel sortit son passeport et la fausse lettre signée Savary.

— Voilà ce que vous direz aux gendarmes. Je poursuis ces brigands depuis quelques semaines et ils sont tombés dans le piège que je leur avais tendu.

Le vieux tira des binocles de sa poche, puis lut la lettre avec stupéfaction. Après quoi, il la lui rendit. Son expression avait complètement changé.

— Excusez-moi, monsieur le juge, je ne savais pas.

— Je préfère que l'on ignore qui je suis, expliqua Gabriel, dites aux gendarmes de venir chercher les cadavres. Je m'occuperai seul des derniers brigands. J'irai ensuite faire mon rapport au préfet. Il ne faut surtout pas qu'on me gêne.

— Je le ferai, monsieur le juge.

— Et les chevaux qui restent ? demanda alors le jeune cocher. On les laisse ?

— Oui, ils n'iront pas loin et les gendarmes s'en occuperont. D'ailleurs, ils en auront besoin pour transporter les corps.

Le vieux haussa les épaules, fit claquer son fouet, et la voiture s'ébranla.

Gabriel la laissa passer pour la suivre ensuite à une vingtaine de pas, toujours aux aguets.

Bien que vigilant, Gabriel méditait aussi sur sa mission qui avait tourné au désastre. On l'avait reconnu, on l'avait dépouillé et il était blessé. Que pouvait-il espérer, maintenant ? Il se doutait qu'il ne retrouverait pas les brigands. Heureusement, en ayant montré cette lettre, il avait un certain répit. Avec un peu de chance, les gendarmes le laisseraient en paix. Mais ça ne durerait pas, on finirait bien par se douter de quelque chose.

Il songea ensuite que ces bandits l'attendaient uniquement pour lui voler l'or. Ils avaient donc connaissance de ce transport. Mais comment avaient-ils su qu'il serait dans cette voiture ? Ce ne pouvait être que celui qui l'avait conduit à Toulon qui les avait renseignés. Donc toute l'opération avait bien été organisée par *Capéou*. Ce qu'il ne comprenait pas, c'est pourquoi ils étaient déguisés en *Compagnons du soleil*…

Brusquement les ténèbres s'éclairèrent et il découvrit l'effroyable machination : on voulait l'incriminer dans les attaques de diligence qui avaient déjà eu lieu ! *Capéou* savait que c'était lui qui transportait l'or des *Chevaliers de la Foi*. D'une façon ou d'une autre, ce scélérat donnerait son véritable nom à la police. Le célèbre Gabriel de Montfort était de retour et avait reconstitué la bande de Camille de Clapiers ! De victime, Gabriel deviendrait coupable.

En tant que telle, la manigance ne l'inquiéta guère. Il avait l'habitude de se cacher et il saurait échapper à la police ; en revanche, et c'était le plus grave, il allait être déconsidéré aux yeux d'Alice. Il fallait qu'il lui parle, la prochaine fois qu'il la verrait. Il regretta de ne pas l'avoir fait quand il était seul avec elle.

C'est en pensant à *Capéou* qu'il se souvint de Narcisse Guitton, car Narcisse avait été un de ses hommes. Le soupçon l'envahit… Oui, ce colosse au visage masqué… sa démarche… sa voix… c'était probablement Guitton. Mais comment cette brute avait-elle été rejointe par Gaudin ? Gaudin qui était policier, il y a dix ans. Il y avait là un profond mystère qu'il n'arrivait pas à percer.

Ils arrivèrent au vieux pont de pierre d'où grimpait le chemin vers le château ruiné d'Evenos. La route qu'utilisaient toujours les brigands dans le défilé. Ce pont marquait la fin des gorges ; à partir de là, les voyageurs ne risquaient plus rien. Les cochers le savaient et la diligence s'élança à grande allure sans se préoccuper de lui. Le chemin était large et les chevaux pouvaient maintenant galoper. Les postillons étaient pressés de raconter toute cette incroyable histoire aux gendarmes.

Il la regarda s'éloigner et passa le pont à sa droite. Dès lors, son esprit se consacra entièrement à la traque. Il ne pouvait se permettre de la faire durer ; il était blessé et savait que sa blessure allait de plus en plus le fatiguer. Il n'avait aucune provision et seulement une couverture mitée attachée à sa selle pour la nuit.

Il descendit d'abord vers la Reppe et fit boire son cheval, puis but lui-même longuement. Il connaissait quelques sources dans la forêt, mais il ne savait pas dans combien de temps ils pourraient de nouveau se désaltérer.

Ensuite, il grimpa par le sentier. Les traces des brigands étaient bien visibles.

11

Samedi 10 et dimanche 11 novembre 1810

La veille de l'attaque de la diligence, Narcisse Guitton avait réuni sa troupe d'assassins à la *Bouteille Noire*. Il avait bien sûr attendu le dernier moment pour le faire, sachant que, sa bande étant mise à prix, une trahison était possible. C'est pour cette raison qu'il n'était allé chercher Vidocq et l'*Altèque* qu'en dernier. C'est d'ailleurs lui-même qui les avait conduits au cabaret où les autres attendaient.

— Dans quelques jours, on attaquera la malle-poste entre Toulon et Aix, dans les gorges d'Ollioules, leur annonça-t-il quand ils furent attablés autour de lui et que les oreilles indiscrètes furent éloignées.

— Quel jour ? demanda négligemment Vidocq.

— Je ne sais pas. Je l'apprendrai au dernier moment. À partir de maintenant, il faut que tout le monde loge ici, à la *Bouteille Noire*. Sitôt que je connaîtrai le jour, on filera dans les gorges.

— Qu'est-ce que c'est que cette combine ? protesta l'*Altèque*. Pourquoi attendre ? J'en ai marre ! Ça fait des semaines qu'on attend !

— Je vais te le dire : dans cette malle-poste, il y aura un passager, un angliche, sans doute un espion, que les godons envoient ici en secret. Le bonhomme transporte avec lui une grosse somme et le débarquement n'aura lieu qu'à partir de cette nuit. Mais qui peut savoir si le bateau est déjà là ? S'il a du retard, on devra attendre.

Il les considéra à tour de rôle avant de marteler :

— Voici ce qu'on va faire : l'angliche doit disparaître. Donc, dès qu'on sait qu'il est dans la malle, on arrête la diligence, on fait descendre tout le monde et vous trois (il s'adressait à l'*Altèque*, Gapeau et Martin) vous tiendrez les voyageurs et les cochers en respect. Nous autres, on vide les bagages. Dès qu'on a trouvé l'or, on descend notre bonhomme et on file vers Evenos par le pont de pierre.

— Et les femmes ? s'inquiéta Gapeau.

— Pas le temps ! décida Narcisse. Ce sera pour une autre fois.

— Et l'or ? demanda Vidocq.

— Il est pas pour nous, on sera seulement payés pour le travail. Mille francs chacun.

— Pourquoi ne pas garder l'or ? demanda Galabon en secouant la tête.

— Parce que celui qui commande nous connaît et qu'il est *de la haute*. Si on tente un coup fourré avec lui, il nous fera prendre… et zou, le rasoir !

Plusieurs avaient maugréé ; mais bon, mille francs, c'était plus qu'avaient rapporté les autres coups de main, alors, à contrecœur, ils acquiescèrent.

Il fut donc convenu que chacun logerait sur place où le patron du bouge leur laisserait un dortoir. En principe, ils seraient prévenus vers neuf heures, le matin même de l'attaque.

Ce même soir, Vidocq et Gaudin rentrèrent au *Passe-partout*. Il avait simplement été convenu avec Guitton qu'ils passeraient tous les matins à la *Bouteille Noire* pour savoir si c'était le bon jour.

Le commissaire Gaudin se sentait pris au piège par une situation qui lui échappait. Ayant confié tous ses papiers officiels au préfet Thibaudeau, ce qu'il ne regrettait pas car ils avaient constaté qu'on avait plusieurs fois fouillé leurs affaires, il ne disposait d'aucun document lui permettant de faire état de son appartenance à la police et d'empêcher le crime qui se préparait. Quant à gagner Marseille durant la nuit pour rencontrer le préfet, c'était incertain et ils couraient le risque de ne pas être de retour le lendemain.

— Rien ne dit que notre homme débarquera cette nuit, avait objecté Vidocq pour le rassurer. Et si demain matin, l'attaque n'est pas décidée, nous aurons le temps de nous rendre à Marseille. Tu peux même y aller seul et je resterai ici à les surveiller. Dans la nuit, Thibaudeau peut faire encercler la *Bouteille Noire* et notre mission sera terminée.

— D'accord… Mais si cet Anglais débarque cette nuit ? Il faut le prévoir.

— Dans ce cas, l'angliche sera zigouillé, avait rétorqué l'ancien bagnard avec insouciance. Quelle importance ? On est en guerre avec eux, non ? Et Guitton a bien dit que les autres passagers seront saufs. Ensuite, on quitte plus nos camarades jusqu'au partage. Si c'est nécessaire, on fait le coup de feu contre eux. Il suffit de garder Narcisse vivant, les autres ne sont que des comparses.

C'était un discours de bon sens et, la mort dans l'âme, Gaudin accepta.

Seulement, le lendemain, ils furent prévenus que l'Anglais était arrivé dans la nuit et qu'il serait dans la diligence. Ils partirent donc ensemble pour les gorges. Vidocq et Gaudin furent chargés de surveiller les passagers. Ils s'étaient mis d'accord : mis à part le godon, si on tentait de toucher aux passagers, ils tireraient sur leurs complices et tenteraient de capturer Guitton.

On sait comment les événements se déroulèrent.

Lorsqu'il avait vu son ami Pégon s'écrouler, mortellement atteint d'une balle tirée par Gabriel de Montfort, Narcisse Guitton avait été le premier à paniquer. Il tenait à la main le sac d'or de l'envoyé de Londres. Il le tira jusqu'à son cheval, à l'abri derrière la diligence, puis sauta en selle et détala. Galabon, le voyant s'enfuir, fit de même.

Vidocq resta seul et examina froidement le désastre. Mais où diable était ce fichu policier de Gaudin ? Comprenant que, s'il restait sur place, il était perdu, et désireux de ne pas laisser Narcisse s'échapper, il bondit sur sa monture et se sauva comme les autres, entraînant un cheval avec lui au cas où il retrouverait Gaudin.

C'est cette cavalcade que les passagers de la diligence avaient perçue.

Narcisse Guitton s'arrêta en haut des gorges, sur les anciennes courtines du château d'Evenos. De là, il pouvait apercevoir la diligence en contrebas. Il n'avait plus qu'à attendre ses hommes. Galabon arriva le premier.

— Pourquoi on s'est esbignés ? protesta l'ancien sergent sur un ton de matamore, en s'approchant de son chef.

Par son attitude faraude, le bandit cherchait surtout à masquer la panique qui l'avait saisi quand il avait vu ses complices s'écrouler les uns après les autres.

— Ce bonhomme était seul ! poursuivit-il, un ton plus haut.

— Faut pas faire ton esbrouffe, lui répliqua Guitton, tu as vu comment il savait tirer ? Tu as vu qu'il avait des pistolets à deux coups ? Et combien en avait-il ? Il nous aurait tous descendus ! De toute façon, on était là pour ses bagages. Je les ai, ça me suffit.

De sa main, il tapa sur la sacoche accrochée à sa selle.

Vidocq déboucha à son tour sur la crête et, le fusil au travers de sa selle, il se dirigea vers le château ruiné.

— Où sont les autres ? l'interpella Narcisse en l'apercevant sur la courtine.

— Y en a pas d'autres, répliqua Vidocq en se rapprochant. J'espère seulement que l'*Altèque* va arriver, ajouta-t-il en regardant rapidement vers le bas dans les gorges.

— Il est mort ! affirma Galabon. Il était devant la diligence, il a pas pu s'en tirer.

— Non ! lui cracha Vidocq en restant à une distance telle qu'il pouvait parfaitement les tenir en joue. J'ai compté les coups et j'ai vu les autres tomber. *L'Altèque* est rapide, il a dû se cacher. S'il n'arrive pas, je vais retourner le chercher.

— Tu es fou ! Les gendarmes vont rappliquer. Il faut filer d'ici.

— Filez si vous voulez, mais avant, on va partager.

— C'est pas possible, protesta Guitton. Tu sais que je dois remettre ce sac et que je serai payé qu'ensuite.

— C'est ça, tu me prends pour un dindon ? Et comment je te retrouverai ? ricana Vidocq, son fusil maintenant ostensiblement braqué sur l'obèse.

— Je sais où te retrouver, tergiversa le colosse.

— Pas question. Je vais pas rester à Toulon après cette histoire. C'est moi qui vais te trouver. Dis-moi donc où tu crèches ? Et ne me mens pas, menaça-t-il, je sais déjà pas mal de choses sur toi.

Affolé, Guitton hésita. Il ne l'aurait jamais avoué, mais Vidocq lui faisait peur. Il avait suffisamment fréquenté la pègre pour avoir deviné à quel point le gredin qui le tenait en joue était redoutable. Il regarda Galabon, son meilleur client de *La Mounine* et un ancien soldat, mais le sergent était aussi terrorisé que lui. Certes, il pouvait raconter une fable à ce Vidocq, mais si cette crapule s'en doutait, il les tuerait sur place et partirait avec l'or.

Puis il se dit qu'après tout, ce bagnard avait toujours été régulier. Il décida donc de dire la vérité.

— Je suis le patron de *La Mounine*, près du port, à Marseille. Tout le monde me connaît là-bas.

— C'est vrai ! approuva Galabon en claquant des dents. Moi aussi, on me connaît. Rejoins-nous-y avec l'*Altèque* et je te présenterai les plus belles filles de Marseille. Je te jure !

C'était l'information que Vidocq désirait. Il fit mine d'hésiter, puis baissa son fusil et menaça :

— D'accord, je vous retrouve là-bas demain ou après-demain. Mais tentez une embrouille et je vous rattraperai. Alors, je vous découperai vivant.

Il fit demi-tour, puis s'éloigna et les deux brigands restèrent seuls.

— Qu'est-ce qu'on fait maintenant ? demanda Galabon en tremblant.

— On traverse la montagne. On file vers Broussan, puis Méounes. On s'arrêtera pour la nuit près de la Chartreuse, il y a une chapelle en ruine que je connais, on pourra dormir à l'abri. Demain, on reprendra la route vers Tourves. Je dois porter ce sac à Aix. Toi, tu rentreras à Marseille et tu attendras Vidocq. Préviens aussi *La Bachasse* qu'elle le traite comme un roi !

— C'est dommage qu'on ait rien pu prendre d'autre, et en plus on a perdu les filles. Tu es sûr qu'on pourrait pas garder ce qu'il y a dans le sac ?

— Non. J'ai toujours été régulier avec *Capéou*. Il nous paiera suffisamment sans qu'on tente de le doubler. Il a le bras trop long pour nous.

C'est en redescendant vers les gorges que Vidocq retrouva Gaudin qui montait.

— Où étais-tu ? lui demanda le bagnard en le découvrant au détour du sentier.

— Dans le bois. J'ai filé quand j'ai vu que ça tournait mal et que l'autre tirait si bien. Où est le reste de la bande ?

— Ne t'inquiète pas. Il ne reste que Galabon et Guitton. Le godon les a tous eus.

— Tu les as laissés seuls ?

— Je sais où ils crèchent : à Marseille, taverne de *La Mounine*.

— Je connais ! Un trou infâme, bien digne d'eux.

— Ils nous y attendent. On n'a plus qu'à filer prévenir Thibaudeau et installer la souricière.

— Et si on tentait de les rattraper ? proposa le policier.

— Pourquoi donc ? Thibaudeau fera cerner le tripot et on aura toute la bande, peut-être même des complices qu'on connaît pas. Pourquoi risquer un mauvais coup ? Sans compter que les gendarmes peuvent les rattraper. Qu'est-ce qu'on ferait dans ce cas, sans papiers ?

— Bon, d'accord, maugréa Gaudin, qui aurait malgré tout préféré les poursuivre.

Mais il savait qu'il ne pouvait insister. Vidocq risquait de refuser et, après tout, il avait fait sa part de contrat en trouvant les brigands. Il n'était pas policier et il ne pouvait lui demander d'exposer sa vie davantage.

Ils prirent la route des gorges en sens inverse pour regagner la route de Marseille.

En chemin, Vidocq demanda à son compagnon :

— Qui pouvait être cet Anglais qui tirait ainsi ? Tu as vu comment il a égorgé Martin et Gapeau ? Je n'ai jamais rencontré quelqu'un d'aussi rapide…

— Je sais qui il est et c'est pas un Anglais. Je l'ai reconnu. Il faut qu'on voie Thibaudeau rapidement, cette affaire se complique salement.

— Tu le connais vraiment ?

— Il s'appelle Montfort. C'était l'un des chefs des *Compagnons du soleil*, il y a dix ans. On a un compte à régler ensemble.

Vidocq considéra son compagnon, ouvrit la bouche pour demander quelques explications, mais devant le visage décomposé du policier, devant son attitude à la fois désemparée et hargneuse, il jugea qu'il avait le temps pour poser des questions. Une longue route les attendait jusqu'à Marseille.

Gabriel arriva environ une heure plus tard en haut des gorges, à l'endroit où Narcisse, Galabon et Vidocq s'étaient retrouvés.

Il examina longuement les traces des chevaux et devina que la bande s'était séparée en deux groupes. L'un était reparti vers les gorges alors que l'autre avait suivi les crêtes.

Il hésita. Devait-il redescendre vers les gorges. Lequel des deux groupes avait gardé son sac ? Il ne pouvait le savoir, mais il lui parut évident que ceux qui avaient conservé le sac d'or n'étaient pas redescendus dans le défilé, avec les risques de se faire prendre par la maréchaussée. De plus, le groupe des gorges pouvait avoir pris ensuite n'importe quelle route et il aurait du mal à le retrouver. Sans compter les risques qu'il avait, lui aussi, de se faire prendre par les gendarmes.

Il décida de suivre ceux qui s'étaient dirigés vers les crêtes.

Les traces étaient bien visibles. Les deux fugitifs suivaient un sentier encore humide au milieu des chênes verts et de la garrigue. Les sabots marquaient parfaitement le sol et souvent quelques poils des chevaux restaient accrochés aux épineux.

Il songea qu'il devrait peut-être charger le fusil d'une cartouche pour pouvoir l'utiliser rapidement. Puis il regarda le ciel menaçant et décida d'attendre. Quelques gouttes suffiraient à mouiller la poudre et à rendre l'arme inutilisable. Mieux valait la charger au dernier moment.

Au bout d'une heure – on était en début d'après-midi –, Gabriel devina qu'ils se dirigeaient vers la Chartreuse. À cette époque de l'année, la montagne était déserte ; il n'y avait ni moutons ni chèvres dans les vallons. Il connaissait parfaitement ce pays où il s'était caché plusieurs fois avec Camille et sa bande. Sa blessure était indolore, seul le bras restait engourdi. Il pressa sa bête, empreint de la violente et incontrôlable excitation du chasseur.

Une heure plus tard, il les aperçut, sur une crête, en face de lui. Les bandits ne paraissaient pas pressés. Il sut alors qu'il pourrait les rattraper dans la forêt de Morières.

La nuit tombe vite en novembre et le bois, épais, était fort sombre. Narcisse et son complice arrivèrent devant les ruines de la chapelle alors qu'on n'y voyait presque plus.

— On s'arrête là, décida Narcisse. Tu vois, la voûte de l'église n'est pas écroulée, on se mettra dessous. On sera à l'abri s'il pleut.

— On gèle, tu crois qu'on peut faire un feu ?

— Sûr ! Il n'y a personne dans ces bois, à part les loups. Alors autant les éloigner et se réchauffer. Rassemble du bois, il y a une source derrière, je vais prendre de l'eau et on fera cuire des fèves. Il me reste de la viande séchée.

Ils s'installèrent pour leur bivouac.

L'odeur du feu guida Gabriel encore plus aisément. Enfin, il les aperçut, tous deux autour du foyer, parfaitement visibles. Ils n'avaient pas pu résister à la chaleur, sourit Gabriel. Lui et Camille n'auraient jamais agi aussi imprudemment.

Il était environ à deux cents mètres d'eux, un peu en hauteur. Il fallait qu'il se rapproche s'il voulait les abattre avec ce fusil imprécis. La pente était forte et couverte de feuilles glissantes. Il se dit qu'il allait plutôt contourner leur campement. Il descendit de sa monture, puis attacha les rênes à un chêne.

À cet instant, il y eut une légère brise et son cheval hennit en sentant l'odeur de ses compagnons.

Au hennissement, clair et net dans la nuit tombante, Narcisse se leva d'un bond.

— Jette de la terre sur le feu ! C'est des gendarmes ! Il faut filer !

Il se précipita vers le sac de cuir de Gabriel, l'attrapa et courut à son cheval, attaché à quelques pas.

Gabriel comprit qu'ils allaient lui échapper et que, dans la nuit, il ne les retrouverait jamais. Avec fébrilité, il se saisit du fusil en bandoulière, tira une cartouche de sa poche, déchira son extrémité avec les dents et introduisit poudre, carton et balle en même temps. Ensuite il versa un peu de poudre dans le bassinet d'amorçage.

À l'instant où il refermait le couvercle du bassinet, il vit Narcisse trébucher, gêné par le lourd sac qu'il tenait.

Surmontant sa douleur, Gabriel épaula de son bras gauche blessé, expira lentement pour calmer sa nervosité, arma le percuteur et tira.

La distance était grande, trop grande. Le tir restait donc particulièrement incertain. Il n'atteignit pas le corps de Narcisse comme il l'avait visé, mais – par un prodigieux hasard – sa main. Celle qui tenait le sac.

Narcisse hurla, lâcha le bagage et regarda sa main ensanglantée. Paniqué, il se hissa difficilement sur la bête en s'aidant de l'autre main et s'enfuit au galop.

Galabon n'avait pas réagi aussi vite que Narcisse. Désemparé, effrayé, il tremblait et tournait sur lui-même. Au coup de feu, il comprit qu'on allait aussi lui tirer dessus. Il se mit d'abord à supplier, puis tenta sottement de rassembler les quelques hardes qu'il avait sorties pour la nuit. Il détacha ensuite la sacoche qu'il transportait sur sa selle.

Gabriel savait qu'il pouvait recharger son fusil en trente secondes. Calmement, il sortit une nouvelle cartouche et recommença l'opération. Prudemment, il protégea le bassinet, car la brise semblait plus forte, versa un peu de poudre dedans, referma, épaula, arma le percuteur et tira après avoir longuement visé.

Galabon s'écroula.

Laissant son cheval, Montfort descendit prudemment vers le campement, un pistolet à la main.

Galabon était mort. Gabriel examina un instant les lieux, vérifiant qu'il n'y avait aucun autre complice, puis il ramassa sur le sol son sac contenant les deux cent cinquante mille francs et le glissa sous un fourré.

Il retourna ensuite auprès de son cheval, qui l'attendait, pour revenir avec lui au campement en le tenant par la longe. Il le conduisit à la source qui jaillissait dans un petit bassin de pierre. Homme et bête burent longuement.

Quand ils furent désaltérés, ils revinrent à la chapelle en ruine. Gabriel hésita longuement pour finalement emporter la couverture abandonnée par Guitton, ainsi que la viande séchée. Il ne voulait rien devoir à ces brigands, mais il savait qu'il en aurait besoin.

Il récupéra son sac dans le fourré, l'attacha à sa selle.

Ensuite, il libéra le cheval du mort – la bête retrouverait bien une écurie – et remonta difficilement sur sa monture.

Il faisait maintenant nuit, le ciel était sans lune. L'excitation de la poursuite et du combat l'avait abandonné et il se sentait fiévreux. Il avait froid et sa blessure était de plus en plus douloureuse.

Il ne devait pas rester là, Narcisse Guitton pouvait revenir.

Il suivit lentement un sentier qu'il quitta pour s'enfoncer au plus profond du bois. Avisant une petite clairière, il décida d'y passer la nuit. Il sauta au sol, ôta la selle de son cheval qu'il attacha à une branche, puis mâchonna un peu de viande sèche et se roula dans les couvertures pour s'endormir aussitôt.

Le froid et l'humidité du matin le réveillèrent. Il tremblait de fièvre et avait affreusement soif.

Il se mit difficilement debout et songea à la source de la chapelle. Il regarda autour de lui, cherchant des plantes médicinales qui pourraient calmer sa fièvre. Il ne trouva que du thym et en coupa quelques poignées.

Ensuite, il sella sa bête, s'enveloppa dans les couvertures et retourna lentement à la chapelle. Dans la nuit, des loups avaient trouvé le cadavre et dévoré une de ses mains. Le cheval, lui, s'était enfui, sans doute affolé par les bêtes sauvages. Il ignora le mort et examina plus longuement le campement abandonné. Il y avait un petit pot de fer, avec une anse, renversé près du feu. Il décida qu'il devait prendre le temps de se soigner avant de repartir.

Rassemblant du bois, il ralluma le feu malgré le risque d'attirer une patrouille de gendarmes. Puis il se rendit à la source, emplit le pot, but plusieurs fois l'eau glacée et revint lentement au foyer. La fièvre ralentissait tous ses mouvements. Il confectionna un trépied avec trois branches et accrocha l'anse au sommet du trépied. Puis il mit le thym dans le coquemar.

Le temps que l'eau infuse, il ôta sa redingote, non sans réprimer une grimace de douleur et retourna laver la manche sanglante et raide à la source. Ensuite, il accrocha le vêtement à son cheval pour qu'il séchât. En chemise et gilet, il avait encore plus froid. Il s'enroula dans les couvertures, claquant des dents et grelottant de fièvre.

Il observa alors que le mort étendu sur le sol, à quelques pas, avait encore sa redingote. Même si le manteau était crasseux, il pourrait le réchauffer. Il s'accroupit près du cadavre et tenta de lui ôter son vêtement, mais n'y parvint pas tant le corps était rigidifié par le froid. En revanche, avec son couteau, il réussit à découper un morceau de la chemise du brigand en une bande qu'il alla laver à la source. Il utilisa le tissu pour nettoyer longuement sa blessure. Son bras gauche était nu sous le gilet. La chair était rouge et boursouflée.

Il revint au foyer en titubant d'épuisement. Quand l'eau devint bouillante, il y trempa les bandes de tissu puis nettoya à nouveau sa plaie.

Il était épuisé. Qu'allait-il faire maintenant, sans vêtement propre, malade, affamé ?

Soudain, il se souvint que son sac contenait du linge de rechange. En titubant, il se précipita vers son cheval, ouvrit le bagage et en sortit une chemise propre, un gilet, un épais tricot de laine ainsi qu'une culotte de coton tricoté et une cravate de soie.

Il se changea, puis utilisa l'eau encore chaude pour se laver et se raser.

Lorsque sa redingote serait sèche, songea-t-il, il aurait de nouveau un aspect respectable. Il lui fallait maintenant manger, faire soigner sa plaie et surtout trouver un gîte au chaud pour la prochaine nuit.

Il hésitait. Que risquait-il s'il se présentait dans un petit village ? Il pouvait encore se faire passer pour le magistrat François Viriot. Il expliquerait aux autorités qu'il était dans la diligence, qu'il avait décimé la bande de brigands, puis qu'il avait poursuivi les survivants et en avait rattrapé un. La vérité, tout simplement ! Il n'y avait aucune raison pour qu'on ne le crût pas, et s'il rencontrait des gendarmes, il les enverrait chercher le cadavre ; ce serait une preuve de sa bonne foi !

Il se décida pour le village de Signes. Un large sentier qu'il connaissait bien l'y conduirait avant midi.

Il arriva en effet à Signes vers midi, la fièvre s'était un peu calmée. Il arrêta son cheval devant l'unique auberge. À la fontaine aux Sorcières, les quelques femmes qui prenaient de l'eau l'examinèrent avec suspicion.

Il détacha son sac et entra dans la salle vide, à peine chauffée par un maigre feu de cheminée. Un homme parut d'une porte du fond, sans doute la cuisine.

— Porte-moi à manger et à boire, fit Gabriel en s'écroulant sur une chaise. Et qu'on s'occupe de mon cheval.

L'homme opina et rentra dans sa cuisine. Il revint au bout de quelques minutes avec une soupe fumante et du pain encore chaud. Au même instant, deux nouveaux venus entrèrent dans l'auberge. L'un d'eux était le garde, reconnaissable à son uniforme, mais ce fut l'autre qui s'exprima. Celui-là était maigre, la soixantaine dépassée, le visage sévère. Il se tenait raide comme un piquet. Un ancien officier, sans doute. On était certainement allé le chercher chez lui alors qu'il se mettait à table.

— Je suis le maire, on vient de me prévenir de votre arrivée…

Il n'en dit pas plus, attendant les explications. Le passage d'étrangers n'était pas fréquent dans le village, et les gens étaient méfiants.

— François Viriot, magistrat à la Cour spéciale, annonça Gabriel d'une voix fatiguée.

En se présentant ainsi, il sortit ses papiers et les fit glisser vers le maire qui les parcourut.

— Je suis à la poursuite des brigands qui écument vos bois. J'en ai eu cinq, hier, qui s'étaient attaqués à la diligence, et un autre de plus, le soir. Pour les premiers, les gendarmes du Bausset ont dû s'en occuper. Le dernier est toujours là où je l'ai laissé, à la chapelle en ruine près de la Chartreuse. Il faudra que vous alliez le chercher avant que les loups ne le dévorent entièrement.

L'aubergiste, le garde et le maire le considéraient avec une stupéfaction béate.

Gabriel poursuivit :

— Malheureusement, j'ai été blessé, au bras. Y a-t-il quelqu'un ici qui pourrait me soigner ?

— Oui, oui, fit le garde en secouant fortement la tête. Ma Mireille connaît les plantes. Je vais la chercher.

— Je vais vous préparer une chambre pour vous reposer, proposa l'aubergiste.

— Merci. Je vais rester un couple d'heures, essayer peut-être de dormir. Mais je voudrais être à Cuges, ce soir. Ce sera difficile à cheval. Quelqu'un pourrait me conduire en voiture ? Je le paierai.

— Je peux demander au forgeron, proposa le maire. Il a une petite voiture. Voulez-vous que j'aille le voir ?

— Volontiers.

— Faut-il avertir les gendarmes de Bausset ? demanda alors le garde.

— Si vous voulez, mais après mon départ, lundi peut-être, dit Gabriel avec une certaine indifférence. Quand vous aurez récupéré le corps à la chapelle, oui, ce serait bien…

Déjà tous lui obéissaient et aucun ne mettait en doute son identité.

Chacun repartit faire ce qu'il avait demandé et il termina seul son repas. L'aubergiste revint juste une fois pour lui porter du vin. Ensuite, il le conduisit à une des deux chambres qu'il avait à l'étage. Il prit le sac de voyage avec difficulté, mais ne fit aucune remarque sur son poids.

La chambre était glaciale et ne contenait qu'un lit de bois et un coffre sur lequel était posée une cuvette. À peine Gabriel s'était-il écroulé sur la paillasse – l'aubergiste était encore là – qu'on toqua à la porte. L'hôtelier ouvrit et une vieille femme entra, accompagnée du garde communal. C'était Mireille, son épouse.

Elle avait apporté avec elle des pommades et du linge dans un grand panier en osier qu'elle déposa sur le coffre.

— Je vais chercher de l'eau chaude, proposa l'hôtelier.

Gabriel se leva pour ôter sa redingote, puis se rallongea, épuisé et transpirant de fièvre. La vieille femme examina la plaie en faisant quantité de grimaces, après quoi, elle la lava avec un élixir contenu dans un flacon. L'élixir piquait terriblement, mais Gabriel était au-delà d'une telle souffrance.

L'hôtelier revint avec une cruche d'eau chaude, et la femme y trempa des bandes de linge qui lui servirent à nettoyer la blessure. Ensuite, elle appliqua un onguent et fit un bandage.

Mais déjà Gabriel s'était endormi.

Il se réveilla trempé et frissonnant. Quelqu'un qu'il n'identifia pas lui fit boire une tisane brûlante, le couvrit d'une couverture et il se rendormit.

À son réveil, la pièce était dans le noir. Il s'agita, ne se souvenant pas où il était.

— Vous avez dormi douze heures, fit une voix chevrotante en provençal.

Il distingua celle qui lui avait parlé et se souvint. C'était la femme du garde.

— Vous ne m'avez pas réveillé ? lui reprocha-t-il dans la même langue en priant intérieurement de n'avoir pas parlé anglais dans son sommeil.

— Pourquoi le faire ? Vous aviez trop de fièvre, vous ne pouviez aller nulle part. Vous avez bu plusieurs fois de ma tisane dans la nuit.

— Je ne m'en souviens pas.

— Comment vous sentez-vous ?

— Bien. Mon bras est douloureux mais je vais mieux. Je crois que je n'ai plus de fièvre.

Il regarda son bras qui avait été pansé avec un linge propre.

— Vous êtes robuste et la plaie était propre. Vous parlez bien provençal pour un juge de Paris, vous êtes d'ici ?

— Je l'ai été, fit-il sèchement, ne voulant pas s'étendre sur ce sujet.

Il se leva et se saisit de sa chemise sur un fauteuil. Il l'enfila en dissimulant une grimace.

— Quelle heure est-il ?

— Le soleil se lève dans une heure.

— Je voulais aller jusqu'à Cuges, hier, lui reprocha-t-il encore alors qu'il mettait son gilet.

La femme du garde s'approcha de lui et le lui boutonna.

— Le maire a vu le forgeron, hier soir, fit-elle. Il a proposé de vous conduire jusqu'à Aubagne. Il s'y rend le lundi pour acheter des fers, des tonneaux et des clous.

— Aubagne ? C'est une bonne idée, fit Gabriel en passant une main dans ses cheveux hirsutes.

Alors que le soleil se levait, la voiture du forgeron s'ébranla. C'était une carriole inconfortable, mais tirée allégrement par un cheval gris vigoureux. Gabriel avait placé son sac de voyage derrière lui. Durant la nuit, on avait brossé et nettoyé sa redingote ainsi que son chapeau. Il avait avalé une épaisse soupe, son bandage avait été changé et il avait laissé dix pièces d'or de cinq francs à ses hôtes. Ainsi, aucun d'eux n'imaginerait qu'il pût être un brigand, ou même un espion anglais !

En chemin, il questionna le forgeron. Un homme taciturne et noueux qui ne répondait que par grommellements ou onomatopées. Connaissait-il un bon marchand de chevaux qui pourrait reprendre le sien, en longe derrière la voiture, et lui en vendre un capable d'une longue course ?

La réponse ressembla vaguement à un oui.

Pourrait-il l'y conduire ?

Même réponse.

Seraient-ils à Aubagne avant midi ?

Toujours pareil.

Après cette troisième tentative, Gabriel décida de ne plus parler. Pourtant, vers midi, le forgeron l'arrêta devant une écurie avant l'entrée de la ville. Gabriel lui remit à lui aussi une pièce de cinq francs et, ayant récupéré son cheval et son sac, entreprit d'acheter une nouvelle monture. Avec un solide coursier, il pouvait aisément, au trot, faire le trajet jusqu'à Aix en quatre à cinq heures, même s'il épuisait la bête.

Il choisit finalement une jeune jument particulièrement robuste et pour laquelle il ne discuta pas du prix. Le vendeur lui reprit son ancien cheval.

Il alterna trot et pas rapide tout l'après-midi.

Sa monture était complètement épuisée lorsqu'il arriva à la Torse, cette petite rivière qui coule à l'est de la ville d'Aix. Il prit le sentier qui longeait le ruisseau, avançant au pas tant la bête était fatiguée. La nuit allait tomber. Allait-il arriver au chemin du Tholonet avant le départ d'Alice ?

Il aperçut le vieux pont de pierre. Une femme couverte d'un chapeau de toile était assise sur l'un des murets. Lorsqu'elle entendit le cheval, elle se retourna. C'était Alice et il l'appela.

Elle courut vers lui par le chemin en riant et en pleurant, les mains en avant. Il sauta au sol et se précipita lui aussi pour la prendre dans ses bras.

— Ta blessure ? demanda-t-elle avec inquiétude.

— Ça ira, répondit-il.

— Tu les as retrouvés ?

— Oui. J'ai aussi repris mon sac.

— Tu les as… ?

— Tués ? Oui, mais l'un d'eux, leur chef, m'a échappé. Je l'ai seulement blessé. Un ou deux autres semblent aussi avoir disparu.

— Viens, je vais te présenter au beau-père de mon frère. C'est lui qui m'a accompagnée.

Un homme s'avançait lourdement sur le chemin. C'était un géant d'une soixantaine d'années, au visage raviné mais au sourire rayonnant. La manche gauche de sa redingote de velours bleu était attachée par une épingle d'or. Un ancien soldat ? songea Gabriel.

— Fulques est l'époux de Mme de Forbin-Tonnerre. Tu te souviens d'elle ? Elle était avec moi et Clotilde, sa fille, dans la diligence de La Calade. Clotilde est ma belle-sœur.

Elle se tourna vers Fulques :

— Fulques, voici l'homme qui m'a sauvée, il y a deux jours. C'est lui qui nous avait déjà sauvées à La Calade, avec Mme de Castellane.

— J'étais tout de même celui qui avait arrêté votre voiture, s'excusa Gabriel dans un sourire.

Fulques lui tendit sa main droite avec laquelle il lui broya la sienne.

— Alice m'a déjà raconté tout ce qu'elle sait de vous. Vous arrivez de Londres et vous avez besoin d'aide. J'ai fait la révolution américaine, mais je n'ai jamais trop approuvé cette révolution de France, peut-être à cause de tous ces pauvres gens guillotinés. Quant à ce Bonaparte, cet ogre qui nous prend nos enfants, je donnerais cher pour qu'on en soit débarrassés.

— Ne parle pas ainsi ! lui reprocha Alice dans un triste sourire. C'est lui le maître, pour l'instant.

— Peut-être, mais plus pour longtemps, gronda le manchot. Venez, j'ai une voiture.

— Que dois-je faire de mon cheval ? Je ne peux pas l'abandonner ici.

— Je vais m'en occuper, vous rentrerez en voiture avec Alice. Elle vous a apporté des vêtements. Vous passerez pour un médecin qu'elle conduit à son frère. On la connaît à la porte Saint-Louis et on ne posera aucune question. Je vous rejoindrai plus tard.

Narcisse Guitton s'était enfui dans la nuit, la main ensanglantée et sur le point de défaillir de douleur. Il piqua son cheval qui se mit à galoper dans le bois, les branches de pin le fouettaient, mais il avait si peur et si mal qu'il ne remarquait rien. Finalement, sa bête se blessa, rua et s'arrêta. Où était-il ? Il l'ignorait. Haletant, il descendit de sa monture. Il n'avait rien emporté, il s'aperçut qu'il avait froid et n'osait regarder sa main mutilée.

Il s'assit sur une pierre moussue, serrant son poignet pour calmer la douleur.

C'est là qu'au bout de plusieurs heures, le sommeil le prit.

Le froid le réveilla. Il avait faim et soif. La douleur s'était calmée. Son cheval n'avait pas bougé.

Il monta en selle et tenta de retrouver un chemin. À demi conscient, il laissa la bête le diriger plus qu'il ne la guidait lui-même.

Ce n'est qu'en soirée qu'il arriva à Brignoles.

Il connaissait bien le bourg, ses boutiques, ses habitants et surtout l'un des rebouteux qui y exerçaient (Guitton n'était jamais allé chez un vrai médecin).

Le rebouteux chez qui il se présenta était un homme fort compétent pour soigner chevaux et mules. Il faisait aussi office de forgeron. En examinant la main du brigand, il ne put que lui assurer :

— Deux de tes doigts sont perdus, Narcisse, il faut les couper. Quant à ta main, je crains que tu ne puisses jamais plus t'en servir.

Ce fut lui qui opéra et soigna Guitton en cautérisant la plaie comme il avait l'habitude de le faire avec les ânes qu'il châtrait.

Le brigand avait des défauts, mais il était courageux et résistant aux tourments. Certes, le lendemain, il ne put bouger tant la souffrance était grande ; cependant le surlendemain, il surmonta la douleur et se décida à prendre la diligence pour Aix.

Il arriva donc à la ville de *Capéou* le même soir que Gabriel.

Revenons justement à notre ami *Capéou*. Bien qu'occupant d'importantes fonctions publiques qui ne lui laissaient que peu de temps, le samedi 11 novembre, il se rendit sur le Cours dans l'après-midi pour assister à l'arrivée de la diligence de Toulon, laquelle, après être entrée par la porte d'Italie, avait pour habitude de descendre jusqu'à l'*Hôtel de l'Europe*, son terminus sur le Cours, à peine plus haut que l'*Hôtel des Princes*.

Capéou avait fait pareil la veille. En effet, quelques jours auparavant, l'émissaire parisien chargé d'emporter l'argent nécessaire au complot contre Bonaparte était arrivé à Aix et il avait prévenu le grand maître du débarquement de l'émissaire anglais à compter du 10 novembre.

Dès qu'il avait connu cette date, *Capéou* s'était précipité à Marseille l'annoncer à Narcisse. Lequel avait aussitôt rassemblé sa bande de brigands à la *Bouteille Noire*, non loin des gorges d'Ollioules. De là, Narcisse avait aussi prévenu celui qui devait conduire l'émissaire anglais à Toulon. Toutes les nuits, l'homme attendrait le débarquement et, dès qu'il aurait laissé son passager à la diligence, il se précipiterait prévenir son chef.

Quant à *Capéou*, il ne pouvait désormais qu'attendre. Il avait décidé d'être là chaque jour à l'arrivée de la diligence de Toulon. Quand Gabriel de Montfort la prendrait, elle serait attaquée et arriverait donc en retard. Normalement, elle ne devrait même pas arriver, puisque Narcisse et ses hommes devaient tuer passagers et postillons.

La malle-poste se présentait généralement entre trois et quatre heures. *Capéou* passa un moment à bavarder avec quelques relations, puis, constatant avec satisfaction que la diligence avait du retard, il se rendit à l'*Hôtel des Princes* prévenir l'envoyé des *Chevaliers de la Foi*.

Cet émissaire, chargé de ramener les deux cent cinquante mille francs à Paris, et que *Capéou* connaissait sous le nom de Fécamp, s'appelait en réalité Lafon et était abbé de son état, bien qu'il n'eût reçu que les ordres mineurs. Il allait jouer un rôle éminent dans notre histoire, car il était à l'origine du complot des *Chevaliers de la Foi* contre l'empereur.

Lafon, opposé à la brutale politique de l'empereur contre le pape, que Bonaparte avait fait emprisonner, était ouvertement membre de la *Congrégatio*n, et secrètement des *Chevaliers de la Foi*. Ayant eu connaissance de la première opération du général Malet, il avait très vite pressenti à quel point le projet de l'officier supérieur était habile et élégant, car il reposait sur la principale faiblesse du régime de Bonaparte : une administration militaire et policière au sein de laquelle l'obéissance aveugle primait sur l'intelligence et la réflexion.

Lafon avait donc transmis à ses supérieurs, Ferdinand de Bertier et Matthieu de Montmorency, un mémoire qui racontait la tentative de Malet ainsi que les raisons de son échec. Dans ce même document, il proposait de reproduire cette opération, mais sous sa direction et avec des moyens beaucoup plus importants.

On l'a vu, le projet avait non seulement séduit les chefs des *Chevaliers de la Foi*, mais aussi les services secrets anglais, et Lafon avait été chargé d'organiser la nouvelle conspiration.

Fouché renvoyé en juin, les *Chevaliers de la Foi* avaient obtenu du duc de Rovigo le transfert de Malet dans une maison de santé où l'abbé Lafon avait déjà été enfermé pour avoir manifesté son hostilité à l'empereur. Cette maison de santé n'était pas réellement une prison et plusieurs des pensionnaires, c'était le cas de Lafon, jouissaient d'un régime de semi-liberté. Ainsi l'abbé pouvait-il préparer l'opération avec le général détenu et trouver, à l'extérieur, les moyens de la mener à bien.

Personne ne devant connaître les détails du complot, c'est donc Lafon lui-même qui s'était chargé de venir à Aix chercher l'argent nécessaire pour la réalisation de l'opération. Il était descendu à l'*Hôtel des Princes* sous le nom de Fécamp. Sur place, il avait prévenu *Capéou* de sa présence. Le grand maître ignorait donc sa véritable identité.

— La diligence de Toulon a un peu de retard, déclara *Capéou* dans une feinte indifférence, en retrouvant Lafon dans le salon de l'hôtel. Mais elle ne devrait pas tarder. Peut-être notre émissaire arrivera-t-il aujourd'hui.

— Je suis impatient de le rencontrer. Je vais vous accompagner pour l'attendre, proposa Lafon.

Au moment où ils échangeaient ces mots, la diligence entrait dans Aix par la porte d'Italie.

Au Bausset, les gendarmes s'étaient fait raconter plusieurs fois l'attaque de la malle, tant par les postillons que par Alice de Puylaurens. Difficiles à convaincre, ils avaient pourtant retenu de l'histoire que la bande de *Compagnons du soleil*, pourchassée par toutes les polices depuis plusieurs mois, avait été en partie anéantie par un magistrat inconnu, en mission secrète, et qui s'était chargé de poursuivre les derniers brigands.

Les deux femmes s'étant lavées, changées et désaltérées, les postillons ayant changé de chevaux et rangé correctement les bagages, le cadavre ayant été roulé dans un linceul, rien ne s'opposait au départ de la voiture pour Aix.

Elle n'eut donc qu'un peu moins de deux heures de retard.

Pourtant, en haut de la rue d'Italie, elle s'arrêta brièvement, Alice ayant demandé aux postillons de la laisser là ainsi que son amie. Elle se rendrait directement chez elle, rue de la Porte Saint-Louis, et ferait ensuite reconduire Ernestine à son hôtel. Elles avaient expliqué aux cochers qu'au terminus, elles ne pourraient échapper aux milliers de questions et même aux allusions outrageantes tant ce guet-apens allait faire grand bruit.

Capéou et Lafon, comme tous les promeneurs du Cours, entendirent brusquement un vacarme infernal.

C'était la voiture de poste qui débouchait en haut du Cours. Le charivari provenait de l'un des postillons qui soufflait de tous ses poumons dans la corne servant habituellement à faire ranger les moutons qui encombraient parfois la route.

Des dizaines de badauds se dirigèrent vers le terminus pour apprendre quel incident grave avait dû se produire et, bien sûr, le commenter.

— La diligence a été attaquée à Ollioules ! criait le jeune postillon en bombant le torse comme un héros.

La malle-poste s'immobilisa finalement devant l'*Hôtel de l'Europe*, entièrement cernée par une foule tumultueuse et pleine d'excitation. *Capéou* dissimulait sa satisfaction, alors que Lafon cachait difficilement son inquiétude.

— Que s'est-il passé ?

C'était le maître de poste qui, bousculant les badauds, s'était avancé pour interroger le vieux postillon. Sans chapeau, rouge de visage et fébrile, il paraissait effondré par la nouvelle. Cette attaque risquait en effet de le ruiner alors même qu'il venait d'acheter deux nouvelles voitures de poste.

— La bande des *Compagnons*, monsieur. Ils ont tué un passager. Nous l'avons mis dans le compartiment arrière.

— Et les autres voyageurs ? demanda le maître de poste. Vous n'aviez qu'un passager ?

— Non, monsieur, il y avait deux dames…

— Ah ! commenta la foule, attendant la suite avec une curiosité malsaine.

— Nous les avons laissées en haut de la rue d'Italie, pour qu'elles rentrent chez elles ; nous avons été sauvés par un passager, monsieur, un officier ou un magistrat, je ne sais plus trop…

— Sauvés ? intervint *Capéou* en fronçant le front tant il était interloqué.

— Parfaitement, monsieur. Nous n'avions jamais rien vu de tel… en quelques secondes, il a sorti des armes de je ne sais où et a tué cinq des *Compagnons du soleil* !

— Cinq ! s'étonna la foule ébahie.

Les exclamations et les interjections déferlaient par vagues à mesure que l'information était répétée.

— Mais où est-il ? s'enquit le maître de poste, tentant de surmonter le tumulte.

— Il est parti à la poursuite des survivants qui lui avaient volé son bagage ; il voulait le reprendre… et puis, plaisanta-t-il devant la foule en écartant les mains pour affirmer cette évidence, il en avait encore d'autres à tuer !

Les rires fusèrent alors qu'un policier en redingote noire et haut-de-forme, canne ferrée en main, s'approchait, alerté par les cris et l'attroupement.

— Vous, descendez ! Il va falloir venir nous raconter tout ça à la sous-préfecture.

Apercevant *Capéou*, il le salua avec déférence :

— Excusez-moi, monsieur, je n'avais pas vu que vous étiez là.

— Je viens avec vous, il faut en savoir plus, en effet. Emmenez-les… et faites aussi prévenir monsieur le duc d'Otrante. C'est une grave affaire !

Il se tourna alors vers Lafon, qu'il entraîna à l'écart.

— Monsieur Fécamp, rentrez à votre hôtel, je passerai ce soir vous tenir informé de ce qui s'est passé.

— Croyez-vous que ce… magistrat soit notre homme ? demanda Lafon.

— Je l'ignore… Ce n'est pas certain, peut-être arrivera-t-il demain, cette affaire n'est certainement qu'une coïncidence…

L'abbé rentra à son hôtel à la fois peu rassuré et hésitant sur ce qu'il avait à faire.

Moins de deux heures plus tard, le duc d'Otrante recevait chez lui le maire d'Aix, François de Fortis, Galliffet, le maire du Tholonet, Honoré de Cotignac, président à la Cour impériale de justice et député au Corps législatif, Fauris de Saint-Vincens, ancien maire de la ville et lui aussi député, et enfin Joseph d'Arbaud, baron de Jouques, le sous-préfet du département.

Cette réunion faisait suite à une convocation. Certes, Joseph Fouché n'était plus qu'un sénateur d'Empire en disgrâce dans sa sénatorerie, mais il était toujours duc d'Otrante et beaucoup pensaient qu'un jour l'empereur le rappellerait. En outre, il était un ami de Thibaudeau, le tout-puissant préfet du département.

Le duc avait eu connaissance de l'attaque dans les minutes qui avaient suivi l'arrivée de la malle. Cette étonnante promptitude n'était pas due au fait que l'ancien ministre de la Police avait des mouches partout en ville, mais parce que l'hôtel de Forbin, qu'il louait, était en face du terminus de la malle-poste.

Au vacarme sur le Cours, il avait envoyé son secrétaire aux renseignements. Puis, informé, il avait écrit un bref billet au sous-préfet avec la liste des notables dont il désirait la présence.

Ils étaient tous là, dans le grand salon du premier étage de l'hôtel dont les fenêtres donnaient sur le Cours. Le feu crépitait dans la cheminée et le maigre petit bonhomme au visage de cadavre desséché écoutait attentivement le sous-préfet d'Arbaud de Jouques qui résumait la situation. En même temps, Fouché observait les autres participants. Tous ces patriciens aixois, arrogants et ambitieux jusqu'à la sottise, lui paraissaient crispés, gênés, inquiets même.

Quand Arbaud eut terminé, le duc d'Otrante fit de sa voix grinçante :

— Cette attaque de diligence par des *Compagnons du soleil* serait la quatrième depuis le début de l'année ? C'est cela ?

— Oui, monseigneur.

— Je dois avouer que je ne comprends pas ce qui arrive. Vous pourrez peut-être m'éclairer. Ces *Compagnons du soleil* remontent à une autre époque, tous leurs chefs ont été condamnés et exécutés, n'est-ce pas ?

Livide, l'ancien *Compagnon* Arbaud de Jouques répondit en baissant légèrement les yeux :

— Oui, monseigneur.

Cotignac et Fortis échangèrent un lourd regard, empreint d'appréhension.

— Mais alors, qui sont-ils ? ragea Fouché.

— Certains *Compagnons* ont émigré, il y a dix ans. Ils auraient pu rentrer secrètement pour semer la terreur, proposa timidement l'un des notables présents.

— C'est possible, reconnut le duc d'Otrante. Pour tout vous avouer, il y a quelques années j'en ai rencontré un à Paris, il était venu me voir pour me demander la grâce d'un de ses amis, le général en chef des *Compagnons du soleil*, un nommé Camille de Clapiers. Sans doute l'avez-vous connu… C'était un Aixois, comme vous.

La question s'adressait au maire qui murmura, confus :

— Vaguement, monseigneur, très vaguement, j'avais dû moi-même quitter la France quelque temps et je n'ai pas très bien suivi ces événements.

— Et vous ? demanda sèchement Otrante à Cotignac.

— J'étais à Paris, monseigneur. J'ignorais ce qui se passait ici.

— Vous ne l'avez pas connu, vous non plus ? ironisa alors Fouché en s'adressant au sous-préfet.

Intérieurement, l'ancien ministre s'amusait fort.

Arbaud de Jouques secoua vaguement la tête.

— Je l'ai connu, moi, déclara alors courageusement Fauris de Saint-Vincens. C'était un noble gentilhomme qui se battait pour ses idées, comme son ami Gabriel de Montfort.

— Montfort ! C'est cela ! fit Otrante en levant une main comme s'il se souvenait brusquement du nom. C'est lui qui est venu me voir, il osait demander la grâce de ce Clapiers ! Il s'est enfui à Londres, je crois savoir…

— En effet, monseigneur, dit Fauris. Sa mère a épousé un lord de l'Amirauté, cousin du duc de Portland, le précédent Premier ministre anglais.

— Et vous pensez que ce pourrait être lui le nouveau chef des *Compagnons* ? Ce serait lui qui sèmerait cette terreur ?

C'est possible, murmura lâchement Fortis.

— Admettons ! décida Otrante, conciliant. Mais alors qui est cet inconnu qui s'est présenté comme un magistrat et qui aurait décimé la bande dans les gorges d'Ollioules ? Pourquoi ne s'est-il pas présenté à la gendarmerie ? Pourquoi les a-t-il poursuivis seul ? Ce justicier aurait montré un document signé par mon successeur, le duc de Rovigo. En avez-vous entendu parler, monsieur d'Arbaud ?

— Pas du tout, monseigneur. Peut-être monsieur le préfet Thibaudeau en sait-il plus…

— Sans doute, lui répliqua Otrante. Je lui ai envoyé un messager pour qu'il vienne rapidement à Aix. Et les autres témoins, les avez-vous fait interroger ? Il y avait deux femmes m'avez-vous dit ? Qu'ont-elles déclaré sur ce magistrat ? Quel âge a-t-il ? Quel est son physique ?

— Je ne les ai pas encore fait interroger, s'excusa Arbaud de Jouques, les mains derrière le dos, dans une attitude martiale. Je pensais le faire demain. C'était un peu délicat, ces dames ont dû être fort choquées. L'une est la fille de Mme de Castellane, la seconde est la sœur de notre plus éminent médecin, M. de Puylaurens, qui est l'époux de Mme de Forbin-Tonnerre. Je pensais aller les voir personnellement demain, après la messe.

— Cette délicatesse vous honore, monsieur d'Arbaud, persifla le duc d'Otrante, mais aussitôt que vous aurez obtenu ces témoignages, portez-les par écrit et faites-les-moi connaître. Je veux savoir qui est cet homme capable de réduire en quelques instants une bande de redoutables coquins que pourchassaient vainement toutes les polices du département.

Il les considéra successivement avec une hauteur passablement méprisante, puis les congédia.

— Je crois que ce sera tout, messieurs.

Chacun salua servilement l'ancien jacobin coupable de tant de massacres et d'horreurs, et tous se retirèrent soulagés.

Resté seul, Fouché s'assit dans un fauteuil pour méditer.

Que signifiait cette histoire ?

Il prit une plume et tenta de mettre de l'ordre dans les informations qu'il possédait en les écrivant.

« Depuis quelques mois les *Compagnons du soleil* font parler d'eux. »

En face de cette affirmation, il inscrivit « Montfort », suivi d'un point d'interrogation.

Il considéra un long moment cette phrase, puis rageusement, il raya le nom « Montfort ».

Pourquoi Montfort serait-il venu en Provence ressusciter les *Compagnons du soleil* ? Cela n'avait aucun sens. Montfort avait une seule bonne raison de revenir : se venger !

Lorsqu'il l'avait rencontré, il y a dix ans, quelles avaient été exactement ses paroles ? Il ferma les yeux et celles-ci lui revinrent ainsi que le ton de sa voix. Une tonalité glacée, dure, qui l'avait fait frissonner, lui, le policier et l'assassin qui pourtant ne craignait personne !

L'homme qui nous a trahis a tué une femme, il l'a assassinée alors qu'elle était en prison. Cette femme était sa maîtresse et elle avait eu un enfant de lui. Il a aussi tué l'enfant. Avec Camille, nous voulions organiser son jugement, il l'a compris et nous a dénoncés.

Le duc d'Otrante avait toujours eu en mémoire ce sinistre événement, et plus encore depuis qu'il était arrivé à Aix. Cet assassin, que connaissait Gabriel de Montfort, était-il présent dans cette pièce même quelques minutes plus tôt ? C'était bien possible, mais nullement certain, Fouché suspectait aussi Charles de Coriolis et le chevalier de Vernègues, qui venait quelquefois discrètement à Aix.

Si Montfort était revenu depuis plusieurs mois – les attaques avaient commencé au printemps –, il aurait eu le temps de régler ses comptes et on aurait découvert depuis longtemps un de ces notables mort. Donc Montfort n'était pas à la tête des *Compagnons du soleil*.

Alors qui ?

Il songea à nouveau aux personnalités qu'il venait de recevoir. Plusieurs avaient été des *Compagnons du soleil*, il le savait pertinemment, mais aucun n'avait le courage de le reconnaître. Pensaient-ils être vraiment capables de le berner ? Lui, Joseph Fouché ? Il sourit à la sottise de ces aristocrates.

Puis son sourire disparut. Une idée – déplaisante – venait de lui venir : et si l'un d'eux était tout simplement l'organisateur de ces agressions ?

Mais dans quel but ?

Incapable de répondre à ces questions, il décida de s'intéresser à ce magistrat mystérieux. Ce Viriot.

Il écrivit : « Un inconnu, se disant magistrat, décime la bande de *Compagnons du soleil* qui terrorise les départements du Midi depuis quelques mois, puis part à leur poursuite : qui est cet homme ? Pourquoi a-t-il poursuivi seul les brigands alors qu'il pouvait obtenir l'aide des gendarmes du Bausset ? »

Il resta à nouveau un long moment à lire et relire cette affirmation.

D'où venait cet individu ? De Toulon ? Du port ? Une idée lui traversa l'esprit : et si ce mystérieux inconnu était justement Montfort ? Ceci expliquerait qu'il n'ait pas voulu rencontrer les gendarmes.

Non, c'était absurde. Que viendrait-il faire… Se venger ? Peut-être…

Il relut les lignes qu'il venait d'écrire et tenta d'échafauder une hypothèse :

Un notable aixois ressuscite les *Compagnons du soleil*… il apprend que Montfort revient… dans cette diligence… la fait attaquer par sa bande dans le but de tuer Montfort.

Il remarqua aussitôt les points faibles de son raisonnement : comment ce chef des *Compagnons* aurait-il su que Montfort allait être dans la diligence…

Et si Montfort était le justicier inconnu, comment pouvait-il posséder un passeport de magistrat ? C'était impossible sauf…

Un faux ! C'était un faux passeport ! devina-t-il soudain.

Et lui, Fouché, ancien ministre de la Police, avait déjà eu en main des faux documents quasiment parfaits. Ils étaient toujours fabriqués par les services secrets anglais.

Or, Montfort vivait à Londres !

Il arrivait d'un port, Toulon, ou tout au moins de la côte proche… il avait été débarqué par un vaisseau anglais !

Ces liens et ces déductions étaient certes ténus, mais il ne pouvait les écarter.

Fouché songea alors que le beau-père de Montfort était un parent de Lord Portland, le Premier ministre anglais qui avait précédé Perceval. Perceval, avec qui il avait été en négociation durant des mois.

Sans s'en rendre compte, il revint à l'idée fixe qui le taraudait : pourquoi les Anglais l'avaient-ils dénoncé à l'empereur. Pourquoi Perceval avait-il agi ainsi ? Fouché connaissait bien les Anglais ; c'étaient des gens pragmatiques, leur gouvernement n'avait pas d'états d'âme et ne lui reprochait pas ses crimes durant la Révolution comme le faisaient les Autrichiens. Non, ils n'avaient rien contre lui, et s'ils s'étaient comportés ainsi, c'était dans un but précis : qu'il soit chassé de son poste de ministre de la Police, qu'il soit désavoué. Ils avaient pleinement réussi. Mais pourquoi ? Pourquoi les gênait-il ? Ou plus exactement, qui gênait-il ?

Il oublia Montfort et les nouveaux *Compagnons du soleil*, obnubilé à nouveau par ces questions sans réponse.

Et si tout simplement les Anglais avaient agi à la demande de quelqu'un ? se demanda-t-il soudain. Se pourrait-il que ce soit simplement une machination de ses ennemis ? Le duc de Rovigo, par exemple ? Pour prendre sa place… Non, il rejeta l'idée dans un sourire, Savary était bien trop stupide… Talleyrand, en revanche, en était parfaitement capable… Et c'était un homme qui avait beaucoup d'amis à Londres…

Il y avait aussi l'explication, ou l'avertissement, que lui avait donné le *petit* Desmarets avant sa mise à l'écart. Que lui avait-il affirmé, déjà ?

Il existe une société secrète, les Chevaliers de la Foi, qui désire vous voir mort, ou au moins en disgrâce. Ce sont eux qui ont agi par l'intermédiaire de Spencer Perceval.

Quand Desmarets l'avait ainsi prévenu, il s'était moqué de lui. Avait-il eu tort ? Il n'y avait jamais eu d'amitié, ou même de camaraderie, entre lui et le chef de la police secrète, mais avec le recul, et à contrecœur, Joseph Fouché devait reconnaître que l'homme était un excellent policier. Et s'il avait eu raison ?

Soudainement, la solution le frappa, la vérité lui apparut, évidente et effroyable.

Il ne pouvait y avoir qu'une seule raison à son éloignement du ministère : quelqu'un préparait un complot contre l'empereur. On l'avait éliminé, car il aurait été le seul capable de percer à jour une nouvelle conspiration, comme il avait déjà déjoué toutes les précédentes. Oui, il s'agissait certainement d'un projet d'attentat contre Bonaparte organisé par les services secrets anglais !

Mais si c'était vrai, existait-il un rapport entre sa disgrâce et ces étranges attaques de diligence qui venaient de se produire ?

Si Montfort était vraiment en Provence, sa présence n'était-elle qu'une coïncidence, alors que lui-même était ici en exil à Aix ? Certes, il pouvait seulement venir pour se venger de celui qui l'avait trahi. Mais pourquoi maintenant ? Il avait déjà attendu dix ans ! Il pouvait attendre encore un peu.

Fouché ne croyait plus depuis longtemps aux coïncidences. Si le magistrat inconnu était Montfort, celui-ci avait forcément un rôle dans ce casse-tête. Peut-être même était-il un *Chevalier de la Foi !*

Il lui fallait identifier l'homme qui avait dénoncé Camille de Clapiers, conclut-il.

À ce point de notre histoire, nous pouvons vous donner, chère lectrice ou cher lecteur, une bribe d'information sur l'identité de l'infâme *Capéou*. Le félon n'était ni Charles de Coriolis ni Gautier du Poët. En revanche, *Capéou* était bien présent dans le salon de l'hôtel de Forbin à écouter le duc d'Otrante ! Vous ne devriez donc plus avoir de mal pour l'identifier !

Justement, en rentrant à son hôtel après avoir quitté le duc d'Otrante, le grand maître de la bannière d'Aix des *Chevaliers de la Foi* méditait, lui aussi, sur ce qu'il devait faire.

Il avait longuement écouté le récit des deux postillons et ne doutait pas, d'après la description du magistrat justicier qui s'était présenté sous le nom de Viriot, qu'il s'agissait de Gabriel de Montfort. D'ailleurs, il se souvenait que Montfort, déjà très jeune, était un combattant redoutable. Donc il fallait accepter l'idée que Montfort avait exterminé la bande de Narcisse. Mais il était aussi certain que ses bagages avaient été volés, puisqu'il avait poursuivi les survivants. Cela signifiait que Narcisse avait l'or et qu'il ne tarderait pas à lui donner de ses nouvelles, car il était invraisemblable que Montfort, seul – et blessé, avaient affirmé les postillons –, ait pu rattraper les survivants de la bande.

Une fois qu'il aurait compris qu'il n'avait aucune chance de récupérer l'or anglais, qu'allait faire Montfort ? Rentrer en Angleterre ? Improbable ! *Capéou* penchait plutôt pour sa prochaine arrivée à Aix. Il lui fallait donc se préparer à la confrontation.

Heureusement, Montfort était blessé. Il lui faudrait certainement des soins. Où pouvait-il espérer en recevoir ?

Le postillon avait rapporté que c'était Alice de Puylaurens qui avait nettoyé et bandé la blessure de Viriot. *Capéou* la connaissait peu, il fréquentait surtout son frère, le médecin. Et si elle lui avait proposé de venir se faire soigner chez lui ? Cela n'avait rien d'invraisemblable. Il décida de se renseigner sur la venue de visiteurs inconnus chez les Puylaurens.

Le dimanche matin, après avoir bien réfléchi, le duc d'Otrante accompagna son épouse à la messe à Saint-Sauveur, non pour prier, ce qu'il aurait pu faire en tant qu'ancien oratorien, mais pour rencontrer Mme de Castellane, ce qu'il fit à la fin de la messe.

Aglaé de Castellane, très élégante dans une pèlerine plissée crème et coiffée d'une capote à torsade à longue passe, ces sortes de longues visières qui cachaient une partie du visage, était en compagnie de sa fille, encore plus appétissante que d'habitude, enveloppée dans un immense châle en cachemire. La beauté et la fraîcheur potelée de la jeune fille éblouirent le duc d'Otrante.

— Madame, balbutia-t-il, tant il était troublé devant les appas d'Ernestine pourtant recouverts de son châle, je viens vous présenter toute mon amitié à la suite du terrible événement d'hier, qui heureusement s'est bien terminé.

— Merci, monseigneur. Il s'est bien terminé surtout grâce à ce magistrat. L'un de vos hommes, peut-être ? minauda-t-elle, cherchant à s'attirer les grâces du riche duc.

— Probablement, je ne les connais pas tous personnellement, je pense qu'il viendra me voir quand il en aura fini avec ces brigands, et vous pourrez le remercier vous-même. Pouvez-vous d'ailleurs me le décrire ?

La jeune fille médita un instant, les yeux mi-clos.

— C'était un homme jeune, vigoureux, à peine la trentaine… j'ai eu l'impression que son visage ne m'était pas inconnu… un ancien soldat, sans doute, car je n'ai jamais vu quelqu'un d'aussi rapide au pistolet… mais j'y pense, il a été blessé…

— Blessé ? s'étonna Otrante, une nouvelle fois pris de court. (Cet incapable de Joseph d'Arbaud avait oublié de lui signaler ce fait.) Blessé, gravement ?

— Je ne sais pas, c'est Alice qui l'a soigné.

— Alice ?

— Oui, mon amie Alice de Puylaurens. Elle est restée longuement à parler avec lui.

L'esprit du duc d'Otrante étudiait, soupesait, digérait à vive allure toutes ces nouvelles informations.

— Pourquoi n'est-il pas resté avec vous ?

— On l'avait volé, monseigneur. On lui avait pris ses bagages et il tenait à les retrouver, expliqua-t-elle d'une voix fraîche.

— On vous a aussi volé vos bagages, mon enfant ?

— Non, monseigneur, les brigands ont seulement vidé la malle-poste et tout fouillé, ils cherchaient quelque chose... de l'or peut-être... et ils n'ont emporté que les bagages de ce jeune homme.

— Que ses bagages ?

— Oui, monseigneur.

Quelques points mystérieux s'éclairaient enfin pour le duc d'Otrante. L'inconnu transportait quelque objet de valeur et l'attaque était sans doute dirigée contre lui, pour le voler, et peut-être le tuer. Il allait devoir interroger cette Alice de Puylaurens pour en savoir plus.

Brusquement, une solution simple lui apparut, une combinaison qui lui permettrait aussi de profiter de la présence si alléchante de cette plantureuse Ernestine.

— Je serais très honoré si vous-même, et vous madame la comtesse, ainsi que Mlle de Puylaurens accompagnée de son frère et son épouse, acceptiez une invitation de ma part. Je pourrais ainsi vous tenir personnellement informés de l'avancement de l'enquête.

— C'est nous qui sommes honorées, glousssa Aglaé de Castellane, qui n'avait rien perdu des regards lubriques du libidineux duc sur sa fille.

— C'est donc décidé. Ce pourrait être dans la semaine ? Je vous envoie un petit billet aujourd'hui, ainsi qu'à M. de Puylaurens.

12

Du samedi 10 au lundi 12 novembre 1810

Nous avons abandonné le commissaire Gaudin – alias l'*Altèque* – et l'ancien bagnard, François Vidocq. Il est temps de revenir vers eux.

Chevauchant leur monture, les deux hommes avaient donc pris le chemin de Marseille où ils espéraient arriver dans la nuit. Pendant un long moment, ils n'échangèrent aucune parole.

Pourtant, à plusieurs reprises, Vidocq avait été tenté de questionner le commissaire sur ce mystérieux Anglais, mais chaque fois, le visage fermé, voire hostile, de son compagnon l'en avait empêché. Finalement, Vidocq s'était convaincu que la suite de cette affaire ne le regardait plus. Pour sa part, il se sentait soulagé, puisqu'il avait promptement mené la mission que lui avait confiée Desmarets. Non seulement la redoutable bande de *Compagnons du soleil* était décimée – même si ce n'était pas grâce à lui –, mais il connaissait les deux derniers survivants et savait où retrouver ces canailles. D'ici deux jours, ils seraient emprisonnés, puis transférés à Paris, expéditivement jugés, et certainement *raccourcis*.

Après un tel succès, l'ancien forçat ne doutait plus que l'*Ange Malin* lui propose une place dans sa police. Son rêve ! Il pourrait enfin se mettre en ménage avec Annette et fonder une petite famille.

Gaudin était dans un tout autre état d'esprit. Son rapport à Thibaudeau ne pouvait plus se limiter à permettre au préfet de faire arrêter Narcisse Guitton et quelques comparses. La présence de Gabriel de Montfort dans la diligence, puis son rôle durant l'attaque, impliquaient pour le commissaire trop d'interrogations, et plus confusément, trop de désarroi.

Car Gaudin avait pris conscience qu'il se trouvait désormais personnellement mêlé à l'enquête sur ces nouveaux *Compagnons du soleil*. Tout un passé douloureux hanté de spectres réclamant vengeance, un passé qu'il croyait avoir oublié, ou plus exactement vaincu, ressurgissait. Les images de son frère, de Fassy et surtout de l'enfançon l'oppressaient.

Silencieux, il tentait de rassembler les éléments qu'il possédait, ou dont il se souvenait, pour savoir ce qu'il devait raconter à Thibaudeau et se convaincre qu'il s'était comporté en homme d'honneur.

Même s'il faisait froid et humide, le ciel restait dégagé et les deux hommes menaient durement leur monture, alternant trot et galop, n'hésitant pas à changer de bête à chaque relais de poste puisqu'ils avaient suffisamment d'argent pour cela.

Vers deux heures de l'après-midi, ils s'arrêtèrent un moment pour se sustenter. C'est là que l'attitude de son compagnon de voyage, mélange d'accablement, de distraction et de morosité, interpella réellement Vidocq, qui avait jusqu'à présent trouvé dans Gaudin un homme intransigeant, endurci par son métier. L'ancien bandit se doutait bien que ce n'était pas le coup de main sur la diligence qui avait ainsi transformé le policier. Pour éviter que la situation ne se dégrade davantage entre eux, il comprit qu'il devait intervenir.

Il s'en ouvrit franchement et, avec sa gouaille habituelle, suggéra à Gaudin de démasquer ses batteries et de lâcher ce qu'il avait sur le cœur.

Gaudin, ébranlé par cette nouvelle familiarité, s'interrogea sur ce qu'il devait lui répondre. De toute façon, s'il racontait ce qu'il savait au préfet, Vidocq l'apprendrait aussi. Et puis il avait fini par apprécier le forçat qui avait un sens de l'honneur bien à lui, et jugea qu'il pouvait être judicieux de lui demander conseil.

Il lui parla donc de Fassy, tenta de lui expliquer comme elle était belle, narra comment elle avait été séduite par un ci-devant qui l'avait finalement assassinée, ainsi que son fils. Un fils que lui, Gaudin, n'avait jamais eu et auquel il pensait toujours.

Presque en pleurant, il lui parla aussi de la mort de son frère, tué par l'infâme Camille de Clapiers. Ce ci-devant, général des *Compagnons du soleil*, était justement la canaille qui avait séduit Fassy, et lui, Gaudin, l'avait pourchassé pendant des années comme une bête sauvage. Finalement, il avait réussi à le prendre et avait veillé personnellement à son exécution.

À mesure que le récit se développait, Vidocq opinait pour montrer qu'il compatissait. En vérité, des histoires dans ce genre, il en avait connu des dizaines et elles ne l'émouvaient guère. Qui plus est, il ne comprenait pas en quoi l'agression qui venait de se produire dans les gorges d'Ollioules avait un rapport avec les malheurs de son collègue.

— Compagnon, fit-il, je suis aussi peiné que toi (il n'en était rien), mais ton affaire date de plus de dix ans et on dirait que tu as vu un fantôme. Tu me dis que tu as veillé à la mort du ci-devant. Tu es donc vengé… oublie tout ça !

— Si seulement j'en étais certain ! gémit le policier. Hélas, figure-toi que ce Camille avait un ami, presque un frère. Ce complice s'est réfugié à Londres après la mort de Clapiers. Et cet homme, un royaliste terriblement dangereux, c'est celui qui vient de décimer la bande de Guitton !

Vidocq frissonna, tant le ton du commissaire laissait paraître sa terreur.

— Tu es sûr de ça ?

— Je l'ai reconnu ; je te l'ai dit, il s'appelle Gabriel de Montfort. Même après douze ans, il n'a pas changé.

Vidocq médita un instant, puis posa une nouvelle question :

— Cet homme… ce Montfort… était aussi un *Compagnon du soleil* ?

— Oui, presque l'égal du général Clapiers. Tous deux étaient redoutables, insaisissables. Je les ai poursuivis en vain pendant des années. Et finalement, je n'ai eu Clapiers qu'à la suite d'une dénonciation anonyme.

Après un bref instant de réflexion, Vidocq eut une grimace d'écœurement en reniflant bruyamment.

— Tout ça pue le coup monté ! Souviens-toi de ce que nous a dit Narcisse avant l'attaque : *Dans cette malle-poste, il y aura un passager, un angliche que les godons envoient ici en secret. Le bonhomme transporte avec lui une grosse somme… l'angliche doit disparaître*. Or Narcisse et sa bande se faisaient passer pour des *Compagnons du soleil*. Si les cognes avaient découvert sur place le cadavre d'un des anciens généraux de ces compagnies, tous les crimes précédents auraient été signés sans équivoque. Et on aurait accusé ton Montfort de les avoir commis.

Il regarda Gaudin, qui opina. Lui aussi avait pensé à cette manœuvre. Alors Vidocq poursuivit :

— Je te parie que Narcisse aurait déguisé le cadavre de Montfort en *Compagnon du soleil*, et que cet estorgue[1] nous aurait capahutés[2] tout comme les passagers. Crois-moi, il n'aurait pas laissé de témoins !

Gaudin était maintenant livide.

— Mais pourquoi une telle machination ? murmura-t-il.

— C'est toi qui es dans la confidence de Desmarets et du *père Henry*. Pour ma part, je pense que Narcisse travaille pour quelqu'un d'autre. Son maître est celui qui a ressuscité les *Compagnons*, c'est certainement lui qui a décidé la mort de Montfort.

On le voit, Vidocq n'était plus très loin de la vérité. Gaudin ne lui répondit pas. Il resta silencieux un long moment. Il réfléchissait. Desmarets ne lui avait parlé que de pourchasser des brigands, mais Gaudin était commissaire et connaissait la police secrète depuis bien longtemps. Il savait que Desmarets ne se serait pas intéressé à cette histoire sans des raisons politiques plus profondes. Ce n'était pas pour rien qu'il lui avait ordonné d'envoyer les prisonniers à Paris et de veiller à ce qu'ils ne soient pas interrogés sur place.

Il y avait forcément quelque intrigue tordue derrière ce brigandage. Jusqu'à présent, il n'avait rien dit au sujet d'une machination politique à Vidocq. Ils n'étaient là que pour capturer des brigands, mais ce que l'ancien bandit venait de suggérer le mettait mal à l'aise. Se pouvait-il que ce forçat ait été plus clairvoyant que lui ?

1. Faux jeton.
2. Assassiner son complice pour s'approprier sa part.

— Tu dois avoir raison, déclara-t-il prudemment.

— Mais toi, pourquoi te mettre dans cet état? s'enquit alors Vidocq. Si nous sommes tombés sur une ténébreuse affaire, elle regarde Desmarets, pas toi ni moi.

Gaudin soupira :

— Écoute-moi, compagnon, je vais te faire part de mes doutes et de mes craintes. J'ai vu Clapiers tuer mon frère, sous mes yeux. J'ai longtemps cru qu'il l'avait fait dans une sorte de morbide jalousie, il avait déjà assassiné Fassy, ainsi que mon neveu, et il souhaitait faire disparaître le dernier survivant de ses crimes : mon frère. J'ai longtemps été aveuglé par cette certitude.

» J'ai ressenti un premier malaise quand, à la police départementale, nous avons reçu une lettre de dénonciation qui nous prévenait du retour de Clapiers, à Aix, en 1799. Nous pouvions le saisir dans une maison dont on nous confiait l'adresse, un jour précis. Mais pourquoi revenait-il ? Qui attendait-il dans cette maison ? J'ai toujours pensé que c'était celui qui le dénonçait.

— Ça paraît vraisemblable, reconnut Vidocq. Si ton Clapiers était si insaisissable, il n'avait pas dû prévenir grand monde de son retour. Seuls celui, ou ceux, qu'il attendait devaient être dans la confidence… Où était Montfort alors ?

— Sans doute avec Clapiers. J'étais dans la maison, et quand j'ai capturé Camille, un second homme m'a tiré dessus et m'a raté. J'ai toujours pensé que c'était Montfort. Je te l'ai dit, ils étaient comme des frères et ne se quittaient jamais.

— Admettons donc qu'il y ait eu un traître chez les *Compagnons du soleil*. Ce traître aurait dénoncé Clapiers… Pourquoi pas ? Et ce serait lui qui chercherait maintenant à faire passer Montfort pour le nouveau chef des *Compagnons du soleil* ? Mais pourquoi agirait-il ainsi ?

— Je l'ignore. Mais laisse-moi poursuivre. Durant toute l'année 1800 où Clapiers a été emprisonné, j'ai eu plusieurs fois de fugitives et étranges impressions. Quelqu'un cherchait à le faire condamner à mort, quelqu'un qui agissait dans l'ombre, quelqu'un que je n'ai jamais pu identifier.

Vidocq le regarda avec étonnement.

— Je ne comprends pas. Ton Clapiers était pris, c'était un brigand, il était évident qu'il allait être fusillé. Pourquoi un mystérieux inconnu aurait-il manigancé une exécution de toute façon inéluctable ?

— Ce n'était pas si simple. Clapiers était aimé en Provence, n'oublie pas que tout ce pays est royaliste. Chacun l'admirait et personne ne l'aurait condamné. D'ailleurs, il n'y avait pas suffisamment de charges contre lui. On l'accusait surtout d'être un déserteur, il n'aurait jamais été fusillé s'il n'y avait eu sa bande…

— À cette époque, il avait encore une bande de *Compagnons* avec lui ?

— Nous pensions que non, et puis, subitement, une troupe de scélérats est apparue à la fin 1800. Elle a commis d'abominables atrocités, des crimes comme Clapiers n'en avait jamais pratiqué : sur des femmes, sur des enfants. Et chaque fois, le chef, un colosse masqué, laissait un unique survivant afin qu'il témoignât de sa sauvagerie. « Nous sommes les compagnons de Camille de Clapiers ! » claironnait-il.

— C'était le meilleur moyen de le faire condamner ! ricana Vidocq.

— Et ça n'a pas raté ! Confronté à ces horreurs, le tribunal a ordonné son exécution sans réviser un précédent jugement.

— Tout ça ressemble bien au coup monté de l'attaque de la diligence. Et Guitton pourrait bien être ton colosse…, médita Vidocq à haute voix.

Gaudin le considéra alors, le visage défait.

— Ce que tu viens de dire, c'est aussi ce dont je suis désormais persuadé… Oui, Clapiers a tué mon frère… mais pour le reste… Et s'il avait été innocent ? S'il existait, dans l'ombre, un autre homme, un génie du mal, un être diabolique, malfaisant… Un homme qui aurait trahi Clapiers, qui aurait organisé les crimes commis alors que Camille était en prison, qui aurait aussi organisé cette attaque…, qui souhaiterait la mort de Montfort… Un homme…

Il s'arrêta de parler, la voix étranglée, mais Vidocq poursuivit à sa place :

— … Un homme qui aurait tué ta Fassy ? C'est à ça que tu penses ?

Gaudin opina lentement.

— Ton histoire est un véritable feuilleton de journal à deux sous, mais tu pourrais bien avoir raison. Dans un tel cas, Montfort connaît sans doute la vérité, il peut même savoir qui a vraiment tué ta belle-sœur… Et d'ailleurs, c'est peut-être à cause de ça que l'autre souhaiterait sa mort…

— Absolument ! Tu comprends maintenant mon dilemme ? Que faut-il raconter à Thibaudeau ? Je n'ai que des impressions, de vagues intuitions, il me rira au nez… Je ne peux lui dire ce que je sais de ce Montfort, et pourtant il me faut le retrouver et l'interroger. J'ai besoin de savoir. Comment faire ?

Le silence tomba entre eux.

Dure fatalité ! songeait Vidocq.

Ils chevauchèrent ainsi en silence quelques minutes, puis le forçat proposa :

— Ne changeons rien à nos plans. Avec la police de Thibaudeau, nous allons capturer Narcisse. Peut-être nommera-t-il ton mystérieux inconnu et, s'il ne le fait pas, avant de l'envoyer à Paris, tu n'auras qu'à me le confier. Crois-moi, si je m'occupe de lui, il parlera. Il en dira même trop !

— Et pour Montfort ?

— Si Montfort veut se venger de ton mystérieux génie du mal, il nous suffira d'attendre chez cette canaille, puisque Narcisse nous aura donné son nom. Je suis certain que tôt ou tard, ton Montfort viendra régler ses comptes.

Gaudin opina, puis s'enquit à nouveau :

— Et cet argent qu'il transporte ? À quoi doit-il servir ?

— Faisons les choses dans l'ordre : d'abord Narcisse, puis notre félon inconnu, enfin le Montfort. Nous pouvons tous les prendre et les faire parler. Après quoi, Desmarets et le *père Henry* démêleront tout ça.

Gaudin réfléchit un moment avant d'approuver du chef. Et alors que les chevaux marchaient au pas, brusquement, il tendit une main calleuse à l'ancien bagnard en lui déclarant, d'un ton bourru :

— Soyons amis, Vidocq !

Celui-ci la serra avec émotion. Pour la première fois de sa vie, le forçat avait l'estime et l'amitié d'un policier.

À peine quelques heures après cette discussion, et alors que Vidocq et Gaudin cheminaient vers Marseille, Alice et Ernestine, après avoir quitté la diligence, se rendaient à pied jusqu'à la grande maison des Puylaurens en haut de la rue de la Porte Saint-Louis.

Elles n'eurent que le temps de faire un peu de toilette, et pour Ernestine de faire porter un bref billet à sa mère à l'hôtel de Castellane. Moins d'une heure après, Antoine revint de ses visites.

À peu près au même moment arrivèrent aussi son épouse Clotilde et sa mère, Mme de Forbin-Tonnerre, accompagnée de son solide mari, l'ancien *insurgent* de la guerre d'Indépendance américaine, Fulques Gaillard. Les deux femmes, conduites par Fulques, étaient allées visiter une amie.

Il est temps pour nous de parler plus longuement de cette famille. Antoine de Puylaurens avait rencontré Clotilde de Forbin-Tonnerre chez son ami Auguste de Forbin, alors que la Révolution française débutait. Durant la Terreur, Auguste et ses parents ayant quitté la Provence, Clotilde et sa mère – veuve d'un officier qui avait rejoint La Fayette en Amérique – avaient été arrêtées comme suspectes. Étant des ci-devant, leur sort ne faisait aucun doute : elles étaient promises au *rasoir national*.

Antoine avait alors dix-huit ans. Avec l'aide de Fulques Gaillard, jardinier des Forbin et vétéran de l'armée de La Fayette, ainsi que de Marius Granet, son ami, il avait fait évader les deux femmes des prisons et avait annoncé à ses parents que, le calme revenu, il épouserait Clotilde.

Ce qu'il avait fait en 1799. Gaillard, quant à lui, avait toujours suivi et protégé Mme de Forbin-Tonnerre.

Contre l'avis de la famille Forbin, il l'avait finalement épousée[1].

Tous se retrouvèrent dans le grand salon du premier étage. C'est là qu'Alice les avait réunis pour leur narrer ses aventures.

Sans chercher à corriger son zozotement tant elle était émue, elle leur raconta le voyage depuis Toulon, l'attaque de la diligence dans les gorges d'Ollioules, l'intervention du passager qui s'était présenté comme un magistrat nommé Viriot, puis leur arrêt au Bausset et enfin leur retour à Aix. Ernestine intervenait parfois pour apporter une précision. Ce fut elle qui précisa que le magistrat avait été blessé.

— J'ai du mal à te croire, fit Antoine, quand tu affirmes avoir vu ce magistrat expédier *ad patres* cinq brigands en quelques secondes… Quel genre d'homme peut être capable de ça ?

— C'est en effet une histoire incroyable, murmura Mme de Forbin-Tonnerre.

— D'autant plus incroyable, lui répondit Alice, que ce n'est pas tout.

— Comment ça ? s'enquit Antoine avec inquiétude.

— Ma tante, fit Alice en s'adressant à Mme de Forbin-Tonnerre. Vous souvenez vous de la fois où nous avons été attaquées par les *Compagnons du soleil*, devant le château de La Calade ?

— Comment pourrais-je oublier ! Nous avions été sauvées par ce pauvre Camille de Clapiers et son ami.

— Exactement. Cet ami s'appelait Gabriel de Montfort.

1. Toutes ces aventures sont contées dans *Marius Granet et le trésor du Palais Comtal* chez le même éditeur.

— Je m'en souviens, s'étonna Mme de Forbin alors que sa fille Clotilde rosissait.

— Celui qui nous a sauvées dans les gorges, ce magistrat si adroit dans l'art de la guerre, ce monsieur Viriot… c'était Gabriel de Montfort !

— Quoi ! s'exclama Antoine en se levant de son siège.

— Mais… comment peux-tu le savoir ? s'étonna niaisement Ernestine. Tu le connaissais donc ? C'est pour ça que tu as tant parlé avec lui ?

— Ernestine a raison, approuva Mme de Forbin d'un ton sévère. Comment aurais-tu pu le reconnaître après dix années passées ?

— D'ailleurs, que viendrait-il faire ici ? ajouta Antoine en faisant quelques pas pour se calmer. Je crois me souvenir qu'il n'a jamais été rayé des listes d'émigrés, et qu'il est toujours recherché comme proscrit par la police impériale.

Alice soupira :

— Ce que je vais vous dire est un lourd secret qui ne doit pas sortir de cette pièce. Sa divulgation pourrait nous conduire tous en prison : Gabriel est en France en mission secrète pour le roi…

— Le roi ? Quel roi ? s'offusqua Antoine.

— Notre roi légitime, expliqua doucement Alice. Louis XVIII.

— Je te rappelle, ma sœur, que nous avons déjà un empereur. À qui je suis fidèle. Ton Louis XVIII n'est que le prétendant, décida Antoine d'un ton sec.

— D'abord, ce n'est pas mon roi, protesta Alice. Roi, empereur, je m'en moque complètement et tu sais bien que je préfère la République. Mais pour Gabriel, Louis XVIII est le roi légitime des Français et cela me suffit.

— Tu l'appelles déjà Gabriel ? se surprit à demander Mme de Forbin-Tonnerre d'un ton pincé.

— Ma tante, mon frère. Je vous dois la vérité, fit alors Alice. Après la mort de Camille de Clapiers, un an plus tard environ, j'ai reçu une lettre de Londres.

— Toi ? Mais comment ? s'enquit à nouveau Antoine, visiblement dépassé par ce que lui racontait sa sœur.

— C'est ton ami, Auguste de Forbin, qui me l'avait apportée discrètement. Je ne sais pas comment il l'avait eue. C'était une lettre de Gabriel de Montfort. Il s'excusait pour l'attaque de La Calade et m'expliquait qu'il vivait désormais à Londres.

Antoine gardait la bouche ouverte tant il était stupéfait.

— Et je lui ai répondu, poursuivit Alice d'un ton effronté.

— Mais comment ? Le blocus était total. Aucun courrier n'aurait pu lui parvenir…

— Toujours par Auguste de Forbin, mon cousin, intervint Clotilde à son tour.

Elle se leva et prit son époux Antoine par les deux mains pour le calmer :

— Mon cher époux, Gabriel nous avait sauvées. Alice m'avait mise dans la confidence et je devais agir comme je l'ai fait. Mais c'était un secret que tu ne devais pas connaître. Auguste était en rapport avec beaucoup de monde, il voyageait partout en Europe, il pouvait facilement recevoir et envoyer du courrier à l'étranger. Il avait rencontré Gabriel de Montfort en 1800, mais n'était pas parvenu à sauver Camille. C'était une dette qui lui pesait et qu'il voulait absolument régler.

— Soit ! accepta Antoine. Je parlerai à Auguste quand je le verrai, car je persiste à penser qu'on aurait dû m'informer, je crois d'ailleurs savoir qu'il va venir bientôt à Aix. Qu'as-tu encore à me confier, ma sœur ?

— Ensuite, nous nous sommes écrit plusieurs fois, bien que depuis deux ans, je n'eusse plus aucune nouvelle. Je savais seulement qu'un jour il viendrait me chercher.

— Te chercher ? explosa à nouveau Antoine.

— Il me l'avait promis. C'est la volonté de la destinée que nos routes se soient croisées aujourd'hui et qu'il m'ait à nouveau sauvé la vie.

— Comme c'est beau ! murmura Ernestine, qui garda ensuite la bouche ouverte en une expression d'extase hébétée.

Sa colère maîtrisée et sa stupéfaction passée, Antoine – nullement en extase, lui – se frotta longuement la joue droite en signe de perplexité. Les autres se taisaient et attendaient sa décision.

— Où est ce Gabriel maintenant ? déclara-t-il finalement. Ernestine, vous m'avez dit qu'il avait été blessé ?

— Oui, fit Alice. Je l'ai soigné sommairement. Une balle lui avait traversé le bras.

— Grave ?

C'était le médecin qui parlait.

— Je ne crois pas, mais il risque une forte fièvre. Il est parti à la poursuite des brigands qui lui avaient volé ses bagages. Je lui ai dit de nous rejoindre ici pour se faire soigner.

— Ici ? Mais tu es folle, ma sœur ! Il sera pris, et nous avec !

— Rassure-toi. Je lui ai donné rendez-vous tous les jours, à cinq heures, au petit pont sur la route du Tholonet. J'espère que Fulques acceptera de m'y conduire.

— Bien sûr ! fit Fulques avec bonhomie. J'ai hâte de connaître un pareil bonhomme !

— Et après ? demanda encore Antoine, en faisant à nouveau quelques pas.

— Après, nous le soignerons, il réglera les affaires pour lesquelles il est venu, elles ne nous regardent pas, et quand il en aura terminé, je lui demanderai de m'épouser et de m'emmener avec lui à Londres.

Le silence se fit dans le salon. Tous prenaient conscience qu'ils ne pourraient éviter cette terrible séparation. Antoine perdrait sa sœur, Ernestine et Clotilde une amie, Fulques et Mme de Forbin, celle qu'ils considéraient comme leur fille.

Le silence se prolongea ; Antoine s'était arrêté près d'une fenêtre, il faisait nuit à l'extérieur, pourtant il tentait d'observer les passants dans la rue à peine éclairée par des lumignons.

Ils l'entendirent murmurer plusieurs fois :

— Folie ! Folie !

Finalement, Antoine se retourna :

— Ne prends pas de décision aussi précipitamment. Va le chercher avec Fulques ; ensuite, nous déciderons, ensemble.

Alice opina en se levant, suivie des trois autres femmes. Fulques resta seul avec Antoine qui lui déclara alors :

— Il nous faut agir, Fulques… comme au bon vieux temps.

Deux jours s'étaient écoulés. La veille, Alice et Fulques s'étaient rendus au petit pont et avaient attendu dans le froid, mais personne ne s'était montré. À nouveau, ce lundi, ils avaient patienté deux heures. Ils allaient partir quand le cavalier apparut dans la brume.

Alice sut que c'était celui qu'elle attendait depuis dix ans. Elle s'élança, le cœur battant à tout rompre.

Gabriel sauta au sol et la serra contre sa poitrine.

Alice conduisit la voiture jusqu'à l'écurie située à côté de la porte Saint-Louis. Ensuite, les deux jeunes gens se dirigèrent à pied vers la porte qu'ils passèrent sans difficulté ni question. Le factionnaire salua Alice d'un geste respectueux et considéra rapidement le jeune homme qui l'accompagnait. Probablement un médecin ami des Puylaurens, jugea-t-il en remarquant la lourde sacoche qu'il portait.

Durant le trajet en voiture, fort bref il est vrai, ils n'avaient pas abordé les raisons de la venue de Gabriel, pas plus que le sort des brigands. Alice l'avait seulement interrogé sur sa vie à Londres, sur ses amis, et ses amies.

La maison des Puylaurens étant une des premières de la rue, ils furent rapidement devant la porte.

— Notre hôtel comprend trois étages, lui avait-elle expliqué. J'ai prévu de vous loger au troisième où il y a un petit appartement isolé. C'est moi qui occupe le reste du palier.

» Le premier étage constitue les appartements de mon frère et le second est réservé à Mme de Forbin et Fulques. Tout à fait sous les combles, il y a aussi trois chambres pour les domestiques qui vivent ici.

» Au rez-de-chaussée se trouve le concierge – mais il ne sort que si on sonne –, c'est là aussi que mon frère reçoit ses malades. Nous allons nous y rendre tout de suite, car il veut examiner votre blessure.

— Elle ne me fait presque plus mal, lui assura Gabriel.

S'arrêtant devant leur porte, Alice l'ouvrit sans tirer le cordon qui prévenait le concierge, puis se dirigea vers une porte privative, laquelle donnait dans le cabinet de travail du médecin. Antoine y était seul et les attendait avec inquiétude.

— Ma sœur ! Enfin ! Tu l'as trouvé ?

— Oui, voici Gabriel, fit-elle dans un sourire rayonnant en laissant passer le jeune homme. Nous allons le loger ici pour quelques jours.

Au même moment et à quelques centaines de mètres de là, *Capéou* recevait deux visiteurs dans son hôtel. Le premier n'était resté que quelques minutes. C'était un soldat factionnaire de la porte Saint-Louis qui avait terminé son service.

La veille, *Capéou* avait eu en main le mémoire du commissaire de police d'Aix qui avait interrogé les témoins de l'attaque : les deux postillons et les deux jeunes femmes. Les postillons avaient minutieusement décrit le magistrat Viriot, mais surtout avaient insisté sur la longue conversation entre cet homme – dont lui, *Capéou*, savait que c'était son ennemi Montfort – et Alice de Puylaurens, qui avait soigné sa blessure.

Capéou en avait déduit que, si Montfort venait à Aix, et si sa blessure était grave, il était fort possible qu'il se rendît chez Alice de Puylaurens dont le frère, justement, était médecin, pour se faire soigner.

Dans l'après-midi, il s'était donc rendu à la porte Saint-Louis. En raison de son éminente fonction publique, il lui était facile de demander aux factionnaires de l'informer du passage d'un inconnu avec Alice de Puylaurens. Évidemment, la jeune fille pouvait aussi emprunter une autre porte ou Montfort entrer seul par la ville ; c'était facile, ne serait-ce que par la vaste esplanade en bas du Cours. Là, seules des chaînes empêchaient les entrées de marchandises sans octroi et n'importe qui pouvait passer, bien que quelques policiers en civil soient habilités à demander leur passeport aux inconnus.

Capéou misait sur le fait que la jeune fille habitait près de la porte Saint-Louis et était bien connue des soldats de garde. Ceux-ci pourraient aisément l'informer de son entrée en ville avec un étranger. Pour les autres portes de la ville, il fit donner aux services de police des instructions pour que l'on surveillât attentivement les passeports des étrangers. En particulier, un dénommé Viriot devait être immédiatement appréhendé.

Malgré tout, *Capéou* n'attendait pas grand-chose de ces précautions, c'est pourquoi il fut surpris quand le factionnaire de la porte lui signala avoir remarqué Alice de Puylaurens avec un jeune homme, un peu avant six heures. Il les avait vus se diriger vers la maison du médecin.

Cet inconnu pouvait-il être Gabriel de Montfort ? Cela paraissait vraisemblable, mais pour en avoir le cœur net, le plus simple était de faire fouiller la maison des Puylaurens.

Cependant, une telle action n'était pas facile à mener. Le médecin était un notable qu'on ne pouvait accuser sans preuve. *Capéou* réfléchit un moment alors que le factionnaire attendait, immobile et respectueux. Finalement, le félon lui proposa dans un sourire :

— Vous avez fait du bon travail. Je sais que monsieur le duc d'Otrante s'intéresse aux témoins de l'attaque de la diligence. Or, Mlle de Puylaurens est la seule à avoir longuement parlé à ce magistrat inconnu qui a décimé la bande des *Compagnons du soleil* samedi (toute la ville ne parlait que de ça). Ce jeune homme pourrait bien être ce magistrat. Si vous en informiez le duc, il vous manifesterait certainement sa reconnaissance.

— Moi ? Mais il me faudrait être introduit auprès de lui, avec une lettre, ou accompagné…, s'étonna le bonhomme.

— Ce serait dommage que quelqu'un agisse à votre place. Vous seriez considéré comme quantité négligeable. Il faut savoir saisir sa chance, mon garçon… Croyez-moi, présentez-vous à l'hôtel de Forbin et demandez à voir le duc en déclarant que vous avez une information importante concernant Mlle de Puylaurens. Il vous recevra et, soyez-en sûr, il ne vous oubliera pas.

En parlant, *Capéou* avait pris amicalement le factionnaire par l'épaule et le raccompagnait. L'autre se laissa faire, finalement convaincu que sa fortune était faite.

En quittant les lieux, il se dirigea vers l'hôtel de Forbin.

Quelques minutes plus tard, Narcisse se présenta à l'hôtel de *Capéou*. Après un voyage douloureux et épuisant, le colosse à la main déchiquetée et couverte de pansements sanguinolents n'avait qu'un souhait : trouver une chambre dans une auberge et s'abrutir avec quelques litres de vin. Mais il fallait avant qu'il raconte ce qui s'était passé et surtout qu'il soutire de l'argent de son chef, car il n'avait plus rien.

Ayant pénétré dans la cour pavée de l'hôtel, il fut arrêté par le jardinier avant de passer la porte principale. Le portier, qui s'était absenté un instant, se précipita pour tenter de le faire sortir. Diable ! Vêtu de hardes – une vieille jaquette de muscadin – et le bras couvert de linges ensanglantés, l'homme ne pouvait être qu'un trimardeur en quête de mauvais coups.

Une échauffourée éclata donc dans la cour, car Narcisse, même blessé, restait un colosse redoutable. Les cris et les menaces furent tels que *Capéou*, dans son bureau du premier étage, entendit le vacarme et ouvrit la fenêtre qui donnait dans la cour.

— Laissez-le, ordonna-t-il sèchement à ses domestiques en reconnaissant son complice. Ce malheureux désire certainement un peu d'argent et de réconfort. Je vais m'occuper de lui. Faites-le monter dans mon bureau.

Ne cachant pas sa réticence, le majordome de l'hôtel obéit alors que les soubrettes et les valets, ameutés par le scandale, s'extasiaient devant la générosité de leur maître.

Narcisse étant entré dans la luxueuse bibliothèque de *Capéou*, et la porte étant close, celui-ci ne masqua pas sa rage :

— Tu es fou d'être venu ici ! Que s'est-il passé ? gronda-t-il.

— Montfort est le diable, monsieur, murmura Narcisse. Il a abattu cinq de mes hommes. Les autres ont fui.

— Et l'or ?

— Je l'avais, je suis parti avec après l'attaque, seulement il nous a suivis…

— Et alors ?

— Il a tué Galabon, mon meilleur compère, et regardez ce qu'il m'a fait : ma main ! Je n'ai plus de main ! pleurnicha-t-il.

— Et l'or ? Mon or ! s'exclama *Capéou* en le saisissant violemment par son col.

— Il l'a repris, bien sûr !

— Mais il était blessé !

— Je ne sais pas, en tout cas, il est invincible.

— Il est surtout à Aix, ricana *Capéou*.

— Quoi ! Ici ?

— Oui, mais je vais m'occuper de lui.

Il se dirigea vers son grand bureau, ouvrit un tiroir et en sortit un portefeuille.

— Voici cinq cents francs ; va te faire soigner, lave-toi et rase-toi, trouve-toi quelques habits bourgeois et installe-toi à l'*Hôtel des Princes*. Ensuite, fais-toi oublier. Je reprendrai contact plus tard. J'aurai besoin de toi si les choses tournent mal.

Toujours ce même lundi, en début d'après-midi, le préfet Thibaudeau était arrivé à Aix, accompagné de Gaudin et de Vidocq. En vérité, le préfet était convoqué par le duc d'Otrante, mais le retour des deux policiers parisiens l'aurait de toute façon conduit auprès de l'ancien ministre de la Police.

En effet, le commissaire et l'ancien bagnard s'étaient présentés à la préfecture le dimanche matin. Ils avaient aussitôt été reçus par le préfet à qui ils avaient fait un compte rendu fidèle de leur enquête. Gaudin avait précisé avoir reconnu Gabriel de Montfort, ancien chef des *Compagnons du soleil*, dans celui qui avait exterminé la bande de brigands.

L'arrivée des deux hommes tombait bien pour le préfet, qui venait de recevoir un courrier du duc d'Otrante lui demandant de se présenter lundi matin à son hôtel du Cours à Carrosses pour faire le point sur l'enquête concernant l'agression de la malle-poste d'Aix dans les gorges d'Ollioules.

Thibaudeau avait aussitôt convoqué le chef de la police départementale ainsi que le commissaire ayant en charge le quartier du port. Une vingtaine d'argousins avaient été diligentés pour surveiller le cabaret de *La Mounine*, avec ordre de jeter en geôle tous ceux qui en sortaient. Le tri serait fait plus tard.

Mais, en ce qui concernait les raisons de cette guerre fratricide entre anciens et vrais-faux *Compagnons du soleil*, l'intrigue était trop incompréhensible pour le préfet. Il avait donc décidé de se rendre à la convocation de son ancien collègue conventionnel, accompagné de Gaudin et de Vautrin, à charge pour eux de s'expliquer.

Car, si Gaudin avait dit toute la vérité au préfet, il lui avait aussi fait part de ses soupçons quant à une entreprise de plus grande ampleur, voire d'une conspiration. Il avait aussi fait allusion à l'existence possible d'un notable qui tirerait les ficelles derrière ces attaques de *Compagnons du soleil*.

Voilà pourquoi, dès le lundi matin, les trois hommes s'étaient rendus à Aix, et voilà pourquoi nous les retrouvons en début d'après-midi dans le bureau de Fouché, au premier étage de l'hôtel de Forbin.

Gaudin s'était présenté comme envoyé par Desmarets, chargé d'infiltrer, avec son compagnon, la bande des brigands provençaux. Une telle manœuvre avait étonné le duc, car son ancien collaborateur, jugeait-il, n'était pas homme à monter des opérations si audacieuses.

Néanmoins, le récit détaillé du commissaire intéressa au plus haut point Fouché. Après avoir raconté comment lui et Vidocq avaient été recrutés, Gaudin répéta les explications que Narcisse Guitton leur avait fournies durant les préparatifs de l'attaque.

— Vous deviez donc arrêter cette diligence pour faire disparaître ce voyageur qui, d'après votre chef, arrivait d'Angleterre ? interrogea Fouché en répétant presque mot pour mot ce qu'avait dit le commissaire.

— Parfaitement, monseigneur.

— Et ce voyageur transportait une forte somme que vous ne deviez pas vous partager. Cette fortune devant aller au commanditaire de l'attaque. Un homme parfaitement informé de l'arrivée de cet Anglais…

— C'est cela même, monseigneur. Mais, avant de poursuivre, je dois vous préciser que le voyageur de la diligence n'était pas anglais. Je l'ai reconnu : il s'agissait de Gabriel de Montfort, un ancien chef des *Compagnons du soleil* que j'ai déjà poursuivi, il y a une douzaine d'années.

À cette dernière révélation, Otrante ne put conserver son calme.

— Êtes-vous certain de ce fait ? s'enquit-il d'une voix rauque.

— Absolument, monseigneur.

Sous les regards étonnés du préfet et des deux policiers assis sur des fauteuils devant lui, le régicide se leva de sa chaise pour faire quelques pas en ouvrant et fermant ses poings nerveusement.

Comprenant qu'ils ne devaient ni parler ni bouger, les trois visiteurs restèrent immobiles à observer l'agitation de l'ancien ministre de la Police.

Le duc marcha jusqu'à la fenêtre, regarda un instant le Cours, puis revint en tentant de calmer son excitation.

Il ne s'était donc pas trompé dans ses déductions ! Montfort était bien de retour, il arrivait d'Angleterre et transportait une forte somme – sans doute provenant des services secrets – pour quelque odieuse machination contre l'Empire. Une machination organisée par ces fameux *Chevaliers de la Foi* dont Desmarets lui avait parlé. Tout se tenait !

Et quelqu'un, à Aix certainement, était au courant de sa venue. Quelqu'un qui avait auparavant redonné vie aux *Compagnons du soleil* et qui avait décidé de l'assassiner pour lui voler la somme qu'il transportait.

Était-ce celui que Montfort avait traité de félon, celui qui avait trahi Camille de Clapiers ? Pourquoi pas ?

Pour une fois, jugea-t-il, le *petit* Desmarets s'était distingué en choisissant ce Gaudin ainsi que son partenaire inconnu qui s'était présenté sous le nom de Vidocq (ce qui avait surpris Thibaudeau qui le connaissait sous le nom du brigadier Vautrin). Un nom qui lui disait d'ailleurs vaguement quelque chose.

— Il y a eu un Antoine Gaudin assassiné à Aix par un *Compagnon du soleil*, remarqua Otrante en revenant vers son fauteuil et en considérant Gaudin les yeux mi-clos.

— C'était mon frère, reconnut sobrement le commissaire.

— Je m'en doutais.

Il se tut un instant avant de poursuivre :

— Montfort était l'ami de Camille de Clapiers, celui qui a tué votre frère, c'est ça ?

— Oui, monseigneur. Montfort était avec Clapiers quand ce dernier a assassiné mon frère. Je suis arrivé alors qu'il expirait. Pensez-vous que je pourrais l'oublier?

Otrante hocha la tête dans une fausse compassion.

— Pour quelle raison Clapiers et votre frère se sont-ils battus?

— Mon frère et moi-même pensions que Clapiers avait séduit ma belle-sœur, Fassy…

Sa voix s'étrangla, il poursuivit néanmoins dans un sanglot :

— Séduit… et assassiné, monseigneur.

— Assassiné?

— Oui, monseigneur, massacrée, violée peut-être, dans les prisons d'Aix ainsi que son fils qui n'avait pas trois mois.

Alors le voile se déchira pour Otrante. Il comprit tout. Ce n'était pas Clapiers qui avait tué cette Fassy! C'était l'homme dont Montfort voulait se venger! La phrase terrible, accusatrice, qu'avait proférée Gabriel de Montfort lui revint :

L'homme qui nous a trahis a tué une femme, il l'a assassinée alors qu'elle était en prison. Cette femme était sa maîtresse et elle avait eu un enfant de lui. Il a aussi tué l'enfant. Avec Camille, nous voulions organiser son jugement, il l'a compris et nous a dénoncés.

Il fit à nouveau quelques pas, toujours dans un état d'agitation extrême.

Si Montfort était en Provence, peut-être même à Aix en ce moment, il fallait mettre la main sur lui.

Mais comment?

Le silence était total, seuls les souliers du duc faisaient entendre un léger crissement sur le carrelage.

Finalement, Fouché se tourna brusquement vers Gaudin et lui demanda :

— Vous allez me répéter en détail le récit de l'attaque de la diligence. Vous, monsieur Vidocq, n'hésitez pas à intervenir si vous désirez apporter une précision.

Fouché revint à sa place, se cala dans son fauteuil, saisit une plume qu'il trempa dans un encrier en argent et fit signe à Gaudin de commencer.

À mesure que le commissaire parlait, le duc notait certains mots, certaines phrases et Gaudin attendait, à chaque fois, qu'il eût terminé pour poursuivre.

À la fin du récit, Fouché avait rempli une page entière de notes, Gaudin ajouta :

— Mon camarade Vidocq m'a rapporté une idée qu'il a eue et qui me paraît importante. Selon lui, Montfort, une fois tué, aurait été déguisé en *Compagnon du soleil*, et nous-mêmes aurions été abattus ainsi que tous les passagers. Ensuite, la police aurait cru que la bande s'était entretuée et aurait accusé Montfort, ancien chef de bande, d'avoir été l'instigateur de toutes les attaques précédentes.

Otrante se tourna alors vers Vidocq et l'observa un instant sans mot dire. Finalement, il déclara :

— Pourquoi pensez-vous ça ?

— C'est une arnaque – pardon, une combine – qui paraît indiscutable, monseigneur, déclara le bagnard en écartant les mains pour affirmer cette évidence. Il y a un chef derrière cette ténébreuse histoire. Ce chef voulait l'or du passager anglais, votre Montfort, mais il voulait aussi le faire disparaître. Il aurait pu se contenter d'une bande de brigands à ses ordres, il ne l'a pas fait, il a ressuscité vos *Compagnons du soleil*. Pourquoi ? Parce que Montfort était un ancien chef de cette confrérie ! Il fallait donc qu'il fût accusé, mais sans pouvoir se défendre. Donc, on le tuait, on le déguisait, on assassinait les passagers et quelques-uns des membres de la bande. C'était une jolie mise en scène pour classer l'affaire.

— Bien raisonné, l'ami ! le félicita Otrante en secouant la tête de haut en bas en songeant : je n'aurais pas fait mieux ! Et ce chef mystérieux, vous n'avez aucune idée de son nom ?

Gaudin secoua la tête. Il ne désirait pas parler de ses doutes et de ses cauchemars.

Otrante soupira avant de dire :

— Si j'ai bien suivi votre récit, il ne reste que deux membres de cette bande en liberté…

— Nous avons installé une souricière à *La Mounine*, déclara le préfet qui ne voulait pas rester à l'écart. Ces crapules seront sous les verrous rapidement.

Otrante leva une main conciliante en souriant.

— Je vous fais confiance pour les dénicher, mon vieil ami, mais si la première mission du commissaire Gaudin est maintenant terminée, il reste pourtant bien des mystères.

— En effet, reconnut le préfet. J'avoue ne pas comprendre pourquoi ces *Compagnons du soleil* se sont attaqués à leur ancien chef et pourquoi celui-ci transportait de l'or provenant d'Angleterre.

— Parce qu'il ne s'agit pas de *Compagnons du soleil*, déclara le duc d'Otrante, exaspéré par la balourdise de son ancien collègue. Tout ceci n'est qu'un théâtre d'ombres pour nous dissimuler la vérité…

Il précisa après un instant :

— Il me faut ce Montfort, et aussi le commanditaire de ces expéditions de brigands déguisés en compagnons.

— Il s'agit probablement de quelqu'un haut placé, suggéra Gaudin, indiquant ainsi que ce ne serait pas facile.

Otrante opina avant de s'adresser au préfet :

— Mon cher Thibaudeau, j'aimerais que vous me confiiez M. Gaudin et son compagnon… M. Vidocq… c'est cela ? pour quelques jours. J'ai besoin d'eux car je ne suis pas certain que la police d'Aix sera efficace pour retrouver notre ami Montfort.

— C'est que… ils sont aux ordres de M. Desmarets, remarqua le préfet, embarrassé.

Après tout, Otrante était en disgrâce, et il ne tenait pas à apparaître comme un soutien du ministre déchu. Le régicide eut un geste d'exaspération.

— Je le sais, je le sais, mais ce ne serait que pour quelques jours. Comprenez bien, mon ami, que cette affaire est d'importance. Ce Montfort vivait à Londres, son beau-père est cousin de Lord Portland qui, je crois le savoir, a été chef des services secrets anglais. Il n'est pas venu ici uniquement pour vous rendre service en exterminant ces crapules. D'ailleurs, d'où sort-elle, cette bande de faux *Compagnons du soleil* ? Le savez-vous seulement ?

— Non, fit le préfet, penaud.

— Et où M. de Montfort a-t-il eu des documents l'identifiant comme un magistrat ?

— Un magistrat ? s'étonna le préfet.

— Oui, de la Cour spéciale de justice, et signés par cet imbécile de Savary ! Mon propre successeur ! Ce sont les gendarmes et le postillon qui me l'ont appris. C'est grave tout ça dans votre département, Thibaudeau !

Confus, le préfet ne savait que dire. Il regarda Gaudin qui, d'un geste de la tête, lui fit signe qu'il était d'accord pour rester à Aix.

— Eh bien, si le commissaire Gaudin est d'accord, je le suis aussi, mais il me faudra en informer M. Desmarets…

— Bien sûr, mon ami, jubila Otrante, mais je ne vais pas vous retenir davantage, vous avez encore une longue route pour rentrer à Marseille. Je vais trouver un logement à MM. Gaudin et Vidocq et leur donner quelques dossiers à étudier. Ils m'écriront aussi un mémoire détaillé sur toute cette affaire.

Thibaudeau comprit parfaitement qu'on lui demandait de se retirer. Ce qu'il fit avec un certain soulagement.

Fouché raccompagna son ami à la porte du bureau, puis fit signe à son majordome de passer le voir après avoir reconduit le préfet à sa voiture.

Lorsque le majordome revint, Fouché lui expliqua qu'il devait trouver quelque chambre dans les combles pour les deux hommes présents dans son bureau.

Le majordome eut beau signaler qu'aucune chambre n'était vide, le duc lui ordonna de se débrouiller, quitte à entasser les domestiques dans le même cagibi. Il annonça ensuite aux deux policiers qu'il leur ferait passer des dossiers sur quelques Aixois parmi lesquels pourrait se trouver le fameux commanditaire.

C'est en soirée que le factionnaire de la porte Saint-Louis, envoyé par *Capéou*, se présenta au majordome du duc d'Otrante. Celui-ci signifia à l'homme une fin de non-recevoir, mais comme le visiteur insistait, il se décida à déranger le duc.

Fouché reçut immédiatement le factionnaire, écouta son histoire, puis le renvoya avec une pièce d'or.

Ensuite, il resta seul à méditer.

Il sentait confusément qu'il se trouvait à un tournant de sa vie. Il avait été ignominieusement chassé alors qu'il était à deux doigts d'obtenir la paix en Europe. Il avait été remplacé par cette baderne de Savary. Chassé, menacé, humilié, exilé dans cette minable petite ville de province, il tenait désormais sa revanche. Il disposait des éléments pour revenir à Paris la tête haute. Que Montfort soit chez les Puylaurens, qu'il le capture ce soir ou demain, qu'il le fasse parler, et l'empereur verrait que, même loin de Paris, Fouché était encore capable de montrer les dents !

Oui, il redeviendrait l'homme fort de l'Empire s'il mettait à bas une conspiration d'envergure.

Mais d'un autre côté, si lui, Fouché, demandait une perquisition et qu'on ne trouve pas Montfort chez les Puylaurens, le médecin refuserait de venir à ce dîner dont il attendait beaucoup. En outre, il savait qu'Antoine de Puylaurens avait rendu service à l'empereur. Une erreur pouvait facilement se retourner contre lui.

Il devait être circonspect et habile.

C'est alors qu'il songea au commissaire Gaudin. Que l'homme de Desmarets fouillât de sa propre initiative la maison des Puylaurens, et lui, Fouché, pourrait toujours désavouer une méprisable opération de police dont il accuserait cette baderne de Savary. L'idée le séduisit et il sonna un domestique pour qu'on aille chercher les deux policiers.

— Avez-vous pris connaissance des dossiers que je vous ai remis ? leur demanda-t-il quand ils se présentèrent.

— Oui, Excellence, répondit Gaudin. Chacun de ceux que vous suspectez pourrait effectivement être celui que nous recherchons : le maire, M. de Fortis, le sous-préfet d'Arbaud de Jouques ou le président Cotignac ont tous été des *Compagnons du soleil*. Quant au chevalier de Vernègues, son trouble passé ne plaide pas pour lui. Vous l'avez d'ailleurs gardé en prison quelque temps. Et M. de Galliffet, même s'il est un peu trop âgé pour être suspect, ne cache pas qu'il est resté monarchiste. Malheureusement, nous ne disposons d'aucun élément pour mettre l'un d'eux en cause…

— Je viens justement de recevoir une information d'importance qui va vous aider : Montfort est peut-être à Aix, réfugié chez un médecin, M. de Puylaurens. Sa sœur était dans la diligence que vous avez attaquée.

— Intéressant, fit Vidocq avec un regard gourmand. Il suffit donc d'aller le chercher.

— Ce n'est pas si simple, répliqua sèchement Fouché. M. de Puylaurens est quelqu'un d'important ici. On ne peut donner l'ordre de perquisitionner chez lui sans de fortes présomptions. Mon informateur a seulement vu Mlle de Puylaurens entrer en ville en fin d'après-midi avec un jeune homme inconnu portant un bagage. Rien ne dit que l'homme est Montfort, bien que ça me paraisse probable, compte tenu de ce que m'a raconté Mlle de Castellane hier. Mais rien ne prouve qu'il est encore chez eux. J'ai donc pensé que vous pourriez vous charger d'une perquisition. Après tout, vous êtes à la recherche de brigands terroristes, selon les ordres que vous a donnés mon fidèle Desmarets.

— Certainement, approuva Gaudin, prêt à tout pour saisir Montfort, mais nous ne sommes que deux, ce sera insuffisant.

— C'est exact, voilà ce que vous allez faire : vous Gaudin, rendez-vous immédiatement au bureau de police municipal prévenir le commissaire pour qu'il réunisse une vingtaine de ses hommes. Et vous, monsieur Vidocq, tentez d'en savoir plus en surveillant dès ce soir la maison des Puylaurens. Et tâchez de ne pas vous faire repérer.

— N'ayez crainte, sourit Vidocq en dévoilant ses canines.

— Demain matin, passez le temps qu'il faudra, mais trouvez cet homme et amenez-le-moi. Évidemment, si vous ne le trouvez pas, je vous désavouerai.

— Évidemment, accepta Gaudin.

Quelques minutes plus tard, un domestique quittait l'hôtel de Forbin. Personne n'aurait reconnu le forçat François Vidocq dans cet insignifiant personnage.

13

Du mardi 13 au jeudi 15 novembre 1810

Bien que le soleil ne fût pas encore levé, une troupe d'argousins décidés remontait la rue de la Porte Saint-Louis. Combien étaient-ils, ces hommes en redingote et chapeau haut de forme noir conduits par le commissaire Gaudin ? Vingt, vingt-cinq peut-être. Prévenu la veille, le sous-préfet d'Arbaud de Jouques avait donné son accord à la perquisition.

Gaudin, suivi de sa petite armée, frappa à la porte et se fit ouvrir par un concierge ébahi. En silence, ses hommes se répartirent rapidement dans les étages alors qu'on prévenait Antoine de Puylaurens, qui était déjà habillé. À l'extérieur, quelques policiers restaient en faction tandis que Vidocq, grimé et à l'écart, surveillait discrètement l'immeuble.

Gaudin fut immédiatement conduit à Antoine de Puylaurens. Le policier lui expliqua qu'il recherchait un dangereux terroriste, Gabriel de Montfort, et qu'une dénonciation laissait entendre qu'il se serait subrepticement introduit dans sa maison.

Antoine nia la chose mais Gaudin, en s'excusant platement, lui affirma qu'il devait perquisitionner. Tout le monde devait se rassembler dans le salon du premier étage ; ce qui fut fait, à grands cris et grands pleurs. Le commissaire assura que rien ne serait dérangé et que ce désagrément serait vite terminé.

Antoine protesta, puis déclara à Gaudin que la police ferait mieux de rechercher les brigands qui avaient attaqué la diligence où se trouvait sa sœur. Enfin, devant son irritante impassibilité, il le menaça de prévenir le maire, le sous-préfet, le préfet et le duc d'Otrante. Que les plus hautes autorités de l'État seraient informées de son attitude inqualifiable, que l'empereur même, qu'il connaissait personnellement, et auquel il avait rendu un inestimable service, serait informé de l'outrage fait à sa famille et à sa maison. À chacune de ces tirades, Gaudin se justifiait servilement en expliquant qu'étant envoyé par le ministre de la Police, ni le maire ni le sous-préfet n'était responsable de cette visite dont le duc de Rovigo assumait toutes les conséquences.

La perquisition dura deux heures. Des caves aux combles de l'immeuble, toutes les pièces furent visitées, toutes les cachettes possibles telles qu'armoires, lits ou placards furent sondées. Quelques policiers montèrent même sur le toit pendant que d'autres interrogeaient longuement concierge et domestiques.

Aucun inconnu ne fut découvert, personne n'avait vu de jeune homme dans la maison et, en fin de compte, Gaudin dut reconnaître que son terroriste n'était pas là. Avant de s'excuser et de renvoyer ses hommes, il jugea nécessaire de s'expliquer et d'interroger Alice, en présence de son frère.

— Mademoiselle, vous avez rencontré un jeune homme, hier après-midi, et vous l'avez conduit jusqu'ici.

— Pas du tout ! répliqua Alice d'une voix claire mais rendue légèrement zozotante par l'émotion. Rentrant d'une promenade en voiture, z'ai effectivement croisé un jeune homme fort bien mis, avec un bagage, et qui se dirigeait vers Aix. Il faisait froid et je lui ai proposé de le rapprocher de la ville car son sac paraissait lourd. Il m'a ensuite accompagnée depuis l'écurie où nous rangeons notre voiture – vous pourrez vérifier –, après quoi ze l'ai quitté et ze suis rentrée chez moi.

— Et vous ne l'aviez jamais vu ?

— Zamais, sourit-elle benoîtement.

— Vous ignorez qui il est ?

— Absolument.

— Ce n'était pas le magistrat qui vous a défendue dans la diligence de Toulon ?

Elle eut un rire cristallin, plein d'ironie.

— Sachez que ze saurais le reconnaître. D'ailleurs, vous avez déclaré rechercher un terroriste, non un magistrat.

— Nous ne sommes pas certains, madame, que cet homme soit magistrat, et en effet, nous le recherchons.

Le visage impénétrable, le commissaire se tourna vers Antoine de Puylaurens.

— Cette visite ne vous attirera aucun tort, monsieur, croyez-moi. Au contraire, elle ne pourra que faire taire les médisants qui avaient *suggéré* que vous cachiez cet homme.

Il s'inclina dans un mélange d'humilité feinte et de respect véritable, puis, tentant de dissimuler ses interrogations et ses doutes, il rassembla sa troupe et vida les lieux.

Mais où était donc Gabriel de Montfort que nous avions laissé la veille dans le cabinet de travail du médecin ?

Pour élucider ce mystère, retrouvons-nous justement la veille, le lundi, lors de l'arrivée de Gabriel dans la maison des Puylaurens…

Une fois en présence d'Antoine, Gabriel s'avança et lui serra cordialement la main après avoir posé son sac. En même temps, il examinait rapidement l'ameublement et la décoration de la pièce, songeant qu'il ne pourrait rester dans cette maison bourgeoise. Trop de gens y vivaient et très vite les domestiques parleraient. Mais où aller ? s'interrogeait-il avec inquiétude.

— Assoyez-vous, monsieur, poursuivit Antoine, Alice m'a dit que vous avez été blessé. Puis-je voir votre blessure ?

— Ça va bien maintenant, répondit Gabriel. J'ai été fort bien soigné hier, à Signes, par la femme du garde communal !

D'autorité, Antoine s'approcha et lui fit signe d'enlever sa redingote. Gabriel ôta difficilement son manteau, puis son épais gilet et enfin sa chemise, laissant apparaître le bandage que lui avait fait la femme du garde.

— Assoyez-vous, répéta alors Antoine.

Gabriel obéit et le médecin défit délicatement le pansement. Puis il examina longuement la plaie en approchant une lampe Quinquet[1] qui se trouvait sur son bureau. Il parut satisfait.

1. Lampe à huile à réservoir latéral et verre coudé inventée en 1784.

— La plaie est propre, effectivement. Je vais vous mettre une pommade cicatrisante dessus et refaire le pansement. D'ici à quelques jours, il n'y paraîtra plus.

Replaçant la lampe, il lui demanda :

— Qui étaient ces brigands ? Il y a déjà eu quelques attaques de diligences, mais c'était plutôt dans l'Esterel ; cela fait bien dix ans qu'il n'y en a pas eu dans les gorges d'Ollioules. Est-ce à vous qu'ils en voulaient ?

— Je ne sais pas… mais, je le pense… oui… c'était certainement à moi qu'ils en voulaient.

— Vous étiez un *Compagnon du soleil* ?

— C'est ma foi vrai et je n'en ai pas honte.

— Je ne sais pas si vous envisagez de recommencer cette lutte, mais sachez qu'il n'y a plus de royalistes ici. Ce serait un combat perdu d'avance.

— Plus de royalistes ?

— Non. Tout le monde s'est rallié à l'empereur, même si dans leur cœur, beaucoup sont encore républicains.

— Comme vous ?

— Comme moi.

Gabriel hésita à poursuivre cette discussion, sentant l'hostilité du médecin. Finalement, il déclara :

— Les jacobins ont pourtant tué beaucoup d'innocents.

— Les égorgeurs aussi, répliqua Antoine sèchement.

— C'est vrai, murmura Gabriel.

Le silence se fit entre eux, puis Alice lui murmura :

— Ernestine, monsieur, ainsi que sa mère, Mme de Castellane, sont pour le retour du roi.

Il lui sourit avant de regarder Antoine, qui restait maussade.

— Vous voyez, je ne suis pas tout seul ! plaisanta-t-il. Mais en vérité, je dois vous l'avouer, je ne suis pas ici pour le roi. J'agis pour le gouvernement anglais. Ma mère, Lucrèce de Montfort, a épousé un lord anglais. Je devais transmettre ce bagage à quelqu'un. Il contient une forte somme. Notre but est seulement de renverser Bonaparte pour ramener la paix en Europe.

Antoine soupira.

— Y aura-t-il la paix si Bonaparte abdique ?

— Au moins, il n'y aura plus de ces sanglantes et inutiles batailles. Deux millions d'hommes sont déjà morts pour les ambitions de ce despote, et ce n'est pas fini. À Londres, on parle maintenant d'une guerre qu'il s'apprêterait à mener contre la Russie. Napoléon va appeler des milliers de conscrits, pour la plupart des enfants. Ce serait une folie, il faut l'arrêter !

— J'ai effectivement entendu parler de ce projet dément, reconnut Antoine. Beaucoup de jeunes gens ne veulent plus de cette conscription forcée. Certains n'ont d'autre choix que de devenir des brigands, comme ceux qui vous ont attaqués.

— Justement, demanda Gabriel en se tournant vers Alice, parmi ces brigands qui nous ont attaqués et qui se sont enfuis, y avait-il des visages que vous auriez déjà vus ?

Elle réfléchit une seconde, puis secoua la tête.

— Je ne crois pas, mais j'avais si peur… je n'y ai pas fait attention, et puis certains avaient un foulard…

— Moi, j'ai reconnu un de mes anciens hommes, expliqua Gabriel, soucieux. Un gredin qui était justement à La Calade. C'est d'ailleurs lui qui vous avait menacée. Il faisait partie du groupe des deux scélérats que j'ai poursuivis avant-hier. Je l'ai blessé, mais il n'est pas impossible qu'il en ait réchappé et qu'il m'ait identifié.

— Alice m'a dit qu'ils avaient volé vos bagages, intervint Antoine.

— C'est vrai, mais je les ai rattrapés et j'ai repris mon sac. (Il le désigna du doigt.) C'est cet homme qui m'a échappé qui m'inquiète. S'il est au service de celui auquel je pense, je vais avoir la police à mes trousses rapidement. Je ne peux rester ici.

À cet instant, un grattement se fit à la porte du cabinet du médecin. Alice l'entrebâilla avec prudence mais ce n'était que Fulques. Le géant manchot entra et se plaça à côté d'Antoine.

— M. d'Arbaud de Jouques, notre sous-préfet, est venu ce matin, accompagné de policiers, expliqua Alice à Gabriel. Je lui ai dit que je ne savais rien et ils sont repartis. Ils étaient très gênés de leur visite et ne reviendront certainement pas.

— Ils reviendront si on me dénonce, lui assura Gabriel. Je vous l'ai dit, il faut que je parte. Je risque trop de vous compromettre.

— C'est trop injuste, murmura Alice en étouffant un sanglot. Je vous ai attendu dix ans !

Antoine fit un signe de la tête à Fulques qui prit la parole :

— Ne faites pas cette triste figure ! Votre frère et moi avons tout préparé pour cacher M. de Montfort.

— Je n'allais pas vous abandonner, s'expliqua Antoine dans un triste sourire. Et puis Fulques a toujours un tour dans son sac. Explique-leur…

— Quand M. de Puylaurens a envisagé de quitter la rue de la Miséricorde où nous étions trop à l'étroit, expliqua l'ancien *insurgent*, je lui ai proposé de me laisser chercher notre nouvel hôtel. J'ai de trop mauvais souvenirs de la Révolution, de ces patrouilles insolentes qui pénétraient dans les maisons pour arrêter les suspects. Je voulais une demeure sûre, d'où on pouvait s'enfuir facilement. C'est pour ça que j'ai choisi celle-ci, près de la porte Saint-Louis.

— Mais… il n'y a qu'une entrée à notre maison…, remarqua Alice.

— Qu'une entrée ? Certainement, plaisanta Antoine, mais il y a plusieurs sorties ! Fulques va vous montrer.

En parlant, il prit une lampe à huile en cuivre sur une desserte d'acajou, ouvrit le verre basculant et, battant un briquet, alluma la mèche de coton.

Au même moment, Fulques entrouvrait la porte du cabinet pour vérifier que le concierge n'était pas dans l'entrée, puis leur fit signe de les suivre.

Sous l'escalier monumental qui grimpait aux étages, une porte de chêne conduisait aux caves. Fulques avait déjà une clef en main et déverrouilla la serrure. Antoine passa devant avec sa lanterne et ils descendirent à sa suite.

En bas, Gabriel découvrit une longue cave voûtée encombrée du bric-à-brac habituel que l'on trouve toujours dans les caves. De chaque côté de la pièce voûtée, glaciale, ouvraient plusieurs petites cellules, des sortes de chapelles transversales. La plupart étaient remplies de casiers à vin, d'autres de fruits. Le fond de la cave était clos par un mur – qui paraissait récent – dans lequel ouvrait une porte de fer.

— Il y a quelques années, expliqua Fulques en les rassemblant au milieu de la pièce, je me suis intéressé aux souterrains de la ville. J'ai longuement étudié le plan de 1721 qui décrivait le tracé de la plupart d'entre eux. Certes, beaucoup étaient bouchés, mais pas tous. L'un des plus importants courait sous la rue de la Porte Saint-Louis. De là partaient de nombreuses ramifications, aussi je décidai que c'était dans cette rue qu'il fallait trouver notre futur hôtel. Après un an d'attente, j'ai réussi à convaincre le propriétaire de cette maison de nous la vendre. Il m'avait auparavant fait visiter ses caves et j'étais à peu près certain de retrouver le passage vers le souterrain principal.

— C'était donc cela que vous faisiez l'année dernière, demanda Alice. Vous étiez toujours fourré dans le sous-sol…

— En effet, et ce n'était pas facile avec un seul bras, maugréa le colosse, mais j'ai trouvé ce que je cherchais. Je vais vous montrer.

Il se dirigea vers la porte de fer et l'ouvrit avec une clef, en expliquant :

— La cave est coupée en deux. Dans la première partie, les domestiques peuvent accéder facilement pour y chercher du vin ou des fruits. Mais dans celle-ci, moi seul et votre frère avons la clef.

Ils pénétrèrent dans une seconde cave, plus petite et encombrée de vieux meubles, de malles pourries, de planches et de tonneaux. Au fond, plusieurs barriques étaient empilées, mais deux avaient été déplacées, dégageant un trou d'une hauteur de deux bons pieds.

— Ce trou communique avec une galerie qui court le long de la rue. Vers le bas, il y a plusieurs embranchements au niveau de la place des Prêcheurs, dont l'un, effondré, qui conduisait jusqu'au Palais Comtal. J'en ai exploré une partie et certains débouchent dans des caves. De l'autre côté, le tunnel sort de la ville mais il est condamné par un éboulement. En revanche, avant la porte Saint-Louis, un second tunnel suit la rue La Cépède et rejoint un grand souterrain sous le Cours. Ainsi, cette cave nous fournit une issue possible dans plusieurs directions et une cachette à laquelle personne ne peut songer.

— J'ai déjà utilisé un de ces tunnels, fit Gabriel. C'était avec Camille. Juste avant qu'il ne soit pris.

— Ah bon ? fit Fulques. Ça m'intéresse… vous me raconterez ?

— Certainement. En tout cas, votre idée est excellente, je vais me cacher là-dedans.

— Mais vous ne pouvez dormir dans ce trou ! intervint Alice. Il est glacial et humide. Et certainement empli de vermine.

— Il n'est pas si froid que ça, déclara Antoine. J'en ai exploré un morceau hier, avec Fulques. Nous avons descendu une paillasse et nous porterons à M. de Montfort des couvertures et du ravitaillement.

— Ça me convient parfaitement, décida Gabriel. J'ai connu pire et ce tunnel sera un véritable palais, d'autant qu'il me donne quelques idées. Mais il faut que je vous parle aussi de ma mission. Je dois rencontrer quelqu'un à Aix, il faudra donc que je sorte demain matin.

— Non ! décida Antoine. Ce sera trop dangereux. Ne pouvez-vous pas nous dire qui vous devez rencontrer ? Je pourrais l'avertir et il viendrait ici. Il se présenterait comme un malade. Vous n'auriez alors qu'à le rencontrer dans mon cabinet.

Gabriel hésita, non qu'il ne leur fît pas confiance, mais il ne désirait pas compromettre davantage la famille de Puylaurens.

— C'est d'accord, décida-t-il pourtant. Seulement, il sera nécessaire d'agir rapidement. Cette personne vient de Paris et doit récupérer le contenu de mon bagage. Il y a dedans deux cent cinquante mille francs, dont une partie en or, et ce serait navrant qu'elle reparte les mains vides en croyant que je suis mort.

— Mazette ! siffla Fulques à l'énoncé de la somme.

— L'homme s'appelle Fécamp et doit être descendu à l'*Hôtel des Princes*, poursuivit Gabriel. J'ai hâte d'être débarrassé de ce sac. Pourriez-vous le prévenir dès demain matin ?

— Je m'en occuperai, décida Alice.

— Ce serait parfait. J'ai une autre affaire, plus personnelle, à régler ensuite. Mais je peux vous en parler plus tard.

— Votre mission et vos projets ne nous regardent pas, intervint alors Antoine. Par contre, vous devez me dire ce que vous comptez faire quand tout sera terminé.

— Je suis arrivé sur une frégate anglaise. J'ai débarqué près de Toulon. Je dois m'y représenter samedi prochain ou le samedi suivant pour retourner à Londres.

— Le ferez-vous ? demanda Alice, le cœur serré.

— Je ne sais pas. Je ne sais vraiment pas, lui dit-il en gardant ses yeux dans les siens.

— Nous en reparlerons plus tard, décida Antoine. Je vais remonter, car on pourrait s'étonner de ne pas me trouver dans la maison si l'on me cherche, et il y a parfois des malades qui viennent assez tard.

— Je reste avec Gabriel, décida Alice.

— Monsieur Gaillard, demanda Gabriel en se tournant vers Fulques, pourriez-vous m'apporter votre plan des souterrains ? Je vous dirai ce que j'ai en tête et vous pourrez utilement me conseiller.

Fulques opina et suivit Antoine. Ils remontèrent dans le noir, ayant laissé la lampe aux deux jeunes gens.

À peine Antoine était-il revenu dans son cabinet que Clotilde se présenta, soucieuse et tenant un papier à la main.

— Mon ami, nous venons de recevoir un billet de monseigneur le duc d'Otrante. Il désire nous recevoir à sa table samedi soir avec Alice. Il y aura aussi Mme de Castellane, nous précise-t-il.

— Un dîner chez le duc ? C'est étonnant, il ne nous a jamais invités auparavant ! Ne pourrions-nous trouver un prétexte pour éviter cette corvée ?

— Je crains que non. Regardez, le contenu du billet paraît assez impératif. Je pense qu'il désire nous parler de l'attaque de la diligence. Il faudra être prudents.

Pendant que Clotilde s'inquiétait ainsi, Fulques était retourné dans la cave avec le fameux plan des souterrains de 1721. Il referma à clef la porte de fer derrière lui.

À la médiocre lueur de la lanterne à huile, Gabriel et lui examinèrent longuement la carte. Méditatif, le jeune homme retrouva sur celle-ci le passage qu'ils avaient suivi avec Camille, le jour de sa capture.

— C'est ce souterrain, sous la rue Bellegarde, que nous avons pris avec mon compagnon, fit Gabriel en le désignant du doigt. Je vois qu'il conduit au couvent des dominicaines.

— J'ai exploré cette partie du sous-sol, lui expliqua Fulques, elle mène vers les Trois-Ormeaux. Vous voyez… ici… il y a un autre embranchement, mais la partie vers le palais s'est effondrée.

— Il faut que je vous avoue la seconde raison de ma venue à Aix, déclara alors Gabriel en levant les yeux vers Alice. C'est un *Compagnon du soleil* que nous nommions *Capéou* qui nous a dénoncés, Camille et moi. Nous l'attendions, mais il a prévenu la police. Cet homme, que nous voulions juger, avait commis un crime effroyable : il avait tué sa maîtresse et son fils. Je crois que c'est lui qui a organisé l'attaque de la diligence d'Ollioules car, à Aix, il est le chef de l'organisation secrète qui prépare la chute de Bonaparte.

Fulques et Alice l'écoutaient, fascinés. Gabriel poursuivit en montrant du doigt un point sur le plan.

— Cet homme, vous le connaissez. Il habite ici.

Alice et Fulques se penchèrent sur la carte. Tous deux frémirent d'étonnement en découvrant l'hôtel où vivait *Capéou*.

— Lui ! C'est imposs..., ne put s'empêcher de s'exclamer Alice en plaçant une main devant sa bouche.

— Je dois le trouver... pour venger Camille et ceux qu'il a tués.

— Vous voulez le tuer ? fit-elle avec horreur.

— Il a mille fois mérité la mort, protesta Gabriel.

— Ce serait un crime ! Il doit être jugé...

— Non, ce ne sera pas un crime, juste une exécution.

— Je ne suis jamais allé aussi loin, de ce côté, intervint Fulques qui comprenait que cette discussion allait tourner en dispute. Le passage peut être effondré, ou même inondé... On pourrait tenter de s'y rendre maintenant, pour examiner sur place...

Alice aussi avait compris qu'il valait mieux qu'elle n'insistât pas. D'ailleurs, pouvait-elle lutter contre le souvenir de Camille ? Ils convinrent donc qu'elle organiserait le logement de fortune à l'intérieur du souterrain pendant que les deux hommes feraient une première exploration.

À peine passé le trou, ils suivirent le boyau qui courait le long de la rue de la Porte Saint-Louis. Dans cette partie-ci, le souterrain était relativement haut et ils n'avaient qu'à se baisser légèrement pour avancer. Cependant, quelquefois, ils cheminaient dans la boue ou dans de grosses flaques d'eau noirâtre.

Fulques marchait en tête, une lanterne sourde à la main. Gabriel le suivait en examinant les murailles qu'ils longeaient, formées de petites pierres sommairement jointoyées. Une grosse conduite de terre courait sur le sol, conduisant l'eau à des fontaines privées.

Au bout de quelques minutes, ils débouchèrent sur une fourche.

— Nous devons nous trouver sous la porte Saint-Louis, fit Gabriel.

Ils prirent un des embranchements en avançant plus lentement, car le souterrain était maintenant plus étroit. Quelquefois, ils distinguaient d'antiques portes de fer donnant sans doute vers des passages secondaires ou dans les caves des plus vieilles maisons.

— Je pense que nous avons dépassé l'hôtel dans lequel vous voulez pénétrer, s'inquiéta Fulques en s'arrêtant un peu plus tard à une nouvelle fourche. Vous avez remarqué qu'il y a partout des passages obstrués. L'un d'eux doit conduire à votre destination. Mais, pour nous situer exactement, il faudrait connaître parfaitement les distances.

— Vous avez raison, il est inutile de poursuivre ainsi. Déjà, nous savons que la voie est libre. Il faut suivre le même chemin dehors, dans les rues, et compter nos pas, proposa Gabriel.

— Je le ferai demain, approuva Fulques. Mais, ensuite, vous savez qu'un dur travail nous attendra pour creuser un passage. Ce ne sera pas facile avec cette boue et le manque de place. Il y en aura sans doute pour plusieurs jours…

Ils revinrent en silence. Fulques, conscient de la difficulté du travail qui les attendait, tentait de mesurer le temps qu'ils devraient passer dans ces sous-sols. Gabriel, lui, songeait qu'il tenait enfin la vengeance de Camille : s'il parvenait à pénétrer ainsi dans l'hôtel de *Capéou*, il n'aurait aucune peine à se rendre dans sa chambre et à l'égorger.

Mais il savait aussi que le prix qu'il aurait à payer pour cela serait très lourd.

Par précaution, aussitôt revenu dans la cave des Puylaurens, Gabriel proposa de rester enfermé jusqu'au lendemain. Il s'aménagea sommairement une sorte de médiocre lit de planches couvert d'une paillasse. Alice lui avait apporté une lampe ainsi que de quoi dîner.

Ils se séparèrent, à la fois bouleversés et contrariés. Puis Fulques, avec l'aide de la jeune fille, replaça les barriques devant l'ouverture.

Ce n'est que le lendemain vers midi, alors que la perquisition menée par le commissaire Gaudin était terminée, que Fulques vint le libérer et lui raconter ce qui s'était passé.

— C'était donc ça, les bruits que j'ai entendus dans la cave ? s'inquiéta Gabriel.

— Sans doute. Je suis descendu avec deux argousins pour les guider. Ils ont exploré la cave et l'ont entièrement fouillée, puis m'ont fait ouvrir la deuxième partie, mais aucun n'a jugé utile de déplacer les barriques contre le mur.

— Je ne peux pas rester chez vous, décida Gabriel après l'avoir écouté. La police est sur ma piste et c'est bien trop dangereux pour votre famille.

— Ce sera encore plus dangereux pour nous si vous partez maintenant, déclara Fulques tranquillement. La police a dû laisser des mouches dans la rue pour surveiller notre maison. Au moment même où vous sortirez, ils vous saisiront, et nous avec.

— Dans ce cas, il ne faut pas que Mlle de Puylaurens se rende à l'*Hôtel des Princes*.

— C'est exactement ce que M. de Puylaurens a dit à sa sœur, plaisanta Fulques. Mais elle avait tout prévu : elle va se rendre seulement chez son amie Ernestine pour lui demander d'aller convaincre votre Fécamp de venir ici comme un simple malade. Aucun policier ne pourra se douter de ça.

» Je l'attendrai en haut, dans l'entrée de l'hôtel, et je le conduirai ici. Ensuite, je vous quitterai pour aller procéder à quelques mesures dans la ville afin de situer exactement le passage du souterrain.

Gabriel comprit qu'il n'avait pas d'autre choix que d'approuver ces mesures. Il s'inquiéta pourtant encore au sujet de la perquisition :

— Qui pouvait être ce policier envoyé par le duc de Rovigo ? Comment a-t-il pu apprendre que j'étais ici ?

— Quelqu'un a dû vous voir, vous reconnaître et vous dénoncer ; quant au policier, je le connais. Vous aussi d'ailleurs, si je me souviens bien : rappelez-vous l'homme que votre ami Camille de Clapiers a tué en 1797…

— Gaudin ! s'exclama Gabriel qui venait de comprendre.

— Oui, le commissaire était son frère. Je me souviens de lui comme un jacobin implacable et arrogant. Il avait été, je crois, gardien de prison à Marseille, puis il est entré dans la police. Il était chargé de poursuivre les *Compagnons du soleil* et de les exterminer. Ensuite, il a quitté la Provence, sans doute faisait-il son chemin à Paris.

— Ce ne peut pas être une coïncidence qu'il ait mené cette perquisition. Il est sur ma piste. En outre, je l'ai vu samedi, expliqua Gabriel à Fulques. Il était avec ceux qui ont attaqué la diligence. Il me tenait en joue, il aurait pu me tuer, ou même tuer Alice et son amie, mais il ne l'a pas fait. Sur le coup, je n'ai pas compris son attitude, mais maintenant les choses sont claires : il avait dû réussir à s'introduire dans la bande sous une fausse identité pour les dénoncer et connaître leur repaire.

— Que peut-il savoir ? s'inquiéta Fulques.

— Je l'ignore, mais sans doute beaucoup trop. Il va falloir aller vite pour creuser ce passage. Le temps m'est désormais compté.

Alice quitta l'hôtel des Puylaurens alors que onze heures sonnaient à l'église des Prêcheurs. Elle se rendit directement dans le quartier Mazarin sans chercher à savoir si on la suivait.

C'était pourtant le cas, Vidocq s'étant attaché à ses pas.

Rue Saint-Michel[1], elle découvrit son amie qui venait juste de se réveiller et qui faisait sa toilette dans la salle de bain à eau thermale de l'hôtel, une des rares existant

1. Au 3 de la rue Goyrand.

en ville. Elle lui expliqua rapidement ce qu'elle désirait d'elle. Avec un plaisir enfantin, la jeune fille accepta de jouer un bon tour à la police impériale.

Un peu avant midi, Ernestine, couverte très simplement d'un manteau brun et accompagnée de son ancienne gouvernante, Pulchérie, devenue sa dame de compagnie, sortit de l'hôtel par la porte de service (au 3 bis) pour se diriger vers la rue des Augustins. Vidocq, qui attendait Alice au bout de la rue, rattrapa les deux femmes puis, constatant qu'il ne s'agissait pas de Mlle de Puylaurens, les laissa passer et revint sur ses pas.

Elles remontèrent la rue Cabassol, longèrent la cour de l'hôtel du duc d'Otrante, puis traversèrent le Cours sous les regards enflammés des passants. Les deux jeunes femmes étaient fort jolies et Pulchérie n'avait rien perdu de ses rondeurs opulentes depuis que nous l'avons croisée, dix ans auparavant, durant l'attaque de la diligence à La Calade.

De l'autre côté du Cours, Ernestine poussa soudainement un petit cri en trébuchant :

— Aïe ! Je me suis tordu la cheville. Aïe ! Aïe ! Comme c'est douloureux ! Pulchérie, je ne peux plus marcher, va donc seule chez la modiste, je t'attendrai à l'*Hôtel des Princes* et, si je souffre trop, nous rentrerons en voiture.

En boitillant et soutenue par sa dame de compagnie, Ernestine se dirigea vers l'hôtel tout proche où une des servantes, alertée, l'installa à une table du grand salon. La sachant en bonnes mains, Pulchérie s'éclipsa alors chez la modiste proche, qui devait préparer une nouvelle coiffe pour la comtesse.

Mlle de Castellane – qui apparemment n'avait plus mal – héla alors la soubrette prévenante restée dans le salon, prête à obéir à ses ordres.

— Mademoiselle, pourriez-vous prévenir un de vos clients, M. Fécamp, qu'une amie l'attend au salon ?

— Bien madame, fit la femme de chambre avec politesse.

Quelques minutes plus tard, un homme au visage fatigué, en habit sombre, à col droit, pantalon à guêtres et haut-de-forme, se présenta. Son front plissé lui donnait une expression à la fois anxieuse et réservée.

Depuis ce samedi où il avait assisté à l'arrivée de la diligence, Lafon n'avait revu *Capéou* qu'une fois, le dimanche soir. Celui-ci lui avait annoncé que l'envoyé de Londres avait disparu. À l'heure présente, il était probablement mort, et le grand maître des *Chevaliers de la Foi* de la bannière d'Aix lui conseillait de rentrer à Paris.

Lafon lui avait répondu qu'il préférait attendre : tant qu'aucune confirmation de la mort de cet homme n'était faite, il avait espoir de récupérer les fonds envoyés par Londres.

Capéou n'avait pas insisté, pour ne pas paraître suspect.

Depuis deux jours, l'abbé espérait donc un signe. Lorsque la servante vint le chercher dans sa chambre, il eut un serrement de cœur. Était-ce *Capéou* porteur d'une mauvaise nouvelle ? La soubrette, répondant à ses questions, lui expliqua, dans un regard égrillard, qu'il s'agissait d'une jeune femme.

Une femme ? C'était impensable ! Il ne connaissait personne à Aix. Il la suivit pourtant et elle lui indiqua l'endroit où il était attendu. Il resta un bref instant à envisager le grand salon. Une vingtaine de tables étaient occupées mais, apparemment, personne ne ressemblait à un policier ou à une mouche. Il s'agissait surtout de voyageurs attendant une diligence. Il considéra alors longuement cette personne qui le faisait venir sans se faire connaître. Comme il s'y attendait, il ne l'avait jamais vue. Elle était en robe brun foncé à plis, avec un charmant décolleté. Son chapeau encadrait une chevelure bouclée et son regard rieur ne paraissait guère redoutable, sinon pour sa vertu.

Qui donc était cette élégante jeune fille aux formes épanouies un peu trop découvertes ? Il s'approcha d'elle lentement, sans dissimuler sa méfiance.

— Monsieur Fécamp, déclara Ernestine avec espièglerie, je suis bien contente de vous avoir trouvé ; assoyez-vous un moment, à moins que vous n'ayez peur de moi…

— Pourquoi pas ? accepta l'abbé en tirant une chaise à lui.

— Je ne suis qu'une messagère, expliqua Ernestine à voix basse. Un monsieur, il m'a dit de vous dire qu'il était *Chevalier de la Foi* – je ne sais pas ce que ça signifie – désire vous rencontrer discrètement cet après-midi.

— Où ça ?

— Chez un médecin. Vous vous ferez passer pour un malade. Le médecin se nomme Antoine de Puylaurens. Vous n'aurez aucun mal à le trouver, sa maison est située en haut de la rue de la Porte Saint-Louis.

— Pourquoi devrais-je me rendre là-bas ?

— Je l'ignore, monsieur, mais l'on m'a aussi demandé de vous dire qu'il vous remettrait un bagage que vous devez ramener à Paris.

L'or ? songea immédiatement l'abbé. Que se passait-il ? Pourquoi le grand maître d'Aix ne l'avait-il pas contacté ? Qui était cette fille, et qui l'envoyait ?

Soudain, Ernestine aperçut Pulchérie qui arrivait avec un carton à chapeau à la main. Elle la cherchait des yeux. Ernestine se leva aussitôt et fit demander son manteau.

— Je ne sais même pas qui vous êtes, bredouilla l'abbé.

— Il est inutile que vous le sachiez. Je vous l'ai dit, je ne suis qu'une messagère.

Après avoir longuement hésité, puis s'être renseigné sur le médecin, l'abbé décida de se rendre à la convocation. Pour ne pas attirer l'attention, il annonça autour de lui qu'il se sentait les bronches prises.

Il se présenta donc chez Antoine de Puylaurens en toussant comme un malade. Fulques était finalement sorti et Alice avait envoyé le concierge faire une commission. C'est elle qui guettait le visiteur. Lafon s'étant fait connaître – comme étant Fécamp –, elle le conduisit directement dans les sous-sols de l'hôtel.

S'il fut surpris, il le cacha bien, mais il est vrai qu'il vivait depuis si longtemps dans les complots et la clandestinité que rien ne pouvait l'étonner.

Alice ouvrit la porte de fer, le fit entrer et referma derrière elle. Lafon s'avança.

Assis à une table, devant une lanterne, se tenait un jeune homme qui écrivait. En le voyant entrer, il posa sa plume. Deux pistolets étaient disposés devant lui, à portée de main. L'abbé s'approcha en frissonnant – la cave était froide et humide – et salua l'inconnu avec une certaine défiance.

Cette défiance était partagée par Gabriel de Montfort, car si Fécamp – le nom sous lequel il le connaissait – préparait un complot dans lequel il pouvait perdre la vie, lui était, depuis près de quinze ans, recherché par la police française.

Les deux *Chevaliers de la Foi* s'observèrent un instant, puis Montfort prit la parole, gardant une main posée sur l'un de ses pistolets :

— Je suis l'homme de Londres, lui expliqua-t-il. Il y a dans ce sac (il montra le bagage sur le sol) cinquante mille francs en or et deux cent mille francs en billets. C'est la somme que je devais remettre à l'*Hôtel des Princes* à M. Fécamp de la part de Matthieu de Montmorency.

— J'ai cru comprendre que vous étiez dans la malle-poste qui a été attaquée samedi et, m'a-t-on dit, vos bagages ont été volés, remarqua Lafon d'une voix volontairement suspicieuse.

— C'est exact. J'ai abattu plusieurs des agresseurs durant ce guet-apens, puis j'ai poursuivi ceux qui avaient volé cet or. Je les ai finalement retrouvés et j'ai repris mon bien. Maintenant l'argent vous appartient... Si toutefois vous êtes celui que j'attends. Car je suppose que vous êtes bien M. Fécamp...

— Le grand maître d'Aix peut se porter garant de moi.

Gabriel eut une grimace et déclara :

— Mais il n'est pas là. Je suis donc contraint de vous poser quelques questions. Matthieu de Montmorency m'a parlé de votre projet, j'en connais déjà les grandes lignes. Vous allez me le répéter et je verrai bien si c'est le même. Dans le cas contraire...

Il ne poursuivit pas, mais Lafon comprit la menace. Elle ne l'inquiéta pas et il persifla :

— Et moi, qui me dit que vous n'êtes pas un espion de Savary ?

— Ça, fit Gabriel en poussant le sac aux pieds de Lafon. Je ne crois pas que le duc de Rovigo vous offrirait cette somme.

Lafon hésita encore un instant, puis se dit que si l'homme était un argousin de Desmarets, il était de toute façon perdu et, tôt ou tard, il parlerait sous la torture.

— D'accord. Cet argent doit servir à préparer une opération conduite par le général Malet.

— Rappelez-m'en les grandes lignes…

— Malet annoncera, par courrier spécial, aux commandants des troupes parisiennes que l'empereur est mort ; tous recevront, pour preuve, la copie d'un *sénatus-consulte* abolissant le régime impérial et nommant un nouveau gouvernement.

» Avec une petite troupe dévouée, il mettra en branle la garde nationale qui fera le tour des ministères et arrêtera Savary, le préfet de police, l'archichancelier Cambacérès et tous les fidèles de l'empereur. Des affiches et des proclamations seront collées partout dans Paris. Le pays sera sans chef durant quelques heures, et alors les *Chevaliers de la Foi* prendront aisément le pouvoir, en attendant l'arrivée du roi.

Gabriel opina en souriant.

— Le sac est à vous.

Pourtant Lafon ne bougea pas et demanda à son tour :

— Comment ces coquins, qui ont attaqué votre diligence, ont-ils su que vous transportiez notre or ?

— J'allais maintenant aborder ce sujet et c'est la raison pour laquelle je désirais vous rencontrer ici, discrètement… C'est le grand maître d'Aix qui m'a vendu.

— Quoi ! C'est impossible ! s'insurgea l'abbé.

Gabriel fit un signe de la main pour l'arrêter.

— Laissez-moi plutôt vous raconter une histoire…

Et Gabriel expliqua qui était vraiment le grand maître. Il fit à Lafon un bref récit de l'épopée des *Compagnons du soleil*, puis de la forfaiture et de la trahison de *Capéou*, l'assassin probable de Fassy et de son fils, le délateur de Camille, et plus récemment l'instigateur des attaques de diligences que l'on avait attribuées aux *Compagnons du soleil*. Alice écoutait en silence, mesurant pour la première fois l'étendue des félonies de *Capéou*.

— Je… je ne peux vous croire… si ce que vous dites est vrai, les conséquences en seraient effroyables, murmura Lafon, livide et soudainement affolé, quand Gabriel eut terminé.

— Peut-être… Pour ma part, je vous ai remis ce que vous attendiez, et désormais il me reste à régler un dernier compte avec cet homme. J'ai, pour agir ainsi, l'accord des services secrets anglais. Quant à Matthieu de Montmorency, je lui raconterai tout et il m'approuvera.

— Vous ne comprenez pas…, fit Lafon en se serrant les mains de désespoir, le grand maître d'Aix possède les codes secrets permettant d'interpréter les messages entre nos bannières. Il a reçu personnellement plusieurs courriers de Ferdinand de Bertier. S'il est effectivement un traître, il peut vendre ces informations à la police de M. Savary. Cet homme peut décapiter les *Chevaliers de la Foi*. Et même si vous le tuez, on trouvera certainement ces documents après sa mort. Il faut à tout prix les récupérer, ils sont trop compromettants pour nous.

— C'est impossible… comment pourrais-je faire ? lui demanda Gabriel.

— Je ne sais pas. Il faudrait pouvoir s'introduire chez lui.

— Quand bien même j'y parviendrais, il a dû placer tous ces documents dans un coffre, ou bien les dissimuler. Même en pénétrant chez lui, on ne pourrait pas les trouver si on ne sait pas où chercher. Son hôtel est immense, je le connais bien !

Lafon parut réfléchir un moment avant de proposer :

— Ce n'est peut-être pas insurmontable. Quand j'ai rencontré le grand maître, il y a quelques jours, je lui ai remis les nouveaux codes, car nous les changeons régulièrement. Nous étions dans sa bibliothèque et il les a posés sur sa table de travail. Je lui ai fait remarquer qu'il était imprudent de les laisser ainsi et il m'a dit : « Vous avez raison. » Il les a alors pris et s'est tourné vers la gauche. Il a fait quelques pas vers sa bibliothèque qui occupait tout le mur derrière lui, puis se rendant compte qu'il avait peut-être tort de me montrer où il dissimulait ses papiers les plus secrets, il s'est ravisé et m'a simplement déclaré : « Je les rangerai dans un instant. »

— Vous voulez dire que si je parvenais à m'introduire chez lui, je saurais où chercher ?

— Exactement… Il reste cependant à pénétrer dans son hôtel. J'y ai vu deux concierges ainsi qu'une quantité de laquais. N'oubliez pas la position éminente qu'il occupe dans cette ville !

— Je ne l'oublie pas, mais je sais comment procéder. Pourriez-vous me faire un plan précis de la bibliothèque en y indiquant où pourrait se trouver sa cachette ?

Sur la table, devant lui, étaient disposés une plume, un encrier et quelques feuilles. Lafon, qui était resté debout, s'assit alors sur un tabouret placé en face de Gabriel et, fébrilement, s'exécuta. Pendant qu'il dessinait, Gabriel lui précisait :

— Je peux tenter de retrouver vos documents et de les détruire. Mais si j'échoue, il me faut une adresse pour vous prévenir à Paris. Vous essaierez alors de mettre le plus rapidement tous vos amis à l'abri.

Lafon opina et lui communiqua l'adresse d'une gargote de la rue du Faubourg-Saint-Antoine où on lui transmettait son courrier. Tout en écrivant l'adresse, il proposa :

— Je peux revenir ce soir vous apporter de nouveaux codes, identiques dans la forme à ceux que j'ai donnés à votre *Capéou*. Évidemment, il s'agira de faux. Ainsi il ne s'apercevra de rien durant quelque temps.

Gabriel hocha la tête pour l'approuver, bien qu'il jugeât la précaution inutile puisqu'il comptait tuer *Capéou* avant que ce dernier ne s'aperçoive qu'on avait volé ces documents.

Pendant que Lafon écrivait, Montfort songeait à la perquisition qui avait eu lieu le matin. Se pouvait-il que le ministre de la Police, Savary, soit sur une piste sérieuse concernant les *Chevaliers de la Foi* ? Il s'en ouvrit à celui qu'il connaissait sous le nom de Fécamp.

Celui-ci écouta le récit de la visite domiciliaire conduite par l'homme de Desmarets avant de dire :

— Je ne pense pas qu'il y ait matière à s'inquiéter. Tâchez seulement de ne pas vous faire prendre car, pour ce qui est de votre *Capéou*, il ne sait rien de moi.

— Il connaît votre nom, tout comme moi.

Lafon haussa les épaules narquoisement.

— Vous vous doutez bien que Fécamp n'est pas mon véritable nom. Rassurez-vous, même si votre ennemi était arrêté, une fois que vous aurez repris les codes, il pourrait parler sans pour autant nous gêner. Les *Chevaliers de la Foi* sont une organisation très compartimentée dans laquelle chaque membre ne connaît ses supérieurs que par un pseudonyme. Certes, il pourrait lâcher quelques noms de grands maîtres, mais ce seraient des personnalités tellement haut placées qu'on ne le croirait pas sans preuve.

Rassuré, Gabriel se leva et, prenant le sac, raccompagna son hôte jusqu'en haut de l'escalier. Alice, qui était restée avec eux, était passée la première afin de vérifier que l'entrée était vide. C'est elle qui fit sortir le comploteur avec son lourd bagage.

Vidocq, qui surveillait toujours les lieux, ne remarqua rien d'anormal. Il était là uniquement pour surveiller Alice de Puylaurens.

Lafon rentra à son hôtel et prit la diligence pour Paris le lendemain.

Peu après le départ de l'abbé, Fulques rejoignit Gabriel. Il était allé se promener durant une heure dans les rues avoisinantes et rentrait avec quantité d'annotations qu'ils étudièrent à partir du plan des souterrains.

Alice, qui ne s'était absentée que pour aller leur chercher quelques flacons de vin, un pâté qu'elle avait cuisiné et deux miches de pain, était toujours avec eux, silencieuse et fâchée.

— Je connais bien l'hôtel, expliquait Gabriel en terminant le repas frugal – mais excellent – qu'Alice leur avait porté. Il y a une longue cave voûtée jusqu'au coin de la rue. Celle-ci est très profonde et, à mon avis, correspond à quelque salle d'un antique bâtiment extérieur à la ville. Le souterrain a dû être creusé plus tard ; il est possible qu'il soit un peu plus haut que le sol de la cave et qu'il n'y ait pas de passage direct.

— Dans ce cas, il faudra creuser et déblayer. Il est temps de commencer.

— Combien de temps vous faudra-t-il pour y pénétrer ? demanda-t-elle, tandis qu'ils rassemblaient leurs outils.

— Trois ou quatre jours, fit Fulques après une courte hésitation.

— Tu penses pouvoir reprendre ces documents ? demanda-t-elle alors à Gabriel.

— Sans doute. Tout au moins s'ils sont bien dans la bibliothèque et que je trouve la cachette.

— Ensuite, que feras-tu ?

Il baissa les yeux et ne répondit pas.

— Tu ne peux faire justice toi-même ! poursuivit-elle après un silence.

Cette fois, il la regarda un instant, mais ne répliqua pas. Puis il s'engagea dans le souterrain et elle comprit qu'elle l'avait perdu.

Ils reprirent le même chemin que la veille. Cette fois Montfort était en tête. Fulques avait noté le nombre de pas à faire et ils les égrenaient à voix haute. Chacun tenait une lanterne à huile.

— Je pense que c'est ici, proposa finalement Gabriel en posant sa lampe et ses outils – un pic et deux barres de fer – devant un passage condamné et solidement empierré.

— Ça se pourrait bien, confirma Fulques en vérifiant ses chiffres avec la lampe. Si ce passage conduit à la cave, ça nous facilitera le travail.

Par précaution, et d'un commun accord, ils refirent le chemin en arrière, puis revinrent là où ils avaient laissé leur matériel, comptant et recomptant leurs pas à partir du couvent.

— C'est bien ici, décida Gabriel qui s'attaqua aussitôt à la muraille en essayant de faire le moins de bruit possible.

Fulques, de son bras unique, évacuait les pierres et la terre dans un panier d'osier qu'il tirait plus bas dans le souterrain pour le vider. Parfois, ils se relayaient. Plus rarement, ils se reposaient et en profitaient pour remettre de l'huile dans leurs lampes.

Ils travaillèrent ainsi une grande partie de la nuit, presque sans s'arrêter. Concentrés sur leur besogne épuisante, ils parlaient peu, d'autant que Gabriel ne songeait qu'à la dispute entre Alice et lui.

Le jeune homme savait qu'il devrait choisir entre son devoir envers Camille et la jeune femme, mais refusant de se décider, il tentait de s'abrutir dans l'effort.

Après de longues heures de terrassement exténuant dans la boue et le froid, ils n'avaient pourtant que peu avancé. Ils s'arrêtèrent finalement presque à l'aube, épuisés, après avoir décidé de revenir le lendemain.

Ils recommencèrent leur besogne dans la nuit de mercredi à jeudi après avoir passé la journée à dormir, complètement assommés par la fatigue. Gabriel n'avait pas revu Alice.

Cette fois, ils avancèrent plus rapidement et découvrirent finalement un passage plus petit et non obstrué. Ce tunnel les conduisit au mur d'une cave qu'ils dégagèrent sur une large surface. Fulques promena ensuite sa lanterne sur celle-ci.

Ils avaient devant eux le morceau d'une véritable muraille d'énormes pierres taillées. Un mur qui devait remonter à l'époque d'Aquae Sextiae, peut-être une ancienne enceinte de temple ou de bâtiment public. La partie d'une voûte était nettement visible au milieu, une ancienne porte sans doute. Les mains en sang, ils grattèrent au-dessous de celle-ci et découvrirent qu'un passage, muré, avait bien existé là, des siècles auparavant.

— Il nous faudra encore au moins un jour pour le percer, annonça Fulques, presque triomphant.

Dans la nuit du jeudi au vendredi, ils reprirent leur besogne, cette fois avec encore plus de précautions. Il ne fallait pas alerter les habitants de l'hôtel et il était nécessaire de pouvoir reboucher aisément le passage de manière à ce qu'on ne découvrît pas trop tôt leur intrusion. Ils travaillaient donc au ras du sol, Gabriel désirant ne dégager qu'une pierre pour se faufiler. Il restait inquiet quant à l'endroit où ils déboucheraient.

Ce terrassement était exténuant ; ils manquaient de place, l'eau suintante les gênait, la boue collait à leurs chaussures et d'énormes araignées couraient sur leur visage ou leurs mains.

Finalement, ils parvinrent à extraire deux grosses pierres et, passant sa tête par l'orifice après avoir introduit sa lampe, Gabriel découvrit le sommet d'un coffre vermoulu. À grand-peine, il se glissa dessus et put pénétrer dans une cave encombrée de bric-à-brac.

Mais était-ce la bonne cave ? Il ne pouvait en être certain.

Il nettoya sommairement ses mains et ses vêtements de la terre qui les couvrait, ôta ses chaussures boueuses, puis examina longuement le cellier qui était prodigieusement long. Voûté de pierres sèches et au sol de terre battue, il devait remonter à une époque où ce bâtiment se trouvait hors de la ville comtale.

Passé le bric-à-brac, le début de la cave était bien ordonné, avec ses rangements organisés pour les fruits, les olives et les bouteilles. Il continua à avancer et se dirigea vers un renfoncement au bout du cellier. De là partait un long escalier droit constitué de grosses pierres. Il le grimpa. En haut et à gauche, sur un petit palier, une porte ferrée était fermée à clef par une lourde serrure. Mais il avait prévu la chose. À Londres, Drake et Stone avaient veillé à ce qu'il sache crocheter la plupart des serrures et, pour y parvenir, il disposait d'outils qu'il avait avec lui. Il posa sa lampe et se mit à farfouiller dans la serrure. Ce ne fut pas long, tant la fermeture était rustique.

Il poussa ensuite doucement la porte. Les gonds grincèrent faiblement. Il se figea, guettant quelque bruit de pas, mais la nuit restait silencieuse. S'éclairant avec sa lanterne sourde, il passa le seuil pour se retrouver dans un couloir qu'il reconnut. À gauche, au-dessus de la montée de marches de la cave, grimpait le grand escalier vers les étages. Devant lui se trouvait la porte principale qui donnait dans la cour d'entrée.

Il était bien dans l'hôtel de *Capéou*.

Il hésita alors, tenté un instant de se rendre dans la chambre du traître et de le tuer sans autre forme de procès. Puis il se souvint des codes. Il fallait d'abord les récupérer.

Une horloge retentit dans l'obscurité.

Trois heures du matin ! Déjà ! Il n'aurait pas le temps d'explorer la bibliothèque du félon.

À contrecœur, il revint sur ses pas et referma la porte, puis redescendit.

Il nettoya les traces de son passage et repassa par le trou.

— Nous y sommes, annonça-t-il à Fulques qui l'attendait. On va remettre les pierres en place en espérant que personne ne remarquera ce qu'on a fait. On reviendra demain vers minuit.

Le jeudi, Joseph d'Arbaud avait réuni dans son bureau de la sous-préfecture ses anciens compagnons.

Joseph d'Arbaud avait beaucoup vieilli. Ses traits fins et doux étaient désormais marqués par de profondes rides. Le retour de Gabriel l'avait profondément bouleversé et il voyait avec effroi s'écrouler une carrière qu'il avait espérée hors du commun.

Le maire d'Aix, François de Fortis, était assis à sa droite. En vieillissant, ses traits s'étaient épaissis et il ressemblait encore plus à un solide paysan provençal. Son regard calculateur examinait les autres invités sans sympathie ni complaisance.

En particulier, il ne cachait pas son mépris pour le poète et auteur dramatique Charles de Coriolis, que l'âge, jugeait-il, avait rendu encore plus cynique et méchant.

Même le président de la Cour impériale, Honoré de Cotignac, avec son élégance affectée ne trouvait pas grâce à ses yeux. Quant au maire du Tholonet, le gros Galliffet, il ne pouvait plus le supporter.

— Mes amis, commença le sous-préfet, je vous ai réunis pour que nous décidions de ce que nous devons faire. Gabriel de Montfort, notre ancien compagnon, se cache en ce moment à Aix…

— Comment le savez-vous ? intervint *Estrillo* sans dissimuler son agressivité.

— Je le sais, cela suffit ; je peux même vous dire que l'on a soupçonné M. de Puylaurens de le protéger. Une perquisition a eu lieu chez lui, mais sans résultat.

— Nous devons tout faire pour qu'il ne soit pas arrêté, dit Galliffet.

— Pourquoi ? demanda l'ancien compagnon *Estrillo*. Si c'est un espion anglais, il doit être arrêté et durement condamné.

— C'était notre compagnon, objecta *L'abé*.

— C'est le passé, intervint violemment *Estrillo*. Nous sommes d'autres personnages, dans un autre monde. Nous avons des responsabilités désormais. Montfort se trompe d'époque.

— Et s'il parle ? demanda *L'abé*, s'il rappelle son passé lors de son jugement. Nous tomberons avec lui.

— Alors il ne doit pas être pris vivant, déclara *Capéou*.

— Il y a une autre solution, proposa *Diou-me-Dame* après un silence pesant. Que le duc d'Otrante abandonne les poursuites contre lui. Alors nous tâcherons de rencontrer Gabriel et de le convaincre de quitter le pays.

— Nous pouvons essayer ça, reconnut *L'abé* en repoussant une mèche de ses cheveux gris pour se donner une contenance. Nous verrons le duc demain, lors de l'inauguration de la bibliothèque du marquis de Méjanes. Tentons alors de lui parler.

— C'est fort risqué, protesta *Estrillo*. Fouché pourrait s'intéresser de trop près à celui qui sera intervenu en faveur de Montfort.

14

Le vendredi 16 novembre 1810

Jamais Joseph Fouché n'avait ressenti cette appréhension qui lui rongeait le ventre, se sachant à la fois proche d'un triomphe éclatant et tout autant de la ruine.

Il était huit heures et, tandis que son valet le rasait, il méditait sombrement. Toute la nuit, il avait tourné et retourné dans son esprit ce qu'il savait. Il disposait de beaucoup d'éléments sur les préparatifs de ce qui était certainement un important complot contre l'Empire. Il avait désormais la certitude qu'une vaste entreprise se mettait en place pour abattre l'empereur.

Seulement, matériellement, il n'avait guère que des présomptions, des conjectures ou même seulement de vagues soupçons. Bref, rien d'utilisable ou de convaincant.

Pour finaliser ce qui serait son plus grand succès de policier, il lui fallait des preuves ou, mieux, tenir les responsables de cette conspiration.

Il connaissait l'un d'entre eux, Gabriel de Montfort. Mais depuis l'échec de la visite domiciliaire chez les Puylaurens, il ignorait où il se cachait et ne disposait d'aucun indice. Il savait cependant que Montfort avait poursuivi les fuyards après l'attaque de la diligence et en avait tué encore un. Apparemment, il ne restait de cette bande que le chef, ce Narcisse, que son ami Thibaudeau parviendrait facilement à capturer. Mais durant cette poursuite, Montfort avait-il récupéré l'argent anglais qu'on lui avait volé ? Et si oui, qu'en avait-il fait ? Et à quoi devait servir cet argent ?

Il soupira. Lui, Fouché, ancien tout-puissant ministre de la Police qui, il y a seulement quelques mois, disposait de milliers d'informateurs qu'il payait ou terrorisait, en était réduit aujourd'hui à attendre une hypothétique information qui lui permettrait de mettre la main sur ce Montfort.

Cette impuissance le mettait en rage et entraînait par moments d'étonnants mouvements incontrôlés de sa mâchoire. Il fallait alors toute l'habileté de son valet de chambre pour éviter de découper quelques balafres écarlates sur les joues creusées du duc d'Otrante, des coupures qui auraient été de fort mauvais goût lors de l'inauguration de la bibliothèque du marquis de Méjanes.

Bien sûr, la fureur de Fouché ne trouvait pas son origine dans une quelconque angoisse quant à la vie de l'empereur. Ses sentiments vis-à-vis du maître de la France étaient pour le moins tempérés. Certes, publiquement il le soutenait, mais il se rendait parfaitement compte que Napoléon conduisait le pays à la ruine, et donc à la sienne propre.

Car Joseph Fouché pensait toujours à lui en premier. Il savait que si Bonaparte était renversé, lui, le régicide haï du monde entier, serait balayé et que, même s'il sauvait sa vie, il devrait s'exiler et perdrait sa fortune.

À ces craintes s'ajoutait l'exaspération de savoir que les conspirateurs l'avaient habilement impliqué dans leur machination. Il avait parfaitement deviné pourquoi ce complot se préparait à Aix : c'est parce que l'ancien ministre de la Police s'y trouvait ! Si la tentative échouait, les hommes de Savary parviendraient, malgré leur incompétence, à prouver que la conspiration, d'origine anglaise, était partie d'une ville où se trouvait un homme désavoué par l'empereur parce qu'il avait négocié avec le Premier ministre anglais ! Il lui serait inutile de se défendre. Bonaparte le ferait fusiller sans état d'âme, et ses ennemis s'en réjouiraient.

Ainsi, quels que soient les résultats de ce complot, il se savait perdu !

Le valet ayant terminé, Fouché lui fit signe de sortir et se leva en frissonnant.

Il fit quelques pas vers le feu qui crépitait dans la cheminée en songeant à tous ces gens qu'il avait fait fusiller dans des matins glacés. Allait-il connaître ce sort à son tour ?

Non ! Il n'était pas encore vaincu, décida-t-il dans un sursaut d'énergie.

Les mains face au foyer, il ébaucha un plan d'action. Puisqu'il ne parvenait pas à prendre Montfort, il devait consacrer son énergie à identifier l'ennemi de Montfort.

Que savait-il sur cet homme qui avait fait preuve d'une audace incroyable dans le crime et la félonie ?

L'inconnu était un ancien *Compagnon du soleil*, un ancien royaliste. Sans doute était-il désormais un membre éminent de ces *Chevaliers de la Foi* dont lui avait parlé Desmarets. Un nom étrange, d'ailleurs, pour une société secrète… Enfin, il occupait une fonction publique qui lui permettait d'être parfaitement informé de tout ce qui se tramait en Provence.

Il examina une nouvelle fois les suspects possibles : le sous-préfet d'Aix, ce baron Joseph d'Arbaud de Jouques, ancien émigré qui avait bien vite retourné sa veste en devenant un fidèle de l'empereur. Le maire, François de Fortis, compromis dans les services secrets du comte d'Artois dans sa jeunesse. Il pouvait bien avoir gardé des contacts avec eux. Il y avait encore ce Cotignac, président de la Cour impériale, dont nul ne savait ce qu'il avait fait à Paris durant les années du Directoire. Oui, son homme était certainement l'un de ces trois, encore qu'il ne pouvait totalement exclure Charles de Coriolis, le gros Galliffet ou même cet hypocrite de Saint-Vincens.

Peut-être y aurait-il du nouveau aujourd'hui grâce à Vidocq…

François Vidocq ! Voilà un homme qu'il appréciait. Il songea à la réunion qu'ils avaient eue deux jours plus tôt, dans son bureau, avec l'ancien bagnard et le commissaire Gaudin.

Il leur avait expliqué son plan : si Montfort était à Aix, peut-être tenterait-il de pénétrer dans l'hôtel de son ennemi pour se venger. Il pouvait aussi essayer d'obtenir de l'aide de la part d'anciens compagnons.

Donc il leur fallait organiser un contrôle discret des visiteurs dans les hôtels du maire, du sous-préfet, du président Cotignac, ainsi que dans ceux des principaux notables monarchistes susceptibles d'être membres de la conspiration.

— Comment faire ? avait maugréé Gaudin, seuls moi et Vidocq connaissons le visage de Montfort. Nous ne pouvons être partout !

Vidocq avait haussé les épaules et s'était saisi d'une plume et d'une feuille posées sur une écritoire. Doué pour le dessin, il avait rapidement tracé devant eux un portrait très caricatural de Montfort, tel qu'il s'en souvenait lors de l'attaque d'Ollioules.

Gaudin, piqué au vif, avait alors proposé quelques détails physiques supplémentaires, puis suggéré de faire passer le portrait aux policiers de la ville.

— Quelle bêtise ! avait réagi Vidocq avec mépris. Tes filochards seront repérés à cent pas par notre bonhomme, sans compter que, s'il s'agit de policiers d'Aix, ils seront vite identifiés et tout le monde s'interrogera sur cette surveillance.

— Tu proposes mieux ? avait riposté le commissaire, vexé d'être ainsi critiqué devant l'ancien ministre de la Police.

— Si vous me faites confiance, et si vous me donnez quelques louis d'or, oui, avait répliqué Vidocq en s'adressant uniquement à Otrante.

Le duc, séduit par cette insolence, avait accepté.

L'ancien forçat était alors parti sans s'expliquer plus avant, après avoir chargé Gaudin de faire recopier le portrait de Montfort par quelque gribouilleur.

Vidocq s'était successivement rendu dans deux estaminets qu'il connaissait : le *Coq d'Argent*, une petite auberge dans la rue Ganay fréquentée surtout par des artisans et des colporteurs, et le cabaret *Sturmi*, à l'entrée de la ville, face à l'*Hôtel des Princes*, où se réunissaient les journaliers des campagnes sans emploi et plus généralement les laissés-pour-compte de la ville.

Dans ces deux gargotes, il avait rapidement repéré un savetier ambulant, faux raccommodeur de vieux souliers et véritable fripouille, un corbelier proposant des vanneries et en profitant pour repérer les maisons faciles à forcer, un décrotteur vidant plus souvent les poches de ses clients que nettoyant la boue de leurs souliers, un peyrolier proposant des ustensiles en fer imitant l'étain et un vinaigrier dont le baril de vinaigre était surtout empli d'un liquide avarié et teinté d'eau.

Il avait proposé à chacun un louis pour faire la mouche et surveiller une maison qu'il leur indiquerait. En acceptant le marché, ils avaient tous présumé que Vidocq préparait un coup. Il leur avait aussi confié qu'il repasserait pour leur remettre le portrait d'un drôle. S'ils le voyaient rôder autour des hôtels qu'ils surveillaient, ils gagneraient une autre pièce de cinq francs.

L'ancien bagnard était ensuite revenu faire un compte rendu de son action à Fouché, puis, ayant récupéré les portraits de Montfort, il avait installé son quartier général chez *Sturmi*.

Fouché avait apprécié l'efficacité et le cynisme de l'ancien bagnard, qui paraissait n'avoir ni état d'âme ni morale. Utiliser le crime, y participer même, pour faire respecter la loi, lui avait-il expliqué, était chose naturelle. Cette idée avait au contraire profondément choqué Gaudin. Le commissaire paraissait chaque jour plus tourmenté par ses souvenirs et ses scrupules. Il semblait même désormais réticent à capturer Montfort.

Devant le feu, le duc se promit que, s'il revenait à Paris comme ministre, il ferait de Vidocq son lieutenant.

Un autre valet pénétra en silence dans la chambre. Il apportait les habits de cérémonie que le duc d'Otrante devait porter pour l'inauguration de la bibliothèque du marquis de Méjanes, qui se tiendrait en fin de matinée, à la mairie.

Le duc d'Otrante le considéra d'un air particulièrement morose. Devait-il vraiment se rendre à cette inauguration ? Ce serait certainement une perte de temps alors que Vidocq pouvait à tout moment le prévenir qu'une de ses mouches avait repéré Montfort.

Quelques heures après la visite domiciliaire chez les Puylaurens, *Capéou* savait qu'on n'y avait pas trouvé Gabriel de Montfort. Il avait mis beaucoup d'espoir dans cette perquisition, et une profonde angoisse l'avait étreint sitôt qu'il avait eu connaissance de cet échec : si Montfort était bien à Aix et connaissait ses félonies, il savait que son ennemi parviendrait tôt ou tard jusqu'à lui.

Il avait donc sommé son portier de ne laisser pénétrer aucun inconnu et de veiller à la fermeture permanente du porche qui ouvrait sur la cour intérieure. De même, il avait ordonné à son majordome de redoubler de prudence avec les domestiques et le personnel de service. Enfin, il avait demandé à son cocher de faire venir l'un de ses cousins, un homme fruste mais d'une force herculéenne, qui l'accompagnerait désormais dans tous ses déplacements. Avec ce garde du corps et une canne épée qui ne le quittait pas, *Capéou* se sentit un peu rassuré.

Pourtant, quelles que fussent les mesures de précaution qu'il prendrait, il les savait insuffisantes et forcément provisoires compte tenu de son activité publique. Abattu, démoralisé, terrifié, il songeait même à s'enfuir à l'étranger, à se cacher, à tout abandonner.

Le jeudi, après la réunion à la sous-préfecture avec les autres *Compagnons du soleil*, il avait appris que Fécamp avait quitté l'*Hôtel des Princes* sans même le prévenir. Cette nouvelle complication, au lieu de le décourager complètement, lui avait donné un sursaut d'énergie. C'est ce soir-là qu'il avait décidé de reprendre l'initiative et de débusquer lui-même Montfort.

Malgré l'échec de la visite domiciliaire, *Capéou* ne doutait guère que Gabriel avait été reçu par les Puylaurens. Le factionnaire de la porte Saint-Louis avait bien vu un jeune homme accompagner Alice de Puylaurens. Même s'il n'était plus dans leur hôtel, ces gens-là savaient forcément où était Montfort. Il devait les faire parler, quitte à user avec eux de la plus grande brutalité.

D'abord, il songea à demander à Guitton de recruter une petite bande qui attaquerait et mettrait à sac la maison du médecin. Torturés par Narcisse et quelques brutes féroces, ses occupants avoueraient tout ce qu'on leur demanderait. C'était un plan simple, clair et qui ne pouvait échouer. Mais dans le bref délai dont il disposerait, son complice pouvait-il recruter suffisamment de tueurs à Aix ? Il en doutait.

Une autre solution lui vint à l'esprit : enlever Alice de Puylaurens et l'utiliser comme un otage. En faisant parvenir à son frère une lettre lui demandant de livrer Montfort contre la vie de sa sœur, il était tout aussi certain de parvenir à ses fins. Mais comment enlever la jeune femme ? Si Montfort s'était confié à elle, elle pouvait très bien savoir quel homme il était et se méfier, voire lui tendre un piège.

C'est alors qu'une idée encore plus monstrueuse lui vint à l'esprit : enlever Ernestine de Castellane ! Il lui serait facile de convaincre la petite dinde de le suivre et le résultat serait le même : Montfort était bien trop chevaleresque pour refuser de se livrer en échange de l'amie d'Alice !

Il médita soigneusement ce plan et, avant de se rendre à l'inauguration de la bibliothèque Méjanes, se fit conduire à l'*Hôtel des Princes* où logeait Narcisse.

Guitton cuvait son ivresse dans sa chambre quand *Capéou* le réveilla brutalement.

— Tu vas arrêter de boire, le menaça-t-il.

— C'est à cause de la douleur, pleurnicha l'assassin. Seul le vin me calme.

— Je te ferai porter quelques pilules de laudanum. Je vais avoir besoin de toi et je ne veux plus d'échec, c'est compris ?

— Que devrai-je faire ?

— Voici mille francs. Trouve-moi une calèche à deux places avec des vitres et des rideaux intérieurs. Qu'elle ait deux chevaux. Tu t'achèteras aussi une livrée de cocher et tu passeras me prendre à midi dimanche.

— Pour aller où ? grogna Narcisse, qui n'avait plus envie d'avoir d'autres ennuis.

— Dans mes terres. En route, nous irons chercher une jeune fille que nous emmènerons là-bas.

— Qu'est-ce que c'est encore que cette histoire ? protesta hargneusement le colosse.

— Tu n'y perdras rien. D'abord, il y aura dix mille francs pour toi et ensuite je te laisserai la fille. Elle est jeune, appétissante et elle te plaira.

— Vraiment ?

— Oui, je n'en aurai plus besoin, tu pourras la garder pour *La Mounine*. Je crois bien que tu manques de radasses là-bas ?

— D'accord, fit le monstre avec un rictus réjoui. D'accord…

Capéou expliqua au cabaretier les derniers détails de l'enlèvement qu'il avait manigancé, ainsi que l'organisation du guet-apens prévu pour tuer Montfort lorsqu'il se présenterait, en échange d'Ernestine.

Ensuite, il quitta l'*Hôtel des Princes* pour la mairie. L'inauguration de la bibliothèque Méjanes devait avoir lieu en fin de matinée, au premier étage du bâtiment.

En chemin, *Capéou* médita alors sur la manière dont il se débarrasserait de Narcisse après qu'il eut tué Montfort. Il serait malheureusement nécessaire de faire aussi disparaître Ernestine, pour qu'il n'y ait plus aucun témoin. Il pourrait ensuite rentrer à Aix la tête haute, par exemple en expliquant qu'il avait abattu le dernier *Compagnon du soleil* alors même qu'avec son complice Narcisse, ils abusaient de la pauvre fille de Mme de Castellane. Laquelle était, hélas, décédée.

Tournant et retournant ce plan dans sa tête, il le trouva excellent.

Lorsque le duc d'Otrante descendit de sa voiture, dans la cour intérieure de la mairie d'Aix, il fut accueilli par le secrétaire de la mairie, Roux Alphéran, qui le conduisit auprès de François de Fortis, lequel attendait les invités de marque au pied du grand escalier.

Dès qu'il aperçut le duc, Fortis abandonna l'interlocuteur qu'il avait devant lui pour se précipiter avec une inutile obséquiosité devant le régicide.

— Votre Excellence ! Quel honneur pour notre bibliothèque ! Laissez-moi vous présenter le docteur Gibelin, notre bibliothécaire.

Le docteur Gibelin avait en effet remplacé l'abbé Rive, évincé en 1788. Le duc d'Otrante eut un hochement de tête. Il connaissait Gibelin de réputation. Le médecin possédait une importante bibliothèque, principalement en botanique et en médecine[1], et sa probité était sans tache. Durant la Révolution, alors qu'il était déjà responsable de la bibliothèque publique de la ville, il avait refusé, pour celle-ci, les livres confisqués aux émigrés tout en acceptant de les prendre en dépôt afin de les protéger et de les rendre à leurs propriétaires.

En babillant, Gibelin accompagna le duc au premier étage du bâtiment, dans les nouvelles salles aménagées par l'ancien maire, Fauris de Saint-Vincens. C'était la bibliothèque que la ville avait attendue presque vingt-cinq ans et qui avait causé tant de malheurs.

En 1786, Jean de Dieu de Boisgelin, archevêque d'Aix et président des États de Provence, avait proposé à l'abbé Rive, un des plus célèbres bibliographes du royaume, de prendre la direction de la bibliothèque que la ville d'Aix avait décidé d'ouvrir au public à partir d'un legs fait par le marquis de Méjanes.

Méjanes, l'un des plus illustres bibliophiles français, avait en effet légué les soixante mille volumes de sa bibliothèque – pour la plupart rares et précieux – à la Provence.

1. Qu'il devait léguer à la Méjanes en 1828.

À l'époque, le choix de l'abbé Rive avait paru judicieux. Avec le temps, cette décision avait – hélas ! – provoqué une épouvantable tragédie, compte tenu du caractère violent de l'abbé.

Certes, Rive avait écrit de grandes choses dans des mémoires remarquables. Son habileté à déchiffrer les langues anciennes était prodigieuse, sa mémoire phénoménale et sa connaissance des livres et des manuscrits quasiment universelle. Malheureusement, il était emporté, querelleur, brutal et surtout d'un orgueil incommensurable. Sa violence et sa virulence dépassaient largement sa science et son talent. D'ailleurs, son dernier employeur, le duc de La Vallière, l'avait surnommé *Le Dogue*.

Arrivé à Aix en 1788, l'abbé découvrit que la plupart des parlementaires et des fonctionnaires des États de Provence étaient opposés à la construction d'une bibliothèque pour abriter le legs du marquis de Méjanes. Il faut rappeler que la Provence manquait alors cruellement d'argent et que le peuple criait famine. Une telle dépense paraissait donc à beaucoup totalement injustifiée.

Pour cette raison, et pour d'autres moins avouables, le *Dogue* devint fou de rage et se mit à inonder la ville de pamphlets et de mémoires attaquant toutes les institutions en général et le président des États, Mgr de Boisgelin, en particulier.

Face à ce déferlement de haine, Rive fut licencié de son poste et le docteur Gibelin prit donc sa place.

Les malheurs de la ville allaient désormais commencer.

En 1790, l'abbé Rive réussit à rassembler ses partisans dans une société républicaine qu'il appela les

Frères Anti-Politiques. Sous sa houlette, ce club fit régner la terreur et se livra à des violences abominables. Ainsi l'abbé fit exécuter sauvagement plusieurs notables de la cité, qu'il haïssait. Poursuivi finalement par les autorités, Rive se réfugia à Marseille où il trouva la mort.

François de Fortis avait chargé Charles de Coriolis de lui préparer une brève et talentueuse allocution sur l'infâme prédécesseur de Gibelin. Celle-ci, pleine de piquantes anecdotes sur celui qui avait osé traiter les Aixois de *peuple de singes qui gambade au son des tambourins* et perpétré tant de massacres, fut longuement applaudie.

Pendant ce temps, ignorant superbement les remarques à mi-voix le concernant, car lui-même avait été un massacreur autrement plus efficace que ce pauvre abbé Rive, Fouché examinait son entourage. Il remarqua que tous ses suspects étaient là : Arbaud de Jouques murmurait quelques mots à Honoré de Cotignac ; Charles de Coriolis, près du maire, se rengorgeait ; Fauris de Saint-Vincens regardait quelque vitrine avec attention, et Galliffet arborait un air maussade, inquiet, qui ne lui était pas coutumier.

Les discours terminés, le duc d'Otrante fit quelques pas dans la grande salle. De très beaux ouvrages aux vieilles reliures de cuir étaient exposés sur d'antiques lutrins de chêne et d'olivier. Joseph Fouché passait de l'un à l'autre sans y porter le moindre intérêt. Il avait l'esprit ailleurs. À l'idée que le dénonciateur de Camille de Clapiers, l'adversaire de Montfort, était peut-être à côté de lui, il enrageait.

Remarquant sa solitude, François de Fortis s'approcha de lui, un sourire avenant sur le visage. Otrante le vit venir et le considéra sans aménité. Qu'il regrettait le temps où il était ministre de la Police ! Il aurait fait arrêter tous ces gens et les aurait confiés à Bertrand, son chef de division préféré à la préfecture de police, Bertrand, la terreur des suspects !

— Monsieur le duc, fit suavement Fortis en se méprenant sur le sourire du duc d'Otrante. M. Gibelin, notre bibliothécaire, souhaiterait vous montrer quelques-uns de ses plus beaux ouvrages.

— Pourquoi pas ? soupira Fouché, fatigué par tous ces Aixois trop polis pour être honnêtes.

Ils se rapprochèrent du docteur Gibelin qui, les yeux brillants à l'idée de se faire entendre d'un duc, attendait, les mains tremblantes, devant quelques volumes placés sur des lutrins.

— Monsieur le duc, Votre Excellence…, bredouilla-t-il. C'est un honneur… Permettez-moi de vous montrer quelques-unes de mes plus belles pièces…

Sans attendre la réponse, il commença d'une voix de crécelle, cassée par l'émotion :

— Voici le *Livre d'Heures* du roi René, qui porte ses armes, et à côté, celui de la reine Yolande, très richement décoré, lui aussi.

Il fit quelques pas en sautillant.

— Ici, c'est le *Catholicon* de Babi, un incunable attribué à Gutenberg, et voici l'*Historia naturalis* de Pline, qui date de 1470. Voici encore l'*Etymologicum magnum graecum*, de 1499, dans une authentique reliure d'époque.

— Très beau ! lâcha Otrante en voyant Fortis s'éloigner et en regrettant de ne pouvoir l'imiter.

Il se saisit de l'*Historia naturalis* pour le feuilleter rapidement.

— Ces ouvrages sont hors de prix, je suppose.

— Absolument ! La ville ne pourrait jamais acheter de telles raretés, mais heureusement nous recevons beaucoup de legs, comme, évidemment, celui du marquis de Méjanes. Pour cette inauguration, justement, les principales familles de la cité nous ont offert chacune un ouvrage de valeur qu'elles possédaient. Voici celui de monsieur le maire, et ici celui de monsieur le sous-préfet. Voulez-vous les consulter ?

— Certainement.

Otrante en saisit un qu'il feuilleta, puis un autre, feignant d'être intéressé. Il restait envahi par un sentiment diffus, mais tenace, qu'il n'était qu'un rouage dans une machination qui lui échappait complètement. Et en plus, il perdait son temps avec ces abrutis. La voix de Gibelin lui parvenait comme dans un rêve :

— … celui-ci est un récit de Jean de Pontevès, comte de Carcès, qui traite de la guerre qu'il mena contre Paul de Richieu avec ses *Chevaliers de la Foi*[1]… La reliure est aux armes des Carcès…

— Qu'avez-vous dit ? demanda soudainement le duc, le visage brusquement contracté par un tic nerveux.

— Sur la reliure ? s'inquiéta Gibelin.

— Non ! Non ! Vous avez parlé des *Chevaliers de la Foi* ?

— Effectivement. C'est ainsi que s'était nommé Jean de Pontevès, un ancien consul de la ville. Par exten-

1. Cette histoire est racontée dans *Nostradamus et le Dragon de Raphaël*, même éditeur.

sion, d'aucuns avaient baptisé du même nom sa troupe de fidèles, une bande de scélérats qu'il avait organisée pour chasser les protestants de Provence.

— Et ce livre vous a été offert…

— … Par le dernier descendant de la famille… mais vous le connaissez, il est là-bas.

— Là-bas ? grimaça Otrante en regardant dans la direction indiquée. Bien sûr… je comprends maintenant…

Il venait enfin de tout deviner.

La société des *Chevaliers de la Foi* avait bien été créée ici et il avait, à quelques pas de lui, le félon qui avait trahi ses compagnons !

Il savait désormais qui était l'assassin de Fassy, qui était le dénonciateur de Camille de Clapiers, qui était l'organisateur des attaques de diligences !

Le régicide resta un long moment immobile, figé, considérant longuement cet homme qu'il croyait pourtant bien connaître, se demandant déjà comment il allait l'utiliser.

Gibelin parlait toujours, mais le duc d'Otrante ne l'écoutait plus. Finalement, Joseph Fouché s'éloigna en méditant. Il ne lui restait plus qu'à tendre son piège.

C'est en soirée que le duc d'Otrante apprit l'arrivée d'Auguste de Forbin. Le comte n'était que de passage à Aix où il venait voir sa mère. Sa dernière visite remontait à trois ans déjà. À cette époque, il était accompagné de sa maîtresse, Pauline, la sœur de l'empereur, qui avait organisé de grandes festivités dans la ville.

C'est d'ailleurs à cette occasion qu'Auguste avait reçu un ordre écrit de l'empereur de ne plus approcher sa sœur.

Si Auguste de Forbin pouvait se permettre d'ignorer le méprisable régicide qui louait l'hôtel familial, l'inverse n'était pas possible : Joseph Fouché ne pouvait négliger l'un des personnages les plus respectables de Provence. Il pensait d'ailleurs qu'il pourrait l'utiliser et, le soir même, il fit parvenir par un courrier chez sa mère, la comtesse de Forbin, une invitation pour le dîner qu'il comptait offrir le lendemain samedi.

Auguste l'ayant reçue et lue, il la déchira aussitôt puis alla se laver les mains. Pour lui, Fouché demeurait *le plus dégoûtant reste de la Révolution* et il n'envisageait pas de se commettre avec lui.

Au même moment, dans une cave de la rue de la Porte Saint-Louis, Gabriel de Montfort et Alice de Puylaurens avaient une discussion orageuse.

Durant les deux jours précédents, Alice avait évité le jeune homme, interrogeant seulement Fulques pour qu'il lui racontât la progression de leurs travaux. Mais ce vendredi, elle savait que, dans la nuit, Gabriel allait pénétrer chez celui qu'il appelait toujours *Capéou*. Elle voulait le dissuader une dernière fois de commettre l'irréparable.

— Cet homme ne mérite pas de vivre ! rétorqua Gabriel quand elle eut terminé son plaidoyer.

— Camille est mort depuis trop longtemps ! Cette vengeance te perdra. Que comptes-tu faire ? Aller dans sa chambre et l'égorger ? Il s'agira d'un crime et tu seras comme lui !

— Il doit payer ! répliqua Gabriel, buté. Il a trop de sang sur les mains. Je ne peux pas pardonner.

— Il ne s'agit pas de pardon, lui dit-elle. Il s'agit de moi. Crois-tu que j'accepterai de vivre avec un assassin ?

Sans attendre la réponse, elle lui avait tourné le dos et s'était enfuie en pleurant.

Gabriel était resté figé un moment puis, avant que Fulques ne vienne le rejoindre, il avait ouvert le sac dans lequel il enfermait ses affaires personnelles. Il avait longuement examiné les pistolets avant de sortir le poignard du capitaine Cooke, qu'il avait lacé sur son mollet, sous son pantalon.

De nouveau, ils avaient parcouru le souterrain. Arrivés au passage vers le cellier de l'hôtel de *Capéou*, ils avaient fait glisser les deux pierres et Gabriel était entré dans la cave. Une nouvelle fois, il avait ôté ses chaussures, puis avait grimpé les marches jusqu'à la porte de la cave, qu'il avait ouverte.

Il était à nouveau dans le large couloir qui longeait l'escalier principal. La maison était silencieuse. S'éclairant avec sa lanterne sourde, il s'avança jusqu'à la porte d'entrée, solidement barricadée.

Longtemps ami de *Capéou*, il avait été plusieurs fois invité chez lui et connaissait les lieux. Sans hésiter, il grimpa silencieusement le grand escalier jusqu'au premier palier. Le bureau du maître de maison ouvrait à droite et avait ses fenêtres dans la cour.

La porte du grand cabinet de travail était fermée à clef. À nouveau, il sortit ses passes et farfouilla fébrilement dans la serrure. Son cœur battait à tout rompre. Mais les leçons qu'il avait reçues du serrurier des services secrets anglais furent efficaces et il parvint enfin, après plusieurs minutes angoissantes, à débloquer le pêne.

Il entra et repoussa la porte derrière lui. Devant lui s'étendait une grande pièce. Sur la droite trônait un beau bureau en noyer sur lequel étaient disposés quelques papiers. Derrière le bureau, tout le mur était constitué d'une seule bibliothèque. Se souvenant du plan tracé par Lafon, il se dirigea vers elle et examina les livres en tenant la lanterne devant lui. Il en sortit quelques-uns, tous paraissaient normaux.

Après les avoir remis en place, il posa la lanterne sur la table et, se reculant, considéra les rayonnages. Où pouvait-il y avoir une cachette ?

Il médita un moment. Il était impossible de sortir tous les ouvrages, il lui faudrait la nuit entière. Finalement, il s'approcha à nouveau et, à la lueur de la lanterne, examina seulement les étagères. L'une d'entre elles lui parut plus brillante que les autres. Il glissa ses doigts sous la moulure au-dessus, puis au-dessous, et repéra le verrou. Il appuya sur le loquet de fer et sentit l'étagère bouger.

Il la tira à lui. Elle glissa silencieusement, dégageant un espace empli de dossiers.

Il les feuilleta rapidement et repéra très vite celui des *Chevaliers de la Foi*.

Les codes, tels que les lui avait décrits l'abbé, étaient là. Il s'en saisit et les glissa dans une poche de sa veste, les remplaçant par les faux codes qu'un porteur avait déposés le soir de la venue de Fécamp.

Il prit ensuite un peu de temps pour regarder les autres dossiers. C'est dans l'un d'eux qu'il trouva l'acte d'achat d'une auberge – *La Mounine* – à Marseille pour un nommé Narcisse Guitton. Ainsi, les liens entre le brigand et *Capéou* étaient avérés. Il empocha l'acte et continua à farfouiller.

Alors il découvrit les lettres. De vieilles lettres jaunies écrites par une femme morte depuis quinze ans :

Mon amour,

Sauve-moi et sauve ton fils. Il y a deux mois, j'ai accouché en prison d'un garçon aussi beau que toi.

Je t'en supplie,

Ta Fassy

Il ferma les yeux de soulagement. Il détenait la preuve du crime !

Au-dessous des lettres se trouvaient encore d'autres documents émouvants et accusateurs. Le pli envoyé par Camille, précisant le lieu de rendez-vous dans la rue Bellegarde, puis un brouillon de lettre de dénonciation et enfin quelques coupures de journaux sur les massacres commis dans des fermes isolées par la bande de Camille de Clapiers, ainsi qu'un compte rendu du procès et de l'exécution du général des *Compagnons du soleil*.

Quand il eut terminé toutes ces lectures, Gabriel pleurait.

Il se ressaisit pourtant et glissa tout le dossier dans sa veste en veillant à ne pas l'abîmer. Puis il referma la cachette, vérifia qu'il ne laissait aucune trace et resta un instant debout à méditer.

Il sentait la lame brûlante contre son mollet. Il lui était facile, maintenant, de se rendre dans la chambre de *Capéou*, à l'étage au-dessus, et de le tuer comme une vermine. Il avait attendu ce moment dix ans ! Puis il songea à Fassy. À cette lettre désespérée qu'elle avait écrite et qui l'avait condamnée à mort. Aurait-elle souhaité une telle vengeance pour elle et son fils ? Une justice expéditive, dans l'ombre.

De Fassy, son esprit s'égara vers Gaudin. Pierre Gaudin, qui avait accusé Camille d'être l'assassin de

Fassy. Et qui était toujours persuadé que lui, Gabriel, était complice.

S'il tuait *Capéou*, il ne pourrait jamais réhabiliter Camille, jamais se disculper, même avec cette preuve.

Finalement, le choix lui parut évident. Il fallait donner cette lettre à Pierre Gaudin et lui expliquer qui était le véritable criminel. Et pour cela, *Capéou* devait rester vivant. Alors, il pourrait être jugé.

Il ressortit en fermant à clef.

Fulques ne lui posa aucune question quand Gabriel lui déclara d'une voix blanche :

— Je ne l'ai pas tué.

Ils firent le chemin du retour en se pressant. Quand ils entrèrent dans la cave des Puylaurens, Alice attendait, les yeux rougis par les larmes. Gabriel s'avança vers elle, sortit en silence les documents de sa veste et les lui tendit. Elle les prit alors qu'il délaçait son couteau.

— Je ne l'ai pas tué. Pourquoi l'aurais-je fait ? Avec de telles preuves, la guillotine l'attend.

15

Le samedi 17 novembre 1810

Le samedi matin, en uniforme de colonel, Auguste de Forbin rendit sa première visite, à son ami Antoine de Puylaurens.

S'étant fait annoncer, il trouva toute la famille réunie dans le grand salon du premier étage. Les visages étaient graves, et même, pour certains, apeurés.

— Qu'avez-vous donc ? s'inquiéta-t-il devant les expressions ravagées de sa tante et de sa cousine.

Antoine, lui-même, avait les traits tirés et Fulques, pourtant habituellement solide comme un roc, paraissait plus que tourmenté.

En les saluant, Auguste prit aussi conscience qu'Alice était absente.

— Est-il arrivé quelque chose à ta sœur ? s'inquiéta-t-il auprès d'Antoine.

— Non, rassure-toi, répondit M. de Puylaurens d'un ton un peu saccadé. Nous sommes seulement dans une situation… délicate.

— Le comte de Forbin est là, plaisanta Auguste en se frappant la poitrine avec un air de matamore. Oubliez donc tous vos soucis. Vous n'avez qu'à le laisser faire.

Il s'approcha de sa cousine dans une sorte de pas de danse et la prit affectueusement par l'épaule.

— Allez, racontez-moi tout !

Antoine grimaça un sourire involontaire, puis, après un geste fataliste, se rendit à la porte pour donner un tour de clef. Ensuite, en soupirant, il s'approcha de son ami et lui demanda :

— Te souviens-tu de Gabriel de Montfort ?

Un voile passa sur le visage joyeux d'Auguste, qui se durcit imperceptiblement.

— Il était venu me demander de l'aide pour Camille de Clapiers, il y a dix ans à Paris. C'était un peu avant notre voyage à Rome[1]. Je savais qu'il était un *Compagnon du soleil* et Camille leur général. Je n'ignorais pas qu'ils étaient pourchassés. Seulement, ma situation et celle de ma famille étaient délicates et je n'ai pas voulu m'engager, sinon pour lui obtenir un rendez-vous avec Portalis. Depuis, il ne s'est pas passé un jour sans que j'éprouve de la honte. J'aurais dû l'aider. Si je l'avais fait, peut-être que Camille serait encore vivant.

Il leva la tête pour affirmer :

— Il est un des rares parmi nous à avoir eu le courage de se battre jusqu'au bout pour son roi.

— Gabriel est ici, déclara alors Clotilde d'une voix égale.

— Ici ? sursauta Forbin.

— Caché dans la cave. Alice est avec lui en ce moment.

Auguste ne posa pas d'autres questions. Il les considéra rapidement à tour de rôle en réfléchissant à toute allure. Il savait que Gabriel vivait à Londres puisqu'il

1. Voir *Marius Granet et le trésor du Palais Comtal*, même éditeur.

avait transmis des lettres pour lui venant d'Alice, et il se doutait bien de leurs relations, au moins épistolaires. À Paris, il avait aussi connu Grace Elliot et était partiellement informé de son rôle au sein des services secrets anglais.

Il n'avait donc guère besoin de beaucoup d'explications. Gabriel était peut-être à Aix pour rencontrer Alice, mais plus certainement pour quelque chose de plus grave. D'ailleurs, s'il se cachait, c'est qu'il était toujours recherché et que la police était sur ses traces.

Et puis, il y avait cette autre affaire dont Montfort lui avait parlé :

Nous ne sommes rentrés que pour régler une affaire d'honneur. Tu sais que Camille s'est toujours comporté comme un gentilhomme, mais nous savions qu'un des chefs des Compagnons avait commis une ignominie. Nous leur avions demandé de nous retrouver, c'était mon idée, je pensais qu'on pourrait ainsi juger solennellement ce renégat. J'étais un imbécile. Il a éventé le piège et nous a dénoncés.

Il se souvenait encore des paroles exactes de Gabriel. Depuis, chaque fois qu'il était venu à Aix voir sa famille, il avait tenté de percer l'identité de ce chef des *Compagnons* qui avait commis une ignominie. Mais il ignorait de quoi il s'agissait et il n'y était pas parvenu.

— Il faut que je le voie, décida Auguste en se frottant le menton. Pourtant, le fait que vous cachiez Gabriel n'est certainement pas la seule raison de votre attitude : vous ressemblez à des condamnés attendant leur exécution…

— La maison a été perquisitionnée mardi, déclara Antoine. Un dénonciateur aurait prévenu les autorités de la présence de Gabriel de Montfort chez nous. Heureusement, la police ne l'a pas trouvé, mais nous sommes toujours surveillés. Il y a des agents dans la rue.

— Tiens, tiens… Et vous ignorez qui vous a dénoncés ?

Antoine opina avant d'ajouter :

— Je me suis renseigné. La perquisition était conduite par un commissaire de police de Paris. J'ai appris depuis que cet homme loge chez le duc d'Otrante. Il serait envoyé par les services de Desmarets, le chef de la police secrète.

— Fouché ? Ce policier loge chez le régicide ? ironisa Forbin en brossant négligemment une poussière sur sa veste à brandebourgs. C'est étonnant comme le monde est petit : j'ai reçu hier soir une invitation de sa part pour ce soir, je l'ai donnée à mes chiens.

— Il nous a aussi invités, ainsi qu'Alice, fit Clotilde d'une voix glacée en serrant ses mains. Nous nous doutons bien qu'il s'agit d'un piège. Il sait certainement que nous cachons Gabriel et il veut nous faire parler.

— Mais pourquoi s'intéresse-t-il tant à Montfort ? demanda Auguste, à nouveau souriant. Fouché n'est plus ministre de la Police. Heureusement…

— Tu ne comprends donc pas ? fit Antoine, incrédule. Gabriel est ici en tant qu'agent anglais. Il est venu à Aix pour rencontrer d'autres conjurés : il prépare sans doute l'assassinat de Napoléon !

Le duc d'Otrante avait donné des ordres pour que ce dîner fût le plus brillant que ses invités aient jamais connu. Il avait même précisé, très sérieusement, à son cuisinier qu'il devrait se surpasser, ou se suicider comme Vatel.

Le gâte-sauce, terrorisé, avait deviné que le massacreur de Lyon ne plaisantait pas.

Mme Fouché, pourtant fort fatiguée par une longue maladie, avait organisé elle-même la table. La place d'honneur serait bien sûr réservée à la comtesse de Castellane, représentante d'une des plus vieilles familles de Provence. Madame la duchesse d'Otrante aurait pour voisin de droite son époux et à sa gauche le comte de Forbin, s'il venait, ce dont elle doutait. En face se tiendraient les Puylaurens et la jeune Ernestine.

Aglaé de Varadier, comtesse de Castellane, arriva la première avec sa jolie fille. Cette dernière était éclatante de beauté et sa mère avait veillé à ce que ses appas soient particulièrement mis en évidence. Sous son manteau à plusieurs collets et à brandebourgs écarlates, Ernestine portait une robe de soie turquoise fermée dans le dos et dont le petit corsage au grand décolleté moulait trop étroitement sa généreuse poitrine. La robe venait de la maison de M. Hippolyte Leroy, le couturier de Caroline Murat et de la princesse Borghèse. Elle était hors de prix et n'avait pas encore été payée !

— Mère, avait déclaré Ernestine après le premier essayage, cette robe me serre trop. J'ai l'impression qu'au moindre geste mes seins vont jaillir du corsage. Que va penser monsieur le duc d'une telle impudence ?

— Ma fille, le duc d'Otrante a une épouse malade et, en cas de veuvage, un remariage n'est pas exclu, lui avait répondu sa mère. Le duc est exilé à Aix, il y finira ses jours. Nous devons saisir cette occasion de devenir des proches et – pourquoi pas ? – d'entrer dans sa famille.

Devant la moue de dégoût d'Ernestine, Mme de Castellane lui avait sèchement précisé :

— Il est inutile de faire cette grimace, nous sommes ruinées et tu le sais. J'ai vendu tout ce que j'ai pu et, bientôt, il ne nous restera que nous-mêmes à vendre ; alors autant se faire payer cher en s'offrant au plus riche. Je me serais volontiers sacrifiée comme nouvelle épouse du duc si la duchesse disparaissait, mais il est évident que M. Fouché est plus porté sur les fraîches jeunes filles. J'ai bien remarqué les regards qu'il te porte. À toi de le séduire si tu ne veux pas qu'on se retrouve à la rue.

Ernestine, vaincue, s'était inclinée.

Le duc d'Otrante reçut les deux femmes avec force démonstrations d'amitié, d'admiration et d'apparente gratitude. Ces sentiments n'étaient pas tous feints car, en vérité, Fouché se sentait irrésistiblement attiré par la belle Ernestine.

Ils échangèrent quelques futilités sur le temps – qui était froid et humide –, sur la proximité des fêtes de la Nativité et sur la mode qui courait à Paris. Mme de Castellane, assise dans un profond sofa, ne perdait rien de ce qui l'entourait : les innombrables valets emperruqués qui proposaient alcools, vins et jus de fruits, les lustres de cristal et les candélabres d'argent couverts de myriades de bougies parfumées, les tapis de laine et de soie entrelacés de fils d'or, les pendules de Sèvres sur les consoles d'acajou, les tableaux du baron Gérard et de David qui couvraient les murs. Oui, le duc était riche à millions, songeait-elle avec convoitise.

Le majordome annonça alors l'arrivée de M. et Mme de Puylaurens, accompagnés de Mlle de Puylaurens et de monsieur le comte de Forbin.

À ces mots, le duc d'Otrante ressentit une profonde exaltation. Il connaissait parfaitement le mépris dans lequel la vieille noblesse aixoise le tenait et n'espérait guère la venue du comte. Et pourtant, Auguste de Forbin était là ! Il se leva et se précipita vers ses visiteurs.

Auguste entra le premier, en grand uniforme de colonel, accompagné d'Alice qui avait revêtu une robe en mousseline à col droit finement brodé. Ensemble, ils formaient un couple d'une élégance éclatante. Derrière, Antoine de Puylaurens et son épouse Clotilde les suivaient, leurs visages étaient sans expression.

Le duc les remercia avec une chaleur et une exubérance tellement inhabituelles qu'il embarrassa la duchesse d'Otrante. Son époux faisait même semblant d'ignorer la froideur de ses invités.

Fouché les accompagna vers la cheminée où brûlait une bonne flambée, il leur proposa de profonds fauteuils et fit signe aux valets de leur offrir des rafraîchissements.

Tout comme Aglaé de Castellane, mais pour de tout autres raisons, Auguste, Antoine et Clotilde examinaient le salon avec curiosité. Enfants, puis jeunes adolescents, combien de fois s'étaient-ils retrouvés dans cette pièce pour jouer, avant que leurs familles ne fuient la ville tombée aux mains des sections jacobines et des Anti-Politiques de l'abbé Rive. C'est aussi dans cet hôtel qu'Antoine était tombé amoureux de son épouse, la première fois qu'il l'avait vue.

C'est du balcon de ce même salon qu'Auguste et Antoine avaient assisté, le 12 décembre 1790, à la fameuse émeute conduite par le féroce abbé Rive, chef des Anti-Politiques, devant le *Cercle de Guion*. Une émeute qui avait entraîné la pendaison de plusieurs Aixois innocents, en particulier de l'avocat Pascalis, par les furieux révolutionnaires de la ville.

À Auguste de Forbin, cette maison rappelait aussi d'autres souvenirs, plus agréables, puisqu'il y avait vécu sa jeunesse. Dans ce salon, son père, guillotiné à Lyon, recevait ses amis parlementaires. C'est aussi dans cette pièce que, deux ans plus tôt, il se réfugiait avec sa maîtresse, la belle Pauline – la sœur de l'empereur –, avant leur séparation forcée sur ordre de Napoléon.

Entre la mélancolie d'Auguste, l'hostilité des Puylaurens et le silence d'Ernestine, horrifiée à l'idée d'épouser un jour cet homme qui ressemblait à un cadavre, la conversation restait insipide et tous éprouvèrent un vrai soulagement lorsque la duchesse d'Otrante proposa son bras à Auguste pour passer à table.

Ils se dirigèrent vers la salle à manger aux décors de faux marbres couronnés d'une frise en camaïeu gris où jouaient des amours, mutins et gracieux. Au centre trônait une immense table en bronze ciselé et doré, étincelante d'argenterie, de vaisselle de Sèvres et de verres de cristal. Tout autour, des fauteuils dorés aux pieds sculptés en forme de sphinx remplaçaient les habituelles chaises.

Un majordome en livrée et perruque poudrée les plaça et, dans un froufroutement de tissus, de craquements de chaussures et de crissements de fauteuils, ils s'installèrent, alors que la duchesse d'Otrante constatait, stupéfaite, que son époux avait modifié son plan de table : elle avait prévu qu'Auguste de Forbin fût en face d'Alice de Puylaurens ; or celle-ci venait d'être placée à côté d'Ernestine, en face du duc.

Elle considéra son époux, doublement déroutée par ce changement et par son comportement inhabituel : le visage jaune et maigre du duc d'Otrante, d'ordinaire impénétrable, paraissait ce soir-là d'une vivacité qu'elle ne lui avait jamais connue. Le duc, austère et calculateur, semblait aussi joyeux qu'un adolescent. Elle en fut plus que troublée.

Durant tout le repas, composé de plusieurs services où se succédèrent bisque d'écrevisses, potages, brochet, saumon, dinde aux truffes, aspic de filet, perdreaux, poulardes, lapereaux et soufflés – le tout arrosé de champagne –, le duc d'Otrante fut charmant. Il monopolisa la parole, contant de savoureuses anecdotes. Il paraissait informé de tout ce qui se passait à Paris, que ce fût dans les ministères, les salons ou même les alcôves. Le déroulement des batailles et la diplomatie des chancelleries d'Europe n'avaient aucun secret pour lui. Il fit d'ailleurs comprendre que, bien qu'éloigné du pouvoir, sa police personnelle restait active et qu'il recevait plusieurs courriers par semaine.

— Et la guerre? monsieur le duc, lui demanda Forbin à brûle-pourpoint. On murmure que notre empereur pourrait s'attaquer au tsar.

— Ce serait une grave erreur, lui répondit suavement Fouché. La France a conquis l'Europe et il est temps de s'arrêter, de négocier une paix, en particulier avec l'Angleterre. C'est ce à quoi je me suis toujours attelé. Et j'en ai payé le prix. La Russie serait un trop gros morceau à avaler…

Il se tourna vers Antoine de Puylaurens.

— … Mais la recherche d'une paix juste avec notre vieil ennemi, l'Angleterre, ne doit pas signifier indulgence envers lui, aucun rapprochement… douteux ne saurait être tolérable.

Antoine mâchonna son morceau de perdreau avant de répliquer par une question :

— Mais cette guerre contre la Russie, comment l'éviter puisque nous risquons de la perdre ?

Otrante eut un geste fataliste.

— Si j'étais encore au pouvoir, je saurais bien convaincre l'empereur.

— Mais vous n'y êtes plus, mon ami, lui murmura doucement son épouse.

— Le Sénat pourrait s'y opposer, suggéra Forbin.

— En son temps, les Cinq-Cents se sont déjà heurtés à Bonaparte, répliqua sèchement Fouché. On sait ce qu'il a fait d'eux.

— Donc la guerre est inéluctable ! assura jovialement Antoine en plaçant ses mains à plat sur la table. Et donc nous la perdrons, poursuivit-il d'un ton presque joyeux. Que se passera-t-il alors ? Que deviendra l'Empire… et ceux qui l'ont soutenu ?

Fouché le considéra un moment avec une expression venimeuse. Pour la première fois, son visage cireux cachait difficilement ses inquiétudes.

Aglaé de Varadier comprit que le sujet de la conversation devenait brûlant.

— Votre épouse m'a annoncé que vous donneriez un bal pour Nouvel An, roucoula-t-elle.

— Absolument, madame ! Ce sera le plus grand bal jamais donné à Aix. J'espère vous y voir, ainsi que votre fille, fit-il, les yeux figés sur la gorge plantureuse de la jeune Ernestine.

Pour les invités, c'était un spectacle étonnant de découvrir ce vieillard, à la peau jaune et au crâne dégarni, complètement hypnotisé par les avantages de la jeune femme.

Celle-ci, inconsciente ou insensible à l'attention du libidineux duc, parut particulièrement réjouie, alors que madame la duchesse d'Otrante gardait une expression de sévérité pincée.

— Inviterez-vous aussi les Thibaudeau, monsieur le duc ? s'enquit Ernestine.

La question – étrange – fit sortir le duc d'Otrante de sa transe.

— Mon ami le comte Thibaudeau ? Oui, sans doute…

— Je pensais surtout à son fils, expliqua Ernestine, les joues rouges de confusion.

— Son fils ?

— Oui, lors du dernier bal de la préfecture, j'ai plusieurs fois dansé avec lui. Je serais tellement heureuse de le revoir ! C'est un si beau jeune homme !

Alice et Clotilde ne purent retenir un sourire devant le visage décomposé du régicide.

Aglaé comprit que sa diversion n'avait pas été une réussite. Elle en tenta une autre et minauda :

— Et ces brigands, ces voleurs de diligences, qui ont attaqué ma fille, que deviennent-ils ?

— Je crois que toute la bande a été exterminée par ce voyageur qui a pris la défense de ces dames, déclara Fouché d'un ton éteint.

— Le magistrat, ou le policier, qui était dans la voiture avec nous ? s'enquit Ernestine. Mais ne deviez-vous pas nous le présenter ?

— Euh… oui, c'est vrai, fit Otrante en levant les yeux et en considérant Alice d'un air sévère. Je pense même pouvoir le rencontrer rapidement.

Alice évita son regard et considéra longuement son assiette. Forbin et les Puylaurens se turent, n'ayant désormais qu'une envie : s'en aller.

On n'entendit plus que le bruit des couverts qui cliquetaient dans les assiettes.

Le regard gêné de la duchesse d'Otrante allait de l'un à l'autre. Aglaé de Castellane ne parvenait plus à trouver de nouveaux sujets de conversation et le duc paraissait fatigué, plus probablement blessé par le manque de tact de la jeune Ernestine.

On apporta des brioches à la crème, des fruits et des compotes de poires grillées, alors que seuls quelques apartés entre voisins se faisaient entendre.

Le dîner se termina dans une sorte de lassitude maussade, sans autres maladresses, insinuations, persiflages ou avertissements voilés. Ce fut madame la duchesse, embarrassée par la morosité et le silence des convives, qui proposa de passer quelques instants au salon de musique pour prendre tisanes ou liqueurs.

Alors que les convives s'y dirigeaient, le duc se rapprocha d'Alice et la retint fermement par le poignet. Elle le considéra sans cacher son mécontentement et même, disons-le, sa répulsion. Antoine, qui avait surpris le mouvement, s'approcha pour défendre sa sœur.

— Monsieur de Puylaurens, lui expliqua sèchement le duc, je dois dire quelques mots en privé à votre sœur.

— Ne pouvez-vous me les dire ici et maintenant ?

— Non. Voyez-vous, il s'agit de M. de Montfort, et seule mademoiselle votre sœur peut transmettre ma proposition, fit Otrante avec une lueur malveillante dans le regard.

— J'ignore de quoi vous parlez, déclara froidement Alice.

— Donnez-moi une minute seulement, insista Otrante sans se démonter. Croyez-moi, vous avez tout intérêt à m'écouter.

Le ton était maintenant ouvertement menaçant. Le regard d'Antoine croisa celui de Forbin qui lui fit comprendre de ne pas insister. Il opina et rejoignit son épouse qui avait assisté à la scène avec appréhension.

Resté seul dans la salle à manger, le duc fit signe aux valets de disparaître, puis proposa à Alice de faire quelques pas vers les fenêtres qui ouvraient sur le balcon de la façade.

Suffisamment loin du salon de musique, il jugea qu'on ne pouvait les entendre, sauf en cas d'éclats de voix.

— Mademoiselle de Puylaurens, je connais bien M. de Montfort.

— Vous avez de la chance, répliqua insolemment Alice, se forçant à lui sourire.

— Peut-être. Mais cessons ce jeu. Je sais que vous le cachez. Inutile de nier, précisa-t-il en levant une main. Vous allez simplement lui transmettre ce que je vais vous dire.

Alice restait impassible.

— En premier lieu, vous lui direz que je sais qui est son ennemi, celui qui a trahi et dénoncé Camille de Clapiers. Celui qui a organisé ces nouveaux *Compagnons du soleil*.

— Encore une fois, j'ignore de quoi vous parlez.

— Il se nomme Honoré de Cotignac.

Alice ne s'attendait pas à ce que Fouché connût *Capéou*, aussi ne put-elle retenir un frémissement de surprise et de crainte devant ce démon qui paraissait tout savoir.

— Vous dissimulez bien mal, mademoiselle, soupira le duc. Donc, je poursuis. M. de Cotignac est ici le chef des *Chevaliers de la Foi*, comme l'avait été son ancêtre, Jean de Pontevès de Carcès. Montfort a été envoyé en France par les services anglais dans le but de remettre quelque document, quelque objet à ce chef des *Chevaliers de la Foi*. Montfort sait-il que cet homme qu'il doit rencontrer est son ennemi *Capéou* ? Probablement, mais s'il ne le sait pas, je lui rends volontiers ce service. En tout cas, c'est lui qui a organisé l'attaque de la diligence dont vous avez été victime.

— Décidément, je ne comprends rien à votre discours, déclara fièrement Alice qui pourtant écoutait attentivement.

Otrante ignora sa dénégation.

— Je ne sais où vous cachez notre ami, mais précisez-lui ceci : je n'ai rien contre lui. M. de Cotignac est pour moi un plus gros gibier. Je devrais le faire arrêter, hélas, je manque de preuves ! Voici donc mon marché : M. de Montfort ne pourra aller loin, toutes les polices et maréchaussées le recherchent. S'il est pris, je ne pourrai plus rien pour lui et il sera fusillé. Par contre, s'il vient me voir, je peux lui obtenir un sauf-conduit pour quitter le pays. En échange, je veux qu'il me fournisse des preuves contre Cotignac et qu'il m'explique le rôle des *Chevaliers de la Foi* dans les causes de ma disgrâce.

Alice resta de marbre. Devant cette attitude, le duc d'Otrante, son visage tout aussi impassible, siffla entre ses dents :

— Dans le cas où votre ami refuserait de venir, je ferai arrêter toute votre famille pour trahison et collaboration avec l'Angleterre.

— Vous vous surestimez, *monsieur Fouché*, répliqua alors Alice sans se démonter et en évitant de lui donner son titre de duc.

» Croyez-vous sincèrement que quelqu'un vous écoute encore à la cour ou à la police ? Mon frère connaît personnellement l'empereur, il est capable de se défendre, et de me défendre, contre votre malveillance.

Fouché frémit de rage et de honte mais parvint à se maîtriser. Il n'avait pas envisagé que cette bécasse lui tiendrait tête. Le pire est qu'elle avait raison. Mais il disposait encore d'une cartouche.

— Peut-être avez-vous raison, jeune fille, répliqua-t-il suavement. Peut-être ne suis-je plus rien effectivement. Mais je peux aussi vous parler d'une circulaire que m'a transmise mon ami Thibaudeau concernant la décision que mon successeur, le duc de Rovigo, vient de prendre : il désire recevoir la liste des héritières jolies et non encore mariées pour les unir d'office aux meilleures familles soutenant l'Empire. Je lui proposerai votre nom[1]… si cela s'avère nécessaire.

Cette fois, Alice blêmit devant l'effrayante perspective. Fouché s'inclina.

— Je vous laisse rejoindre votre frère. Pour ma part, je suis fatigué et je me retire dans mes appartements.

Rentrée rue de la Porte Saint-Louis, Alice raconta son entrevue avec Joseph Fouché à Gabriel en présence d'Auguste de Forbin, de son frère et de Fulques.

— Je me fais fort de te faire sortir de France sans que tu te compromettes avec ce régicide dégoûtant, assura Forbin à Gabriel.

— D'autant que sa proposition cache certainement un piège, renchérit Antoine.

— Un piège ? Oui, sans doute, mais c'est aussi la chance pour moi de rencontrer Gaudin et de lui remettre

1. Cette authentique – et effroyable – circulaire date en vérité de 1811.

les preuves que je possède contre Cotignac, fit Montfort après avoir médité quelques secondes.

— Je pourrai les lui remettre après votre départ, suggéra Antoine.

— Non, ce ne serait pas la même chose. Je dois être face à face avec lui, lui raconter la vérité. Il ne faut plus que subsiste la moindre ambiguïté.

— Mais tu ne peux accepter de te livrer à ce monstre, fit Alice. Otrante peut très bien te faire fusiller.

— C'est un risque à prendre, mais je ne crois pas qu'il me livrera. Il pense que je suis venu porter quelque objet ou quelque dossier ici, à Cotignac, et en cela, il n'est pas loin de la vérité. Mais je peux lui faire croire que je suis là pour une tout autre mission. Un motif beaucoup plus valable. Il m'écoutera. Je ne viens pas sans munitions : si Bonaparte tombe, par ma position, par mon beau-père, je peux lui assurer une certaine protection lorsque le roi rentrera en France. Quel intérêt aurait-il à me livrer ? N'oubliez pas que Fouché s'intéresse surtout à lui-même, à sa fortune et au pouvoir. Cette rencontre est peut-être une chance pour obtenir que Cotignac soit enfin arrêté et jugé. Je dois la saisir, même avec ses risques.

16

Le dimanche 18 novembre 1810

Peu après la messe, Honoré de Cotignac se présenta à l'hôtel de Castellane. Il fut aussitôt reçu par Aglaé de Varadier qui l'accueillit dans un mélange de surprise et d'intérêt. Cotignac était veuf, riche et d'une noblesse presque aussi ancienne que celle des Varadier et des Castellane. Il pouvait faire un bon parti pour sa fille ou – pourquoi pas ? – pour elle-même. Après tout, elle n'était pas si vieille.

Après avoir remis sa redingote, sa canne et son chapeau à une servante, le président de la Cour de justice insista – étrangement – pour qu'Ernestine assiste à leur entretien. Serait-ce une demande en mariage ? s'interrogea Aglaé, toute émoustillée à cette idée.

Elle fit chercher sa fille qui les rejoignit dans le boudoir de l'hôtel, juste à côté du salon. La pièce n'était guère décorée et un mur gardait la trace du dernier tableau qui avait été retiré et vendu. Mme de Castellane vivait d'expédients et Honoré de Cotignac le savait. Ce qu'il ignorait pourtant, c'est à quel point le manque d'argent devenait sérieux pour Mme de Castellane, qui ne chauffait plus que ce boudoir.

Elle lui fit signe de prendre une bergère aux sangles avachies alors qu'elle-même et sa fille s'asseyaient sur une marquise qui avait connu des jours meilleurs.

— M. de Cotignac vient nous annoncer une importante nouvelle, ma fille, minauda Aglaé.

— Je suis confus de venir ainsi à l'improviste, mais les raisons de ma venue sont graves, expliqua Cotignac. Voyez-vous, il y a quinze ans, j'étais bien jeune alors et vous me pardonnerez, je l'espère, je participais plus ou moins à ces bandes de muscadins que l'on appelait ici les *Compagnons du soleil*.

— C'est tout à votre honneur, monsieur, le rassura Aglaé de Varadier d'un geste de la main.

— Rassurez-vous, je ne faisais pas grand-chose et j'ai très vite rejeté ces gens qui commettaient parfois des violences inadmissibles. Je n'ai d'ailleurs gardé aucun contact avec mes anciens compagnons, poursuivit Cotignac.

Il se tut une seconde, cherchant ses mots.

— Or, tout à l'heure, j'ai reçu un messager. C'était un homme qui avait participé à cette guerre que nous menions contre les jacobins, il venait me trouver de la part d'un de mes anciens camarades, un ami d'enfance, Gabriel de Montfort, ainsi que de votre amie, Alice de Puylaurens.

— Alice ? Il ne lui est rien arrivé ? s'inquiéta Ernestine.

— Non, rassurez-vous. Mais vous allez pouvoir m'éclairer… M. de Montfort serait l'homme qui était dans la diligence avec vous et qui a pris votre défense.

— Le magistrat, M. Viriot ?

— Je n'en sais pas beaucoup plus. Il aurait été blessé assez gravement et se serait réfugié dans une ferme abandonnée du Tholonet. De là, il aurait demandé de l'aide à votre amie Alice qui l'a rejoint. Mais seule, elle ne peut faire face aux difficultés et aux soins d'un tel malade. Or, M. de Montfort est recherché par la police. Gabriel m'a demandé son aide, et je vais m'y rendre, mais votre amie Alice aurait aussi besoin de vous. Il doit être veillé jour et nuit.

— Je suis prête à la rejoindre, monsieur, déclara Ernestine en se levant. Voulez-vous que nous partions tout de suite ?

— Une telle décision me paraît un peu précipitée, objecta Mme de Castellane. Ne pourrait-on auparavant prendre conseil…

— Je crains que non, le secret de la présence de M. de Montfort en Provence doit être préservé, or sa blessure s'est aggravée. J'ai seulement demandé à M. de Puylaurens, qui est médecin, de se rendre sur place. Mais si vous préférez rester, je partirai seul…

Il se leva à son tour, marquant sa déception.

— Il n'en est pas question ! décida Ernestine. Pour combien de temps en aurons-nous ?

— Je vous ramènerai demain. Il nous faut une à deux heures pour nous rendre là-bas, et votre présence permettra à Mlle de Puylaurens de se reposer un peu. Après quoi, je verrai comment organiser le départ de Gabriel, s'il guérit de sa blessure.

— Ma fille ne peut partir passer une nuit n'importe où, sans femme de chambre… si ça se sait… ce serait un scandale effroyable… elle serait discréditée, déshonorée même… Et moi aussi…, balbutia Aglaé en les considérant à tour de rôle.

— Je puis vous assurer que personne n'en saura rien, déclara fermement Cotignac.

— Mère, je vais demander à Pulchérie de me préparer un sac avec quelques vêtements. Si je suis sous la protection de M. de Cotignac, je ne risque rien.

— C'est certain, approuva *Capéou*.

— Dans ce cas…, hésita encore un peu Mme de Castellane, qui se moquait totalement d'Alice de Puylaurens mais ne voulait pas fâcher le président de la Cour de justice. Dans ce cas, j'accepte.

— Ma voiture attend dans la rue. Votre fille sera revenue d'ici demain soir, je m'y engage, insista celui-ci dans un martial mouvement du menton.

Mais déjà Ernestine était partie rejoindre Pulchérie pour préparer ses bagages. Mme de Castellane se leva à son tour et s'approcha d'Honoré de Cotignac pour lui murmurer en posant une main sur son bras :

— Vous m'avez rassurée. Je sais qu'elle sera en sécurité avec vous. Et puis ce voyage sera peut-être pour vous l'occasion de mieux faire connaissance avec ma fille…

— En effet, mais rassurez-vous, je veillerai sur elle comme un père.

— Je ne vous en demande pas tant, fit Aglaé dans un sourire contraint.

Ils échangèrent encore quelques banalités, Cotignac promit d'inviter Aglaé à une prochaine réception et avoua qu'il envisageait un remariage. Toutes choses qui plurent fort à la mère d'Ernestine.

La porte s'ouvrit et Ernestine apparut, enveloppée dans une ample pèlerine à capuchon couleur feuille morte.

— Ma femme de chambre me descend un bagage léger. Nous pouvons partir, déclara-t-elle, toute excitée par l'expédition.

— Demandez à Toinette d'apporter la redingote de monsieur le président, fit Aglaé.

Ils sortirent et regagnèrent le hall de l'hôtel. Pulchérie attendait déjà avec un gros sac de cuir. Elle échangeait quelques mots avec le portier. Ernestine arriva derrière eux, suivie de la dénommée Toinette qui apportait le manteau et le haut-de-forme de *Capéou*.

Toinette aida le président de la Cour de justice à s'habiller, puis, sur un signe de la comtesse, le portier ouvrit la porte et un air glacial pénétra dans l'hôtel. Une calèche était arrêtée juste devant. Aussitôt qu'il vit son maître, le cocher descendit et ouvrit la porte de la voiture avec déférence. À l'instant où Ernestine montait, après avoir embrassé sa mère, elle eut la fugitive impression de reconnaître cette silhouette colossale, à la main bandée.

Ernestine n'avait hésité qu'une seconde. La calèche ne contenait qu'un siège de cuir. Cotignac s'assit à côté d'elle. Elle frissonna et se serra dans sa pèlerine dont elle avait levé le capuchon, tant l'intérieur du véhicule était froid et humide.

Ils sortirent de la ville par la porte d'Italie et prirent la grand-route de l'Esterel.

Ernestine posait de nombreuses questions à *Capéou*, lequel répondait généralement par oui ou par non, peu désireux apparemment de s'expliquer davantage. Il faut dire qu'Honoré de Cotignac avait de quoi méditer. Il n'était pas certain de revenir à Aix, même après avoir vaincu son adversaire. Il en avait sans doute trop dit à Mme de Castellane et ses déclarations, une fois vérifiées, pourraient bien le faire suspecter. Après tout, peu de choses l'attachaient encore à cette ville, et il transportait une partie de sa fortune dans ses bagages. Le reste, dans des banques, pourrait aisément être transféré s'il choisissait de s'exiler. Pourquoi pas dans le Nouveau Monde ?

Cet étrange silence finit par troubler la jeune Castellane. Après avoir laissé derrière eux plusieurs chemins qui conduisaient vers le Tholonet, elle interrogea à nouveau son voisin :

— Mais où allons-nous exactement, monsieur ? Nous nous éloignons du Tholonet !

Capéou la regarda alors avec un air féroce qu'elle ne lui avait jamais vu.

— Nous n'allons pas au Tholonet, mademoiselle. En réalité, je peux vous le dire maintenant, je vous ai enlevée.

— Enlevée ? plaisanta-t-elle pour cacher sa crainte, mais je ne vous aime pas !

Pour elle, habituée à la lecture des romans-fleuves de Mme de Genlis, seuls les amants enlevaient leur fiancée.

Il eut un rictus.

— Autant vous l'annoncer, vous allez être pour moi une monnaie d'échange. Je vous conduis dans un de mes domaines où vous serez enfermée. Mon cocher préviendra ensuite votre amie Alice qui cache ce Montfort qui vous a défendue. Il devra se livrer à moi pour que je vous libère.

— Mais… mais c'est grotesque ! s'offusqua Ernestine. Pourquoi accepterait-il ? Et d'ailleurs, vous m'avez dit qu'il était blessé.

Cotignac soupira devant la bêtise de l'ingénue.

— J'ignore où il se trouve, mais votre amie Alice le sait. Elle lui transmettra ma proposition, et il viendra parce que c'est un homme d'honneur.

— Mais s'il refuse ?

— Alors, tant pis pour vous… quant à moi, je serai contraint de quitter la France…

— Et moi ? Comment vais-je rentrer chez moi ?

— Vous ne rentrerez pas chez vous, je vous donnerai à mon cocher, il aime bien les jeunes filles potelées comme vous et c'est un homme d'une rare brutalité. En outre, il tient un bordeau à Marseille et manque de bagasses. Vous ferez parfaitement l'affaire. Peut-être même vous vendra-t-il en Orient ou en Barbarie. Là-bas, on aime les filles à la peau claire.

Elle le considéra, les lèvres balbutiantes, épouvantée et livide.

— Je… je… ne comprends pas… Vous vous moquez…

Capéou la regarda avec un air effrayant.

— Vous vous prostituerez, si vous préférez.

— Mais je refuse !

— Vous n'aurez pas le choix. Vous serez enfermée et vous en prendrez bien l'habitude. Et puis, vous verrez, Guitton – c'est mon cocher sait parfaitement dompter les réticentes… Il aime même ça !

Elle bredouilla encore quelques mots incompréhensibles et se mit à sangloter.

— J'espère que vous comprenez bien quel est votre sort. C'est vous qui allez écrire à Alice et à Montfort, à vous donc de trouver les mots qui les convaincront.

— Et si je refuse ?

— Après être passée dans les mains de mon cocher, et peut-être dans les miennes, vous ne refuserez plus très longtemps. Maintenant taisez-vous, vous me fatiguez. Méditez plutôt sur votre avenir. Nous allons bientôt changer de chevaux, mais nous ne nous arrêterons pas dans un relais de poste. Et ce sera chez des gens… pas très recommandables. N'essayez pas d'appeler ou même de vous montrer à la fenêtre. S'ils voient une femme comme vous dans la voiture, je devrai vous livrer à eux le temps de la halte…

Ernestine perdit connaissance durant quelques minutes, tant elle se sentait basculer dans l'horreur. Puis, peu à peu, elle reprit conscience, puis courage. En continuant de pleurer doucement, elle observait le chemin.

Ce même dimanche, en fin de matinée, la voiture des Puylaurens attendait devant leur hôtel, d'où Gabriel de Montfort, Alice et le comte de Forbin sortirent. Alice ne voulait pas rester à attendre, dans l'angoisse, aussi Forbin avait-il proposé d'accompagner Gabriel sur le Cours, jusqu'à l'hôtel loué par Fouché, et ensuite de se rendre chez Mme de Castellane. Pour se rassurer, Alice désirait parler de Gabriel avec sa meilleure amie, et Auguste ferait ainsi une courte visite de courtoisie à la comtesse. Ensuite, ils rentreraient.

Le matin, un domestique avait apporté au duc d'Otrante une lettre de Gabriel précisant qu'il se présenterait chez lui à onze heures ; il souhaitait aussi la présence du commissaire Gaudin.

Le portier avait été informé de la visite de Gabriel de Montfort, et un laquais en perruque et livrée attendait pour conduire le jeune homme dans le bureau du duc.

Le domestique le précéda jusqu'au premier étage, lui fit traverser le grand salon vide et le laissa entrer seul dans le bureau après avoir pris sa redingote et son chapeau.

Assis à une grande table d'acajou, à la lumière de deux candélabres d'argent, le duc d'Otrante, des bésicles sur le nez, annotait un dossier. À la lueur blafarde des bougies, sa peau parcheminée, son crâne presque dégarni et son visage décharné donnèrent à Montfort la sinistre impression de rencontrer la Mort.

Fouché dissimula mal un sourire de victoire en voyant entrer Gabriel.

— Monsieur de Montfort, choisissez donc un siège.

Gabriel s'assit sur une chaise pendant que l'ancien ministre de la Police le considérait en silence.

— Vous êtes le dernier monarchiste à vouloir vous battre, dit-il finalement avec ironie. Le monde entier désire la paix, sauf vous.

— Je ne suis point les armes à la main et je suis venu librement.

— Niez-vous être un agent du comte d'Artois et un royaliste indomptable[1] ?

— Je ne nie rien, je suis royaliste, c'est une affaire de conscience.

— Vous êtes toujours sur les registres de la police et vous méritez d'être fusillé. Vous avez conspiré contre la République, puis contre l'Empire. Vous avez voulu, et vous voulez toujours, renverser le gouvernement.

— Un autre, plus adroit et plus heureux que moi, y est parvenu, répliqua tristement Montfort.

L'affirmation, stupéfiante, fit sursauter le duc.

1. Ce dialogue est inspiré de celui entre le marquis de la Maisonfort, agent secret du comte de Provence, avec Desmarets, chef de la police secrète, lors de sa capture en 1801.

— Qui donc ?

— Un nommé Buonaparte.

Fouché se surprit à sourire à la saillie et se radoucit.

— Cela fait douze ans que nous nous sommes vus.

— Ceci au moins est exact, Votre Excellence.

— Venons-en aux choses sérieuses ; Mlle de Puylaurens vous a donc transmis ma proposition ?

— Voici des documents qui vous permettront de faire arrêter et juger Honoré de Cotignac.

En parlant, il sortait de son habit un mince portefeuille glissé contre son gilet et le tendait au ministre.

Celui-ci l'ouvrit, sortit les documents et les parcourut rapidement.

— Vous ne perdez pas de temps en paroles inutiles… Comment avez-vous eu ces papiers ?

— Ils m'ont été remis à Londres avant mon départ.

Otrante secoua la tête pour marquer son incrédulité.

— Je ne comprends pas. Vous apportiez de tels documents en France ? Dans quel but ?

— J'avais toute latitude pour les utiliser, y compris celle de les remettre à la justice.

— C'est tout ce que vous veniez faire ?

— Non. Je venais aussi pour tuer Honoré de Cotignac.

Cette fois, le duc ne put retenir une contraction nerveuse de sa mâchoire, tant l'information que lui donnait Montfort n'était pas celle qu'il attendait. Il se domina pourtant et fit, les paupières mi-closes :

— Je sais que M. de Cotignac est un membre éminent des *Chevaliers de la Foi*, une société secrète dont vous faites aussi certainement partie… et je sais aussi que ces… terroristes préparent quelque entreprise contre l'Empire… Alors je m'interroge, pourquoi seriez-vous venu le tuer ?

— Parce qu'il s'apprêtait à nous trahir, déclara Gabriel en écartant les mains pour insister sur cette évidence.

Otrante réfléchissait à toute allure. Se serait-il trompé sur les véritables raisons de la venue de ce Montfort ? Qu'y avait-il dans ses bagages, pourquoi avait-il tant cherché à les retrouver ?

— Vous mentez ! décida-t-il agressivement en élevant la voix. Selon les témoins, vous transportiez des bagages particulièrement lourds. On vous les a volés et vous êtes parti à la poursuite des voleurs. Il y avait de l'or ou des documents importants dans ces bagages.

Montfort sourit narquoisement.

— C'est exactement ce qui avait été dit à Cotignac.

À nouveau, le visage du duc trahit le trouble et le doute qui l'avaient envahi.

— Que voulez-vous dire ?

— C'était un piège, bien sûr ! Voyez-vous, à Londres, nous ne savions pas à quel point Cotignac pouvait nous causer de graves préjudices. Il avait été prévenu de l'arrivée d'un envoyé qui lui remettrait une forte somme en or à l'*Hôtel des Princes*. À charge pour lui d'organiser le voyage de ce visiteur de l'endroit où il avait débarqué – je peux vous l'avouer, à l'est de Toulon – jusqu'à Aix, par la diligence. Je transportais un bagage empli de sacs de sable. Si la diligence était attaquée, comme il était le seul informé de ma venue, ce serait la preuve qu'il nous trahissait.

» Pour mettre à l'épreuve sa fidélité, les *Chevaliers de la Foi* lui avaient donné le nom de ce visiteur. Ainsi, il avait une occasion d'agir contre moi.

— Vous auriez pu y perdre la vie.

— J'ai été entraîné pour faire face à ce genre de chose et j'étais armé. Seulement, je n'avais pas prévu la présence de Mlles de Puylaurens et de Castellane.

» Libre de mes mouvements, j'aurais pu exécuter toute la bande, hélas, je n'ai pu agir comme je l'aurais voulu et quelques-uns des brigands ont fui avec mon bagage. C'était sans importance, évidemment, mais s'ils étaient au service de Cotignac, comme je le craignais, il ne fallait pas qu'ils découvrent qu'il contenait du sable. J'ai donc dû les rattraper. Ma blessure a compliqué les choses, mais j'ai heureusement réussi à regagner Aix.

Fouché restait silencieux mais, par moments, il se passait la langue sur les lèvres ou se frottait les mains, signe de sa nervosité. Gabriel poursuivit :

— J'avais pour instruction de faire disparaître Cotignac s'il s'avérait être un traître. Or, j'en étais désormais certain, mais je pouvais aussi remettre aux autorités les documents que vous avez en main. Ces papiers lui ont été volés, il y a quelques semaines, par un de nos hommes, entré à son service comme domestique. Finalement, votre convocation imprévue m'a permis de choisir une solution qui m'évite de me salir les mains sur cette fripouille.

Il se tut et le duc resta désemparé. Si Montfort ne mentait pas, il perdait toute chance de revenir à Paris la tête haute. Aurait-il donc tout misé sur une conspiration qui n'avait jamais existé ?

Mais cet espion pouvait également lui mentir… Après tout, c'était facile de le savoir : il le tenait et il pouvait lui extorquer la vérité par la force. Vidocq en était tout à fait capable.

— Vos explications ne peuvent me convaincre, monsieur de Montfort, déclara le régicide en se forçant à faire une moue de scepticisme. Je remarque que vous êtes fort loquace sur M. de Cotignac ou sur vous-même, mais vous ne me parlez guère des *Chevaliers de la Foi* qui m'ont pourtant fait exiler ici.

Gabriel opina poliment :

— Vous avez raison, monsieur le duc, mais je ne peux parler que de ce que je sais. Les *Chevaliers de la Foi* constituent une société au service du comte d'Artois et je ne sais rien de leurs projets. Je ne suis qu'un exécutant pour eux.

— Je ne vous crois pas ! tonna alors le duc.

Et se saisissant d'une clochette sur son bureau, il l'agita furieusement.

Le commissaire Gaudin et François Vidocq entrèrent en silence dans le bureau.

— Messieurs, arrêtez cet homme, leur ordonna Otrante dans un rictus épouvantable. Vous l'emmènerez à la prison, au secret, et vous obtiendrez des réponses aux questions dont je vous ai écrit la liste sur ce document.

Gaudin fit un pas en avant, mais un geste de Gabriel l'arrêta net.

— Pierre Gaudin ! Depuis que je vous ai reconnu, dans les gorges d'Ollioules, je savais que je vous croiserais à nouveau.

— Monsieur, j'espère que vous vous laisserez passer ces bracelets sans vous débattre, déclara Gaudin d'une voix neutre.

— Me débattre ? ironisa Gabriel. Je n'y songeais même pas, laissez-moi seulement vous remettre une lettre.

— Une lettre, de qui donc ? s'enquit Otrante avec hauteur.

— Demandez-moi plutôt *d'où*, déclara lentement Montfort en considérant Gaudin.

— D'où ? murmura Gaudin légèrement alarmé.

— De l'au-delà…, répliqua Gabriel.

Gaudin blêmit alors que l'ami de Camille de Clapiers sortait calmement un pli jauni de son gilet.

Il le lui tendit dans un lourd silence.

— Votre belle-sœur vous demande des comptes, dit-il d'une voix égale.

À cet instant, on assista à quelque chose d'étonnant : Gaudin posa les menottes qu'il tenait à la main sur la table, devant Fouché, fit un pas en avant et, les yeux embués de larmes, la main tremblante, se saisit du papier.

— Cette lettre provient du bureau de M. Honoré de Cotignac, précisa Gabriel d'un ton froid. Il la conservait religieusement, ou honteusement si vous préférez.

Le commissaire parcourut d'abord la face extérieure sur laquelle était écrit le nom du destinataire : Honoré de Cotignac. Puis il la retourna :

Mon amour,

Sauve-moi et sauve ton fils. J'ai accouché en prison, il y a trois mois, d'un garçon aussi beau que toi.

Je t'en supplie,

Ta Fassy

Gaudin la lut une seconde fois. Finalement, il la laissa pendre à sa main et, se tournant vers le duc d'Otrante, lui déclara dans un spasme :

— Monsieur le duc, je ne peux plus arrêter cet homme.

Le silence se fit. Les quatre hommes restaient figés. Gaudin, désespéré, gardant les yeux baissés. Montfort, tous les sens en alerte, n'excluant pas de fuir en utilisant les deux pistolets cachés dans sa redingote. Otrante, indécis mais curieux de connaître le contenu de la lettre. Vidocq, enfin, observant chacun, légèrement amusé.

— Donnez-moi cette lettre ! ordonna finalement le duc d'Otrante.

Machinalement, Gaudin la lui tendit et l'ancien ministre de la Police la parcourut. Ainsi, c'était bien Cotignac qui avait tué la fille et l'enfant. Gaudin s'était toujours trompé en accusant Clapiers, mais pour le duc, cette lettre n'était pas une révélation. Depuis qu'il avait identifié Cotignac, il avait aussi deviné que c'était lui l'assassin de cette Fassy. Il leva les yeux et déclara au commissaire :

— Monsieur Gaudin, je comprends votre désespoir, votre peine, mais j'ai ici d'autres documents accusant M. de Cotignac. Je vais donc vous confier cette enquête et vous préparer toutes les pièces nécessaires pour le magistrat instructeur. Mais en attendant, vous allez arrêter cet homme comme je vous l'ai ordonné.

— Avant d'agir aussi stupidement, je peux vous proposer mieux, déclara Gabriel en croisant nonchalamment les jambes. Accordez-moi une minute en tête-à-tête.

Otrante hésita une seconde, puis opina et fit signe à Vidocq et Gaudin de sortir. Ils s'exécutèrent.

— Je vous donne une minute.

— Vous pouvez, certes, m'arrêter, me faire fusiller même, mais cela ne vous rendra pas votre poste de ministre. Vous ne disposerez jamais d'éléments pour envisager un retour en grâce auprès de Napoléon. Maintenant, imaginez une seconde qu'il existe un complot contre l'empereur, et que cette entreprise réussisse. Le comte d'Artois deviendra notre roi, Louis XVIII. Et si vous êtes la cause de ma mort, M. Spencer Perceval, qui est un ami de mon beau-père, demandera au roi un châtiment exemplaire contre celui qui m'a fait assassiner. Alors que si vous me laissez libre de rentrer en Angleterre, vous aurez gagné un allié. Louis XVIII aura besoin d'un ministre de la Police. Je parlerai de vous au comte d'Artois, je lui dirai qu'il peut compter sur vous.

» À vous de choisir. D'un côté, vous ne gagnez rien et vous perdrez tout, d'un autre vous ménagez votre avenir et votre fortune. Réfléchissez…

À cet instant, la porte du bureau s'ouvrit dans un grand fracas et Auguste de Forbin pénétra dans la pièce. Il était suivi de Mme de Castellane, d'Alice de Puylaurens et des deux policiers.

— Que signifie ? cria Otrante en se levant.

— M. de Cotignac vient d'enlever Mlle de Castellane, déclara Forbin avec une feinte nonchalance.

— Comment ? Enlever ? Votre fille ? Mais c'est impossible, balbutia Fouché, le visage décomposé, brusquement vidé de son sang.

Aglaé de Varadier s'avança, flétrie et méconnaissable. Vieillie de dix ans, elle balbutia entre ses larmes :

— M. de Cotignac est venu chez moi, il y a deux heures. Il m'a assuré être envoyé par Mlle de Puylaurens. Il devait se rendre dans une ferme, une bergerie du Tholonet… je ne sais plus trop… où l'attendait Mlle de Puylaurens avec son frère pour soigner un de ses anciens compagnons, blessé, M. de Montfort. Alice lui faisait dire qu'elle avait besoin d'elle. Elle faisait appel à elle, car ce Montfort était l'homme qui les avait sauvées... dans les gorges d'Ollioules... Ils sont partis ensemble.

Elle s'essuya le visage avec son mouchoir.

— Mais peu de temps après, Mlle de Puylaurens est venue rendre visite à ma fille. Je lui ai dit qu'Ernestine était partie la voir... Elle ne comprenait pas... et puis, j'ai parlé de Cotignac et alors... M. de Forbin m'a dit que toute l'histoire était un mensonge et qu'il l'avait certainement enlevée !

— Par le Diable ! Que va-t-il en faire ? demanda Fouché.

— Il a compris que la partie était perdue, intervint Gabriel qui s'était levé. Ernestine est maintenant son otage pour faciliter sa fuite.

— Il faut avertir monsieur le préfet, insista la comtesse en se tordant les mains de désespoir. Il mettra toutes les polices à la trousse du ravisseur. Ma fille ! Le seul bien qui me reste ! gémit-elle en songeant que si Cotignac abusait d'elle, elle ne pourrait plus la proposer au duc... Encore que...

— Pourquoi avertir M. Thibaudeau ? protesta Otrante. Je suis là, moi !

— Je ne sais pas... M. Thibaudeau est si puissant, et son fils a dansé avec ma fille lors du bal de la préfecture. Il fera certainement tout pour la retrouver...

— Son fils ? Ce bellâtre ! gronda Otrante avec courroux en songeant au jeune homme, certes vigoureux et gaillard, mais à la tête bien vide. Laissez-moi plutôt faire, je dispose ici des deux meilleurs policiers de France (il montra Gaudin et Vidocq). Je me fais fort de ramener votre fille sans une égratignure.

— Est-ce vrai ? lui demanda Mme de Castellane en essuyant ses larmes et en lui saisissant les mains avec affection. Je ferai tout ce que vous désirez, monseigneur, si vous me la rendez.

— Nous verrons, nous verrons…

Il la prit affectueusement par la main et la conduisit vers la porte.

— Rentrez chez vous, je vous ramènerai moi-même votre enfant.

— Madame, monseigneur, intervint alors Gabriel de Montfort, tout ceci est ma faute. C'est moi qui retrouverai Cotignac, et moi seul. J'ai un compte terrible à régler avec lui.

» Monsieur le duc, ajouta-t-il en se tournant vers Fouché, nous reprendrons notre conversation plus tard, si vous me le permettez. Je dois partir sur-le-champ.

Le duc se sentit piégé. Il ne pouvait refuser la proposition de Montfort, mais il ne pouvait le laisser s'échapper. Il eut la présence d'esprit de proposer :

— Madame la comtesse, rentrez chez vous avec Mlle de Puylaurens. J'accepte la proposition de M. de Montfort, car avec l'aide de mes hommes, il ne peut que réussir.

En même temps, il faisait signe à Alice d'emmener Aglaé.

À son grand soulagement, elles s'exécutèrent sans insister, et ne restèrent dans le bureau avec Fouché que Gabriel, Forbin et les deux policiers.

17

Le dimanche 18 novembre (suite)

Les deux femmes étaient à peine sorties que Gabriel déclara à Fouché, d'une voix sifflante qui dissimulait mal sa rage :

— Je n'ai aucun besoin de vous !

— Vous oubliez votre état, monsieur de Montfort ! Et à qui vous parlez ! Vous êtes proscrit, recherché, je peux vous faire jeter en prison, fusiller même, si je le souhaite, gronda le duc d'Otrante en levant le menton pour le considérer avec morgue.

— Faites donc ! Croyez-vous que c'est ainsi que vous retrouverez Mlle de Castellane ? lui répliqua tout aussi insolemment l'ancien *Compagnon du soleil*.

— Il faudrait déjà savoir où elle se trouve, intervint alors Vidocq avec pragmatisme.

— Moi, je le sais ! assura Montfort en se tournant vers lui. Et je suis le seul capable de libérer cette pauvre fille. Mais je n'ai besoin de personne pour agir. Cette affaire me regarde. Seul.

Digérant cette remarque, le duc d'Otrante l'observa un moment pensivement, les yeux mi-clos, hésitant à menacer plus avant, car il se doutait que cela ne servirait à rien. Après quoi, il regarda Vidocq, puis Gaudin qui gardait un visage décomposé depuis qu'il avait eu connaissance de la lettre de Fassy. Le regard vague, le commissaire paraissait lointain, isolé dans un autre monde.

— C'est d'accord ! décida le régicide en opinant lentement. Je veux bien vous laisser partir avec MM. Gaudin et Vidocq.

— J'irai avec toi, Gabriel, intervint Forbin en posant une main sur l'épaule de Montfort. Cotignac peut très bien avoir des complices avec lui, en plus de son cocher. On ne sera pas trop à quatre.

— Vous n'avez donc rien compris ? s'insurgea Gabriel en se dégageant avec brusquerie. Je ne peux faire confiance à cet homme !

Du doigt, il désignait Gaudin.

— Il a accusé injustement mon meilleur ami. Il a tout fait pour qu'il soit fusillé et il y est parvenu. Croyez-vous une seconde que je vais lui confier ma vie – et la vôtre – dans une entreprise aussi hasardeuse ?

— Si je me suis vraiment trompé, dit alors Gaudin d'une voix morne et le visage crispé, je suis prêt à assumer ma faute. Cette lettre que vous m'avez remise semble vous donner raison, mais il y a tant de choses que j'ignore ou tout au moins que j'ai mal interprétées.

— C'est pourtant simple ! lui jeta Montfort. Cotignac était l'un des chefs des quatre bandes de *Compagnons du soleil* fondées à Aix.

— Qui étaient les autres ? demanda sournoisement Otrante en songeant qu'il pourrait bien utiliser cette information.

Gabriel l'ignora et poursuivit :

— Il a dû rencontrer votre belle-sœur, je ne sais comment, à Marseille sans doute. Il était bel homme, il l'a séduite et engrossée.

Gaudin lui jeta un étrange regard, puis acquiesça en déclarant sur un ton à la fois haché et monotone :

— Honoré de Cotignac a effectivement été arrêté comme suspect en mai 1794 et enfermé dans l'abbaye Saint-Victor. C'est mon frère qui dirigeait la section chargée de le juger. Avec Antoine, nous avions aussi en charge la surveillance des cellules, et c'est Fassy qui portait à manger aux prisonniers. Je m'en souviens parce que Cotignac faisait toujours le joli cœur avec elle, mais elle se moquait de lui. Elle était si dure avec les prisonniers que je n'aurais jamais pensé qu'il pourrait la séduire.

— Il a dû la revoir plus tard, proposa Gabriel, quelque peu radouci devant l'air misérable du commissaire.

— Sans doute. À notre tour, Antoine et moi avons été enfermés après le 9 Thermidor. J'ai été rapidement libéré et je me suis occupé de Fassy pendant qu'Antoine restait emprisonné au fort Saint-Jean. Ensuite Fassy a été arrêtée, elle aussi, expliqua le commissaire. C'est alors qu'on l'a transférée à Aix avec une vingtaine de Marseillais. Jusque dans cette prison où elle a été assassinée… avec son fils. Un homme m'a rapporté qu'un groupe de *Compagnons du soleil* était entré de force dans le quartier des femmes. Cotignac aurait-il pu être à leur tête ?

— Votre Fassy a dû écrire de sa prison à Cotignac. Elle savait qui il était et elle était persuadée qu'il obtiendrait sa libération, proposa Fouché.

— Mais c'est la mort qu'elle a obtenue, conclut Montfort. À cette époque, Cotignac devait se marier avec Pulchérie de Vidauban. Il a dû être terrorisé en recevant ce billet. Pour lui, si Fassy parlait, c'était la honte et la ruine.

Il poursuivit après une brève hésitation :

— Je me souviens bien de cette époque. Le samedi 9 mai, tous les capitaines des *Compagnons du soleil* s'étaient réunis à Saint-Marc. Le tribunal criminel départemental avait instruit la procédure contre les jacobins emprisonnés à Aix et le procès devait s'ouvrir le lundi. Il y avait parmi eux les assassins de Pascalis, ainsi que des complices de l'abbé Rive qui avaient cent fois mérité la mort.

» Nous avons beaucoup parlé, nous n'étions pas d'accord. Certains voulaient qu'on fît justice nous-mêmes. Plusieurs d'entre nous avaient proposé que le peuple se chargeât de ces criminels, estimant qu'un procès était inutile puisqu'ils étaient coupables !

» Après l'épouvantable massacre des frères Frégier, d'autres devinaient qu'il serait impossible d'arrêter la populace si nous l'excitions contre les prisonniers.

» Cotignac avait suggéré un procès dont nous aurions été les juges. Mais Camille s'était opposé à lui. Il avait expliqué qu'il y avait des femmes et des enfants dans la prison : *Quoi qu'elles aient fait, elles ne doivent pas subir le sort des Frégier !* avait-il dit, *si nous laissons faire la populace, elles seront écharpées, pire peut-être.* Il avait donc proposé un grand défilé sur le Cours pour faire étalage de notre force. Devant une telle action, les magistrats n'oseraient acquitter les coupables, surtout si nous restions à Aix durant tout le procès.

» Le panache de ce coup d'éclat nous avait séduits. Le lendemain, le défilé avait été un immense succès. Nous étions en grand équipage, avec ceintures vertes et ganses immaculées, pistolets d'argent et sabre à la ceinture. La foule en liesse nous avait acclamés triomphalement. Nous étions certains que devant ce déploiement de force, les juges ne pourraient acquitter les sans-culottes criminels.

» Ensuite, durant le procès, nous avons monté la garde au su et au vu des gendarmes et des dragons, expliquant que nous n'interviendrions qu'en cas d'acquittement.

» J'ai appris plus tard que Cotignac avait pourtant fait circuler la rumeur de la libération des terroristes prisonniers. Il avait aussi fait distribuer de l'eau-de-vie à la lie de la populace. C'est lui aussi qui avait expliqué combien il serait facile de pénétrer dans les casernes et de faire justice. Peu à peu, la foule s'est déchaînée et a finalement pénétré dans les casernes. Cotignac n'a eu qu'à la suivre. Il s'est rendu au quartier des femmes avec quelques hommes à lui, leur promettant de les leur livrer pour satisfaire leurs bas instincts. Il a trouvé sur place un groupe de misérables qui avait eu la même idée. Il les a décimés ; après quoi, il a massacré Fassy et ses compagnes ainsi que l'enfant. Et au final, il a tué ses comparses.

Personne ne l'avait interrompu. Gaudin avait gardé les yeux baissés, seuls ses poings crispés et son visage exsangue témoignaient de la souffrance que lui causait le récit de Gabriel.

Quand Montfort eut terminé, il y eut un silence, puis Vidocq intervint :

— Il faut nous dire où il s'emplanque, monsieur. Nous n'avons pas beaucoup de temps.

Montfort hésita un instant, mais il songea que Forbin avait raison, l'entreprise serait rude et il pourrait trouver là-bas une forte partie.

— Il est forcément dans son château de Cotignac, déclara-t-il d'une voix sourde.

— Cotignac ne lui appartient pas, objecta Forbin en haussant les épaules. Il est aux Simiane, pourquoi serait-il allé là-bas ?

— Cette forteresse, agrippée aux falaises, est une partie de sa vie. Il y est né, nous y avons joué, enfants, bien qu'il ait plusieurs années de plus que moi. Nous étions comme deux cousins, deux frères même, à cette époque. Après avoir créé les *Compagnons du soleil*, c'est là-bas qu'il se réfugiait lorsque la maréchaussée devenait trop pressante. Plusieurs fois, je l'y ai retrouvé avec Camille. Cotignac est un nid d'aigle, imprenable, inexpugnable. Les Simiane le lui ont toujours loué à bas prix, puisqu'ils ne l'occupaient pas. Je suis certain qu'il a encore les clefs. Il ne peut être que là-bas.

— C'est bien possible, reconnut le duc d'Otrante en opinant. Il m'avait parlé de son projet de racheter et de remeubler le château, de lui rendre son lustre d'antan. Mais si c'est une forteresse imprenable, comment comptez-vous faire pour y entrer ?

— Montfort n'est qu'à une lieue de Cotignac, je m'y rendais presque chaque jour avec toute une bande de gamins du village. Je connais tous les passages, je sais comment entrer discrètement dans le château.

— Admettons. Mais dans ce cas, ne vaudrait-il pas mieux envoyer la troupe ? proposa Vidocq qui pensait en avoir assez fait et n'avait guère envie de risquer sa peau sottement dans une affaire qui ne le regardait pas.

— Si Cotignac est acculé, si on met le siège devant le château, il tuera Mlle de Castellane, déclara nonchalamment Forbin.

— Non ! Ne prenons aucun risque ! accepta Otrante, le visage encore plus cadavérique que d'habitude. Pensez-vous vraiment pouvoir pénétrer là-dedans et la sauver ?

— Certainement.

— Alors, allez-y et ramenez-la vivante… sinon…, gronda le régicide.

— Je dois être avec vous, déclara alors Gaudin d'une voix suppliante.

Jusque-là, il était redevenu distant, à nouveau étranger à ce qui se passait.

— Vous devez me faire confiance, martela-t-il en regardant Montfort. C'est important pour moi… Je vous en supplie.

— Je n'ai pas besoin de vous, lui répliqua sèchement Montfort. Cette affaire ne concerne que Cotignac et moi. Je veux bien de M. Vidocq et d'Auguste, mais pas de vous ! Cette entreprise ne vous concerne plus. Souvenez-vous que vous avez déjà réglé vos comptes en tuant Camille !

— Vous n'avez pas le droit de me dire ça, murmura Gaudin, une expression effrayante sur le visage. Vous ne connaissez pas la vérité… J'ai désormais moi aussi une dette terrible à régler avec Cotignac.

Gaudin était blême, il transpirait et paraissait souffrir le martyre. En même temps, il les considérait à tour de rôle en silence dans un mélange d'espoir et d'anxiété.

Fouché l'observait. Depuis quelques minutes, une hypothèse vertigineuse, invraisemblable, incroyable le taraudait. Et comme Gaudin restait muet, n'osant en dire plus, le duc proposa en plissant les yeux :

— L'enfant… l'enfant de Fassy… c'est pour lui que vous voulez y aller ?

Gaudin le considéra en balbutiant des mots incompréhensibles.

— L'enfant ? fit Gabriel à son tour, car il venait aussi de deviner… L'enfant de Fassy n'était pas de Cotignac ?

— Non ! hurla Gaudin en tombant à genoux. J'ai trahi mon frère pendant qu'il était en prison, j'ai couché avec sa femme : l'enfant était mon fils !

Après l'effroyable révélation, Forbin et Gabriel étaient partis pour préparer l'expédition, alors que Vidocq et le commissaire Gaudin, qui n'était plus que l'ombre du policier qu'il avait été, attendaient leurs instructions de l'ancien ministre de la Police. Il avait été convenu qu'ils se retrouveraient une heure plus tard, à la porte d'Italie, avec leur monture et entièrement équipés pour une longue expédition.

— Monsieur Gaudin, déclara Fouché d'un ton assez sec, je vous confie les préparatifs de cette opération. Voyez avec mon intendant ce dont vous avez besoin : armes, chevaux, vêtements de voyage. Vous choisirez vos montures dans mon écurie. Je vous fais confiance. Vous pouvez disposer, j'ai encore quelques mots à dire à M. Vidocq.

Gaudin s'inclina sans poser de question et sortit.

Le duc d'Otrante fit signe à Vidocq de le suivre dans un petit cabinet, juste à côté de son bureau.

Il en referma soigneusement la porte et lui déclara, les mains derrière le dos et le visage sans expression :

— Monsieur Vidocq, sitôt que je vous ai reçu, je me suis interrogé sur vous. Vous n'aviez guère l'allure d'un policier, vos relations avec M. Gaudin étaient étranges, votre capacité à vous introduire dans une bande de canailles, à vous fondre parmi les scélérats, était pour le moins inhabituelle dans le milieu de la sûreté. Or, je n'aime pas rester dans l'incertitude sur les gens que j'emploie. J'ai donc fait partir quelques dépêches par courriers rapides auprès de M. Desmarets et de M. Henry. J'ai beau ne plus être leur ministre, ils ne peuvent pas refuser de me dire la vérité.

» Hier au soir, j'ai finalement reçu leurs réponses. Je sais qui vous êtes, d'où vous sortez et ce qui vous motive.

Vidocq perdit un peu de couleur.

— Mais je sais aussi juger les hommes. J'ai deviné ce que vous valez. Le *petit* Desmarets m'a écrit que vous souhaitiez devenir policier… C'est d'accord, je vous obtiendrai un poste d'agent, de commissaire peut-être, et même plus – pourquoi pas ? –, mais à une condition…

— Laquelle, monseigneur ?

— Que vous m'obéissiez.

— Je le ferai, monseigneur, soyez-en assuré.

— Vous avez remarqué que M. Gaudin a été très secoué par ce qu'il a appris, qu'il a même un comportement inquiétant.

— En effet, excellence.

— C'est donc vous qui allez le remplacer : voici mes dernières instructions et j'entends que vous les suiviez à la lettre.

Vidocq fronça les sourcils, attentif mais légèrement surpris.

— Je veux – vous m'entendez : je veux – que vous rameniez Mlle de Castellane vivante et … (il s'éclaircit la gorge) non meurtrie… vous comprenez ce que je veux dire ? Vous en répondez sur votre vie.

Vidocq opina.

— Ce n'est pas tout. Je veux que vous me rameniez aussi M. de Montfort vivant. Je désire toujours l'interroger sur les raisons de sa venue et il ne faut pas qu'il m'échappe. Cette fois, s'il ne me dit pas la vérité, alors la guillotine l'attend.

— Je serai seul, monseigneur. Je ne pourrai peut-être pas compter sur le commissaire Gaudin. Quant à M. de Forbin, c'est son ami. Si M. de Montfort ne souhaite pas rentrer à Aix avec moi, je n'aurai guère de prise contre lui…

— Vous êtes adroit, cela suffira. Après avoir sauvé Mlle de Castellane, vous direz à M. de Montfort que je l'attends. S'il ne se présente pas, je ferai fusiller Mlle de Puylaurens pour l'avoir caché et ne pas l'avoir dénoncé alors que c'est un proscrit et un espion anglais.

Vidocq, particulièrement concentré, opina lentement alors que Joseph Fouché poursuivait :

— Enfin, et ce sera le plus difficile pour vous, je veux Honoré de Cotignac vivant.

— Nous serons quatre, objecta Vidocq à nouveau, dont deux qui désirent sa mort… il sera difficile de les empêcher d'agir.

— Non. M. de Montfort ne désire pas tuer son ennemi, il souhaite même qu'il soit jugé, il m'a remis des pièces en ce sens. Vous n'avez donc qu'un homme à surveiller : le commissaire Gaudin.

— Mais comment l'empêcher d'agir ? Il est si facile de tuer un homme.

— Si M. Gaudin tente de tuer Cotignac, je vous donne l'autorisation de l'abattre.

— Moi ! Vous me demandez de goupiner le commissaire Gaudin ? Vous voulez que la veuve[1] me raccourcisse !

— Je vais vous rédiger une courte lettre dans laquelle je porterai mes constatations sur l'impossibilité de faire confiance au commissaire. Cette lettre vous donnera l'ordre de le surveiller et de l'empêcher de soustraire Honoré de Cotignac à la justice, ceci par tout moyen à votre convenance. Ce document vous conviendra-t-il ?

— Dans ce cas, certainement.

— Très bien, je saurai vous récompenser comme il convient.

— J'agirai comme vous me le demandez, accepta Vidocq sans état d'âme.

Otrante lui ordonna alors de rejoindre Gaudin et de se préparer. Il écrirait la lettre durant ce temps et l'ancien bagnard n'aurait qu'à venir la chercher avant de partir.

Quand Vidocq se fut retiré, Fouché resta dans son cabinet à méditer, un léger sourire aux lèvres. Si tout se passait bien, Ernestine ne pourrait se refuser à lui après qu'il l'eut sauvée. Et deux *Chevaliers de la Foi*, deux membres importants de cette société secrète, Cotignac et Montfort, seraient entre ses mains. Il aurait alors toutes les cartes pour agir au mieux de ses intérêts. À Paris, ils verraient que même n'étant plus ministre de la Police, personne n'était aussi adroit que lui. Napoléon devrait bien le reconnaître !

Chez les Puylaurens, Gabriel et Auguste avaient réuni Antoine et son beau-père Fulques. Le médecin

1. Guillotine.

avait été informé des derniers événements, et si Alice n'était pas là, c'est qu'elle n'était pas encore rentrée de chez Mme de Castellane, qu'elle devait consoler.

— Je ne suis pas certain de revenir à Aix après avoir délivré Ernestine, expliqua Gabriel à Antoine. J'ai raconté beaucoup de mensonges à Fouché, mais il n'est pas stupide au point de les avoir crus sans preuve. Si je revenais avec Ernestine, il ne me lâcherait pas.

— Allez-vous attendre qu'Alice revienne avant de partir ?

— Non, le temps nous est compté. Ce sera à vous de lui demander…

— Allez-vous rentrer en Angleterre ?

— Une frégate anglaise croise au large de Toulon. Hier à minuit exactement, elle a déjà dû envoyer une chaloupe me chercher. Comme je n'étais pas à ce rendez-vous, une seconde tentative aura lieu samedi prochain.

— Nous sommes dimanche, cela fera six jours à attendre, s'inquiéta Antoine.

— En effet, je me cacherai à Toulon, n'ayez crainte.

Ils se turent tous deux. Antoine savait ce que Gabriel n'osait dire. Finalement, il fut le plus courageux :

— Vous souhaitez qu'Alice vous rejoigne ?

— C'est mon plus cher désir, si vous êtes d'accord et si elle accepte de partir avec moi vivre en Angleterre et de m'épouser. Mais notre exil ne durera pas, je peux vous rassurer, Bonaparte disparaîtra bientôt et le roi reviendra.

— Vous pensez que ce sera mieux ? persifla Antoine en haussant les épaules.

— Je ne sais pas… je ne sais plus, répondit Gabriel en songeant au gros bonhomme goutteux qui se faisait déjà appeler Louis XVIII. Je peux seulement le souhaiter.

— Je parlerai à Alice à son retour. Si elle est d'accord, elle pourra vous rejoindre, décida Antoine. Mais ce sera compliqué, il faudra que nous l'amenions à Toulon, et surtout que le duc d'Otrante ne nous l'interdise pas.

Les quatre hommes se retrouvèrent comme convenu à la porte d'Italie. Le premier arrivé avait été Gaudin. À la fin de la réunion avec le duc d'Otrante, il avait été surpris quand Fouché avait demandé à Vidocq de rester un instant, mais il n'avait pas attaché plus d'importance que ça à la demande du duc. Son esprit était entièrement tourné vers l'assassin de son fils : Honoré de Cotignac. Il se l'était juré, c'est lui qui le tuerait.

Ensuite, il s'était rendu dans le cagibi de l'hôtel de Forbin où il logeait avec Vidocq et s'était machinalement équipé pour le voyage, puis il était descendu à l'écurie choisir des chevaux. C'est là que Vidocq l'avait rejoint, sans dire un mot sur sa discussion avec le duc. Les deux anciens compagnons étaient désormais des étrangers.

Gabriel de Montfort et Forbin étaient arrivés les derniers. Ils avaient eu quelques ultimes arrangements à mettre au point avec Fulques et Antoine. Après quoi, ils avaient dû se préparer et Antoine leur avait prêté des vêtements chauds, des armes, des provisions et des montures.

L'après-midi était donc désormais bien avancée, le temps était humide et froid. Tous quatre avaient revêtu de grosses pèlerines de laine et chaussé d'épaisses bottes.

Forbin était colonel et Gaudin commissaire, pourtant tous deux se placèrent implicitement sous les ordres de Gabriel de Montfort qui devint leur général. Alors qu'ils se mettaient au galop, celui-ci songea que leur troupe ressemblait étrangement à la bande de *Compagnons du soleil* que commandait Camille à l'époque où ils n'étaient plus que cinq avec Roman, Féraud et Cazelle.

Combien de lieues avaient-ils à parcourir ? Une grosse vingtaine, au moins. S'ils ne s'arrêtaient pas, ils arriveraient vers minuit à Cotignac, certainement épuisés et gelés. Il leur faudrait alors accomplir l'impossible : pénétrer dans la forteresse par un chemin qu'aucun sain d'esprit n'aurait jugé praticable.

L'air était glacial, une fine pluie tombait par moments.

Ils galopaient.

Durant les brèves haltes dans des relais de poste ou de simples auberges, et uniquement pour changer de monture, Gabriel leur faisait part de quelques bribes de son plan, sans vouloir toutefois leur dire comment ils entreraient dans le repaire de Cotignac, cette forteresse qui se dressait contre les falaises qui surplombaient le village[1].

Ils galopaient.

La nuit était tombée. Tels les quatre cavaliers de l'Apocalypse, dans un effroyable vacarme de cliquetis de ferraille et de martèlement de sabots, ils traversaient des villages endormis. Ce fut Puyloubier, puis Pourrière, et enfin la ville de Saint-Maximin qu'ils contournèrent par des chemins que seul Gabriel connaissait. Ensuite,

1. On peut encore les visiter. Le château était situé à gauche des grottes, il n'en subsiste que le jardin et deux tours.

il les conduisit vers Barjols. Ils longeaient de sombres bâtisses isolées dans la campagne. Des commanderies en ruines, des chapelles. Sans Montfort, ils se seraient perdus. Et malgré la nuit, Gabriel connaissait parfaitement son chemin.

Ils galopaient.

Enfin, ce fut Barjols et la descente finale vers Cotignac.

18

Du lundi 19 au samedi 24 novembre 1810

Cotignac est construit à l'abri d'une abrupte falaise d'où dégringole une cascade. Très tôt, pour se protéger des invasions, les habitants ont creusé le rocher pour y aménager un dédale de cavernes imprenables. Au Moyen Âge, les seigneurs de Carcès et de Castellane y construisirent un étrange château fort agrippé à la falaise. De cette forteresse, détruite au XIXe siècle, il ne reste plus rien sinon deux tours de guet ruinées.

Les quatre cavaliers arrivèrent devant le village alors que la lune était déjà haute et lumineuse, bien que voilée par des écharpes de brume. Ils s'arrêtèrent à une centaine de cannes de l'enceinte fortifiée, devant une fontaine construite sur la captation d'une source et qui servait d'abreuvoir aux moutons.

Le château se dressait sur le fond vaporeux de la nuit, orgueilleux et menaçant, en partie fondu dans l'imposante paroi sur laquelle il s'agrippait. À droite de la bâtisse, la falaise était percée de profondes cavités qui apparaissaient comme de sinistres tavelures :

c'étaient les anciens refuges que les premiers habitants avaient creusés dans l'escarpement pour se protéger de leurs ennemis. La plupart de ces cavités étaient reliées par des sentiers ou des tunnels évidés dans la roche.

— Comment veux-tu que l'on entre là-dedans ? protesta Forbin, impressionné par la muraille abrupte surmontée d'un chapeau de nuages qui encerclait les tours de guet et le donjon.

En effet, les premières fenêtres d'habitation – des fenêtres à meneaux – ne s'ouvraient qu'à plus de dix cannes du sol. Au-dessous se trouvaient des caves et des celliers qui avaient longtemps été des prisons.

Gabriel, empreint d'un bonheur sauvage à l'idée de faire enfin payer ses crimes à *Capéou*, descendit de cheval en expliquant à ses compagnons :

— Je suis né à Montfort, près d'ici. J'ai passé mon enfance dans les grottes de la falaise. Je connais tous les passages et tous les sentiers.

Levant les yeux vers la paroi qui lui parut plus raide que dans ses souvenirs, il ajouta pourtant, en s'adressant à Auguste :

— Mais tu as raison, ce ne sera pas facile !

Les autres descendirent à leur tour de leur monture pendant que Gabriel détachait les deux cordes suspendues à sa selle. Ensuite, il sortit un de ses pistolets anglais de la sacoche de selle et le glissa dans sa pèlerine.

— Nous allons laisser les chevaux ici et nous poursuivrons à pied. Les portes de la ville ne sont plus fermées depuis des années.

Ils ôtèrent les selles et les déposèrent sous un pin parasol, puis ils s'équipèrent. Gabriel passa les deux rouleaux de corde en sautoir autour de sa poitrine et s'empara d'une lanterne à huile que Fulques lui avait donnée. Quand il fut prêt, il constata qu'Auguste de Forbin n'avait que son sabre de cavalerie à la main. Il se moqua en désignant la lame du doigt :

— Là où nous allons, il ne va pas t'être bien utile.

— Nous verrons, répliqua Auguste avec insouciance. J'ai aussi ça, ajouta-t-il en entrebâillant sa redingote de laine pour dévoiler un élégant pistolet de duel glissé dans sa ceinture.

Vidocq avait aussi un pistolet dans son manteau, et un plus petit dans son gilet, ainsi qu'un long chourin[1] bien aiguisé.

Gaudin choisit uniquement un pistolet d'arçon dont il vérifia l'amorce.

Ils se mirent en route dans la brume humide. Le chemin les conduisit à la porte moyenâgeuse percée dans la muraille et grande ouverte. Ils traversèrent le village endormi en suivant la grand-rue bordée de vieilles maisons. Parfois, un chien aboyait à leur passage.

Au pied des falaises, un porche de pierre permettait d'accéder aux jardins du château. La masse rocheuse se dressait devant eux, vertigineuse et hostile. Gabriel leur désigna un sentier qui les éloigna de la forteresse. Ils l'empruntèrent.

— Nous ne nous dirigeons pas vers le château, remarqua Vidocq qui suivait Montfort.

— Non, nous allons utiliser une autre entrée, moins fréquentée.

Après avoir marché quelques minutes, Gabriel s'arrêta devant la falaise, face à une sorte de couloir

1. Couteau.

vertical où l'on distinguait de minuscules marches creusées dans la pierre.

— Faites attention, nous allons monter ici. Ce sera raide, et si vous perdez pied, c'est la mort assurée.

L'escalier taillé dans le roc était étroit et glissant. Il laissait parfois la place à un simple sentier de moins d'un pied de large qui courait le long de la paroi rocheuse.

Ils commencèrent l'ascension. Quelques rares et maigres arbrisseaux leur servaient de prise. Enfin, après plusieurs minutes difficiles, ils pénétrèrent dans une sorte de grotte, un tunnel en réalité.

— Baissez-vous, car la voûte est basse, murmura Gabriel.

Tenant leur chapeau à la main, ils débouchèrent dans une salle assez vaste, une excavation rocheuse dans laquelle on avait percé une vaste fenêtre d'où on apercevait le village en contrebas. La salle était sans issue et avait dû servir d'ultime refuge dans les siècles troublés.

— Et maintenant ? demanda Forbin en examinant les lieux avec intérêt.

Gabriel s'était accroupi et, avec son briquet, avait allumé la lanterne. Il la leva au-dessus d'eux.

— Vous voyez, cette roche et ces trous, ces sortes de failles, juste au sommet ? Un peu plus haut, invisible d'ici, s'ouvre un minuscule passage.

— Mais c'est à trois cannes au moins, c'est inaccessible !

— Je vais passer le premier avec la corde à ma taille, je connais les prises et je sais comment atteindre le passage, ensuite j'attacherai la corde à un piton. Vous n'aurez qu'à l'utiliser pour me rejoindre. Là-haut, il y a une faille, vous me suivrez, il faudra ramper assez longtemps mais ce n'est pas dangereux. Au bout, nous arriverons sur une plate-forme à pic sur la falaise, seulement à quelques cannes de la première fenêtre. C'est à partir de là que ce sera dur.

Il posa la lampe, ôta sa pèlerine et, en gilet et chemise, s'élança. Telle une grosse araignée, il grimpait lentement, se dirigeant tantôt vers la droite, tantôt à gauche. Il parvint à l'orifice et, durant un moment, les trois hommes ne le virent plus. Soudain, ils entendirent sa voix, étouffée :

— C'est fait, j'ai attaché la corde. À vous ! J'attends d'abord Auguste pour l'aider à passer, puis ce sera à son tour d'aider le suivant. Moi, je continuerai. Le dernier prendra la lanterne.

Les autres retirèrent aussi leur redingote alors que le cordage se déroulait depuis la voûte comme un long serpent.

Avec l'aide de la corde, Auguste grimpa sans difficulté. En quelques secondes, il fut en haut et attrapa la main de Gabriel qui l'aida à se glisser dans le trou. Puis Gabriel l'abandonna et se mit à ramper plus loin. Il lui restait la seconde corde autour de la poitrine. La plus longue.

Le tunnel débouchait sur une minuscule plate-forme donnant sur un à-pic. Au-dessous, le gouffre était vertigineux. La pluie avait recommencé à tomber. Le long de la falaise, vers la droite, se dressait le château qui s'appuyait sur les rochers. La première fenêtre était à environ cinq cannes, deux ou trois pieds plus bas.

Gabriel examina la paroi rocheuse, tentant de retrouver les prises qu'il avait l'habitude d'utiliser quand il avait sept ans. Plusieurs fois, avec Cotignac, ils s'étaient amusés à passer par là, glissant sur une minuscule crête de la muraille en s'aidant de rachitiques touffes de thym et de romarin.

Seulement, il était beaucoup plus lourd qu'à sept ans.

Il cherchait désespérément ses repères quand il sentit Forbin dans son dos.

— Tu ne vas pas passer par là ! souffla-t-il. Il n'y a rien… c'est de la folie !

— Je vais m'attacher à la corde. Si je perds pied, retenez-moi et faites-moi descendre jusqu'en bas. Prends ce bout et fais une boucle solide sur ce rocher en me laissant sept ou huit cannes de libre.

En parlant, il avait difficilement déroulé la corde de sa poitrine et la lui passa en se contorsionnant.

— Tu ne peux pas descendre là ! insista Auguste. Laisse-moi chercher un autre passage !

— Ne t'inquiète pas. Tu distingues cette sorte de crête qui court jusqu'à la fenêtre ? Je vais glisser dessus, très vite. J'ai fait ça dix fois. Je me rattraperai sur la corniche de la fenêtre.

— C'est de la folie, répéta Forbin pendant que Gabriel attachait la corde sous ses aisselles, vérifiant qu'il avait suffisamment de jeu.

— Si tu tombes, la corde ne t'aidera pas et tu t'écraseras sur la paroi.

Mais Gabriel ne l'écoutait plus. Après avoir une nouvelle fois repéré les quelques broussailles qui pouvaient le retenir, il s'était élancé.

La glissade fut terriblement rapide, quelques touffes s'arrachèrent. Il se rattrapa de justesse à la corniche en saillie de la fenêtre et cala son pied gauche contre le meneau de pierre. Le cœur battant à tout rompre, il prit finalement pied sur l'entablement.

Les meneaux et la traverse coupaient l'ouverture en quatre portions rectangulaires. Dans chacune ouvrait un châssis aux petits carreaux translucides sertis dans le plomb. Gabriel, toujours en équilibre, parvint à sortir sa lame de sa botte et en glissa la pointe dans l'un des sertissages qui s'écarta facilement. Il tira, récupéra le morceau de verre, puis passa la main pour chercher la crémone intérieure. Presque à bout de force, il la débloqua et la poussa.

Il se glissa par l'ouverture dans une salle déserte et poussiéreuse. La fenêtre était bâtie dans une profonde ébrasure du mur, avec un banc de pierre autour du renfoncement, ce qui lui facilita le passage. Une fois au sol, il entrebâilla un second châssis et ôta la corde qui l'attachait, puis il la passa dans l'ouverture, l'entoura au meneau et fit un solide nœud. Ensuite, il se hissa à nouveau dans la fenêtre et ressortit sur l'encorbellement. Il vit Forbin qui l'observait avec inquiétude et lui fit signe de la main pour le rassurer.

Forbin attacha plus solidement la corde de manière à la tendre, puis, avec le sabre glissé dans son gilet, il entreprit de traverser en se tenant au cordage.

Quand il fut arrivé à l'entablement, Gabriel l'aida à descendre à l'intérieur de la fenêtre.

Ce fut alors le tour de Vidocq qui avait observé l'opération et qui, ayant une grande habitude des cambriolages, passa sans difficulté avec la lanterne.

Gaudin eut plus de mal, glissant plusieurs fois et n'évitant la chute qu'en se retenant au cordage.

Pendant ce temps, Forbin explorait les lieux. Ils se trouvaient dans la grande salle du château, une pièce rectangulaire formée de trois parties, chacune à quatre voûtes en arc d'ogive. La partie centrale possédait une cheminée. En face d'eux, le mur n'était que la falaise. Une sorte de demi-tour avait été construite devant. Gabriel savait qu'elle renfermait un escalier à limaçon qui desservait des chambres. À l'extrémité de la salle, on distinguait une ouverture vers un vestibule d'où débouchait l'escalier principal.

Pendant que Vidocq rallumait la lanterne et que Gabriel vérifiait l'amorce de son pistolet, Gaudin parvint enfin sur le soubassement extérieur et entreprit de se glisser dans le châssis. À cet instant, la porte de la demi-tour s'ouvrit. Il n'y avait eu aucun bruit précurseur, aucun grincement.

En un instant, Gabriel reconnut Narcisse Guitton qui brandissait un pistolet en tenant la poignée de la porte de sa main bandée.

Tout se passa très vite.

S'ils furent pris de court par l'arrivée inattendue du colosse, celui-ci parut autant décontenancé en découvrant du monde dans cette pièce qu'il croyait vide. Mais le scélérat se ressaisit rapidement : il tira sur Gaudin qui était le plus visible dans la lumière lunaire. Le coup parti, n'ayant qu'une main utilisable, Guitton lâcha son arme et se saisit d'un second pistolet glissé dans sa ceinture, qu'il pointa sur Vidocq.

Montfort fit feu presque au même instant. Mais Narcisse, ayant vaguement perçu le geste de Gabriel, avait déjà tiré le battant pour se protéger.

Forbin se précipita immédiatement contre la porte, sabre et pistolet en main. Il donna un vigoureux coup de botte dans le panneau de bois, mais celui-ci était déjà verrouillé de l'intérieur.

Forbin les protégeant, Gabriel glissa son arme dans sa ceinture pour s'approcher de Vidocq qui soutenait le pauvre Gaudin. Une immense tache rouge se répandait sur la poitrine du commissaire.

Ils l'allongèrent et Gabriel déboutonna son gilet. Le sang jaillissait de la poitrine comme d'une fontaine. Montfort comprit que la balle avait percé le cœur ou l'artère au-dessous.

Déjà, le regard de Gaudin était vitreux. Gabriel lui prit la main et la serra. Elle était molle et froide. Gaudin murmura entre ses lèvres :

— Pardon pour Camille… Mon fils… vengez-le… Fassy… j'arrive…

Puis il expira.

Gabriel resta prostré un instant, secoué par ce drame imprévu, si rapide. C'est Vidocq qui retrouva le premier son sang-froid. Il se leva, blême, et fit à Montfort d'une voix rauque :

— Si vous n'aviez pas tiré, le deuxième coup était pour moi.

— Qu'y a-t-il par là ? intervint Forbin en désignant la porte.

Gabriel se redressa, la mâchoire serrée.

— Un escalier à vis qui conduit aux deux chambres de l'étage… cette porte est le seul passage. Ceux qui sont là-haut sont prisonniers. On va leur faire la peau…

— Le vantail est solide. Et dans un escalier à vis, ils nous tireront comme à la foire… Sans compter qu'ils ont la fille comme otage, remarqua Forbin.

— On n'a pas entendu crier Mlle de Castellane, fit sombrement Vidocq. Si elle était… vivante, elle aurait dû demander du secours, après avoir entendu ces coups de feu.

— Peut-être est-elle bâillonnée ? proposa Forbin, qui pensait pourtant comme Vidocq qu'ils s'en étaient débarrassés.

— Pourquoi l'auraient-ils fait ? objecta le bagnard. Ils ne s'attendaient pas à notre arrivée. Moi, je dis que si on ne l'a pas entendue, c'est qu'elle est refroidie. De toute façon, elle les gênait. C'est triste, mais oublions-la. Il y a du bois près de la cheminée. Enfonçons la porte et enfumons-les. Ils seront bien obligés de sortir de leur souricière.

— Rien ne dit qu'Ernestine est avec eux, proposa Gabriel. Cotignac peut l'avoir séquestrée ailleurs, ne serait-ce que pour ne pas tenter Narcisse. Cet homme est un monstre avec les femmes, Cotignac ne peut pas lui faire confiance. En laissant Ernestine avec eux, dans la même pièce, il aurait été capable du pire.

— Où l'aurait-il enfermée ?

— Pourquoi pas dans les prisons, en bas ? Il y a des cellules creusées dans la roche, toutes avec des portes de fer. Enfermée, personne ne pourrait entendre Mlle de Castellane.

— On va vérifier, proposa Forbin. On peut accéder aux prisons par cet escalier ?

Il désignait le vestibule.

— Oui. Il faut descendre au palier inférieur, ensuite tu trouveras un couloir à droite, puis une porte et un escalier qui descend profond. En bas, il y a une galerie qui dessert les cellules. N'oublie pas la lanterne.

Forbin prit la lampe et partit.

Pendant que Vidocq surveillait la porte, pistolet à la main, Montfort entreprit de recharger son arme.

Soudain, la porte de l'escalier à vis s'ouvrit à nouveau et Narcisse en jaillit, comme un diable. Mais cette fois, Vidocq était prêt. Il tira et le colosse s'écroula, atteint en plein cœur.

Hélas, Cotignac était derrière, tenant aussi un pistolet dans chaque main. Il menaça Vidocq, qui ne put sortir sa seconde arme de son gilet, tout en pointant l'autre pistolet sur Montfort.

Mais à l'instant où Narcisse avait tiré, Gabriel venait de finir de recharger. À peine l'ancien tonnelier s'était-il écroulé qu'il tenait aussi Cotignac en joue.

Les regards des deux anciens amis se croisèrent au moment où ils allaient tirer simultanément.

Pourtant, ils ne le firent pas, restant tous deux pétrifiés. Chacun menaçait mortellement l'autre, mais cette dissuasion simultanée les rendait mutuellement impuissants.

Cotignac pouvait tirer sur ses deux adversaires, mais il savait que Montfort l'abattrait en même temps. Quant à Gabriel, il pouvait tuer *Capéou*, mais au prix de sa propre mort et de celle de Vidocq.

Ils restèrent ainsi une longue minute, ne quittant pas des yeux l'arme de l'autre, tendus à l'extrême.

Soudain, on entendit du bruit dans l'escalier. C'était Auguste qui revenait :

— J'ai trouvé Ernestine ! Elle est dans une cellule, cria-t-il, mais je n'ai pas de clef…

Il apparut et se figea à son tour en découvrant la scène.

— Étrange partie d'échecs, fit alors sarcastiquement Cotignac sans quitter la main de Montfort du regard. Les deux rois sont pat…

— Réglons ça seulement tous les deux, proposa Montfort.

— Un duel ?

— Pourquoi pas ? Si je gagne, je ramènerai Ernestine à sa mère, et si je perds, tu seras libre de partir, mais sans elle… Tu n'as pas le choix, Auguste a aussi un pistolet. Tu ne peux nous tuer tous les trois. Dans un duel, il te reste au moins une chance de vivre.

— Qui me garantit qu'il sera loyal ?

— Moi ! assura Forbin. Tu as ma parole. Tu peux déposer tes armes sans risque.

— Tu seras juge d'armes ?

— Oui.

— Tu as aussi ma parole, déclara Montfort. Rien ne t'arrivera.

— Je choisirai mon arme ?

— C'est d'accord.

— Ce sera le sabre, puisque je vois que Forbin en a un.

Lui-même avait un sabre au côté.

— Je veux ta parole, Forbin, poursuivit-il. Si je gagne, je suis libre !

— Je te l'ai dit, tu l'as.

Cotignac se baissa et déposa ses deux pistolets sur les carreaux, puis se redressa, un regard de triomphe dans les yeux. Montfort baissa à son tour son arme et, sans pour autant quitter Cotignac des yeux, se dirigea vers Forbin qui sortait son sabre de son fourreau. Vidocq observait la scène avec stupéfaction, hésitant à sortir son pistolet et à loger une balle dans la tête de Cotignac. Cette affaire d'honneur entre aristocrates le laissait incrédule. Puis il se dit que s'il agissait ainsi, les autres pourraient le lui reprocher, et il ne bougea pas.

— Cotignac est un bretteur émérite, prévint Forbin à mi-voix. J'ai déjà fait des assauts avec lui et il m'a toujours battu.

— Je sais encore me battre, répliqua Gabriel en saisissant le sabre.

Les deux hommes étaient face à face dans la longue salle sombre.

Chacun avait en main un sabre de cavalerie. Une arme lourde et difficile à manier en combat à pied. Ils tournèrent un moment autour d'un point invisible placé entre eux. Chacun tentant de repérer la faiblesse de l'adversaire. Ils savaient qu'il n'y aurait pas de quartier. C'était un combat à mort.

Brusquement, ce furent les premiers échanges, des chocs d'une violence extrême, mais à chaque fois, la lame qui s'abattait heurtait l'acier de l'autre sabre.

Curieusement, en frappant de toutes ses forces, chacun sur son adversaire, tous deux pensaient à la même chose : à ces duels qu'ils avaient déjà menés dans cette même salle alors qu'Honoré avait treize ans et Gabriel seulement huit. À cette époque, ce n'étaient que des escarmouches d'enfant avec des sabres de bois, et Honoré apprenait les ruses de son maître d'armes à son petit compagnon.

Des étincelles jaillissaient à chaque cognement. Il y eut ainsi une vingtaine d'échanges. Mais déjà la fatigue se faisait sentir. Les deux hommes étaient hors d'haleine et soufflaient désormais à chaque engagement comme des bêtes fourbues, baissant les bras entre les assauts pour reprendre des forces.

Brusquement, les nuages qui masquaient la lune s'écartèrent et le regard de *Capéou* croisa celui du compagnon de son enfance. La sauvagerie qui brillait dans les yeux de Montfort lui produisit un bref frisson de panique. Durant une infime seconde, son attention se relâcha.

Il ne vit pas venir le coup fatal et ne le sentit pas non plus. Il s'écroula sans vie. La lame de Gabriel lui était entrée dans l'épaule et lui avait fendu la poitrine jusqu'au cœur.

Alors, Montfort lâcha son sabre sanglant qui tintinnabula sur les carreaux de grès. Épuisé, il s'affala et s'assit à même le sol, prenant sa tête entre ses mains. Forbin le rejoignit et resta immobile à côté de lui tandis que Vidocq s'approchait du cadavre et, sans gêne ni pudeur, se mettait à le fouiller. Du gilet ensanglanté, il sortit une clef rouillée qu'il montra à Forbin.

— Ce doit être celle de la cellule. La pauvre fille doit être gelée avec ce froid, il faut aller la chercher.

Forbin prit la clef.

— J'y vais et je la ramène.

— Non, dit Gabriel en se redressant dans un halètement. Il est inutile de la conduire ici, avec ce sang, ces morts. Elle en a assez vu… On va descendre jusqu'aux cuisines, on y trouvera du bois et on allumera un feu pour la réchauffer. Ensuite, on avisera.

Ils firent ce qu'il avait décidé. Ils trouvèrent Ernestine recroquevillée à même le sol. Un peu plus tôt, quand elle avait entendu Forbin lui parler et la rassurer, elle avait repris espoir. Puis il était parti et n'était pas revenu.

Alors elle s'était effondrée.

Maintenant elle était froide et ne bougeait plus. Enfermée depuis des heures par une température glaciale, sans même une couverture, elle espérait seulement une mort rapide pour éviter de devenir le jouet de ses ravisseurs.

Avec beaucoup de douceur, Forbin et Gabriel la transportèrent, inconsciente, jusqu'aux cuisines. Entre-temps, Vidocq était sorti et avait rapporté des bûches et des fagots.

Ils installèrent la jeune fille sur le seul banc qu'il y avait, face à l'âtre. Vidocq était en train d'allumer une flambée.

Forbin serra Ernestine contre lui et elle ouvrit enfin les yeux. Quand elle vit les flammes danser joyeusement, pour la première fois, elle eut un faible sourire.

Après avoir allumé le foyer, Vidocq était reparti. Il revint au bout de quelques minutes avec un manteau, des couvertures et des provisions.

— Je suis allé chercher ça dans la chambre de Cotignac. Puisqu'il a touché son décompte, il n'en a plus besoin ! plaisanta-t-il en lançant un clin d'œil à la jeune fille.

Ils enroulèrent Ernestine dans le manteau. En farfouillant, l'ancien bagnard découvrit un vieux pot de cuivre qu'il utilisa pour préparer un bouillon avec quelques provisions trouvées dans un placard. Il prit l'eau dans le puits d'angle de la cuisine.

Pendant ce temps, Forbin et Montfort échangeaient quelques mots à voix basse. Finalement, la jeune fille, un peu réchauffée, leur demanda :

— Où sont-ils ?

— Là-haut ! répondit Gabriel. Ils ne vous ennuieront plus.

— … Vivants ?

Sa voix chuintante ne cachait pas sa terreur.

— Non, mademoiselle ! répondit Vidocq, hilare. Ils ont perdu le goût du pain !

Elle soupira en lui souriant faiblement.

— J'ai eu si peur.

— C'est terminé, fit Forbin en riant. Ce matin, je vous ramène à votre mère, et ce soir, vous serez chez vous, dans votre lit. Demain, vous pourrez même aller danser.

— Que va-t-on faire des corps ? demanda Vidocq en remuant lentement la soupe dans son chaudron.

— Il a raison, reconnut Forbin en s'adressant à Gabriel. On ne peut pas les abandonner ainsi.

Montfort réfléchit un instant avant de proposer :

— Il y a une chapelle dans le jardin, où sont ensevelis les Cotignac. Nous ouvrirons une dalle et nous y placerons les corps. C'est une terre consacrée et personne n'ira les chercher là.

— Faisons-le avant le lever du jour.

Forbin se leva en disant ces mots.

Ils sortirent, suivis de Vidocq avec la lanterne. La pluie s'était transformée en une légère neige. Gabriel les conduisit à la chapelle fermée avec une chaîne rouillée.

— Il me faudra un outil, remarqua l'ancien forçat en étudiant la fermeture à la lueur de la lampe. J'en chercherai un en allant prendre les corps.

— Pendant ce temps, j'irai jusqu'aux chevaux et je les ramènerai, proposa Montfort. Il y a des provisions dans mes sacoches.

Il sourit pour la première fois depuis son combat.

— Je commence à avoir faim.

Il partit à pied vers le village, tandis que Forbin et Vidocq retournaient au château.

Revenant avec une barre de fer, l'ancien bagnard brisa la chaîne. Ils avaient transporté le corps de Gaudin et le déposèrent sur le sol. La chapelle n'était pas très grande, deux dalles fermaient l'entrée de la crypte. À deux, ils parvinrent à les déplacer. Un escalier glissant, couvert de mousse verdâtre, descendait vers une cave où étaient alignés quelques corps desséchés, ainsi que des ossements, sur des étagères de planche. Les plus récents étaient dans des cercueils dont la plupart avaient été brisés, sans doute durant la Révolution. L'odeur douceâtre de la mort flottait dans le caveau. Devant certains des corps ou de leurs restes, une plaque de pierre, de fer ou de cuivre gravée indiquait encore le nom, le titre et quelquefois le jour de la mort du défunt. Forbin les examina un instant à la lueur de la lanterne, laissant parfois filtrer une exclamation d'étonnement ou d'amusement :

— Tiens, il est là, lui ?

— Nous avons encore beaucoup à faire, monsieur, lui reprocha Vidocq qui se sentait mal à l'aise dans ce lieu.

— Vous avez raison, mon ami, simplement j'aime bien les cryptes. Je pourrai faire une peinture de celle-ci… savez-vous que j'en ai visité une étonnante à Rome, celle de San Martino…

— Moi j'ai jamais aimé le royaume des taupes, grommela l'ancien forçat.

Ils remontèrent alors qu'Auguste narrait à un Vidocq indifférent les aventures qu'il avait connues à Rome[1]. Ils se saisirent ensuite du corps de Gaudin qu'ils firent glisser en bas de la crypte. Il leur fallut deux autres voyages pour ramener Narcisse et Cotignac, puis ils redescendirent au fond du caveau.

— Installons-les sur les étagères vides, proposa Forbin. Ils y seront bien pour l'éternité.

Quand ce fut fait, Vidocq remonta rapidement, laissant Forbin murmurer une rapide prière.

En remontant à son tour, il découvrit Montfort revenu avec les chevaux. Ils replacèrent les dalles, puis, après

1. Voir *Marius Granet et le trésor du Palais Comtal*, même éditeur.

avoir conduit les montures à l'écurie où se trouvaient déjà celles de Cotignac, ils revinrent dans la cuisine où Ernestine avait repris des couleurs et les attendait.

Montfort distribua la nourriture qu'il avait apportée et ils firent une sorte de souper frugal et joyeux. Tout en mangeant de bon appétit, Ernestine raconta, souvent en mêlant rires et larmes, les odieux projets de Cotignac la concernant. À leur tour, ils lui expliquèrent comment ils étaient parvenus jusqu'à elle.

Quand chacun fut rassasié et réchauffé, Gabriel leur proposa quelques heures de sommeil avant de repartir.

— Monsieur, lui déclara alors Vidocq qui n'avait guère participé à la gaieté générale, j'ai à vous parler.

Les autres le considérèrent dans un silence surpris mêlé d'inquiétude.

L'ancien bagnard se frotta le nez, puis le menton. Il avait longuement hésité, mais il voulait maintenant vider son sac, même si, pour cela, il devait retourner en prison.

— Vous m'avez empêché d'avaler le goujon[1], tout à l'heure, et par deux fois…

— Vous auriez fait de même, compagnon, répliqua Gabriel.

— Peut-être… peut-être pas… Écoutez-moi plutôt, je ne suis pas policier… Je vous ai menti…

— Menti ?

— Oui. M. Gaudin et M. Fouché vous ont laissé croire que j'étais un cogne, mais en vérité, je suis un bagnard, un forçat. On m'a sorti de la prison de la Force uniquement pour cette mission.

— Un bagnard ! s'exclama Ernestine avec épouvante, plaçant une main protectrice sur ses seins.

1. Dans ses mémoires, Vidocq utilise ce terme pour passer à trépas.

— Oui, madame, j'ai fourliné et maraudé... j'appartenais à une bande de riffaudeurs... mais j'ai jamais chouriné... pourtant, j'ai été au bagne de Toulon, je m'en suis évadé, puis j'ai été repris... On m'a mis à la Force... M. Desmarets cherchait quelqu'un capable d'aider le commissaire Gaudin à pénétrer la bande des *Compagnons du soleil*. C'est pour ça qu'on m'a choisi, et aussi parce que je voulais devenir honnête. (Il sourit modestement.) Je voulais même devenir policier !

Devant la gêne du bandit, mais aussi sa simplicité et, disons-le, sa sincérité, Gabriel resta tout d'abord silencieux avant de lui déclarer :

— Vous avez pleinement réussi. Sans vous, Gaudin n'aurait pas pu pénétrer la bande de Narcisse. Peut-être même aurais-je été tué dans l'attaque de la diligence, ainsi que mademoiselle. Vous pouvez rentrer à Paris la tête haute. Desmarets s'occupera de vous et tiendra ses promesses.

— Avec le commissaire qui tient compagnie aux taupes ? gouailla le forçat. Lisez plutôt ceci...

Il sortit de sa poche la lettre de Fouché.

– Avant de vous rejoindre, j'avais reçu du duc d'Otrante des instructions vous concernant.

Gabriel se saisit du pli, le parcourut, impavide, puis le passa à Forbin qui en déclama des extraits à haute voix :

— ... impossibilité de faire confiance au commissaire trop impliqué dans les crimes d'Honoré de Cotignac... Je vous charge de le surveiller... et de l'empêcher de soustraire M. de Cotignac à la justice... par tout moyen à votre convenance...

— Voilà bien une histoire farce ! plaisanta finalement Auguste en rendant la lettre à Vidocq.

— Fouché croyait-il réellement que j'allais me remettre entre ses mains après avoir libéré mademoiselle ? ironisa à son tour Gabriel.

— Non, c'est pourquoi il m'avait demandé de vous prévenir : si vous ne rentriez pas à Aix, il ferait arrêter Mlle de Puylaurens. Il désire que vous jaspiniez la vérité sur votre venue à Aix, sur des fonds que vous auriez transportés… et je ne serais pas surpris si, après ça, il vous envoyait à la culbute[1].

— Que ça ? persifla Auguste de Forbin.

— Je ne comprends rien à ce dont vous parlez, intervint Ernestine. De quoi s'agit-il ? Et je ne sais toujours pas pourquoi Cotignac vous en voulait tant…

— Je vous raconterai toute l'histoire en vous ramenant, la rassura Forbin en lui prenant la main.

Il se tourna vers Vidocq.

— Merci de nous avoir prévenus, mon ami. Mais Mlle de Puylaurens ne tombera pas entre les mains de M. Fouché.

» Voici ce que nous avions prévu de faire…

Le lendemain, le mardi donc, Ernestine de Castellane et sa mère se présentèrent au milieu de la matinée à l'hôtel de Forbin. Le duc d'Otrante, inquiet et insomniaque depuis deux nuits, les reçut avec stupéfaction.

— Mademoiselle… vous êtes sauve ! Et je n'en savais rien… mais depuis quand êtes-vous rentrée ?

— Hier soir, monsieur le duc, je n'ai pas voulu vous déranger… et puis, j'étais très fatiguée… j'avais besoin de repos.

1. Guillotine.

— Vous lui pardonnez ? roucoula Aglaé de Varadier.

— Évidemment… évidemment… venez plutôt vous asseoir, passons dans ce salon… et racontez-moi tout… mais, où sont MM. de Forbin, de Montfort et le commissaire Gaudin ?

— J'ai une triste nouvelle à vous annoncer, fit Ernestine réellement émue. M. Gaudin a été tué en tentant de me libérer.

— Tué ? Et Cotignac ?

— Mort aussi, monseigneur, tué en duel par M. de Montfort.

— Quelle histoire !

Otrante, frottant ses mains nerveusement, faisait les cent pas devant la cheminée du salon en tentant de se calmer. Ernestine s'était assise sur un sofa, sa mère à l'autre extrémité du siège.

— Mais où sont donc les autres ? Forbin, Montfort…, reprit Fouché ?

— Je… je l'ignore, Votre Excellence ! M. de Forbin m'a ramenée hier en fin d'après-midi, mais M. de Montfort nous avait déjà quittés. Il avait sellé un cheval et nous avait annoncé qu'il rentrait chez lui…

— Chez lui ? En Angleterre ?

— Je ne sais pas, monseigneur… On ne m'a rien dit… J'étais enfermée dans une cellule du château de Cotignac quand tous ces événements se sont produits. Lorsque j'ai été libérée par M. de Forbin et M. Vidocq, tout était terminé. Je ne sais que ce que l'on a voulu me dire.

— Vidocq, justement… où est-il celui-là ! Il devait revenir avec Montfort…

— M. Vidocq est rentré à Paris…, balbutia-t-elle.

— À Paris ! souffla Fouché, interloqué. Et de quel droit ?

— Il nous a dit que sa mission était terminée, qu'il devait faire son rapport à M. Desmarets…

— Il n'y a donc que vous ici ?

— Oui, monseigneur. Peut-être pourriez-vous interroger monsieur le comte de Forbin…

Otrante, qui comprenait confusément qu'il avait été joué, fit encore quelques pas pour se calmer. Il n'allait pas se laisser faire, le châtiment pour tous ceux qui s'étaient moqués de lui allait être à la mesure de l'offense.

Il sonna et un laquais entra aussitôt.

— Faites préparer ma voiture, lui ordonna-t-il. Mademoiselle, je souhaite que m'accompagniez. Nous nous rendons chez M. de Puylaurens. En chemin, vous me raconterez tout ce que vous savez… et surtout, n'oubliez rien !

Comprenant que c'était un ordre, Ernestine opina.

— Comment cela, votre sœur n'est plus ici ?

Ils se trouvaient dans le bureau d'Antoine de Puylaurens. Celui-ci, debout, livide, recevait le duc d'Otrante, le visage contracté et rouge de rage. Ernestine se faisait toute petite dans un coin de la pièce.

— Ma sœur est partie hier après-midi, monseigneur, expliqua calmement Antoine. Pour Paris. Elle était accompagnée par monsieur le comte de Forbin.

— Le comte ! éructa Fouché. Forbin aussi n'est plus à Aix ?

— Il m'a affirmé qu'il devait rentrer rapidement, il n'était que de passage. Ma sœur a profité de sa compagnie pour aller voir sa famille.

— Bien sûr ! Et je suppose qu'elle ne vous a pas parlé de M. de Montfort ?

— Non, monseigneur, mais monsieur le comte de Forbin m'a dit que M. de Montfort s'était battu en duel avec M. de Cotignac. Que le combat avait été loyal.

— Loyal ! Voyez-vous ça ! Croyez-vous une seconde que personne ne s'interrogera sur ce qu'est devenu le président de la Cour de justice ? Il y aura enquête..., menaça-t-il.

— Cotignac est mort d'une crise cardiaque durant le duel, m'a assuré mon ami Auguste, déclara Puylaurens. Il a été enseveli dans la chapelle de sa famille et j'ai rédigé le certificat de décès. M. de Forbin l'a déposé à son hôtel avant de partir. Cotignac n'avait plus de famille et seuls des héritiers lointains resteront à se disputer ses biens.

— Je vois que vous avez tout prévu, ironisa Otrante d'un ton dur. Ou tout au moins, que vous croyez avoir tout prévu ; malheureusement pour vous, vous payerez pour les absents. Je vais rédiger un rapport sur cette affaire, vous allez passer en jugement et on verra bien où est la vérité et ce que sont devenus ces comploteurs !

Antoine s'inclina, livide.

— Monseigneur, intervint alors Ernestine en se jetant aux pieds du duc. Je vous en prie ! En vérité, c'est ma faute. M. de Cotignac était un monstre, il a voulu me vendre... me donner en pâture à son cocher... Que serais-je devenue sans M. de Forbin et ses amis ? En revenant à Aix, c'est moi qui lui ai demandé d'éloigner Mlle de Puylaurens de cette ville. Je savais que M. de Cotignac y avait beaucoup d'amis. J'ai eu peur qu'ils ne se vengent sur elle et sur moi. Je suis la seule à blâmer, c'est moi que l'on doit juger !

— Vous ? Mais si vous aviez si peur des amis de M. de Cotignac, que n'avez-vous fui avec M. de Forbin…, ironisa le duc d'Otrante, malgré tout secrètement réjoui de voir la jeune fille en pleurs à ses pieds.

Elle lui saisit justement un pied et murmura d'une voix chaude et passionnée :

— Monseigneur, je ne risque rien ici, je sais que vous me protégerez… que vous ne les laisserez pas me faire du mal…

Elle haletait, gémissait, inondant sa gorge de larmes brûlantes.

Devant un tel spectacle, le duc d'Otrante ne put rester indifférent. Il soupira en lui prenant les mains pour l'aider à se relever.

— Évidemment, si vous êtes la responsable…, murmura-t-il doucement.

Ernestine sanglotait toujours et il tenta de la consoler en la serrant contre lui. Elle se laissa faire.

— Monsieur de Puylaurens, fit le régicide sévèrement, je crois que nous n'avons plus rien à nous dire.

Il salua le médecin d'une inclinaison de tête tout en serrant contre lui la jeune femme. Antoine s'inclina à son tour et sonna le cordon pour qu'on apportât les manteaux et les chapeaux des visiteurs.

Toute la comédie s'était jouée comme Forbin l'avait préparée, se dit Antoine en souriant intérieurement aux souvenirs comiques de la répétition qu'Auguste avait organisée la veille, avec Ernestine et lui-même. Il songea alors aux comédies légères que le comte de Forbin écrivait et faisait jouer à Paris. Quel extraordinaire auteur aurait-il pu devenir s'il avait désiré faire carrière dans le théâtre !

En revenant dans le salon où son épouse l'attendait, il songeait à toutes les aventures qu'il avait connues avec son ami Auguste.

Antoine se souvint alors de cette phrase qu'il avait martelée à Auguste de Forbin, la nuit où ils avaient découvert le trésor du Palais Comtal :

Auguste, c'est moi le plus vieux et c'est moi qui décide !

Cette fois, c'était Auguste qui avait tout préparé, tout décidé.

Dans sa voiture, le duc d'Otrante se mit à méditer, le corps chaud d'Ernestine toujours blotti contre lui.

Certes, il avait perdu la partie. Il ne saurait donc jamais si une conspiration se tramait ici contre Napoléon. Mais en y réfléchissant, était-ce important ? Après tout, il avait résolu le mystère de la mort de Fassy et démasqué l'homme qui avait trahi Clapiers. Un individu qui aurait pu participer à une entreprise criminelle contre l'Empire. C'était au moins un résultat. En outre, il ne s'était pas mis à dos Gabriel de Montfort ni le gouvernement anglais. Sans doute pourrait-il tirer quelques bénéfices de cette opération.

Et puis, la petite Ernestine paraissait lui témoigner une affection sincère, malgré son âge. Fugitivement, il songea même à une alliance future avec les Castellane.

Dans les jours qui suivirent, le duc d'Otrante prit aussi conscience qu'il allait désormais s'ennuyer mortellement à Aix. Les réceptions avec les petits hobereaux locaux, les inaugurations, toutes ces mondanités le hérissaient. Il s'était passionné pour ces affaires de police : le retour des *Compagnons du soleil*, la recherche de l'assassin de Fassy, la capture de l'espion Gabriel de Montfort. Désormais, il n'aurait plus rien à faire. Il ne se passerait plus rien à Aix. S'il se laissait aller, il mourrait ici dans le désœuvrement. Il songeait souvent à cet ironique poème aixois :

Dans Aix l'ennui, dès le lundi
Vous mène jusqu'au samedi

En décembre, toute honte bue, il écrivit une lettre à l'empereur, une missive qui faisait état de sa médiocre santé et du climat malsain de la ville où il était exilé. Il souhaitait vivement pouvoir être interné dans son domaine de Ferrières (près de Paris). Là, son successeur au ministère de la Police pourrait aisément le surveiller et il promettait de ne plus se lancer dans des intrigues ou même se mêler de politique.

Ce n'est qu'à l'été de l'année suivante, et après plusieurs autres courriers tout aussi implorants, que Napoléon l'autorisa à s'installer à Ferrières.

Mais reprenons le cours de notre récit et revenons au lundi après-midi du 19 novembre.

Avant de reconduire Ernestine chez elle, Forbin s'était rendu chez les Puylaurens. Tous l'attendaient avec angoisse et impatience. Le comte leur fit un récit des événements, puis expliqua que Gabriel était parti pour Toulon avec Vidocq. Là, dans une taverne sûre dont l'ancien forçat connaissait l'aubergiste, ils attendraient toute la semaine ; Gabriel ne devant embarquer sur une frégate anglaise que le samedi. Si Alice désirait le rejoindre, et si Antoine l'y autorisait, Auguste proposait de la conduire à Toulon. De là, elle et Gabriel s'embarqueraient pour Londres où ils se marieraient.

Comme Auguste s'y attendait, Alice avait déjà préparé ses bagages. Auguste expliqua alors à Antoine et à Ernestine comment ils devraient agir devant la colère – certaine – de Fouché, et pour éviter ses représailles. Il avait tout préparé depuis qu'Ernestine de Castellane lui avait confié qu'elle était prête à tout pour payer sa dette envers Gabriel de Montfort.

— Si c'est nécessaire, avait-elle avoué à Forbin, je ferai le sacrifice de mon honneur pour le sauver.

Devant la famille de Puylaurens réunie, ils répétèrent la scène tous les trois ; Auguste s'arrogeant le rôle du duc d'Otrante qu'il joua avec jubilation. Malgré le triste avenir que cela impliquait pour elle, Ernestine s'amusa beaucoup.

Plus tard, ce fut Alice qui pleura. Elle embrassa une dernière fois son frère, sa belle-sœur ainsi que Mme de Forbin-Tonnerre. Après ces adieux déchirants, Auguste la fit monter dans la voiture et ils partirent en compagnie de Fulques qui assurait le rôle de cocher.

Ce plan avait été mis au point à Cotignac. Là-bas, Gabriel avait confié à Vidocq qu'il devrait attendre quelques jours à Toulon. Durant ce laps de temps, Auguste de Forbin ramènerait Ernestine à Aix, puis accompagnerait Alice jusqu'à lui si elle acceptait de le rejoindre. Ainsi, elle serait hors d'atteinte du duc d'Otrante.

— C'est terriblement dangereux, avait prévenu Vidocq. Toulon est quadrillé par la raille[1] ; si vous vous faites repérer, votre compte est bon. Partez plutôt aujourd'hui… Votre Alice trouvera bien un autre moyen de vous rejoindre…

Il y eut un silence, car Gabriel ne souhaitait pas en dire plus. Alors, le bagnard poursuivit en se tapant le front de la main droite :

— Je comprends… c'est les Angliches ! Vous avez un rendez-vous à un jour et une heure précis… pour partir en bateau…

— Oui, fit sèchement Gabriel.

— Sur la côte ? Près de Toulon ?

— Oui.

— Et où irez-vous en attendant ?

— J'ai prévu de descendre dans une auberge à l'enseigne de la *Croix de Malte*. Près du relais de poste.

— N'y pensez même pas ! Le cabaretier est un mouchard, je le connais.

Vidocq se tut un instant avant de proposer :

— Si vous me faites confiance, je peux vous trouver un gîte où vous serez en sécurité. Partons ensemble pour Toulon ce matin et je vous conduirai.

— Mais comment vous retrouverai-je avec Mlle de Puylaurens ? s'inquiéta Forbin.

— Vous vous rendrez au *Passe-partout*, expliqua Vidocq. C'est un étouffoir près du port, que tout le monde connaît. Le patron s'appelle Mulot et il tient la boutique avec sa sœur. Elle vous conduira là où on

1. Police.

crèche, je choisirai quelque chose de bien pour Mlle de Puylaurens.

— On peut faire confiance à ce Mulot ? demanda Gabriel.

— Comme à moi-même ! Nous étions compagnons de chaîne à Toulon, le rassura Vidocq comme s'ils appartenaient tous deux à un ordre de chevalerie prestigieux.

Le silence se fit un moment. Gabriel et Auguste tentaient de mesurer les chances mais aussi les périls de ce plan. Finalement, Montfort opina.

— Nous sommes lundi. Je serai à Toulon mardi avec Alice, déclara Forbin.

Le samedi soir, un peu avant le cap Sicié, alors que la voiture cahotait à travers un champ de vigne rocailleux, une patrouille militaire, qui surveillait la bande côtière, les arrêta.

Fulques Gaillard conduisait. Vidocq, à son côté sur le siège extérieur, s'étonnait de l'adresse du manchot pour diriger le cabriolet. Dans celui-ci se trouvaient, étroitement serrés, Auguste de Forbin en uniforme de colonel, Montfort en redingote noire et Alice de Puylaurens enroulée dans un grand manteau de laine à capuchon.

Avec une évidente condescendance, Vidocq présenta les papiers de commissaire empruntés à Gaudin. Gabriel tendit aussi ceux du magistrat Viriot, sans même regarder celui qui les lui demandait.

— Mission secrète ! avait claironné Forbin martialement. Et surtout, ne nous suivez pas !

Les soldats, dirigés par un placide sergent, les laissèrent passer sans les questionner. Guidés par Gabriel, ils arrivèrent au point de rendez-vous vers dix heures du soir après s'être égarés plusieurs fois dans le noir. Là, ils avaient attendu, le ressac régulier battant la roche.

Ils étaient restés presque une semaine enfermés dans l'appartement que Vidocq leur avait trouvé à Toulon, au fond d'une petite cour. L'ancien forçat avait assuré la garde à l'extérieur et les avait empêchés de sortir, tant les risques étaient grands qu'ils soient reconnus ou dénoncés.

Le temps avait été effroyable, comme c'est souvent le cas en novembre à Toulon. Un violent vent d'est, accompagné de grains et parfois de grêle, avait balayé le port durant plusieurs jours. Montfort était inquiet. Il savait qu'avec une telle tempête, la *Cassendra* devrait filer au large. Pourrait-elle revenir à temps ? Et si elle n'était pas au rendez-vous, devrait-il partir par la Suisse ? Ce serait un voyage difficile, surtout avec Alice.

Maintenant, les rafales s'étaient calmées, mais la mer était toujours très agitée. Alice était anxieuse.

— Comment monterons-nous à bord avec ces vagues, lui demanda-t-elle, debout sur les rochers en considérant le puissant ressac.

— Ne t'inquiète pas, il y a un siège tenu par des cordes pour les passagers comme nous. On les fait passer par la coupée, et si les vagues sont trop fortes, on nous hissera directement sur le pont. La *Cassendra* est un gros navire et une telle mer ne peut lui nuire.

Vers minuit, le vent se calma et ils descendirent sur la plage après avoir fait leurs adieux à leurs compagnons.

Brusquement, une chaloupe apparut, puis s'échoua. Déjà ils étaient entourés de fusiliers en uniforme écarlate.

— Vous n'êtes pas seul, major ? s'enquit le premier lieutenant en reconnaissant Gabriel.

— Non, monsieur. Mademoiselle vient à Londres avec moi.

— B… Bien, monsieur, répondit le lieutenant Jackson.

19

Épilogue

Après leur médiocre repas du soir de ce 22 octobre 1812, deux hommes, deux ombres en vérité, appliquèrent une échelle contre le mur de la maison de santé dans laquelle ils se trouvaient enfermés. Cette pension, réservée aux détenus malades, était située au 333 de la rue du Faubourg-Saint-Antoine et la discipline y était particulièrement relâchée.

En silence, les deux complices grimpèrent rapidement les barreaux de bois et sautèrent prestement dans la rue. Hélas, en tombant, l'un des deux se fit une entorse.

Le blessé s'appelait l'abbé Lafon et son compagnon d'évasion était le général Malet, cet officier génial et insensé qui avait décidé de renverser Napoléon sans effusion de sang.

Ce jour-là, les Parisiens ne le savaient pas encore, c'était le début de la retraite pour la Grande Armée. Incapable d'écraser l'armée russe, bloqué par la neige précoce, Napoléon avait décidé d'abandonner Moscou en flammes.

Pourtant, l'année avait bien commencé. Le 9 mai, Napoléon Bonaparte avait quitté Saint-Cloud pour rejoindre son état-major. L'alliance entre la France, l'Autriche et la Prusse était solide – du moins le croyait-il – et le tsar ne pourrait résister à la Grande Armée. De surcroît, le 12 mai, le Premier ministre anglais, Spencer Perceval, avait été assassiné à la Chambre des communes par un forcené qui devait être pendu huit jours plus tard.

Avec la mort de ce redoutable adversaire, Napoléon était persuadé que l'Angleterre était décapitée.

Oui, il pouvait quitter la France l'esprit tranquille, même s'il y avait quelques émeutes populaires de misérables affamés. Le falot archichancelier Cambacérès et la *baderne* Savary devraient être capables de tenir un pays si calme et si fidèle. Ce n'est pas en France que le pouvoir pourrait être renversé par quelque audacieux conspirateur ou assassin ! avait-il plaisanté avec ses proches en commentant l'assassinat du Premier ministre anglais.

Napoléon ignorait ce qui se tramait dans l'ombre. Lafon, rentré d'Aix depuis deux ans avec l'or anglais apporté par Gabriel de Montfort, et qui avait regagné la maison de santé d'où il avait été autorisé à sortir pour un mois, aurait voulu organiser plus tôt son coup d'État mais il n'avait pu le faire, car la réussite de l'entreprise reposait sur l'absence de l'empereur. Qui plus est, il était indispensable que celui-ci fût suffisamment éloigné de France afin qu'il ne pût revenir trop vite. Le plan définitif de l'opération, amélioration de celui du général Malet, était d'une extrême simplicité et d'une audacieuse élégance : l'empereur serait destitué par ses propres amis et, quand il rentrerait de Russie, il trouverait Louis XVIII installé à sa place !

Cette nuit du 22 octobre, une pluie diluvienne s'abattit sur Paris. Malgré ses difficultés à marcher et les trombes d'eau qui tombaient du ciel et inondaient les rues, Lafon et son compagnon retrouvèrent leurs complices dans un petit logement loué pour l'occasion. Les conjurés avaient entreposé là des costumes officiels et toutes sortes de documents, de laissez-passer, d'ordres certifiés et d'affiches qu'il fallait dater et distribuer. Cela les occupa une partie de la nuit.

Quand ce fut terminé, ceux des conjurés qui n'avaient pas encore été mis au courant de la totalité de l'entreprise reçurent leurs instructions. Après quoi, Malet sortit d'une caisse un uniforme chamarré de général avec écharpe d'or et de soie. Il s'habilla, se chaussa de bottes rutilantes et se coiffa d'un bicorne neuf. Un complice revêtit un uniforme de commissaire, un second celui d'aide de camp. Deux autres enfin se vêtirent en général de corps d'armée.

Lafon, incapable de les suivre, ne put que rester sur place alors que la petite troupe d'imposteurs chargés de faux papiers et recouverts de pèlerines de pluie se dirigeait vers la caserne Popincourt. C'était là qu'était cantonné l'état-major de la garde nationale, principale force militaire de Paris. En effet, il n'y avait plus de vétérans, de vieux grognards, dans la capitale. Tous les soldats disponibles combattaient désormais sur les différents fronts européens. Ne restaient dans les casernes de Paris que quelques officiers inutiles, des soldats malades ou mutilés et surtout des fonctionnaires obéissants.

Il était quatre heures du matin.

— Ronde d'officier général ! claironna un des conjurés au corps de garde de la caserne Popincourt.

Malet, plein de morgue et d'insolence dans son uniforme de parade, se fit conduire auprès du commandant endormi et malade. Pénétrant d'autorité dans sa chambre, il lui déclara de but en blanc :

— Je suis le général Lamotte, l'empereur est mort… oui, le 7 octobre… un coup de feu devant Moscou… Nous venons de l'apprendre, il y a quelques heures.

— Oh, ciel ! L'empereur est mort ? C'est impossible ! fit le commandant, les yeux encore bouffis de sommeil.

— Triste nouvelle, mais pourtant véridique… Voici un ordre du Sénat à votre égard. Les sénateurs se sont réunis en urgence il y a quelques heures et ont mis en place un gouvernement provisoire. Vous êtes nommé général de brigade et placé à la tête de la garde nationale.

— Moi ! s'étonna le commandant, malgré tout flatté par cette promotion inattendue.

— Voici vos ordres, répéta sèchement Malet. Lisez-les !

Le commandant, ébahi, paralysé, stupéfait, se mit pourtant à lire les fameux documents qu'on lui tendait :

Le Général de division commandant en chef la Force armée de Paris et les Troupes de la 1re Division militaire,

À M. Soulier, commandant la 10e Cohorte

Au Quartier-général de la Place Vendôme, le 23 octobre 1812, à une heure du matin.

Monsieur le Commandant,

Je donne l'ordre à M. le général Lamotte de se transporter à votre caserne, accompagné d'un commissaire de police, pour faire, à la tête de la cohorte que vous commandez, la lecture de l'acte du Sénat par lequel il annonce la mort de l'empereur et l'abolition du gouvernement impérial. Ce général vous donnera aussi connaissance de l'ordre du jour de la division, par lequel vous verrez que vous avez été promu au grade de général de brigade, et qui vous indiquera les fonctions que vous aurez à remplir...

Suivait toute une série de commandements, mais aussi de promesses de promotions et d'avantages divers, tels un bon de cent mille francs et un doublement de la solde !

Le commandant – pardon, le nouveau général de brigade – leva la tête et se choisit un air martial de circonstance pour déclarer :

— J'obéirai, mon général. Que dois-je faire ?

— Mettre vos hommes en état d'alerte. Appelez vos officiers d'état-major ; vous devez les informer, tout de suite.

Le nouveau général obéit.

Quelques minutes plus tard, tout l'état-major de la caserne était placé sous le commandement de Malet.

— Voici vos ordres écrits, leur déclara-t-il. Vous vous rendrez à l'Hôtel de Ville et vous en prendrez possession au nom du Sénat. Auparavant, faites rassembler la garde dans la cour. Je dois leur lire le *sénatus-consulte* qui les concerne.

À cinq heures, et toujours sous une pluie battante, la garde nationale fut réunie. Tous les officiers, que l'on était allé réveiller de toute urgence, étaient là, trempés, surpris, mais fort attentifs car déjà la rumeur de la mort de l'empereur s'était répandue.

Le faux commissaire qui accompagnait Malet leur lut l'ordre du Sénat. La plupart des hommes parurent satisfaits à l'annonce de la mort du maître du pays, d'autant que le *sénatus-consulte* précisait que la dure journée qu'ils allaient avoir serait grassement payée, et qu'ensuite, la conscription serait abandonnée et qu'ils pourraient rentrer dans leur foyer ! Il n'y aurait plus de guerre et, en plus, ils seraient riches !

Malet intervint à son tour et donna l'ordre à cinq des six compagnies présentes de le suivre.

Jusqu'à présent, son audace et sa connaissance de la bêtise des militaires en poste à Paris avaient parfaitement servi l'audacieux comploteur. Mais ils n'étaient qu'une poignée de conjurés, il lui fallait d'autres officiers supérieurs pour poursuivre son incroyable opération.

Accompagné de ses nouvelles troupes, le général se rendit à la prison de la Force, qui n'était pas très loin. Il était six heures du matin et il y avait déjà du monde dans les rues. Les soldats, bonasses, expliquaient aux badauds stupéfaits par ce déploiement de force que l'empereur était mort. La nouvelle se répandit rapidement dans la ville encore endormie.

La cohorte se fit ouvrir toutes grandes les portes de la prison. Là, le faux commissaire lut au directeur, stupéfait en reconnaissant Malet – un de ses anciens prisonniers ! –, un ordre de levée d'écrou pour plusieurs généraux placés en cellule. Il apprit aussi à son tour la disparition de l'empereur et la nomination d'un nouveau gouvernement.

C'était toutefois une situation insolite, voire suspecte. Méfiant, le directeur de la prison demanda un ordre de confirmation à aller chercher auprès du duc de Rovigo, le ministre de la Police.

— Le duc a été arrêté, lui répliqua sombrement Malet. À l'heure qu'il est, il est certainement fusillé.

Le directeur, terrorisé, s'inclina en bredouillant.

Les généraux libérés n'étaient nullement informés du complot, mais, en soldats obéissants, ils acceptèrent sans discuter les instructions qu'on leur transmettait, d'autant qu'emprisonnés par Napoléon, ils avaient appris la mort du tyran avec satisfaction ! Chacun prit le commandement d'une compagnie de gardes nationaux et se fit rapidement expliquer sa mission.

L'un d'eux devait se rendre à la préfecture de police, l'autre au ministère de la Police, un troisième était nommé préfet de Paris. Ils avaient en charge d'arrêter le préfet de police, le ministre de la Police générale, le ministre de la Guerre et enfin l'archichancelier Cambacérès.

Tous ces ordres du Sénat – faux, évidemment – avaient été rédigés par Malet et paraissaient d'autant plus vrais qu'ils étaient authentifiés par un magnifique cachet fabriqué par l'abbé Lafon !

À sept heures, les différents détachements de gardes nationaux se dirigèrent vers leurs objectifs. La préfecture de police fut la première occupée et le préfet arrêté. Sur place, le général commandant la compagnie de gardes rédigea immédiatement un ordre d'arrestation pour le duc de Rovigo.

Desmarets, chef de la police secrète, fut saisi à son tour et transféré sans ménagement à la prison de la Force.

Entre-temps, les soldats défonçaient à coups de crosses les portes du domicile de Savary, le ministre de la Police. Celui-ci fut malmené et garrotté mais, lorsqu'on lui annonça la mort de l'empereur, le 6 octobre, il répliqua sans se démonter :

— Tu me fais des contes ! J'ai une lettre de lui du 8 !

Il montra alors la dépêche aux soldats qui l'entouraient en les haranguant :

— C'est l'empereur lui-même que vous outragez ! Connaissez-vous l'homme auquel vous obéissez ? C'est un conspirateur !

Il y eut un instant de flottement dans la troupe, mais le général commandant le détachement de gardes plaça sous les yeux des soldats le *sénatus-consulte* qui établissait le gouvernement provisoire. Il y eut une brève échauffourée et, au final, le ministre fut emmené.

Dans la rue, il se débattit à nouveau et s'enfuit. Il fut rattrapé par des passants à qui on avait crié :

— Rattrapez-le, c'est le ministre de la Police ! Napoléon est mort, il n'y a plus d'Empire !

Savary fut lui aussi conduit à la prison de la Force, où il retrouva Desmarets et quelques autres hauts fonctionnaires de la police.

Pendant ce temps, à l'hôtel de ville de Paris, le coup d'État se déroulait sans obstacle sous les ordres d'officiers supérieurs exécutant scrupuleusement les ordres du général Malet en ignorant totalement qu'ils participaient à une mystification. Le *sénatus-consulte* qui était présenté aux autorités établissait un gouvernement provisoire, composé – entre autres – de Carnot, des *Chevaliers de la Foi* Matthieu de

Montmorency et Alexis de Noailles, et enfin du général Moreau. Une clause secrète prévoyait aussi la présence future du prince de Bénévent (Talleyrand) et du duc d'Otrante !

Peu à peu, recevant des estafettes porteuses d'ordres signés Malet, toutes les casernes de Paris passèrent aux ordres des conjurés. Les officiers, les commandants recevaient leurs instructions et occupaient, avec des détachements armés, le Palais-Royal, le Sénat, la Trésorerie et les barrières de la ville.

À neuf heures, le jour étant levé et la ville conquise, il ne restait plus qu'à triompher de l'état-major militaire, place Vendôme. Cet état-major était dirigé par le général Hulin, commandant militaire et gouverneur de la capitale. C'est Malet lui-même qui avait prévu de s'en charger et ce fut son erreur.

Hulin était un fidèle de Napoléon. Lorsque Malet lui signifia qu'il avait ordre du Sénat de le conduire au ministère de la Police générale, il refusa et demanda des explications. Le conspirateur, sentant que les événements allaient lui échapper, se saisit de son pistolet et lui fracassa la mâchoire.

Malet se justifia ensuite à ses hommes en leur expliquant qu'il avait été en état de légitime défense. Il fit alors chercher le sous-chef d'état-major, le colonel Doucet, qui avait ses quartiers de l'autre côté de la place Vendôme. Malheureusement, non seulement Doucet connaissait Malet, mais il était parfaitement informé de la première conspiration du génial mystificateur. Prévenu, il refusa de bouger et avertit ses officiers de la probabilité d'un complot.

Malet se présenta finalement devant lui et lui demanda de se rendre. Doucet refusa. Le conspirateur sortit à nouveau son pistolet pour l'abattre alors que le colonel appelait à l'aide. Il y eut lutte avec les dragons qui entouraient Doucet et, cette fois, Malet perdit la partie.

La conspiration était terminée. Elle avait duré cinq heures.

En fin de matinée, la population parisienne, consternée, apprit que l'empereur était toujours vivant.

Napoléon, prévenu dans les jours qui suivirent, fut abasourdi : ainsi, un général obscur, du fond d'une prison, muni de faux ordres, avait réussi avec une facilité déconcertante – troublante, même – à convaincre ses fidèles de sa mort et à leur imposer un changement de régime.

Terrifié et atterré, il abandonna son armée en Russie et rentra à Paris au galop.

Pendant ce temps, Malet était promptement jugé par un conseil de guerre. La rapidité de l'instruction – cinq jours –, la célérité de la condamnation et de l'exécution de tous les participants étonnèrent chacun. Elle était pourtant facile à comprendre : les *Chevaliers de la Foi*, présents à tous les niveaux de l'administration militaire et civile, ne désiraient laisser aucun témoin pouvant les mettre en cause !

Malet fut fusillé le 29 octobre dans la plaine de Grenelle, entouré d'un cordon de sécurité de quatre mille soldats. Il marcha à la mort avec un calme effrayant. Ses compagnons, dont la plupart s'étonnaient malgré tout d'avoir été condamnés pour un complot organisé par un homme qui leur était totalement inconnu, moururent avec le même courage.

Quant à l'abbé Lafon, il était présent place Vendôme pour suivre le déroulement du coup d'État. Aussitôt qu'il apprit l'arrestation de Malet, il prévint le cardinal noir de la bannière de Paris et disparut.

À son retour en France, Bonaparte ne put donc interroger aucun des participants ou des complices de l'extravagant complot. Celui-ci lui fut présenté comme la folie d'un pauvre dément !

Le duc d'Otrante, isolé et reclus dans son domaine de Ferrières près de Paris, ne fut pas réellement surpris quand il apprit le déroulement et l'échec de l'incroyable conjuration.

Depuis son retour d'exil de sa sénatorerie d'Aix, le duc vivait dans cette propriété sous la surveillance tatillonne mais vaine de la police de Savary. Il y recevait les rares amis qui lui restaient, mais plus encore quantité de solliciteurs ou de visiteurs qui n'étaient en vérité – et les argousins de la *baderne* ne s'en rendaient jamais compte – que des informateurs ou des messagers de propositions plus ou moins secrètes de la part des principales chancelleries d'Europe.

C'est dans son domaine qu'il avait reçu et écouté – sans donner de réponse – un proche de Matthieu de Montmorency lui demander s'il accepterait de faire partie d'un gouvernement, dans l'hypothèse de la disparition de Napoléon.

En décortiquant l'entreprise de Malet, le maître en conspiration qu'il était avait deviné que le complot n'avait nullement été cette opération d'amateurs menée *par un général obscur au fond d'une prison*[1] qu'on voulait présenter au peuple et à l'empereur. C'était une

1. Citation de Desmarets.

affaire qui avait demandé des moyens gigantesques pour s'assurer de suffisamment de complicités et pour faire fabriquer tous ces faux documents.

Et puis, il y avait la partie invisible, et pourtant la plus importante du coup d'État : ce qui se serait passé ensuite si Malet avait gagné. Obligatoirement, des centaines de hauts fonctionnaires, de généraux, de sénateurs auraient reconnu le nouveau gouvernement et approuvé le retour des Bourbons. La majeure partie de ces gens-là, de ces complices discrets, il avait fallu les acheter ou les convaincre d'une façon ou d'une autre. D'où étaient venus l'argent et les promesses ? Pour l'ancien ministre de la Police, ce ne pouvait être que de l'Angleterre.

Et lorsqu'il apprit, par un de ses informateurs, que l'abbé Lafon, qui avait disparu, était l'un des organisateurs de l'entreprise, mais que ce curieux abbé était aussi suspecté d'être membre de cette mystérieuse organisation, les *Chevaliers de la Foi*, Fouché fut certain que Gabriel de Montfort lui avait menti. Montfort avait bien apporté de l'or, et peut-être des documents, qui avaient servi aux préparatifs du complot.

Ainsi il conclut avec une quasi-certitude qu'il avait toujours été joué. Pourtant il accueillit cette vérité avec une certaine sérénité. Il faut dire que la conspiration du général Malet lui apportait aussi une profonde satisfaction : le ministre de la Police, la *baderne* Savary, son ennemi personnel, avait été définitivement ridiculisé.

Qui plus est, Napoléon, à son retour de Russie, reconnut publiquement qu'un tel complot n'aurait jamais eu lieu si Fouché avait été son ministre de la Police. L'empereur décida donc de le rappeler aux affaires.

Seulement la donne avait changé. Le duc d'Otrante avait compris qu'on était au crépuscule de l'Empire. La Grande Armée, décimée par la retraite de Russie, ne pouvait plus s'imposer sur les théâtres d'opérations militaires. Sentant le pouvoir chancelant, les alliés et les amis de Napoléon l'abandonnaient les uns après les autres. Les caricatures contre l'empereur, présenté comme une créature du démon, se répandaient et la police n'arrivait plus à en empêcher la circulation.

En vérité, la France ne voulait plus désormais de celui qu'elle avait adulé comme un dieu. Le peuple avait faim, le pays était ruiné par les taxes et le blocus britannique, la jeunesse était décimée.

Fouché manœuvra alors dans l'ombre. Il se rapprocha des Bourbons et, à nouveau, ses agents prirent langue avec des membres du gouvernement anglais.

En gage de sa bonne foi, le régicide proposa d'obtenir la radiation de Gabriel de Montfort de la liste des émigrés et des proscrits, et même de lui obtenir un passeport. Ce ne fut pas trop difficile car Savary, toujours ministre de la Police et devinant lui aussi que c'était la fin de l'Empire, souhaitait, comme Fouché, donner des gages aux royalistes. Gabriel fut ainsi autorisé à rentrer en France au milieu de l'année 1813.

Fouché approcha aussi Auguste de Forbin pour lui parler de son projet de remariage – son épouse étant décédée –, mais il n'obtint pas sur ce sujet le soutien qu'il espérait.

Le premier retour des Bourbons n'apporta pas au régicide les avantages qu'il attendait. L'ancien oratorien fit donc partie de ceux qui organisèrent le retour de l'île d'Elbe. Hélas, Napoléon n'avait rien appris et refusa de l'écouter. Éphémère ministre de la Police durant les

Cent-Jours, le duc d'Otrante en profita pour trahir à nouveau en organisant le retour de Louis XVIII.

Après Waterloo, ce fut lui qui reçut des mains mêmes de Napoléon l'acte d'abdication. Nommé alors président de la Chambre, il fut durant quelques jours le maître de la France et put se payer le luxe de remettre le pouvoir au frère de celui qu'il avait condamné à mort !

En récompense, il conserva son cher ministère de la Police. À ce poste, et sans état d'âme, il proscrivit avec la plus grande sévérité ses anciens amis restés fidèles à Napoléon et, en particulier, Thibaudeau, dont il haïssait le fils ! Il en profita pour placer sur les listes de proscription son ennemi, la *baderne* Savary, qu'il avait pourtant incité, en sous-main, à soutenir Napoléon !

Une ultime perfidie.

Finalement, parvenu au sommet du pouvoir et des honneurs, il décida qu'il pouvait désormais annoncer son remariage et demander au roi d'être son témoin !

L'ancien oratorien régicide songeait depuis longtemps à se rapprocher de l'aristocratie de l'Ancien Régime. Certes, il était duc d'Otrante, mais chacun savait que ce n'était qu'un duché de pacotille. Aussi, pour ne plus être brocardé par la cour des Bourbons, il voulait se lier à l'une des plus vieilles familles de Provence : les Castellane. Dans cette union avec la jolie et plantureuse Ernestine, il joindrait l'utile à l'agréable.

L'achat de la belle fut rondement mené par le richissime duc : une forte rente à la fille et à la mère ôtèrent tout scrupule à la famille de la future épousée. La seule fausse note fut l'absence du nouveau roi à la cérémonie. Celui-ci jugeait malgré tout indécent d'être présent au mariage de celui qui avait voté la mort de son frère.

Ernestine désirait-elle ce mariage ? On peut en douter quand on sait que sa mère l'accompagna dans la chambre du duc pour vérifier que la nuit de noces se passerait bien. Mais la belle Aixoise ne tarda pas à se venger.

En 1816, Fouché le régicide fut finalement éloigné de la cour et envoyé à Vienne. Là-bas, la peu farouche Ernestine s'afficha publiquement avec ses amants, dont le plus visible fut le jeune et vigoureux Thibaudeau : le fils du préfet des Bouches-du-Rhône proscrit par son vieil époux !

Gabriel de Montfort, rentré à Londres avec Alice sur la *Cassendra*, se présenta dès les premiers jours auprès de George Canning. Il lui fit part de sa mission réussie, lui annonça qu'il allait se marier et, enfin, qu'il quittait le *Secret Department*.

Le projet du général Malet devait donc se poursuivre sans lui.

En 1812, il apprit avec consternation l'assassinat de Spencer Perceval, puis l'échec de la conspiration de Malet.

Plus tard, il fut informé par le *Home Office* qu'il avait reçu un passeport et qu'il pouvait rentrer en France à condition de ne pas se mêler de politique. Il revint alors à Aix où Alice retrouva sa famille avec l'émotion et la joie qu'on peut imaginer.

Ensuite, il vécut en Provence une vie sans histoires, ne conservant de son passé de *Compagnon du soleil* que des souvenirs. C'est de Provence qu'il fut informé du départ de l'empereur pour l'île d'Elbe. C'est d'Aix aussi qu'il apprit qu'à Bordeaux et à Toulouse, les *Chevaliers de la Foi* soulevaient la population et réclamaient le retour des Bourbons.

Dans sa ville, il resta éloigné de ses anciens compagnons. Il assista avec indifférence à la nomination de François de Fortis comme procureur impérial. Puis ce fut le baron Arbaud de Jouques qui fut distingué en étant nommé préfet des Hautes-Pyrénées.

Après la Restauration, Gabriel apprit avec un certain amusement que le baron de Jouques renonçait à son titre impérial pour redevenir marquis de Jouques en étant nommé préfet du Gard. Par la même occasion, Jouques arbora à nouveau fièrement sa Croix de Saint-Louis en confiant à ceux qui voulaient l'entendre qu'il était toujours resté royaliste !

Il devait finir préfet des Bouches-du-Rhône en 1829, pour se retirer à l'avènement de Louis-Philippe.

Mais revenons à la première Restauration. En 1814, Gabriel reçut une visite inattendue qui l'emplit d'allégresse : celle de son ami Hyde de Neuville qui se rendait en Italie.

Neuville était bien sûr rentré d'Amérique en apprenant la chute de Napoléon. Appartenant désormais au cercle étroit des conseillers du nouveau roi, il s'était inquiété d'une possible évasion de Bonaparte de l'île d'Elbe et avait été chargé de vérifier la sécurité autour de l'exilé.

Quelques semaines plus tard, il s'arrêta de nouveau à Aix, fort alarmé sur ce qu'il avait découvert quant aux conditions de détention de Boney. L'histoire devait lui donner raison puisque Bonaparte quitta Elbe quelques semaines plus tard et que Louis XVIII dut repartir en exil pour quelques mois.

Après Waterloo, et de loin en loin, Gabriel put suivre la carrière de l'ancien chef des services secrets du comte d'Artois : député ultra, puis ambassadeur aux États-Unis et au Portugal, Neuville fut finalement nommé ministre de la Marine de Louis XVIII, un poste qu'il dut quitter à l'avènement de Louis-Philippe, période durant laquelle il fut même emprisonné pour avoir critiqué l'avènement du fils du régicide Philippe Égalité.

Au gouvernement, puis comme ambassadeur, Hyde de Neuville avait croisé Matthieu de Montmorency devenu ministre des Affaires étrangères. En effet, sous la Restauration, la plupart des grands maîtres et des cardinaux noirs des *Chevaliers de la Foi* se retrouvèrent au pouvoir. C'est la raison pour laquelle, en 1826, ses fondateurs décidèrent la dissolution de la société secrète.

À la Restauration, Auguste de Forbin succéda à Vivant Denon à la direction des musées royaux. Royaliste mais libéral, il tenta une réconciliation nationale autour de la peinture en pratiquant un rôle essentiel de mécène d'État. Il fit entrer dans les musées David, Gérard, Girodet, Gros, Géricault, Delacroix, Ingres, Delaroche, refusant parti pris ou idée politique dans la peinture.

Les arts doivent être libres de toutes les entraves, répétait-il sans cesse.

Durant les batailles entre classiques et romantiques, il tenta toujours de favoriser la jeune génération en s'opposant au classicisme de l'école des Beaux-Arts. À l'avènement de Charles X, Auguste resta en poste encore quelque temps, mais dut finalement se retirer devant la virulence de ses ennemis.

Quel que soit le pays, quel que soit le régime en place, on a toujours besoin de police. La surveillance des gens et des biens transcende tous les clivages politiques. À son retour à Paris, au début de l'hiver 1810, Vidocq retourna à la prison de la Force. Ce n'était qu'une ruse. Le 25 mars de l'année suivante, tard le soir, le *père Henry*, ayant réussi à convaincre le préfet de police de Paris, fit transférer Vidocq dans une voiture cellulaire. En cours de route, le forçat ouvrit la porte de la voiture pour sauter dans la rue d'où il disparut dans la nuit. Il se présenta quelques minutes plus tard à la préfecture de police, au bureau de l'*Ange Malin* qui l'attendait et qui avait tout organisé.

L'audacieuse évasion fit grand bruit. Vidocq se vit confier quelques enquêtes sur des faux-monnayeurs et des cambrioleurs. Il fit vite merveille dans son nouveau travail, envoyant nombre de scélérats à l'abbaye de Monte-à-Regret.

Le *père Henry* le plaça alors à la tête d'une brigade spéciale de forçats repentis. Après la Restauration, l'ancien bagnard devint le chef tout-puissant de la Sûreté, puis il démissionna pour créer une agence privée de police.

George Canning, devint Premier ministre de l'Angleterre en 1827.

Au début de la Seconde Guerre mondiale, quelques membres éminents du Brook's, un club londonien de gentlemen, se réunirent à la demande de Winston Churchill pour fonder un service secret chargé de développer des plans d'intoxication et de désinformation contre l'Allemagne nazie. Ce *Secret Department* prit le nom de *London Controling Section* (LCS)[1].

Les chefs du LCS prirent l'habitude de préparer leurs opérations les plus secrètes dans une salle du club qu'on leur avait réservée. Ils se réunissaient sous le portrait de Spencer Perceval, le seul Premier ministre anglais assassiné et l'un des architectes des services secrets britanniques.

1. Voir *Juliette et les Cézanne*, même auteur.

Bibliographie

Les lecteurs me demandent souvent : qu'est-ce qui est vrai et qu'est-ce qui est faux dans vos romans ? Dans celui-ci, tous les personnages principaux, sauf Gabriel de Montfort et Honoré de Cotignac, ont existé. Gaspard de Pontevès, mort en 1590, n'a laissé que deux enfants : Jean et Gabrielle. Il n'y a jamais eu de fils cadet Gaspard dont Honoré aurait été le rejeton ! En revanche, l'assassinat de Fassy, la mort de Camille de Clapiers sont de tristes événements aixois. Quant au duc d'Otrante, il a bien inauguré la bibliothèque Méjanes lors de son exil à Aix.

Sur Hyde de Neuville, Grace Elliot, les services secrets royalistes et le *Secret Department* créé par Lord Portland, nous sommes restés aussi près que possible d'une réalité encore mal connue. Quoi qu'il en soit, la participation des émigrés français dans les services secrets anglais, sous le Directoire et l'Empire, est très importante. De même que le soutien apporté par le *Secret Department* aux *Chevaliers de la Foi* et à la conspiration du général Malet.

Pour en savoir plus, le lecteur curieux consultera donc avec intérêt les ouvrages ci-dessous :

Agulhon M., *Histoire de Toulon*, Privat, 1980.
Badet, *La Révolution en Provence*, Éd. Barthélemy, 1989.
Baratier E., *Histoire de la Provence.*
Blanc O., *Les espions de la Révolution et de l'Empire*, Perrin, 1995.
Blanc O., *Les hommes de Londres, histoire secrète de la Terreur*, A. Michel, 1989.
Borricand R., *Les hôtels particuliers d'Aix-en-Provence.*
Bouyala d'Arnaud A., *Évocation du vieux Marseille*, Éditions de Minuit, 1959.
Gabriel de Broglie, *Madame de Genlis*, Perrin.
Clenet L.M., *La Contre-Révolution*, PUF, 1992.
Cobb R., *La protestation populaire en France*, Calman-Lévy, 1975.
Diesbach G., *Histoire de l'émigration*, Grasset, 1975.
Dominique P., *Les brigands en Provence et en Languedoc*, Aubanel, 1975.
Encyclopédie des B.d.R, tome 3 et 14, Archives des B.d.R, 1921.
Elliot G., *Journal de ma vie durant la Révolution française*, Éd de Paris, 2000.
Fouché J., *Mémoires*, Arléa, 1993.
Ganne J., *Châteauneuf-le-Rouge, une petite commune du pays d'Aix et son histoire*, 1997.
Gaubert H., *Conspirateurs au temps de Napoléon*, Flammarion, 1962.
Maisonfort de la A., *Mémoires d'un agent royaliste*, Mercure de France, 1998.
Moulin, *Aglaé de Varadier*, 1934.
Michelet J., *Du 18 Brumaire à Waterloo.*
Orieux J., *Talleyrand.*
Pingaud L., *Un agent secret sous la Révolution et l'Empire.*

Provence M., *Le Cours Mirabeau.*

Lenôtre G., *Vieilles maisons, vieux papiers*, Perrins tomes V et II.

Long M. et Monier J.C., *Portalis*, Éd Michalon.

Ouvrage collectif, *Histoire d'Aix-en-Provence*, Édisud, 1977.

Roux-Alpheran, *Les rues d'Aix*, Réédition aux Presses du Languedoc, 1985.

Sparrow E., *Secret Service, British Agent in France*, 1792-1815, 1999.

Tullard, J., *Dictionnaire Napoléon.*

Tullard, J., *Joseph Fouché*, Fayard.

Watel F., *Jean-Guillaume Hyde de Neuville, conspirateur et diplomate*, ministère des Affaires étrangères.

Zweig S., *Fouché*, Grasset, 1969.

…, *Ouverture de la bibliothèque de Méjanes, le seize novembre 1810*, imprimerie. Chevalier.

Sur le rôle de la marine anglaise durant la période révolutionnaire et l'Empire, on peut lire – avec bonheur – les romans d'Alexander Kent (Phébus).

Sur l'attitude de la gentry anglaise face à la Révolution française, les romans de référence sont, bien sûr, les aventures du Mouron Rouge.

Remerciements

Toute ma gratitude va ici à M. Perrouse, chef du département Cadre de vie de la ville d'Aix, qui m'a fourni une exceptionnelle documentation sur les souterrains de notre ville. Sans celle-ci, cette histoire aurait été bien incomplète.

Je dois remercier ici aussi Chantal Brevier, Philippe Ferrand, Pierre Fichant et Jacques Branthomme pour avoir accepté si volontiers d'effectuer le travail ingrat de relecture de mon manuscrit.

Je dois aussi exprimer ma profonde reconnaissance à tous les libraires qui distribuent mes ouvrages et plus encore à toutes mes lectrices et mes lecteurs si fidèles.

L'aide considérable que m'apporte M. Philippe Ferrand, conservateur à la bibliothèque Méjanes (mais en réalité tout le personnel de cette si riche bibliothèque), me permet d'éviter de trop graves erreurs historiques. S'il en reste, je suis le seul responsable.

Enfin, je dois remercier ceux qui m'apportent des renseignements toujours précieux sur les lieux et l'histoire de la Provence. Quant à mon épouse, ma mère et ma fille cadette, toujours premières lectrices, elles restent les plus sévères juges des premières versions de mes ouvrages.

Vous pouvez joindre l'auteur :
aillon@laposte.net
http://www.grand-chatelet.net
http://grand-chatelet.voila.net/

Composition réalisée par Datagrafix

Achevé d'imprimer en décembre 2010, en France sur Presse Offset par
Maury-Imprimeur - 45330 Malesherbes
N° d'imprimeur : 160463
Dépôt légal :12/10 – Édition 01